AF271964

JONAS DRAKE

Sammelband I

DAS BÖSE ERHEBT SICH!

H.E. Wolf

JONAS DRAKE

Sammelband I

DAS BÖSE ERHEBT SICH!

Dark-Fantasy

Bibliografische Information der Deutschen Nationalbibliothek:
Die Deutsche Nationalbibliothek verzeichnet diese Publikation in der
Deutschen Nationalbibliografie; detaillierte bibliografische Daten sind im
Internet über http://dnb.dnb.de abrufbar.

2. Auflage, August 2024

Verlag: BoD • Books on Demand GmbH, In de Tarpen 42, 22848
Norderstedt

Druck: Libri Plureos GmbH, Friedensallee 273, 22763 Hamburg

ISBN: 978-3-7597-8712-5

Inhalt

Vorwort

Seite 7

Buch I
Königin der Wölfe

Seite 9

Buch II
Dämmerung
Showdown an der Ostsee

Seite 131

Vorwort

Liebe Leserinnen und Leser,

mit diesem Buch haltet ihr den ersten Sammelband um Jonas Drake und seine Freunde in den Händen.

Es ist unterteilt in „Buch I Königin der Wölfe" und „Buch II Dämmerung – Showdown an der Ostsee".
Bei beiden Bänden handelt es sich um erweiterte Neuauflagen.

Als ich „Königin der Wölfe" veröffentlichte, beinhaltete der Band sieben Kurzgeschichten und mit „Das Grab im Wüstensand" ein etwas längeres Abenteuer, welches sich um Jonas Drakes Ziehvater Johann Konrad und die Ägyptologin Amunet Yanara Khalil dreht.
Die Storys entstanden viele Jahre vor dem Erscheinen von „Dämmerung – Showdown an der Ostsee", wurden den Geschehnissen
angepasst und überarbeitet.
Für diesen Sonderband habe ich „Königin der Wölfe" um eine achte Kurzgeschichte erweitert.
In „Wer zweimal stirbt, dem traut man nicht" hat Mandip Khan ihren ersten Auftritt, eine Inderin, die in die Fußstapfen ihres Mentors tritt und einen Gegner durch London jagt, der ihre Familie getötet hat. Doch schnell muss sie erkennen, dass aus der Jägerin die Gejagte wird.

Darüber hinaus wurde der Text neu formatiert, so dass ein ungetrübtes
Lesevergnügen garantiert ist.

„Königin der Wölfe" beinhaltet Geschichten, die Ereignisse vor „Dämmerung – Showdown an der Ostsee" behandeln und einige Hintergründe über die Protagonisten offenbaren.

Und nun wünsche ich euch viel Spaß und gruselige Momente mit dem vorliegenden Sammelband.

H.E. Wolf

H.E. Wolf

Königin der Wölfe

Erweiterte Neuauflage

Dark-Fantasy

Inhalt

Die Verfluchten und die drei Nägel   13

Der Waldgeist   20

Das Grab im Wüstensand

1. Die Suche nach dem Sandkorn in der Wüste   29

2. Nekropolis   36

3. Rückkehr einer Göttin   47

4. Die Falle   56

5. Bastets Opfer   61

Die Schuld der Ahnen (Erinnerungen)   72

Das Dorf hinter dem Nebel (Erinnerungen II)   86

Larissas Erbe   95

Königin der Wölfe   105

Wer zweimal stirbt, dem traut man nicht!   113

Die Verfluchten und die drei Nägel

Jerusalem, 33 n. Chr.

Sie holten seinen Leichnam vom Kreuz auf dem Schädelberg Golgatha, wickelten ihn in weiße Leinentücher und trugen ihn zu seiner letzten Ruhestätte nicht weit von der Hinrichtungsstätte entfernt. Ein römischer Legionär stahl klammheimlich die blutigen Nägel, die das Fleisch und die Knochen jenes Mannes durchbohrten. Er sah dem Trauerzug hinterher. Sobald sie außer Sicht waren, wickelte er die Nägel in ein Stück Tuch und verstaute sie unter seiner Panzerung. Er schaute sich seine Umgebung genau an. Es war niemand mehr zu sehen. Die anderen Legionäre hatten den Ort des Todes ebenfalls verlassen. Die Männer, die gleichfalls gekreuzigt wurden, hatten sie an den Holzgerüsten hängen gelassen. Sie dienten nach ihrem Tod den Geiern und Raben als Futter. Der Soldat veränderte sich. Er verwandelte sich in eine hünenhafte Gestalt, die metallisch glänzte. Seine Augen leuchteten gelb auf. Er war ein Dämon, der aus einer anderen Dimension kam. Ein Formwandler, der Spaß daran hatte, seine Gestalt zu verändern. Seine Urgestalt wurde ihm durch einen Fluch auferlegt. Eigentlich sah er wie ein Mensch aus, doch die Fähigkeit sich dauerhaft in dieser Form zu bewegen wurde ihm von Bastet, der ägyptischen Katzengöttin, genommen nachdem er sie hintergangen hatte. Dieser Fluch würde gebrochen werden, wenn Yas-Minh-Ra, die Tochter der Bastet, ein Kind bekäme und er sie bis dahin beschützen würde.

Er bereute sein Vergehen, doch nun war er dazu verdammt damit zu leben.

Er hörte ein rascheln. Es kam von einem Busch, der zwischen zwei Felsen emporwuchs. Das Geklapper von Rüstungsteilen ließ ihn aufhorchen. ‚*Eine Falle.*', schoss es ihm durch den Kopf.

Innerhalb weniger Augenblicke war er von Legionären umzingelt. An Flucht war nicht mehr zu denken. Schneller als er zu reagieren vermochte, hatten sie ihm eine schwere silberne Kette um den Hals geschlungen und diese mit einem Vorhängeschloss verriegelt. Diese bannte ihn, so dass er nicht in der Lage war seine übersinnlichen Kräfte einzusetzen. Er war wehrlos. Komplett in Silberketten gelegt, mit einem großen Holzbalken über den Schultern wurde er abgeführt. Man brachte ihn nach Ägypten. Sie zogen an der Küste entlang und erreichten Wochen später endlich ihr Ziel. Er erkannte anhand der Ruinen, wo sie waren. Er erinnerte sich, Bubastis. Vor fast eintausendfünfhundert Jahren war er hier beheimatet.

Der Wüstensand zeigte immer noch genug, um zu erkennen, dass es sich um eine uralte Stadt handelte. Die römischen Soldaten zerrten ihn zu den Überresten eines alten Tempels. Im Gegensatz zu den anderen Ruinen war er kaum vom Sand bedeckt, als hätte eine höhere Macht auf diesen Moment gewartet.

Die Legionäre führten ihn über einen Gang in die Tiefe. Der Formwandler schaute sich um und erkannte das Gemäuer als den Tempel seiner einstmals geliebten Göttin wieder. Seit vielen Jahrhunderten aber empfand er nur noch Abscheu für sie. Er erinnerte sich an seinen Fehltritt, als er sich mit Yas-Minh-Ra, Bastets Tochter vereinte.

Er wurde brutal aus seinen Gedanken gerissen, als die Römer ihn zu Boden warfen. Sie nahmen ihm den Balken ab, setzten diesen auf einen längeren und fesselten ihn an das dadurch entstandene Kreuz. Dann schlugen sie ihm die Nägel – die er in Golgatha stahl - durch die Handgelenke und die Fersenbeine. Er schrie vor Schmerzen. Er hätte nie gedacht, dass ihm ein solches jemals widerfahren würde, aber er wurde soeben gekreuzigt. Die Soldaten richteten das Kreuz auf und verankerten es im Boden. Dann entzündeten sie alle Fackeln und die Pechrinnen in dem großen Saal.

Einer der Römer sagte:

„Damit du keine Angst im Dunkeln hast, Dämon."

Die Legionäre lachten und verließen das uralte Gewölbe. Um sicherzugehen, dass niemand herein oder raus kam, mauerten sie den Eingang zu und verschütteten diesen im Folgenden.

Er sah sich um und stellte fest, dass in der Mitte des Saals ein Sarkophag stand. Die Schriftzeichen in der Kartusche an der ihm zugewandten Seite enthielt einen Namen, den er allzugut kannte.

Er las ihn laut und schrie:

„Yas-Minh-Ra!"

Die Verzweiflung überkam ihn. Die Fackeln verlöschten einige Stunden später. Kurze Zeit darauf erlosch auch das Feuer in den Pechrinnen. Der Sauerstoff war aufgebraucht.

Die nächsten Monate verbrachte er mit grübeln, beten und um Erlösung bettelnd. Aber niemand erhörte ihn. Letzten Endes verließ ihn der Rest seiner Kraft und er fiel in einen langen dämmerartigen Schlaf.

Bubastis, 1280 n. Chr.

Der Wüstensand war durch die Sonne heiß wie Feuer. Der leichte Wind brachte keine Abkühlung für die sechs Tempelritter. Ihre Pferde waren verendet und Schatten war nicht zu finden. Die Spitzen zweier Obelisken schauten aus dem Wüstensand. Die Gotteskrieger vermuteten dort einen Eingang in einen Palast oder ein anderes, großes Gebäude. Sie entledigten sich ihrer Kettenhemden und Gambesons und trotz der enormen Hitze fingen sie an zu graben. Nach einigen Stunden stießen sie auf Kalkstein. Es war schon dunkel und die Eiseskälte der Wüstennacht ergriff die erschöpften Männer. Sie standen, nachdem sie alles freigelegt hatten, vor einer Mauer. Diese war aus kleinen Bruchstücken und Lehmziegeln errichtet und bot kaum Widerstand. Sie betraten einen Saal, aber es war wenig zu erkennen. Eine Fackel steckte an der Wand und einer der Ritter entzündete sie mit einem Feuerstein. Er erblickte eine Pechrinne und setzte sie mit der Fackel in Brand. Im Nu war der Saal hell erleuchtet. Die anderen Ritter folgten ihm in das Innere des Gewölbes. Sie erschraken, als sie das Kreuz sahen. Die daran hängende mumifizierte Gestalt war ein grauenhafter Anblick. Die Haut um den Mund hatte sich zurückgezogen und die Fangzähne des Gebisses fielen sofort auf. Die Ordensbrüder schlugen das Kreuzzeichen.

14

Die Augen des Wesens glimmten kurz gelb auf und der Mund bewegte sich. Die Ritter erschraken, zogen ihre Schwerter und richteten die Waffen auf die Kreatur.

„Wasser...bitte gebt mir Wasser.", krächzte sie kaum wahrnehmbar.

Da die Templer davon ausgingen, dass von dem Wesen keine Gefahr zu befürchten war, da es gekreuzigt war, kamen sie seinem Wunsch nach.

Sie sahen sich das Kreuz genau an, an dem die Kreatur hing. Die Seile waren brüchig und baumelten lose herunter. Davor lagen silberne Ketten, welche vor ein paar Augenblicken zu Boden gefallen waren.

Die Haut des Wesens fing an, metallisch zu glänzen und am ganzen Körper bildete sich Fleisch und Muskeln. Das schüttere Haar wurde wieder kräftig. Es befreite sich von dem Kreuz. Der Querbalken brach und zerfiel in kleine Stücke. Die Gestalt fiel nach vorne und der Rest des Holzgerüstes ergab sich seinem Schicksal. Das Wesen zog sich die Nägel aus den Füßen sowie den Handgelenken. Die Wunden leuchteten kurz blassblau auf beim Herausziehen der Eisenteile. Er verstaute sie im Gürtel seines Lendenschurzes. Das Geschöpf schaute die vor Angst erstarrten Ritter an, hob seine Nase und schnupperte wie ein Tier, das Beute witterte.

„Ich danke euch für eure Hilfe. Kommt näher, ich werde euch nichts tun.", sagte es, atmete tief ein und fuhr fort.

„Da ihr hier in der Wüste verloren seid ohne eure Pferde, werde ich euch dort hinbringen, wohin auch immer ihr wollt."

Die Ritter schauten das Wesen skeptisch an, steckten indessen aber ihre Schwerter weg.

„Wir würden schon gerne zurück nach Frankreich, aber das dauert ein paar Monate.", sprach einer von ihnen.

„Gebt euch die Hände und bildet einen Kreis."

Sie folgten der Anweisung und das Wesen nahm seinerseits jeweils die Hand der äußeren im Kreis. Es schloss die Augen und um sie herum flirrte die Luft. Sekunden später waren sie in einem Wald in Frankreich. Die Ritter waren erfreut endlich wieder in ihrer Heimat zu sein. Sie bedankten sich aufrichtig bei ihrem Helfer in der Not.

„Ihr habt mich befreit, daher war es nur richtig euch zu retten.", sagte es lächelnd und verschwand.

Der Formwandler war zurück in der Tempelruine, indem er die letzten mehr als eintausendzweihundert Jahre verbracht hatte. Das Feuer in den Pechrinnen brannte nach wie vor. Er schritt zu dem Sarkophag und schob den Granitdeckel mit Schwung runter. Mit einem scheppernden Krachen zerbrach der am Boden. Das Wesen schaute in den steinernen Sarg und sah die in Silberketten geschnürte und Binden gewickelte Mumie Yas-Minh-Ras. Sie bewegte sich kaum sichtbar. Vorsichtig entfernte er die Ketten und halbverrotteten Leinenbinden und warf sie davon.

Die einstmals bezaubernde Frau war nur noch ein mit Haut überzogenes, vertrocknetes Skelett. Er legte ihr seine Hände auf Brust und Stirn. Konzentriert murmelte er eine Formel in altägyptischer Sprache und seine Pranken fingen an zu leuchten.

Langsam kehrte das Leben in die ausgedörrte Frau zurück. Genau wie bei ihm zuvor wuchsen Fleisch und Muskeln wieder nach. Ein paar Augenblicke später lag in dem Sarkophag statt einer vertrockneten

Mumie eine wunderhübsche junge Frau mit langen schwarzen Haaren. Sie öffnete ihre Augen, richtete sich auf und umarmte ihn.

„Caldor.", flüsterte sie und schluchzte.

„Endlich frei! So lange habe ich darauf gewartet, dass ich befreit werde. Wieviel Zeit ist vergangen?"

Caldor überlegte kurz, dann antwortete er.

„Laut der Menschen 1280 nach dem Jahre null. Ich denke, dass es mit der Tötung des Einen zusammenhängt, dessen Nägel ich vom Kreuz nahm."

„Ohje...dann habe ich über zweitausend Jahre hier gelegen?", stellte sie mit Entsetzen fest.

„Den Inschriften am Sarkophag und den Wänden nach sogar über zweitausendfünfhundert."

Caldor bewegte sich einen Schritt zurück, um Yas-Minh-Ra aus dem Steingebilde zu helfen. Er fühlte einen leichten Druck unter seinen Füßen und sah hinunter. Die Silberkette. Sie hatte keine Wirkung mehr auf ihn. Auf einmal durchzuckte es seinen Körper wie ein Schlag und er leuchtete kurz auf. Der Druck unter seinen Füßen ließ nach und sein Leib sog das Edelmetall der Kette in sich auf. Seine Haut glänzte nicht mehr wie poliertes Eisen, sondern Silber. Er fühlte, wie ein Großteil seiner entschwundenen Fähigkeiten zurückkehrte. Caldor reichte seinem Schützling erneut die Hand und half ihr endlich aus dem Sarkophag. Ein silbriges Schimmern übertrug sich auf ihren Arm, bis es den ganzen Körper der jungen Frau für einen Augenblick umhüllte.

„Warum warst du eigentlich so lange Zeit in dem Sarkophag gefangen?", fragte der Hüne sie.

„Mutter lies mich zur Strafe lebendig begraben, um über meinen Verrat an ihr ausführlich nachdenken zu können. In der Zwischenzeit müssen die Menschen aufgehört haben an die alten Götter zu glauben, denn sie verschwand und ich geriet in Vergessenheit."

„Ich habe dich die ganze Zeit über gesucht, aber durch den Fluch und meine Verbannung waren mir die Hände gebunden."

Caldor schritt langsam um den Sarkophag herum und las die Inschriften.

„Hier steht, du wurdest zur Zeit Ramses des zweiten lebendig begraben und solltest fünfhundert Jahre büßen für den Frevel an der Göttin Bastet, deiner Mutter. Doch bevor sie den Bann aufheben konnte, starb sie. Jedoch gelang es ihr vorher, dir ihre Macht auf dich zu übertragen, indem sie dir einen Vertrauten sendete."

Beide grübelten über den Sinn des Gelesenen. Dann hechtete er zu den alten Leinenbinden, die er ihr vorher samt der Ketten abgenommen hatte. Er durchsuchte sie akribisch. Bald darauf fand er einen kleinen Anhänger in Form einer Katze, ein Amulett des allsehenden Auges und ein Ankh, das Henkelkreuz, welches ein Symbol des Lebens darstellte. Alle Teile hatten Inschriften auf der Rückseite sowie die Kartusche der Bastet. Demnach war jemand innerhalb der vergangenen Jahrhunderte hier und hat die Talismane in die Binden eingepflegt. Doch wer es war, würden sie nie erfahren.

Caldor gab Yas-Minh-Ra die drei Amulette und sah sich erneut um.

„Irgendwie brauchen wir was für dich zum Anziehen. So können wir hier nicht weg."

Er vernahm einen leisen Schrei und sah zu der jungen Frau. Sie schwebte einen halben Meter über dem Boden mit ausgestreckten Armen. Wie gekreuzigt hing sie in der Luft. Eine Krone, wie sie einst die Göttin Isis trug, zierte ihren Kopf. Sie hatte kurzzeitig Flügel, wie sie die Gottheit Nephtys auf den Wandmalereien hatte. Ihr ohnehin schon langes schwarzes Haar wuchs bis zu den Hüften. Sie glühte und die Amulette strahlten hell, bevor diese in ihren Körper schossen. Yas-Minh-Ra zuckte zusammen, ihre Augen öffneten sich und leuchteten hellgrün auf. Ein Lächeln umspielte ihre Lippen und sie sank zu Boden. Bäuchlings auf dem kalten Steinen des Tempels liegend hob sie langsam den Kopf und winkelte ihre Arme an. Sie erhob sich mit majestätischer Anmut.

Die Krone verschwand genau so, wie sie erschienen war. Yas-Minh-Ra stand in voller Pracht in dem alten Gemäuer. Außer Armreifen, die sich wie Schlangen um ihre Oberarme schlängelten und Armbändern aus Gold trug sie nichts am Körper.

Caldor starrte sie an, wohlwissend, dass er diese atemraubende Frau nie wieder berühren dürfte, da der Fluch der Bastet beinhaltete, dass Yas-Minh-Ra kein Kind von ihm empfangen dürfe. Somit kamen harte Zeiten auf ihn zu.

Die Tochter der Katzengöttin schnippte mit den Fingern und wie aus dem nichts wickelten sich unzählige Leinenfäden um ihren makellosen Körper, bis sie sich zu einem Kleid vereinten. Sie sah an sich herunter und nickte zufrieden.

„Können wir gehen? Ich möchte endlich weg hier.", sagte sie.

Der Hüne nickte und nahm sie an die Hand. Er konzentrierte sich und ihre Umgebung fing an zu flirren und zu flimmern. Sekunden später tauchten sie an der Stelle wieder auf, an der er kurz zuvor die Kreuzritter abgesetzt hatte.

Wachsam schaute Caldor sich um und vernahm Geklapper von Rüstungsteilen. Sein Körper spannte sich an, die Haare auf seinen Armen und im Nacken stellten sich auf. Doch dann entspannte er sich wieder. Aus der Umgebung tauchten die Templer auf, die ihn befreit hatten. Sie steckten ihre gezogenen Schwerter wieder weg.

„Seid gegrüßt mein Freund.", begrüßte der älteste der kleinen Gruppe ihn und streckte Caldor die Hand entgegen. Er nahm sie an und schüttelte sie.

Yas-Minh-Ra schaute skeptisch hinter dem Hünen hervor.

Er vernahm eine Präsenz, die er nicht begriff. Etwas Machtvolles, welches geschwächt war.

Nicht weit entfernt von ihnen erklang Geschrei. Gemeinsam folgten sie den Geräuschen. Abrupt blieb Caldor stehen und sah entsetzt nach unten. Dort lagen zwei blutige Flügel am Boden. *Die Schwingen eines Cherub,* fuhr es ihm durch den Kopf. Daneben lag ein Kapuzenumhang, den er aufsammelte und sich überstreifte.

Das Gebrüll entfernte sich und der kleine Trupp kam an einer Höhle an. Sie fanden zwei verzweifelte, misstrauische Kinder vor. Das Mädchen war eingeschüchtert und wich vor den Rittern und dem hünenhaften Wesen sowie der schwarzhaarigen Frau zurück. Der Junge hingegen war mutig und auf Konfrontation aus. Er stellte sich dem kleinen Trupp mit seinem blutigen, abgebrochenen Dolch entgegen.

„Kommt nicht näher oder ich werde euch töten!", brüllte er.

Der Hüne gebot, den Templern zurückzubleiben, die daraufhin ihre Schwerter wegsteckten und ein paar Schritte zurückwichen. Die Frau in dem Kleid folgte den Rittern.

„Wir werden euch nichts tun.", sagte der Dämon im Kapuzenumhang und fuhr fort.

„Was ist hier passiert? Die Flügel vor der Höhle, sind es die eines Cherub?"

„Sie gehörten Ariel, einem Engel. Der Pöbel will sie verbrennen und wir können nichts dagegen tun.", antwortete der Junge und brach weinend zusammen. Er hockte auf seinen Knien und ließ den Dolch fallen. Er war mit den Nerven am Ende. Der Hüne nahm die Stichwaffe, die aus purem Silber bestand, an sich und verstaute ihn in seinem Gürtel.

„Ich bin Caldor und das ist Yas-Minh-Ra.", sagte er mit beruhigender Stimme an die Kinder gerichtet.

„Und diese Tempelritter sind meine Freunde. Wir werden euch helfen."

Durch das schwache Flackerlicht des Feuers in der Höhle war Caldors Gesicht unter der Kapuze nicht zu erkennen. Das war für die Kinder auch besser so, denn er wollte sie nicht durch seinen Anblick verschrecken. Im Folgenden wurden die beiden zugänglicher. Sie fingen an, vertrauen zu den Templern und dem ungleichen Paar zu fassen. Sie erfuhren, dass die beiden Geschwister waren und den Engel fanden und gesund gepflegt hatten. Die Kinder stellten sich ihnen als Pierre und Celine vor. Die Ritter schmiedeten den Plan, den Engel zu retten. Caldor hatte in der Zwischenzeit Ariels Flügel in Leinentücher gewickelt. Zuvor tauchte er die Nägel aus Golgatha in das Blut an den Stümpfen.

Ein paar Tage später war es so weit. Der Mob verlangte den Tod des Cherub, weil sie ihn für einen Dämon hielten. Ihrer Kräfte beraubt konnte sich Ariel nicht selbst befreien. Sie war nur ein Mensch nach dem Verlust ihrer Flügel.

Caldor und die Templer hatten nicht mit der enormen Menschenmenge und der Masse an Soldaten gerechnet. Somit scheiterte ihr Plan, ohne dass er nur in Erwägung gezogen werden konnte. Sie waren dazu verdammt hilflos mit anzusehen, wie das himmlische Wesen lebendig verbrannt wurde.

Die Kinder konnten sich nur noch von ihr verabschieden. Selbst Caldor war nicht in der Lage einzugreifen. Die Soldaten erniedrigten die Geschwister nach dem Spektakel und verstümmelten die verbrannte Leiche. Einer von ihnen schnitt ihr das Herz heraus. Der Soldat wurde kurz darauf von zweien der Templer überwältigt, enthauptet und kopfüber an den Pfahl gekettet. Das Herz des Engels legten die Tempelritter in eine kleine Schatulle und brachten es in Sicherheit. Caldor verhalf den beiden zur Flucht, indem er sie in den hohen Norden teleportierte.

Nach seiner Rückkehr half er den anderen vier Rittern bei dem Bau einer unter der Erdoberfläche befindlichen Kapelle, einer Krypta und einem Sarkophag. Dort bestatteten sie den Engel würdevoll.

Kurze Zeit später zogen Caldor, Yas-Minh-Ra und die vier Ordensbrüder in den hohen Norden. Sie errichteten eine Komturei mit einem unterirdischen Gewölbe. Als Dank für alles gewährten sie ihm und Yas-Minh-Ra Unterkunft.

Eines Nachts zog sich der Dämon in die Schmiede der Komturei zurück und schmolz die Nägel vom Kreuz des einen und den Silberdolch des Jungen ein. Aus dem im Anschluss entstandenen Metall schmiedete er einen kunstvollen Dolch mit einer welligen Klinge. Den Griff umwickelte er mit dünnen Lederschnüren. Nach getaner Arbeit schlich er sich in die Bibliothek der Ritter und studierte die Symbole der Religionen. Er zeichnete die wichtigsten davon ab und begab sich wieder in die Schmiede. Dort versah er den Knauf, die Parierstange und die Klinge mit Gravuren der Symbole aus dem alten Ägypten, dem Christentum, dem Judentum und dem Heidentum.

„Was tust du da, mein Freund?", fragte ihn der Abbé der Komturei und erblickte den Dolch. Erst wusste Caldor nicht, was er antworten sollte, dann entschied er sich, den Mönchsritter über seine Absichten aufzuklären.

„Dieses soll eine Waffe gegen das Böse sein. Sie besteht aus den Nägeln, die eurem Herrn am Kreuz in das Fleisch geschlagen wurde sowie aus dem Silberdolch des Jungen aus der Höhle. An den Teilen ist das Blut eures Herrn, das des Engels und meines. Zusammen eine machtvolle Kombination.", führte er aus.

„Ich werde diese Waffe mit magischen Formeln und Ritualen versehen und sie damt versiegeln. Eines Tages wenn die Zeit reif ist, wird sie für die Wiedererweckung Ariels eingesetzt werden und eine mächtige Waffe gegen das Böse sein."

Der Abbé schaute ihn an und zwirbelte an seinem Bart.

„Warte einen Augenblick, mein Freund.", sagte er leise und verschwand. Kurze Zeit später kam er mit verschiedenen Utensilien und einigen Büchern zurück.

„Lass uns in die Krypta gehen. Wir haben viel zu tun."

Gemeinsam gingen die beiden in das untere Gewölbe. In der Krypta waren sechs Nischen in die Wände eingelassen. Diese waren Caldor beim Bau nicht aufgefallen.

„Wofür sind diese Vertiefungen?", fragte er.

„Eines Tages werden auch wir sterben und das werden die Ruhestätten für meine Brüder und mich sein.", antwortete der Templer.

Dann breitete der Ritter alles aus und malte ein großes Pentakel auf den Boden und ergänzte es mit etlichen Symbolen.

„Du beherrscht Magie?", fragte er den Abbé.

„Du wirst dich wundern, was wir alles kennen.", bekam er als Antwort.

Dann machten sich beide daran ihre Arbeit auszuführen. Sie verbrachten die Nacht und den darauf folgenden Tag bis zur Mitternacht, um die Waffe zu festigen. Am Ende segnete der Abbé sie im Namen des Herrn und der Erzengel, deren Symbole ebenfalls auf dem Dolch vorhanden waren. Zu guter Letzt tauchte er die Klinge bis zum Knauf in Weihwasser. Sie leuchtete kurz auf und erstrahlte in einem anhalten Glanz, den beide zuvor nie bei einer Waffe je gesehen haben.

An der Stirnseite der Krypta formte Caldor eine Öffnung in die Wand. Sie wirkte wie aus feinstem Marmor gefertigt. Er zauberte ein weinrotes Samttuch hervor, legte damit die Nische aus und deponierte dort den Dolch. Die am Boden stehende Schatulle mit dem Herz des Engels verstaute er ebenfalls darin. Der Hüne murmelte eine Formel, bewegte seine Hände hin und her und ein waberndes blasses Licht leuchtete die Öffnung für einen Moment aus, dann verdeckten Steine die Nische, als wäre dort nie etwas gewesen.

„Jetzt sind sie geschützt und sicher. Wenn die Zeit reif ist werden sie entnommen. Bis dahin werden sie hier ruhen.", sagte Caldor.

„So sei es.", fügte der Templer bestätigend hinzu.

Die Jahre zogen ins Land und einer der Ritter nach dem anderen verstarb. Caldor und Yas-Minh-Ra bestatteten sie würdevoll ihrem Glauben entsprechend. Nachdem der letzte von ihnen gegangen war, versiegelten Caldor und Yas-Minh-Ra die Krypta. Sie mauerten sie zu. Im Anschluss zerstörte er die Komturei und verschüttete den Zugang in das untere Gewölbe mit den Steinen der Gebäude. Aus den Resten zauberte er eine kleine Mauer, die das Gelände zur Hälfte eingrenzte.

Die Komturei war nach über vierzig Jahren verschwunden, als hätte sie nie existiert. Nur ein kleines Dorf nebenan, unweit der Stadt Itzehoe ließ darauf schließen, dass die Templer mal hier waren. Man nannte es Tempeldorf.

Die Jahrhunderte zogen ins Land. Caldor und Yas-Minh-Ra verloren sich aus den Augen als er in seine Dimension zurückkehrte, um gegen die Horden des Asmodeus zu kämpfen. Er geriet in eine Falle und war viele Jahre verschollen.

Yas-Minh-Ra hingegen blieb im Norden und baute sich ein eigenes Leben auf. Sie wechselte oft die Orte, an denen sie lebte. In den folgenden Jahrhunderten tauchte sie unter, denn es brach eine schwere Zeit an, die Zeit der Inquisition.

ENDE

Der Waldgeist

Es war ein sonniger und warmer Morgen. Die Sonne strahlte in den Wald. Hier wohnte in einer von der Zivilisation entfernten Hütte Maya eine junge weiße Hexe. Sie lebte im Einklang mit der Natur. Boshafte Zungen nannten sie eine Irre, weil sie mit Tieren sprach, und die Bäume als ihre Freunde ansah. Viele der Waldbewohner schenkten Maya ihr Vertrauen und einige davon hatte sie selbst mit Geduld und Liebe großgezogen, weil Wilderer die Elterntiere erschossen haben. Dazu zählten der Hirsch Bobby und der Wolf Fenrir. Sie benannte das Tier nach dem Götterwolf, da der kleine stets zur Stelle war, wenn Gefahr drohte und er eine edle Erscheinung war. Er fiel durch sein schwarzes Rücken- und Kopffell auf. Der Rest seines Fells war dunkelgrau. Mittlerweile führte er das Rudel an.

Maya war ein Kind des Waldes und verehrte den Waldgott Sucellus.

An diesem Morgen beschloss sie, wie jeden zweiten Tag loszuziehen, um Pilze zu sammeln. Sie überlegte, zu dem Bauernhof am Dorfrand zu pilgern um Gemüse und was sie zum Leben brauchte zu besorgen. Ohne

Fortschritt funktionierte es im Wald nicht immer. Sie verließ ihre Hütte und Fenrir begleitete sie ein Stück ihres Weges. Er war bei den Menschen nicht gern gesehen, da sie Angst vor ihm hatten. Deshalb blieb er nach einiger Zeit zurück und wartete geduldig auf die Rückkehr der jungen Hexe.

Ein Knacken ließ den Hirsch aufhorchen. Er unterbrach das Kauen des Grases und sah direkt in die Mündungen einiger Jagdgewehre.

Ein Trupp von sieben Wilderern hatte vor diesen Achtender unbedingt zu erlegen. Sie hatten es auf das Geweih des Hirsches abgesehen. Bis jetzt ist man den skrupellosen Männern nicht auf die Schliche gekommen. In der Umgebung versuchte man dem Treiben ein Ende zu setzen, aber den Wilderern war nichts nachzuweisen. Sie waren zu clever, um sich erwischen zu lassen. Der unerfahrenste von ihnen, Pascal, spielte nur mit, weil er von den anderen erpresst wurde. Er hatte vor einiger Zeit im betrunkenen Zustand einen Unfall mit Fahrerflucht begangen. Dabei wurde der jüngere Bruder von Tim dem Anführer der Bande schwer verletzt und lag seitdem im Koma.

Der Hirsch war ein eindrucksvolles Tier mit einem riesigen Geweih. Aus großen braunen Augen schaute er ahnungslos zu den Männern mit den Gewehren. Das Tier verstand nicht, dass es den Tod anblickte. Ein weiteres Knacken von brechenden, trockenen Zweigen neben ihm alarmierte ihn erneut. Er schaute in die Richtung, aus der er das Geräusch vernahm. Eine junge Frau mit langen braunen Haaren kam auf ihn zu. Sie trug ein dunkelgrünes, mittelalterliches Kleid. Der Hirsch erkannte Maya. Die Person, die ihn großgezogen hatte. Die Frau hatte die Wilderer nicht bemerkt und wurde erst auf sie aufmerksam, als einer von ihnen sein Repetiergewehr durchlud. Sie erschrak und stellte sich schützend vor das Tier. Die anderen Männer luden ihre Gewehre ebenfalls durch.

„Verschwindet! Lasst uns in Ruhe!", rief sie den seltsamen Typen zu. Diese waren unbeeindruckt und lachten. Ohne Vorwarnung schossen sie. Die erste Kugel streifte den Hirsch, der in Panik davon rannte. Die anderen erwischten die junge Frau. Blitzschnell luden sie ihre Repetiergewehre nach und feuerten erneut auf die Hexe. Sie wurde durch die Wucht der Einschläge umgeworfen. Pascal wendete sich entsetzt ab. Er war der Einzige, der weder auf die Frau noch auf das Tier gezielt hatte. Einer der Männer schlich zu Maya und sah sie sich an. Ihre Augen waren weit aufgerissen und starrten in den Himmel. Aus Mund und Nase sickerte in kleinen Rinnsalen Blut. Der Wilderer fasste ihr an den Hals. Kein Puls. Die Frau war tot. Der Mann entdeckte ein Amulett, welches die Tote trug. Ein Pentakel mit Edelsteinen an den Spitzen und einem großen roten Stein in der Mitte. Er nahm es der Leblosen ab und steckte es ein. Dann drehte er sich zu seinen Kumpanen um und sagte kalt:

„Die Hexe macht uns keinen Ärger mehr. Sie hat kapituliert."

Er lachte dreckig und die anderen Männer fielen in das Gelächter mit ein. Ohne die Leiche weiter zu beachten, entfernten sie sich.

„Kommt, suchen wir den Hirsch. Er kann nicht weit sein.", befahl Tim. Gemeinsam folgten sie der Blutspur des Tieres. Nach ein paar Stunden brachen sie die Suche ab. Es wurde dunkel.

21

Am Morgen trafen sich die Wilddiebe wieder, um ihre Jagd vom Vortag fortzusetzen.

Die Wilderer hatten sich aufgeteilt, um den Hirsch zu finden, aber das Tier war unauffindbar. Pascal, der jüngste unter ihnen erreichte mit seinen zwei Kumpanen Norbert und Christian die Stelle, wo sie die Frau erschossen hatten. *Wir sind die ganze Zeit im Kreis gegangen.*, vermutete Pascal. Die Männer waren erstaunt, denn der Platz war leer. Die Frau war verschwunden. Nur das Blut an der Stelle verriet, was geschehen war.

„Die kann doch unmöglich elf Kugeln überlebt haben.", gab Christian von sich.

„Vielleicht haben die Wölfe sich das Mädchen geholt.", äußerte sich Norbert.

Nur Pascal blieb stumm. Ihm gefiel das alles nicht.

Im Gegensatz zu seinen Freunden hatte er Angst und ein ungutes Gefühl. Ihre Gewehre im Anschlag sondierten die anderen beiden Männer die Umgebung.

Pascal traute seinen Augen nicht. Wie aus dem Nichts tauchte die junge Frau, die sie erschossen hatten, vor ihm auf. Angstschweiß lief über sein Gesicht. Er ließ sein Gewehr fallen und versuchte wegzurennen, doch es klappte nicht. Er war wie gelähmt. Sie trug nach wie vor das dunkelgrüne, mittelalterliche Kleid. Deutlich waren die Einschusslöcher zu sehen. Um sie herum waren Blutflecken, die sich an einigen Stellen zu einem Großen verbanden. Er vermochte durch die Löcher die blasse Haut zu erkennen.

Sie hat keine Wunden!, schoss es ihm durch den Kopf. Er sah ihre Augen. Kalt und grausam sahen sie ihn an. Jetzt bemerkten seine Freunde die Frau ebenfalls. Ohne lange zu überlegen, schossen sie auf die junge Hexe, bis die Kugeln verschossen waren. Die Schüsse hatten nichts bewirkt. Die Person lächelte kalt, während die Patronen aus ihrem Körper heraus fielen. Bloß das Kleid hatte ein paar Löcher mehr.

Norbert lud sein Gewehr nach. Er geriet in Panik und ließ das eine oder andere Geschoss fallen. Die Frau kam langsam auf die drei Männer zu. Erst jetzt versuchte Christian sein Gewehr erneut zu laden, aber es blieb beim Versuch. Die Tote hatte ihn schnell erreicht. Sie riss ihm seine Schusswaffe aus den Händen und schlug damit einhändig auf Norbert ein. Sie traf ihn am Kopf und er fiel zu Boden. Bewusstlos blieb er liegen. Pascal beobachtete das alles, ohne sich zu rühren. Der Schock saß tief. Oder war es eine höhere Macht, die ihn zur Bewegungsunfähigkeit verdammte?

Die Frau packte Christian am Hals und drückte ihn gegen einen Baum. Er bekam kaum Luft und versuchte, sich zu befreien, aber es war sinnlos. Wie ein Schraubstock hatte sich die kalte Hand um seinen Kehlkopf gelegt und drückte immer fester zu. Er griff nach der Pranke der Frau und wollte, sie lösen. Es klappte nicht. Er sah ihr in die Augen und sah darin den unerbittlichen Willen zu töten. Da war keinerlei Gefühl mehr zu erkennen. Nur die reine Mordlust. Dann knackte es kurz wie morsches Holz und Christians Kopf hing erschlafft zur Seite weg. Maya hatte ihm das Genick gebrochen. Sie ließ den leblosen Körper los und er fiel wie ein schlaffer Sack auf den Waldboden. Schlagartig ertönten Schüsse. Die Projektile durchschlugen den Rumpf der Hexe und trafen den Baum.

„Stirb endlich, du Miststück!", schrie Norbert, der wieder wach war und feuerte weiter. Völlig unbeeindruckt drehte sich Maya um und glitt an dem erstarrten Pascal vorbei auf den schießenden Wilderer zu. Sie entriss ihm mit der linken Hand das Gewehr und mit der rechten schlug sie in seinen Brustkorb. Ihr Arm trat aus dem Rücken mit dem pochenden Herz heraus. Er starrte sie aus weit aufgerissenen Augen an und sackte dann in sich zusammen. Der zweite Wilderer war tot. Unbekümmert kam die Frau auf Pascal zu. Dieser war kurz davor sich vor Angst einzunässen. Er hatte mit seinem Leben abgeschlossen. Wider Erwarten löste sich seine Starre und er war wieder in der Lage sich zu bewegen. Kurz vor ihm verharrte Maya. Der Junge sah die Frau von oben bis unten an. Von ihrem rechten Arm tropfte das Blut seines Gefährten Norbert auf den Waldboden. Ihm wurde übel.

„Geh und sage deinen Freunden, dass ich auf sie warte.", sagte Maya leise, aber verständlich. Pascal drehte sich um und lief panisch los.

Der junge Mann war total entsetzt, von dem eben erlebten. Er fragte sich, ob das real oder nur ein entsetzlicher Albtraum war. An einen Baum gelehnt holte er tief Luft und schloss die Augen. So stand er einige Minuten da. Ein Rascheln zog ihn aus seinen Gedanken zurück und er sah den Hirsch. Es war das Tier, welches er und seine Freunde heute Morgen gejagt hatten. Der Geweihträger kam langsam auf ihn zu und blieb einen Meter vor ihm stehen. Pascal sah dem edlen Tier in die Augen, aus denen ihm Gutmütigkeit entgegenblickte. Er bewegte sich einen Schritt auf ihn zu und streckte langsam seine Hand aus. Wie ferngesteuert berührte er die Nase des Tieres. Der Hirsch senkte ein wenig den Kopf. Das Gewissen überkam Pascal. Das Lebewesen stand gutgläubig vor ihm und ließ sich getrost so anfassen. Der junge Mann verstand die Welt nicht mehr. Normalerweise waren diese Tiere scheu und flüchteten, wenn Menschen ihnen zu nah kamen. Dieser Hirsch war anders.

„Ich werde dir nichts tun, großer", flüsterte Pascal und streichelte das Fell zwischen Nase und Geweih.

Ohne jede Vorwarnung erklang ein Schuss und ein Projektil schlug mit einem dumpfen Klatschgeräusch in den Baum hinter dem jungen Mann und dem Hirsch ein. Beide erschraken. Der Wiederkäuer rannte davon und Pascal stolperte rückwärts über eine vorstehende Baumwurzel und fiel hin. Er stieß sich den Kopf an einem Stein und war einen Moment lang benommen. Er vernahm Stimmen von zwei Weiteren seiner Freunde.

„Los Karsten, schnapp dir den Hirsch!", befahl der Anführer Tim. Er kam auf Pascal zu und dieser rief dem Wilderer hinterher:

„Lass den Hirsch in Ruhe!"

Tim trat ihm gegen das Bein.

„Hast du sie nicht mehr alle, du Weichei? Ich werde das Vieh genauso erledigen wie die verdammte Hexe."

Es knackte im Unterholz und die beiden Männer schauten in die Richtung, aus der sie das Knacken vernahmen.

Maya war wieder da. Wie aus dem Nichts tauchte sie auf. Tim erkannte die Frau und da wurde selbst dieser harte Knochen blass.

„Was wird denn das?", fragte er fassungslos.

„Wir haben dich doch getötet!"

Tim sah sich die Frau genau an. Er zählte einundzwanzig Einschusslöcher. Das ursprünglich dunkelgrüne Kleid war blutdurchtränkt, aber hinter den Löchern im Stoff kam blasse Haut zum Vorschein. Von Wunden keine Spur. Die Frau schaute ihn aus silbergrauen Augen an, die sich kurz gelb verfärbten.

„Dich nehme ich mir als letzten vor.", sagte sie kalt und drehte sich um. Jetzt sah Tim, dass sie am Rücken ebenfalls Einschuss- oder Austrittslöcher hatte. Er zählte fünf blutige Löcher im Kleid. Die Frau bewegte sich ein paar Schritte und löste sich dann auf.

Tim packte Pascal am Westenkragen und zog ihn hoch.

„Los, wir müssen Karsten hinterher.", schnauzte er den Jungen an.

Dann hörten sie einen langgezogenen, markerschütternden Schrei. Der brutale Wilderer erkannte die Stimme und rief nach Karsten. Er bekam aber keine Antwort. Die beiden Männer rannten los. Kurze Zeit später fanden sie den anderen Wilddieb. Es war ein grauenhafter Anblick. Der Oberkörper des Wilderers hing mit ausgestreckten Armen zwischen zwei Bäumen. Aber er war nicht mit Seilen festgebunden, es waren Zweige, die sich um seine Handgelenke gewickelt hatten. An den Beinen waren es ebenfalls Astwerke, die den Mann festgehalten haben. Er wurde in der Mitte auseinandergerissen. Pascals Magen rebellierte und er übergab sich. Tim nahm sein Gewehr in Anschlag und fuhr fort, seine anderen Freunde zu suchen.

Nach einer Stunde erreichte Tim seine beiden Kumpel Torben und Nico.

„Habt ihr Norbert und Christian gesehen?", fragte Tim die anderen Wilderer. Beide verneinten.

„Die sind genauso totes Fleisch, wie ihr es gleich sein werdet.", erklang hinter den dreien eine weibliche Stimme.

Sie drehten sich ruckartig um und erkannten Maya, ihr Opfer.

„Das kann nicht sein...das ist unmöglich!", stammelte Nico.

Tim hob zuerst das Gewehr und feuerte. Er traf das Mädchen in die Stirn und sie wurde zurück geschleudert. Langsam erhob sich die braunhaarige Frau aufs Neue. Die Gewehrkugel wurde aus dem Einschussloch gedrückt, fiel zu Boden und die Wunde verschloss sich wieder.

„Jungs, langsam nervt das.", sagte sie und schritt auf die drei Verbrecher zu. Sie sahen ihren rechten Arm, der fast bis zur Achsel blutverschmiert war. Die Männer wichen zurück. Hinter sich vernahmen sie ein Knurren. Langsam drehten sie sich um und sahen sich von Wölfen umzingelt. Die griffen aber nicht an.

„Hier spielt die Musik, ihr Mörder!", sagte die Frau. Sie sprang vor, riss Tim das Gewehr aus der Hand und warf es ins Gebüsch. Die anderen beiden standen regungslos da. Tim zog sein Bowie-Messer aus der Gürteltasche und rammte es Maya mit voller Wucht in den Bauch. Diese sah ihn mit großen Augen an, röchelte und fiel auf die Knie.

„Also das nehme ich jetzt langsam persönlich!", zischte sie in Tims Richtung.

Sie zog sich das Messer aus dem Bauch und warf es auf Nico. Der vermochte nicht schnell genug auszuweichen und wurde an der Schulter getroffen. Der Wurf war so heftig, dass das Messer bis zur Parierstange unter dem Schlüsselbein steckte und der Mann am Baum festgenagelt wurde. Er schrie vor Schmerz. Unversehens wuchsen aus dem Holzgewächs überall Zweige heraus und wickelten sich um den schreienden Wilderer. Efeu wuchs aus dem Boden und rankte an dem Mann hoch. Er wurde von den Zweigen und dem Rankengewächs in den Baum gezogen. Er schrie weiter wie am Spieß, obwohl der Efeu aus Mund, Nase und Ohren hervorbrach. Aus den Augenhöhlen wuchs die Kletterpflanze ebenfalls. Die Schreie ebbten ab, bis nur ein leises Röcheln zu vernehmen war. Dann herrschte Stille. Nico war tot. Sein Körper überzog sich mit einer Rinde und er wurde eins mit dem Baum. Nichts erinnerte mehr daran, dass da mal ein Mensch war. Torben hatte vor zu fliehen, wurde aber von den Wölfen aufgehalten. Er hob das Gewehr und es gelang ihm, einen von ihnen zu erschießen. Bevor er dazu kam neu durchzuladen, fielen die anderen Tiere über ihn her. Alles geschah schnell, er kam nicht einmal mehr zum Schreien.

Tim war schweißgebadet vor Angst und Entsetzen. Das Grauen hatte ihn voll im Griff. Doch dann kam sein Überlebenswille in ihm durch. Er fasste sich und stürmte auf die Hexe los. Er hatte vor sie endgültig zu töten. Geifer rann über sein Kinn. Er packte die Frau mit beiden Händen am Hals und drückte zu. Ohne Vorwarnung durchzuckten ihn an einigen Stellen stechende Schmerzen. Er ließ von Mayas Kehle ab. Etwas hob ihn an, und er wurde zwei Meter weit weggeschleudert. Nach der harten Landung dreht er sich auf den Rücken und sah Blut spuckend an sich herunter. Er hatte einige blutende Wunden im Oberkörper. Schmerzen durchzuckten ihn überall. Dann sah er den Hirsch, dessen Geweih auf der linken Seite blutverschmiert war. Sein Blut. Ehe er sich versah, stand die Frau direkt vor ihm. Sie begab sich in die Hocke und sah ihn fast mitleidig an. Sie lächelte kalt und krallte sich in seine Wunden. Tim schrie auf vor Schmerzen.

„Ich habe dir doch versprochen dich mir als letzten vorzuknöpfen und ich pflege meine Versprechen zu halten."

Mit diesen Worten erhob sie sich, breitete ihre Arme aus und schaute zum Himmel.

„Sucellus, mein Werk ist vollendet.", schrie sie in den Wald. Ihre Hände fingen an zu glühen und es lösten sich zwei Feuerlanzen aus ihnen, die Tim in Brand steckten. Blaue Flammen schlugen aus allen Körperöffnungen des kreischenden Mannes. Er brannte innerhalb Sekunden lichterloh. Zurück blieb nur ein wenig Asche, die der Wind davon trug.

Pascal irrte traumatisiert durch den Wald und kam erneut an der Stelle an, wo die junge Hexe ursprünglich erschossen wurde. Er war kurz davor verrückt zu werden. Die Frau lag da. Mausetot. Er kniete sich hin und sah sich ihr Gesicht an. Sie hatte einen friedlichen Gesichtsausdruck. Sie schien selbst im Tod zu lächeln. Er holte das Pentakel aus seiner Hosentasche, welches er Norberts Leiche abgenommen hatte, und legte es der jungen Hexe um. Dann nahm er ihre Hände und verschränkte sie auf ihrer Brust. Tränen rannen über sein Gesicht.

„Es tut mir so leid. Mögest du in Frieden ruhen.", sagte er mit gebrochener Stimme. Er bemerkte auf beiden Seiten ein sanftes stupsen und er griff instinktiv zu. Streichelnd das Fell des Hirsches und des Wolfes.

„Du musst dir keine Vorwürfe machen, Pascal. Deine Kugel hat weder Bobby noch mich getroffen.", erklang hinter ihm eine entfernt klingende Frauenstimme. Er drehte sich um und vor ihm stand Mayas Geist.

Mit Tränen in den Augen fragte er sie:

„Ich verstehe das nicht. Wie konntest du zurück kommen?"

Sein Blick pendelte zwischen der Leiche und dem Geist.

Am Tag zuvor
Stunden waren vergangen. Es war dunkel. Der Vollmond leuchtete und Nebel stieg auf. Es war eine unheimliche Atmosphäre.

Ein Käuzchen saß auf einem Ast und rief in die Nacht hinein. Um die Tote herum versammelten sich viele Waldbewohner. Der verletzte Hirsch war ebenfalls dabei. Der Gedanke kam auf, die Tiere wären zu einer Trauerfeier erschienen. Sie wirkten alle traurig. Fenrir schnupperte an der Hand der Frau. Sie war kalt. Der Wolf schaute zum Mond und heulte ihn an. Das Rudel des Leitwolfs erwiderte das Klagelied ihres Kameraden. Fenrir legte sich neben die Frau und leckte ihre kalte, starre Hand aber sie bewegte sich nicht. Seine Meute erschien und verteilte sich um ihn und die Tote. Das ganze Rudel heulte synchron.

Unmittelbar neben der Leiche verfestigte sich der Nebel, bis er die Form einer großen Gestalt annahm. Aus dem Dunst entstand ein Mann mit einem langen Kapuzenmantel. Er hatte einen mannsgroßen, knorrigen Stab dabei, den er sich mit dem daran befestigten Lederriemen um die Schulter legte. Sucellus war erschienen. Er beugte sich hinunter und hob die tote Frau vom Boden auf und trug sie zu einer nicht weit entfernten Hütte mitten im Wald. Die Tiere folgten ihm. Fenrir schritt genau neben der Gestalt her und ließ sie nicht aus den Augen.

Sie erreichten die Hütte und betraten die Behausung. Sie war gemütlich eingerichtet. In dem kleinen Kamin züngelte ein mickriges Feuer. Der Mann legte die Tote auf das Bett und mit einer Bewegung seiner Hand entfachte er die Flammen. Er deckte die Frau mit einer Decke zu und ließ nur das Gesicht frei. Mit Daumen und Zeigefinger schloss er ihr die Augen. Er nahm sich einen Stuhl, setzte sich und legte Maya die eine Greifhand auf die Stirn und die andere auf die Brust. Dann murmelte er etwas und seine Hände leuchteten.

Der Wolf starrte ihn und die Tote im Wechsel an. Nach ein paar Minuten nahm der Mann die Decke weg und hielt die Hand einen halben Meter über den Leib der Frau. Elf kleine Lichter schwebten aus dem Körper hervor und verschwanden in seiner Faust. Er drehte und öffnete sie. Darin lagen die elf Projektile, die die Frau getötet hatten. Der Wolf beobachtete genau, was da geschah. Dann bewegte sich der Leichnam. Ein Stöhnen verließ ihn. Die junge Hexe atmete wieder. Ruckartig setzte sie sich auf und sah an sich herunter. Die Einschusslöcher in ihrem Körper waren verschwunden, das Kleid war weiterhin durchlöchert und mit geronnenem Blut übersät. Sie schaute den Mann an und sah unter der Kapuze einen langen weißen Bart hervorschauen. Sonst war nichts zu erkennen.

Sie verstand die Welt nicht mehr. Sie lebte, obwohl sie vor kurzem erst gestorben war.

„Was ist passiert?", fragte sie den Mann in dem Kapuzenmantel.

„Willkommen in der Welt der Lebenden. Ich habe dich zurück geholt aus dem Reich der Toten.", antwortete er.

„Und wer bist du?"

„Ich habe viele Namen. Satyr, Pan, Faun, Sucellus, Biel. Such dir einen aus."

Die Frau wurde blass.

„Der Gott des Waldes?"

„Ja mein Kind.", antwortete er lächelnd mit sanfter Stimme.

„Wo bin ich hier, und was ist passiert?", fragte sie.

„Ich kann mich an nichts erinnern, außer an Schmerz und Dunkelheit."

„Das wird schon wieder. Und nun, ziehe hinaus und folge deiner Bestimmung."

Jetzt

Pascal bemerkte eine Hand auf seiner Schulter. Langsam drehte er sich um. Vor ihm stand eine hünenhafte Erscheinung mit einem Kapuzenmantel und einem langen Stab, der die Größe der Gestalt vor ihm hatte. Das, welches er eben erfahren hatte, schien dieser Mann ihm übermittelt zu haben.

„Du, mein Junge, hast dich richtig entschieden. Deshalb haben wir dich verschont. Dass die Tiere hier dich mögen, spricht für dich.", sagte er.

Pascal sah herunter zu der toten Frau und bemerkte, wie sie sich langsam auflöste und mit dem Waldboden eins wurde. Nachdem nichts mehr von ihr zu sehen war, schaute er zu dem Geist Mayas.

„Was geschieht jetzt mit mir und mit dir?", fragte er sie.

„Komm mit. Wir gehen ein wenig spazieren.", antwortete Maya. Sucellus lächelte zufrieden und ließ die beiden allein.

Sie unterhielten sich eine Weile und begaben sich dann zu der Hütte.

Der Hirsch und der Wolf warteten schon auf die beiden und begrüßten den jungen Mann zuerst.

„Du bist jetzt ihr neuer Beschützer. Sucellus und ich werden dir zur Seite stehen, wenn du uns brauchst.", sagte Maya.

„Und wie finde ich dich, wenn ich dich brauche?"

„Ich bin jetzt ein Waldgeist und du findest mich überall. Ob in dem Eichhörnchen, dem Wolf, dem Hirsch oder in den Bäumen, ich werde immer da sein." Mit diesen Worten löste Maya sich auf.

Pascal hatte nie wieder eine Waffe angerührt und lebte seitdem in totaler Harmonie mit der Natur und den Tieren des Waldes, bis er eines Tages selbst zu einem Waldgeist werden würde ...

ENDE

Das Grab im Wüstensand

1. Die Suche nach dem Sandkorn in der Wüste

1904 Ägypten, Heliopolis ...

Das Lager der Archäologen war einige Meter neben einer Tempelruine aufgebaut. Die Zelte standen wie Trutzburgen gegen den Wüstenwind im sandigen Gelände am Rande von Kairo. Der Sand fegte durch die kleinsten Ritzen und bildete Miniaturdünen im Inneren der provisorischen Behausungen. Im größten Zelt saß der Leiter der Expedition, Lord Connor Stevenson, an seinem Schreibtisch und verglich die Landkarte mit der Grabungsstelle. Seit mehr als zehn Jahren besuchte er Ägypten auf der Suche nach dem Grab der Prinzessin Nefertari, die einst in Ungnade fiel und für ihre Vergehen lebendig begraben wurde. Die Hinweise, die er in den letzten Jahren entdeckte, ließen ihn vom Tal der Königinnen über Abydos bis nach Heliopolis wandern. Jetzt kam er seinem Ziel immer näher. Die Anhaltspunkte hatten ihn in diese Ruinenstadt geführt. Obwohl damals, vor über 3500 Jahren, versucht wurde, alle Spuren der Prinzessin zu beseitigen, haben die Leute des Pharao einige Stelen und Säulen vergessen zu überprüfen. Seit nunmehr zwei Wochen gingen die Grabungen hier schon.

Lord Stevenson erhob sich von seinem Stuhl und vertrat sich die Beine. Dann hörte er in einiger Entfernung die aufgeregten Stimmen der Arbeiter. Er sah ein paar von ihnen davon laufen, als hätten sie einen Geist gesehen. Der Vorarbeiter Ahmed Razul kam schnaubend auf ihn zu.

„Sayyid, wir haben etwas gefunden.", sagte er aufgeregt und verneigte sich mehrmals.

„Ist gut mein Freund, erhebe dich.", antwortete der adelige Engländer. Er ließ sich von dem Ägypter zu der Fundstelle führen. Ahmed lotste ihn direkt zu der Tempelmauer. In sechs Meter Tiefe stießen die Arbeiter auf eine Wand, nachdem sie in den letzten Tagen eine Treppe freigelegt hatten, die unterhalb des antiken Bauwerkes endete.

Der Archäologe stieg die Stufen hinunter und blieb vor der Wand stehen. Eine Vertiefung ließ darauf schließen, dass es sich um eine versiegelte Tür handelte, und nicht um eine Mauer. Im oberen Viertel war ein Relief, welches die Form von Flügeln hatte. Darin war eine Warnung eingemeißelt.

Wer die Ruhe der Götter stört, wird mit tausend Toden bestraft. Der Fluch wird all jene treffen, die diese heilige Ruhestätte entweihen., übersetzte Stevenson.

„Sayyid, Ihr dürft dieses Grabmal nicht betreten. Es ist nicht das Grab, nach dem Ihr sucht.", flüsterte Ahmad ehrfürchtig. Der Lord sah sich die Umrisse in der Wand genau an. Er erkannte, dass eine Gipswand auf der eigentlichen Wandöffnung angebracht war. Mit einem Hammer, der im Sand lag, schlug er an einer Ecke unterhalb des Reliefs an das poröse Material. Ein großer Block fiel zu Boden und legte ein Stück einer reich verzierten Tür frei. Nach über 2500 Jahren waren die Farben erhalten, als wären die Malereien erst gestern auf das Gestein aufgetragen worden. Er schlug weiter mit dem Hammer auf die Schicht ein. Dann packte Ahmed seinen Arm und stoppte den Engländer.

„Sayyid, tut Ihr das zum Ruhm der Götter, oder für Geld?", fragte der Ägypter seinen Gebieter. Lord Stevenson hielt inne und überlegte. Er sah auf den freigelegten Teil der Tür und den erkennbaren Horusfalken, dann zu Ahmed und wieder zu seiner Entdeckung. Er senkte den Arm und ließ den Hammer fallen.

Erst jetzt bemerkte der englische Archäologe die Kälte. Trotz der herrschenden fünfzig Grad heißen Temperatur bildeten sich vor seinem und dem Mund Ahmeds kleine Wölkchen.

Wie im Winter, wenn der Atem gefriert., schoss es ihm durch den Kopf. Die beiden Männer guckten sich an und nickten sich gegenseitig zu. Zusammen schritten sie die Stufen nach oben. Dort angekommen sahen sie, dass die meisten Arbeiter zurückgekommen waren.

„Ahmed, sage den Männern, wir machen da hinten bei dem Schacht weiter. Morgen werden wir diesen Aufgang wieder zuschütten.", erteilte Stevenson dem Ägypter die Anweisung. Er zog sich in sein Zelt zurück. Er musste nachdenken ...

Am Morgen darauf wurde Connor Stevenson von einem entsetzlichen Schrei geweckt. Hastig zog er sich an und rannte nach draußen. Er sah sich um. Im Wüstensand kniete Ahmed und wimmerte. Erst etwas später realisierte Stevenson, weshalb sein Vorarbeiter da so verharrte. Die Arbeiter lagen tot im Camp verteilt. Er ging zu einem der Toten und ihm wurde schlecht. Irgendetwas hatte ihm das Fleisch von den Knochen gefressen. Eingehüllt in seine blutgetränkte Kleidung lag da ein Skelett. An manchen Stellen waren kleine Fleischstückchen an den Gebeinen übrig geblieben. Der Engländer sah sich die anderen Leichen an. Sie sahen alle gleich aus. Er ging zu Ahmed und legte ihm die Hand auf die Schulter.

„Komm mein Freund. Wir sollten wohl besser hier verschwinden.", sagte er leise. Ahmed sah ihn an. Traurig blickte er seinem Gebieter in die Augen.

„Wenigstens ist Euch nichts passiert, Sayyid.", sagte er und erhob sich. Sein Blick wanderte über das Gelände und stoppte an der Tempelmauer. Die beiden Männer sahen sich an und spurteten los. Ihre Befürchtung bestätigte sich.

Die Tür zur Gruft lag frei und war geöffnet. Der Fluch hatte sich erfüllt. Lord Stevenson packte noch am selben Tag seine wichtigsten Sachen, besorgte zwei Passagen nach England und verließ mit Ahmed

Ägypten. Die beiden Männer kehrten nie wieder in das Land der Pharaonen zurück.

1998 Deutschland, Itzehoe ...

Das Antiquitätengeschäft lag in der Fußgängerzone von Itzehoe, im Zentrum der Stadt. Jeder der daran vorbeiging, sah staunend in die Schaufenster. Die Gegenstände und Möbel stammten zum größten Teil aus dem späten 19. und dem frühen 20. Jahrhundert. Der Laden war eine Anlaufstelle für jeden Geschichtsbegeisterten, denn hier wurde man meistens fündig. Auch seltene Dinge aus früheren Epochen konnte man hier manchmal erwerben, aber aus versicherungstechnischen Gründen stellte der Inhaber sie nicht offen zur Schau. Ali Azeem Razul betrat das Geschäft, um seinem Freund Johann Konrad einen Besuch abzustatten. Er hatte ein in Leinen eingewickeltes Paket dabei.

Vor fünf Jahren haben die beiden Männer sich bei einer Veranstaltung im Museum in Kairo kennengelernt und es entwickelte sich eine Freundschaft zwischen dem deutschen Archäologen und dem ägyptischen Ägyptologen. Nachdem sein Vater vor fünf Jahren verstarb, hatte er die meisten Sachen aus dessen Besitz in Kisten verstaut und auf dem Dachboden seines Hauses am Rand von Itzehoe gelagert.

„Ali mein Freund, schön dich zu sehen. Darf ich dir einen Tee anbieten?", fragte der leicht ergraute Professor den Ägyptologen. Die beiden Männer begrüßten sich wie Brüder und umarmten sich.

„Ja gerne.", antwortete Ali und legte das Paket auf den Tresen. Nach ein paar Minuten kam Johann mit zwei gefüllten Teegläsern zurück. Er sah das eingewickelte Bündel und fragte:

„Was hast du denn da mitgebracht?"

Der schwarzhaarige Mann legte seine Hand auf das Paket und sah Johann an.

„Das stammt aus dem Erbe meines Vaters. Es sind die Tagebücher von Ahmed Razul, meinem Großvater und die Tagebücher seines Freundes, einem englischen Lord. Die beiden hatten 1904 bei archäologischen Grabungen ein schreckliches Erlebnis, worauf sie Ägypten verließen und nie wieder dorthin zurückkehrten. Außerdem sind da einige Karten bei, in denen die Grabungsstellen ihrer Expeditionen verzeichnet sind. Lord Connor Stevenson war auf der Suche nach dem Grab der Prinzessin Nefertari, die 1427 vor Christus lebendig begraben wurde. Dieses geschah zur Zeit der Regentschaft von Tutmosis III, ihrem Vater. In diesen Büchern ist alles notiert, was man wissen muss um das Grab zu finden."

„Was ist denn passiert, dass sie nie wieder dorthin kamen?"

„Sie fanden ein verfluchtes Grab. Am nächsten Morgen waren alle Arbeiter tot, nachdem sie die Gruft geöffnet hatten."

„Der Fluch der Pharaonen ... mittlerweile ein längst überholter Mythos."

„Ja, eigentlich schon, nur ... es soll kein Pharaonengrab sein, sondern das eines Gottes oder einer Göttin."

„Das klingt interessant. Aber wieso starben nur die Arbeiter, Stevenson und dein Großvater aber nicht?"

„Weil sie es nicht waren, die das Grab öffneten."

„Jetzt hast du mich aber neugierig gemacht, Ali. Wo liegt das Grab?"

„In Heliopolis, am Fuße einer Tempelruine. Es heißt, nur wer reinen Herzens ist, könne die Gruft betreten und lebend verlassen."

„Diese Legenden findet man zu Hauff. Und was hat das Grab der Nefertari damit zu kriegen? Da scheint ja eine Verbindung vorhanden zu sein."

„Allerdings. Alles, was wir darüber wissen müssen, befindet sich in diesen Tagebüchern und Karten."

Ali wickelte die Bücher aus. Obenauf lag ein Bündel mit Landkarten. Er nahm die obere und faltete sie auf. Dann zog er mit dem Finger einen Kreis um den eingezeichneten Tempel.

„Hier irgendwo muss das Grab Nefertaris sein. Es gibt nur ein Problem."

„Welches?"

„Die Nazis haben 1941 auch danach gesucht. Sie vermuteten dort mächtige Artefakte und Reliquien, die sie unbesiegbar machen sollten. Jedenfalls haben sie die Gegend so durchwühlt und vieles zerstört, so dass man gar nicht mehr weiß, wo welche Grabungen damals stattfanden. Die Karten sind somit fast wertlos."

„Hm ... das klingt nach einem Abenteuer:"

„Ja. Einem sehr gefährlichem sogar."

„Ich werde mich um die Genehmigungen kümmern und alles andere veranlassen. Dann sehen wir weiter mein Freund." Johann schwieg einen Moment.

„Was macht eigentlich dein Sohn? Der müsste doch jetzt etwa achtzehn sein?"

„Er ist einundzwanzig und studiert Ägyptologie." Ali sah zu Boden und spielte nervös mit seinen Fingern. Er griff zu seinem Tee, sah Johann in die Augen und fuhr fort.

„Fatima zog mit Ahmed nach Ägypten, als er drei Jahre alt war. Unsere Ehe hielt nicht lange. Ich würde ihn gerne noch einmal sehen, weil ich nicht weiß, wie viel Zeit mir noch bleibt."

„Wie soll ich das verstehen?"

„Ich bin unheilbar krank."

Das war ein Schock für Johann.

Der Professor studierte die Tagebücher und Karten, die Ali ihm gebracht hatte. Der Publikumsverkehr in der Fußgängerzone ließ langsam nach und es war schon dunkel, als die Frau Johanns Laden betrat. Sie war dabei nahezu lautlos. Erst als sie am Tresen stand und sich räusperte, bemerkte der Professor sie.

„Oh ... bitte entschuldigen Sie.", sagte er höflich. Er war etwas irritiert, denn er hatte die Glöckchen an der Tür nicht gehört. Die in einem schwarzen Mantel verhüllte Frau war kaum zu erkennen. Nur das Kinn lugte unter der tief nach vorn gezogenen Kapuze hervor.

„Sind Sie Johann Konrad der Archäologe?", fragte sie flüsternd.

„Ja, der bin ich. Was kann ich für Sie tun?"

„Wie ich sehe, sind Sie gerade beschäftigt." Unauffällig überflogen ihre Blicke die aufgeklappte Karte. Ohne zu fragen, griff sie blitzschnell auf das alte Papier und drehte es zu sich hin. Johann beobachtete die schlanke sonnengebräunte Hand. Der Hautfarbe nach stammte die Frau aus dem Orient. Ihm war nicht ganz wohl. Hastig nahm er die Karte, faltete sie zusammen und ließ sie unter dem Tresen verschwinden.

„Wer sind Sie und was wollen Sie?", fragte er leicht verärgert. Die Frau zog die Kapuze runter und er hatte sich mit seiner Vermutung nicht geirrt. Das Gesicht einer hübschen Orientalin kam zum Vorschein. Ihre dunkelbraunen Augen blitzten kurz grün auf. Der Kragen des Mantels klappte auseinander, so dass Johann ein goldenes Ankh - ein ägyptisches Henkelkreuz - erkennen konnte, welches zwischen ihren Brüsten glänzte.

„Mein Name spielt keine Rolle. Jedenfalls noch nicht.", Sie schwieg einen Moment und fuhr dann fort.

„Sie sind also auf der Suche nach dem Grab der Nefertari. Holen Sie die Karte wieder hervor und ich werde Ihnen zeigen, wo Sie es finden werden.", flüsterte die Frau.

Johann konnte sie nicht wirklich einschätzen. Sie wurde dem Professor immer unheimlicher, denn einerseits wirkte sie kalt und unnahbar, andererseits aber ebenso sympathisch. Er holte die Karte wieder aus der Ablage unter dem Tresen, breitete sie aus und reichte der Frau einen Stift. Sie berührte an einer Stelle das Papier und ein kleines X brannte sich ein. Dann zog sie ihre Hand wieder zurück.

„Dort befindet sich das Grab der Prinzessin." Sie griff unter ihren Mantel und holte einen Umschlag heraus, den sie auf das Möbel legte.

„Hier sind zwei Hin- und Rückflugtickets nach Kairo für Sie und Ihren Freund. Sie finden darin auch die Genehmigungspapiere für die Grabungen. Wir treffen uns dann in drei Tagen dort.", sagte sie leise, drehte sich um und ging. Auf dem Weg zur Tür löste sie sich in Luft auf.

Johann starrte noch ein paar Minuten auf die Stelle, wo seine Besucherin verschwand, schaute auf den Umschlag und wusste, er hatte es sich nicht eingebildet. Er sah auf die Uhr, griff zum Telefon und wählte Alis Nummer. Als der am anderen Ende das Gespräch annahm, sprudelte es aus Johann heraus:

„Ali, du glaubst nicht, was hier gerade passiert ist." Er erzählte seinem ägyptischen Freund alles von Anfang bis Ende.

Kairo, Ägypten. Ein Tag später ...

Die Sonne stach förmlich. Ohne Kopfbedeckung war es unerträglich. Die Gefahr sich einen Hitzschlag einzukassieren war doppelt so hoch wie in Deutschland. Deshalb trug Johann einen Fedora-Hut. Vor zwanzig Jahren hatte er ihn sich gekauft, nachdem er *Jäger des verlorenen Schatzes* im Kino gesehen hatte. Die Hauptfigur Indiana Jones hatte den gleichen Hut. Seitdem trug Johann ihn bei seinen Expeditionen immer. Ali schien die Hitze nichts auszumachen und schritt ohne Kopfbedeckung neben seinem Freund her.

Nachdem sie ihre Hotelzimmer bezogen hatten, schaute Johann aus dem Fenster aus dem sechsten Stock und konnte direkt auf das Gizeh-Plateau blicken. Der Anblick der Cheops- und Chephren-Pyramiden sowie der Sphinx überwältigte ihn jedes Mal aufs Neue. Für den nächsten Tag nahm er sich vor, sich die Umgebung von Heliopolis genauer unter die Lupe zu nehmen. Noch würden sie die Ruinen betreten und im Umfeld Grabungen vornehmen können. In absehbarer Zeit würde aber auch das nicht mehr möglich sein, da Kairo stetig wuchs. Das Klingeln des Telefons riss Johann aus seinen Gedanken. Er nahm den Hörer des alten Tastentelefons ab.

„Ja?", meldete er sich.

„Hallo Professor Konrad. Hatten Sie und Ihr Freund einen guten Flug?", fragte eine Frauenstimme. Er erkannte sie als die der Frau vom Tag zuvor in seinem Laden wieder.

„Ja, ich kann mich nicht beschweren. Auch das Hotel, das Sie uns ausgesucht haben, macht einen sehr guten Eindruck."

„Ich möchte sicherstellen, dass Sie sich wohlfühlen. Da gehört eine gute Unterbringung nun mal dazu."

„Darf ich Sie etwas fragen?"

Die Frau lachte.

„Wenn Sie nicht zu neugierig sind ..."

„Warum ist das Grab der Nefertari für Sie so wichtig? Wurde da ein besonderes Artefakt oder ein Schatz mit begraben?" Sie lachte erneut.

Johann hatte mit allem gerechnet, aber nicht mit dieser Antwort.

„Wissen Sie, Herr Professor, ich finde Ihre Denkweise zu einfach für einen Mann mit Ihrer Bildung." Sie schwieg einen Moment und sprach dann in einem frostigen und ernsten Ton weiter.

„Ich will sichergehen, dass Nefertari auch wirklich tot ist!"

Johann lief es eiskalt den Rücken runter, trotz der Hitze.

„Die Arbeiter bauen gerade das Lager auf und ich hole Sie morgen früh um sieben Uhr ab. Schlafen Sie gut.", sagte sie emotionslos aber bestimmend und beendete das Gespräch. Er sah den Hörer an und legte ihn zurück auf das Telefon.

„Ein reizendes Mädchen. Das kann ja heiter werden.", brummelte er.

Er nahm sich nochmal die Karten vor und sah sie sich genau an. Erst jetzt bemerkte er, dass sie unterschiedlich waren. Er legte die Vermessungskarten übereinander und hielt sie gegen das Licht. Im Groben glichen sie sich wie Zwillinge, doch die Lösung lag diesmal im Detail. Er stellte fest, dass es sich nicht um eine Kopie handelte, sondern um eine abweichende Karte. Die verbrannte Markierung zeigte auf eine Stelle, wo sich vor 94 Jahren noch Wüstensand befand, aber heute Häuser standen. Auf der anderen Skizze war in gewisser Entfernung Wasser.

Johann kratzte sich am Hinterkopf. Nicht nur die Position des Grabes schien abzuweichen, sondern auch der Grundriss des Tempels. Das alles war aber vorher nicht zu erkennen.

Oh man, auf was hast du dich da bloß eingelassen?, dachte er und sah aus dem Fenster, hinüber zu den Monumenten der Pharaonen ...

Gegen halb sieben klopfte es an Johanns Zimmertür. Es war Ali, der am Abend zuvor nicht mehr ansprechbar war, da es ihm nicht gut ging. Die beiden Männer hatten sich für diese Uhrzeit verabredet. Johann erzählte seinem Freund von seiner Entdeckung und dem Telefonat mit der geheimnisvollen Frau.

„Wie ist deine Einschätzung? Ist sie gefährlich?", fragte der Ägypter.

„Ich glaube nicht, aber sie ist schwer zu durchschauen. Du kannst dir gleich selbst ein Bild von ihr machen. Sie kommt uns abholen."

Zwanzig Minuten später klopfte es erneut an der Zimmertür und ohne auf eine Bestätigung zu warten, trat die Frau ein. Sie trug eine Hose und Jacke aus blauem Jeansstoff und darunter ein weißes T-Shirt. Die Brustwarzen drückten von innen gegen den Stoff. Die Blicke der Männer entgingen ihr nicht.

„Nana meine Herren, ich habe auch Augen, falls Ihnen das entgangen sein sollte.", sagte sie schnippisch. Ihre schwarzen hüftlangen Haare trug sie offen. Sie wirkte nicht mehr so kühl und finster, wie an dem Abend in Johanns Laden. Aber sie strahlte etwas aus, was er nicht einzuordnen vermochte. Ein düsterer Schleier umhüllte sie und dennoch war sie den beiden Männern nicht unsympathisch.

Die Frau unterhielt sich mit einem ihrer Begleiter in arabischer Sprache. Johann und Ali hörten genau zu. Nachdem der Ägypter gegangen war, ergriff der Archäologe aus Itzehoe das Wort:

„Soso, Frau Professor Khalil. Professor in was?"

„In Ägyptologie und Alte Welt."

„Oh ... auch Okkultismus?"

„Natürlich. Das eine schließt das andere nicht aus."

„Ok, Frau Khalil. Meinen Sie nicht, dass es mal an der Zeit ist, uns über Sie aufzuklären?"

„Na gut. Mein Name ist Amunet Yanara Khalil. Ich bin seit meiner Kindheit auf der Suche nach dem Grab der Nefertari. Zufrieden?"

„Für den Anfang war das ja schon nicht schlecht, aber ich möchte wissen, was dieser ganze geheime Humbug soll. Vorher rühre ich mich nicht vom Fleck.", sagte Johann mit fester Stimme. Er wollte sehen, ob er die junge Ägyptologin aus der Reserve locken konnte.

Sie sah ihn direkt an. Ihre Lippen verzogen sich zu einem müden Lächeln und ihre Augen blitzten kurz hellgrün auf.

„Mehr brauchen Sie vorerst nicht wissen. Alles andere zu seiner Zeit. Und nun kommen Sie, ich wollte eigentlich noch vor dem Mittag in Heliopolis sein.", erwiderte Amunet schroff und verließ das Zimmer.

„Meinst du, dass es klug war sie zu verärgern?", fragte Ali.

„Och ... wirklich verärgert kam sie mir gar nicht vor.",gab der Professor zurück, grinste, nahm seinen Hut und seine Ausrüstung.

„Komm mein Freund. Wir wollen Madames Geduld doch nicht überstrapazieren."

Wie ein nervöser Tiger stapfte Johann im Hauptzelt des Camps auf und ab.

„Wenn Sie hier Furchen in den Boden traben wird sich auch nichts daran ändern!", knurrte Amunet Yanara Khalil den Archäologen an.

„Ich kann nichts dafür, dass in den letzten 94 Jahren alles bebaut wurde und von der Tempelanlage nichts mehr übrig ist."

„Aber diese Stadt ist doch Ihre Heimat. Da hätten Sie es wissen müssen.", warf er ihr vor. Sie vergrub ihr Gesicht in den Händen. Das lange Haar der sitzenden jungen Frau fiel nach vorn. Wie ein Vorhang hing es herab und berührte den Boden. Dann ruckte ihr Kopf hoch.

„Geben Sie mir mal bitte Ihre Karten.", sagte sie leise. Wortlos kam Johann dem Wunsch nach. Amunet verließ mit einem der Pläne das Zelt und Jonas folgte ihr. Abrupt blieb sie stehen. Sie hielt das alte Papier in verschiedene Richtungen, drehte sich mehrmals und suchte nach Anhaltspunkten. Sie entdeckte die Spitze eines Obelisken, der aus dem Sand ragte. Amunet senkte die Karte und ihren Kopf. Offenbar enttäuscht schlurfte sie in das Zelt zurück. Als Johann Selbiges betrat, saß die junge Frau teilnahmslos auf einem Stuhl. Sie sah ihn an.

„Verdammt, Sie hatten Recht. Ich hätte es wissen müssen. Die Nekropole befindet sich tief unter uns. El Shams und Matarya, diese Stadtteile, wurden darüber errichtet." Amunet sprang auf, hüpfte wie ein bockiges Kind, dem man etwas weggenommen hatte, dreimal auf und stampfte auf den Boden. Sie nahm eine Haltung an, wie jemand, der kurz vorm Explodieren war und schrie vor Wut.

„Verdammt, verdammt, verdammt!", fluchte sie und setzte sich erneut. Ihr Gesichtsausdruck spiegelte ihre Laune deutlich wieder.

„Sind Sie erregt?", fragte Johann ironisch. Amunet schielte schräg zu ihm hoch. Ihre Augen blitzten zum wiederholten Male grün.

„Nöö, wie kommen Sie denn darauf? Heliopolis existiert nicht mehr, die Nekropole ist unerreichbar, was soll mich da noch aufregen? Mir scheint sogar vor Freude die Sonne aus dem Arsch!", maulte sie. Der Archäologe ließ die junge Frau ein paar Minuten in Ruhe, dann hockte er sich vor sie. Er fasste sie mit Zeigefinger und Daumen am Kinn und hob ihren Kopf an. Er rechnete damit, sich eine Backpfeife einzufangen, aber die blieb aus. Sie sah ihn traurig an. Tränen standen in ihren Augen. Eine lief einsam die Wange herab. Johann nahm ein Taschentuch aus seiner Jacke und tupfte den salzigen Tropfen ab. Beruhigend redete er auf sie ein.

„Nun lassen Sie mal nicht den Kopf hängen. Wir finden schon eine Möglichkeit, da runterzukommen. Ich schlage vor, wir fahren zurück ins Hotel und arbeiten da gemeinsam die Karten und die Tagebücher durch. Vielleicht haben wir etwas übersehen und die Hinweise warten nur darauf, entdeckt zu werden."

Amunet lächelte und dieses Mal war es ein ehrliches Lächeln. Es strahlte Wärme und Dankbarkeit aus. Johann erhob sich, reichte der Ägyptologin die Hand.

„Ich heiße übrigens Johann.", sagte er. Verwundert sah sie den deutschen Archäologen an.

„Ok, Johann. Meine Freunde nennen mich Yanara.", erwiderte sie und lächelte erneut. Sie bot Ali, der sich die ganze Zeit über zurückgehalten hatte, ebenfalls das Du an. Gemeinsam verließen sie das Camp.

2. Nekropolis

Im Hotelzimmer angekommen ließ Johann vom Zimmerservice Essen bringen. Er setzte Kaffee auf, denn er bereitete sich auf eine lange Nacht vor.

Während Ali und Yanara in den Tagebüchern nach Hinweisen suchten, nahm der deutsche Professor das Essen in Empfang. Er servierte es der jungen Frau und seinem ägyptischen Freund.

„Das riecht lecker. Was ist das?", fragte die Ägyptologin.

„Das ist Döner. Eines der beliebtesten Fastfoodgerichte in Deutschland. Ich kenne in der Küche einen Koch, der zehn Jahre in Itzehoe gelebt hat und der hat es nach meinem Wunsch zubereitet. Da ich nicht wusste, ob ihr Lamm mögt, habe ich ihn mit Hühnchenfleisch zubereiten lassen."

Es war deutlich sichtbar, dass es Yanara schmeckte. Ihr Gesicht sah aus, als wäre sie damit in den Soßentopf gefallen, aber das kümmerte die hübsche Ägypterin nicht. Sie schmatzte unüberhörbar und brabbelte nach jedem Bissen:

„Köffliff. Eimfaff köffliff." Ihre Augen glänzten. Johann schmunzelte.

„So gefällst du mir schon besser, Yanara."

„Wieffoo?", fragte sie erstaunt und schluckte den Bissen nach dem Kauen runter.

„Was ist denn nun anders?"

„Naja, sie wirken jetzt so ... natürlich und menschlich." Sie lächelte und bedankte sich für das Kompliment. Dann kam sie darauf zurück, weshalb sie in Johanns Hotelzimmer waren. Yanara zeige auf das aufgeschlagene neben ihr liegende Buch.

„Ich glaube, ich habe da etwas gefunden. Laut Stevensons Aufzeichnungen vom Juni 1903 hat er einen Eingang in die Nekropole entdeckt. Sie liegt nur einen Häuserblock vom Camp entfernt, unter einem kleinen Backsteinhaus mit der Nummer 777."

„Das stand doch früher noch nicht da.", warf Ali ein.

„Nein, aber ich habe eine aktuelle Karte mit der von damals verglichen.", antwortete die junge Frau.

Johann nahm die beiden Landkarten und sah sie sich an.

„Die 777 macht mich stutzig. Das ist eine unheilvolle Zahl."

„Ja, aber ich vermute, sie weist uns den Weg in die Totenstadt."

„Dann werden wir morgen dort hinab steigen."

„Sollten wir da nicht erstmal um Erlaubnis fragen?"

„Brauchen wir nicht.", sagte Yanara und schwieg einen Moment.

„Das Haus ist unbewohnt und steht seit Monaten leer."

„Und das macht es einfacher?"

„Jap. Ich kaufe es einfach."

„Und das geht so ohne weiteres?"

Yanara atmete tief ein.

„Mein lieber Professor, hier ist nicht alles so kompliziert wie in Deutschland. Hier winkt man mit der passenden Menge Geld und das Thema ist vom Tisch. Unsinnige Bürokratie war hier noch nie beliebt."

Johann kratzte sich am Kopf.

„Und was meinst du, wann wir loslegen können?"

„Ich habe vorhin ein wenig herumtelefoniert und den Besitzer ausfindig machen können. Spätestens morgen früh können wir in das Haus."

Die Sonne erhob sich und überschüttete Kairo mit ihrem gleißenden Licht. Es war kurz vor sieben Uhr, als es an der Tür klopfte. Johann öffnete und Yanara stürmte grinsend und mit einem Schlüsselbund wedelnd in sein Hotelzimmer.

„Ich hab es.", verkündete sie freudestrahlend.

„Ich habe mich in dem Haus schon umgeschaut und alles für unseren Vorstoß in die Nekropole vorbereitet. Die Helfer bauen so weit alles auf."

„Das ist ja großartig. Ich sage kurz Ali bescheid, dass wir gleich aufbrechen."

„Brauchst du nicht. Er war eben im Restaurant und bringt Kaffee mit."

Kaum hatte die junge Ägypterin ihren Satz beendet, da klopfte es auch schon. Sie ließ den Ägyptologen eintreten.

„Guten Morgen mein Freund.", begrüßte er Johann und reichte Yanara und dem Professor einen der mitgebrachten Kaffee.

„Wie geht es dir heute? Fühlst du dich kräftig genug zum Erkunden?", fragte der deutsche Archäologe. Ihm war nicht entgangen, dass es seinem Freund von Tag zu Tag schlechter ging.

„Sagen wir, den Umständen entsprechend.", murmelte der Ägyptologe leise. Nach einigen Minuten des Schweigens ergriff Yanara das Wort.

„Ok Jungs, dann lasst uns mal loslegen. Es warten ein paar Mumien auf ihre Entdeckung."

Tanis, 151 Kilometer von Heliopolis entfernt

Das alte Haus am Rande der Ruinenstadt sah von außen verkommen aus. Man könnte meinen, dass es jeden Moment einstürzen würde. Die Behausung passte sich somit hervorragend an die Umgebung an. Niemand würde auf die Idee kommen hier einzubrechen oder gar denken, dass sich hinter den Lehmziegelmauern wertvolle Dinge befanden. Im Inneren hingegen war es sehr sauber und gepflegt. Kein Vergleich zum äußeren Erscheinungsbild.

Eine vermummte alte Frau, die sich als Wahrsagerin und Medium ihr Geld verdiente, schlich durch die Räume. Ihre Gabe hatte ihre Mutter ihr vererbt. Sie schlurfte in ihr Arbeitszimmer, wie sie es immer nannte. Es war mit Statuen, Wandreliefs und anderen Objekten die an das alte Ägypten erinnerten geschmückt. Die meisten Gegenstände waren Repliken, der Sarg aus Gold indessen, der die gläserne Tischplatte trug, war echt. Er stammte aus einem verschollenen Grab in Sakkara, welchen der Urgroßvater der Frau vor fast einhundert Jahren vor Grabräubern rettete. Die Totenkiste war reich verziert und trug das Gesicht einer jungen Frau. In ihren gekreuzten Händen hielt sie je ein Chepesch, ein altägyptisches Krummschwert. Die Alte entfernte die schwarze Tischdecke, mit der die Glasplatte abgedeckt war. Die Augen des goldenen Gesichts bewegten sich und sahen sie an.

Es ist so weit. Sie sind da., hörte die vermummte eine weibliche Stimme in ihrem Kopf.

„Wer?", krächzte sie fragend.

Der Retter und das Kind.

„Und was werden wir nun tun?"

Nimm Ahmed, Anh-Ra-Tep und das Amulett. Sorge für den Schutz der drei, die sich gerade in die Nekropole von Heliopolis begeben. Es ist wichtig für uns dass sie am Leben bleiben.

„Aber ich weiß nicht, ob ich diese Strapazen überstehen werde."

Doch, das wirst du, Samira.

Kaum verstummte die Stimme, schoss ein Blitz aus dem goldenen Sarg und traf die alte Frau. Für einen kurzen Augenblick stand sie lichterloh in Flammen. Sie qualmte und verbrannte Stofffetzen fielen zu Boden. Ihre Augen glühten einen Sekundenbruchteil rot auf und ein Lächeln umspielte die Lippen eines jugendlichen Gesichts. Aus der alten Frau war eine hübsche Jugendliche geworden, die höchstens zwanzig Jahre alt war.

Gehe diesmal sorgsam mit deiner Jugend um. Meine Kraft ist verbraucht und ich werde dich nicht mehr verjüngen können, meine treue Dienerin.

Samira verneigte sich ergeben vor dem Sarg.

„Ja, meine Göttin."

Jetzt nimm deinen Bruder, Anh-Ra-Tep und erfülle deine Mission.

Die junge Frau verneigte sich nochmals und ging gebeugt rückwärts aus dem Zimmer. Dann hörte sie ein Klickgeräusch und die Chepesch fielen zu Boden.

Die solltest du mitnehmen. Vergiss das Amulett nicht und ... zieh dir besser etwas an., erklang ein letztes Mal die Stimme.

Samira eilte zu einem Schrank, zog ein weißes Leinenkleid heraus und streifte es sich über. Sie nahm Schmuck aus einer Schatulle und legte ihn sich an. Im Anschluss betrachtete sie sich in dem großen Wandspiegel.

Wie eine Tempeldienerin sah sie aus. Sie lächelte und nickte sich zu. Sie sammelte die Schwerter ein und befestigte sie an ihrem Gürtel. Sie zog sich einen schwarzen weiten Mantel mit Kapuze über. Dann schritt sie zu dem kleinen Altar, der sich in einer Wandnische befand und öffnete eine andere Schatulle. Auf rotem Samt gebettet lag ein goldenes Ankh mit Hieroglyphen graviert. Sie hob es mit dem Innenfutter des Kästchens hoch, umwickelte das Amulett und verstaute es in einer Geheimtasche ihres Gürtels. Dann rief sie nach ihrem Bruder und Anh-Ra-Tep. Gemeinsam verließen sie das Haus.

Yanara sah sich in dem kleinen Haus um.

„Irgendwo hier muss es eine Falltür oder einen Hohlraum geben. Sucht danach.", sagte sie aufgeregt zu ihren Begleitern und zog an dem großen Teppich, der den Boden bedeckte. Johann und Ali packten mit an. Im letzten Raum, einem kleinen Zimmer, wurden sie fündig und entdeckten eine Falltür. Es war mit einem Vorhängeschloss, welches in einer Vertiefung lag, verriegelt.

„Das muss es sein.", sagte die Ägypterin hustend. Sie hatten viel Staub aufgewirbelt, der sich langsam legte. Ali hustete unentwegt und schwer.

„Ich muss raus ...", krächzte er, hielt sich ein Tuch vor Mund und Nase und lief hastig nach draußen.

„Er sieht gar nicht gut aus.", äußerte Yanara sich besorgt und sah Johann nachdenklich an.

„Seine Lunge. Er hat COPD und als würde das nicht schon schlimm genug sein, auch noch Lungenkrebs.", antwortete der Professor besorgt und lief seinem Freund hinterher. Er sah Ali nach Luft ringend auf den Stufen vor dem Hauseingang und setzte sich zu ihm.

„Du musst da nicht unbedingt mit runter. Da unten wird die Luft noch enger sein.", sagte Johann leise. Er steckte sich eine Zigarette an, die sein ägyptischer Freund ihm umgehend aus dem Mundwinkel zog und selber rauchte.

„Das solltest du lieber lassen, Ali. Das ist in deiner Situation nicht gut."

Er sah den Professor an und blickte ihm tief in die Augen.

„Die Ärzte haben mir nur noch eine Lebenserwartung von drei Monaten bescheinigt. Was soll es da bringen, für die paar Wochen mit dem Rauchen aufzuhören?", gab er patzig zurück.

„Nur ein Wunder könnte mich noch retten und die sind bekanntermaßen Mangelware."

„Und was wäre, wenn ich dir eines bescheren könnte?", fragte eine Frauenstimme leise. Die beiden hoben ihre Köpfe und sahen die drei Personen vor sich an. Sie trugen schwarze Kapuzenmäntel. Ihre Gesichter waren nicht zu erkennen. Der größte in der Runde trat einen Schritt vor und forderte Ali mit einer Handbewegung auf, sich zu erheben, welchem er zögernd nachkam. Johann erkannte im Sonnenlicht den Arm des hünenhaften Mannes und starrte sofort unter seine Kapuze. Der Professor erschrak und ihm wurde schlagartig trotz der Hitze kalt. Das Gesicht der Gestalt, sowie die Arme waren mit alten vergilbten Binden umwickelt. Aus einer Art Sehschlitz starrten ihn tote Augen an, die von vertrockneter Haut umrandet aus den Bandagen lugten. Johann wurde blass. Vor ihnen stand eine lebende Mumie.

Der Archäologe stolperte vor Schreck rückwärts, hakte mit einem Fuß hinter die unterste Stufe, verlor das Gleichgewicht und stürzte zu Boden. Die Mumie sprang vor, packte den Professor an den Armen und stellte ihn wieder auf seine Füße.

Johann verstand die Welt nicht mehr. Ist das jetzt gerade wirklich passiert? Die Frau trat nun ebenfalls einen Schritt auf die Männer zu.

„Wir sollten besser reingehen, bevor uns noch jemand sieht.", sagte die Frau und schob den Ägypter und den Deutschen ins Haus, dicht gefolgt von der dritten Gestalt und der Mumie. Drinnen angekommen eilte Yanara um die Ecke und sah den Besuch. Sie erschrak ebenfalls beim Anblick des Jahrtausende alten Leichnams, der nun den Kapuzenmantel auszog. Die anderen beiden entledigten sich auch ihrer Mäntel und sahen den Ägyptologen an.

„Wir sind hier, um dir zu helfen, Vater.", ließ das Mädchen die Katze aus dem Sack.

Johann und Ali schauten sich und dann wieder die junge Frau an. Sie war höchstens zwanzig Jahre alt, schlank, hatte lange schwarze gewellte Haare, die ihr bis unter die Schulterblätter reichten.

„Oh ... Familientreffen?", fragte Yanara irritiert. Sie starrte fasziniert das Mädchen an. Es war mit einem weißen, leicht transparenten bodenlangen Leinenkleid bekleidet, dessen Ausschnitt fast bis zum Bauchnabel reichte. Ein breiter goldener Kragen verdeckte einen Teil ihrer wohlgeformten Brüste. Am Gürtel trug sie zwei Chepeschschwerter, wie sie sie sonst nur aus dem Museum kannte. Der junge Mann, der kaum älter war als das Mädchen, war mit einer weißen Robe bekleidet, wie Tempeldiener sie für gewöhnlich trugen. Allerdings war die Kleidung der beiden nicht zeitgemäß. Sie wirkten wie aus der Zeit gefallen.

„Ali Razul, wir sind deine Kinder. Ich bin Samira und das ist mein Bruder Ahmed. Und unser großer Freund hier heißt Anh-Ra-Tep.", erklärte das Mädchen und deutete auf die Mumie, die sich vor den Archäologen verneigte.

Noch immer überrascht starrte Ali das ungleiche Trio an. Er konnte es nicht fassen. Er hatte nicht nur einen Sohn, sondern auch eine Tochter. Mit rauer Stimme fragte er schließlich:

„Wie kann das sein? Als deine ... äh ... eure Mutter mich verließ hatte sie nur ein Kind. Dich, Ahmed."

Samira schmunzelte.

„Mutter war im zweiten Monat schwanger, als sie dich verließ. Ich wurde hier geboren."

Ali ging langsam auf sie zu, sah den beiden in die Augen und suchte einen Anhaltspunkt von Boshaftigkeit oder Verlogenheit in ihnen, aber vergebens. Er sah Güte, Liebe und Ehrlichkeit. Von Falschheit keine Spur. Wie einst bei Fatima. Nach einigem Zögern nahm er die jungen Leute in die Arme. Er spürte ihre Wärme und war wie elektrisiert. Nach so vielen Jahren hatte er seinen Sohn wiedergefunden und dazu auch noch eine Tochter bekommen. Er küsste beide auf die Stirn, ging einen Schritt zurück und lächelte.

„Komm, lassen wir den dreien ihren Moment.", sagte Johann zu Yanara und verließ mit ihr den Raum. Er schaute noch einmal zurück und sah Samiras stechenden Blick. Eine Erklärung hatte er nicht, aber irgendwas stimmte nicht mit ihr.

Aus den Aufzeichnungen von Connor Stevenson.

Ägypten September 1903

Seit nunmehr sechs Monaten laufen die Ausgrabungen hier in Sakkara, einer Totenstadt der alten Ägypter, bis zum gestrigen Tage ziemlich erfolglos. Nachdem wir allen bis dahin bekannten Hinweisen gefolgt waren, entdeckten die Arbeiter gestern einen längst verschütteten und seit tausenden von Jahren unberührten Zugang zu einem Grabmal. Sechzehn Stufen haben sie freigelegt, bis sie vor einer versiegelten steinernen Tür standen. Es herrschte große Aufregung. Mein Vorarbeiter und treuer Freund Ahmed Razul trieb seine Landsleute an, den Zugang vollends freizulegen. Eine totale Sonnenfinsternis in den frühen Morgenstunden versetzte die meisten von ihnen in helle Panik und sie liefen davon. Die Finsternis trat in dem Augenblick ein, als wir das Siegel brachen und die Tür öffneten. Es war ein bedeutender Moment, denn wir betraten das Grab einer bis dahin unbekannten Priesterin. Laut der Kartusche im Siegel hieß sie Anoksunamun und war eine Hohepriesterin der Göttin Hathor. Die meisten Arbeiter liefen aus Angst vor der Sonnenfinsternis davon, Sie hielten es für ein böses Omen. Doch Ahmed, zwei Tagelöhner und ich blieben. Mit unseren Petroleumlampen betraten wir das Grab.

Als Erstes schritten wir einen langen, abfallenden Gang entlang, der nach circa einhundert Metern in einer großen Halle endete. Wir teilten uns darin auf und gingen in weitem Abstand in einer Linie vor. Völlig überraschend geschah etwas Unheimliches. Wie von Geisterhand flammte Feuer in den riesigen mannshohen Schalen und den Pechrinnen an den Wänden auf.

Wir konnten die Wandmalereien, die Hieroglyphen, einfach alles erkennen. Staub rieselte von den Mauern und fiel zu Boden. Dadurch wurden weitere Figuren und Motive sichtbar. Es fing an zu glitzern und wir sahen, wie stumpfer Goldglanz zu funkeln einsetzte. Alles sah aus, wie eben entstanden. Wir hörten Geklapper, Geklingel und langsame Schritte. Die Geräusche erklangen hinter uns und wir sahen eine Prozession, wie sie von uns noch nie jemand zuvor zu Gesicht bekam. Ein reich verzierter goldener Sarg wurde in die Halle getragen. Soldaten des Pharao trieben sechs gefesselte Frauen vor sich her und stießen sie neben einer der riesigen Säulen zu Boden. Die Männer mit dem Sarkophag schritten an ihnen vorbei und verschwanden in einem Gang, der an der Stirnseite der Halle anfing. Dicht gefolgt von einem gefesselten Hünen. Die silbernen Ketten erlaubten ihm nur, gehen zu können. Seine Augen leuchteten gelb und obwohl er einen friedlichen, fast gütigen Gesichtsausdruck hatte, wurde er wie eine Bestie behandelt.

Am Ende der Prozession war ein Oberpriester des Amun-Ra und sechs untergebene. Wir folgten den Sargträgern durch den breiten Tunnel und sahen, wie die menschengroße Totenkiste aufrecht an die Wand gestellt und geöffnet wurde. Darin verbarg sich ein in Leinen gewickelter Körper. Es war der einer Frau. In diesem Augenblick wurden die sechs jungen Tempeldienerinnen unsanft in die Kammer und zu Boden gestoßen. Die Soldaten stellten sich hinter ihnen auf und hielten die Mädchen an den Schultern fest. Dann betraten die Priester ebenfalls das Gewölbe. Der Oberpriester trat an die Mumie heran und nahm ihr die Totenmaske ab und ich erschrak. Dahinter schaute ein paar entsetzte Augen aus den Bandagen hervor. Der nobel gekleidete Mann sprach etwas in altägyp-

tisch und zeigte auf die knienden Mädchen. Die Soldaten zogen Dolche aus ihren Gürteln und einer nach der anderen wurde die Kehle durchgeschnitten und sie sackten vornüber zu Boden. Das Blut lief in kleine Vertiefungen und sammelte sich am Fußende des Sarges. Aus den Binden erklang ein gedämpfter Aufschrei und die vorher braunen Augen glühten grün. Der Oberpriester setzte der Frau in dem goldenen Gebilde die Totenmaske wieder auf und ließ den Deckel verschließen. Die Schreie aus dem Sarg waren nicht mehr zu vernehmen. Erst jetzt fiel mir das kunstvoll gestaltete Oberteil des Sarkophags richtig auf. Die sorgfältig modellierte Frau hielt zwei Chepesch - altägyptische Krummschwerter - in den Händen.

Der Hüne wurde in die Kammer geschafft und von einem der Soldaten niedergeschlagen. Dann wickelten sie den Mann in Bandagen, versahen ihn mit zwei Amuletten - eines unter, eines über den Leinenstreifen - und verfrachteten ihn in eine hohe schmale Nische in der Wand und mauerten sie zu.

Als sie ihr Werk vollendet hatten, lösten sich alle auf. Das Gewölbe verwitterte im Zeitraffer und das Feuer in den Pechrinnen und Schalen erlosch.

Ahmed, die beiden Arbeiter und ich waren sprachlos. Beim Hinausgehen erblickte ich links von der Wandöffnung zum Tunnel von Staub, Sand und Spinnweben bedeckte Skelette. Es waren die sterblichen Überreste sechs junger Frauen.

Johann klappte das Grabungslogbuch von Lord Stevenson zu und sah Yanara an.

„Hast du etwas wichtiges entdeckt?", fragte die Ägyptologin.

„Allerdings. Aber bevor ich da weiter drüber nachdenke, werde ich mir erstmal einen Scotch genehmigen.", antwortete er und wühlte in seinem Rucksack, bis er seinen Flachmann fand. Dann verließ er durch den Hintereingang das Haus. Yanara sah das Buch und starrte es an. Sie fühlte sich fast magisch davon angezogen. Es war, als würde es sie förmlich zu sich rufen. Erst wollte sie nicht, aber dann siegte die Neugier. Sie nahm das Tagebuch und schlug es auf.

Sie las von den Erlebnissen in Sakkara und erschauderte. Obwohl das, was der Lord und sein Freund erlebten bereits tausende von Jahren zurücklag, kam es ihr vor, als wäre sie schon mal dort gewesen. Dann erreichte sie die Seite, in der das Lesezeichenband hervorschaute. Der Punkt, an dem Johann das Buch zuklappte. Neugierig las sie weiter. Nach einigen Seiten klappte sie das Tagebuch zu und hauchte:

„Sakkara ..."

„Was?", fragte Johann und drehte sich zu der jungen Frau um.

„Wir müssen nach Sakkara."

„Ich habe befürchtet, dass du das sagen würdest.", antwortete er, nachdem er das Buch in Yanaras Händen sah und setzte sich zu ihr.

„Und was machen wir hiermit?" Johann deutete auf die Falltür im Boden.

„Diese Nekropole läuft uns nicht weg. Sie ist seit Jahrtausenden hier. Außerdem ich habe das Gefühl, dass wir in Anoksunamuns Grab wichtige Hinweise oder mehr finden werden, was uns weiterhelfen kann."

„Falls ihr den Sarkophag der Priesterin sucht, den werdet ihr dort nicht mehr finden.", sagte Samira, die lautlos den Raum betrat.

„Ein paar Seiten weiter hättest du lesen können, dass Stevenson den Sarg dort weggeschafft hatte."

Yanara schaute das Mädchen ungläubig an, legte die Stirn in Falten und fragte verwundert:

„Woher weißt du das? Die Tagebücher waren nie in deinem Besitz."

„Ich weiß es einfach. Das sollte dir als Antwort fürs Erste reichen.", gab Samira bestimmend zurück. Yanara entging nicht der warnende Blick des Mädchens und schwieg. Anh-Ra-Tep trat hinter Alis Tochter hervor und stellte sich neben sie. Er grummelte etwas in unverständlichen Lauten, die dennoch ein wenig einer Sprache glichen.

„Was hat er gesagt?", fragte Johann. Samira sah die Mumie wütend an.

„Nein! Jetzt nicht!", fauchte sie. Offensichtlich unbeeindruckt stapfte die Kreatur auf Yanara zu, packte sie an den Schultern und sah sie mit seinen toten Augen durchdringend an. Die Ägyptologin erstarrte und wagte sich vor Angst nicht zu rühren. Doch dann erkannte sie, dass ihr der Hüne nichts antun wollte. Er nahm telepathischen Kontakt mit ihr auf. Sie fühlte, wie er in ihren Verstand eindrang. Ihre Panik wich der Neugier und sie ließ es zu. Um sie herum verschwamm alles und nahm neue Formen und Züge an. Die Mumie des Anh-Ra-Tep verwandelte sich im Zeitraffer von einem staubigen muffigen Toten in einen muskulösen Mann, dessen Augen gelb leuchteten. Sie musterte ihn von oben bis unten. Nur mit einem Lendenschurz bekleidet stand er vor ihr. Er trug einen breiten kurzgeschnittenen Irokesenschnitt. Trotz der leuchtenden Augen hatte er einen sanftmütigen Gesichtsausdruck. Yanara begriff nicht warum, aber auf einmal verstand sie jedes Wort von dem, was er von sich gab.

„Stevenson entführte den Sarkophag, um ihn vor Grabräubern zu schützen. Sieh selbst.", sagte er.

Sie sah sich um und erkannte eine Grabkammer. Vier Männer, der Engländer sein ägyptischer Freund sowie zwei Arbeiter schufen den Sarg hinaus. In diesem Moment brach ein kleines Mauerstück in sich zusammen. Dahinter verbarg sich eine verkrümmte große Mumie. Die Männer erschraken. Sie stellten die reich verzierte Totenkiste auf dem Boden ab und schauten sich die bandagierte Leiche dann aber genauer an. Um ihren Hals hing eine Kette mit einem Symbol, in dem ein paar kleine Schriftzeichen eingraviert waren.

Ahmed Razul sah es sich aus der Nähe an, ohne es zu berühren. Er schaute Connor Stevenson an.

„Das ist ein Bannamulett, welches die Mumie an diesen Ort fesselt."

Der Lord nahm es der Jahrtausende alten Leiche ab und steckte es ein. In diesem Moment erfüllte ein Grollen die Gruft. Die Arbeiter gerieten in Panik und wollten davon laufen. Ahmed verhinderte es und wies sie an, den Sarkophag mit hinauszunehmen. Eilig packten Stevenson und sein Freund mit an und verließen das Gewölbe. Sand rieselte von der Decke und kleine Gesteinsbröckchen fielen herunter. In diesem Moment erwachte die Mumie zum Leben. Sie stapfte den vier Männern hinterher. Darauf verschwamm der Hintergrund erneut und Yanara sowie der Hüne standen in der Wüste, vor dem Archäologencamp.

„Das war ich. Das Amulett bannt, kann aber auch zur Kontrolle einge-setzt werden. Samira benutzt es, um mich zu beherrschen. Die Frau in dem Sarkophag und ich sind ihre Gefangenen. Sie ist nicht die, die sie vorgibt zu sein. Sie ist gefährlich. Zerstöre das Amulett, oder auch ihr werdet ihre Sklaven."

„Aber wer bist du und wer ist Samira dann wirklich?"

„Ich bin ..."

Von einem Augenblick war der ganze Spuk vorbei. Die Mumie ließ Yanara los, wurde von Blitzen umzüngelt und bäumte sich auf. Der Ägyptologin entging nicht der flehende Blick des bandagierten Toten. Seine Augen leuchteten gelb auf.

„Anh-Ra-Tep, ich sagte doch, dass du schweigen sollst!", fauchte Samira. Aus ihren Händen zuckten blaue Blitze, die die Mumie umhüllten. Sie lehnte sich immer noch gegen das Mädchen auf, wurde aber langsam schwächer.

Yanara sah das gütige Gesicht aus ihren Erinnerungen und griff zu dem Amulett, welches unter den Bandagen hervorlugte. Sie riss es heraus und staunte. Schwarzes Blut tropfte herab und sickerte ebenfalls zwischen dem Leinenstoff hervor. Der Fleck wurde immer größer.

„Wage es dir ja nicht, kleine Grabräuberin!", schrie Samira sie an. Sie war nicht mehr das schöne Mädchen. Ihr Gesicht war eine Fratze voller Hass.

Yanara warf das Amulett auf den Boden und zerschlug es mit einem Stein, den sie unbemerkt aus dem Fußboden gezogen hatte. Mit einem lauten Knall zersplitterte es in unzählige kleine Teile. Nur Krümel und Staub blieben zurück. Rasend vor Wut sprang Samira auf sie zu, zog aus ihrem Gürtel eines der Chepesch und schlug damit auf die Ägyptologin ein. Eine riesige tiefe Wunde an ihrem Bauch klaffte auf und Blut strömte hervor. Yanara versuchte, ihre Bauchdecke zusammenzuhalten, aber sie sackte blass und kraftlos zu Boden. Das schwarze Blut der Mumie vermischte sich mit dem ihren und langsam schloss sich die Wunde. Zurück blieb eine hässliche Narbe.

Der bandagierte Leichnam packte Samira am Kopf und drehte ihn blitzschnell um hundertachtzig Grad. Das Knirschen der brechenden Wirbel ließ Johann, Ali und dessen Sohn erblassen. Ein Geräusch, als würde man einen Weißkohl zerschneiden erklang. Die Mumie ließ die Leiche fallen, warf den abgerissenen Kopf daneben und stapfte zu Yanara. Schweißnass und zitternd lag sie da, die Hände noch immer den Bauch haltend. Sie wimmerte vor Schmerzen. Als die Jahrtausende alte Kreatur den Kopf und Oberkörper der jungen Ägypterin anhob und auf seine Oberschenkel legte, zerfielen die Bandagen komplett zu Staub. Der vertrocknete Leichnam regenerierte sich. Muskeln, Fleisch und Gewebe bildeten sich neu. Ein muskulöser Körper entstand. Zuletzt wuchsen Haare aus der Kopfhaut und formten einen Kurzhaarschnitt, der im Nacken spitz zulief. Die Seiten waren kahl. Wortlos legte der Hüne der sterbenden Frau eine Hand auf den Bauch und senkte seinen Kopf. Sein Arm begann zu leuchten und Rauch stieg auf. Die Blässe in Yanaras Gesicht wich einer gesünderen Hautfarbe. Sie atmete langsam wieder normal und schlug die Augen auf.

„Caldor ...", hauchte sie lächelnd und wurde vor Erschöpfung wieder bewusstlos.

„Anh-Ra-Tep, was war das da eben?", fragte Ahmed mit zitternder Stimme und deute auf die Leiche am Boden.

„Was ist mit Samira?"

44

Der Hüne erhob sich und legte die bewusstlose Frau auf ein im Raum stehendes Feldbett.

„Ahmed, mein Name ist nicht Anh-Ra-Tep. Ich heiße Caldor und wurde lebendig begraben, ebenso wie die Frau in dem Sarkophag. Die, die sich als deine Schwester ausgab, hat mich für ihre Zwecke benutzt. Sie zog ihre Macht aus dem Sarg in eurer Wohnung. Die Frau, die darin eingesperrt ist, hat sich nur auf dieses Spiel eingelassen, um euch und mich zu schützen. Auch sie wollte sie schützen, weil sie eine wichtige Rolle in diesem Gefüge spielt.", sagte er und deutete auf Yanara.

„Und was ist mit meiner Schwester? Ist sie ... tot?", fragte Ahmed mit heiserer Stimme.

„Nein. Bevor diese Kreatur uns komplett unter Kontrolle brachte, verbrachten wir Samira an einen Ort am anderen Ende der Welt. Ihr geht es gut." Caldor vernahm das erleichterte Seufzen des Jungen und seines Vaters. Johann unterbrach das Gespräch.

„Ich will ja nicht stören, aber Yanara geht es nicht wirklich gut. Ihre Temperatur steigt."

Der Hüne trat neben den Archäologen und ging in die Hocke. Er berührte die Stirn der jungen Frau. Sie war schweißnass. Kalter Schweiß.

„Sie haben Recht, sie glüht." Caldor hob sie vom Feldbett und löste sich mit ihr in Luft auf.

Johann sah seinen Freund und dessen Sohn an.

„Und was machen wir jetzt? Yanara fällt aus und ich weiß für den Augenblick nicht wirklich weiter.", sagte er leise. Er trat versehentlich gegen den Kopf der falschen Samira. Ihre Haare rieselten herab und die Haut löste sich auf. Der ganze Körper zerfiel zu Staub. Zurück blieben nur das Kleid und der Gürtel mit dem Chepesch. Das zweite Krummschwert lag etwas entfernt. Johann hob den Lederriemen, die Waffen sowie das Kleidungsstück auf und wickelte alles zusammen. Ali und Ahmed sahen ihn irritiert an.

„Wer weiß, vielleicht brauchen wir die noch. Außerdem gehören die Schwerter der Frau in dem Sarg.", sagte er.

Ihr habt nicht gewonnen, ihr habt das Unausweichliche nur aufgeschoben. Wir sehen uns bald wieder!

Die Männer sahen sich um, konnten aber niemanden sehen. Sie hatten die Stimme genau vernommen. Ein eiskalter Schauer lief ihnen über den Rücken, trotz der Hitze.

„Ali, wir müssen nach Sakkara und das Grab der Priesterin Anoksunamun aufsuchen. Ich denke, Yanara vermutete dort die Antworten auf unsere Fragen.", stellte Johann fest.

„Und wo ist eigentlich unser großer Freund hin?"

„Ich bin hier.", kam die Stimme des Hünen aus dem Nichts. Dann materialisierte Caldor sich vor ihren Augen. Obwohl ihm der große Mann sympathisch war, erschien er ihm gleichzeitig nicht geheuer.

„Sie wird bald wieder hier sein.", murmelte der große Mann mit dem Irokesenschnitt und deutete auf den grauen Staub, der einmal die falsche Samira war.

„Und wie will sie das anstellen?"; fragte Johann.

„Sie sucht sich einfach einen neuen Körper bis der verbraucht ist, dann den Nächsten.", erwiderte Caldor.

„Wir müssen nach Sakkara, wie Sie schon sagten, Professor Konrad.", ergänzte der Hüne.

Seine Augen leuchteten gelb auf. Er reichte den Männern seine Hände.

„Kommen Sie, wir brechen auf."

Yanara schlug die Augen auf, aber sie sah nichts. Totale Finsternis umgab sie. Sie fühlte sich noch immer schlapp und benommen. Es roch muffig und blumig zugleich.

„Was ist das nur für ein merkwürdiges Raumspray?", murmelte sie naserümpfend.

Das nennt sich Eau dé Gruft., antwortete eine hallende Stimme. Yanara erschrak, ruckte hoch und stieß sich mit voller Wucht die Stirn. Sternchen tanzten vor ihren Augen.

„Aua ...", kam es gequält aus ihr heraus. Sie wollte sich an die Stirn fassen, konnte aber ihre Arme nicht bewegen. Sie hörte ein Klingeln von Metall und spürte die breiten Ringe um ihre Handgelenke. Sie war gefesselt.

„Verdammt! Was soll denn das jetzt?", fauchte sie wütend.

Oops, da habe ich doch glatt vergessen, dir etwas Wichtiges zu sagen., sprach die Stimme.

Du bist in einem Sarkophag und Caldor hat dich darin angekettet ...., fuhr sie fort, wurde aber von Yanara unterbrochen.

„War klar, dass man einer Mumie die einem hilft, nicht trauen kann. Wenn der mir noch mal über den Weg läuft, kann er was erleben!", motzte die junge Ägyptologin.

Jetzt beruhige dich mal., sagte die unsichtbare Frau. Der Sarkophag öffnete sich und der Deckel schwebte zur Seite.

Dieser Sarg hat dir das Leben gerettet. Die Ketten öffnen sich von alleine, sobald du vollends geheilt bist. Caldor brachte dich hierher, um deine irdische Existenz zu wahren. Ohne da drin zu liegen würdest du schon lange tot sein. Also ein wenig mehr Respekt bitte., flüsterte die weibliche Stimme.

„Übrigens, weißt du eigentlich, wie scheiße kalt es hier draußen ist?", fragte sie vorwurfsvoll. Diesmal klang die Stimme klar und deutlich. Sie kam von rechts. Yanara schaute in die Richtung und erschrak. Am Rand des Sarkophags saß eine Mumie die ihre Arme verschränkte und ihr Kinn auf den Handrücken ruhen ließ. Ihre Augen leuchteten grün auf.

„Äh ... das ist mir ... jetzt ein wenig zu hoch.", stammelte die junge Ägypterin.

„Das ist nicht zu übersehen." Yanara meinte eine leichte Ironie aus der Stimme heraus zu hören."

„Und ... wer bist du?"

„Dir das jetzt zu erklären würde dich wahrscheinlich völlig überfordern. Aber wir können uns ja über Rezepte unterhalten. Was kocht man in Europa heute eigentlich so?" Die junge Frau überlegte.

‚Ist das echt wahr? Unterhalte ich mich gerade mit einer Mumie über das Kochen? Ich glaub, ich bin reif für die Couch.'

Die sonst so taffe Ägyptologin fing laut an zu lachen und bekam Bauchschmerzen vom Losprusten. Die Mumie legte ihre Hand auf die noch nicht vollends verheilte Wunde der jungen Frau. Eine wohlige Wärme strahlte aus und beruhigte die Ägypterin gleichzeitig.

„Yanara, ich denke, eines Tages werden wir sehr gute Freunde sein.", sagte das klapprige bandagierte weibliche Knochengerüst.

„Und ... wer bist du nun?"

„Alles zu seiner Zeit." Mit diesen Worten beendete die Mumie das Gespräch, legte ihre andere Hand auf Yanaras Stirn und die schlief daraufhin wieder ein.

„Träum süß und erhole dich gut, mein Kind.", flüsterte sie leise. Ihre Stimme klang dabei liebevoll. Sie beobachtete die schlafende Frau in dem Sarg.

3. Rückkehr einer Göttin

Sakkara die Totenstadt, ca. 50km von Heliopolis entfernt.

Heißer Wüstensand und die stechende Sonne machte Johann und Ali zu schaffen. Ahmed war die Temperaturen hier gewohnt, da sie in Tanis ebenfalls diese Höhe erreichten. Caldor hingegen war davon unbeeindruckt.

Sie sahen nichts als Wüste und ein paar Ruinen. In schätzungsweise sechshundert Meter östlich waren Palmen und Häuser zu sehen. Der Hüne führte die drei Männer weiter westlich in die Wüste hinein, dann blieb er stehen, stemmte seine Fäuste in die Hüften und sah sich um.

„Hier hat alles angefangen, Professor Konrad. An dieser Stelle entdeckte Lord Stevenson Anoksunamuns Grab und somit uns.", berichtete er.

„Also ich sehe hier nur Wüste, Ruinen und eine Pyramide, die des Djoser, wenn ich mich nicht irre."

„Na klar, denn es ist 95 Jahre her, dass er und Alis Großvater das Grab entdeckten." Caldor gebot den drei Männern, sich hinter ihn zu stellen, dem sie nachkamen. Er hob die Arme, als würde er den Sonnengott Amun-Ra anbeten. Sein Körper verwandelte sich vor seinen Begleitern in Silber und sie wurden durch die Reflexionen geblendet. Aus den Augen der silbernen Gestalt schossen gelbe Strahlen in den Wüstensand und fegten ihn davon. Eine Treppe mit sechzehn Stufen wurde freigelegt und aus dem Tunnel stob immer mehr Sand. Nach ein paar Minuten war das Spektakel vorbei und Caldor schritt die Treppenstufen hinunter, gefolgt von den drei Männern.

„Willkommen in der Nekropole von Sakkara und dem Grab der Anoksunamun."

„Was ich Sie schon länger fragen wollte, Herr Professor, ist Anoksunamun nicht die Trau des Tatanchamun gewesen?", fragte Ahmed.

„Ja und nein. Der Name ist weit verbreitet gewesen im alten Ägypten und auch heute noch werden Mädchen so benannt. Auch die Namen Nefertari, Ramses oder Moses sind weiterhin aktuell.", antwortete Johann.

Caldor verteilte Fackeln und entzündete sie. Der Archäologe sah den Hünen an.

„Wie geht es Yanara, wird sie es schaffen?"

„Das verborgene strahlende Licht wird auch weiterhin leuchten. Eure Freundin ist in guten Händen."

„Verborgenes strahlendes Licht? Was bedeutes das?"

„Das setzt sich aus dem Namen von Professor Khalil zusammen. Amunet bedeutet ‚Die Verborgene' und Yanara ‚Strahlendes Licht'.", mit diesen Worten drehte der Hüne sich um und wollte gerade weitergehen, da hielt Johann ihn erneut auf.

„Wer oder was sind Sie und wer ist Yanara wirklich?"

Caldor sah dem Archäologen tief in die Augen, als hoffe er, etwas in ihnen zu entdecken was ihm nicht gefallen könnte. Aber dem war nicht so. Er spürte, dass er einen ehrlichen Menschen vor sich hatte.

„Ich wurde als Kind vor vielen tausend Jahren von hier in eine andere Dimension verschleppt. Dort mutierte ich zu einem der dortigen Wesen, einem Formwandler. In dieser Welt gelte ich als Dämon. Eines Tages konnte ich fliehen und landete wieder hier, in Ägypten. Eine hiesige Göttin gewährte mir Asyl und wir wurden mit den Jahren Gefährten. Dann beging ich einen Fehler, der mich in arge Schwierigkeiten brachte. Das muss für den Augenblick reichen, Professor.", sagte er und setzte seinen Weg fort. Johann ging neben ihm.

„Und wer ist Yanara nun wirklich?", bohrte er nach. Caldor sah ihn an und lächelte.

„Sie geben wohl nie auf, was?"

„Liegt nicht in meiner Natur."

Caldor grinste.

„Yanara ist eine reinkarnierte Seele, eine sehr alte Seele und sie ist *das* Gefäß. Mehr brauchen Sie für den Augenblick wirklich nicht wissen.", beendete der Hüne endgültig das Thema. Johann wagte es sich nicht weiter zu fragen, denn der befehlende Unterton des Dämons war ihm nicht entgangen.

Sie schritten langsam den langen Gang entlang und entdeckten die zahlreichen Nischen, in denen Särge und auch einfach nur Mumien lagen. Sie erreichten eine Halle. Caldor steckte mit seiner Fackel die Pechrinnen in Brand und der große Raum wurde erhellt. In der Mitte des Hauptganges ragte eine Steele aus dem Boden, die mit Hieroglyphen versehen war. Johann und Ali knieten nieder und lasen was dort geschrieben stand. Der deutsche Archäologe setzte seine Brille ab.

„Hier steht, das eine Yas-Minh-Ra, Tochter der Bastet, wegen eines Frevels mit einer üblen Strafe belegt wurde. Sie wurde für fünfhundert Jahre lebendig begraben, um über ihr Vergehen nachzudenken. Ihr Begleiter wurde verbannt und ebenfalls mit einem Fluch belegt. Hast du schon mal etwas davon gehört, Caldor?"

Der Hüne blickte sichtlich ertappt an die Decke. Nach einer Weile schaute er Johann an.

„Und?", fragte der und zog eine Augenbraue hoch.

„Ja.", antwortete der Formwandler und räusperte sich.

„Was, ja?"

„Sie war Teil meines Fehlers und meiner Schwierigkeiten."

„Du schlimmer Finger du.", sagte der Professor schmunzelnd. Offensichtlich fand Caldor das nicht so lustig und sah Johann durchdringend und böse an.

„Äh ... sorry. Ich wollte dir nicht zu nahe treten.", entschuldigte der Archäologe sich bei dem Hünen.

„Schon gut ..."

„Eines verstehe ich aber nicht.", mischte Ali sich ein. Er deutete erst auf die Steele und dann in den sich fortsetzenden Gang zur Grabkammer.

„Wie kannst du gleichzeitig mit der Tochter der Bastet etwas haben aber schon seit 1427 vor Christus bis 1903 hier begraben gewesen sein? Das geschah doch über 200 Jahre vor dem."

48

Caldor seufzte und setzte sich auf einen aus der Wand gefallenen Kalksteinblock. Er senkte den Kopf und starrte auf den sandigen Boden.

Theben, Hauptstadt von Ägypten 1427 v. Chr.

Thutmosis III regierte seit nunmehr 52 Jahren und hatte zahlreiche Nachkommen. Neun Kinder und acht Enkelkinder. Seine Enkelin Nefertari plante im Geheimen die Übernahme des Throns, wurde aber vorher entlarvt und ihr Vorhaben scheiterte, bevor es überhaupt zur Durchführung kam. Die Priester des Amun-Ra kochten unterdessen ihr eigenes Süppchen und entführten Nefertari, die sie gegen eine Doppelgängerin ersetzten. Sie manipulierten sie, bis sie alles glaubte, was die Gottesdiener ihr erzählten.

Doch eines Tages kam sie hinter die Intrigen der Priesterschaft und ihr Gewissen meldete sich. Sie floh und berichtete ihrem Großvater davon, was die Priester vorhatten. Der ließ daraufhin seiner Enkelin die Zunge herausschneiden und einkerkern. In der Nacht darauf befreiten die Jünger des Amun-Ra die Prinzessin und sie wurde für ihren – aus der Sicht der Priesterschaft – Verrat mit dem Fluch der Unsterblichkeit belegt und eingekerkert. Ein paar Monate später wurde Nefertari in die Einbalsamierungskammer des Tempels gebracht, wo man sie bei lebendigem Leib mumifizierte. So wurde sie den Ritualen entsprechend für vierzig Tage in Natron gelegt, welches sie qualvoll austrocknete. Dann wickelte man sie in Leinenbinden, versah sie mit Amuletten, die sie für immer an ihr Grab fesseln sollten, und bettete sie in einen prunkvollen Sarkophag aus purem Silber. Bevor man die Grabkammer versiegelte, entkam ihr Geist aus dem Körper, verblieb aber in dem Gewölbe. So wartete sie, bis eines Tages das Siegel gebrochen würde ...

Ein paar Monate zuvor ...

Die Priester des Amun-Ra entführten die Enkelin des Pharao. Niemand von ihnen bemerkte, dass ihre Tat nicht unbeobachtet blieb. Die junge Hohepriesterin der Göttin Hathor bekam alles mit und überlegte, wie sie das Mädchen befreien konnte, aber es fiel ihr nichts ein. So beschloss sie, die Götter anzurufen und sie um Hilfe zu bitten, doch sie wurde nicht erhört. Sie erinnerte sich an alte Schriften, die sie im Tempel einst fand und nahm sich vor, eines der Rituale anzuwenden.

Sie wollte den Dämon Caldor heraufbeschwören, der ihr helfen sollte, die Intrige zu verhindern, bevor die Priester des Amun-Ra ihr Vorhaben beenden konnten, was immer auch ihr Ziel war. Die Beschwörung gelang und Caldor erschien. Anfangs war er irritiert, da er aus einer anderen Zeit kam. Doch als ihm die Hohepriesterin von allem erzählte erklärte er sich bereit, ihr zu helfen. Als Gegenleistung verlangte er, dass sie ihm einen Gefallen schulde, den er eines Tages einfordern würde.

Bei ihren Vorbereitungen für ihren Plan wurden sie von den Priestern des Amun-Ra überraschend gefangen genommen und bei lebendigem Leibe begraben.

Caldor beendete seine Ausführung. Nach einer schweigsamen Weile fragte Johann:

„Aus welcher Zeit wurdest du gerissen? Warst du nicht zu der Zeit in Ägypten?"

„Ich weiß nicht, wie das passieren konnte. Ich erinnere mich, dass es eine große Schlacht gab, auf einer Insel oben im Norden." Caldor wirkte verzweifelt.

„Wenn das hier vorbei ist, muss ich zurück. Ich spüre, dass in der Zukunft Menschen meine Hilfe brauchen. Irgendetwas zieht mich dahin ... Freunde."

„Aber die Zukunft ist noch nicht geschrieben. Sie ist in permanenter Bewegung." Der Hüne sah den Professor an.

„Ich weiß ... und das macht mir gerade etwas Angst...", antwortete er und ging zur Grabkammer. Er suchte nach einem Hinweis, der ihm weiterhalf ...

Sie betraten die Grabkammer. Auch hier loderten die Pechrinnen und Feuerschalen. Caldor sah rechts neben dem Eingang die Skelette.

„Die sechs Tempeldienerinnen Anoksunamuns ...", sagte er leise. Er erinnerte sich, wie sie tot dalagen, gerade von den Soldaten ermordet. Ihm fröstelte beim Gedanken daran. Dem Dämon fiel das rechteckige Loch in der Wand auf. Auch die Erinnerung an seine Befreiung vor 95 Jahren kamen in ihm hoch.

„Lord Stevenson nahm mir das Amulett ab, welches mich unfähig machte, das Grab zu verlassen. Ich schloss mich ihm an, um Anoksunamun in Sicherheit zu bringen. Eine Frau namens Nafia gewährte uns Unterschlupf und von Generation zu Generation wurden wir *weitervererbt*."

„Nafia Nabil?", fragte Ali erstaunt.

„Ja, so hieß sie. Kanntest du sie?"

„Nein, aber das war die Großmutter meiner Frau, Fatima Razul." Der Ägypter stocherte mit einem Stock im Sand herum und fragte ohne den Blick zu heben seinen Sohn.

„Was geschah mit deiner Mutter? Wo ist sie?" Ahmed sah ihn durchdringend und verärgert an.

„Warum willst du das wissen? Es hat dich die ganzen Jahre vorher doch auch nicht interessiert."

„Das stimmt nicht. Ich habe euch gesucht, aber nicht gefunden. Das Einzige, was ich immer wieder zu hören bekam, war, dass ihr umgezogen seid. Und das nicht nur einmal. Später einmal muss sie dann ihren Namen geändert haben, denn ich erfuhr gar nichts mehr." Nachdem Ali mit seinen Ausführungen fertig war, sah Ahmed seinen Vater an.

„Du wusstest es wirklich nicht ... Mutter sagte, als ich noch klein war, dass ein fremder böser Mann sie verfolge und sie deshalb immer umziehen müsse. Zuletzt nach Tanis." Er schwieg einen Moment und fuhr dann fort.

„Von dir hatte sie nie gesprochen. Immer wenn ich sie fragte, lenkte sie ab. Als Samira geboren wurde, wurde sie noch hektischer. Anoksunamun und Anh-Ra ... Caldor brachten meine Schwester in Sicherheit. Von dem Moment an ging es mit Mutter immer mehr bergab und dann ..." Ahmed schluckte und senkte den Kopf.

„Was ist passiert?", fragte Ali besorgt.

„Sie veränderte sich und unsere Haushaltshilfe kam kurze Zeit später zu uns. Wir erkannten zu spät, welch böse Kreatur sie war und sie tötete Mutter, weil sie sich weigerte, der Alten zu dienen und ihr Samira auszuliefern. Anoksunamun und Caldor konnten es nicht verhindern, denn sie waren da schon mit einem Bann belegt. Aber Gott sei Dank ist sie jetzt tot."

„Nein, ist sie nicht.", meldete der Dämon sich zu Wort.

„Der Körper, den sie übernommen hatte, war verbraucht. Wir müssen auf der Hut sein, denn jeder Mensch, der etwas von uns will, könnte sie sein."

„Na das ist ja großartig. Das heißt also, wir haben theoretisch Millionen von ernstzunehmenden Gegnern?", fragte Johann.

„So gesehen ja. Aber sie hat nicht genug Macht, weil ihr das passende Gefäß dazu fehlt. Sie braucht, um ihre alte Größe wieder zu erlangen, den Körper einer bestimmten Frau.", führte Caldor aus. Johann und Ali sahen sich an und wurden blass.

„Yanara?", fragten sie synchron.

„Nein. Sie ist momentan in Sicherheit. Sie will Samira. Sie muss sie an ihrem siebzehnten Geburtstag Amun-Ra opfern, um ihren Körper zu übernehmen. Dann wird sie all ihre Kräfte wieder erlangen und ist praktisch unbesiegbar."

„Dann müssen wir sie beschützen!", schnaubte Ahmed und sprang auf. Caldor zog den jungen Mann wieder runter und sagte.

„Macht euch keine Sorgen. Samira ist in Sicherheit. Sie ist an einem Ort, wo das Monstrum nicht hinkann. Zum einen, weil sie an ihr Grab gebunden ist und zum zweiten, es wäre ihr endgültiges Todesurteil, wenn sie diesen Ort jemals betreten würde. Und was Yanara anbelangt, sie ist nicht das, was ihr denkt, sie ist zu Größerem berufen."

„Äh ... ich verstehe jetzt gar nichts mehr.", murmelte Johann.

„Weißt du, mein Freund, das wird dir noch öfter passieren.", antwortete der Hüne geheimnisvoll.

Ahmed sah sich die Nische, in der Caldor eingemauert war genauer an und entdeckte in der Rückwand Risse, die auf eine Tür hin deuteten. Ein Relief in Form des Horusfalken stand hervor. Der junge Ägypter drückte auf die Figur und ein Knirschen erklang. Sand rieselte durch die obere und die seitlichen Ritzen. Langsam tat sich die Wandöffnung auf sich und gab einen Raum frei, der Jahrtausende versteckt war. Flackerndes Licht schien heraus und ein Stöhngeräusch erklang. So als würde jemand befreit aufatmen. Ahmed war zwar neugierig, aber die Angst hinderte ihn daran, den Raum zu betreten.

„Äh ... hallo? Kann mir von euch mal jemand erklären, was das hier ist?", fragte er, aber er sah weder seinen Vater noch die anderen.

„Na großartig! Alle außer mir haben sich verlaufen...", murmelte er. Ein Flimmern durchzog die Grabkammer und innerhalb von Sekunden waren Spinnweben, Sand und Staub verschwunden. Das Gewölbe sah aus wie eben erbaut. Durch den Tunnel, der zu dieser Kammer führte, kam eine Prozession hinein. Vorweg schritt eine Hohepriesterin. Ahmed erschrak. Er erkannte das Gesicht der Frau wieder als jenes auf dem Sarkophag im Haus seiner Mutter. Anoksunamun!

„Also ich möchte die traute Zweisamkeit ja nicht stören, aber hat jemand meinen Sohn gesehen?", fragte Ali. Johann und Caldor sahen sich um und zuckten ratlos mit den Schultern. Dann entdeckte der Dämon die offene Rückwand der Nische, in der er tausende Jahre eingemauert war. Er sah den Fackelschein, der hervordrang. Seine Nackenhaare stellten sich auf und er verwandelte sich in seine silberne Form.

Johann und Ali ahnten von diesem Moment an, dass es gefährlich würden, könnte.

Der silberfarbene Formwandler drückte die schwere Steintür mit einer Hand lässig auf, betrat den Raum und staunte. Die beiden Archäologen folgten ihm dicht und waren ebenfalls überwältigt.

Sie hatten eine verborgene Grabkammer entdeckt, die wie ein kleiner Tempel gestaltet war. An der Stirnseite stand ein riesiger goldener Schrein, der in Form und Bauweise an den des Tutenchamun erinnerte. Praktisch ein Raum im Raum. Eine zweiflügelige Tür mit Hieroglyphen versperrte ihnen den Zugang. Sie war mit einem Gipssiegel verschlossen, welche zwei Kartuschen enthielt. Die Zeichen waren sehr gut zu erkennen, so als wären sie erst vor kurzem angebracht worden. Johann sah sich das Gebilde genauer an und erstarrte. Er hatte ein Siegel in dieser Form nie zuvor gesehen, zumal sich am äußeren Rand noch weitere Inschriften befanden. Ali machte sich sofort an die Übersetzung. Diese Gelegenheit nutzte der deutsche Archäologe und drehte sich zu Caldor um.

„Sag mal, mein Großer, warum nanntest du mich vorhin Freund? Bist du so leichtgläubig oder was? Ich meine, wir kennen uns erst seit ein paar Stunden."

Der Hüne schmunzelte. Irgendwie sah sein Lächeln eigenartig aus, wenn seine Gesichtszüge im Fackelschein glänzten und blitzten. Daran musste Johann sich erst gewöhnen.

„Meine Erinnerungen sind fast vollständig zurück. In der Zukunft sind wir gute Freunde. Dein Ziehsohn und deine Enkelin ebenfalls."

„Enkelin? Ich habe keine..." Der Dämon hob seinen Finger und legte ihn dem Professor auf die Lippen.

„Noch nicht. Sie kommt in ein paar Monaten zur Welt und wird später eine mächtige weiße Hexe sein." Er sah den Formwandler erstaunt und sprachlos an.

„Und damit dein sprachloser Zustand noch etwas anhält: dein zukünftiger Freundeskreis wird sich noch um Geschöpfe erweitern, von denen du noch nicht einmal im entferntesten etwas ahnst."

„Jetzt hast du mich neugierig gemacht. Was für Wesen?"

„Naja, war einen Versuch wert...", murmelte Caldor.

„Leute, kommt mal her.", sagte Ali.

„Ich bin mit der Übersetzung fertig."

Juhu, Abwechslung., dachte der Dämon und kam der Aufforderung des Ägypters nach.

„Was steht denn da?", fragte er.

„Nur wer reinen Herzens ist, darf vortreten zur Göttin der Liebe und der Frauen."

„Äh ... und was soll uns das jetzt sagen?"

„Ich schätze mal, dass all jene, die diesen Schrein öffnen und nicht reinen Herzens sind, ein Problem haben."

„Das ist unmöglich.", warf Johann ein.

„Es wurden nie Götter auf der Erde begraben."

„Da irrst du dich, mein Freund. Glaub mir, ich weiß, wovon ich rede.", flüsterte Caldor andächtig und verneigte sich vor dem Schrein. Dann brach er das Siegel. In diesem Moment schoss ein Blitz an seiner Hand vorbei und schweißte das massive Goldtor zu.

„Lasst es! Niemand wird sie befreien, hört ihr? Niemand!", schrie eine Frauenstimme. Die Männer drehten sich um. Eine reichlich in die Jahre gekommene Frau stand mit hassverzerrtem Gesicht vor ihnen. Ohne Vorwarnung schlug Caldor blitzschnell auf die massive goldene Tür ein und öffnete sie. Er sprang in Deckung und es geschah ... nichts.

Die alte Frau war verschwunden und die drei Männer sahen in den dunklen Schrein. Von innen kam ein Husten.

„Ist ja toll, dass ihr mal vorbeischaut.", war eine raue Stimme aus dem großen Gebilde zu hören. Ahmed schritt aus dem Dunkel hervor. Caldor sah verblüfft und ungläubig auf den jungen Ägypter.

„Was war das jetzt? Da müsste doch ..."

„Ist er aber nicht. Der Sarkophag der Göttin ist schon ewig nicht mehr hier.", unterbrach Ahmed den Hünen.

„Ihre Priesterin hat es mir erzählt." Er deutete die fragenden Blicke richtig und fuhr fort.

„Viele Jahrhunderte bevor Lord Stevenson Anoksunamun in Sicherheit brachte, veranlasste sie die Umbettung der Göttin in eine andere Grabstätte. Sie und ihre Dienerinnen sorgten für einen reibungslosen Ablauf."

„Die sechs toten in der Grabkammer?", fragte Johann. Ahmed nickte.

„Aber wie konnten sieben zierliche Frauen einen aus massivem Gold bestehenden Sarkophag wegtransportieren? Das ist doch absolut unmöglich.", entgegnete der Professor.

„Ja. Es ging aber doch, denn dieser Schrein ist ein Portal. Mit Magie geht offensichtlich alles." Der junge Mann schwieg erneut eine Weile. Dann lächelte er wissend, ohne ein weiteres Wort zu sagen. Eine Rauchsäule, die von goldglänzenden Blitzen zuckend umkreist wurde, entstand. Ein überdimensionaler Panther mit einem goldenen breiten Kragen trat daraus hervor. Die grünen Augen blitzten auf und das Tier hob seinen Kopf. Es öffnete seine Schnauze und ein tiefes grollendes Brüllen verließ die Kehle der großen Raubkatze. Augenblicklich gingen Caldor und Ahmed ehrfürchtig in die Knie. Ihre Stirnen berührten den Boden und beide murmelten synchron:

„Seid gegrüßt, Herrin."

„Ich glaube wir sind im Arsch, alter Freund.", flüsterte Johann Ali zu und wurde zunehmend blasser.

Die Raubkatze schnüffelte erst an den beiden am Boden liegenden, danach an den verängstigten Archäologen. Dann zog sich das Tier ein paar Schritte zurück und verwandelte sich in eine zierliche bildhübsche orientalische Frau mit hüftlangen gelockten schwarzen Haaren. Ein weißes bodenlanges leicht durchsichtiges Leinenkleid schmiegte sich an ihren makellosen Körper. Ein breiter goldener Gürtel, Armreifen und eine Krone zierten ihren Leib.

Sie lächelte die beiden Männer, die sich vor Angst an die Wand gestellt hatten und um ihr Leben bangten an.

„Warum sollte ich euch etwas tun?", fragte sie und kam langsam auf Johann und Ali zu, bis sie ein paar Zentimeter vor dem deutschen Archäologen stehen blieb. Sie berührte ihn mit den Fingern am Kinn und streichelte ihm über die Wange. Sie küsste ihn auf die Stirn.

„Ich habe noch nie gute Freunde getötet.", hauchte sie, drehte sich um und widmete sich Caldor und Ahmed.

„Erhebt euch.", sagte sie ernst. Die beiden Männer kamen dem nach. Caldor stand mit gesenktem Kopf vor der Frau.

„Du alter Lustmolch, ich verzeihe dir.", flüsterte sie grinsend. Johann hatte seine Fassung zurückerlangt und erneut kam die Neugierde in ihm durch.

„Lustmolch? Was hast du jetzt wieder angestellt, mein Großer? Und ... wer ist diese Dame?", fragte er.

„Äh ... das ist eine lange Geschichte.", antwortete der Hüne.

„Das ist Bastet, die altägyptische Katzengöttin." Johann wusste, wann es Zeit ist, Respekt zu zeigen, und verneigte sich vor der Göttin.

„Ist gut mein Freund, ist gut.", sagte sie.

„Freund? Alle nennen mich heute Freund. Habe ich etwas verpasst, oder sind wir uns schon früher einmal begegnet?", fragte der Professor zaghaft.

„Wir haben Seite an ...", Bastet unterbrach sich selbst.

„Alles zu seiner Zeit." Johann war jetzt genau so schlau wie vorher. Sprach sie etwa wie Caldor vorhin über die Zukunft? Er konnte sich zwar keinen Reim darauf machen, beließ es aber fürs Erste dabei.

Ein Rascheln ließ alle zum Durchgang zu der Grabkammer herumrucken und da stand sie wieder. Die alte Frau war zurück und verschoss Blitze, die wie Geschosse in den Schrein und die Wände einschlugen. Bastet warf etwas Blitzendes auf die Alte, welches sofort in deren Körper eindrang. Sie zuckte nur kurz und nahm es nicht weiter für voll. Sie lachte laut und sagte:

„Mehr hast du nicht zu bieten? Wie armselig." Caldor stapfte wutschnaubend auf sie zu und sie verschwand. Sie löste sich erneut einfach in Luft auf. Zähneknirschend grummelte er:

„Langsam geht mir diese olle Schachtel auf die Nerven!" Ali überlegte kurz.

„So alt ist die gar nicht. Das ist das Mädchen aus dem Hotel. Sie arbeitet in der Rezeption."

„Dann ist sie verloren.", erläuterte Bastet betroffen. Ahmed hatte sich etwas zurückgezogen und die Inschriften zum Teil entziffert.

„Dieses Portal ist nur für die Götter. Das, was Anoksunamun mir vorhin zeigte, war nicht hier. Es war in ...", er holte tief Luft und vergewisserte sich, dass er die ganze Aufmerksamkeit der anderen hatte.

„Wir müssen zurück nach Heliopolis, dorthin wo alles begann. Mit dem Portal ginge es schneller, aber es ist nur für die Götter.", sagte Ahmed resignierend. Ein leises Kichern erklang.

„Na ist es nicht toll, dass ihr gerade eine Göttin dabei habt?", sagte Bastet schmunzelnd und aktivierte mit ein paar kurzen Handbewegungen das Tor. Ein blasser Wirbel entstand, der immer größer und kräftiger wurde. Einer nach dem anderen ging hindurch und die Katzengöttin folgte zum Schluss. Sie sah sich noch einmal um und in diesem Moment stürzte die unterirdische Anlage ein. Im letzten Augenblick sprang sie in den Wirbel, der sich dann hinter ihr schloss.

Die alte Frau materialisierte sich in dem fast völlig zerstörten Grab. Der Schrein war von den großen Steinquadern zerquetscht worden, aber von den Menschen und der Göttin keine Spur.

„So eine Scheiße!", fluchte sie zähneknirschend und verließ die Gruft genauso, wie sie gekommen war. Da stürzte auch der Rest in sich zusammen.

Das Grab der Anoksunamun existierte nicht mehr.

Tanis

Yanara wachte auf und sah sich um. Der Sarkophag, in dem sie lag, war diesmal offen. Ihr Schädel brummte. Sie setzte sich auf, legte sich aber sofort wieder hin, denn ihr wurde schwindelig.

„Du bist zu forsch hochgekommen. Dein Körper muss sich noch etwas erholen. Aber die gute Nachricht ist, du bist weitgehend geheilt.", hörte sie die Stimme der Mumie. Diese trug nun einen langen schwarzen Kapuzenmantel und kam langsam aufrechtgehend auf Yanara zu. Sie legte ihre Hand auf die der jungen Ägypterin. Die Bandagen waren fort und sie sah an einem Finger einen goldenen Ring mit einem blutroten Edelstein. Sie war schrumpelig, fast aus wie von Brandnarben übersät und dieses setzte sich so weit fort, wie Haut zu erkennen war.

„Du fragst dich jetzt sicherlich, wie das sein kann?", fragte die Gestalt. Yanara nickte.

„Der Sarkophag hielt mich über die Jahrhunderte nur so eben am Leben. Durch das Blut, welches sich in deiner Kleidung ansammelte, wurde seine belebende Kraft wieder aktiviert. So heilte er uns gleichzeitig. Wenn ich mehr von deinem Lebenssaft in den Sarkophag ableiten würde, wäre ich in einer Stunde wieder komplett hergestellt.", erzählte die verhüllte Frau. Yanara wurde abrupt blass. Sollte sie jetzt ein Opfer werden? Angst stieg schlagartig in ihr auf.

Heliopolis, Kairo

Die Arbeiter wichen erschrocken zurück, als der wabernde blaue Lichtwirbel in dem freigelegten Tunnel entstand. Ein junger Tempelpriester, zwei Männer mit Umhängetaschen, ein Hüne und eine bildhübsche schwarzhaarige Frau in alter Tracht verließen das Lichtgebilde. Es schloss sich unmittelbar nach ihr. Die Arbeiter atmeten beruhigt auf, als sie die beiden Archäologen erkannten. Der Leiter des Trupps sah Johann besorgt an und schaute sich unter den Neuankömmlingen um.

„Wo ist Professor Khalil?", fragte er nervös. Der Archäologe legte eine Hand auf die Schulter des Vorarbeiters.

„Es gab einen Zwischenfall. Sie ist ..."

„... in guten Händen.", unterbrach ihn der Hüne und trat vor. Der Araber sah ihn an und bemerkte kurz ein gelbes Leuchten in den Augen des großen Mannes. Erschrocken wich er zurück. Hinter ihm und seinen Leuten die Wand, vor ihm der Hüne mit den gelben Augen. Eine Flucht war nicht möglich. Angstschweiß rann ihm kalt über das Gesicht. Größer als seine Furcht vor dem Hünen war jedoch das Entsetzen, als aus dem Boden und den Wänden plötzlich verdorrte Hände an ihm und seinen Männern zerrten. Die Mumien kamen ohne Vorwarnung aus ihren ihren Gräbern, in denen man sie vor vielen Jahrhunderten verscharrte oder einmauerte. Der Hüne verwandelte sich in ein muskulöses silbernes Wesen, welches mit den vertrockneten Leichen kurzen Prozess machte und die Arbeiter aus ihrer misslichen Lage befreite.

„Caldor, kannst du mir erklären, was das gerade war?"

Johanns Stimme zitterte.

„Das müssen die Wächter Nefertaris sein. Soweit ich weiß, sind ihre Sklaven und Priester mit ihr hier begraben worden."

„Wie viele hatte sie? Ich habe vier gezählt."

„Ein paar mehr dürften es wohl gewesen sein." Bastet nutzte die Atempause.

„Nefertari war nicht die Böse, wie es überliefert wurde. Sie wurde erst im Laufe der Zeit dazu."

„Woher weißt du das?", fragte der Professor. Die Frau stand an einer der verzierten Wände und deutete auf die Hieroglyphen.

„Hier steht, dass man noch lange nach ihrer grausamen Beerdigung ihre Schreie aus dem Grabmal hörte. Das wurde von einer zur nächsten Generation weiter überliefert. Einem Priester nach, der bei dem Ritual dabei war, konnte ihr Geist den Körper verlassen, wurde aber durch Magie in diesem Grabmal festgehalten. Daraufhin wurde sie wahnsinnig."

„Demnach wurde ihr Geist 1904 bei der Entdeckung dieser Gruft durch Lord Stevenson befreit. Aber wo ist der Eingang zur Grabkammer?" Der deutsche Archäologe sah sich um und entdeckte in weiter Ferne das Ende der Galerie, durch die schwaches Sonnenlicht eintrat. Ein ächzendes Knirschen unterbrach ihn in seinen Gedanken. Sand rieselte von der Decke.

„Öhm ... was ist das?", fragte Ahmed. In diesem Moment krachte ein riesiger Granitblock auf den Boden und zerquetschte die vier Arbeiter unter sich. Eine Hand lugte darunter hervor und zuckte noch kurz, dann rührte sie sich nicht mehr.

4. Die Falle

Tanis

Die Frau ließ ihren Kapuzenmantel fallen. Darunter war sie nackt. Ihre dunkelbraunen Haare reichten ihr bis über die Schulterblätter. Sie sah an sich herab und bewunderte ihren makellosen Körper. Elegant, beinahe königlichen Schrittes ging sie zum Kleiderschrank, der am anderen Ende des Raumes stand. Sie suchte sich die für sie interessanten Kleidungsstücke, eine Jeans und ein T-Shirt, heraus und zog sie sich an. Dazu ein Paar schwarze Sportschuhe. Dann drehte sie sich zum Sarkophag um und sah hinein. Ein Lächeln umspielte ihre Lippen. Yanara lag darin, die Augen geschlossen und etwas blass. Sie packte den rechten Arm der jungen Ägyptologin und verband ihre blutende Hand.

„Ich danke dir für dein erneutes Opfer, kleine Yanara. Leider war es notwendig, aber langsam kannst du mal aufwachen. Wir haben wichtiges zu erledigen.", redete sie auf die Bewusstlose ein. Diese schlug die Augen auf und zuckte zurück. Sie sah die brünette Frau an.

„Ich lebe noch?", fragte sie verwirrt.

„Ja was dachtest du denn? Ich bin doch keine Bestie. Hast du geglaubt, ich würde dich umbringen?"

„Äh ... du standst mit einem Dolch vor mir und hast so komisch gegrinst und da gingen bei mir die Lichter aus." Sie sah auf den Verband an ihrer Hand.

„Hast du ..."

„Ja. Ich brauchte ja nur ein wenig deines Lebenssaftes. Nur Wahnsinnige töten für zwei Löffel Blut. Bevor ich dich fragen konnte, bist du zusammengeklappt und da die Zeit drängte, habe ich mich halt selbst bedient."

„Wie ich sehe, bist du wieder komplett hergestellt.", entgegnete Yanara.

„Körperlich ja, nur mit meinen Fähigkeiten klappt es noch nicht so wirklich." Sie half der jungen Ägyptologin aus dem Sarkophag und stützte sie auf dem Weg zu einem Stuhl. Yanara war noch immer wackelig auf den Beinen. Sie fühlte sich kraftlos.

„Hast du etwas zu trinken für mich?", fragte sie. Die geheimnisvolle Brünette nickte und holte eine Flasche Wasser aus dem Kühlschrank. Sie füllte ein wenig von dem kühlen Nass in ein Glas und reichte es ihrem Gast. Yanara trank schnell und hielt der anderen Frau das Trinkgefäß hin.

„Nicht so hastig, das ist nicht gut." Die Wissenschaftlerin ignorierte den Rat.

„Wer bist du eigentlich, was ist das für ein Ding und wie kann es sein, dass wir wieder total fit sind?", fragte sie und deutete auf den goldenen Sarkophag. Ihr gegenüber lachte schelmisch.

„Och der, der gehört mir gar nicht. Man hat mich in dem Ding nur lebendig begraben. Er hielt mich die Jahrtausende nur am Leben. Mit der Zeit ließ seine Kraft immer mehr nach und ich wurde zu dem vertrockneten, wandelnden Leichnam den du kennengelernt hast. Erst dein Blut brachte seine Macht und mein Leben zurück."

Nur lebendig begraben ... Es klang so, als wäre es das Natürlichste der Welt mal eben so behandelt zu werden. Yanara war entsetzt. Sie verstand nicht, wie grausam Menschen sein konnten, damals wie auch heute.

„Der Sarkophag hat uns also das Leben wiedergegeben?" Sie erinnerte sich an den Schlag mit dem Chepesch, der ihren Bauch aufschlitzte und sie dadurch ausweidete. Ohne Caldor wäre sie gestorben.

Sie sah an sich herunter und bemerkte erst jetzt, dass sie noch immer die blutdurchtränkte Kleidung trug. Sie zog ihr T-Shirt hoch und sah, dass alles komplett verheilt war. Jetzt, wo ihr bewusst wurde, was passiert war und wem sie ihr Leben verdankte, wurde ihr klar, dass es mit einem einfachen *danke* nicht getan war. Yanara steuerte auf den Kleiderschrank zu. Die brünette Frau gab den Weg frei und die Archäologin bediente sich an der Kleidung.

„Gibt es hier eine Dusche?"

„Ja, da drüben." Yanaras Lebensretterin deutete auf eine dunkle Tür, hinter der die Wissenschaftlerin verschwand.

„Ich will ja nicht meckern, aber du könntest es auch mal wieder vertragen.", rief die Archäologin und drehte das Wasser auf. Die Brünette hob die Arme, schnupperte an ihren Achseln und verzog ihr Gesicht.

„Oops, könnte nach über 3000 Jahren vielleicht wirklich nicht schaden.", murmelte sie leise. Sie zog sich wieder aus und begab sich ins Bad.

„Da ist ja Platz für uns beide. Ich ... kenne mich mit sowas nicht aus.", sagte sie verlegen, wurde rot im Gesicht und schaute Yanara wie ein schüchternes Schulmädchen an. Die Ägyptologin lachte und machte etwas Platz in der Nasszelle.

„Ja was? Zu meiner Zeit gab es sowas nicht." Daraufhin lachten beide Frauen.

„Weg hier, das war ein Fallstein. Meistens sind da mehrere.", rief Johann.

„Der war gut. Und wo sollen wir hin?", fragte Ali. Der deutsche Archäologe sah sich um. Der übrig gebliebene Raum war gerade mal drei Meter lang und ebenso breit. Er sah nach oben, konnte aber keine Naht entdecken. Also nicht die Spur eines weiteren Granitblocks.

„Hat jemand einen Plan B dabei?", fragte er.

„Ich schlage vor wir gehen gleich zu Plan Z über.", sagte Caldor und schlug mit der Faust auf eine kunstvoll bemalte Wand ein.

„Oh nein, dieser historische Wert.", gab Johann mit fast weinerlicher Stimme von sich.

„Echt jetzt? Wir stecken bis zum Hals in Schwierigkeiten und du machst dir Sorgen wegen einer bemalten Wand?", meuterte der silberne Hüne, drehte sich wieder um und schlug weiter drauf ein. Beim dritten Faustschlag gab das ganze Mauerwerk nach und fiel um. Es war eine Tür.

Sie hatten einen stockfinsteren Raum entdeckt. Der Hüne riss einen Ärmel von Johanns Hemd ab, welcher ihn erschrocken ansah und wickelte den Stoff um einen Knochen, den er am Boden fand. Seine Augen blitzten kurz auf und seine selbstgebaute Fackel entzündete sich. Auf Augenhöhe entdeckte er eine Pechrinne und steckte das brennende Provisorium rein. Gierig leckten die Flammen an der teerartigen Masse und fraßen sich in der antiken Beleuchtung voran, bis alles erleuchtet war.

Sie hatten eine weitere Grabkammer entdeckt.

„Willkommen in meinem Grab. Nun könnt ihr euch auf euer Ende vorbereiten, denn der Ausweg ist für euch verschlossen.", sprach eine Frauenstimme.

Johann erkannte die Stimme als erster. Bevor er etwas sagen konnte, erschien die dazu passende Person. Sie trat aus einer dunklen Nische, in die kein Licht eindrang, hervor. Es war die alte Frau aus Anoksunamuns Grab. Bösartig schaute sie ihre *Besucher* an.

„Niemand kann euch mehr helfen. Ein magischer Schutzschild verhindert ein entkommen. Aber seht es positiv, denn nun werdet ihr es sein, die in 3000 Jahren vielleicht eine archäologische Sensation sein werdet.", sagte sie und fing an, schadenfroh zu lachen.

Ali hustete und spuckte dabei Blut. Die trockene staubige Luft sowie die vorhandenen Pilzsporen in der Grabkammer gaben ihm den Rest. Er sackte zusammen und hätte Ahmed seinen Vater nicht aufgefangen und gestützt, wäre er zu Boden gestürzt.

Johann eilte zu seinem Freund und stützte den Kopf des inzwischen liegenden Mannes. Der Ägypter sah dem deutschen Archäologen flehend in die Augen.

„Ich will nicht hier sterben, nicht in diesem bösen Loch."

„Findet euch damit ab, dass dies euer Grab sein wird!", fauchte die Alte.

Caldor musste mit Entsetzen feststellen, dass seine Kräfte nicht mehr vorhanden waren, denn sein Versuch, Ali die Schmerzen zu nehmen, scheiterte. Der Dämon setzte sich im Schneidersitz neben den kranken Mann und versuchte die letzte Möglichkeit zu nutzen, die ihm einfiel. Mit Telepathie Hilfe rufen ...

In der Fußgängerzone der Stadt herrschte reges Treiben. Menschen nutzten das schöne Wetter des Spätsommers für ihren Einkaufsbummel. Unter ihnen auch eine junge Ägypterin. Sie lebte schon lange unweit dieser Ortschaft im Norden und fühlte sich hier wohl. Sie nutzte, wie die anderen auch, die letzten warmen Sonnenstrahlen des Jahres. Vor einem Antiquitätengeschäft blieb sie stehen. Es gehörte laut der Tafel an der Tür einem Johann Konrad. „Geöffnet" stand auf einem Schild, dass an einer Kette an der Scheibe hing. Die Orientalin betrat den Laden. Ein Klingeln von schlichten Glöckchen am oberen Türrahmen signalisierte ihr Eintreten. Ihr fiel eine kleine Kiste mit altägyptischen Hieroglyphen auf. Sie war reich verziert, mit Blattgold überzogen und auf dem Deckel thronte eine Figur des Anubis, dem Beschützer der Toten. Sie lächelte.

„Ein schönes Stück, nicht wahr?", sprach sie eine Frauenstimme hinter ihr an. Die Ägypterin drehte sich um und sah eine junge Frau. Etwas größer wie sie selbst, schlank und schwanger. Rotblondes Haar umrahmte ein längliches Gesicht mit einer kleinen Nase und grünen Augen. Sie strahlte etwas aus, welches die Orientalin faszinierte. Eine machtvolle und beeindruckende Aura. Wie ferngesteuert legte sie ihre Hand auf den Bauch der Schwangeren. Eine wohlige Wärme übertrug sich auf ihren Körper. Ein Gefühl, welches sie schon lange nicht mehr wahrgenommen hatte. Vor ihrem geistigen Auge spielten sich plötzlich Szenen ab, die für sie erschütternd und dennoch beruhigend waren. Hastig zog sie ihre Hand zurück und wich einen Schritt nach hinten. Ein paar Sekunden später hatte sie sich gefasst. Sie lächelte und sagte:

„Sie wird eines Tages eine mächtige und gute Hexe sein. Umgeben von starken Freunden wird sie einer Allianz gegen das Böse angehören. Sie können schon jetzt stolz auf Mia sein."

Die Frau wurde blass und sah die Ägypterin überrascht an.

„Woher kennen Sie ihren Namen? Außer mir weiß den niemand."

„Jetzt schon.", antwortete die Orientalin schmunzelnd.

„Ihr Baby hat sich mir soeben vorgestellt. Es hat mir Bilder aus der Zukunft übermittelt.", sagte sie leise und fuhr fort.

„Ich habe keine Ahnung, wie sie das gemacht hat, aber sie ist für die kommende Zeit dieser Welt sehr wichtig. Sie müssen gut auf sie aufpassen."

Solange es Ihnen noch möglich ist., sprach sie in Gedanken weiter. Sie wechselte schnell das Thema und reichte der werdenden Mutter ihre Hand.

„Ich heiße Yasmina und würde gerne diese Kiste kaufen." Sie deutete auf das alte Artefakt mit dem Abbild des Schakalgottes.

„Isabella Konrad.", stellte sich die Frau vor. Als ihre Hände sich berührten, spürten beide eine Verbundenheit, die sie sich nicht erklären konnten.

„Mein Vater brachte diese Kiste vor zwei Jahren aus Ägypten mit. Er fand sie in einem Grab im Tal der Könige."

Ein Klicken unterbrach die zaghafte Unterhaltung. Die beiden Frauen sahen sich erstaunt an und richteten ihre Blicke auf die Kiste, aus der das Klickgeräusch kam. Der Deckel hatte sich geöffnet. Er stand ein paar Millimeter hoch. Yasmina griff zögernd zu dem antiken Behältnis und öffnete es langsam. Grelles bläuliches Licht trat heraus und erfüllte den gesamten Laden.

Draußen schritt die Dämmerung voran und das unheimliche Licht war auch in der Fußgängerzone zu sehen. Vorbeigehende Menschen stoppten bei diesem Anblick. Die schon eingeschalteten Straßenlaternen im Umkreis explodierten nacheinander. Das Phänomen übertrug sich weit über die Geschäftsmeile hinweg. Manche Menschen rannten aus Angst davon, andere blieben wie hypnotisiert stehen und beobachteten fasziniert das Schauspiel. Plötzlich platzten sämtliche Scheiben in den Läden der Fußgängerzone und eine Druckwelle fegte die Passanten von den Beinen. Dann war es still und es herrschte totale Dunkelheit in der Einkaufsstraße. Vereinzelt stoben Funken aus den zerstörten Lampen, begleitet von knisternden Geräuschen.

Yasmina und Isabella erhoben sich aus ihrer Deckung und schüttelten sich kleine Trümmerstücke ab. Die schwangere Frau sah, wie die Augen der Ägypterin je nach Lichteinfallswinkel leicht grün glimmten.

„Ihre Augen, was ist mit ihnen los?", fragte sie leise und ängstlich. Yasmina antwortete lächelnd.

„Das ist eine lange Geschichte." Sie schaute auf die Kiste vor sich, die alles unbeschadet überstanden hatte. In ihrem Inneren waberte es und ein blasses Licht zuckte hin und her. Nebel kroch aus dem Behältnis hervor und verbreitete sich nach unten sinkend auf dem Parkettboden des Ladens. Er schien kein Ende nehmen zu wollen. Der Dunst verteilte sich auf dem gesamten Boden und kroch hinaus auf die gepflasterte Straße. Unaufhaltsam breitete er sich aus.

„Was ist das?", fragte Isabella mit zitternder Stimme.

„Keine Ahnung. Ich weiß auch nicht, was hier gerade geschieht.", antworte die Ägypterin leise. Ein kalter Schauer erwischte sie, ihre Nackenhaare stellten sich auf. Sie griff in ihre Umhängetasche und zog einen silbernen Brieföffner hervor, den sie zu ihrem Schutz immer bei sich trug. Doch diesmal nützte er ihr nichts.

Aus dem Nebel vor ihr erhob sich die Gestalt einer Frau in einem fast transparenten Leinenkleid. Eine Isiskrone schmückte ihren Kopf. Langes schwarzes Haar reichte ihr bis zu den Hüften. Mit ernstem kaltem Blick sah sie Yasmina an. Die durchsichtige Geistererscheinung erinnerte ein wenig an ein Hologramm, wie sie es aus dem einen oder anderen Science-Fiction Film kannte. Yasmina hob den Brieföffner.

„Na na, begrüßt man so seine Mutter?", fragte die Erscheinung kalt, hob die Arme und Blitze schossen aus den Händen der Gestalt hervor und schlugen mit voller Wucht in den Körper der jungen Frau ein. Diese wurde in einen Schrank geschleudert, der krachend in sich zusammenfiel. Das geisterhafte Wesen schritt auf die reglos daliegende Frau zu und mit einer einzigen Handbewegung fegte sie die Holztrümmer hinweg und sah auf die junge Ägypterin herab. Aus kleinen Wunden an Bauch, Brust und Stirn stieg seichter Rauch auf. Ebenso aus den leeren Augenhöhlen. Die Erscheinung kniete nieder und berührte die Frau an der Hand.

„Verzeih mir, mein Kind, verzeih mir.", flüsterte sie. Tränen rannen ihr über das Gesicht und dann löste sie sich auf, genauso wie der Nebel und verschwand. Zurück blieb eine ratlose und entsetzte Antiquitätenhändlerin ...

5. Bastets Opfer

Johann fächerte mit seinem Hut ein wenig Luft in Alis Gesicht. Sein Sohn kniete neben dem kranken Mann und hielt dessen Hand. Es sah nicht gut aus. Sein Atem rasselte und ging schwer. Ein irres immer lauter werdendes Lachen erscholl. Panik machte sich unter den Männern breit, nur Caldor bekam davon nichts mit. Er befand sich in tiefster Trance. Alles um sich herum hatte er ausgeblendet. Er beabsichtigte seinen Geist vom Körper abzukoppeln, ihn zu verlassen, aber es misslang.

„Na mein kleiner Dämon? Klappt da etwas nicht?", fragte die alte Frau gehässig und lachte wieder wie eine Irre. Sie trat ihm gegen die Schulter und er kippte nach hinten über. Johann hastete vor. Er fing den geschwächten Dämon auf, der nun ohne seine magischen Kräfte im eigenen Körper gefangen war. Er sah den Professor benommen an. Fassungslosigkeit kam in ihm auf. Dieses hilflose Gefühl hatte er, seit er damals von den römischen Legionären überrumpelt wurde, nicht mehr verspürt. Doch dann sprang er auf, mobilisierte all seine körperlichen Kräfte für einen letzten Angriff auf das alte Weib und hechtete auf sie zu. Völlig überrascht stand sie regungslos da und war zu keiner Gegenwehr fähig. Zu schnell war Caldor bei ihr und schlug ihr mit der Faust ins Gesicht. Sie taumelte und prallte gegen die Wand der Grabkammer. Der jetzt, ohne seine Kräfte, menschliche Dämon eilte auf den silbernen Sarkophag zu und riss den schweren Deckel ab, der scheppernd zu Boden fiel.

„Nein, das kannst du nicht machen!", schrie die Alte entsetzt, die sich in der Zwischenzeit wieder aufgerafft hatte.

Die Augen des Hünen glimmten dunkelgelb. Er versuchte, seine silberne Gestalt anzunehmen, aber mehr als der Zeigefinger seiner rechten Hand veränderte sich nicht.

Das Weib lachte schadenfroh. Sie warf mit einem Feuerball nach ihm, der auf seiner Brust zerplatzte und schmerzhafte Brandwunden hinterließ. Er schrie auf und sank qualmend auf die Knie. Der Geruch von verbranntem Fleisch war bestialisch. Kraftlos sackte Caldor nach vorn und fing sich im letzten Augenblick ab, bevor er auf dem Boden aufschlagen konnte. Ein paar Atemzüge später stemmte er sich auf und stützte sich auf dem silbernen Sarkophagdeckel ab. Da geschah etwas, mit dem niemand gerechnet hatte. Erst war es nur die Hand, die sich in pures Silber verwandelte, dann zog es sich wie im Zeitraffer über den Arm, die Schulter und schließlich über den ganzen Körper. Seine Augen leuchteten grellgelb auf und er erhob sich. Sein Gesicht verzog sich zu einer hasserfüllten Fratze. Er drehte sich um, griff in den Sarkophag und riss die Mumie heraus.

„Neeeeiiinn!", schrie sie panisch und wollte den Dämon daran hindern sein Werk zu vollenden. Mit einem wuchtigen Schlag mit der flachen Hand beförderte er die abgrundtief böse Frau erneut gegen die Wand. Dann riss er die Mumie in Stücke und zermalmte sie zu Staub. Er war nicht mehr zu bremsen. Er tobte sich wie ein Berserker an dem toten Körper aus. Die alte Frau löste sich auf.

„Man, der hast du es aber gezeigt. Die ist platt.", sagte Johann freudig und klopfte dem Hünen auf seine silberne Schulter. Der drehte sich um und sah den Professor grimmig an.

„Gar nichts habe ich! Und vernichtet ist sie auch nicht. Ich habe nur erreicht, dass sie nicht mehr an diesen Ort gebunden ist."

„Und deine Kräfte? Ist dir gar nicht aufgefallen, dass du sie wieder hast?", fragte der Archäologe.

Caldor dachte über die Worte des Professors nach und sah an sich herunter. Die Brandwunden waren verheilt. Er ging in sich und stellte fest, dass sein Freund recht hatte. Er sah sofort zu Ali hinunter und beugte sich über ihm. Der Ägypter riss rasselnd nach Luft. Sein Zustand war kritisch.

„Wir müssen versuchen, diese Stätte zu verlassen. Sonst hat er keine Chance mehr.", murmelte der Hüne.

„Setzt euch zu Ali, wir verschwinden gleich ... hoffentlich.", knirschte er vor sich her, während er sich die untere Hälfte des Sarkophags vornahm. Sein Körper nahm das ganze Silber in sich auf. Wieder vollends erstarkt packte er Ali, Ahmed und Johann. Dann teleportierte er sich und seine Begleiter in das kleine Haus am Stadtrand von Kairo.

Viel Zeit zum Erholen hatten die Männer nicht. Zwei Stunden später bekamen sie Besuch. Es klopfte an der Tür. Johann öffnete und ließ die beiden Frauen rein. Die eine erkannte er sofort und umarmte sie erfreut.

„Yanara. Ich bin so froh, dich lebend und gesund wieder zu sehen.", sagte er und küsste sie ohne Vorwarnung. Stocksteif und regungslos ließ die junge Frau die stürmische Begrüßung des Professors über sich ergehen. Dann löste er sich von ihr.

„Oh, entschuldige. Da sind die Gefühle mit mir durchgegangen. Wenn du mir jetzt eine knallen möchtest, ich stehe dir gerne zur Verfügung.", sagte er verlegen. Sie lachte und strahlte über das ganze Gesicht.

„Och nö, lass man. Daran könnte ich mich gewöhnen.", erwiderte sie schelmisch und hakte sich bei ihm ein. Sie betraten gemeinsam mit der zweiten Frau den größten Raum in dem Häuschen, wo diese ihren Kapuzenumhang abnahm. Ahmed bekam den Mund nicht mehr zu, als er die Brünette wieder erkannte. Er flüsterte ihren Namen.

„Anoksunamun."

Ein Räuspern ließ alle aufhorchen.

„Ich möchte eure Wiedersehensparty ja nur ungern stören, aber wir sollten uns überlegen, wie wir dieses widerwärtige ... Ding vernichtet bekommen.", unterbrach Caldor die Runde.

„Dafür müssen wir nach Taposiris Magna.", erklang eine Stimme aus dem Nichts. Eine Nebelwolke entstand und eine weitere bildhübsche Frau mit einem fast durchsichtigen Leinenkleid darin.

Ahmed warf sich auf den Boden und küsste die Füße der Frau.

„Meine Göttin.", hauchte er ehrfurchtsvoll, denn Bastet war zurückgekehrt. Sie beugte sich zu ihm herunter und gebot ihm, sich zu erheben. Ihr Mund näherte sich seinem Ohr, dann flüsterte sie:

„Rasier dich mal! Du kratzt!"

Die Katzengöttin hatte sich in der Zwischenzeit den Gegebenheiten angepasst und sich in eine Jeanshose und Bluse gezwängt. Beim Hochziehen des Kleidungsstücks wurden ihre Augen groß und ein leises *Aua* verließ ihre Lippen. Sie schaute Yanara und Anoksunamun an.

„Wie kommt ihr bloß mit diesen Dingern klar? Die kneifen ganz schön.", sagte sie und zeigte zum Schritt.

„Äh ... eigentlich trägt man auch sowas darunter.", antwortete Yanara und wedelte schadenfroh mit einem Schlüpfer.

„Witzig! Wirklich sehr sehr witzig!", knurrte Bastet und riss der schmunzelnden Archäologin das zarte Baumwollteil aus der Hand. Wutschnaubend stiefelte sie in das Nebenzimmer. Die Männer sagten nichts, konnten sich ein schmunzeln aber nicht verkneifen.

„Das habe ich gesehen!", maulte die Göttin.

Caldor hatte unterdessen den schwerkranken Ali in das naheliegende Krankenhaus gebracht. Nach seiner Rückkehr fragte er, nachdem er die noch immer grinsenden Leute um sich herum sah:

„Hab ich was verpasst?"

„Sagt jetzt nichts Falsches!", knurrte eine Frauenstimme aus dem nebenan liegendem Raum die Gefährten an.

„Jetzt nichts Falsches.", erklang es synchron wie ein Chor.

„Aaaarggh!", brüllte Bastet, offensichtlich als Einzige nicht zu Späßen aufgelegt. Caldor zuckte mit den Schultern, zog eine Augenbraue hoch und sah fragend in die Runde. Johann ergriff das Wort:

„Erkläre ich dir später, mein Freund."

„Untersteh dich!", maulte die Katzengöttin. Da der Hüne wusste, wo die Hemmschwelle seiner einstigen Geliebten endete, wechselte er in weiser Voraussicht das Thema.

„Ali ist auf der Intensivstation. Die Ärzte sagen, dass er höchstens noch ein paar Tage hat.", sagte er betroffen. Er spürte eine Hand an seinem Oberarm und drehte sich um. Bastet sah ihn und die anderen mitfühlend an. Sie zuckte mit den Schultern und sprach leise:

„Es tut mir leid, aber es gibt Momente, da sind auch uns Göttern die Hände gebunden. Ich kann leider nichts mehr für ihn tun." Sie wandte sich abrupt von den anderen ab und starrte die Wand an. Caldor bemerkte, dass sie etwas quälte.

„Was ist los?", fragte er sie zaghaft. Sie ergriff seine Hand, ohne sich umzudrehen und schluchzte.

„Ich musste etwas tun um ...", sie unterbrach sich selbst und wechselte schnell das Thema.

„Wenn wir etwas erreichen wollen, dann sollten wir jetzt aufbrechen."

„Ok, ihr habt Bastet gehört. Auf gehts.", sagte der Dämon. Er konzentrierte sich und teleportierte sich mit allen nach Taposiris Magna.

Itzehoe, Deutschland

Isabella starrte noch immer geschockt und entsetzt auf die leblose Frau mit den rauchenden Augenhöhlen. Ihr Mund stand offen und auch aus ihm, wie aus den kleinen Wunden an Bauch, Brust und Stirn stieg Rauch auf. Die schwangere Frau fühlte am Hals der Ägypterin nach dem Puls, aber sie konnte ihn nicht finden. Dann versuchte es sie an den Unterarmen, jedoch war auch dort nichts zu fühlen. Schlagartig fiel ihr das Blutdruckmessgerät ihres Vaters ein, welches er immer unter der Ladentheke für Notfälle oder seinen oft zu hohen Blutdruck liegen hatte. Sie erhob sich, obwohl es ihr aus dieser Position heraus aufgrund ihrer Schwangerschaft schwerfiel. Sie hielt sich den Bauch, umrundete den Tresen und stützte sich daran ab. Ohne Vorwarnung knallte es und die Dunkelheit im Laden wich einem blassblauen Leuchten, welches von der anderen Seite der Theke kam.

„Nein ... bitte nicht schon wieder ...", murmelte Isabella irritiert. Zaghaft sah sie über das Möbel hinweg und glaubte, ihren Augen nicht zu trauen.

Yasmina leuchtete aus allen Wunden. Ihr Körper fing an zu schweben. In einer Höhe von fast zwei Metern stoppte sie. Ihre Hände zuckten, dann die Beine, letztlich ihr gesamter Körper. Sie drehte ihren Kopf zu Isabella. Ihre leeren Augenhöhlen starrten sie an, die Lippen der jungen Ägypterin verzogen sich zu einem leichten Lächeln. Ein Wabern entstand in ihnen und eine gallertartige Substanz entwickelte sich. Wie ein Strudel rotierte das undefinierbare Zeug, es formte sich zu zwei katzenartigen Augen die am Ende grün aufleuchteten. Dann war der Spuk vorbei. Die Wunden hatten sich ebenfalls geschlossen und es erinnerte nichts an der Frau daran, was mit ihr vor kurzem mit ihr geschah. Das Leuchten umgab den gesamten Körper, der sich langsam aufrichtete und mit den Füßen zuerst auf den Boden sank. Das Licht erlosch und die Frau krachte auf die Kacheln des Ladens. Nebel stieg auf und umhüllte die junge Ägypterin. Im Nu war sie nicht mehr zu sehen. Auf Kopfhöhe schimmerte grünes Licht hervor. Es wurde immer kräftiger und dann verließ Yasmina den Nebel. Sie trug dieselbe Kleidung und den gleichen Schmuck, wie die Erscheinung vorhin. Isabella bekam es mit der Angst zu tun. Dann sprach die Frau zu ihr.

„Fürchte dich nicht. Ich bin Yas-Minh-Ra, die Tochter der Bastet." Sie ließ die Worte bei der Schwangeren erstmal wirken. Dann fuhr sie fort.

„Aber du darfst mich weiterhin Yasmina nennen." Sie lächelte sanft und reichte ihr die Hand, die Isabella wie ferngesteuert ergriff. Eine Wärme und ein gleichzeitiges Gefühl der Geborgenheit umfing sie. Die Hexe konnte es sich nicht erklären. Dann war der Spuk vorbei. Yasmina hob die Arme und ließ sie wieder sinken. In diesem Moment verwandelte sich das Kleid zurück in die Kleidung, die die Ägypterin vorher trug. Die Blicke der Frauen wanderten über den Tresen und stoppten bei der Kiste mit der Figur des Anubis auf dem Deckel. Er lag schräg auf dem Behältnis, aus dem ein Stück Papyrus hervorlugte.

„Das war vorhin noch nicht da.", sagte die rotblonde Frau leise. Yasmina legte den Deckel beiseite und entnahm eine Papyrusrolle, die sie aufrollte. Ein langer Text in altägyptischer Schrift war darauf geschrieben, den die junge Frau anstarrte. Dann las sie die an sie gerichtete Botschaft.

Taposiris Magna, Ägypten.

Yanara war, wie jedes Mal, wenn sie an diesen Ort kam, von dem Anblick der Tempelruine überwältigt. Seit Jahrtausenden stand sie hier und trotzte allen Wüstenstürmen.

An diesem Tag jedoch war es etwas anders. Die junge Ägyptologin konnte es sich nicht erklären, aber eine ihr unbekannte Kraft zog sie förmlich hierher. Johann tauchte neben ihr auf. Es war ihm nicht entgangen, dass sie scheinbar abwesend die Tempelanlage bewunderte.

„Imposantes Gebäude, nicht wahr?", sagte er. Yanara sah ihn an. Ihr Blick wirkte hohl, trübsinnig, so als stünde sie neben sich. Sie sah durch ihn hindurch. Er berührte vorsichtig ihre Hand und ein kleiner elektrischer Schlag traf ihn. Er zuckte zurück. Für einen kurzen Augenblick erinnerte er sich an seine erste Begegnung in seinem Laden mit ihr, wie sie mit ihrem Finger das X in die Karte des Engländers brannte. Der Professor konnte sich keinen Reim darauf machen, was mit der hübschen Orientalin nicht stimmte. Er drehte sich zu seinen Begleitern um, aber die standen nur da und starrten den Tempel an. Plötzlich redete Yanara mit einer finsteren Stimme in der längst ausgestorbenen Sprache der Pharaonen. Es war nicht viel, aber er verstand die Worte.

„Das Grab der Göttin, es muss beschützt werden vor Neeth."

„Wer ist ... Neeth?", fragte Johann leise die wie in Trance dastehende Ägypterin. Blitzschnell drehte sie sich zu ihm, packte seinen Kopf mit beiden Händen an den Schläfen. Entgegen seiner Befürchtung, dass dies sein Ende sei, verspürte er nur sanften Druck. Eine leichte Wärme wurde übertragen.

„Siehe und verstehe!", sagte Yanara und schaute ihn an. Ihre sonst braunen, fast schwarzen Augen veränderten sich. Sie glänzten golden und ein hypnotischer silberner Wirbel entstand der ihn auf eine Reise, die er nie vergessen würde mitnahm. Die Welt um ihn herum veränderte sich. Der Tempel erstrahlte in seinem ursprünglichen Glanz. Alles sah aus wie vor über 3400 Jahren ...

Taposiris Magna, 1427 v. Chr. zur Zeit Thutmosis III.

Die Priester des Amun-Ra wähnten sich in Sicherheit, aber weit gefehlt. In ihren Reihen hielt sich ein Spion des Pharao auf. Er führte die Soldaten des Königs auf die Spur der Tempeldiener und sie folgten ihnen bis nach Taposiris Magna. Dort umkreisten die Krieger die Priester und trieben sie in die Enge. Sie sollten für den Tod der Prinzessin büßen. Trotz schwerer vorheriger Folter gab keiner von ihnen Preis, wo das Grab Nefertaris war. So ließ der Pharao alle beteiligten an dem Verrat an die Wände in den unterirdischen Gängen der Tempelanlage ketten. Anschließend wurden sie bei lebendigem Leib eingemauert. Da von dieser Ebene außer dem Herrscher und seinen Soldaten niemand etwas wusste, würde sie nie jemals einer finden. Somit starb der Pharao zwei Jahre später, ohne je erfahren zu haben, wo sich Nefertaris Leichnam befand.

Ein Hinweis aber wurde nach dem Ableben des Herrschers in seiner letzten Ruhestätte im Tal der Könige hinterlassen. Eine kleine Truhe mit einer liegenden Anubis-Statue darauf wurde ihm mit ins Grab gegeben. Sie enthielt das letzte Geheimnis der Nefertari.

Caldor und die anderen starrten gebannt auf Yanara und Johann. Die Ägypterin erlaubte ihm kurz, sich zu erholen, und der Professor ließ die Ereignisse der letzten Tage Revue passieren. Er konzentrierte sich nur auf das für ihn wesentliche.

In Sakkara fanden sie das Grab Anoksunamuns, in Heliopolis das der Nefertari. Nur was wollten sie hier in Taposiris Magna? Er war überfragt.

„Bist du bereit für weitere Antworten auf deine Fragen?", fragte Yanara ihn und lächelte. Er nickte. Sie berührte erneut seine Schläfen ...

Die Prinzessin wurde auf Geheiß des Pharao in den Kerker gebracht. Ein Priester des Amun-Ra beobachtete es und machte sich auf den Weg zu seinen Brüdern. Wenig später kam er mit ihnen zurück und befreite das Mädchen. Sie stellten fest, dass Nefertari die Zunge herausgeschnitten wurde. Durch den Blutverlust war sie geschwächt. In aller Eile brachten sie sie in ihren Tempel und pflegten sie gesund. Eines Tages bemerkten sie, dass die Prinzessin mit finsteren Mächten im Bunde stand. Finsterer als die Bruderschaft selbst. Das Mädchen tötete in einem Ritual einen der Priester und aß seine Zunge, worauf die ihre sich erholte und nachwuchs. Sie bemerkten ihren Irrtum, aber da war es bereits zu spät. Einer der Gottesdiener nach dem anderen fiel der Prinzessin zum Opfer. Sie überwältigten sie und belegten sie mit einem Bann, der sie zur Bewegungsunfähigkeit verdammte. Sie fertigten einen schweren Sarkophag aus purem Silber. In der Einbalsamierungskammer unterhalb ihres Tempels legten sie die bösartige Prinzessin in den Silbersarg und durchbohrten ihr Herz mit einem Opferdolch, doch sie starb nicht. Stattdessen wurde sie immer zorniger. Sie konnten ihren verhassten Blick nicht mehr ertragen und stachen ihr die Augen aus, aber auch das beendete nicht ihr Dasein. Also griffen die Priester zu einem letzten Mittel. Sie überschütteten ihren Körper mit Natron und ließen ihn so 40 Tage liegen. Jegliche Bewegungen erstarben von Tag zu Tag. Am Ende umwickelten sie den Leib mit Bandagen und zusätzlich mit silbernen Ketten, bevor sie den Sarkophag verschlossen. Aus den Bandagen heraus erklang eine abgrundtief böse Stimme:

„Noch vor dem 4. Schemu werdet ihr im Reich des Anubis um Gnade betteln bis in alle Ewigkeit. Und dich meine Schwester, verdamme ich, Neeth, zu ewigen Leben und Unsterblichkeit. Ich hasse und verfluche dich, Nefertari." Der Sarkophag wurde versiegelt, aber es gelang dem Geist, ihn zu verlassen. Durch einen Bann war Neeth jedoch an den Sarg gebunden. Mann schaffte sie nach Heliopolis, wo sie für immer bleiben sollte. Niemand sollte sie je befreien. So wurde ihr Grab mit allen erdenklichen Flüchen und Bannzaubern belegt. Es funktionierte auch. Bis zu jenem Tag im Jahre 1904, als ein englischer Archäologe sie unwissentlich befreite ...

Yanara ließ von dem Professor ab und stützte ihn. Caldor reagierte schnell und half ihr dabei. Sie setzten ihn auf einen der zahlreichen Kalksteinblöcke im Wüstensand. Ahmed und Bastet hielten sich zurück. Er sah die Katzengöttin an und ihm fiel auf, dass sie schlapp und erschöpft wirkte.

„Was ist mit dir, Herrin?", fragte er besorgt. Sie schaute ihn mit glasigen Augen an und schwankte. Ohne um Erlaubnis zu bitten berührte er seine Herrin und packte sie an den Armen, als sie zusammensackte. Sie war unnatürlich blass. Das Funkeln in ihren Augen war erloschen. Sie wirkte hilflos auf ihn. Er bettete ihren Kopf auf seine Oberschenkel und streichelte sanft ihre Wange, so wie seine Mutter es einst bei ihm tat, wenn er krank war. Mögliche Bestrafungen wegen der Berührungen einer Göttin waren ihm egal. Sie schaute ihn an.

„Ich danke dir, mein treuer Diener, aber du kannst mir nicht helfen. Ich habe etwas getan, was unser aller Zukunft, unser aller Leben retten wird.", flüsterte sie und wurde ohnmächtig. Ahmed verstand die Welt nicht mehr. Die große Katzengöttin, seine Herrin, lag bewusstlos in seinen Armen. Rat- und hilflos rief er den Silberdämon.

„Caldor, wir brauchen deine Hilfe.", stammelte der Ägypter. Der Hüne sah mit Entsetzen seine einstige Lebensgefährtin in einer für ihn untypischen Situation. Sie baute zunehmend ab. Ihr Körper fing an zu altern.

66

Langsam schritt dieser Effekt voran. Er nahm ihre Hand. Bastet öffnete die Augen.

„Mein Geliebter, wir müssen in das Grab. Wir müssen Neeth aufhalten.", flüsterte sie. Er erwiderte ihren Blick und sah sie in tiefer Trauer an.

„Welches Grab, denn. Wer ruht hier, der es Wert ist, dass du gehst?", fragte er mit zitternder Stimme.

„Hathor!", hauchte sie und sackte wieder weg.

Die ersten Touristen trafen an der Tempelanlage ein. Mit Bussen wurden sie herangekarrt. Nach kurzer Zeit wimmelte es nur so von ihnen. Wie Ameisen rannten sie hin und her. Sie teilten sich in kleine Grüppchen auf, die eine Führung durch das historische Areal gebucht hatten. Ein Donnern erscholl und der Himmel verfinsterte sich zunehmend. Sehr untypisch für diese Jahreszeit. Die schwarzen Wolken zogen sich zusammen und bildeten einen Wirbel, der sich genau über dem alten Osiristempel aufbaute. Blitze zuckten daraus hervor und schlugen in den Wüstensand ein, wo dieser zu Glas erstarrte. Die Touristen gerieten in Panik und rannten davon, bis auf ein paar ganz neugierige, die sich der näherkommenden Gefahr nicht bewusst waren. Eine kleine Windhose entstand und eine junge Frau kam daraus hervor. Ihre Augen leuchteten rot und die Menschen, die sich in ihrer Nähe aufhielten, wurden ihre Opfer. Ein Mann wurde von ihr gepackt und verdorrte im Zeitraffer zu einem mumifizierten Leichnam. Sie brach ihn in der Mitte durch und warf ihn fort. Weitere Touristen, die nicht schnell genug flohen, erlitten das gleiche Schicksal. Mit jedem Opfer wurde sie stärker. Dann blieb sie abrupt stehen. Sie erblickte die kleine Gruppe Menschen, die sich am Tempeleingang aufhielt. Eine der Frauen lag am Boden, um die sich zwei Männer kümmerten. Ein weiterer Mann sowie zwei Frauen standen unmittelbar daneben und starrten sie an.

„Nun kann ich mein Werk endlich vollenden!", schrie sie und attackierte die kleine Gruppe mit Feuerbällen, die in ihrer Nähe explodierten. Sie warf eine weitere Salve auf sie, aber diesmal zerplatzten sie an einem unsichtbaren Schild, der leicht rot leuchtete. Einen Moment später war die Gruppe verschwunden.

„Okay, dann spielen wir halt verstecken.", murmelte sie und lächelte hinterlistig.

Im letzten Augenblick gelang es Caldor und Anoksunamun, sich und ihre Begleiter in das unterirdische Labyrinth des Tempels zu teleportieren. Schlagartig flammten sämtliche Pechrinnen und Opferschalen in der Anlage auf.

„Na schön. Immerhin haben wir jetzt Licht.", sagte Johann euphorisch. Er hatte Yanara an die Hand genommen und nicht mehr losgelassen, seit sie ihm die Geschichte von Neeth und Nefertari übermittelt hatte. Auch wenn sie deutlich jünger war als er, fühlte er sich sehr zu ihr hingezogen. Das seine Gefühle für sie stärker waren als gedacht, wurde ihm erst bewusst, als sie mit Anoksunamun in das Haus zurückkehrte. Er drehte sich um. Die Priesterin, Ahmed und Caldor, der Bastet auf den Armen trug, waren direkt hinter ihnen. Der Dämon verwandelte sich völlig unerwartet in den silbernen Hünen.

„Johann, Yanara, Vorsicht!", schrie er. Ruckartig blieben sie stehen. Die Wand auf der linken Seite brach auf und fast völlig verrottete Leichen traten hervor. Manche von ihnen bestanden nur noch aus Knochen mit Hautfetzen, andere waren mumifiziert. Sie verströmten einen üblen Gestank, der den Anwesenden das Frühstück hochkommen ließ. Ungelenk und stümperhaft staksten sie auf die kleine Gruppe zu. Das Klappern der Skelette und rasseln der Ketten ergab eine gruselige Geräuschkulisse. Johann zählte sechs von ihnen. Erst jetzt entdeckte er, dass die Finger der Untoten zu messerscharfen langen Krallen mutiert waren. Da fiel ihm ein, dass er die ganze Zeit das Bündel mit den beiden Chepesch auf seinem Rücken trug. Er wickelte sie aus dem Leinenkleid und Yanara nahm ihm eines ab. Sie sah ihn an, blinzelte mit einem Auge und stürmte auf die Knochengerüste wild um sich schlagend zu. Der Professor rannte ihr nach und Unterstützte die junge Frau bei ihrem Angriff. Sie droschen solange auf die Skelette ein, bis sich von ihnen keines mehr rührte. Plötzlich sank Yanara auf die Knie. Johann sprang sofort zu ihr und entdeckte die tiefe Wunde in ihrer Brust. Einer der Untoten hatte sie schwer verletzt. Sie blutete stark und wurde blass. Ihr T-Shirt wurde immer dunkler von dem ausströmenden Blut. Anoksunamun hastete zu der Ägyptologin und legte ihre Hand auf die Wunde. Sie murmelte Formeln in der alten Sprache der Pharaonen.

„Du bleibst hier bei uns, kleine Yanara. Deine Mission ist noch nicht erfüllt!", knurrte sie die Schwerverletzte an. Die Haut der Priesterin wurde faltig und schrumpelig, ihr Gesicht fiel ein und die Haare wurden weiß.

„Du bist echt anstrengend, weißt du das?", sagte Anoksunamun zu Yanara.

„Danke, ich hab dich auch lieb.", krächzte die Ägyptologin und lächelte. Johann war erleichtert, dass sie sich wieder leicht erholt hatte, war aber besorgt über den Zustand der Priesterin.

Vor ihnen im Gang verwirbelte sich Sand mit den Knochenresten der Untoten und eine junge blonde Frau materialisierte sich.

Neeth war frisch erstarkt zurückgekehrt, um zum finalen Schlag gegen ihre Widersacher auszuholen.

Caldor legte Bastet vorsichtig auf den Boden und befahl Ahmed, bei ihr zu bleiben. Er hob eines der Chepesch auf und gab es dem Diener der Katzengöttin. Mit dem zweiten Schwert schritt er unaufhaltsam auf Neeth zu. Er hatte die Faxen ein für alle Mal dicke und wollte das Weib nur noch erledigen. Es tat ihm zwar leid um das Mädchen aus dem Hotel, in dessen Körper der Geist dieser niederträchtigen Kreatur sich eingenistet hatte, aber darauf konnte er keine Rücksicht nehmen. Es war eh nur noch eine Hülle, die ohne Magie nicht mehr lebensfähig wäre.

„Oh, der kleine Silbermann wird mutig.", säuselte sie.

„Das Schöne ist, niemand von euch wird diese Anlage lebend verlassen. Ich werde euch einen nach..."

Der wuchtige Faustschlag des Hünen in das Gesicht der gefährlichen Dämonin traf sie völlig unvorbereitet und beendete ihren Monolog.

„Du quatschst zu viel!", knurrte er abfällig. Die Kreatur war ein paar Meter zurückgeschleudert worden. Ein normaler Mensch hätte sich von dem Schlag des Dämons nicht wieder erholt. Neeth stand auf und starrte Caldor an. Seine Faust hatte ganze Arbeit geleistet. Das Gesicht war nicht mehr als solches zu erkennen. Es war nur noch ein blutiger Brei, aus dem ein paar Knochensplitter lugten. Innerhalb von Sekunden zerfielen Teile davon zu Staub. Das Gesicht verformte sich zurück, doch diesmal waren die Züge anders. Orientalisch, mit Kajalumrandungen um die Augen, wie zu Pharaonenzeiten. Es zeigte ihr ursprüngliches Antlitz. Aber dieser Anblick währte nur kurz, denn die Haut bekam Risse und fiel samt Fleisch von den Knochen. Es zerfiel zu Staub, noch bevor es den Boden erreichte. Der Körper gab auf. Er war bereits zu heftig geschwächt. Neeth konzentrierte sich und einige Augenblicke später schrie sie auf vor Wut. Caldor konnte sich keinen Reim darauf machen und schaute seine Gegnerin planlos an.

„Was hast du getan? Was geschieht mit mir, du Miststück?", fragte sie schreiend. Erst jetzt erkannte der Dämon, dass Neeth an ihm vorbei sah. Er drehte sich um und sah drei ziemlich angeschlagene Frauen hinter sich, flankiert von Johann und Ahmed. Yanara und Anoksunamun stützten Bastet und übertrugen ihre letzte Kraft auf sie. Die Katzengöttin erstrahlte noch einmal in ihrer ganzen Schönheit und stürmte dann vor. Sie schubste ihren liebsten bei Seite und fiel über Neeth her. Ein paar Faustschläge setzten ihr ordentlich zu. Die Dämonin bekam keine Chance sich zu erholen. Unerbittlich schlug Bastet weiter auf die Schwester der Prinzessin ein. Ihr Körper fing an zu zerfallen. Ein Lachen erklang. Neeth bekam die Oberhand zurück. Sie sog die übrig gebliebene Lebensenergie aus der Göttin heraus. In einem letzten verzweifelten Aufbäumen umklammerte Bastet ihre Gegnerin. Sie sprach etwas auf altägyptisch und dann implodierten die beiden. Zurück blieben nur Staub, Asche und ein darin liegendes Amulett, welches hervorlugte. Im Feuerschein der Pechrinnen blitzte es. Caldor hob es auf und befreite es von einer Staub- und Ascheschicht. Es war ein Schmuckanhänger in Form einer Katze. Er erinnerte sich an den Blitz, den die Katzengöttin auf die Dämonin im Grab von Anoksunamun abgefeuert hatte. Sie verhinderte damit den Sprung in einen anderen Körper.

Allen Anwesenden wurde bewusst, dass Bastet sich geopfert hatte. Außer dem Schmuckstück hatte sie aber noch etwas hinterlassen. Es war während ihres Angriffs nahezu untergegangen, dass sie mit einem Blitz aus ihren Augen eine Wand frei gesprengt hatte. Der Zugang zu einer Grabkammer. An der zweiflügeligen Tür hing ein Siegel aus purem Silber. Anoksunamun erkannte es sofort.

„Das ist ein Bannsiegel. Dasselbe hielt mich die Jahrtausende über gefangen. Es stammt von der Priesterschaft des Amun-Ra."

Caldor brach es durch und sog das Silber mit der Hand in sich auf. Er wollte die Tür elegant aufstoßen, aber die Flügel fielen nach innen und zerbrachen scheppernd. Auch hier brannten die Opferschalen und Pechrinnen.

„Da will man es einmal mit archäologischem Feingefühl versuchen ... auch nicht richtig.", murmelte er geknickt. Johann klopfte ihm auf die Schulter.

„Eines Tages hast auch du dein Erfolgserlebnis.", sagte er grinsend.

An der Stirnseite der Grabkammer stand zwischen zwei großen Säulen ein goldener Sarkophag. Er war mit dem in Tanis absolut identisch. Auch hier hielten die Hände Chepeschschwerter. Lichtbälle tanzten über der Ruhestätte hin und her. Einer der Bälle schoss auf Anoksunamun zu und verschwand in ihrem Körper. Sie erstrahlte für einen Moment hell wie die Sonne. Die anderen schirmten mit den Armen ihre Augen ab. Dann erlosch das Licht. Die Priesterin war von allen physischen Mängeln geheilt. Yanara sah hingegen wie ein Schatten ihrer selbst aus. Die Energieübertragung auf Bastet hatte ihre restliche Kraft abverlangt. Sie war körperlich wie seelisch erledigt und brach zusammen. Johann hielt ihre Hand. Es ging mit ihr zu Ende. Sie lehnte sich an die Brust des Archäologen und lächelte ihn an. Unter großer Kraftanstrengung flüsterte sie: „Vielleicht sehen wir uns ja eines Tages wieder. In einer anderen besseren Welt.", sagte sie immer schwächer werdend.

„Wirst du auf mich warten?", fragte sie und sah ihn ein letztes Mal an. Dann schloss Yanara ihre Augen. Seine Antwort hörte sie nicht mehr.

„Ja, das werde ich.", schluchzte er und küsste sie auf die Stirn. Er saß noch eine kleine Ewigkeit so da und hatte alles um sich herum ausgeblendet. Die Trauer um Yanara hatte ihn überwältigt. Zum wiederholten Mal in seinem Leben brach sein Herz ...

Über dem Sarkophag erschienen drei schemenhafte Gestalten. Es waren Frauen, genaugenommen Geister. Die eine lächelte traurig und sah auf Johann, der ihren toten Körper hielt. Es war Yanara. Sie nickte Caldor zu und verschwand wie ein Blitz durch die Gewölbedecke. Die zweite Erscheinung schwebte auf den Dämon zu. Sie berührte ihn an der Wange.

„Bring dieses Amulett meiner Tochter Yas-Minh-Ra. Ach ... ich vergaß, sie heißt doch jetzt Yasmina."

„Werden wir uns wiedersehen?", fragte er.

„Aber sowas von. Du musst dich nur gedulden, mein Lieber.", antwortete sie und verschwand. Der letzte Geist kam auf Johann zu, berührte ihn am Kopf und er kippte um. Caldor sah erschrocken zu seinem Freund. Die Frau lächelte.

„Hab keine Angst um ihn. Er schläft nur und ich habe ihm seinen Schmerz genommen, denn er wird in den nächsten Monaten und Jahren viel Kraft brauchen." Dann glitt sie weiter auf Ahmed zu.

„Auch du wirst viel Kraft brauchen. Und trauere nicht um deine Herrin. Sie wird immer um dich sein.", sagte sie und im nächsten Augenblick hatten sich Johann und der junge Ägypter in Luft aufgelöst.

„Sie sind jetzt bei Ali, um von ihm Abschied zu nehmen. Für euch beiden habe ich eine besondere Aufgabe. Caldor du wirst diesen Sarkophag an einen sicheren Ort bringen und du, Anoksunamun, wirst mit dem anderen in das Land im hohen Norden gehen und dort auf mich warten.", sagte sie. Sie schnippte mit ihren Fingern und die Grabkammer war leer. Sie lächelte zufrieden und zerstörte ihr einstiges Gefängnis. Dann verschwand auch sie wie ein Blitz durch die Decke des Gewölbes, welches in sich zusammenfiel.

Avalon, die Nebelinsel

Das Mädchen stand an der Steilküste dieser Insel, die sie ihr Leben lang nicht verlassen durfte. Der großgewachsene Mann neben ihr hatte sie von Anfang an beschützt, ausgebildet und sie wie sein eigenes Kind großgezogen. Der bärtige Magier stand auf seinen mannshohen Wanderstab, der in seiner Spitze einen blau leuchtenden Kristall beherbergte, gestützt nur einen Meter von ihr entfernt.

„Meister Myrddin, wann darf ich die Welt erkunden? Ich möchte kennenlernen, von dem ihr mir erzählt habt. Wann ist es soweit?"

Ein Blitz schlug in das Mädchen ein. Es leuchtete kurz auf und brach zusammen. Ihre Haare waren völlig zerzaust und rauchten, als hätte sie hunderte Räucherstäbchen darin versteckt. Ihre Augen rollten unabhängig voneinander in unterschiedlichen Richtungen und leuchteten golden. Dann konnte sie wieder geradeaus gucken und ihr Brummschädel klang ab. Eisblaue Augen sahen den alten Magier an. Das Mädchen lächelte.

„Ich würde sagen ... bald.", beantwortete er ihre Frage.

„Sei gegrüßt, alter Griesgram."

„Das hättest du mal zu mir sagen sollen. Sei gegrüßt, Hathor.", erwiderte er grinsend.

Drei Monate später. Unter den Straßen von Itzehoe ...

Johann war inzwischen Großvater geworden. Eine kleine Enkelin namens Mia. Leider starb die Mutter, seine Tochter, bei der Geburt. Es war eine Hausgeburt, bei der eine Freundin Isabellas die Hebamme gab. Yasmina konnte nicht verhindern, dass sein Kind starb. Sie hatte ebenfalls gelitten und sich zurückgezogen. Somit saß er nun meistens alleine mit der Kleinen da, außer wenn Jonas Drake, sein Ziehsohn, ihn mal vertrat.

An diesem Abend saß er in dem uralten Gewölbe unterhalb der Stadt und sah sich den Sarkophag wie jedes Mal, wenn er hier unten war, aus allen Richtungen ausgiebig an. Er entdeckte immer neue und weitere Details. Aber nun überwand er seine Scheu und es siegte die Neugier. Er hatte es sich in den Kopf gesetzt zu erfahren, was sich darin befand. Der Professor zog die Sicherungsbolzen des Deckels heraus und wollte ihn gerade anheben.

„Untersteh dich du Lümmel, ich bin gerade nackt!", erklang eine ihm wohl vertraute Stimme aus dem Inneren. Als hätte ihn ein Stromschlag getroffen, ließ er den Deckel sofort los. Sein Herz machte Freudensprünge. Zum ersten Mal seit den Erlebnissen in Ägypten hört er sie wieder.

„Weißt du, wir Jungfrauen sind da ja sehr eitel. Keen Gefummel ohne Glockengebimmel.", sprach die Stimme weiter. Sie Lachte. Er konnte es noch gar nicht richtig fassen. Wie sehr hatte er das vermisst.

„Ok, ich werde warten, Yanara."

Ende

DIE SCHULD DER AHNEN (ERINNERUNGEN)

Schweißgebadet und zitternd wachte Jonas Drake auf. Es war wieder einer der Albträume, die sich seit kurzer Zeit häuften. Er sah aus dem Fenster. Der Nachthimmel war sternenklar und das fahle Licht des Vollmonds erhellte sein Schlafzimmer. Er streifte sich seinen Bademantel über und ging zum Bad. Eine kalte Gesichtsdusche verscheuchte ein wenig das beklemmende Gefühl, welches sich seit einiger Zeit in ihm breitmachte.

Jonas stapfte in die Küche und machte sich mit dem Kaffeeautomaten einen Cappuccino. Er setzte sich an den Tisch und zündete sich eine Zigarette an. Die durch die Albträume zurückkehrenden Erinnerungen an die schrecklichen Ereignisse von damals ließen ihn nachdenklich werden.

„Was ist los mit dir, Jonas? Was bedrückt dich?", fragte Jennifer, eine ehemalige Kollegin, die er auf einer Geburtstagsfeier abgeschleppt hatte, mit sanfter Stimme.

Er schaute zur Küchentür und sah sie, die lautlos erschienen war. Nur mit einem T-Shirt bekleidet stand sie da. Er lächelte. Sie konnte es einfach nicht lassen sich anzuschleichen.

„Wieder die Albträume?"

„Ja. Irgendwie lassen sie mich nicht zur Ruhe kommen."

Sie setzte sich auf seinen Schoß und legte einen Arm um seine Schultern. Dabei sah sie ihm tief in die Augen.

„Erzähl. Lass es raus. Vielleicht fühlst du dich dann besser." Ihr Blick hatte etwas Hypnotisches.

„Ja, vielleicht hast du Recht.", erwiderte er und erzählte ihr von damals.

„Vor über 10 Jahren - ich wurde gerade zum Kriminaloberkommissar befördert – wurden Yakup und ich das erste Mal mit dem Übersinnlichen konfrontiert. Und so fing alles an ..."

Damals ...

„Nein, bitte nicht.", flehte das Mädchen die beiden Jugendlichen an.

„Tut mir nichts." Tränen rannen über die Wangen der Achtzehnjährigen. Der eine Junge hielt ihre Handgelenke fest wie Schraubstöcke. Sie konnte sich nicht befreien. Der andere zog ein Messer und schnitt die Knöpfe von der Bluse des Opfers ab.

„Wir wollen dir doch gar nichts tun. Wir wollen nur etwas Spaß haben.", sagte er gehässig.

Von einem Augenblick auf den nächsten veränderte sich das Gesicht des Mädchens. Es war nicht mehr entsetzt oder ängstlich. Nein, es lächelte spöttisch und ihre Augen wechselten von einem strahlenden blau in ein schwarz, welches sich über die Pupillen hinaus zog. Ihr bis dahin

72

kurzes blondes Haar verwandelte sich in langes gelocktes braunes. Die Haut wurde blass, fast kalkweiß, wie das einer Statue. Wie ein filigranes Spinnennetz durchzogen zarte blaue Äderchen ihr Gesicht, welches einen bösen, nahezu diabolischen Ausdruck annahm. Das Mädchen lächelte kalt. Winzige Kristalle traten an ihren Handgelenken und Händen hervor und dieses Phänomen setzte sich in ihrem Gesicht fort.

Der Junge erschrak und wollte die Brünette loslassen, aber es klappte nicht. Die eisige Kälte zog blitzschnell von seinen Händen hoch bis zu den Armen und setzte ihren Weg über seine Schultern fort.

Er starrte seine Arme an und konnte es nicht fassen. Sie waren gefroren.

„Na Kleiner, möchtest du immer noch Spaß mit mir haben?", fragte sie ihn mit finsterer und boshafter Stimme. Er brachte kein Wort mehr heraus und schüttelte mit dem Kopf.

„Gut.", sagte sie und riss sich los. Die Hände des jugendlichen zerbrachen wie Glas und fielen zu Boden, wo sie sich in kleine blutige Klumpen verwandelten. Er schrie vor Schmerzen und starrte auf die bluttriefenden Stumpen.

„Heute ist dein Glückstag, kleiner. Ich habe schon vor Jahrhunderten Kerle wie dich für ihre Taten mit dem Tode bestraft. Bei dir erweise ich mich als gnädig, denn du darfst weiterleben.", sprach sie leise.

Der andere Junge, der bis jetzt stocksteif dastand und das Ganze mit angesehen hatte, bedankte sich.

„Nein! Du nicht! Du hast mich mit deinem Messer bedroht und versucht, mich auszuziehen. Da verstehe ich keinen Spaß!", zischte sie. Sie berührte ihn an der Schulter und er ging in Flammen auf. Innerhalb Sekunden brannte er lichterloh und schrie wie am Spieß. Es dauerte nur Minuten und der Junge war tot. Seine Leiche qualmte und es stank nach verbranntem Fleisch.

Das Mädchen wandte sich erneut dem anderen Jugendlichen zu, der wimmernd auf den Knien seine Armstümpfe ansah. Plötzlich waren die Hände wieder dran, er hatte nur leichten Gefrierbrand an den Innenflächen.

„Lass dir das eine Lehre sein. Solltest du mir jemals wieder über den Weg laufen, werden tatsächlich fehlende Hände dein geringstes Problem sein.", sagte sie und setzte ihren Weg Richtung Park fort. Nach ein paar Schritten stoppte sie und sprach ihn erneut an.

„Ach ja, vergiss nicht, zu erzählen, was du heute erlebt hast. Erzähle allen von mir."

„Und wer bist du?", fragte er kleinlaut.

„Nenne mich Mors Angelus.", antwortete sie und verschwand in einer Nebelwolke.

Jonas Drake und sein Kollege Yakup Melek standen an dem Imbisswagen am Bahnhof und genossen ihren Kaffee. Nach der Begutachtung des Tatorts, wo die Leiche eines Jugendlichen gefunden wurde, brauchten sie diese Pause. Sie wurden den Gestank des verbrannten Fleisches nicht los. Er hatte sich in ihren Nasen festgefressen.

„Sorry, dass ich dir vorhin vor die Füße gekotzt habe, aber der Gestank war unerträglich.", sagte Yakup.

„Ja glaubst du etwa, ich fand das berauschend?", antwortete Jonas mit belegter Stimme. Es ging beiden an die Nieren, obwohl es nicht das erste

Mal war, dass sie zu so einem Fundort beordert wurden. Am schlimmsten war für sie, dass das Opfer noch ein Kind war.

„Fremdeinwirkung meint Bauer ausschließen zu können. Ich frage mich nur, wie ein Sechzehnjähriger einfach so gegrillt wird.", äußerte sich Jonas.

„Spontane Selbstentzündung vielleicht?"

„Blödsinn! Das gibt es nur in irgendwelchen Filmen oder Romanen."

„Bist du dir da so sicher?"

„Na klar."

Jonas nippte an seinem Kaffee, als sein Handy klingelte. Er zog es aus seiner Jackentasche und erkannte die Nummer des Rechtsmediziners.

„Wilfried, was gibt es neues?", fragte er.

„Das solltet ihr euch vielleicht mal selbst ansehen. Das glaubt ihr mir sonst so oder so nicht.", antwortete der alte Mediziner, der kurz vor seiner Pensionierung stand.

„Ok, wir beeilen uns."

„Alles klar.", bestätigte Wilfried Bauer und beendete das Gespräch.

„Neuigkeiten?", fragte Yakup.

„Jap, aber Wilfried meinte, wenn wir uns das nicht selbst anschauen würden, würden wir das eh nicht glauben."

„Klingt wichtig."

„Aber sowas von."

Jonas zeigte auf den Kaffeebecher des großen Türken.

„Hau wech die Scheiße und ab gehts."

„Ja, großer Meister.", antwortete Yakup grinsend. Er trank die letzten Schlucke hastig aus, warf den Pappbecher in den Mülleimer neben dem Imbisswagen und folgte seinem Freund und Kollegen zum Auto.

Nach neunzig Minuten hatten die Kripobeamten die Rechtsmedizin in Kiel erreicht. Wilfried erwartete die beiden schon. Er reichte ihnen jeweils einen Mund-Nasenschutz, der mit Eukalyptusöl bestäubt war.

„Damit ihr mir nicht auch noch die Pathologie vollkotzt.", sagte er grinsend und spielte auf den Fundort der Leiche an.

Dann gingen sie zu dem Obduktionstisch heran, auf dem der Tote lag. Der alte Mann hob das grüne Laken an. Zum Vorschein kam eine verkrampft wirkende verbrannte Leiche. Teils bis auf die Knochen verkohlt mit nach vorn gestreckten Armen, an denen die Hände wie Klauen wirkten. Der Mund war weit aufgerissen. Der Junge hatte im Augenblick seines Todes vermutlich geschrien.

Wilfried Bauer deutete auf den Brustkorb und die linke Schulter.

„Fällt euch etwas auf?", fragte er.

Erst bei genauerem Hinschauen entdeckten Jonas und Yakup den Handabdruck auf dem Brustkorb. Die Haut unter dem Abdruck war nahezu unversehrt.

„Sieht aus, als hätte da eine kleine Hand rauf gedrückt."

„Ja, möglicherweise die eines größeren Kindes. Dort scheint der Ursprung des Feuers zu sein."

Der alte Mann nahm seine Brille ab.

„Er ist mit Sicherheit qualvoll gestorben. Der Todeskampf hat Minuten gedauert."

„Und ... war es nun ein Unfall oder Mord?"

„Ich würde nach wie vor auf spontane Selbstentzündung tippen. Nur der Handabdruck irritiert mich."

Yakup und Jonas sahen sich ratlos an.

„Ok. Ich werde ihn obduzieren und dann schauen wir weiter.", sagte Wilfried und setzte seine Brille wieder auf.

Zurück im Präsidium wurden die beiden Oberkommissare von ihrem Vorgesetzten Hubert Merius abgefangen.

„Gut dass ich Sie erwische meine Herren. Ich habe hier ein paar Akten, die mit Ihrem Fall zu tun haben könnten.", sagte er und reichte Jonas und Yakup einige Schnellhefter und fuhr fort.

„Außerdem wurde heute Morgen ein verwirrter Jugendlicher aufgegriffen, der mit verbrannten Händen auf einem Spielplatz in der Nähe vom Park auf eine Bank saß und laut Zeugenaussagen wirres Zeug stammelte."

„Wo ist der denn?", fragte Jonas.

„In der psychiatrischen Abteilung des Krankenhauses. Es könnte sein, dass er das Opfer kannte.", antwortete Merius und verschwand wieder in seinem Büro.

„Erstmal ein Käffchen?", fragte Yakup.

„Käffchen!", erwiderte sein Freund und Kollege nickend und die beiden gingen in ihr Büro.

Beim Lesen der Akten fiel Jonas auf, dass sich die Fälle ähnelten. Yakup trank einen Schluck Kaffee und sagte:

„Merkwürdig. Die Todesfälle ereigneten sich meilenweit verstreut, aber das Schema ist immer dasselbe. Sie liegen zeitlich weit auseinander, aber sind vom Ablauf her nahezu identisch."

„Eine Serienmörderin?"

„Na ich weiß nicht."

„Ich denke schon. Es soll immer ein Mädchen gewesen sein, welches sich Mors Angelus nennt. Da liegt für mich der Verdacht nahe, dass es sich um eine Serienmörderin handelt. Jedenfalls fällt Wilfrieds Theorie der spontanen Selbstentzündung flach. Es sei denn, schockfrosten, explodieren und zerfetzen gehört neuerdings dazu."

„Scheiß drauf. Wir fahren jetzt in die Klinik und befragen den Jungen.", äußerte Jonas.

Eine halbe Stunde später waren die beiden Oberkommissare im Krankenhaus angekommen. Eine Schwester brachte die sie zur psychiatrischen Abteilung. Vor einem abgeschlossenen Zimmer blieben sie stehen.

„So meine Herren, da sind wir. Bitte gehen Sie behutsam mit ihm um. Er sollte sich nach Möglichkeit nicht zu sehr aufregen."

Die Schwester schloss das Zimmer auf und ließ die beiden Männer eintreten.

„Sie wird kommen und uns alle töten.", brüllte der Junge, der wie ein kleines Kind mit dem Oberkörper wippend in einer Ecke des Raumes saß, die beiden Kripobeamten an.

Jonas sah die verbundenen Hände des Jungen. Seine Augen waren blutunterlaufen und gerötet, so als hätte er sich ständig daran gerieben. Seine Haut war aschfahl und er wirkte, als hätte er tagelang nichts gegessen.

„Wer wird kommen?", fragte Jonas.

„Mors Angelus!", schrie er und kicherte irre. Die beiden Polizisten sahen sich verblüfft an.

„Euch wird sie auch töten.", fügte der Jugendliche nach einer kurzen Pause hinzu.

Jonas sah auf den Notizzettel, auf dem er vorher den Namen des Jungen aufgeschrieben hatte.

„Dominic, erzähl uns doch mal, was passiert ist." Der schaute die beiden erstmal skeptisch an, dann berichtete er.

„Wir wollten ihr doch gar nichts tun, wir wollten nur ihre Titten sehen.", fügte er seiner Aussage hinzu und lachte erneut irre. Er fiel wieder zurück in die wippende Haltung und brabbelte sich etwas zurecht, was die beiden Polizisten nicht verstanden.

„Komm, aus dem bekommen wir nichts Sinnvolles mehr raus"., flüsterte Yakup seinem Freund zu. Der nickte und beide erhoben sich. Sie klopften an die Tür und die Schwester öffnete ihnen.

Auf dem Weg zum Auto meinte Jonas:

„Mors Angelus ... klingt irgendwie merkwürdig."

„... und wie hat sie den Weg so schnell aus dem wildesten Irland hierher geschafft?"

„Gute Frage." Nach einer kurzen Weile kam ihm eine Idee.

„Der Name kommt mir irgendwie lateinisch vor. Wir fahren mal zu Johann Konrad. Der versteht fast alles, was altertümlich ist."

„Wer ist denn Johann Konrad?"

„Ein Archäoligieprofessor, den ich aus meiner Kindheit kenne."

„Ah ja. Klingt interessant."

„Er wird dir gefallen. Er hat immer frischen Kaffee am Start. Nicht dieser Automatenmist wie auf dem Präsidium."

Yakup grinste.

„Klingt nach einem Plan."

Zwanzig Minuten später hatten sie den Antiquitätenladen des Professors erreicht. Zwei Glöckchen am oberen Teil des Türrahmens gaben ihre Töne von sich, als die beiden den Laden betraten.

„Jonas, mein Junge, schön dass du mal wieder vorbei schaust.", begrüßte der ältere Mann den Kripobeamten. Dann sah der Archäologe den großen Türken.

„Und wer sind Sie, junger Mann?"

„Das ist Yakup, ein Freund und Kollege." Johann gab dem hochgewachsenen Kerl die Hand und begrüßte ihn freundlich.

„Möchten Sie auch einen Kaffee, oder vielleicht einen Tee?"

„Kaffee ist schon in Ordnung.", antwortete er lächelnd.

Johann flitzte ins Hinterzimmer und kam ein paar Minuten mit einem Tablett auf dem drei Becher, Zucker und Milch standen zurück.

„Kaffee läuft.", sagte er lächelnd.

„Was kann ich für euch tun?"

Jonas ergriff das Wort.

„Du kennst dich doch mit altem Kram und Latein und son Zeugs aus. Sagt dir Mors Angelus etwas?"

Der ältere Mann nahm seine Brille ab und sein Blick wurde ernst.

„Bitte was?"

„Mors Angelus. Wir ermitteln gerade an einem Fall und da fiel dieser Name."

Johann rieb sich das Kinn.

„Nun, ein Name ist das nicht, sondern eine Bezeichnung. Es bedeutet Todesengel."

Er sah Jonas durchdringend an.

„Wo bist du da nun wieder hineingeraten, mein Junge?"

„Keine Ahnung. Sag du es mir."

Der Professor verschwand im Hinterzimmer, holte den frisch gekochten Kaffee nach vorn, schüttete die Becher voll, brachte die Kanne weg und kam mit einem dicken, alten Buch zurück. Er blätterte darin und dann schlug er mit der flachen Hand auf das geöffnete Druckwerk.

„Hier habe ich es. Laut einer Legende handelt es sich bei Mors Angelus um einen Hexenzirkel, der vor über vierhundert Jahren zerschlagen wurde. Vier von ihnen wurden gefoltert und missbraucht, dann jede für sich auf grausame Weise getötet. Eine wurde lebendig verbrannt, eine bei eisigen Temperaturen mit eiskaltem Wasser übergossen bis sie erfror, eine wurde gepfählt und ..."

„... und eine enthauptet.", beendete Jonas die Auflistung.

„Woher weißt du das?", fragte Johann.

„Weil außer köpfen und pfählen alles andere schon passiert ist. Der Verbrannte war das neueste Opfer."

„Wie dem auch sei, es ist gefährlich, sogar tödlich, sich mit diesem Hexenclan anzulegen."

„Ammenmärchen. Hexen gibt es nur in Literatur und Filmen. Und warum sagst du jetzt Hexenclan und nicht Zirkel?"

„Weil es Schwestern waren."

„Johann, manchmal kommt es mir so vor, als würdest du alles glauben, was in deinen Büchern steht und du mir erzählst."

„Weil es real ist!"

„Sorry. Geschichtlich und mystisch weißt du wirklich viel, keine Frage. Aber dieser okkulte Krempel ist doch alles Blödsinn, den sich über viele Jahrhunderte einige Phantasten zusammen gesponnen haben."

Johann sah Jonas durchdringend an, dann blickte er zu Yakup und fragte:

„Kann man deinem Freund trauen?"

„Für ihn lege ich meine Hand ins Feuer, so oft wie er mir in den letzten zwei Jahren das Leben gerettet hat."

„Okay.", brummelte der Professor, ging zur Eingangstür, schloss sie ab und drehte das ‚Geöffnet-Schild' um und sagte:

„Dann kommt mal mit!"

Der ältere Mann ging vorweg zu einer Stahltür, die er öffnete. Er schaltete das Licht an und sie sahen eine Treppe, die in den Keller führte. Nach einigen Metern entriegelte der Archäologe eine weitere stählerne Tür, die mit vier Sicherheitsschlössern und zwei großen Metallriegeln gesichert war. Sie gingen eine zweite Treppe hinab und erreichten dann einen Tunnel. Je weiter sie kamen, umso unheimlicher wurde es. Die Gänge, in denen sie entlang schritten, schienen einige hundert Jahre alt zu sein. Jonas und Yakup kamen aus dem Staunen nicht heraus. Dieses war Johann nicht entgangen.

„Diese Tunnel waren einst Teil einer Nekropole unterhalb einer Burg, die hier mal stand. Es heißt, dass die Templer hier während der Verfolgung ab 1307 Unterschlupf fanden und viele Jahre hier lebten, bevor sie zu ihren Brüdern nach Tempeldorf weiterzogen."

„Tempeldorf? Nie von gehört."

„Eine Komturei zwischen Itzehoe und Hohenlockstedt, das Dorf gibt es noch."

„Was soll dieser geschichtliche Unterricht und was machen wir hier unten?"

„Warte ab mein Junge. Sei nicht so ungeduldig.", antwortete Johann und ging weiter. Eine Gittertür versperrte ihnen den Weg. Der Professor schob sie auf und nahm eine Fackel von der Wand, die er anzündete. Mit dem Feuer entzündete er zwei Weitere und reichte sie Jonas und Yakup.

„Ab hier gibt es keinen Strom mehr."

„Gibt es hier auch eine Dönerbude?", fragte Yakup.

„Nein, aber einen McDonalds.", antwortete Johann.

„Echt jetzt? Geil!"

„Nein! Aber siebzig Meter über uns in fünf Kilometer Entfernung."

„Mist ..."

„Yakup, wie hast du es mit so viel Intelligenz geschafft so alt zu werden?", fragte Jonas breit grinsend.

Nach etwa hundertzwanzig Metern erreichten sie einen Raum, der durch eine massive Eichentür mit Stahlbeschlägen versperrt war. Johann steckte einen Bartschlüssel in das große Türschloss und drehte sich zu den beiden Polizisten um, bevor er aufschloss.

„Jungs, was ihr jetzt sehen werdet ist ... streng geheim. Ihr dürft darüber mit niemandem sprechen. Bekommt ihr das hin?", fragte Johann mit durchdringendem Blick, gezielt auf Yakup.

„Kein Problem.", antwortete Jonas und trat seinem Freund auf den rechten Fuß.

„Aua! ... ja doch.", bestätigte der große Türke grummelnd.

Johann entriegelte die schwere Tür und schob sie so weit auf, dass sie den Raum dahinter betreten konnten. Der Fackelschein beleuchtete das Gewölbe nur spärlich.

Johann hielt seine Fackel an eine Pechrinne, die den ganzen Raum umrundete. Eine Feuerschlange zog sich über den Köpfen der Männer durch das gesamte Gemäuer.

Sie erkannten eine Bibliothek mit unzähligen uralten Büchern sowie Schwerter, Schilde und viele mittelalterliche Gegenstände. An der Stirnseite des gewaltigen Gewölbes hing eine Templerflagge. In der Mitte des Raums stand ein langer Tisch, der früher vermutlich als Tafel gedient hatte. Auf ihm lagen aufgeschlagene alte Bücher. Am Ende des Möbels lag eine riesige Henkersaxt.

Jonas und Yakups Blicke wanderten staunend durch den Raum.

„Wow ...", entfuhr es dem jungen Oberkommissar.

Jonas Aufmerksamkeit wurde auf einen altägyptischen Sarkophag an der rechten Wand gelenkt. Er strich ehrfürchtig über den Deckel. Er ähnelte dem, den er als den von Tut-Anch-Amun aus dem Museum kannte. Er unterschied sich in einigen Details. So hatte dieser weder Bart, Krummstab noch Geißel, dafür zwei Chepesch. Krummschwerter, wie sie zu der damaligen Zeit üblich waren.

„Wem gehört dieser Sarg? Einer Priesterin?"

„Einer ganz besonderen Person und ... Freundin. Ich habe sie vor finsteren Mächten gerettet, aber das ist eine andere Geschichte."

Jonas sah sich das Gesicht auf dem Sarg genau an. Es war das einer jungen, sehr hübschen Frau. Obwohl sie aus Gold war, faszinierte ihn ihr

Antlitz. Er sprang erschrocken zurück. Die Augen des Sarges sahen in seine Richtung und leuchteten für einen Sekundenbruchteil grün. Ein kurzes Lächeln umspielten die Lippen, dann war wieder alles normal, als wäre nie etwas gewesen. Jonas rieb sich die Augen und schüttelte den Kopf.

„Eine neue Freundin gefunden, mein Junge?", fragte der Professor lächelnd.

„Mit dem Sarg stimmt etwas nicht. Das Gesicht, es..."

„Schön, nicht wahr? Aber deswegen sind wir nicht hier. Nun löse dich von ihr und komm her."

Bald werden wir uns begegnen ..., flüsterte eine leise Frauenstimme in Jonas Ohr. Er sah sich verwirrt um, konnte aber außer Johann und seinem Freund niemanden sehen. Er schüttelte den Kopf und ging zu ihnen an den Tisch. Ein eiskalter Schauer und ein gleichzeitig wohliges Kribbeln machten sich in ihm breit. Das Frauengesicht auf dem Sarg ging ihm nicht mehr aus dem Kopf. Nachdem er sich gefasst hatte, fragte er Johann:

„Was ist das hier eigentlich? Irgendwie spooky hier."

„Alles hier steht unter meinem persönlichen Schutz. Das meiste, was ihr seht, war schon hier. Einiges jedoch stammt von meinen Reisen und Ausgrabungen. Vorwiegend alles, was mystisch, okkult und auch verflucht ist. Und jetzt kommen wir zu dem Grund, weshalb ich euch hierher geführt habe.", sagte der Professor geheimnisvoll. Er schwieg einen Moment. Er ging an das Ende des Tisches und legte seine Hand auf die Henkersaxt. Dann fuhr er fort.

„Du musst jetzt stark sein, mein Junge. Es ist nun an der Zeit, wo du die Wahrheit über deine Herkunft erfährst."

Er nahm ein Buch und schlug es auf. Er deutete auf eine Überschrift ‚*Mors Angelus*'.

„Im Jahre 1610 jagte ein Henker die Hexen eines Zirkels namens Mors Angelus. Es waren sechs Schwestern, die kaltblütig mordend durch die Lande zogen und sich aufteilten. Eine blieb hier im Norden, eine ging nach Irland, eine nach Frankreich, eine nach England, eine nach Spanien und eine in den Harz. Der Henker jagte und überführte sie. Die Erste enthauptete er, die zweite brachte er auf den Scheiterhaufen und so weiter. Jede für sich verfluchte ihn zu ewigen Leben. Außerdem schworen sie, alle einhundert Jahre zurückzukehren um ihre Rache auszuleben. Nach vierhundert Jahren wollten sie endgültig zurückkehren und er solle es mit erleben, wie seine Nachfahren ausgerottet werden. Dann würden sie dem Satan den Weg ebnen, um die Apokalypse über die Welt kommen zu lassen. Dies alles würde sechs Opfer und somit jedesmal sechs Tote erfordern."

„Das ist mir jetzt zu hoch. Soll das heißen, die vier Toten bis jetzt waren nur der Anfang?"

„So ist es."

„Was ein Blödsinn! Ich bin nicht der Freund von Märchen und Gruselgeschichten. Alte Flüche und son Tinnef gibt es doch nur in Büchern, Kino und Fernsehen."

„Leider nein, mein Junge. Dieser Henker war dein Vorfahre, Count Cedric Drake. Ein englischer Adeliger, der durch eine der Hexenschwestern seine erste Frau und seine zwei Töchter verlor. Von Rache beseelt nahm er sich eine nach der anderen vor. Nur zwei entkamen ihm. Fünf

Jahre nachdem er die letzte erledigt hatte, lernte er eine weiße Hexe kennen, die versuchte den Fluch gegen ihn aufzuheben, aber es misslang. Sie bekamen einen gemeinsamen Sohn. 1710 kehrten die Hexen das erste Mal zurück und töteten sechs Menschen. In der Hoffnung die erneute Rückkehr zu verhindern verlangte Cedric von seiner Frau, dass sie ihn tötete. Schweren Herzens kam sie seinem Flehen nach und erlöste ihn. Dennoch kehrten die Hexen 1810, 1910 und heute zurück. Du bist der letzte Nachfahre von Cedric Drake. Wenn ihnen jetzt kein Einhalt geboten wird, dann werden eines Tages deine Kinder ihre Opfer werden."

Jonas starrte den Professor ungläubig an.

„Aber das ist doch totaler Schwachsinn. Ich wurde in Hamburg geboren und meine Eltern waren nie in England. Sie starben bei einem Autounfall kurz nach meiner Geburt."

„Nein. Ich habe dich in diesem Glauben gelassen, um Unheil von dir fernzuhalten. Ich hatte ja selbst nicht gedacht, dass diese Schwestern tatsächlich nochmal zurückkehren würden. Ich hatte einst genauso gedacht wie du, als dein Vater mir davon erzählte. Nun weiß ich es besser."

Johann senkte den Kopf.

„Ein darauf folgender Streit löste den Unfall aus.", fügte er traurig hinzu.

Das musste Jonas erst einmal verdauen. Sein bis jetzt normales Leben geriet in diesem Moment aus den Fugen. Er hatte nie an solche Dinge geglaubt, aber er spürte, dass der Mann die Wahrheit sagte. Der Polizist stand auf und wanderte hin und her. Er blieb vor dem goldenen Sarkophag stehen und sah das Gesicht an. Erhoffte er sich von ihr Hilfe? Er ertappte sich dabei, es zu versuchen, schob aber den Gedanken bei Seite. Er drehte sich um, dann hörte er wieder die Frauenstimme flüstern:

Vertraue ihm.

„Was wurde aus Cedrics Frau?"

„Die Hexe? Sie bat mich darum dich zu beschützen. Deshalb habe ich dich großgezogen. Durch ein paar Beziehungen konnte ich mich als dein Onkel ausgeben. Irgendwann wirst du sie bestimmt kennenlernen."

Jonas grübelte. Zuviel prasselte auf ihn ein und er hatte keine Ahnung, wie er den Hexenschwestern begegnen sollte.

„Hast du eine Idee, wie ich mich den blutrünstigen Weibern entgegenstellen soll?"

„Wir! Du bist nicht allein, mein Freund.", warf Yakup ein. Jonas sah den großen Türken dankbar an und lächelte. Johann verschwand hinter einem Regal und trat mit einer Schatulle wieder hervor. Er öffnete sie und holte eine silberne Kette mit einem Pentakel heraus, auf dessen Rand Schriftzeichen eingraviert waren. An den Spitzen waren blaue Steine eingearbeitet, im Zentrum ein Roter mit einem Ankh in der Mitte. Johann streifte seinem Schützling die Kette über und die Kristalle leuchteten kurz auf. Das Pentakel schmiegte sich förmlich an seine Brust und strahlte eine leichte Wärme aus.

„Trage es immer bei dir und lege es nie ab. Es wird dich vor dem Bösen schützen.", sagte der Professor. Des Weiteren holte er aus der Schatulle einen silbernen Dolch hervor, der die Form eines Kreuzritterschwertes hatte. Er steckte in einer Lederscheide, die mit Kreuzen besetzt war. Johann zog die Stichwaffe aus der Hülle und legte sie auf den Tisch. Auf der Parierstange stand ‚*in hoc signo vinces*.' – unter diesem Zeichen wirst du siegen – und im Knauf war auf beiden Seiten ein kleines Pentakel eingraviert. Schriftzeichen aus allen Epochen sämtlicher damals schon existierenden Religionen zierten die Klinge auf beiden Seiten.

„Das Amulett und dieser Dolch gehörten der Frau deines Vorfahren. Dein Vater wollte, dass du diese Dinge bekommst, wenn die Zeit reif ist."

Jonas entdeckte an der Lederscheide zwei Schlaufen und fädelte sie sogleich in seinen Gürtel ein.

Er ging zum Ende des Tisches und nahm die Axt seines Urahnen.

„Ok, dann packen wir es an.", sagte er und marschierte Richtung Ausgang. Er wollte dem Treiben der Hexen ein Ende setzen. Yakup folgte ihm und Johann sah ihnen hinterher.

„Oh man, wenn das nur gut geht ...", flüsterte er.

Er ist stark, sehr stark. Du solltest ihm mehr zutrauen., sprach die weibliche Stimme.

„Dein Wort in Gottes Ohr."

Wessen?

Die Dunkelheit hatte sich schon lange ausgebreitet. Die Zeit war wie im Flug vergangen. Die Kirchturmglocke schlug zwölfmal. Mitternacht.

„Und was machen wir jetzt?", fragte Yakup.

„Wir beobachten das Krankenhaus, lauschen dem Polizeifunk und saufen dabei Kaffee. Irgendwann wird eine der Kröten schon auftauchen."

Der große Türke erkannte seinen Freund nicht wieder. Er war verändert. Beseelt von Kampfeslust. Neben Jonas fing die Luft an zu flirren und eine junge Frau mit schwarzen Augen, blassgrauer Haut und braunen Haaren tauchte wie aus dem Nichts auf.

„Sehr schön. Ein Drake. Wie lange habe ich darauf gewartet!", fauchte sie und sprang Jonas an. Er fiel zu Boden. Die Frau hockte auf ihm.

„Würdest du nicht so gammelig aussehen und riechen, könnte ich dich vielleicht mögen.", sagte er, zog den silbernen Dolch und stach von unten her direkt in das Herz der Hexe. Völlig überrascht weiteten sich ihre Augen. Ungläubig starrte sie auf die Hand des Polizisten und sah, wie schwarzes Blut über sie rann. Rauch stieg an der Wunde auf und breitete sich aus. Jonas stieß den Körper der Frau von sich und in diesem Moment ging die Hexe in Flammen auf. Ein kurzer lauter Schrei entfuhr ihren Lippen, dann zerplatzte sie in einer Funkenwolke. Asche rieselte zu Boden.

Jonas stand auf und zog den Dolch aus dem Aschehaufen.

„Heißer Abgang.", grummelte er, steckte die alte Waffe weg und sah seinen Freund an, der stocksteif und fassungslos dastand.

„Was?", fragte er Yakup.

„Was?"

„Ok, nun dürften die anderen wohl bald auf den Plan treten."

Yakup erkannte seinen Freund nicht wieder. So kalt kannte er ihn gar nicht.

Jonas Handy klingelte und er nahm das Gespräch entgegen. Es war sein Chef, Hubert Merius.

„Drake, endlich gehen Sie mal ran. Wir brauchen Sie hier auf dem Präsidium, sofort!" Er klang panisch.

„Was ist denn los?"

„Die Hölle ist hier los. Vier mörderische Weiber, ein Blutbad und ..."

Ein hässliches schmatzendes Geräusch und ein Knirschen, als würde jemand morsches Holz durchbrechen, erklang und danach war die Leitung tot. Er schaute seinen Freund entsetzt an.

„Los, steig ein!", rief er und dann fuhren sie los.

Mit Blaulicht und eingeschalteter Sirene raste Jonas durch die Innenstadt. Rote Ampeln übersah er großzügig, Vereinzelte Fußgänger und Radfahrer hupte er aus dem Weg. An manchen Stellen fuhr er Slalom, um nichts umzufahren oder jemanden zu verletzen. Im Polizeifunk hörten sie das panische Geschreie ihrer Kollegen. Der Sendeknopf musste eingerastet sein, denn es wurde ohne Unterbrechung übertragen. Sie vernahmen grausame Schreie, knirschende und berstende Geräusche und plötzlich herrschte eine tödliche Stille auf dem Kanal.

Mit achtzig Stundenkilometer raste er auf die letzte Kreuzung vor dem Präsidium zu und dann passierte, was irgendwann passieren musste. Ein Transporter, der grün hatte, rammte den Passat auf der Beifahrerseite am Heck. Das rechte Hinterrad wurde samt Aufhängung heraus gerissen und flog im hohen Bogen davon. Durch den Aufprall barsten alle Scheiben. Mit Schwung schleuderte der Kombi mit dem Heck zuerst durch die Eingangstür des Polizeipräsidiums und prallte am Tresen wieder ab. Dann war alles still. Der Wagen qualmte und kleine Flammen leckten unter der Motorhaube hervor. Yakup rieb sich den Kopf. Eine klebrige Flüssigkeit lief über sein Gesicht. Er guckte auf seine Hand und sah Blut. Er hatte sich eine Platzwunde auf der Stirn zugezogen. Der große Türke schaute leicht benommen zu Jonas rüber.

„Dir ist schon klar, dass du gerade meinen Wagen geschrottet hast?", fragte er vorwurfsvoll.

Jonas stieg aus und taumelte zur Hintertür und griff durch das geborstene Fenster nach dem Henkersbeil.

„Los komm schon!", maulte er seinen Freund an. Der stieg aus, zog seine Pistole und lud sie durch. Nacheinander schlichen sie die Treppe in den ersten Stock hinauf. Auf den Stufen lagen zwei Leichen. Eine davon grausam verstümmelt. Dem Mann fehlte der Kopf. Die andere Person – eine Frau – hatte sich vermutlich das Genick gebrochen. Ihre toten Augen starrten an die Decke.

Dann erreichten sie das erste Stockwerk. Hier sah es aus wie in einem Schlachthof. Überall verteilt lagen Körperteile. Blut schwamm in großen Seen auf dem Boden. Von dem hellen Belag war nichts mehr zu erkennen. Die Wände waren ebenfalls blutverschmiert und bespritzt. Ein grauenhafter Anblick. Den Freunden wurde schlecht. Sie mussten sich zusammenreißen, um nicht los zu kotzen. Der metallisch süße Geruch des Blutes verteilte sich auf der ganzen Etage. Jeder Schritt hinterließ ein schmatzendes Geräusch. Dann durchfuhr es Jonas wie ein Blitz und geschockt lehnte er sich an die Wand. Er wurde blass und war schlagartig kalkweiß im Gesicht. Vor ihm auf dem Boden lagen seine Praktikantin mit durchschnittener Kehle und seine Sekretärin mit gespaltenem Schädel. Er konnte es nicht fassen. Morgens hatte er mit dem Mädchen seine Scherze gemacht und die lebenslustige Achtzehnjährige hatte mit der Sekretärin zusammen frischen Kaffee ins Büro seines Freundes und ihm gebracht. Jetzt waren die beiden Frauen tot. Ein Schatten riss ihn aus seinen Gedanken. Aus seinem Büro kam eine der Hexen. Die halb verwest wirkende braunhaarige mit den schwarzen Augen schritt wie in Zeitlupe aus dem Zimmer und kam diabolisch grinsend auf ihn zu. Sein

Entsetzen wich unbändigem Hass und grenzenloser Wut. Mit beiden Händen hielt er die schwere Henkersaxt. Seine Knöchel an den Fingern traten weiß hervor, als er die alte Waffe hob und ausholte. Mit schreckgeweiteten Augen sah die Hexe ihn an.

„Cedric Drake!", zischte sie. Jonas schlug mit unaufhaltsamer Kraft zu und zerteilte das Höllenwesen oberhalb der Gürtellinie. Ein langgezogener Schrei war das letzte, was die Hexe von sich gab, dann zerfielen beide Körperhälften zu Asche. Ein paar Knochen und ein Totenschädel war alles, was von der Frau zurückblieb. Jonas zertrat den Schädel und knurrte:

„Da waren es nur noch drei ..."

Er durchsuchte jeden Raum der Etage, fand außer tote Kollegen und Kolleginnen aber nichts vor. Ein zermantschter Polizist klebte in der Wand. Er war so tief in den Beton hineingepresst, dass er in dieser Haltung verblieb. Ein weiterer war in tausend Teile zersprungen, an manchen der Bruchstücke lag eine Schicht aus Eiskristallen auf. Dann sah er seinen Chef, oder eher, was von ihm übrig war. Er war bis zur Unkenntlichkeit verkohlt. Am Brillengestell und seinem Ehering erkannte Jonas ihn. Der Geruch von verbranntem Fleisch war bestialisch. Er drehte die Axt mit dem Blatt zu Boden und stützte sich auf dem Griff ab. Andächtig senkte er den Kopf und sprach stumm ein Gebet für seine verstorbenen Kollegen und Freunde.

Ein heftiger Schlag traf ihn im Rücken und er stolperte vorwärts. Er verlor das Gleichgewicht und fiel zu Boden, dabei entglitt ihm die Axt. Jonas drehte sich auf den Rücken und ehe er sich versah, drückte die Hexe ihn mit dem Fuß nieder.

„Ein Drake. Wie schön. Du siehst deinem Urahn sehr ähnlich und das wird es mir versüßen dich zu töten.", sagte sie verächtlich.

„Sowas dachten deine Schwestern wohl auch, bevor ich sie zur Hölle gejagt habe.", gab Jonas kaltschnäuzig von sich. Sie nahm den Fuß von seiner Brust und wich einen Schritt zurück.

„Dann versuche es doch mal mit mir.", keifte sie. Jonas erhob sich und griff nach der Axt seines Vorfahren. Er brachte sich mit der Waffe in Kampfstellung. Mit einem irren Kichern löste sich die Hexe in Luft auf. Erst jetzt fiel ihm auf, dass die Schwestern alle gleich aussahen.

„Retortenschlampen!", brummte er.

Pass auf, Jonas. Die sind gefährlich!, hörte er die Stimme aus Johanns Gewölbe sagen.

Neben ihm flirrte die Luft und der Körper einer rothaarigen Frau entstand. Jonas hob die Axt und wollte zuschlagen, da hob sie eine Hand und er erstarrte.

„Nun mal nicht so voreilig mein Großer.", sagte sie frech grinsend. Er entspannte sich und die Starre löste sich auf. Sie war kein Feind, das merkte er schnell.

„Wer bist du?"

„Ich bin Celine, deine ur-ur-ur ... blöde Aufzählung. Ich bin die Gemahlin deines Urahnen. Die Frau, oder eher Witwe, von Cedric Drake.", antwortete sie und fuhr fort.

„Und auch ich habe noch eine Rechnung mit diesen Kreaturen offen."

Jonas war erleichtert. Plötzlich fiel ihm Yakup wieder ein.

„Wo ist ..."

„Dem geht es gut. Ich habe ihn gegen seinen Protest aus der Gefahrenzone gebracht.", unterbrach die rothaarige junge Frau ihn.

„Ich werde jetzt an deiner Seite sein."

Jonas nickte.

„Danke."

Sie verliessen den Raum und schritten den Flur entlang. Aus heiterem Himmel entstand eine Nebelwand und fünf Hexen traten heraus. Blassblaue Blitze zuckten um sie herum. Jonas wollte Celine etwas sagen, da verschwand sie. Sie löste sich einfach auf.

„Na großartig. So viel zu ‚an deiner Seite sein'.", maulte er. Er hob die Axt und ließ sie kreisen.

„Na los ihr Monster, bringen wir es hinter uns!", schrie er. Er stellte sich breitbeinig hin und hielt die Henkersaxt beidhändig fest.

Ein klappern ließ ihn aufhorchen. Der Polizist schaute nach oben und ein Jutesack fiel klappernd durch die Decke auf den Boden. Irritiert folgte sein Blick der Flugbahn. Im selben Augenblick kam Celine zurück. Sie materialisierte sich direkt neben ihm. Sie sah zu den fünf Hexen vor ihnen.

„Überraschung Ladys.", sagte sie kalt lächelnd. In ihrer rechten Hand entstand ein Feuerball, den sie auf den Jutesack warf, der sofort Feuer fing. Im selben Moment gingen vier der fünf Hexen in Flammen auf und schrien wie am Spieß und wurden immer kleiner, bis am Ende nur ein wenig Asche von ihnen übrig war. Ein Windstoß wehte durch die zerstörten Fenster und fegte die Reste fort. Die fünfte Hexe starrte mit geweiteten Augen auf Celine und Jonas. Dann verfinsterte sich ihr Blick und sie verschwand in einer Nebelwolke.

„So, das war es mit den Biestern. Mein Mann kann nun endlich seinen Frieden finden.", sagte Celine leise.

„Was war das jetzt eigentlich für eine Aktion?"

„In dem Sack waren die echten Gebeine der vier Hexen. Nun sind sie endgültig vernichtet."

„Vier? Es waren doch sechs."

„Jein, die jüngste von ihnen wurde, bevor Cedric sie damals ebenfalls töten wollte, von einem weißen Vampir gebissen und somit selbst zu einem. Sie hatte sich von da an von der dunklen Seite losgesagt. Aber ... ich muss mich jetzt von dir verabschieden. Ich werde die Suche nach meinem Bruder fortsetzen, den ich seit über 700 Jahren vermisse. Kann ich noch etwas für dich tun?"

Jonas druckste herum.

„Ja. Einen Kaffee mit Milch und ... könntest du mir bitte die Erinnerungen an das alles nehmen? Es ist zu viel für mich. Ich komme damit nicht klar."

„Ja, das kann ich. Aber sei gewarnt: wenn die Zeit reif ist, wird die Blockade von alleine aufgehoben. Ich kann dir so nur einen Aufschub gewähren für ein normales Leben."

„Ich verstehe. Und ... wie wird es passieren?"

„Durch Träume."

Heute ...

Jennifer küsste Jonas auf die Stirn. Die Geschichte hatte sie mitgerissen und ihr wurde so einiges klar.

Aber sie wollte ihm erstmal eine Verschnaufpause gönnen.

Jonas drückte die junge Frau fest an sich.

„Das tat gut. Vielleicht musste ich es mal loswerden, um mir über einiges klar zu werden."

Er sah ihr in die Augen.

„Kurz nach dem Tod des Chefs, unserer Sekretärin und der Praktikantin kündigten wir unsere Jobs bei der Polizei. Von da an verdienten wir unsere Brötchen als Detektive."

„Und wie wurde der Tod der Belegschaft erklärt?"

„Man sagte uns, dass Terroristen das Gebäude gestürmt und ein Massaker angerichtet hatten. So steht es in den Akten. Die Wahrheit wurde vertuscht die Erinnerungen der Überlebenden wurde manipuliert."

Jeder Mensch hätte ihn jetzt für verrückt gehalten, nur nicht Jennifer. Sie hatte ebenfalls paranormale und unerklärliche Dinge erlebt und stand dem Thema daher offen gegenüber.

„Du weißt, wer dir da geholfen hat?"

„Ja, Celine Drake. Die Frau meines ..." Er schluckte hart. So einfach fassen konnte er es selbst nicht.

„Weiß Yakup das?", fragte Jennifer.

„Celine pflanzte ihm ebenfalls eine Blockade ein." Er dachte einen Moment nach.

„Vielleicht solltest du ihn dir greifen und mit ihm zu Johann gehen. Könnte ja sein, dass ihr Celine dort trefft.", schlug sie vor.

„Ich weiß nicht ... ist bestimmt zu hoch für ihn."

„Yakup ist nur restlos verpeilt, aber nicht dumm. Wird schon."

Jennifer schaute Jonas tief in die Augen und sah ihm seine Zweifel an. Er nickte, griff zu den Zigaretten und bot ihr eine an. Er gab ihr Feuer und zündete seine ebenfalls an.

„Ich denke du hast Recht. Außerdem muss ich wissen, ob das Gewölbe wirklich existiert. Wenn ja, wartet dort meine Bestimmung auf mich.", murmelte er.

Jennifer nickte und lächelte ihn an. Darin verborgen war etwas Wissendes, aber Jonas konnte sich nicht erklären was.

„Wenn du möchtest, werde ich euch begleiten.", flüsterte sie.

„Das klingt gut. Dann mache ich mich wenigstens nicht alleine zum Affen, falls es doch nur ein Traum war."

Der Umriss der Frau in der Baumkrone wurde durch das Mondlicht betont. Durch den beidseitigen Sidecut hatte sie einen langen Irokesenschnitt. Ihre schwarze Haarpracht hatte sie zu einem Zopf zusammen geflochten, der an ihrer Hüfte endete. Sie griff unter ihre schwarze Rüschenbluse und rieb sich die schmerzende Stelle unterhalb der linken Brust. Sie beobachtete die beiden Personen, die auf einem Stuhl in der Küche des Gebäudes gegenüber des Baumes saßen noch eine Weile.

„Wir sehen uns wieder, Jonas Drake!", flüsterte sie, lächelte und ihre schwarzen Augen blitzten. Mit einem Plopp-Geräusch zerfiel die Frau in einen Schwarm unzähliger Raben und flog davon ...

ENDE

DAS DORF HINTER DEM NEBEL (ERINNERUNGEN II)

Die Trauung war vorbei und das Brautpaar verließ mit den Gästen bei Glockengeläut die Kirche. Davor standen einige Leute im Spalier und ließen das frisch vermählte Paar passieren. Zwei kleine Mädchen spazierten mit Körbchen vorweg und bestreuten den Weg mit Rosenblättern. Die ausgelassene Stimmung ergriff aber nicht jeden.

Henry und Sandra Permont, ein mit dem Brautpaar befreundetes Pärchen aus Südfrankreich, beschlich ein ungutes Gefühl. Trotz der relativ hohen Temperatur dieses Sommertages überfiel die beiden ein kalter Schauer. So als stünden sie vor einem geöffneten Kühlschrank. Das Liebespaar hatten schon paranormale Erlebnisse hinter sich. Daher waren sie auf einiges gefasst.

Ein alter Mann in einem zerlumpten Mantel und ungepflegter Erscheinung sprach die beiden an.

„Wenn euch euer Leben lieb ist, solltet ihr jetzt fliehen. Lauft um euer Leben, so schnell euch eure Füße tragen."

„Was ... ich verstehe nicht.", sagte Henry.

„Wenn euch euer Leben lieb ist, verlasst diesen Ort. Sofort!", gab der alte Mann zurück und verschwand.

Das Ehepaar sah sich an und hatten denselben Gedanken:

Nichts wie weg hier.

Sie zogen sich unauffällig zurück. Je weiter sie sich von der Kirche entfernten, umso wärmer wurde es wieder. Henry testete, ob es nur Einbildung oder Realität war, und begab sich nochmal ein paar Schritte Richtung Gotteshaus. Ihm wurde erneut kälter. Er kam zurück zu seiner Frau und gemeinsam verschwanden sie von dort.

Eine Stunde später waren sie auf der anschließenden Feier, die im Dorf stattfand, erschienen und waren erstaunt. Alle Gäste und das Brautpaar waren klatschnass. Es herrschte totale Aufregung. Henry und Sandra hörten bei den Unterhaltungen heraus, dass es einen kurzen, aber heftigen Regenschauer, sowie einen Blitzschlag gab. Dieses fand nur im unmittelbaren Umkreis der Kirche statt. Henry zog seine Frau beiseite.

„Schatz, das ist nicht normal. Da müssen wir noch mal hin."

Sie nickte nur und achtete weiter darauf, über was gesprochen wurde.

Die Veranstaltung verlief bis Mitternacht, ohne das etwas geschah. Ein gellender, langgezogener Schrei unterbrach die ausgelassene Partystimmung. Alle Anwesenden schauten stumm in die Richtung. Die Musik verstummte. Niemand wagte, etwas zu sagen. Der Bräutigam torkelte in den Saal der alten, umgebauten Scheune. Er war leichenblass. Henry und Sandra fanden von allen zuerst ihre Fassung wieder und liefen zu dem Mann, der zusammensackte. Auf die Knie gesunken schaute er die beiden an und sagte nur den Namen seiner frisch angetrauten Frau. Sie halfen dem geschockten Mann auf die Beine und betraten den vorderen Teil der Scheune. Die anderen folgten den drei Personen. Das Entsetzen war groß, bei dem Anblick, der sich den Gästen bot.

Die Braut stand starr da und schaute zum Veranstaltungssaal. Leichenblass und zu keiner Bewegung fähig. Aus heiterem Himmel fing die Frau Feuer und stand innerhalb von Sekunden lichterloh in Flammen. Sie schrie vor Schmerzen und taumelte wie eine riesige Fackel aus dem Gebäude. Ein paar Meter davor brach sie zusammen.

Es gelang ein paar Gästen, geistesgegenwärtig mit Decken das Feuer zu ersticken. Die Braut qualmte noch, als die Polizei und der Rettungsdienst auftauchten.

Die Sanitäter kümmerten sich umgehend um die Frau und brachten sie nach der Erstbehandlung sofort ins Krankenhaus. Der ermittelnde Beamte, Kommissar Nick Hübner, wandte sich Henry und Sandra Permont zu. Er befragte die beiden und hörte sich die Aussagen des Paares aufmerksam an.

„Und sie fing ohne Vorwarnung spontan an zu brennen?"

„Ja, einfach so.", sagte Sandra Permont weinend. Henry nahm seine Frau in die Arme und tröstete sie.

Kommissar Hübner zog unterdessen sein Smartphone aus der Jackentasche und wählte eine Nummer.

Sandra und Henry hörten in dem Telefonat etwas von übersinnlich und verrückt. Den Zusammenhang verstand das Paar aber nicht, da der Kripo-Beamte zu leise sprach. Nach einigen Minuten kam der Kommissar zu den beiden zurück.

„Halten Sie sich bitte zur Verfügung. Morgen im Laufe des Tages kommen Spezialisten zu Ihnen, die sich mit solchen Phänomenen auskennen. Wo können wir sie erreichen? Wohnen Sie in der Nähe?"

„Im Hotel hier im Dorf.", antwortete Sandra. „Wir sind nur wegen der Hochzeit meiner Freundin hier."

„Bis wann sind Sie noch hier?"

„Wir werden unseren Aufenthalt wohl etwas verlängern. Ich will wissen was mit Justine wirklich geschah."

Der Polizeibeamte verabschiedete sich von dem Paar und vernahm mit den anderen Beamten die Hochzeitsgäste. Im Anschluss verließ er die Location.

Sandra und Henry waren sich sicher, dass der Vorfall mit Justine und das Wetterphänomen bei der Kirche in Zusammenhang standen.

Am nächsten Morgen wurde Sandra durch laute Stimmen wach. Ihr Mann war schon vorher aufgestanden und stand mit einem Becher Kaffee am offenen Zimmerfenster. Er bemerkte, dass seine Frau aufwachte, und reichte ihr seinen frisch gefüllten Kaffeebecher.

„Du glaubst nicht was da unten los ist.", sagte er. Die junge Frau zog sich ein T-Shirt über und kam zu ihrem Mann. Sie schaute aus dem Fenster und traute ihren Augen nicht. Auf dem Marktplatz, vor dem Hotel, stand eine gefrorene männliche Person. Eine Menschenmenge hat sich versammelt. Sandra begriff nicht, dass sie davon nichts mitbekommen hat. Sie hat demnach wie ein Stein geschlafen, trotz des schrecklichen Vorfalls auf der Feier. Sie und ihr Mann zogen sich an und hatten vor das

Zimmer zu verlassen, da klopfte es. Henry öffnete die Tür. Es war das Zimmermädchen.

„Guten Morgen Herr Permont, unten wartet die Polizei auf Sie."

„Ok, danke."

Eilig verschwand die Hotelangestellte wieder. Er sah nochmals in den langen Flur, aber das Dienstmädchen war spurlos verschwunden. Er schüttelte den Kopf und zog sich zurück.

Henry und Sandra verliessen das Zimmer. Er schloss die Tür ab. Dann fuhren sie mit dem Fahrstuhl ins Foyer. An der Rezeption wartete Kommissar Hübner mit zwei Männern und einer Frau auf die beiden.

Er stellte die Personen einzeln dem Pärchen vor.

„Guten Morgen. Das sind Jonas Drake, Yakup Melek und Vanessa Klamp. Sie sind sowas wie Experten für Paranormales."

„Das mit dem gefrorenen Mann vor dem Hotel haben Sie ja bestimmt schon mitbekommen. Kommissar Hübner hat mir erzählt, was gestern bei der Hochzeitsparty vorgefallen ist. Für uns sieht es so aus, dass die Ereignisse in unmittelbarem Zusammenhang stehen. Wie denken Sie darüber?", eröffnete Jonas Drake das Gespräch.

„Den Verdacht hatten wir auch schon, als wir eben aus dem Fenster sahen.", erwiderte Sandra.

„Vor allem würde mich mal interessieren, wie so etwas passieren kann. Lebt Justine noch?", die Frage war an Kommissar Hübner gerichtet.

„Ja, sie lebt, aber es sieht nicht gut aus. Sie wurde in ein künstliches Koma versetzt.", informierte er die Französin. Sie war ein wenig erleichtert, sorgte sich aber nach wie vor um ihre Freundin.

„Herr Drake, sind sie auch bei der Polizei?", fragte sie.

„Nein. Ich war Polizist, bin aber seit einiger Zeit Privatermittler.", erwiderte er.

„Und wie kam es dazu, dass Sie und ihre Kollegen sich mit dem übersinnlichen beschäftigen?"

Drake holte tief Luft.

„Also das ist schon etwas länger her. Bis zu einem besonderen Vorfall habe ich das alles immer als Humbug abgetan, aber seitdem habe ich einiges erlebt welches rational nicht zu erklären ist. Später stießen meine Freunde dazu.", sagte er und deutete auf den großen Türken, die junge Frau und den Kommissar.

„Vanessa, Yakup, ich schlage vor, wir schauen uns mal die Kirche an von der Nick uns erzählt hat."

„Wir würden gerne mitkommen.", teilte Sandra mit.

Nachdem das Trio eingewilligt hatte, begaben sich die fünf Personen zu Yakups Auto. Jonas Drake drehte sich nochmal zu Kommissar Hübner um und rief:

„...und melde dich, wenn du etwas über den Eiszapfen da rausgefunden hast."

Der Polizist nickte und wandte sich wieder dem Geschehen auf dem Marktplatz zu.

Sie erreichten die Kirche etwa eine viertel Stunde später und stiegen aus dem Auto. Yakup und Jonas gingen zum Kofferraum und öffneten die darin liegenden Koffer. Die beiden nahmen ihre Berettas raus und jeweils zwei Magazine. Vanessa entschied sich für eine Armbrust mit Eichenpfeilen. Ihre Schutzamulette trugen sie stets am Körper.

„Na Sie sind aber gut ausgerüstet.", erwähne Henry staunend. Die Privatermittler grinsten.

„Sie sollten mal seine Wohnung sehen.", sagte Yakup grinsend, deutete mit dem Daumen auf Jonas, klappte die Kofferhaube zu und verschloss den Wagen mit seiner Fernbedienung.

Dann stiefelten die fünf Personen den Hügel hoch zur Kirche. Vanessa bemerkte die einsetzende Kälte als erste, da sie vorweg ging. Sandra und Henry fiel es auf, dass kein Vogel zu hören war und das Totenstille herrschte. Nicht einmal das Summen von Bienen oder sonstigen Insekten war zu vernehmen. Jonas drehte sich um, schaute hinunter zum Ort und bemerkte eine Nebelwand, die sich wie ein Ring rund um das Dorf zog. Jetzt nahmen er und die anderen die unnatürliche Kälte ebenfalls war.

„Ich sagte doch, dass hier etwas nicht stimmt.", gab Sandra von sich.

Wie aus dem Nichts war wieder der alte Mann da. Er sah aus wie ein Landstreicher. Er starrte die kleine Gruppe durchdringend an und wiederholte den Text vom Vortag.

„Wenn euch euer Leben lieb ist, solltet ihr jetzt fliehen. Lauft um euer Leben, so schnell euch eure Füße tragen. Wenn euch euer Leben lieb ist, verlasst diesen Ort. Sofort!"

Genauso schnell, wie er erschien, verschwand er wieder. Er sorgte bei den Frauen für Angst, bei den Männern für Skepsis.

„Komischer Kauz.", merkte Jonas an.

„Wir hatten gestern Mittag schon das Vergnügen mit ihm.", antwortete Henry.

„Hörte sich fast wie ein Gedicht an."

„Für das Supertalent aber nicht ausreichend.", warf Yakup ein.

Sie betraten die kleine Kirche und sahen sich um. Es war dunkel hier drin. Jonas fielen die beiden Statuen am Eingang auf.

„Ich habe ja schon viel gesehen, aber Gargoyles in einer Kirche?", äußerte er sich und berührte eine der über-lebensgroßen Figuren aus Stein. Sie war lauwarm.

„*Helft uns, befreit uns.*", ertönte eine leise, weibliche Stimme. Sie erklang wie aus weiter Ferne. Alle drehten sich in die Richtung, aus der sie das Wispern hörten und erschraken. Vor dem Altar stand der Geist einer jungen Frau mit schwarzen Haaren, der aber sofort wieder verschwand. Nur die Stimme erklang erneut.

„*Befreit uns...*"

Jonas schaute zu Yakup und da fiel ihm aus dem Augenwinkel heraus etwas auf. Er drehte sich zum Eingang und erschrak.

Die Gargoyles zeigten beide zum Altar.

„Was geht hier vor?", flüsterte er kaum hörbar.

Nick Hübner überwachte den Abtransport des gefrorenen Mannes. Trotz der hohen Temperaturen spürte er Kälte aufkommen, die langsam an ihm hochkroch. Er konnte sich keinen Reim drauf machen. Der Kommissar sah sich um. Wo bisher große Aufregung herrschte, war jetzt niemand mehr. Das Dorfzentrum war mit einem Schlag menschenleer. Er hörte sein Smartphone klingeln und holte es aus seiner Jacketttasche und sah auf das Display. Keine Nummernübertragung. Unbekannter Anrufer war zu lesen. Nick nahm das Gespräch an und meldet sich mit seinem

Namen. Am anderen Ende war Rauschen zu hören und wie aus weiter Ferne sprach eine kratzige Stimme.

„*Helft uns, befreit uns.*"

„Hallo? Wer spricht da?", fragte er.

„*Helft uns, befreit uns.*", erklang es erneut.

Er schaute auf das Display, während die Stimme sich wieder meldete. ‚Kein Netz' stand auf dem Bildschirm. Dann brach das Telefonat ab. Der Polizist überprüfte die Anrufliste. Abgesehen von dem Gespräch mit Jonas Drake am Vorabend war nichts zu lesen. Er wählte die Nummer des Privatermittlers und es passierte kein bisschen. Ungläubig stecke er das Handy wieder weg und begab sich zurück zum Hotel. Er betrat das Foyer und war geschockt. Der Eingangsbereich war ausgebrannt. Spinnenweben zogen sich massiv durch die verkohlte Einrichtung. Deckenteile hingen herunter, von den Kronleuchtern waren nur noch die Metallteile vorhanden. Ein verheerendes Feuer schien hier gewütet zu haben. Aus dem Augenwinkel vernahm er eine Bewegung und schaute nach links. Dort standen zwei Geister. Der Portier und ein Zimmermädchen. Neben dem Tresen hing eine halb verweste Leiche in einem zerlumpten Mantel.

„*Helft uns. Befreit uns.*", erklangen die Stimmen wieder. Verstört verließ Nick Hübner das Gebäude und wurde starr vor entsetzen. Das ganze Dorf bestand nur aus verbrannten Ruinen und überall tauchten immer mehr Geister auf.

Sandras Unbehagen wich der Neugier. Sie schritt zu dem Altar, wo kurz zuvor der Geist erschienen war. Keine Spur mehr von dem feinstofflichen Wesen. Aber sie fühlte die Präsenz von Angst, Trauer und Wut. Vanessa vernahm ebenfalls diese Schwingungen. Sie warf sich die Armbrust mit dem Tragegurt über die Schulter, da sie wusste, dass sie ihr hier nichts nützen würde, und begab sich zu der Französin. Die bemerkte einen Spalt am Sockel des Altars und ging in die Hocke. Kaum sichtbarer Nebel quoll aus der schmalen Öffnung. Sie erhob sich wieder und traute ihren Augen nicht. Vanessa folgte Sandras Blick. Es war auf einmal hell. Die Kirche hatte kein Dach mehr. Offenbar war nach einem Feuer der Dachstuhl eingestürzt. Man sah so direkt in den Himmel.

„Das müsst ihr euch ansehen.", rief Yakup vom Eingang ins Innere der Ruine. Das französische Paar, Jonas und Vanessa folgten dem Aufruf des Türken. Was sie da sahen, verschlug ihnen den Atem. Das Dorf bestand nur aus Ruinen. Alles war verbrannt und überall erschienen Geister. Dann hörten sie viele Stimmen wie einen Chor.

„*Helft uns. Befreit uns.*"

Sie beschlossen zurück ins Dorf zu fahren, aber daraus wurde nichts. Jonas deutete auf die Stelle, wo Yakups Auto stand. Es war weg. Stellvertretend lagen da die Überreste eines ausgebrannten Planwagens, der nur noch schwer als ein solcher zu erkennen war. Selbst der Untergrund hatte sich verändert. Wo vorher Asphalt lag, bestand der Straßenbelag aus Kopfsteinpflaster.

„Kann mich mal bitte einer kneifen? Ich glaub, ich träume.", sagte Jonas.

„Ich habe da ein ganz mieses Gefühl.", erwiderte Yakup.

„Leute, ich glaube, wir sind in eine Zeit- oder Dimensionsverschiebung geraten.", warf Vanessa ein. Sie sprach Sandra an.

„Wir müssen uns den Altar nochmal genauer ansehen."

Die beiden Frauen schritten zurück ins Innere der Kirchenruine, dicht gefolgt von Henry. Sie befreiten den Gottestisch von Trümmern und Asche.

Ein ächzendes Geräusch ließ sie aufhorchen und aus heiterem Himmel fiel das große Kreuz mit einem lauten Krachen von der Wand, direkt auf den Altar. Dieser zerbrach in viele kleine Teile und legte eine Öffnung frei. Durch den Lärm alarmiert stürmten Jonas und Yakup hinein und erkundigten sich, ob alles in Ordnung sei. Sandra kramte in ihrer Handtasche herum und holte eine Taschenlampe raus. Mit dieser leuchtete sie in das entstandene Loch. Sie entdeckte ein Skelett, welches ein uraltes Buch in seinen knochigen Händen hielt. Sie zog es hervor. Es war in brüchigem Leder mit Messingbeschlägen eingefasst. Auf der Vorderseite war ein Relief in Form eines Teufelskopfes zu sehen.

„Wer versteckt denn sowas in einer Kirche?", flüsterte Vanessa leise.

„Dieses ist ein entweihter Ort.", gab die Französin zurück.

Ein Flirren und Flimmern entstand und die Umgebung veränderte sich erneut.

Alles war wie vorhin, bis auf den zerschmetterten Altar und das liegende Kreuz.

Von einem auf den anderen Moment veränderte sich wieder alles. Das Dorf sah genauso aus, wie vor einer halben Stunde. Nick Hübner war verwirrt. Das eben Erlebte überstieg seinen Horizont.

Instinktiv griff er zum Smartphone und schaute aufs Display. Voller Empfang.

Erleichtert wählte er Jonas Nummer und umgehend war Verbindung da. Das Freizeichen ertönte. Nach dem vierten Ton wurde das Gespräch angenommen.

„Ist bei euch alles in Ordnung? Hier war kurzzeitig alles verbrannt, kein Netz und ein Telefonat von der anderen Seite. Echt unheimlich.", begann Nick.

„Ja, bis auf den Anruf dasselbe. Und wir haben etwas gefunden. Beweg dich nicht von der Stelle. Wir kommen gleich zurück.", berichtete Jonas leicht erregt. Nachdem sie fertig waren, legte Nick auf und rief einen Kollegen in der Polizei-Direktion Itzehoe an.

„Moin Kai. Kannst du mal etwas raussuchen über das Dorf Ginderburg? Das liegt in der Nähe von Plön."

„Ja, ich schau mal."

Es dauerte eine kurze Weile, bis Nick eine Antwort bekam. Er hörte im Hintergrund das Klackern der Computertastatur.

„Also, Ginderburg gibt es schon lange nicht mehr. Das Dorf ist bei einem verheerenden Großfeuer 1921 dem Erdboden gleichgemacht worden. Nur eine kleine Kirchenruine auf einem Hügel, etwas von der ursprünglichen Ortschaft entfernt soll noch existieren. Umgeben ist die von einem kleinen Waldstück und einem uralten Friedhof, der bis ins Spätmittelalter zurückreicht. Hängt das mit der verbrannten und der gefrorenen Person zusammen? In was bist du da diesmal reingeraten?" Mit dieser Frage schloss der Beamte seine Ausführung ab.

„Glaub mir Kai, das willst du gar nicht wissen."

Nick beendete das Gespräch. Ein eiskalter Schauer lief ihm über den Rücken.

Dem Kommissar wurde klar, dass es diesmal ein Fall war, worüber er keinen Bericht schreiben würde.

Karen Jansson, eine Dänin war mit ihrer Schwester auf der Reise nach Neumünster, um ihre Tochter zu besuchen. Bislang fuhren sie die Strecke immer mit dem Reisebus, aber heute zum ersten Mal mit dem Auto. Sie hatten sich prompt verfahren und befanden sich nunmehr unterhalb von Plön. Sie folgten der Beschilderung Richtung Hamburg und legten einen Zwischenstopp an einer Tankstelle ein, für eine Pause, um einen Kaffee zu trinken und etwas Warmes zu essen. Die Fahrt von Kopenhagen bis hierher war anstrengend für sie.

Nach ihrem Aufenthalt fuhren sie weiter. Dann bogen sie von der Landstraße ab und folgten dem Strassenverlauf. Trotz strahlendem Sonnenwetter kamen sie in eine Nebelwand. Nach ein paar Minuten klarte sich das Wetter wieder auf und sie sahen das Ortsschild. Ginderburg stand auf der gelben Tafel. Es war durch Rußablagerungen verschmutzt. Kurze Zeit später erreichten sie das Dorfzentrum. Es war ihnen nicht geheuer, dass sie keine Menschen vor den Cafés und den Eisdielen sahen. Karen parkte ihren Golf neben einem einsam und verlassen stehendem BMW ein. Die beiden Frauen verließen das Auto und drehten sich um. Karen erschrak und schrie kurz auf. Vor ihr stand der Geist eines großen Mannes mit einem langen schwarzen Kapuzenumhang. Er schaute finster drein und griff in sie hinein. Sein Unterarm verschwand in ihrem Brustkorb und ihr wurde schlagartig innerlich eiskalt. Sie war nicht in der Lage sich zu bewegen und das Atmen fiel ihr schwer, bis sie keine Luft mehr bekam. Ihr Herz pochte ein paar Augenblicke wie verrückt, letztlich setzte es aus. Sie sah einen Mann auf sie zulaufen, der etwas rief, was sie nicht verstand, dann wurde es dunkel um sie herum. Ihre Schwester hatte weniger Glück. Der Geist griff ihren Arm und sofort stand die Frau lichterloh in Flammen. Sie schrie und lief davon. Fünfzig Meter weiter brach sie zusammen. Für sie gab es keine Rettung mehr.

Nick Hübner wartete auf seine Freunde und beschloss im Auto auf die drei zu warten. Da sah er wie zwei Frauen, die kurz zuvor neben seinem Wagen eingeparkt hatten, von einem Geist angegriffen wurden. Er rief ihnen zu, dass sie weglaufen soll, aber es war zu spät. Die eine erstarrte zu Eis und das feinstoffliche Wesen griff sich die andere, die sofort in Flammen aufging und schreiend davon lief. Als er die erste Frau erreichte, sah er ihre schreckgeweiteten Augen. Ein schauriger Anblick.

Er bemerkte nicht wie sein Amulett, ein Pentakel mit Schriftzeichen und Symbolen, aus seinem offenen Hemd hervor rutschte und die Person berührte. Es knisterte leicht und der Talisman wurde warm. Die Frau erwachte aus der Starre, riss kurz und tief nach Luft und sank zusammen. Nick fing sie auf, bevor sie zu Boden fiel. Er ertastete ihren Puls und stellte erleichtert fest, dass ihr Herz schlug.

Im selben Augenblick bremste ein schwarzer Mercedes neben Nick und der ohnmächtigen Frau. Leute stiegen aus.

„Hast du die Dame bewusstlos befragt, oder was?", fragte Yakup mit seiner flapsigen Art.

„Nein, ein Geist hat sie fast getötet!", antwortete Nick. Er zeigte hinter den Golf mit dänischem Kennzeichen.

„Die andere hat es richtig erwischt."

Yakup lief zu der besagten Person. Ein qualmendes, verkohltes Skelett war alles, was von ihr übrig war.

Langsam kam die Dänin wieder zu sich. Sie sah sich hektisch um.

„Der Geist. Da war ein Geist der mich umbringen wollte.", stammelte die verstörte Touristin.

„Alles ist Gut Frau ... wie heißen Sie eigentlich?", begann Nick das Gespräch.

„Jansson. Karen Jansson. Und wer sind Sie?", erwiderte sie und wich leicht zurück. Er half ihr auf die Beine und stellte sich und seine Freunde vor. Sie nahm eine entspannte Haltung ein.

„Das verstehe ich nicht. Ich dachte, Geister gibt es nur in Filmen und Romanen."

„Wenn Sie wüssten was es alles gibt..."

Karen sah sich um.

„Wo ist meine Schwester?", fragte sie aufgeregt.

Nick schaute zu Yakup, der wieder zurück war. Der schüttelte mit dem Kopf.

Vanessa zog das Buch hervor, welches sie und Sandra in der Kirche gefunden hatten.

Nick schaute sie an und sagte:

„Nicht noch mehr unheimlichen Kram. Ich habe eben erfahren, dass es dieses Dorf seit einhundert Jahren nicht mehr gibt."

„Es kommt noch besser. Im Winter 1620 wurde ein Mann als Ketzer zum Tode verurteilt und mit vier unschuldigen Frauen, die der Hexerei beschuldigt wurden, in der Kirche eingesperrt. Man zündete diese an und alle sind darin lebendig verbrannt. Der Ketzer verfluchte das Dorf und die Nachfahren derer, die an seinem Tod beteiligt waren. Seitdem starben in einem kurzem Zeitraum die angehörigen der jenigen, die den Ketzer verurteilt und hingerichtet hatten. Der Fluch erfüllte sich. Das Dorf brannte 1621 restlos nieder, wurde wieder aufgebaut und brannte alle einhundert Jahre wieder ab, das letzte mal 1921. Dann aber endgültig. Dieses Jahr erschienen das Dorf und die Kirche wieder. Der Geist, der Sie angefallen und ihre Schwester getötet hat, Frau Jansson, ist der des Ketzers."

Vanessa pausierte und schaute in die Runde.

Jonas grübelte und tigerte hin und her. Dann sah er Yakups Sekretärin an und fragte sie:

„Wenn das eine Chronik ist, wieso steht da dann etwas von heute drin? Der Typ der das Buch in den Händen hatte war ja schon ein paar Tage länger tot."

„Keine Ahnung. Jedenfalls sind die anderen Geister harmlos, sie wollen nur ihren Frieden haben. Den bekommen sie aber nicht, solange der Geist des Ketzers existiert."

„Also müssen wir die Kirche umkrempeln.", warf Jonas ein. In diesem Moment tauchten wieder einige Geister auf. Ein weibliches Gespenst erschien, materialisierte sich deutlich und trat ein paar Schritte vor. Es war die Braut aus der Scheune. Sie sah aus wie vor dem Feuer. Geschockt erkannte die Französin ihre Freundin Justine wieder.

„Sandra, du und deine Freunde, ihr müsst uns befreien. Helft uns.", erklang die Stimme wie aus weiter Ferne.

Die Französin hatte jetzt die Bestätigung, dass die junge Frau gestorben war.

Jonas schaltete sich ein.

„Justine, wo sind die Überreste des Ketzers und der angeblichen Hexen?"

„Folgt mir, ich führe euch hin."

Jonas, Yakup und Vanessa setzten sich mit dem französischen Ehepaar in den Wagen des großen Türken und fuhren los. Nick und die Dänin folgten ihnen mit dem Auto des Kommissars. Die Frau saß apathisch da und starrte stumpf aus dem Seitenfenster. Nach einigen Minuten erreichten sie den Hügel mit der Kirche. Justines Geist materialisierte sich vor einer fast vermoderten Holztür. Yakup und Jonas holten aus dem Kofferraum des Mercedes einen Benzinkanister und einen Beutel Salz sowie Taschenlampen. Sie folgten dem Geist. Justine glitt durch die geschlossene Tür.

„Toller Trick. Den muss ich mir merken.", sagte Yakup.

„Dafür bist du zu lebendig, mein Lieber.", antwortete Vanessa mit einem Grinsen und schaute den Privatermittler dabei verliebt an.

„Könnt ihr euch nicht endlich ein Hotelzimmer nehmen?", fragte Nick mit einem genervten Unterton.

„Alles zu seiner Zeit.", gab die schwarzhaarige Sekretärin schnippisch zurück.

Yakup zog an dem verrosteten Ring der schweren Holztür. Sie öffnete sich schwerfällig und die Gruppe betrat einen erstaunlich gut erhaltenen Gang, der in einer kleinen Gruft endete.

„Für eine Höhle sehr aufgeräumt.", gab Jonas zu Protokoll.

„Im 18. Jahrhundert hat man es hier zu einer Gruft umgebaut, in der Hoffnung den Fluch damit aufzuheben.", erklärte Vanessa.

An den Wänden steckten Fackeln, die Yakup und Jonas entzündeten. In der Mitte des Gewölbes erkannten sie fünf Särge. Sie öffneten erst den Mittleren. Darin lag ein verkohltes Skelett. Hier lag der Ketzer. In den anderen lagen etwas kleinere, nicht vollständige. Einige Knochen fehlten und wurden damals durch das Feuer zerstört.

Yakup nahm den Salzsack und verstreute den Inhalt über der alten Leiche in dem mittleren Sarg und goss dann das Benzin aus dem Kanister darüber. Im selben Augenblick materialisierten sich sämtliche Geister des Dorfes, der in den Jahrhunderten gestorbenen Menschen. Justine erschien erneut. Neben ihr fing es an zu flirren. Ein weiteres Gespenst kam hinzu. Patrick, ihr Mann.

Der Geist des Ketzers kam hervor und versuchte Yakup und Jonas anzugreifen. Er war nicht schnell genug, denn der türkische Privatermittler warf eine der brennenden Fackeln in den offenen Sarg. Mit einer Stichflamme brannten das Erdmöbel und das Skelett sofort. Hohe Flammen fraßen die sterblichen Überreste endgültig auf. Der Ketzer schrie schmerzvoll auf und verpuffte in einer kleinen Feuerwolke. An der Decke der Gruft entstand ein Wirbel, aus dem Licht heraustrat. Einer nach dem anderen verschwanden die Geister darin. Die von vier jungen Frauen – die angeblichen Hexen – verabschiedeten sich mit einem Lächeln von ihren Befreiern. Jenny und Patrick bedankten sich bei Jonas und seinen Freunden sowie bei Sandra und Henry, küssten sich vor den Augen aller, nahmen Abschied und händchenhaltend schwebten sie ebenfalls in das Licht, welches nachdem sie durchtraten, erlosch. Mit dem frisch vermählten Paar hatte Ginderburg seine letzten Opfer bekommen. Es war vorbei. Nach diesen rührenden Momenten verließ die gemischte

Gruppe die Gruft. Draußen angekommen sahen sie sich um. Weder von der Kirche, noch von dem Dorf war etwas übrig geblieben. Der Nebel, der sich vorher um die kleine Ortschaft wie eine Mauer zog, war ebenfalls verschwunden. Weit und breit nur Wiese und vereinzelt Bäume. Einsam und verlassen stand ein VW Golf im Gelände und wartete auf seine Besitzerin. Der Fluch war gebrochen und Ginderburg gehörte endgültig der Geschichte an.

Niemand bemerkte die schemenhafte Gestalt mit einem mannshohen Stock am Rande des alten Friedhofs, die sich lächelnd in Luft auflöste ...

ENDE

Larissas Erbe

Ein stressiger und harter Arbeitstag lag hinter der Supermarktkassiererin. Larissa Baumann war bei einer großen Kaufhauskette angestellt. Manchmal verfluchte sie den Job, aber sie war auf ihn angewiesen, um sich und ihren kleinen Sohn über Wasser zu halten. Das war in dieser Zeit ohne Partner nicht leicht. Der Vater ihres Kindes hat sich gleich nachdem bekanntwerden der Schwangerschaft aus dem Staub gemacht. Seitdem meisterte Larissa ihr Leben alleine, so gut es ihr möglich war.

Die junge Frau schloss die Wohnungstür auf und der kleine Vincent kam ihr entgegengelaufen.

„Mama, Oma und ich waren heute im Zoo und dann auf dem Spielplatz und...", sagte er aufgeregt und brabbelte munter lustig weiter. Larissa nahm ihn in die Arme und gab ihm einen Kuss.

„Na das ist doch toll. Dann hast du ja richtig viel erlebt heute.", antwortete sie lächelnd.

„Wo ist Oma denn?"

„Hier in der Küche.", beantwortete Viviane die Frage ihrer Tochter.

„Immer dem Geruch nach." Larissa schmunzelte und schaute um die Ecke nach ihrer Mutter, die das Essen zubereitete. In der Pfanne brutzelten Frikadellen und in dem Dampfgarer dünsteten Kartoffeln und Gemüse vor sich hin. Der Geruch war verlockend.

„Na mein Kind, wie war dein Tag?"

„Frag lieber nicht. Eigentlich wie immer."

„So schlimm also?"

„Schlimmer!"

„Auf dem Stubentisch liegt deine Post. Da ist ein Päckchen von einem Notar mit bei, das ein Paketbote gebracht hat. Vielleicht ja mal was Angenehmes zur Abwechslung." Voller Neugier, was es denn sein konnte, schlenderte Larissa ins Wohnzimmer. Sie setzte sich auf das Sofa und öffnete den braunen Karton. Der Absender war eine Anwaltskanzlei aus Braunlage im Harz. Eine kleine Plastiktüte fiel heraus. Sie sah sich den Beutel an, in dem ein Schlüsselbund steckte. Etwas irritiert las sie sich den Brief und die beigefügten Unterlagen durch. Am Ende war eine Besitzurkunde angeheftet, in der ihr Name eingetragen war sowie ein paar Fotos. Mit den Papieren in der Hand ging sie zur Küche.

„Du Mama, kennst du einen Wilfried Stein?"

„Nein, eigentlich nicht." Viviane überlegte einen Moment.

„Doch. Das ist dein Großonkel. Aber den habe ich nie getroffen. Warum?", ergänzte sie. Larissa zeigte ihr die Bilder und die Besitzurkunde.

„Weil ich dieses Gutshaus geerbt habe. Wilfried Stein hat es mir bereits zu Lebzeiten überschrieben und verfügt, dass ich alles nach seinem Ableben bekomme."

Viviane schaute sich die Bilder an. Das alte Haus, welches Ende des 18. Jahrhunderts erbaut wurde, war zwar stark verwittert, aber schien bewohnbar zu sein. Es wirkte düster, bedrohlich und unheimlich. An der vorderen Fassade rankte Efeu über zwei Drittel der Wand. Dann entdeckte Viviane etwas an einem der Fenster.

„Larissa, hast du eine Lupe hier?"

„Ja, Moment.", antwortete sie und kam wenige Minuten später mit einem Vergrößerungsglas, das sogar beleuchtet war aus dem Wohnzimmer zurück. Ihre Mutter sah sich das Bild genau an. An einem der Fenster war eine hagere Gestalt zu sehen, welche Kleidung aus dem 18. Jahrhundert trug. Unter dem dunklen Kutschermantel war ein Jackett sowie ein Rüschenhemd zu erkennen. Aber wirklich unheimlich kam ihr das Gesicht der Person vor. Es hatte eine längliche Form mit spitzen Kinn, hohen Wangenknochen und tiefliegenden Augen. Ihr schien es, als würde der stechende Blick des Mannes gezielt in die Kamera schauen. Sie sah auf die Rückseite der Bilder. Alle waren laut Datumsanzeige am Rand eine Woche alt. Das kam ihr nicht geheuer vor, denn in dem Schriftstück hieß es, das Haus sei seit dem Tod Wilfried Steins unbewohnt. Auf der Sterbeurkunde stand, dass er vor drei Monaten verstorben war.

„Was hältst du davon, wenn wir am Wochenende runterfahren und uns dein Haus mal anschauen?", fragte sie ihre Tochter.

„Klingt nach einem Plan.", erwiderte diese.

„Ich rufe gleich morgen früh bei diesem Anwalt an und beorder ihn dorthin. Er wollte mir laut seinem Schreiben ja noch etwas übergeben, was er mir nicht auf dem Postweg zukommen lassen wollte."

„Mach das. Ich schaue unterdessen im Internet nach, ob ich etwas über das Haus und deinen Großonkel erfahre. Es gibt ja keinen mehr den wir fragen könnten."

Das Telefonat zwischen Larissa und dem Notar war schon fast beendet, da fiel ihr noch etwas ein.

„In Ihrem Schreiben stand, dass das Haus seit dem Tod Wilfried Steins unbewohnt sei aber auf einen der Fotos war ein Mann zu sehen." Es raschelte im Hintergrund und dann antwortete er.

„Ich sehe hier niemanden auf den Fotos und sie haben dieselben Abzüge."

„Von wann sind die Bilder?"

96

„Meine Gehilfin hat die vor einer Woche aufgenommen. Sie sind somit aktuell."

„Okay Herr Johansson, das war es auch so weit. Wir sehen uns am Freitagnachmittag an dem Haus." Sie verabschiedete sich und legte auf. Dann nahm sie sich nochmal die Fotos vor. Sie war erstaunt. Der Mann am Fenster war nicht mehr da.

Der VW Bus brummelte leise vor sich hin. Die Strecke von Pinneberg nach Bad Harzburg war lang und anstrengend für die Insassen. Larissa hatte neben Vincent und Viviane noch ein befreundetes Pärchen mitgenommen. Zweihundertsechzig Kilometer und gut drei Stunden später hatten sie das Zentrum der Stadt erreicht. Die Erbin hatte sich mit dem Notar um fünfzehn Uhr auf dem Marktplatz verabredet. Er war pünktlich und begrüßte sie und ihre Begleiter. Er trug einen dunklen Anzug, war ca. einsachtzig groß und schlank. Sein Haarschnitt betonte die kantige Kopfform. Er nahm seine schmale Brille ab.

„Frau Baumann, ich habe hier noch etwas für Sie. Das wollte ich Ihnen nicht mit der Post schicken.", sagte er und überreichte ihr einen dicken Umschlag. Sie öffnete ihn und sah darin Bargeld und Sparbücher sowie Kontokarten. Larissa sah ihn mit großen Augen an. Dietmar Johansson lächelte.

„Ihr Großonkel war sehr vermögend. Sein Vermögen belief sich auf zwei Millionen Euro und einige Besitztümer. In dem Umschlag sind zehntausend, die Herr Stein bei mir hinterlegen ließ.", erklärte er und fuhr fort.

„Aber nun zu dem Haus. Ich habe noch ein paar Termine. Ich schlage vor, ich fahre vorweg und Sie folgen mir." Larissa ging zurück zu ihrem alten VW T4 und gab ihrer Mutter den Umschlag zur Verwahrung. Ihr Sohn und ihre Begleiter setzten sich in den Kleinbus und folgten dem schwarzen Mercedes des Notars.

Nach weiteren dreißig Minuten bogen sie von der Hauptstraße ab und fuhren auf einem befestigten Feldweg durch einen Wald. Drei Kilometer ferner endete der Forst und ging in eine Allee über. Etwas höher gelegen erreichten sie ein Stahlgittertor, welches mit massiven Scharnieren in einer Mauer angebracht war. Durch das Tor erkannten sie das riesige, unheimliche Herrenhaus. Wie von Geisterhand öffnete sich das Gitter und der Mercedes des Notars fuhr auf den Innenhof. Larissa folgte ihm. In der Mitte des Rondels vor dem Haus stand ein durch Efeu fast völlig zugewachsener Springbrunnen. Als alle aus dem Bus ausgestiegen waren, übergab Dietmar Johansson Larissa den Funköffner für das Tor und verabschiedete sich. Nachdem er den Hof verlassen hatte, verschloss sie das Tor mit der Fernbedienung. Gemeinsam mit ihrem Sohn, Viviane, Caro und Tom inspizierte sie erstmal alles von außen. Es roch muffig um das Gemäuer herum. Gammelndes Holz, sterbende Bäume, dazu ein Modergeruch, der entsteht, wenn altes Mauerwerk feucht wird.

„Also ich weiß nicht, irgendwie kommt mir das hier nicht geheuer vor. Ich ziehe es vor, morgen wieder nach Hause zu fahren.", merkte Caro an. Ihr Freund Tom sah das anders.

„Was ist denn schon dabei? Du quängelst wie ein Mädchen.", neckte er sie.

„Blödmann! Ich bin ein Mädchen, ich darf das.", antwortete sie frech. Vincent fand es wiederum total spannend.

„Mama, gibt es hier Gespenster?", fragte er.

„Na ich hoffe doch nicht.", gab sie zurück. Sie sah zum Himmel. Zu der einbrechenden Dunkelheit schien ein Gewitter aufzuziehen.

„Lasst und mal besser reingehen. Es sieht nach einem Unwetter aus.", mutmaßte sie. Geschlossen begaben sie sich zur doppelflügeligen Eingangstür. Der Türklopfer schien die Besucher anzustarren, obwohl keine Augen in dem eisernen Skelettkopf mit dem Metallring zwischen den Zähnen vorhanden waren. Larissa probierte die Schlüssel aus und der vierte passte. Sie schloss die Tür auf und mit einem ächzenden Knarren schwang sie schwerfällig nach innen. Der Geruch von muffigen, staubigen Möbeln schlug ihnen entgegen und es kratzte leicht im Hals. Ein paar Meter entfernt führte von der kleinen Empfangshalle eine breite Treppe in die obere Etage. Viel mehr war nicht zu sehen, da es stockfinster in dem Haus war. Die Fenster waren mit lichtundurchlässigen Vorhängen zugezogen und eine unnatürliche Kälte kam ihnen entgegen.

„Sucht mal einem Lichtschalter, man sieht ja gar nichts.", sagte Larissa. Tom schloss die schwere Tür, schaute an den Seiten nach einem Schalter und fand nach kurzer Suche einen. Er drückte den alten Kippschalter und zwei Kronleuchter an der hohen Decke erstrahlten. Die Eingangshalle zeigte sich in ihrer ganzen Pracht. In der Mitte stand eine gedeckte Tafel mit sechs Gedecken und Stühlen herum. Das war allen Beteiligten doch unheimlich.

„Langsam komme ich mir vor wie in einem schlechten Horrorfilm aus den fünfzigern.", sagte Viviane.

„Fehlt nur noch der alte Butler, der um die Ecke kommt.", fügte sie hinzu. Zur rechten Seite vom Tisch war ein großer, reich verzierter gemauerter Kamin. Sie ließ ihre Blicke weiter durch den Raum gleiten und entdeckte Ölbilder an der linken Wand. Es schien sich um eine Art Ahnengalerie zu handeln. Sie steuerte genau darauf zu, um die Gemälde aus der Nähe zu betrachten und erschrak.

„Larissa, komm mal bitte her und sieh dir das an."

„Ui toll, Bilder.", gab die Tochter gelangweilt zurück, aber dann sah sie selbst, weshalb ihre Mutter so besorgt klang.

Auf dem Dritten erkannten sie das Gesicht von dem Foto wieder.

Draußen tobte ein heftiges Gewitter. Die Blitze erhellten in einer Tour das Innere des Hauses, trotz geschlossener Vorhänge. Vincent hatte Angst und hielt sich ständig in der Sichtweite seiner Mutter und Oma auf. Selbst der sonst so abenteuerlustige Tom war äußerst kleinlaut.

Das Licht flackerte zum wiederholten Mal und es knackte fürchterlich, so als würden morsche Zweige brechen und gleichzeitig Peitschen knallen. Einige der Glühbirnen explodierten, aus den Fassungen und den Steckdosen schossen Funken, dann war alles dunkel. Ein Blitz hatte das Stromnetz in dem alten Haus überlastet.

„Na super. Ich gehe mal eben zum Sicherungskasten. Kümmert ihr euch um die Kerzen, denn wir brauchen Licht.", sagte Larissa, schnappte sich die Taschenlampe, die auf dem Tisch stand und ging los. Viviane, Caro und Tom zündeten die Talglichter in den Lüstern, die hier reichlich herumstanden, an und verteilten sie in dem großen Raum. Das Gewitter schien kein Ende nehmen zu wollen, denn unentwegt blitzte es und das

Donnern war extrem laut. So, als würde sich das Unwetter nur über dem alten Gemäuer austoben.

„Oma, sieh mal, da ist einer.", stammelte Vincent und zeigte zur Treppe hoch. Blitze leuchteten durch das dahinter liegende Fenster und am oberen Ende des Aufgangs war die Silhouette eines Mannes in einem langen Mantel zu sehen. Aber genau so schnell, wie er erschien, war er wieder weg.

„Ich will hier Weg!", sagte Caro mit ängstlicher Stimme. Ohne Vorwarnung schnappte sich die junge Frau den Autoschlüssel und rannte zur Tür. Obwohl Tom versuchte sie aufzuhalten, lief sie weiter. Sie riss die Haustür auf und eilte durch den strömenden Regen zu dem alten VW-Bus. Den Geruch von Benzin nahm sie gar nicht wahr, doch Tom fiel er sofort auf. Sie saß gerade in dem Wagen und startete den Motor, da schlug ein Blitz unmittelbar neben dem Fahrzeug im Boden ein und setzte ausgelaufenes Benzin in Brand. Sekunden später brannte das Auto und der Tank explodierte. Durch die Druckwelle wurde Tom gegen die Mauer neben der Tür geschleudert. Er sah den brennenden Kleinbus und eine lebende Fackel auf dem Fahrersitz, die wild zappelnd und schreiend starb. Der Geruch von verbranntem Fleisch Haar und Kunststoff traf seine Nase. Er schrie den Namen seiner Freundin, aber ihr konnte niemand mehr helfen.

Larissa schritt den langen Flur entlang, bis sie die Tür zum Kelleraufgang endlich erreichte. Sie leuchtete hinunter und auf halber Höhe der Treppe entdeckte sie den Sicherungskasten, der rauchend und funkensprühend an der Wand hing.

„Na toll, erst ne Ewigkeit nach dem Teil suchen und dann sowas.", flüsterte sie genervt. Sie sah sich den Verteiler genauer an und stellte fest, dass da nichts mehr zu machen war. Das alte Teil schien seit dem Ersten Weltkrieg in Betrieb zu sein, denn so etwas altersschwaches hatte sie bis jetzt nie gesehen. In unregelmäßigen Abständen sprühten Funken aus dem Gebilde. Rechts daneben entdeckte sie einen langen schwarzen Stahlhebel, der mit Kunststoff oder ausgehärtetem Gummi überzogen war. Er hatte zwei Einstellungen und sie drückte ihn unter großer Kraftanstrengung auf Stellung null. Das knistern, welches sie die ganze Zeit vernahm und das Funken hörte auf.

„Also doch der Hauptschalter.", murmelte sie. Der Rauch verzog sich und das ganze Ausmaß war zu erkennen. Das gesamte Innenleben der Anlage war verschmort. Dann hörte sie einen lauten Knall und einige Sekunden später Toms schreien nach Caro. Was war da passiert? Ihr schwante Übles und sie rannte die Treppe hoch und zurück in den Empfangssaal. Durch die offene Eingangstür sah sie flackernden Widerschein von Feuer. Als sie näher ran ging, erkannte sie ihr brennendes Auto.

Zögernd schritt Larissa zur Tür und sah das gesamte schreckliche Ausmaß. Ihr Bus stand in Flammen, schwarze Rauchwolken verdunkelten den noch immer von Blitzen durchzogenen Nachthimmel. Erst jetzt erkannte sie, dass auf dem Fahrersitz ein Mensch vom Feuer verzehrt wurde. Aus dem, was einmal der Mund, die Nase und die Augen waren, züngelten Flammen. Der beißende Gestank von verbranntem Fleisch und Haar kroch in ihre Nase und sie übergab sich. Nach einigen Augenblicken wurde ihr bewusst, dass es sich um ihre Freundin Caro handelte, die den Feuertod starb. Viviane zog ihre mittlerweile völlig durchnässte Tochter ins Haus zurück und schloss die Tür. Vincent und Tom saßen schon wieder auf dem Sofa. Apathisch starrten sie in den Kamin, in dem ein paar Holzstücke brannten. Trotz des Grauens, das die geschockten Personen in den vergangenen Minuten erlebt hatten, wurde ihnen etwas wärmer. Tom war nicht ansprechbar. Er durchlebte immer wieder diesen grauenvollen Moment, in dem seine Partnerin starb. Jetzt klappte auch Larissa zusammen und lehnte sich weinend an ihre Mutter. Wie die anderen war Viviane ebenfalls total fertig. Zu schrecklich war der Feuertod der besten Freundin ihrer Tochter. Zum Glück hatte Vincent davon so gut wie nichts mitbekommen. Für den kleinen Jungen wäre es ein traumatisches Erlebnis, welches ihn sein Leben lang verfolgen würde.

Das Gewitter ebbte langsam ab und die ersten Sonnenstrahlen lugten durch die zugezogenen Vorhänge.

Dietmar Johansson lenkte seinen Mercedes die Allee hoch, die zu dem Anwesen Wilfried Steins führte. Aufgrund der Hektik und seiner Termine hatte er völlig vergessen, Larissa Baumann einen wichtigen Brief des verstorbenen an sie zu übergeben. Er hatte versucht sie telefonisch zu erreichen, aber es hatte niemand abgenommen. Als er das Anwesen erreichte, traf ihn fast der Schlag. Das Tor lag verbogen und aus den Verankerungen gerissen auf der Innenseite des Hofes. Die gemauerten Pfeiler qualmten leicht und waren rußgeschwärzt. Langsam befuhr er das Grundstück und entdeckte den zerstörten Springbrunnen und den ausgebrannten VW-Bus seiner Klientin. Auf dem Fahrersitz saß eine zur Unkenntlichkeit verbrannte Leiche mit weit aufgerissenem Mund. Der verkohlte Oberkörper bot einen grauenhaften Anblick. Dietmar Johansson stellte seinen Wagen ab und stieg aus. Ihn überkam die Übelkeit, denn der Geruch von verbranntem Fleisch zog sofort in seine Nase. Angeekelt schaute er die Leiche an und konnte nicht mehr erkennen, ob es eine der Frauen oder der Mann war. Ansonsten konnte er in dem Wrack niemanden entdecken. Die vergangene Nacht muss für die kleine Gruppe die Hölle auf Erden gewesen sein. Er griff zu seinem Smartphone, wählte den Notruf, schilderte der Polizei, was er entdeckt hatte, und wollte auf sie vor Ort warten. Der Beamte sagte ihm, dass er mit einer Wartezeit von einer Stunde rechnen könne, da die Einsatzkräfte mit einem Großeinsatz in Bad Harzburg beschäftigt waren. Er zündete sich eine Zigarette an, ging zu dem Haus und klopfte an der Eingangstür. Trotz mehrfacher Versuche öffnete niemand. Er drückte die Klinke herunter, aber die Tür war verschlossen. Erst jetzt fiel ihm die Stille auf. Totenstille. Kein Vogelzwitschern oder Rauschen der Bäume, nichts. Der Anwalt beschloss, sich auf dem Grundstück etwas umzusehen, und ging an dem linken Hausflügel entlang. Er hatte kein gutes Gefühl. Irgendetwas stimmte hier nicht. Er spürte eine beklemmende Kälte, die unnatürlich war. Er kam an einem kleinen verwilderten Bau vorbei, der kaum zu erkennen war, da er von Efeu fast zugewachsen war. Je näher er dem Gemäuer kam, umso kälter wurde es. Er sah aus dem Augenwinkel einen Schatten auf ihn zukommen. Er bemerkte ein metallisches Blitzen und ein brennender Schmerz traf seinem Hals. Er röchelte und fasste sich an die Kehle. Er spürte und sah, wie das Blut mit jedem Herzschlag aus seiner Halswunde spritzte. Er sank in die Knie und sah auf weiße Frauenschuhe. Sie färbten sich rot, von seinem Blut, welches darauf schoss. Ihm wurde schwarz vor Augen und er sackte zu Boden. Dass er an den Armen gepackt und davon geschleift wurde, bekam er nicht mehr mit.

Schweißgebadet, mit weit aufgerissenen Augen und schreiend wachte Larissa auf. Ihre Mutter drückte sie sofort an sich.

„Ist gut mein Kind, ich bin bei dir.", redete Viviane beruhigend auf sie ein. Die junge Frau weinte und schluchzte.

„Ist das wirklich passiert, oder war es nur ein böser Traum?", fragte sie ihre Mutter mit zitternder Stimme.

„Leider nein. Es ist wirklich passiert.", antwortete sie. Larissa sah sich um.

„Wo ist Vincent?" Sie konnte durch die hohe Rückenlehne des Sofas nicht sehen, was im Rest des Raumes geschah.

„Er schläft bei Tom. Der kleine ist erst vor zwei Stunden eingeschlafen.", antwortete ihre Mutter. Larissa setzte sich auf und schaute zum anderen Sitzmöbel hinüber und sah ihren Sohn an Tom gelehnt schlummernd. Der war durch ihren Schrei aufgewacht und sah zu den beiden Frauen. Er erhob sich vorsichtig und deckte das Kind mit einer Decke zu. Seit er den Kleinen kannte, kümmerte er sich um ihn, als wäre er sein eigenes Kind. Tom ging zu Larissa und ihrer Mutter.

„Wir müssen hier weg.", sagte er emotionslos. Der Horror, den er durch den Tod seiner Freundin erlebt hatte, saß ihm tief in den Knochen. Den Anblick, als Caro bei lebendigem Leib verbrannte, würde er nie vergessen können.

„Ja, aber wie stellst du dir das vor? Wir haben kein Auto mehr.", erwiderte Larissa. Tom schloss die Tür auf und öffnete sie. Er drehte sich um und sagte:

„Frag doch deinen Anwalt. Sein Auto steht nämlich da."

„Was? Warum hat er denn nicht geklopft?", fragte Larissa. Im selben Moment überfiel die Frau ein kalter Schauer, obwohl es durch den Kamin warm war. Ihr Atem dampfte wie im Winter. Auf einmal knallte die Tür zu und verriegelte sich. Panik machte sich in ihr breit. Sie sah sich nach ihrer Mutter und ihrem Sohn um, aber die waren verschwunden. Irgendetwas Eiskaltes schien sie zu berühren und sie wurde ohnmächtig.

Das erste, was Larissa sah als sie erwachte, war der Kreuzbogen eines alten steinernen Gewölbes. Flackernder Fackelschein tauchte alles in ein unheimliches Licht. Sie sah sich um und erkannte einen Durchgang zu einem anderen Raum.

Larissa spürte die kalte harte Steinplatte unter sich und setzte sich auf. Ihr war schwindelig und sie ruhte sich daraufhin einen Moment in dieser Haltung aus. Dann schritt sie langsam zur Wand, nahm die Fackel und ging zu dem Durchgang. Ein langer Gang endete in einer Art Halle. Von hier aus führten drei weitere düstere Stollen ab. In einem davon sah sie gedämpftes Licht. Obwohl es ihr immer unheimlicher wurde, folgte Larissa dem Lichtschein, der mit jedem Schritt heller wurde.

Lockerer Sand und kleine Steinchen knirschten unter ihren Schuhsohlen. Dann stieß sie mit dem Fuß gegen etwas, das ein tönernes Geräusch verursachte. Sie schaute zu Boden und erschrak. Vor ihr lag ein Totenschädel mit einem gezackten Loch in der Stirn. Sie hatte so etwas schon mal in Filmen und Dokus gesehen. Die kleine Öffnung erinnerte sie an ein Einschussloch. Das skelettierte Teil schien nicht erst seit gestern hier zu liegen, denn es war mit Spinnenweben überzogen und aus einer der Augenhöhlen kroch einer der Krabbler langsam heraus.

Angeekelt hüpfte sie ein Stück zurück. Erst jetzt fragte die junge Mutter sich, wie sie hier hineingeraten war und wo sie sich überhaupt befand.

Ein leises Stöhnen und schabendes Geräusch riss sie aus ihren Gedanken. Es kam aus dem Raum vor ihr. Es klang beängstigend und Angstschweiß stieg ihr auf die Stirn. Was würde sie dort erwarten?

Sie erreichte ein Gewölbe, welches sie erschaudern ließ. An den Wänden steckten Fackeln, die ein schummriges Licht erzeugten. Die Flammen zuckten und gaben ihren Schein an die Decke des Raums. Mittendrin standen zwei hölzerne massive Gestelle, in die Wannen aus Edelstahl eingelassen waren. Sie hatte so etwas Ähnliches schonmal in einer Dokumentation gesehen, in der es um forensische Untersuchungen ging. Sie sah auf den Obduktionstischen ihre Mutter und Tom. Gefesselt und geknebelt sahen die beiden entsetzt und zugleich erleichtert in Larissas Richtung.

Plötzlich schnellte eine hünenhafte Gestalt auf sie zu und knurrte sie aggressiv an. Die junge Frau fuhr vor Schreck zusammen. Das Rasseln der massiven Ketten, mit denen die Kreatur an der Wand gefesselt war, verstummte in dem Moment, als der Hüne sich scheinbar schützend vor ihre Mutter stellte und Larissa den Weg versperrte. Sie sah sich das Ungeheuer genau an. Über zwei Meter groß, in Kleidung gehüllt, die mindestens eine Nummer zu klein war. Fahle Haut, tiefliegende Augen, eine hohe Stirn an der sie wie am Hals Narben erkannte.

„Nicht wehtun!", fauchte das Wesen stammelnd und zeigte auf Viviane und Tom.

Noch immer geschockt sah sie zu ihrer Mutter und Tom. Dann begriff sie. Das Wesen wollte die beiden beschützen. Es war genauso ein Gefangener. Es zuckte vor der Fackel und hielt sich einen Arm vor sein Gesicht. Wer oder was immer dieses Wesen war, es hatte Angst vor Feuer.

Larissa senkte das brennende Holzstück und drehte es von ihm Weg. Sie sah zu ihrer verängstigten Mutter und flüsterte:

„Mama, was hat er dir getan?"

Viviane schüttelte mit dem Kopf und versuchte zu sprechen. Trotz des Knebels verstand Larissa die Worte.

„Nicht er."

Die junge Frau umrundete das Wesen. Ein übler Geruch kam ihr entgegen. Ohne dass der Hüne näher kam oder sie angriff, erreichte sie den Tisch. Mit einer Hand öffnete sie eine Schnalle der Ledermanschette, mit der Viviane an die Wanne gefesselt war, ohne die Kreatur aus den Augen zu lassen. Larissas Mutter befreite sich und entfernte ihren Knebel.

„Wir müssen den Großen da befreien. Er hatte versucht uns zu helfen.", sagte sie. Sie richtete sich auf und öffnete die Manschetten an ihren Füßen, während ihre Tochter Tom befreite. Darauf ging die junge Frau zu dem unheimlichen Hünen und sah sich die Ketten an. Die schweren Eisenarmbänder waren mit einem Vorhängeschloss gesichert. Larissa sah die Narben an den Handgelenken und die wundgescheuerte Haut. Als sie seine Hand berührte, zuckte er zurück.

„Hab keine Angst. Ich will dir helfen.", sagte sie beruhigend. Die Furcht in seinen Augen wich der Erleichterung.

„Schlüssel an Wand.", erwiderte er mit kratziger Stimme und zeigte zu einem Wandhaken, an dem ein Schlüsselbund hing. Viviane nahm ihn ab und gab ihn Larissa.

Sie öffnete das Schloss und befreite den Riesen von seinen Ketten.

„Du guter Mensch. Ich mag dich.", erklang seine raue dunkle Stimme.

Ein metallisches Klicken hallte durch den Raum.

„Nicht so eilig, Herrschaften. Sie wollen mich doch nicht schon verlassen?"

Alle schauten in den Gang, aus dem die Stimme kam. Vor ihnen stand ein hagerer Mann mit länglichem Gesicht. Er trug ein weißes Rüschenhemd darüber eine Weste. Eine Hand mit einem Revolver lugte unter dem offenen Kutschermantel hervor und mit der anderen hielt er Vincent fest, der vor Angst zitternd mit großen verweinten Augen zu seiner Mutter schaute.

Ohne Vorwarnung sprang der Hüne vor und schubste den Mann in der alten Kleidung zurück. Den Jungen befreite er aus dem Griff des unheimlichen Kerls. Vincent lief darauf hin zu Larissa.

Die Kreatur schlug mehrfach wie von Sinnen auf den Mann ein, aber dieser entledigte sich schnell seines Angreifers und schoss auf ihn. Sechs Kugeln durchschlugen seinen Körper. Trotz der großen Löcher rann kein Blut heraus. Viviane, ihre Tochter und Tom sahen sich ungläubig an. Vincent klammerte sich weinend an seine Mutter.

„Lauft weg!", brüllte der Riese. Dann wandte er sich dem dünnen Mann zu. Die beiden rangen miteinander und ein harter Schlag in den Nacken streckte den Hünen nieder. Die hagere Person zupfte sich ihre Kleidung zurecht und sah zu der entsetzten Familie. Mit einem Taschentuch tupfte er das Blut von einer Platzwunde, die ihm die Kreatur zugefügt hatte.

„Oh je, wo habe ich nur meine Manieren gelassen.", säuselte er arrogant. Dass er eben harte Schläge eingesteckt hatte, schien ihn nicht zu beeindrucken.

„Ich habe mich ja noch gar nicht bei Ihnen vorgestellt."

Er machte es spannend. Er holte ein silbernes Zigarettenetui aus seiner Manteltasche, nahm sich einen Glimmstängel heraus und zündete ihn sich mit einem Streichholz an. Er pustete eine bläuliche Rauchwolke aus und sah die verängstigten Personen an.

„Ich bin Baron Frankenstein."

Das diabolische Lächeln, der stechende Blick und die unsympathische Ausstrahlung des bewaffneten Mannes widerten Larissa an. Er lud eilig seinen Revolver nach.

„Frankenstein ... natürlich. Und ich bin Micky Maus. Wollen Sie uns auf den Arm nehmen?", sagte die junge Mutter patzig.

„Statt hier so eine Show abzuziehen, sollten Sie uns besser gehen lassen."

Frankenstein lächelte amüsiert.

„Oh ... eine Show ist das hier bestimmt nicht. Sehen Sie der Realität ins Auge.", säuselte er kalt.

Er deutete zu einer verschlossenen schweren Tür, die langsam aufgezogen wurde. Eine Frau in einem blutbesudelten Kleid trat ein. In der einen Hand ein großes Messer, in der anderen einen abgetrennten Kopf. Larissa schrie kurz erschrocken auf. Sie erkannte das Gesicht. Es war der Notar Dietmar Johansson. Blut tropfte aus dem Stumpf unterhalb des

Kinns. Die Frau warf den Schädel vor die Füße der jungen Mutter. Weit aufgerissene glasige Augen starrten sie an. Der Anblick war grauenhaft.

„Carlotta ist meine Assistentin und sie wird euch nun in mein Labor bringen.", sagte der Baron kalt und emotionslos.

„Dort werdet ihr dann auf eure große Aufgabe vorbereitet."

„Welche Aufgabe?"; fragte Larissa leise.

„Sterben!", erwiderte der dünne Mann und hob seine Waffe erneut und zielte auf Vincent.

„Nein!", schrie die junge Frau und stürmte auf Frankenstein zu. Der drückte ab. Ein Knall, ein Mündungsblitz und ein dumpfer Schlag trafen sie an der Stirn. Um Larissa herum wurde alles schwarz.

Sie öffnete die Augen. Ein leises Piepen im Hintergrund irritierte sie. Ein Schatten beugte sich über sie aber sie konnte keine klaren Strukturen erkennen. Wie aus weiter Ferne hörte sie eine Stimme sagen:

„Sie wacht auf! Rufen Sie den Arzt, sie wacht auf!" Ein weiterer Schatten erschien und leuchtete mit einer kleinen Stiftlampe in die Augen. Das Licht blendete sie und sie blinzelte.

„Frau Baumann, können Sie mich hören?", fragte eine männliche Stimme.

Es dauerte ein paar Minuten und der Blick wurde klarer, ebenso ihr Gehör. Dann ahnte sie, wo sie war.

„Wo bin ich?", fragte sie mit rauer Stimme.

„Sie sind im Krankenhaus, Frau Baumann. Sie hatten einen Unfall.", erwiderte der Mann. Er war Mitte vierzig, hatte einen Schnauzbart und trug eine Brille. Er fühlte den Puls und sah auf einen Bildschirm neben ihrem Bett.

„Was für einen Unfall? Und ... welche Klinik?", fragte sie.

„Sie wurden beim Überqueren der Straße von einem Auto erfasst und ins örtliche Krankenhaus gebracht. Sie haben einen Schutzengel gehabt. Außer einem gebrochenen Arm, ein paar Schürfwunden und einer Gehirnerschütterung ist Ihnen zum Glück nicht viel passiert.", erklärte der Arzt. Larissa war verwirrt. Sie erinnerte sich an das Gewölbe, an Baron Frankenstein und an den Schuss. Sie fasste sich an die Stirn, aber sie fühlte nichts. Keine Wunde, kein Verband, nur ein Pflaster an der Schläfe.

„Wie lange bin ich hier?"

„Sie waren vier Tage bewusstlos. Aber hier möchte Sie jemand sehen.", sagte er lächelnd und gab der Schwester ein Zeichen die Tür zu öffnen. Viviane, Vincent, Caro und Tom betraten das Krankenzimmer.

„Mama!", rief ihr kleiner Sohn und rannte auf sie zu. Er kletterte auf das Krankenbett und legte sich glücklich zu seiner Mutter. Sie nahm ihn in den Arm und küsste ihn. Sie war überglücklich Caro lebend zu sehen. *Nur ein böser Traum.*, dachte sie. Nachdem Viviane ihre Freude über das Erwachen Larissas kundgetan hatte, hob sie einen großen Umschlag, der schon geöffnet war. Ein eiskalter Schauer lief ihrem Rücken entlang.

„Vernichte das bitte. Ich will das Herrenhaus von Wilfried Stein nicht und sag Herrn Johannsson, das er die Bude abreißen lassen soll!", sagte Larissa. Viviane sah ihre Tochter erstaunt an.

„Woher weißt du ..."

„Das ist eine lange Geschichte, Mom und ich möchte darüber nicht reden. Und nein, wir fahren nicht nach Bad Harzburg, um uns die Bude anzuschauen. Ich will, dass das Haus dem Erdboden gleichgemacht wird!", sagte sie bestimmend. Viviane sah ihre Tochter ernst an.

„Herr Johansson kann nichts mehr anweisen. Seine Leiche wurde gestern gefunden. Er wurde ermordet.", sagte sie bedrückt.

„Was?", fragte Larissa geschockt.

„Auf dem Grundstück fand man seine Leiche und sein Auto stand ausgebrannt vor dem Haus.", ergänzte Viviane.

Es klopfte an der Zimmertür und ein älterer Arzt und eine Frau betraten das Krankenzimmer. Der hagere Mann lächelte. Larissa wurde blass.

„Schön dass sie wieder bei uns sind, Frau Baumann. Ich bin der Chefarzt dieser Station. Mein Name ist Professor Victor Frankenstein.", stellte er sich vor und deutete auf die Frau neben ihm.

„Und das ist meine Assistenzärztin Dr. Carlotta Martaler."

Ende

Königin der Wölfe

Das Pärchen hetzte durch den nächtlichen Wald. Ständig drehten sie sich um und schauten, ob der unheimliche Mann ihnen weiter folgte, aber es gelang nicht, ihn abzuschütteln. Erschöpft brach der Junge zusammen und schrie seiner Freundin hinterher:

„Lauf weiter Chrissy, hau ab!" Sie blieb dennoch stehen und drehte sich zu ihm um. Sie hatte Angst um ihn. Mit zügigen Schritten näherte sich der unheimliche Mann dem Jungen. Der zog ein langes Messer aus seiner Jacke, packte sein am Boden liegendes Opfer an den Haaren und setzte die Stichwaffe an seinem Hals an. Er beabsichtigte, ihn zu töten. Bisher war ihm niemand entkommen. Aus heiterem Himmel fing es überall an zu rascheln und unzählige gelbe Augen sahen in die Richtung der beiden. Sie waren umzingelt. Der unheimliche Mann ließ von seinem Opfer ab. In diesem Moment ertönte ein heulen und weitere Stimmen kamen hinzu. Die beiden begriffen, dass sie von einem Rudel Wölfe eingekreist wurden, und diese griffen an.

Zwei Polizisten sperrten den Fundort der Leiche ab. Die Kriminalpolizei sowie die Rechtsmedizin traf etwas später ein. Norbert Walter und sein jüngerer Kollege Mick Steffens erkundigten sich nach dem aktuellen Stand. Sie überließen vorerst der Spurensicherung den Vortritt und beobachteten das hektische Treiben. Zwei weitere Polizisten gesellten sich hinzu und brachten frischen Kaffee für ihre Kollegen mit.

„Schlimm wie das hier aussieht. Den hat es sehr übel erwischt.", sagte einer betroffen. Dann gab er Mick einen Pappbecher mit dem aufmunternden Heißgetränk.

„Ihrer schwarz, Herr Steffens." Dieser bedankte sich mit einem nicken.

„Inspektor Walter, Ihrer mit Milch." Er reichte dem Alten einen großen Becher. Die anderen verteilte er unter seinen Kollegen. Walter fragte den Rechtsmediziner.

„Was können Sie mir sagen?"

„Wir haben überall Wolfshaare gefunden. Der Tote wurde zwar von Wölfen angefallen, doch zerfetzt hat ihn etwas Größeres. Genaueres kann ich jedoch erst sagen, wenn ich das Gulasch ...äh ...die Reste untersucht habe. Eines kann ich schon versichern: Schwierigkeiten wird Ihnen der Waldschlitzer nicht mehr machen. Diesmal hat er seinen Meister gefunden." Er reichte Inspektor Walter ein Tütchen mit einem blutverschmierten Ausweis darin.

„Was macht Sie so sicher, dass er das tatsächlich ist?"

„In seiner Geldbörse war ein Fahrzeugschein und die Kollegen haben den überprüft. Der passende Wagen dazu wurde genutzt, um einen kleinen Pkw von der Straße abzudrängen. Die Jungs vor Ort haben die Skalps einiger seiner Opfer in dem Wagen gefunden. Die können wir bestimmt zuordnen."

„Und wo?"

„So ungefähr drei Kilometer von hier, oben an der Bundesstraße.", und deutete Richtung Norden.

„Was ist mit der Fahrerin oder dem Fahrer des Kleinwagens?"

„Keine Ahnung, aber waren wahrscheinlich zwei Personen in dem Wagen, da auf dem Armaturenbrett auf der Beifahrerseite Blut gefunden wurde. Ich werde da jetzt hinfahren, hier bin ich fertig."

„Okay, ich komme später nach.", brummelte Inspektor Walter und drehte sich zu seinem jüngeren Kollegen um. Er trank einen Schluck Kaffee aus dem großen Pappbecher und sagte:

„Da jagt man acht Jahre diesen Bastard und eine Horde Wölfe erntet die Lorbeeren. Nicht zu fassen."

„Naja, immerhin haben Sie den Fall vor Ihrer Rente gelöst."

„Danke für die Blumen. Das dauert noch ein Jahr."

„Ähm...laut Navi müssen wir dorthin.", wechselte Walters Kollege das Thema und zeigte nach Norden. Die beiden Polizisten folgten den Angaben des Programms auf dem Handy. Die Route führte quer durch den dichten Wald. Inspektor Walter empfand ein stärker werdendes Unbehagen. Ein Knacken ließ ihn hellhörig werden. Er und sein Kollege zogen ihre Waffen. Aus einem Busch lugte ein Wolfskopf. Gelbe Augen schauten aus schneeweißem Fell. Weitere Wölfe erschienen um die beiden herum. Inspektor Walter steckte seine Waffe wieder weg und riet seinem Kollegen dazu, seine ebenfalls wegzustecken.

„Einfach weitergehen.", sagte der Alte. „Die werden nicht angreifen. Wölfe sind scheu und werden nur aggressiv, wenn man sie reizt."

„Sind Sie sich sicher Herr Walter?"

„Das habe ich mal bei Wikipedia gelesen."

„Na das ist ja wirklich sehr beruhigend...", antwortete er und schüttelte mit dem Kopf. Zielstrebig schritten die beiden Männer weiter durch den Wald ihrem Ziel entgegen. Die Wölfe folgten ihnen in sicherem Abstand und beobachteten die Polizisten äußerst genau, zogen sich aber von einem zum anderen Moment zurück und verschwanden lautlos im Unterholz. Dreißig Minuten später erreichten sie die Fundstelle der Autos. Von den Wölfen fehlte jede Spur.

Mick Steffens sah sich das Fahrzeug der Opfer genauestens an. Das Heck und die Fahrerseite waren erheblich beschädigt. Er beabsichtigte seinen Kollegen auf eine Entdeckung hinzuweisen und erschrak. Leichenblass mit Schweiß auf der Stirn und zitternd stand Inspektor Walter an einen Baum gelehnt. Mick eilte zu ihm. Er tastete nach dem Puls seines Kollegen und der war auffallend flach.

„Brammann, rufen sie schnell einen Notarzt!", rief er.

„Herr Walter, machen Sie keinen Scheiß. Nicht abkacken jetzt!". Mick war besorgt um seinen älteren Kollegen.

„Ihre Wortwahl, wundervoll. Endlich werden Sie erwachsen, Steffens.", antwortete er leise, öffnete kurz die Augen und sackte dann zusammen. Er war scheinbar in einem Dämmerzustand gefallen und redete wirr. Mick verstand die Welt nicht mehr. Es war ihm unbegreiflich, dass dieser harte Knochen so vor ihm wegsackte. Der Rettungswagen und der Notarzt kamen zeitgleich an und kümmerten sich um den alten Mann.

„Das ist ja Norbert Walter.", stellte einer der Sanitäter fest.

„Was ist mit ihm? Er spricht wirres Zeug. Etwas von einem Unfall, irgendwelche Namen und so weiter.", berichtete Steffens dem Notarzt. Der sah ihn ernst an und nahm ihn nach der Erstversorgung seines Patienten zur Seite.

„Wissen Sie nicht, was Herr Walter erlebt hat?"

„Nein, er hat nie über sich gesprochen."

„Ok, als Arzt darf ich darüber eigentlich nicht sprechen, aber als sein Freund und Ziehsohn sehe ich das etwas anders. Er hat oft von Ihnen gesprochen und sieht auch sie wie einen Sohn. Er vertraut Ihnen." Norbert Walter hat ihn immer wieder aus schwierigen Situationen herausgehauen. Selbst privat hatten sie ein fast freundschaftliches Verhältnis. Das wurde ihm aber erst in diesem Moment ernsthaft bewusst. Einer der Sanitäter trat an den Mediziner heran und erklärte ihm, dass sie den Inspektor jetzt ins Krankenhaus transportieren. Der nickte und sagte:

„Ich komme gleich nach. Lassen Sie ihn gleich in die Kardiologie bringen, zur Überwachung."

„Was ist mit ihm? Ist es schlimm?", fragte Steffens erneut.

„Eher nicht. Er hatte einen Kreislaufzusammenbruch, aber er ist zäh.", sagte der Notarzt und klopfte dem Inspektor auf die Schulter.

„Er wird schon wieder. Aber nun weiter im Text. Der Auslöser dafür war wahrscheinlich der Anblick der Autos hier. Hinzu kommt, dass die Insassen vermisst werden."

„Aber sowas ist doch in unserem Job schon Routine."

„Nicht an diesem Ort." Der Notarzt holte tief Luft und fuhr fort.

„Genau an dieser Stelle wurde vor zwanzig Jahren der Wagen seines Sohnes und seiner Schwiegertochter von der Straße abgedrängt. Der Wagen zerschellte an dem Baum dort." Er zeigte auf die riesige Eiche, an dem er Norbert Walter angelehnt vorgefunden hat.

„Der Wagen ging vermutlich sofort in Flammen auf und alle darin sind bis zur Unkenntlichkeit verbrannt." Mick wurde blass. Die Erzählung des Arztes schockte ihn zutiefst.

„Wer...alle?", fragte er zaghaft.

„Walters jüngere Töchter. Sie waren auf dem Weg an die Ostsee. Sie wollten nach Laboe." Der Arzt schwieg einen Moment. Dann erzählte er mit zitternder Stimme weiter. Mick merkte dem Mediziner an, dass ihn das Thema aufwühlte. Es riss alte Wunden in ihm auf.

„Von Jana und Lisa fand man nichts mehr. Bis auf einen Unterschenkelknochen war von Jana alles verbrannt. Sie war meine Verlobte." Er schluchzte und rang nach Fassung, aber genau die verließ ihn jetzt. Er weinte. Die Erinnerungen wühlten ihn auf.

Mick fühlte sich hilflos. Die Geschichte nahm ihn mit und jetzt verstand er, weshalb sein Kollege zusammengebrochen war. Er half dem Mediziner auf und begleitete ihn zu seinem Wagen, einen schwarzen, aufgemotzten Jeep Cherokee mit einem Leuchtbalken in der Heckscheibe, in dem in roter Schrift ‚Notarzt' leuchtete. Das Blaulicht auf dem Dach blinkte.

„Setzen Sie sich rein, ich fahre Sie zum Krankenhaus.", sagte Mick.

Das Pärchen saß in der Ecke einer Höhle unterhalb des Waldes. Sie waren umgeben von zwanzig Wölfen. Die Wildtiere bewachten die beiden jungen Leute und waren ihnen gegenüber nicht aggressiv. Nein. Sie akzeptierten es sogar, dass die Wolfswelpen sich mit dem Pärchen beschäftigten. Normalerweise besteht ein Rudel aus fünf bis zehn Tieren, aber hier verhielt es sich anders. Diese hier waren den Menschen gegenüber sogar zugänglich und zutraulich. Das kam Chrissy merkwürdig vor. Letzten Endes war sie diesen Tieren dankbar für ihre Rettung vor dem irren Killer. Zu ihren Füßen brannte ein kleines Feuer in einer Metallschale, welches die Höhle ein wenig beleuchtete. Ein Wolfsjunges kletterte auf den Schoß der im Schneidersitz sitzenden jungen Frau und kuschelte sich an sie. Ihr war nicht ganz wohl dabei. Sie hatte Bammel vor der Reaktion des Muttertiers.

„Du brauchst keine Angst haben, Chrissy. Sie werden dir nichts antun.", sprach eine leise weibliche Stimme zu ihr. Aus dem Schatten trat eine junge blonde Frau hervor. War es eine Sinnestäuschung oder leuchteten ihre Augen gelblich auf? Chrissy war sich nicht sicher, aber meinte es gesehen zu haben. Ihr Freund Kevin saß fasziniert da und war mit einem der älteren Wölfe beschäftigt.

„Bei uns seid ihr sicher.", fuhr die Frau fort.

„Sie greifen nur böse Menschen an." Sie sah Chrissy direkt an, als würde sie das Mädchen scannen. Der Wolfswelpe auf ihrem Schoß stupste mit der Nase an ihr Kinn und leckte daran.

„Er mag dich.", sagte die blonde Frau und lächelte. Sie stocherte mit einem trockenen Zweig im Feuer herum.

„Hast du dir jemals Gedanken darüber gemacht woher du kommst Chrissy?", fragte sie das Mädchen mit ernstem Blick. Ihr war nicht wohl bei der Frage.

Mick Steffens stand vorm Haupteingang der Klinik und rauchte eine Zigarette. Er zog an dem Glimmstängel und dachte über Norbert Walter nach. Er sorgte sich um ihn. Die Schiebetür öffnete sich und der Notarzt kam mit zwei Bechern Kaffee heraus. Er gab Mick einen, der sich bedankte.

"Wie geht es ihm?", fragte er.

"Es war ein Kreislaufkollaps, wie ich es vermutet hatte. Wir behalten ihn die nächsten zwei bis drei Tage zur Beobachtung hier. Momentan schläft er.", antwortete der Arzt und trank einen Schluck Kaffee.

„Übrigens Danke, dass Sie mich hergefahren haben.", sagte er.

„Keine Ursache.", erwiderte der Kommissar. Es kam ihm etwas komisch vor, dass er so schnell wieder fit war. Der Notarzt starrte in seinen Becher.

„Wissen Sie, Jana war schwanger. Wir hatten uns auf das Kind gefreut, obwohl wir beide erst siebzehn waren.", sagte er. Dann schwieg er eine Weile. Über Funk wurde er angerufen. Nach einem kurzen Gespräch gab er Mick die Hand und verabschiedete sich.

„Ich muss leider los. Ein neuer Einsatz. Wir sehen uns.", sagte er und war im nächsten Augenblick schon in der Klinik verschwunden. Der Kommissar zog sein Handy aus der Innentasche seiner Jacke und rief einen Kollegen an, damit der ihn zu seinem Auto brachte. Außerdem beschloss er, sich nochmal im Wald umzusehen.

Norbert Walter wachte auf. Draußen war es dunkel und ein gedämpftes Licht erhellte den Raum spärlich. Orientierungslos sah er sich um. Nach ein paar Minuten kamen die Erinnerungen zurück. Er realisierte, dass er in einem Krankenzimmer lag. Kabel waren mit Saugnäpfen an ihm befestigt. Er setzte sich auf und sah dieses schreckliche Nothemdchen, die er von jeher hasste. Das Gepiepe der Überwachungsgeräte nervte ihn und er zupfte sich die Kabel ab, schlurfte zu dem Schrank am anderen Ende des Zimmers und zog sich seine darin verstaute Kleidung an. *Wo ist meine Waffe?*, stellte er sich selbst die Frage. Beim Durchsuchen seiner Jackentaschen fand er sein Handy. Er rief seinen Kollegen Mick Steffens an. Nach dem vierten Klingeln nahm der das Gespräch an. Es war das erste Mal, dass er ihn duzte.

„Du musst mich hier abholen. Und eine Frage: hast du meine Waffe mitgenommen?" Der Inspektor war erstaunt, dass sein Kollege schon wieder auf den Beinen war.

„Nein, deine Waffe habe ich nicht. Und...wie kommt es, dass du schon wieder oben auf bist?"

„Stell bitte keine Fragen und hol mich ab. Beeile dich, die Zeit drängt.", dann legte der Inspektor auf. Es zog ihn zurück in den Wald. Ein innerer Drang erfasste ihn. Bevor er die Zimmertür erreichte, wurde sie von außen aufgestoßen. Ein Arzt und zwei Schwestern stürmten rein und sahen sich verwundert um.

„Hab ich was verpasst? Ist etwas passiert?", fragte Norbert Walter erstaunt.

„Herr Walter, wieso liegen Sie nicht in ihrem Bett?", stellte der Arzt die Gegenfrage.

„Weil ich daneben stehe und dieses Zimmer jetzt verlassen werde.", gab er zurück.

„Aber das geht doch nicht."

„Aber Hallo, und ob das geht. Und nur zu Ihrer Info, dieses Krankenhaus werde ich jetzt auch verlassen." Der Arzt sah ihn ungläubig an und rief über das Telefon einen Pfleger.

„Wie niedlich. Wollen Sie etwa versuchen mich aufzuhalten? Dann mal viel Vergnügen!" Das Handy des Inspektors klingelte. Es war Mick.

„Mick, kannst du mal kurz raufkommen, ich glaube der Onkel Doktor schreit nach einen Satz heißer Ohren." Vor dem Zimmer war ein dumpfer Knall zu hören. Einen Augenblick später flog eine befüllte Spritze durch den Raum und blieb in der Brust des Arztes stecken. Durch den entstandenen Unterdruck entleerte sich die Einmalspritze auf der Stelle. Der Mediziner riss nach Luft, fasste sich an seinen Hals, verdrehte die Augen und kippte wie eine gefällte Eiche nach vorn. Er schlug mit dem Gesicht auf und Blut verteilte sich schnell auf dem Boden. Eine der Schwestern war leichenblass und kippte ohnmächtig um. Die andere hockte sich hin und tastete bei dem Arzt nach dem Puls. Sie schaute auf und schüttelte den Kopf. Mick betrat mit gezogener Pistole den Raum.

„Mick, sieh mal! Du hast ihn kaputt gemacht!", murmelte er grinsend.

„Der Onkel Doktor wollte dich in die ewigen Jagdgründe schicken. In der Spritze war ein Herzmedikament, welches dich überdosiert sofort gehimmelt hätte."

„Woher wusstest du das?", fragte Norbert entsetzt.

„Bevor ich Polizist wurde, hatte ich ein paar Semester Medizin studiert. War aber nicht so mein Ding. Der Pfleger hatte das Zeug vor dem Zimmer aufgezogen."

„Und wo ist der jetzt?"

„Macht Mittagsschlaf." Antwortete Mick. Bevor die zwei Polizisten das Zimmer verließen, legten sie den beiden Schwestern und dem Pfleger Handschellen an und setzten sie an dem toten Arzt sowie am Bett fest. Sie forderten drei Streifenwagen an, damit sie das Pflegepersonal einbuchteten.

„Ich wusste ja gar nicht, dass du so aggro sein kannst und ... warum hast du die Todespussys an den Arzt gekettet?", fragte Norbert seinen Kollegen.

„Naja, mit dem Bett können die unauffällig aus dem Zimmer verschwinden. Mit dem Toten am Ende der Reihe dürfte es etwas schwieriger sein kein Aufsehen zu erregen.", gab er frech grinsend zurück.

„Außerdem wusste ich nicht, dass du so locker sein kannst, Opa.", fügte er hinzu.

„Ich bin Opa? Hab ich was verpasst?"

Zusammen verließen sie das Krankenhaus.

Eine Stunde später.

Sie erreichten die Stelle, wo der Kleinwagen entdeckt wurde. Sie hörten das Grollen eines stark motorisierten Autos und dann folgte der Aufschlag. Der Volvo S80 hatte dem Aufprall des schweren Geländewagens nichts entgegenzusetzen. Wie eine Pappschachtel wurde er zusammengedrückt und gegen einen der Bäume geschoben. Die durchdrehenden Räder des Offroadfahrzeugs qualmten, während er den Volvo immer weiter in das Holzgewächs drückte. Mick lag bewusstlos mit dem Gesicht im Fahrerairbag. Norbert griff seinem Kollegen unter die Jacke und zog dessen Pistole aus dem Schulterholster. Er lud sie durch, entsicherte sie und schoss durch das geborstene Heckfenster auf den Fahrer des aufgemotzten Jeep Cherokee. Die Räder standen schlagartig still und der Motor erstarb. Nur das Zischen entweichenden Dampfs aus den gerissenen Kühlerschläuchen war zu hören, ansonsten Stille. Mick kam wieder zu sich und Norbert verließ das Wrack der schwedischen Limousine. Er schaute in das Innere des Geländewagens. Er war leer. Der Fahrer hatte das Fahrzeug verlassen. Es war stockfinster und er konnte nichts sehen. Dann hörte er hinter sich das Klacken des Spannhahns einer Pistole. Inspektor Walters Augen hatten sich an die Lichtverhältnisse gewöhnt und er konnte wieder einiges erkennen. Mick hatte inzwischen das Auto verlassen, versteckte sich aber, um die Szenerie zu beobachten.

„Es wäre besser für dich gelaufen, wenn du im Krankenhaus geblieben wärst, alter Mann.", sagte eine eiskalte Männerstimme, die Norbert bekannt vorkam.

„Kommissar Steffens, kommen Sie doch her und leisten sie uns Gesellschaft." Es war ihm nicht entgangen, dass Mick noch lebte und den Wagen verlassen hatte. Widerwillig folgte der den Anweisungen des Mannes.

„Und du, alter Greis, wirf die Waffe weg." Um seine Forderung zu unterstreichen, schoss er. Laub flog hoch, als die Kugel einen halben Meter vor den Füßen des Inspektors einschlug. Er warf die Waffe weg. Er sah sich und seinen Kollegen schon tot am Straßenrand liegen.

„Damit kommst du nicht durch, Hendrik.", sagte er.

„Klappte bisher ganz gut und wird sich auch jetzt nicht ändern. Und nun, kniet euch hin!" Die beiden Polizisten kamen dem nach.

„Warum Hendrik? Was soll das?", fragte der alte Mann.

„Ich habe die Akte über den Vorfall damals angefordert, als der Kollege mich vom Krankenhaus abholen sollte. Dieser...Notarzt war der Fahrer, der deine Familie auf dem Gewissen hat. Dieser Wagen ist das Tatfahrzeug von damals.", sagte Mick.

„Wie fühlt man sich denn so als Mörder des Mädchens, dass Sie ja angeblich so geliebt haben? Und...warum die anderen?"

„Kollateralschaden!", antwortete er kalt und fuhr fort. Norbert war erneut leichenblass und geschockt.

„Aber ... warum? Ich verstehe das nicht.", stammelte er mit Tränen in den Augen.

Hendrik schaute amüsiert zu dem Inspektor herunter. Er sah keinen harten Polizisten mehr, sondern einen gebrochenen alten Mann. Es schien dem Notarzt Freude zu bereiten den Kriminalbeamten zu quälen.

„Jana wollte mich verlassen. Sie hatte mich abserviert. Das konnte ich mir doch nicht gefallen lassen.", sagte er kalt. „Also drängte ich den Wagen ab. Tröste dich, dein Sohn war sofort tot. Ich überschüttete den Wagen mit Benzin und das Schicksal spielte mir zu. Ein Kurzschluss im Motorraum entzündete den auslaufenden Treibstoff." Sein irres Lachen machte den alten Mann rasend vor Wut. Er wuchs über sich hinaus und sprang auf den Mörder seiner Kinder zu und wollte ihn erwürgen, doch Hendrik wich dem Sprung aus und schlug Norbert nieder.

„Netter Versuch, alter Mann. Nun ist es Zeit abzutreten.", gab er mit einem irren Kichern von sich. Er hob die Pistole und setzte sie dem alten Polizisten zwischen den Augen auf. Er spannte den Hahn und er genoss seine Überlegenheit. Aus der Ferne ertönte Martinshorn, welches sich langsam näherte.

„Ah, die Kavallerie. Dumm nur, dass die zu spät hier sein wird."

Leises, zunehmendes Rascheln lockerte die Stille im Unterholz auf. Der Wald schien zum Leben zu erwachen. Unzählige gelbe Augen unterbrachen die Dunkelheit. Auf einem kleinen Hügel erschien die Silhouette einer Frau. Der hinter ihr am Nachthimmel stehende Vollmond sorgte für ein gespenstisches Bild. Ihre Augen leuchteten bernsteinfarben auf und um die zwanzig Wölfe kamen hinter dem Hügel hervor. Sie verteilten sich unter den anderen. Sie umzingelten die drei Männer. Mick rutschte das Herz in die Hose. Er sah innerlich sein Leben dem Ende zugehen und schloss die Augen. Norbert ließ das kalt. Ihm war jetzt alles egal. Zwei Wölfe sprangen den Polizisten in den Rücken, schleuderten sie zu Boden und nutzten sie als Sprungbrett. Hendrik schoss, aber er traf nur einen Baum. Die Wölfe fielen über ihn her. Seine Schreie hallten durch den Wald. Nach ein paar Minuten war alles vorbei. Der Notarzt existierte nicht mehr. Mick hob den Kopf und erkannte, dass die Wölfe sich zurückzogen. Er sah die Frau vom Hügel, wie sie Norbert aufhalf. Eine Zweite half ihm auf die Beine. Ihre Augen leuchteten ebenfalls und ihr Gesicht war blutverschmiert. Sie lächelte Mick an. Teils war er angewidert von dem Anblick des Mädchens, teils fasziniert.

„Hallo Vater.", begrüßte die Frau vom Hügel den alten Mann und umarmte ihn. Stocksteif stand er da, zu keiner Bewegung fähig. Er wusste nicht, wie er reagieren sollte. Seine Gefühle fuhren in diesem Augenblick Achterbahn. Er schaute in ihre bernsteinfarbenen Augen. Er schätzte die Frau auf fünfundzwanzig .

„Lisa?", flüsterte er fragend.

Sie schluchzte und nickte. Sie fielen sich in die Arme. Sie drückten sich so fest, dass beide kaum mehr Luft bekamen. Norbert blühte förmlich auf. Mick war gerührt von der Szene, die sich ihm da bot. Er spürte eine Hand auf seiner Schulter. Die Jüngere lächelte ihn an. Sie hatte in der Zwischenzeit ihr Gesicht gesäubert. Von dem Blut war nichts mehr zu sehen.

„Was ist damals passiert? Wo ist Jana?", Norbert hatte Fragen über Fragen. Lisa holte tief Luft und berichtete den beiden Männern von der Nacht vor zwanzig Jahren.

„Wir wurden bei dem Aufprall an dem Baum aus dem Auto geschleudert. Eine alte Frau und ihr Wolfsrudel fanden uns und brachten uns in Sicherheit. Jana war schwer verletzt. Ihr linker Unterschenkel war abgerissen. Die Frau pflegte sie, so gut sie konnte gesund. Wenig später bekam Jana ihr Kind. Sie selbst starb bei der Geburt.", sie unterbrach kurz und fuhr fort.

„Maria zog mich liebevoll groß. Vor acht Jahren starb auch sie."

„Was passierte mit Janas Kind?", fragte er sie.

„Maria hatte es bei einer Familie, die sie von früher her kannte, abgegeben. Sie wuchs dort gut behütet auf und entwickelte sich prächtig."

„Kannst du mir sagen, wo sie lebt? Ich würde mein Enkelkind gerne kennenlernen."

„Ja, kann ich.", antwortete sie lächelnd.

„Sie steht hinter dir." Norbert drehte sich um und erst jetzt bemerkte er das Mädchen. Es lächelte ihn an. Freudentränen rannen über ihre Wangen.

„Hallo Großvater. Ich bin Chrissy.", sie umarmte ihn liebevoll. Er erwiderte diese Geste. Mick drehte sich um und starrte zum Mond. Er dachte über das Geschehene nach. Schritte näherten sich von hinten. Es war Lisa.

„Danke, dass du dich gestern um Vater gekümmert hast.", sagte sie.

„Naja, es war meine Pflicht als sein Kollege...und Freund.", gab er zurück. Sie nahm seine Hand und führte ihn zu Chrissy und Norbert.

„Dann können wir ja jetzt alle zurück nach Hause.", meinte der überaus glückliche Inspektor.

„Wir sind hier zu Hause.", äußerte sich Lisa.

„Für uns Lykaner ist in der Gesellschaft kein Platz. Außerdem hat Chrissy das Erbe von Mutter angenommen."

„Ich verstehe nicht, was für ein Erbe?"

„Maria war Mutters Zwillingsschwester. Chrissy ist jetzt die Königin der Wölfe." Mick mischte sich ein.

„Vielleicht wäre jetzt aber auch ein guter Zeitpunkt mit altem Aberglauben aufzuräumen und endlich eine neue Ära einzuläuten."

„Du gefällst mir immer besser.", flüsterte Lisa dem Kommissar ins Ohr. Sie lächelte ihn an. Ihre Blicke trafen sich.

„Du hast doch hoffentlich keine Wolfshaarallergie?", flüsterte sie ihm fragend ins Ohr.

„Och ... da gibt es doch bestimmt auch was von Ratiopharm.", erwiderte er lachend.

Norbert räusperte sich.

„Vorsichtig, junger Mann. Das ist meine Tochter. Da musst du erstmal an mir vorbei."

„Ok, Bier vom Fass?", antwortete Mick frech grinsend.

ENDE

WER ZWEIMAL STIRBT, DEM TRAUT MAN NICHT!

Die Party war in vollem Gange. Ausgelassen wurde der Geburtstag von Vivian Lane gefeiert und bereits vor Mitternacht verteilten sich die ersten Schnapsleichen in der Penthousewohnung des Geburtstagskindes.

Vivian Lane war eine karriereorientierte Geschäftsfrau, die um ihre Ziele zu erreichen, auch gerne mal unkonventionelle Wege ging. Sie hatte viele Neider, sogar in den eigenen Reihen unter ihren Kollegen. Aber das ließ sie kalt. Offiziell wagte es niemand, sich mit ihr anzulegen. Hinter ihrem Rücken jedoch, versuchten einige der Mitarbeiter in der Firma sie aus dem Betrieb zu entfernen. Dafür waren ihnen sämtliche Intrigen recht. Allerdings scheiterte bis jetzt jede, da sie über jedes Vorgehen und somit auch über ihre Kollegen bestens informiert war. Vivian war ihnen stets eine Nasenlänge voraus. Steven Champs war der unliebsamste von allen. Seine scheinheilige Art widerte die Geschäftsfrau an. Die Mittvierzigerin sah unverbraucht und jugendlich aus. Sie war eine der hübschesten Frauen in der Firma und das wusste sie. Diesen Vorteil nutzte sie für sich aus. Sie hatte schon lange erkannt, dass Steven Champs scharf auf sie war. Der Einladung zu ihrer Geburtstagsparty kam er nur zu gerne nach, denn er erhoffte sich ein One-Night-Stand mit der selbstsicheren Blondine. Als Vivian Lane auf die Dachterrasse ging folgte er ihr. Mit zwei gefüllten Champagnergläsern stand er kurz darauf neben ihr.

„Hi Vivian. Schöne Party.", begann er eine Konversation mit der Karrierefrau. Sie drehte sich zu ihm um, sah die Gläser und nahm eines davon. Sie lächelte.

„Danke, Steven." Obwohl sie ihn nicht wirklich mochte, machte sie eine gute Miene zum bösen Spiel.

Sie unterhielten sich das erste Mal seit ihrer gemeinsamen Zeit in der Firma rein privat und Vivian hätte es nicht für möglich gehalten, dass er so charmant und nett sein konnte. Die attraktive Frau war überrascht. So kannte sie ihn gar nicht. Steven war seinerseits ebenso überrascht. Es beruhte sich auf Gegenseitigkeit. Beide erkannten, dass ihre Unnahbarkeit eher eine Schutzfunktion war. Ein markerschütternder gellender Schrei zerriss die Atmosphäre. Er kam aus ihrer Wohnung. Sie ließen die Champagnergläser fallen und stürmten hinein. Paul Weller, ein langjähriger Freund Vivians kam leichenblass aus dem Bad.

„Ruft einen Notarzt!", stammelte er. Steven schob die anderen Gäste bei Seite und kam wenige Augenblicke später mit kalkbleichem Gesicht wieder aus dem Badezimmer.

„Ein Notarzt kann da nicht mehr helfen ...", murmelte er. Vivian wollte gerade hinein, aber Steven hielt sie zurück.

„Tu es nicht. Den Anblick wirst du nie wieder los.", sagte er und hielt die Frau sanft fest.

„Was ist denn passiert?"

„Es ist Kendra ... sie ist ... tot.", antwortete er krächzend.

Eine Stunde später

Die Stimmung war im Keller, das Entsetzen groß. Keiner konnte das Schreckliche fassen, was kurz zuvor passiert war. In der Zwischenzeit traf die Polizei ein und befragte die Gäste. Zwei Männer der Rechtsmedizin trugen die Leiche auf einer Trage aus der Penthousewohnung. Das ursprünglich weiße Laken, mit dem Kendra abgedeckt wurde, war mit großen Blutflecken durchtränkt, die feucht schimmerten. Die sonst so coole Vivian stand am Rande eines Nervenzusammenbruchs. Steven kümmerte sich um die verstörte Frau. Sie schluchzte betroffen, als man die Tote aus der Wohnung brachte.

„Wer tut sowas? Kendra war doch noch so jung ...", äußerte sie weinend.

Die junge Frau hatte erst vor ein paar Wochen ihren Job als Sekretärin in Vivians Büro angetreten und war bei allen Kollegen sehr beliebt. Stets freundlich, hilfsbereit und zuverlässig hatte sie ihre Arbeit verrichtet. Vivian und Kendra hatten auch privat viel Kontakt und waren ziemlich schnell gute Freundinnen geworden. Der Tod des Mädchens traf sie tief.

„Miss Lane, ich bin Chief Inspector Jerry Ford vom Yard. Ich würde Ihnen gerne ein paar Fragen stellen.", stellte sich der leitende Ermittler vor und reichte ihr die Hand. Vivian wischte sich mit einem Taschentuch die Tränen aus dem Gesicht. Ihre verlaufende Schminke umrandete ihre Augen wie die eines Pandas. Sie nickte stumm.

„Scotland Yard?", fragte Steven Champs überrascht. Ohne weiter darauf einzugehen, stellte Inspektor Ford seine erste Frage.

„Haben Sie eine Erklärung für das Ableben der Dame?" Vivians schüttelte den Kopf.

„Ich war mit Mr. Champs auf der Terrasse, als wir durch einen ohrenbetäubenden Schrei alarmiert wurden. Da war Kendra schon ... tot."

„Wie gut kannten Sie sie?"

„Sie war meine Freundin, wie alle meine Gäste hier." Sie sah den Polizisten an.

„Wer tut sowas?"

„Das wollte ich eigentlich von Ihnen wissen.", erwiderte er. Einer seiner Kollegen kam zu ihm und flüsterte dem Chief-Inspektor etwas ins Ohr.

„Was?" Er sah den Streifenpolizisten entgeistert an.

„Sind Sie sich da sicher?", fragte er erstaunt. Der Polizist nickte seinem Vorgesetzten zu.

„Verdammt!", fluchte er. Vivian und Steven sahen sich an und wandten sich wieder dem Inspektor zu.

„Was ... ist ..." Die Frau wagte es sich nicht die Frage zu Ende zu stellen. Jerry Ford räusperte sich und sah Vivian ernst an.

„Glauben Sie an Werwölfe, Vampire und andere ... Wesen, Miss Lane?", fragte er und verzog keine Miene. Sie sah dem Chief-Inspektor an, dass er die Frage ernst meinte.

„So ein Quatsch!", erwiderte sie schroff.

Verärgert verzog sie ihr Gesicht. Sie hatte den Verdacht, dass der Polizist sie auf den Arm nehmen wollte.

„Wie kommen Sie eigentlich auf eine so dämliche Frage?"

„Nun, so dämlich ist die Frage gar nicht, Miss Lane. Der Gerichtsmediziner hat festgestellt, dass die Wunden nicht von einem Menschen stammen, dass das Blut welches Sie hier sehen können tatsächlich alles von Ihrer Freundin stammt."

„Ja, bei der Menge ..." Vivian wurde blass und übel, als sie zum Bad sah und die dunkelroten Pfützen erneut erblickte.

„In ihrem Körper befand sich kein Tropfen mehr davon. Sie war praktisch blutleer."

„Aber ..."

„Darüber hinaus entspricht die Menge hier höchstens einem Liter."

Vivian schüttelte ungläubig den Kopf. Sie war mit dem Ganzen völlig überfordert.

Ford zog das Handy aus der Innentasche seines Mantels.

„Ich sehe schon das wir hier nicht weiter kommen. Ich werde einen Experten zu Rate ziehen, der sich mit solchen Fällen auskennt.", murmelte er und wählte eine Nummer.

Zwei Tage später, Forensik des Metropolitan-Police-Departments
Chief Inspector Jerry Ford wartete im Foyer des Polizeireviers auf den angekündigten Spezialisten für schräge Fälle, wie er die Ermittler paranormaler Begebenheiten immer scherzhaft nannte. Nervös schaute er auf seine Armbanduhr.

„Wo bleibt er denn, zum Teufel noch eins!", fluchte er leise vor sich hin. Seit einer geschlagenen Stunde tigerte Ford durchs Foyer des Gebäudes.

„So viel zur deutschen Pünktlichkeit!", knurrte er und blickte erneut auf seine Uhr.

„So viel zur britischen Ungeduld!", erwiderte eine Stimme hinter ihm. Ford drehte sich langsam um und sah in die fast schwarzen Augen einer dunkelhäutigen Frau, die ihn breit angrinste. Er musterte sie von oben bis unten.

„Wow ...", krächzte er. Er hatte mit allem gerechnet, aber nicht mit einer dunklen Schönheit. Sie sah für ihn nicht aus, wie eine Spezialistin für Paranormales, eher wie ein Model für Bademode. In dialektfreiem englisch sagte sie mit amüsiertem Unterton:

„Sie müssen Chief Inspector Jerry Ford sein, liege ich da richtig?" Ihre Stimme hörte sich für den Polizisten wie die eines Engels an. Er hatte zwar noch nie einen Seraph sprechen hören, aber genau so stellte er sich den Klang vor. Er rieb sich die Augen und sein Verstand signalisierte ihm *Vorsicht: Fettnäpfchen!* Aber die Warnung kam zu spät.

Sie beugte sich ein wenig vor und flüsterte ihm sanft ins Ohr, wobei er ihren heißen Atem spürte.

„Junger Mann, da Sie mich ja mit Ihren Augen bereits ausgezogen haben: Meine Unterwäsche würde ich gerne anbehalten. Außerdem nehme ich meistens ab vier Minuten Anstarren Geld."

Mission Fettnäpfchen erfolgreich beendet., dachte er und wurde rot. Er wich zwei Schritte zurück und reichte der jungen Frau die Hand.

Jetzt bloß nicht noch mehr verkacken!, ermahnte er sich selbst.

„Äh ... ich bin Chief Inspector und bin Jerry Ford, hier beim Yard." Die Frau lächelte belustigt.

„Ok, bevor wir hier weitermachen, schlage ich vor, wir gehen erstmal einen Kaffee trinken.", sagte sie.

Oh man, zweimal in unter einer Minute. Mein persönlicher Rekord! Er nickte und zeigte Richtung des Flures, der zu seinem Dienstzimmer führte. Er ging vorweg und sein Gast folgte ihm.

Im Büro angekommen steuerte er flugs den kleinen Beistelltisch an, auf dem die Edelstahlkanne mit dem frischgebrühten Heißgetränk stand. Er füllte zwei Becher.

„Wie trinken Sie Ihren?", fragte er.

„Mit Milch. Aber bitte nicht umrühren, ich mag keine Milch im Kaffee.", erwiderte sie schelmisch. Er kam ihrem Wunsch nach und als sie in den Becher schaute und sah, wie sich die Milch langsam verteilte, lachte sie.

116

Verdammt! Jetzt komme ich ins Guinness-Buch der Rekorde für den dämlichsten Sheriff Europas!, schoss es Jerry durch den Kopf. Der Frau fiel Jerrys Verlegenheit auf und sie wollte ihn von seinem Leiden erlösen.

„Entschuldigen Sie, aber ... wir sollten uns jetzt mal anschauen, weswegen Sie mich angefordert haben.", sagte sie, um von seinen Pannen abzulenken.

„Weshalb glauben Sie, dass dieser Fall etwas für einen Dämonenjäger ist?"

Jerry war erleichtert. Er räusperte sich und erzählte, was er bei seinem letzten Einsatz für Entdeckungen gemacht hat. Er zeigte ihr die Fotos vom Tatort.

„Mir kann niemand erzählen, dass ein Mensch zu so etwas in der Lage ist, es sei denn, er ist absolut wahnsinnig und trinkt Blut. Das Opfer war regelrecht zerfetzt, aber laut dem Gerichtsmediziner war es höchstens ein Liter, der am Tatort vorhanden war. Und dieses ... Ding hat weniger als zehn Minuten für dieses ... Massaker benötigt." Der Chief Inspector sah beim Anblick der Bilder betroffen zu Boden. Auf den Fotos war die Leiche zwar nicht zu sehen, weil sie sich schon auf dem Transport zur Pathologie befand, aber er erinnerte sich an das, was von ihr übrig geblieben war.

„Mr. Ford, haben Sie schon mal von Vampiren, Werwölfen und so gehört?", fragte die Frau den Polizisten.

„Außer die aus dem Kino? Nein. Jedenfalls ist mir bis jetzt nie so etwas über den Weg gelaufen. Geistererscheinungen, ja. Aber Vampire und so sind doch nur ein Mythos!", erwiderte er.

„Nicht ganz. Dracula ist eine Legende, zumindest wie er im Film dargestellt wurde. Aber ob Vampir oder Werwolf, in beiden Fällen würden Sie entweder einer von denen oder sind bereits bei ihrer ersten Begegnung tot."

Jerry Ford reagierte mit einer hochgezogenen Augenbraue.

„Wie auch immer. Lassen Sie uns mal zum Kühlschrank.", sagte er, nahm seine Jacke von der Stuhllehne und verließ mit der Frau das Büro.

„Kühlschrank ... welch eine charmante Umschreibung.", unkte sie. Nach ein paar Minuten hatten sie das Kellergeschoss erreicht. Der Gerichtsmediziner begrüßte die beiden, öffnete das Kühlfach und zog die Edelstahlwanne mit der Leiche aus dem Fach.

„Sie hatten Recht, Mr. Ford. Es war kein Mensch, der der jungen Frau das angetan hat. Was auch immer das war, es hatte ein Gebiss, welches allein von der Größe her weit von dem eines Menschen entfernt war. Ich vermute mal ..." Er zog das Laken weg und legte den verstümmelten Körper frei.

„... ein großes Raubtier!", vollendete er seinen Satz. Die Frau wich erschrocken drei Schritte zurück, verharrte trotz ihrer dunklen Hautfarbe ungewöhnlich blass an der Stelle und ging dann etwas wackelig auf den Beinen an die Leiche heran. Sie streichelte der Toten mit der Hand über die Wange. Der Gerichtsmediziner und Chief Inspector Ford sahen sich irritiert an. Jerry sah Tränen in den Augen der jungen Frau und ergriff das Wort.

„Kannten Sie das Mädchen?", fragte er leise. Ohne ihn anzusehen, nickte sie. Sie wischte sich mit dem Blusenärmel die Tränen aus dem Gesicht und sah den Polizisten mit rot unterlaufenen Augen an.

„Das ist Kendra, meine kleine Schwester." Von einem Augenblick zum anderen veränderte sich ihr sanftmütiges Antlitz in das eiskalte verhasste Gesicht einer Bestie. Anders konnte er sie in dem Moment nicht beschreiben. Da er nicht wusste, wie sie reagieren würde, schwieg er andächtig. Nach zwei Minuten der Stille fragte er sie zaghaft:

„Wer sind Sie?" Erneut veränderten sich ihre Gesichtszüge zu dem einer trauernden Frau.

„Mein Name ist Khan, Mandip Khan.", krächzte sie. Sie hielt noch ein paar Minuten die eiskalte Hand ihrer toten Schwester, dann nahm sie das Lacken und deckte sie wieder zu. Mit schweren Schritten verließ sie schweigend den Obduktionsraum. Jerry folgte ihr und legte sanft seine Hand auf ihre Schulter. Für ihn völlig unerwartet drehte Mandip sich um und vergrub ihr Gesicht weinend an seine Brust. Der Schock saß bei ihr tief.

30 Minuten später ...

Wieder im Büro angekommen reichte Jerry Mandip sofort einen Kaffee. Ihm tat die junge Frau leid. Hätte er vorher gewusst, dass die Tote ihre Schwester war, wäre er schonender mit ihr umgegangen. Behutsam tastete er sich an Mandip Khan heran.

„Miss Khan, leider verlief unsere Begegnung ja etwas holprig. Aber ich möchte gerne mehr über Sie und Ihre Schwester erfahren. Sind Sie dazu in der Lage, oder möchten Sie lieber in Ihr Hotel?", begann er leise die Konversation. Langsam hob die junge Frau ihren Kopf und lächelte ihn an. Sie holte tief Luft.

„Wir haben erst vor ein paar Tagen miteinander telefoniert. Kendra hatte mir ganz stolz darüber berichtet, dass sie bei einer Vivian Lane als Sekretärin arbeitet und sich mit ihrer Chefin angefreundet hatte. Sie verstanden sich gut und sie war glücklich in ihrem neuen Job." Mandip schaute ihn ernst an.

„Hat Miss Lane etwas mit Kendras Tod zu tun?", fragte sie den Polizisten. Der schüttelte mit dem Kopf.

„Nein. Das können wir ausschließen. Miss Lane befand sich zur Tatzeit mit einem Kollegen namens Steven Champs auf der Terrasse. Die Überwachungskameras bestätigen deren Aussagen." Chief Inspector Ford wechselte das Thema in Mandips Richtung.

„Erzählen Sie mir etwas über sich?", fragte er sanft.

„Wie kommt es eigentlich, dass Sie so perfekt englisch sprechen und das auch noch dialektfrei?"

Ihr Blick klarte etwas auf und sie räusperte sich. Mandip fummelte an ihrer Halskette herum und drehte an dem daran befindlichen Medaillon.

„Sie wären sogar überrascht, wie gut mein deutsch ist.", erwiderte sie lächelnd.

„Kendra und ich sind in Deutschland aufgewachsen, haben dort studiert und auch die englische Sprache gelernt. Ich habe Forensik und Parapsychologie studiert. Danach war ich zwei Jahre in Indien, meiner Heimat, und wurde von einem Magier unterrichtet. Er lehrte mich alles, was ich über die Bekämpfung des Bösen wissen musste. Auch wenn ich bis dahin keinen Kontakt zu anderen Mächten hatte."

Jerry hörte der hübschen Inderin aufmerksam zu und seine Faszination für Mandip nahm stetig zu. Nach der kurzen Unterbrechung fuhr sie fort.

„Doch irgendwie müssen wir bei unseren Übungen und Ausführungen einen schlimmen Fehler gemacht haben, denn ein längst verstorbener Priester des Thuggee-Kults erwachte zu neuem unheiligem Leben und tötete meine gesamte Familie. Nur Kendra und ich überlebten. Es gelang uns jahrelang, uns vor ihm zu verstecken. Mein Guru gab Kendra und mir so ein Medaillon, welches uns vor dem Priester schützen sollte." Mandip zeigte Jerry den Kettenanhänger. Darauf waren mehrere Schutzsymbole und das Aum, auch Om genannt. Ein Symbol, eine Silbe, aus dem Hinduismus.

„All diese Symbole ergänzen sich zu einem mächtigen Schutzzauber.", sagte sie.

„Der Thuggee-Kult existiert doch gar nicht mehr. Und soweit ich weiß verehrten sie die Göttin Kali.", warf Jerry ein.

„Zwischen 1820 und 1850 zogen britische Truppen aggressiv durch Indien, um die Thuggee auszurotten. Kalis Verehrung wurde verboten, ihre Tempel wurden zerstört und die gefangenen Thuggee-Priester wurden hingerichtet. Trotzdem überlebte der Kult in kleineren Gruppen. Im Untergrund bestehen sie weiter. Im Westen kennt man den Kult nur so, wie er unter anderem in einem Indiana Jones Film dargestellt wird. Das ist aber nicht ganz richtig. Der dämonische Zweig ist da eher eine Randerscheinung. Ausgerechnet den haben wir zum Leben erweckt."

„Und der wirkt auch hier in London?"

„Dämonen machen keinen Halt vor Landesgrenzen. Mein Guru fand heraus, dass es sich bei dieser Kreatur um Ranjid Singh handelt, einer jener Priester, der von den Briten 1842 hingerichtet wurde. Er war ein glühender Verehrer Kalis und brachte ihr tausende von Menschenopfern. Nun ist er zurück. Ich jage ihn seit drei Jahren und irgendwie muss es ihm gelungen sein, unseren Schutzschild zu durchdringen. Wäre dem nicht so, würde Kendra noch leben."

„Aber was hat Kendra getan und warum tötete er sie?" Mandip schaute auf das Amulett.

„Keine Ahnung. Sie war eine reine Seele und stand unter dem Schutz der Götter, weit über die unseren hinaus. Aber das warum ist klar: Sie gehörte zu meiner Familie."

„Also sind Sie die einzige Überlebende Ihrer Familie?"

„Soweit ich weiß, ja."

„Hm ... da sind wir ja ein tolles Team. Ein Bulle und eine Dämonenjägerin. Kann ja lustig werden.", seufzte er.

„Eher gefährlich. In Deutschland soll es noch einen Dämonenjäger geben, aber der ist noch nicht erwacht und somit gilt er als nicht existent. Ich denke, damit sind wir auf uns allein gestellt." Mit diesen Worten zog sie einen Colt Government M1911 und ein Päckchen Patronen hervor und schob beides über die Tischplatte auf Jerry Fords Seite.

„Das wird ab heute Ihr bester Freund und Lebensretter sein."

Jerry sah die Waffe erstaunt an. Er beugte sich herunter und lugte über den Schreibtisch hinweg in den Lauf der Pistole.

„Eine Taschenarmee? Wie haben Sie das Ding durch den Zoll bekommen?", fragte er erstaunt.

Mandip Khan grinste breit, zog einen Ausweis hervor und hielt ihm den unter die Nase.

„Diplomatenstatus. Und bevor Sie das Teil nur anstarren und überlegen, ob es legal ist: Ich habe die Waffe bereits auf Sie registrieren lassen. Der Colt ist absolut legal. Die Patronen sind Kaliber 45 und aus purem Silber. Nur damit haben Sie eine Chance gegen Dämonen und anderes fieses Gesindel." Die Erklärung der jungen Inderin reichte ihm. Er griff zu der Waffe und bestückte das Magazin mit sieben Silbergeschossen. Anschließend steckte er es in den Monitionsschacht, lud durch, sicherte die Pistole und versuchte sie, in seinem Schulterholster unterzubringen, welches ihm aber nicht gelang. Mandip lachte und kramte ein Gürtelholster hervor, welches sie ihm reichte.

„Sie versetzen mich immer mehr in erstaunen, Miss Khan. Aber wie kamen Sie ausgerechnet auf diesen ... Oldtimer?", fragte er.

„Sie gehörten einst meinem Vater, davor meinem Großvater. Sie wurden 1912 hergestellt.", erwiderte Mandip.

„Sie?"

„Ja, die Zweite habe ich." Sie zog ihre Jacke ein Stück bei Seite und er konnte den Griff erkennen. Er schaute sich das Geschenk nochmal genauer an und entdeckte Gravuren auf den hölzernen Griffschalen.

„JF, wofür steht das?"

„Das sind Ihre Initialen. Ich habe die Schalen extra anfertigen lassen."

„Oh ... dankeschön."

„Tja ... im Gegensatz zu Ihnen habe ich meine Hausaufgaben gemacht.", sagte sie schmunzelnd.

Doc Miller reinigte das Obduktionswerkzeug, als er eine Person im Zugang zur Pathologie bemerkte. Sie war nicht sehr groß, eher zierlich. Die Hauptbeleuchtung war bereits abgeschaltet und außer den Schreibtischlampen brannten nur die Neonröhren im Gang. Da das Licht somit die Person von hinten anstrahlte, sah er nur einen dunklen Umriss.

„Sie sind außerhalb der Öffnungszeiten hier unten. Suchen Sie jemanden?", fragte der Gerichtsmediziner. Er bekam keine Antwort. Auch auf die zweite und dritte Anfrage reagierte die Person nicht. Miller ging zu seinem Schreibtisch und zog seine Dienstwaffe aus der obersten Schublade. Er hob sie hoch und zielte auf die Gestalt.

„Bleiben Sie, wo Sie sind, oder ich schieße!", befahl er. Die Figur schritt langsam auf ihn zu. Jetzt erkannte, dass es sich um eine Frau handelte. Er griff zu der Schreibtischlampe und richtete den Lichtkegel auf den unheimlichen Besucher und erschrak.

„Oh mein Gott ...", entfuhr es ihm. Doc Miller erkannte die Frau sofort wieder. Heute Morgen lag sie noch auf seinem Oduktionstisch. Leere Augenhöhlen starrten ihn an.

„Helfen Sie mir, ich kann nichts sehen ...", krächzte ihn die grausam verstümmelte Leiche an. Etwas war an ihr anders als am Morgen. Ja, jetzt fiel es ihm auf. Einige der Wunden waren verschwunden. Er sah den nackten Körper der jungen Frau und dachte: Welch ein Jammer, so jung, so hübsch, so tot. Sie streckte die Hände nach ihm aus.

„Bitte, helfen Sie mir.", stammelte sie.

Miller verfiel in Panik und schoss das ganze Magazin leer. Durch die Wucht der Einschläge wurde die Frau zurück geschleudert und krachte zu Boden. Regungslos blieb sie liegen. Der Forensiker wechselte das Magazin und hielt die Waffe wieder auf die Leiche. Er kam Schritt für Schritt auf sie zu und sah, wie sich die Einschusslöcher, aus denen kein Blut kam, schlossen. Die am Boden Liegende richtete sich allmählich auf. Mit einer blitzschnellen Bewegung schlug sie ihm die Pistole aus der Hand.

Miller bekam Panik und stolperte rückwärts und die Wand stoppte ihn. Die Frau kam langsam auf ihn zu. Verängstigt sah er sie von oben bis unten an. Der Y-Schnitt von der Obduktion sowie die Einschusslöcher waren verschwunden. Bis auf die leeren Augenhöhlen war ihr Körper makellos. Erneut streckte sie ihre Hände nach ihm aus. Miller schloss die Augen und schrie wie von Sinnen.

Sie sahen sich an und griffen zu ihren Waffen.

„Haben Sie einen Schießstand im Gebäude?", fragte Mandip.

„Ja, aber ..." Jerry wurde durch einen gellenden langgezogenen Schrei unterbrochen, der abrupt abbrach.

„... da wird normalerweise nicht so geschrien.", beendete der Chief Inspector seinen Satz. Sie stürmten aus dem Büro und stießen zwei wie gelähmt dastehende Polizisten beiseite. Sie rannten die Treppen hinunter, da sie den Weg so schneller zurücklegen konnten wie mit dem Fahrstuhl. Jerry eilte Richtung Pathologie.

„Woher wissen Sie, dass wir hier entlang müssen?", fragte Mandip.

„Es war Doc Miller, der da geschrien hat.", antwortete er und schnappte hörbar nach Luft. Dann hörten sie wieder Schüsse und als sie die Pathologie erreichten, standen da zwei Polizisten mit ihren Pistolen im Anschlag. Die Läufe der Waffen qualmten noch. Jerry traf zuerst ein, schob die beiden uniformierten Männer bei Seite und betrat den Obduktionsraum. Aber es war niemand da.

„Worauf haben Sie geschossen?", fragte er und wandte sich seinen Kollegen zu. Die senkten die Waffen und sahen ihn verdattert an.

„Da war eine Gestalt, die sich über Doc Miller beugte, drehte sich uns zu und starrte uns an. Da ... da waren keine Augen mehr ... Plötzlich waren sie verschwunden.", erwiderte einer von ihnen. Jerry sah Mandip an.

„Ranjid Singh?", fragte er die junge Inderin, die gerade ihre Pistole verstaute. Sie ging zu der gegenüberliegenden Wand und hob eine Halskette mit einem kleinen Amulett daran auf. Etwas Blut tropfte herab. Sie schüttelte mit dem Kopf.

„Nein. Das gehört meiner Schwester.", murmelte sie und zeigte Jerry die Kette.

„Äh ... ja. Und was soll mir das jetzt sagen?" Der Chief Inspector sah Mandip Khan ratlos an. Die ging zu den Kühlfächern und entdeckte die offene Tür eines der großen Schubfächer. Es lief ihr eiskalt den Rücken runter. Vor nicht einmal zwei Stunden lag darin die Leiche ihrer Schwester. Jetzt war sie verschwunden. Die junge Inderin drehte sich zu Jerry Ford um und sah ihm in die Augen. Mit ernster Miene gab sie ihm eine Antwort, die ihm Unbehagen bereitete.

„... das Kendra zurück ist."

„Ist das jetzt gut oder schlecht?"

„Wird sich noch zeigen." Sie ging an ihm vorbei und verließ die Pathologie. Wortlos steckte er die Pistole, die er von Mandip geschenkt bekam ins Holster und folgte ihr.

Das geschehene war für Jerry absolutes Neuland. Geister, ok. Damit hatte er schon seine Erfahrungen, aber hier streikte sein Verstand.

„Ist Kendra jetzt sowas wie ein Zombie?", fragte er.

„Keine Ahnung. Ich ..."

„Nein! Sie ist ein Spielball zweier Welten.", erklang eine dunkle, tiefe Stimme und unterbrach Mandip. Ihr Kopf ruckte herum und sie sah den großen muskulösen Mann in einem schwarzen Nadelstreifenanzug, gleichfarbigen Turban und grauem buschigen Bart, der unbemerkt das Büro betreten hatte.

„Und wer sind Sie?", fragte Jerry. Er musterte den etwa zwei Meter großen Besucher skeptisch.

„Oh ... Entschuldigen Sie bitte. Mein Name ist Chandra Bodhi Lal.", antwortete er höflich und verbeugte sich respektvoll vor dem Chief Inspector.

„Meister?" Mandip war überrascht ihn zu sehen. Sie lächelte ihren Mentor an.

„Wie kommt es, dass Ihr in London seid?"

Der große Inder sah an ihr vorbei und durchbohrte Jerry förmlich mit seinem Blick. Der deutete auf einen der Stühle.

„Nehmen Sie doch Platz, Mr. Lal. Darf ich Ihnen etwas zu trinken anbieten?"

Der Mann mit dem Turban nickte dankend, setzte sich und erwiderte: „Gerne. Einen Earl Grey mit Zitrone und braunem Zucker bitte."

Die Hotelsuite war üppig und luxuriös ausgestattet. Den Ansprüchen Vivian Lanes entsprechend. Seit dem Mord an ihrer Freundin Kendra Khan ertrug sie es nicht mehr in ihrer Penthousewohnung. Die Erinnerungen waren für sie einfach zu schrecklich.

Sie erwartete jeden Augenblick Steven Champs, der sich in den letzten Tagen rührend um sie kümmerte. Er benahm sich wie ein Gentleman und las ihr jeden Wunsch, jede Sorge und jeden Gedanken von den Lippen ab. Er schien in ihr zu lesen, wie in einem offenen Buch.

Vivian stand an dem großen Fenster und schaute auf den Verkehr in der Dunkelheit. Die Lichter der fahrenden Autos, das Leuchten der Reklametafeln sowie die Straßenlaternen faszinierten sie. Vivian hatte es noch nie so betrachtet wie an diesem Abend. Das pulsierende Leben.

Sie hörte Schritte, die sich ihr von hinten näherten. Vivian lächelte und drehte sich um, doch ihr Lächeln erstarb schlagartig, als sie nicht Steven, sondern einen unbekannten Mann sah, der im Schatten des Türrahmens stand.

Erschrocken schrie sie auf. Die Gestalt verharrte bewegungslos auf der Stelle, wie eine Statue.

„Wer sind Sie und wie sind Sie hier hereingekommen?", fragte Vivian mit unbeeindruckter Miene. Ihre Angst ließ sie sich nicht anmerken. Es erschien ihr sicherer, sich cool und lässig zu geben.

Die Gestalt ließ ihren Mantel fallen und im Zeitlupentempo wuchsen lange Krallen aus den Fingern. Die Hände wurden zu großen Pranken, aus den Schultern wuchsen Hörner, am Kopf spitze Ohren und buschiges Fell. Die Augen glühten rot. Jetzt war es mit Vivians Coolness vorbei. Sie schrie wie von Sinnen. Langsam setzte sich das Ungetüm in Bewegung und schritt auf sie zu. Es brüllte sie an, hob eine der Pranken und ließ sie auf die wehrlose Frau herunter sausen.

Der Inder nippte an seinem Tee, seine Augen weiteten sich erstaunt und mit einem Lächeln sagte er:

„Perfekt. Woher kennen Sie sich so gut mit der Zubereitung von Tee aus, Mr. Ford?"

„Es könnte daran liegen, dass ich ihn häufig trinke. Ich bevorzuge lose Mischungen und nehme nur braunen Teezucker sowie frische Zitrone. Es freut mich, dass er Ihnen schmeckt, Mr. Lal.", erwiderte der Chief Inspector.

Mandip war erleichtert, dass das Eis zwischen den beiden Männern gebrochen war. Die anfängliche Skepsis unter ihnen schwand zusehends. Dann geschah etwas für sie völlig Unerwartetes. Chandra Bodhi Lal, ihr Mentor, streckte Jerry Ford die Hand entgegen.

„Nennen Sie mich Chandra."

Mandip war erstaunt, denn es war für den großen Inder ungewöhnlich, dass er jemandem so früh sein Vertrauen entgegenbrachte und ihm das du angeboten hatte.

„Sehr erfreut, ich bin Jerry.", erwiderte er und drückte die Hand seines Gastes.

„Mal eine Frage. Kendra ist doch keltischen Ursprungs. Wie kommt Ihre Schwester zu diesem schönen, für Inder aber untypischen Namen?"

Chandra räusperte sich und antwortete statt Mandip.

„Ihre Eltern lernten sich an der Universaty of Dundee kennen und lieben. Glenda war Schottin und Amal ein indischer Austauschstudent. Nach ihrem Studium lebten sie noch vier Jahre in Dundee. Ihr erstes Kind erhielt den Namen Mandip, und ihr zweites tauften sie Kendra, aufgrund ihrer Herkunft und Glendas Hang zur keltischen Geschichte. Sie achteten gegenseitig ihre Traditionen und Religionen. Amal war von der heidnischen Herkunft Glendas so fasziniert, dass er sich intensiv mit den Kelten und deren Geschichte beschäftigte. Früh erkannten sie, dass Kendra unter dem Schutz der Gottheiten beider Religionen stand. Mandip hingegen entdeckte ihre Affinität zum mystischen erst mit zehn Jahren. Von da an gingen die beiden Mädchen jeden Weg gemeinsam."

Jerry sah die junge Inderin verliebt an, versuchte es aber vor ihr zu verbergen. Es blieb bei dem Versuch, denn sie bemerkte es.

„Jeeerry, brav bleiben!", sagte sie schelmisch grinsend und zwinkerte ihm zu. Es war das erste Mal, das sie ihn so ansprach. Chandra war das nicht entgangen und schmunzelte. Jerry wurde rot und wechselte verlegen das Thema.

„Und du bist Magier?", fragte er den großen Mann mit dem Rauschebart.

„In diesen Breiten nennt man das so, ja.", antwortete er geheimnisvoll, ohne weiter darauf einzugehen. Jerry beließ es dabei und sah Mandip an.

„Hast du auch magische Fähigkeiten?"

„Ich würde nicht so weit gehen, um es so zu nennen, aber ich kann Dinge sehen, die andere nicht wahrnehmen können."

In diesem Moment klingelte das Telefon und der Chief Inspector nahm den Hörer ab. Er meldete sich mit Rang und Namen. Nach einigen Minuten brüllte er in den Apparat.

„Was? Und um mir das zu berichten brauchen Sie so lange?" Wütend knallte er den Hörer auf das Basisgerät.

Chandra und Mandip sahen sich an und dann Jerry.

„Vivian Lane ist ..."

„Tot!", beendeten seine indischen Gäste seinen Satz. Der Polizist nickte sichtlich betroffen.

„Sie wird gerade in die Pathologie gebracht."

Die Leiche der Geschäftsfrau sah schrecklich aus. Übersät mit tiefen Wunden am ganzen Körper lag sie auf dem kalten Edelstahltisch. Ihr Gesicht und Hals waren zerfetzt. Es war kaum zu erkennen, dass es die Geschäftsfrau Vivian Lane war.

Chandra zog sich blaue Einweghandschuhe an, die auf einem kleinen Beistelltisch in einem Spender waren. Ungeniert griff er der Leiche zwischen die Zähne und klappte vorsichtig den Kiefer auf. Er sah kurz hinein und zog seine Hände zurück. Er streifte die Handschuhe ab und entsorgte sie in der Mülltonne neben dem Obduktionstisch.

„Ranjid Singh!", murmelte er.

Jerry sah ihn fragend an.

„Der Frau fehlt die Zunge.", sagte der Inder.

„Wenn es uns nicht gelingt, ihn zu stoppen, wird er ein riesiges Blutbad anrichten." Nun griff auch Mandip zu den Handschuhen. Sie berührte die Leiche an der Stirn, die andere Hand legte sie auf den übel zugerichteten Brustkorb der Frau. Etwa zwei Minuten verharrte sie so, dann ließ sie von der Leiche ab.

„... gefangen in zwei Welten. Ihr Geist ist noch in dem Körper."

„Das ist mir jetzt zu hoch.", warf Jerry ein. Chandra klopfte ihm auf die Schulter.

„Willkommen in der Wirklichkeit.", brummelte er.

Der Mann spürte einen dumpfen Schlag am Oberarm. Er ruckte herum und sah die dunkelhäutige Frau wütend an, die sich für den Rempler bei ihm entschuldigte. Aber das interessierte ihn nicht. Er war auf Krawall gebürstet.

„Kannst du nicht aufpassen du blöde Kuh? Bist du blind oder was?", fauchte er sie an.

„Oh ... ist das so offensichtlich?", fragte sie ihn mit eiskalter Stimme und nahm ihre Sonnenbrille ab.

Der Mann wurde leichenblass und stolperte zwei Schritte entsetzt zurück. Die Frau hatte keine Augen. Sie starrte ihn mit leeren Augenhöhlen an. Bevor er weiter reagieren konnte, packte sie ihn am Oberarm. Der Griff war fest.

Er konnte sich nicht befreien. Ihre andere Hand legte sich auf seine Schädeldecke. Sie fühlte sich eiskalt an. Dann wurde ihm schwarz vor Augen. Er sackte zu Boden. Die Frau setzte ihre Sonnenbrille wieder auf und schritt unbekümmert über den Mann hinweg und setzte ihren Weg fort.

„Hast du das gesehen?", fragte ein jugendlicher Passant seinen Freund, der mit seinem Smartphone herum spielte.

„Ja klar. Habs aufgenommen und gerade bei Facebook gepostet." Der andere schüttelte nur mit dem Kopf.

„Ich fasse es nicht ...", seufzte er.

Mandip grübelte und fragte leise:

„Warum die Zunge?"

„Ranjid regeneriert sich.", erwiderte Chandra.

„Das verstehe ich nicht. Er ist doch als Dämon zurückgekommen. Da ist er doch praktisch komplett.", murmelte Jerry. Er kratzte sich am Kopf und sah die beiden Inder an.

„Ist doch so ... oder ... nicht?"

„Ja, aber irgendwas ist da anders gelaufen." Chandra sah nachdenklich auf die Tote herab. Er stützte sich an dem Tisch ab.

„Wenn ich nur wüsste was.", stellte er sich leise die Frage.

„Brauchst dafür wirklich eine Erklärung, alter Mann?", mischte sich eine Stimme vom Flur aus ein. Nur als Silhouette war die Gestalt zu erkennen. Chandra, Mandip und Jerry drehten sich abrupt zur Tür um. Die junge Inderin und der Chief Inspector zogen ihre Pistolen, kamen aber nicht dazu abzudrücken. Der Fremde war schneller. Mit einer Handbewegung wischte er die beiden wie durch Geisterhand zur Seite und ließ sie mit voller Wucht an die Wand prallen. Dabei verloren sie ihre Waffen. Bewusstlos sackten sie zu Boden. Mit einer weiteren Bewegung fesselte er sie. Stricke entstanden und wickelten sich wie ein Kokon um die Körper des Polizisten und der jungen Frau. Langsam erwachten sie aus ihrer Benommenheit und konnten nur hilflos zuschauen, wie sich der unheimliche Mann dem großen Inder näherte. Ihnen gefror das Blut in den Adern.

Der Anblick war erschreckend, als die Kreatur ins Licht trat. Sie war leichenblass und unter dem teilweise verwesten Fleisch und Muskeln lugten Knochen hervor. Der Kopf war kahl, die Wangenknochen schauten durch brüchige Haut. Den Polizisten und die junge Inderin beachtete er gar nicht mehr.

„Und nun zu dir, Chandra Bodhi Lal!", zischte der Fremde mit rot glühenden Augen.

„Nun werde ich deinem Gedächtnis mal ein wenig auf die Sprünge helfen." Er legte seine nach Verwesung stinkende Hand an die Stirn Chandras.

Indien, tief im Dschungel bei Kalkutta 1842

Der Tempel der Todesgöttin Kali lag tief im Dschungel versteckt. Kaum jemand traute sich in seine Nähe, nicht einmal Tiere. Es war ein grauenvoller Ort, den ein fanatisches Grüppchen des Thuggee-Kults für ihre Menschenopfer nutzte. Wer sich hier hin verirrte, war des Todes.

Ranjid Singh, ein brutaler und blutrünstiger Priester, hatte schon viele Menschen auf dem Gewissen. Wenn er seiner Göttin nicht mindestens ein Opfer am Tag zukommen lassen konnte, griff er auch gerne mal zu einem seiner Untertanen.

Seit die britischen Soldaten vor 22 Jahren angefangen hatten Jagd auf die Thuggee zu machen, waren sie nirgendwo mehr sicher vor der Verfolgung durch sie. Die Ausrottung der Sektenmitglieder lief gnadenlos und auf Hochtouren.

Tumult brach aus, Schüsse peitschten durch das Dickicht des Dschungels. Ein Thuggee neben Ranjid Singh brach zusammen. Eine Kugel hatte ihn am Kopf getroffen. Blut und Gehirnmasse spritzte dem grausamen Priester ins Gesicht. Er sah seinen toten Diener an. Vom Schädel war außer einer blutigen Masse nichts mehr zu erkennen.

Zorn stieg in ihm auf und er suchte sein Heil in der Flucht. Gefolgt von zweien seiner Leute, hastete er durch den Dschungel. Er wurde aber von einem Trupp britischer Soldaten gestellt, der von einem großen muskulösen Landsmann angeführt wurde.

Der Hüne stand breitbeinig mit einem Scimitar, einem Krummschwert, da und versperrte Singh den Weg.

„Deine Reise endet hier, Ranjid! Ergib dich!", knurrte er.

Der kahlköpfige Priester dachte nicht im entferntesten daran, sich zu ergeben, zog einen Kris-Dolch und griff den Hünen mit der gewellten Flammenklinge an. Dieser wich dem Stoß aus, drehte sich um die eigene Achse und schlug Ranjid Singh mit einer blitzschnellen Bewegung die rechte Hand ab. Er brach zusammen, hielt sich den blutenden Stumpf und starrte den großen Mann verhasst an.

„Das wirst du mir büßen, Bruder!", schrie er. Der Hüne mit dem schwarzen Rauschebart schob dem Priester die abgetrennte Hand, die noch immer den Dolch umklammerte, mit dem Fuß zu. Gnadenlos und ohne jedes Mitgefühl antwortete er:

„Nur zu. Einen Versuch hast du noch!"

Ranjid Singh griff mit der linken Hand nach der Waffe, doch bevor er sie erreichte wurde er von den britischen Soldaten auf die Beine gezerrt. Colonel James Robertson, der den Trupp befehligte, schob den Hünen mit einem Schwert sanft zur Seite und sah dem Priester verachtend in die Augen. Er legte ihm die Schlinge des Stricks um den Hals, den ein Soldat über den dicken Ausleger eines der Bäume geworfen hatte. Das andere Ende des Stranges hatte er am Sattelhorn eines Pferdes befestigt. Geduldig stand das Tier da und graste. Den anderen Thuggee wurden ebenfalls Seile um den Hals gelegt.

„Im Namen Eurer Majestät, Queen Victoria, werden Sie und ihre Anhänger zum Tode durch den Strang verurteilt. Das Urteil wird sofort vollstreckt!", sagte Robertson, zog seinen Säbel und ließ ihn heruntersausen. Dies war das Signal für die Soldaten. Sie zogen am Zaumzeug der Pferde und die gefesselten Mörder wurden langsam stranguliert. Der bärtige Hüne ging auf die baumelnde Leiche Ranjid Singhs zu und mit einem wuchtigen Schlag seines Krummschwertes halbierte er den Priester. Mit einem platschenden Geräusch fiel der Unterleib zu Boden. Wie von Sinnen schlug er immer wieder auf den Leichnam ein, dann vollzog er bei dem Oberkörper das Gleiche. Die Soldaten wandten sich geschockt ab.

„Ist gut jetzt. Ich glaube, du hast ihn erwischt.", sagte James Robertson und packte den großen Inder am Oberarm.

„Den Mist räumst du aber auch auf." Er kommandierte vier seiner Soldaten ab, um dem Hünen zu helfen.

„Verscharrt sie und dann geht es weiter. Wir haben noch einen weiten Weg."

Gegenwart, London

Ranjid entfernte seine Hand von Chandras Stirn. Unterdessen versuchten Mandip und Jerry sich von den Stricken zu befreien, aber die saßen zu fest. Der Priester lächelte amüsiert.

„Gebt euch keine Mühe. Ihr seid auch gleich dran.", sagte er kalt, dann drehte er sich wieder zu Chandra um.

„Na Bruder, erinnerst du dich?" Die Frage klang wie das Zischen einer Schlange.

„Bruder? Wie jetzt?", fragte Jerry.

„Ganz richtig gehört. Chandra und ich waren einst Brüder."

„Aber nur bis zu jenem Zeitpunkt, wo du zum Mörder wurdest. Von da an hatte ich keinen Bruder mehr und schwor dich zur Strecke zu bringen.", knurrte der Hüne mit dem Vollbart. Er holte tief Luft und sah sein Gegenüber verhasst an.

„Und ich werde es immer wieder tun, bis nichts mehr von dir übrig ist!", ergänzte er und hob Mandips Pistole auf. Er richtete sie auf Ranjids Stirn.

Der Priester verzog sein halbverwestes Gesicht zu einem boshaften Lächeln. Seine knochige Hand griff unter die breite Schärpe, die quer über seinem Oberkörper verlief. Er zog sie wieder hervor.

„Fragst du dich gar nicht, wie es sein kann, dass ich zurück bin?" Ranjid öffnete seine mit vertrockneten Muskeln und Sehnen überzogene Knochenhand und ein Ohrring aus Gold in der Form eines göttlichen Symbols kam zum Vorschein.

„Den hast du damals verloren, als du uns verscharrt hast."

Chandra war irritiert und senkte die Pistole. Das Schmuckstück, ein Erbstück seines Vaters, hatte er seit Ewigkeiten vermisst. Bevor er etwas sagen konnte, sprach der Priester weiter.

„Ja, dieses Kleinod schützte meine Überreste vor dem völligen Zerfall und erweckte mich, als du deinem Schützling die Geheimnisse der Magie beigebracht hast." Er lachte siegessicher.

Chandras Gesichtszüge entgleisten. Er sah verlegen und ratlos zu Mandip und Jerry hinüber. Dann schaute er wieder zu seinem Bruder, hob die Waffe erneut und zielte genau zwischen die Augen des Priesters.

„Warum hast du Glenda, Amal, Kendra und Vivian Lane getötet? Sie hatten dir nichts getan!", knurrte er.

Ranjid lachte und breitete die Arme aus. In theatralischer Art führte er Unterhaltung fort.

„Du weißt es wirklich nicht? Glenda war eine Nachfahrin deines Freundes, dem Colonel James Robertson. Amal dein Ur-Urenkel und diese Lane, die bot sich gerade so an. Ein Kollateralschaden. Ja, ich glaube so, nennt man es heute." Ein gehässiges Lachen verließ die verrottete Kehle des Priesters. Langsam zog er hinter seinem Rücken den Kris-Dolch mit der Flammenklinge aus dem breiten Gürtel.

Chandra bemerkte es und drückte den Abzug der Pistole. Der laute Knall des Schusses hallte durch das Kellergeschoss des Gebäudes. Ranjid wich blitzschnell aus und die Silberkugel hämmerte in den Beton neben der Türöffnung. Der bärtige Hüne drückte nochmal ab, dann spürte er einen brennenden Schmerz in der Magengegend. Schweiß stieg in ihm auf und er sackte kraftlos in die Knie. Er sah an sich herunter und sah den Dolch in seinem Bauch. Ranjid drehte die Klinge in der Wunde und Chandra schrie vor Qual auf. Der Priester zog die Stichwaffe ruckartig heraus und hob sie hoch über sich. Er wollte seinem Bruder den Rest geben.

„Und jetzt, stirb!", schrie der mörderische Tuggee-Priester.

Hilflos mussten Mandip und Jerry zusehen.

„Meister!", schrie die junge Inderin entsetzt, da ließ Ranjid die Klinge herunter sausen. Völlig unerwartet packte jemand die Hand des Priesters brach ihm den Unterarm.

Ungläubig blickte er an der Hand entlang, die ihn außer Gefecht gesetzt hatte an. Vor ihm stand Vivian Lane, deren verstümmelter Körper ein grausamer Anblick war. Ihre Wunden begannen zu heilen, während Ranjid langsam zerfiel. Als würde das nicht reichen, packten ihn zwei weitere Hände von hinten, brachen ihm das Genick und rissen ihm den Kopf ab. Es war Kendra Khan. Die beiden Frauen gingen in blauen Flammen auf, die auf den Körper Ranjids übersprangen. Der Priester schrie auf. Seine Schreie hallten durch das Kellergewölbe, bis nur noch Asche und ein paar Knochenstücke von den dreien übrig waren. Aus den Überresten blitzten zwei kleine goldene Amulette hervor, die sich in Luft auflösten. Die Gebeine von Ranjid, die übrig waren, zerfielen ebenfalls zu Asche. Der Thuggee-Priester existierte nicht mehr.

Die Stricke, mit denen Mandip und Jerry gefesselt waren, verschwanden so wie sie entstanden. Die junge Inderin sprang sofort auf ihren Mentor zu und legte seinen Kopf auf ihre Oberschenkel, während Jerry versuchte, die Blutung des Hünen zu stillen.

Doc Miller erwachte in einem Bushaltestellenhäuschen. Neben ihm saß ein schnarchender übelriechender Mann. Der Rechtsmediziner schob ihn von sich weg, woraufhin der aufwachte. Miller fragte ihn, wo sie sind.

„Kannst du nicht lesen du Depp? Da steht doch was von Itzehoe!", motzte er. Er überlegte kurz und dann pöbelte er weiter.

„Wo ist dieses verdammte Weib ohne Augen? Wenn ich die erwische, werde ich ihr den Arsch versohlen!"

„Meinen Sie eine Inderin?"

„Keine Ahnung. Dieses Mist ..." Miller holte aus und platzierte seine Faust ruckartig im Gesicht des motzenden Mannes und schickte ihn zurück ins Reich der Träume.

„War sowieso ein langweiliges Gespräch.", murmelte Miller und schob den Mann von sich weg, der von der Bank rutschte und zu Boden fiel. Der Forensiker sah sich um und entdeckte ein gelbes Wegweiserschild. Er las es laut und staunte.

„Tempeldorf , 2 km. Toll! Deutschland!", sagte er und ging in die Richtung, in die das Schild zeigte.

Ein Jahr später

Die ersten Sonnenstrahlen fielen in das Zimmer und etwas kitzelte Mandip Khan an der Nase. Sie zog sich die Bettdecke über den Kopf.

„Schatz, noch son Ding, Augenring!", maulte sie unter der Decke hervor. Jerry Ford legt die Rabenfeder auf den Nachttisch und krabbelte zu der Frau ins Bett. Er umarmte seine nackte Angebetete und küsste sie leidenschaftlich.

„Es ist bereits zehn durch und wir müssen in die Komturei. Der Dämonenjäger erwartet uns dort.", flüsterte er und knabberte ihr am Ohrläppchen. Sie verdrehte die Augen und stöhnte lüstern.

„Oh ... Frühstück.", murmelte die junge Inderin. Doch dann klingelte ihr Handy. Sie verzog das Gesicht.

„Welch ein Timing!", knurrte sie, griff zu dem Mobiltelefon und sah auf das Display.

Unbekannter Anrufer war dort zu lesen.

Mandip nahm das Gespräch an und meldete sich mit ihrem Namen. Einen Moment lang war es still, dann sprach eine freundliche junge Frauenstimme:

„Guten Morgen Schwesterherz. Hast du gut geschlafen?" Schlagartig saß Mandip senkrecht im Bett. Bevor sie etwas sagen konnte, sprach die Frau am anderen Ende weiter.

„Wir sehen uns in der Komturei."

ENDE

H.E. WOLF

DÄMMERUNG

SHOWDOWN AN DER OSTSEE

DARK-FANTASY

Inhalt

1. Das Böse auf Erden 135

2. Die Krypta in der Tiefe 140

3. Unheimliche Begegnung 146

4. Besuch aus der Vergangenheit 150

5. ... für die Anderen der Tod! 155

6. Auf Samtpfoten 160

7. Das Duell 163

8. Tod eines Engels 168

9. Requiem 177

10. Ankunft 183

11. Unheil 189

12. Auferstehung 198

13. Sieg oder Niederlage 203

14. Verschwundenes Land 210

15. Hinter dem Spiegel 218

16. Eine gefährliche Reise 224

17. Dunkle Geheimnisse 234

18. Reunion 246

19. Am Ende der Nacht 255

20. Eine andere Welt 263

1. DAS BÖSE AUF ERDEN

402 nach Christus

Das römische Imperium belagerte den südlichen Teil Britanniens, an dem drei Jahrhunderte zuvor der Hadrianswall errichtet wurde und an der heutigen englisch-schottischen Grenze verlief. Diese massiv befestigte, hohe Mauer wurde für den Zweck gebaut, die Kelten aus dem Norden von dem römisch besetzten Teil fernzuhalten.

Anfang des fünften Jahrhunderts zogen sich die Besatzer zurück. Die Menschen vergaßen die alten Götter und das Christentum erstarkte zu einer Religion, die sich wie ein Lauffeuer ausbreitete. Es erhob sich eine junge Keltin gegen die letzten Römer und die vermehrt ins Land einfallenden Christen. Sie ernannte sich selbst zur Königin und vereinigte die einzelnen Stämme, wie einst Boudicca 340 Jahre zuvor. Sie bekämpfte mit einer immer größer werdenden Armee aus einheimischen Kriegern die Invasoren.

Sie machte es sich zur Aufgabe, die alte Religion zu verteidigen und zu erhalten, ihr Volk wieder zu vereinen und dem Christentum die Stirn zu bieten. Sie trug den Namen Alenya. Sie war eine junge verführerische blonde Erscheinung und äußerst gefährlich. Gnadenlos und brutal bekämpfte sie die Besatzer. Nicht eine Stadt und kein Dorf war vor ihr und ihren Mannen sicher. Die Kirche verbreitete sogar, die Keltenkönigin sei mit dem Teufel im Bunde.

Ein Bischof namens Lucius of Londinium vereinte die christlichen sowie römischen Invasoren hinter sich und machte es sich zur Aufgabe die Aufständischen zu jagen und zu vernichten. Sie metzelten Alenyas Krieger gnadenlos nieder. Ihre überlebenden Gefolgsleute wurden gefoltert und getötet, der Rest endete als Sklaven. Die Römer nahmen dabei keine Rücksicht auf Frauen, Alte und Kinder. Sie fielen ihrem Vernichtungsfeldzug gegen die Barbaren ebenso zum Opfer wie die Krieger.

Die Königin selbst hingegen wurde brutal gefoltert und gekreuzigt. Bevor sie ihren schweren Verletzungen erlag, verfluchte sie den anführenden Bischof.

Ein paar Angehörige ihres Stammes nahmen ihren Leichnam vom Kreuz und beerdigten ihren verstümmelten Körper in einer eigens für sie errichteten unterirdischen Gruft. Des Nachts schlich sich Bischof Lucius of Londinium in das Grab der Königin. Um zu verhindern, dass sie jemals zurückkehrt, schnitt er ihr das Herz heraus und verbrannte es. Den Leichnam zerteilte er in fünf Stücke und nagelte diese mit silbernen Dolchen im Sarkophag fest, deren Griffe mit christlichen Symbolen und Verzierungen versehen waren. Den Rumpf enthauptete er und trieb ebenfalls einen Dolch durch ihren Schädel. Den Steinsarg ließ er mit geweihtem Wasser füllen und legte ein silbernes Kreuz mit hinein. Im Anschluss wurde die Gruft zugemauert und verschüttet. Sie geriet lange Zeit in Vergessenheit.

Schottland, 1068 n.Chr.

Die Jahre waren ins Land gezogen. Kaum jemand erinnerte sich an die Keltenkönigin, die den römischen und christlichen Invasoren erbitterten Widerstand entgegenbrachte. Sie war nur noch eine Legende.

Das kleine Dorf Kildaring lag knapp vierzig Kilometer oberhalb des Hadrianwalls. Die einstige feste Grenze zwischen Schottland und Britannien hatte ihre Bedeutung schon lange verloren. In Kildaring lebten ein paar Bauern und arme Menschen, die sich mehr schlecht als recht durchs Leben schlugen. Ein Mönch hielt in der Kirche seinen Gottesdienst ab. Fünfzig Jahre früher gab es einen Bischof in dem Dorf. Aber nachdem er starb, gab es hier keinen Geistlichen mehr. Erst kurz zuvor übernahm der Mönch diesen Posten.

Ein Mann in einem Kapuzenmantel mit einem Wanderstab kam in das Dorf und wurde misstrauisch von den Einwohnern beobachtet. Er beachtete die Menschen um ihn herum nicht. Vor der Kirche blieb er stehen und schaute sich das kleine Gemäuer an. Er lächelte finster und trat ein. Viel hatte sich verändert, seit er das letzte Mal in der Welt der Menschen war. Der Kult um den Nazarener, der am Anfang eine kleine Sekte war, hatte sich zu einer immer mehr wachsenden Religion entwickelt. Der Gottesdienst des Mönchs war beendet und die Menschen verließen die Kirche. Der großgewachsene bärtige Mann wartete geduldig. Kaum jemand nahm Notiz von ihm. Der Mönch schritt auf ihn zu.

„Pax vobiscum.", begrüßte er ihn und stellte sich vor.

„Ich bin Bruder Lucius, mein Sohn. Was kann ich für dich tun?"

Der bärtige Mann sah dem Mönch in die Augen und lächelte. Lucius konnte dieses Lächeln nicht richtig deuten und stutzte. War der Fremde ein Dieb oder Plünderer? Dann sprach dieser.

„Ich bin gekommen, um Eurer Welt etwas zurückzugeben, welches einer Eurer Vorfahren in seinem religiösen fanatischen Wahn von der Erde tilgte."

„Ich verstehe nicht ganz, mein Herr.", antwortete der Mönch irritiert. Der geheimnisvolle Besucher holte tief Luft und fuhr fort.

„Oh, das werdet Ihr sehr bald. Wisst Ihr, was vor 666 Jahren hier geschah?"

Lucius schüttelte den Kopf. Er musterte den unheimlichen Fremden.

„Nein. Ich bin aus Londinium vom Bischof hierher beordert worden. Die Geschichte dieses Dorfes ist mir unbekannt.", antwortete er wahrheitsgetreu.

Der bärtige Mann berichtete ausführlich von den Qualen, die Alenya durchmachte und wie sie starb. Lucius sah ihn an.

„Warum erzählt Ihr mir das? Es ist doch nicht mein verschulden was damals geschah."

„Falsch, Mönch!", fauchte der Fremde und seine Stimme wurde aggressiver und finsterer als ohnehin schon.

„Es war Lucius of Londinium, dein Urahn, der dieses Mädchen brutal folterte, dafür sorgte, dass sich seine Männer an ihr vergingen und am Ende ihre Leiche persönlich schändete." Er ließ das gesagte kurz auf den Mönch einwirken.

„Nun ist es an der Zeit, Alenya die Rückkehr zu ermöglichen, auf dass sie ihren Fluch Wirklichkeit werden lassen kann."

„Auch wenn er einer meiner Ahnen war, aber ich hoffe mal er schmort in der Hölle!", gab der Mönch entsetzt zurück.

„Gewiss, gewiss…", antwortete der Fremde wissend lächelnd. Seine Augen glühten kurz rot auf. Er ließ seinen Mantel fallen. Darunter trug er enge Lederkleidung, mit Nietenverzierungen. Auf der Brust war ein Muster zu sehen. An der linken Seite hing ein Schwert. Er hob seinen

Stab und rammte ihn in den Boden. Bei der Berührung mit den Steinen war aus der Erde ein lautes Grollen zu hören. Das Erdreich um ihn herum fing an zu brennen und es entstand ein Loch.

„Es ändert aber nichts an der Tatsachen, dass Ihr jetzt ein Problem habt.", sagte er gehässig lachend.„Was geschieht hier?", stammelte der Mönch entsetzt und ängstlich.

„Weißt du es wirklich nicht? Unter dieser ... Kirche liegt das Grab Alenyas und ich werde sie nun zurückholen.", sprach er mit eiskalter Stimme. Mit einer lässigen Handbewegung wischte er die Kirche hinweg. Steine und Trümmer flogen durch das kleine Dorf. Der Weg zum Grab der einstigen Keltenkönigin war frei.

„Wer bist du?", fragte der Mönch mit zitternder Stimme.

„Ich bin Asmodeus. Gott der Wahrheit und der Lügen, der Fürst der Finsternis und Statthalter der Hölle.", gab dieser gelassen zurück.

Angsterfüllt guckten die Leute, als aus der Öffnung ein steinerner Gang wurde. Eine breite Treppe führte in die Tiefe. Der Mann breitete die Arme aus und dann geschah etwas, womit die Menschen nicht rechneten. Er verwandelte sich vor ihnen und wuchs auf eine Größe von über zwei Meter heran. Die Haare und sein Bart wurden länger, an der Stirn traten Hörner hervor und seine Augen glühten rot.

Der Fürst der Finsternis war gekommen. Er schritt die Stufen der Treppe hinab und zerstörte die Wand, die ihm im Weg stand.

Er betrat die Gruft und ließ die Fackeln, die an Ringhalterungen an den seitlichen Mauern befestigt waren, brennen. Vor einem Sarkophag blieb er stehen und mit einer Handbewegung wischte er den steinernen Deckel zur Seite, der scheppernd auf dem Boden zerbrach. Im Inneren schlug geweihtes Wasser leichte Wellen. Mit seinem Stab berührte er in Bodennähe die Ruhestätte. Risse entstanden, aus denen die stinkende Flüssigkeit herauslief und im Erdreich versickerte.

Sobald die Bedrohung durch die für ihn gefährliche Brühe vorbei war, schritt er auf den Sarkophag zu. Asmodeus erblickte sechs silberne Dolche die einige verdorrte Körperteile am Boden des Steinsargs fixierten sowie das Kreuz. Mit einer Handbewegung, ohne die Gegenstände zu berühren, fegte er sie davon und sie krachten an die Wand.

Von draußen hörte er Stimmengewirr und er schuf eine Barriere um das Dorf herum, die es verhinderte, dass die Menschen entkamen. Sie saßen in der Falle.

Asmodeus widmete sich wieder der Leiche Alenyas. Ein erschreckender Anblick. Er hörte hinter sich Schritte und drehte sich um. Ein junger Mann war neugierig genug, um zu schauen, was da unten vor sich ging. Der dunkle Fürst sah ihn an, lächelte und sagte:

„Ein dummer Fehler mein Junge!"

„Aber warum mein Herr? Ich dachte, ich könnte Euch behilflich sein."

„Oh, das kannst du durchaus."

Der junge Mann strahlte und näherte sich ein paar Schritte dem Höllenfürsten.

,Deine Naivität rührt mich.', dachte sich der Gehörnte und ließ ihn näher kommen.

Der Junge sah in den Sarkophag. Das Entsetzen packte ihn. Der Anblick der Leiche war grauenhaft. Mit seinen mentalen Fähigkeiten ließ der Dämon den Jungen zum Steinsarg schweben. Der Mann war nicht in der Lage sich zu bewegen oder zu sprechen. Asmodeus drehte ihn in der Luft, so dass er freien Blick auf die Leiche hatte.

Ein grausamer Anblick. Die Arme, Beine und der Kopf waren vom Rumpf getrennt. Die Panzerung die sie trug bestand aus brüchigem Leder mit Metallteilen. Die fast zerfallenen Körperteile fingen an, sich aufzulösen. Ein säuerlicher und gleichzeitig süßlicher, ekelhafter Gestank trat aus dem Steingebilde hervor. Der dunkle Fürst kam näher und sah dem Mann in die Augen.

„Ich sagte doch, dass es unvorsichtig war, hierher zu kommen."

Mit diesen Worten riss er ihm die Kehle auf und sein Blut verteilte sich über den sterblichen Überresten in dem Steinsarg. Er erhielt den jungen Mann künstlich am Leben, damit der erlebte, was unter ihm geschah. Die Körperteile fügten sich zusammen und das verdorrte Fleisch wurde wieder kräftig und frisch. Dann formte Asmodeus die Frau, nach seinen Vorstellungen. Die einstmals schulterlangen blonden Haare wichen langen gelockten in Feuerrot. Die zerfallenen Lederteile ersetzte er durch ein bodenlanges weißes Kleid mit goldenen Ornamenten. Ihre Brüste schwollen auf das Doppelte an. Ihre keltischen Tätowierungen ließ er verschwinden, ihre Haut bekam eine vornehme Blässe. Aus der Stirn wuchsen gedrehte Hörner wie die eines Widders.

Sie öffnete ihre Augen, die blutrot glühten. Blitzschnell packte sie den wehrlosen Mann über sich, zog ihn zu sich heran und schlug ihre Fangzähne, die aus dem Oberkiefer wuchsen in seinen Hals und trank gierig sein letztes Blut. Dann warf sie den toten Körper gegen die Wand. Sie schaute Asmodeus an. Er reichte ihr die Hand.

„Erhebe dich meine Schöpfung. Komm zu mir mein Kind."

Sie ergriff seine haarige Pranke und verließ den Sarkophag.

„Du wirst bestimmt hungrig sein nach so langer Zeit. Geh hinaus, die Tafel ist eröffnet.", sagte er heimtückisch lachend und zeigte ihr den Weg.

Er genoss es, zuzusehen wie Alenya unter den Dorfbewohnern ein brutales Massaker veranstaltete. Zum Abschluss nahm sie sich vor den Mönch zu massakrieren, doch da rief Asmodeus sie zurück:

„Stopp! Ihn nicht!"

Die Frau erstarrte bei dem Ton, den der Höllenfürst anschlug. Lucius stand steif und regungslos da. Er starrte auf die ganzen zerfetzten Leichen, die einmal seine Gemeinde waren. Alenya sah den Geistlichen an. Sie prägte sich sein Gesicht ein. Etwas ging von ihm aus, was sie nicht einordnen konnte. Asmodeus schob seine Schöpfung beiseite und sagte zu Lucius:

„Ich werde dich am Leben lassen. Du sollst allen davon berichten, was du hier heute erlebt hast. Und nun ziehe deines Weges."

Er nahm Alenya an der Hand und sie verschwanden in einer Feuerwolke.

Lucius stand stundenlang starr da und beweinte die Opfer der rothaarigen Frau. Am Abend erschienen ein paar Ritter, die ihm halfen die Toten zu begraben. Die Gruft schütteten sie zu. Nichts sollte daran erinnern. Der Mönch legte seine Kutte ab und widerrief seine Gelübde, welches er der Kirche gegenüber einst gab.

Er konnte und wollte nicht mehr für einen Gott einstehen, der so etwas Grausames zuließ.

Kildaring verschwand an diesem Tag von der Landkarte und aus den Erinnerungen der Menschen. Sie strichen das Dorf aus ihren Chroniken. Zu grauenvoll war, was sie dort vorfanden.

Zurück in der Hölle unterrichtete der Höllenfürst seine Schöpfung in Magie und schulte ihre Fähigkeiten. Zeit hatte für sie in Asmodeus Dimension keine Bedeutung. Das Training dauerte für Alenya nicht lange, aber in der Welt der Menschen verstrichen die Jahrzehnte. Dann hielt er sie für ausgereift und schickte sie auf ihre erste Mission.

Er gab ihr die Aufgabe, ihm die Seele einer jungen Hexe aus Frankreich zu verschaffen, und ihren Bruder, einen Templer, vernichten.

„Denke immer daran, was ich dich gelehrt habe. Sei auf der Hut, dieser de Bretagne ist ein gefährlicher Mann.", sagte er.

„Er ist ein Wurm, mehr nicht. Niemand kann mich aufhalten, erst recht kein Mensch. Aber vorher werde ich ihm seine Schwester nehmen.", erwiderte sie.

Der Hass in ihr war ungebrochen und das gefiel Asmodeus. Der Unterricht der letzten 231 Jahre zahlte sich aus. Seine Tochter, wie er sie immer nannte, war bereit für ihre erste große Mission und er hatte Gewaltiges mit ihr vor. Und so begab sie sich auf den Weg zurück in die Welt der Menschen.

1299 Bretagne in Frankreich

Celine de Bretagne war eine Kräuterhexe, die auch in der Lage war Magie zu nutzen. Sie setzte sie aber stets ein, um den Menschen zu helfen. Sie hatte nach den schrecklichen Erlebnissen vor zwanzig Jahren viel gelernt. Ein alter Mann lehrte sie den Umgang mit der magischen Kraft. Er sagte ihr damals oft:

„Magie ist Magie. Sie ist nicht schwarz oder weiß. Sie ist immer nur das, was man daraus macht. Und denke immer daran mein Kind, alles, was du tust, wird dreifach auf dich zurückkommen."

Dieses nahm sie sich ständig zu herzen und handelte stets nach seinen Geboten. Sie achtete und ehrte die Natur und das Leben. Erst kurz bevor der Mann fortging, offenbarte er ihr seinen wahren Namen. Für sie war es ab dem Moment eine harte Zeit.

Ihr Bruder schloss sich ein paar Monate nach dem Tod ihrer Freundin Ariel, einem Engel, den Tempelrittern an und kämpfte mit ihnen im Heiligen Land gegen die Sarazenen. In den folgenden Jahren kümmerte sich ihr Lehrmeister um sie. Doch jetzt war er nicht mehr bei ihr. Zu allem Überfluss war auch ihr Bruder selten da.

Eines Tages tauchte eine junge blonde Frau bei ihr auf und bat sie um Hilfe für ihre im Sterben liegende Mutter. Arglos folgte Celine ihr.

Aber es gab keine sterbende Person in der Hütte, in die sie gelockt wurde. Es kam ihr komisch vor. Ihr Gefühl hatte sie nicht getäuscht, es war eine Falle.

Die blonde Frau offenbarte ihr wahres Gesicht und verwandelte sich in eine rothaarige Kreatur, der riesige Schwingen aus dem Rücken sowie gedrehte Hörner wie die eines Widders aus der Stirn wuchsen.

„Celine de Bretagne, dein letztes Stündlein hat geschlagen.", fauchte sie siegessicher und hämisch grinsend.

„Lass mich kurz überlegen…nein!", erwiderte die junge Hexe, belegte die Kreatur mit einem Bann und verschwand in einer Nebelwolke.

Alenya sah sich ungläubig um und stellte fest, dass sie ihre Kräfte nicht nutzen konnte. Durch die offenen Fensterläden sahen die Menschen und Soldaten die Höllenbraut. Plötzlich stürmten die Krieger herein und legten ihr Eisenfesseln an. Die Hexe hatte sie überrumpelt.

Alenya wurde von den Wachen aus dem Haus geführt. Alles toben, fauchen und wehren war vergebens. Der Bann, die Fesseln und die Tatsache, dass sie in ihrer Urgestalt mit Flügeln und Hörnern da stand, besiegelte ihr Schicksal.

Am Tag darauf führte man sie auf den Scheiterhaufen, vom Pöbel mit Unrat, Müll und Flüchen auf dem Weg zur Richtstätte beworfen. Das Reisig und die Holzscheite standen schnell lichterloh in Flammen, da schrie Alenya aus dem Feuer heraus.

„Wir werden uns wiedersehen, Celine de Bretagne!", kündigte sie an.

Nach drei Stunden war das Feuer erloschen. Nur ein paar Knochenstücke und ein gehörnter Totenschädel mit weit aufgerissenem Mund blieben zurück.

Asmodeus tobte vor Wut. Er hatte den körperlichen Tod seiner Tochter gespürt. Er war aufgebracht und zugleich erschüttert.

„Ich hatte dich gewarnt vor diesen Geschwistern, aber du wolltest nicht auf mich hören.", schrie er den Geist an, der ihm gegenüber stand.

„Und die Seele der Hexe hast du mir auch nicht gebracht!", fuhr er fort.

„Vater, ich konnte nichts dafür. Sie hat mich überrumpelt.", erwiderte Alenyas Geist.

„Ja, weil du dich überrumpeln lassen hast! Du jedenfalls hast Zeit genug um über deinen Fehler nachzudenken. Im Fegefeuer!", fauchte er sie an und schnippte mit den Fingern. Seine Schöpfung bekam einen festen Körper.

„Danke, Vater.", sagte sie erleichtert, nicht mehr feinstofflich zu sein.

„Keine Ursache. Und nun, viel Spaß da unten.". Sie schrie vor Schmerz und er teleportierte sie in einer Feuerwolke ins Fegefeuer.

„Dummes Ding! Der Körper war keine Belohnung, sondern damit du die Pein besser spürst.", murmelte er grausam lächelnd.

2. DIE KRYPTA IN DER TIEFE

Frankreich, Bretagne, Gegenwart.
Bodennebel kroch langsam über den Boden und verteilte sich kniehoch. Die jahrhundertealten, mit Moos überwucherten Grabsteine waren kaum lesbar. Zu dicht war der Bewuchs.

Die ältesten Gräber stammten aus dem 11. Jahrhundert. Efeu hatte sich verbreitet, bedeckte den Boden und rankte an den Grabsteinen und Bäumen empor.

Das fahle Mondlicht tauchte alles in eine unheimliche Atmosphäre. Der Erdtrabant verschwand gelegentlich hinter einer der wenigen Wolken am sonst sternenklaren Nachthimmel.

Zwei Archäologen suchten nach einem speziellen Grabmal. Der Jüngere fragte seinen Kollegen:

„Wie sollen wir denn das richtige Grab finden? Irgendwie sieht durch den Wildwuchs alles gleich aus."

„Es ist das Grab eines Kreuzritters.", antwortete dieser.

„Achte auf ein Templerkreuz."

Die beiden Männer suchten weiter. Nach einer zwei Stunden anhaltenden Suche sagte der ältere:

„Hier ist sie, die letzte Ruhestätte des Pierre de Bretagne."

„Das hast du vorhin schon mal gesagt. Woher willst du wissen, dass es dieses Mal das richtige ist?", fragte der Jüngere.

Der alte Mann strahlte wie ein kleines Kind, das ein Geschenk auspackt, und legte die Grabstätte an den Rändern frei. Er befreite das Kopfstück der Steinplatte von dem Gewächs.

„Weil sein Name hier steht.", antwortete er und deute auf die eingemeißelte Schrift.

Er versuchte, die große Platte zu bewegen, aber sie war zu schwer und mit dem Efeu verwachsen. Die beiden hatten jahrelang nach einer unterirdischen Kapelle in der Bretagne gesucht. Sie schienen ihrem Ziel ein Stück näher gekommen zu sein.

Carl Mertens war ein fast zwei Meter großer Hüne mit kurzen blonden Haaren. Er war vierunddreißig Jahre alt und hatte die meiste Zeit nur in Hörsälen verbracht. Bis jetzt war er mehr so der Theoretiker. Aber das änderte sich in dieser Nacht.

Sein Freund und Kollege Johann Konrad, ein Professor für Mittelalter, war der erfahrenere in Grabungen und Forschung. Trotz seiner sechzig Jahre war er fit genug für diese Arbeit.

Carl kam Johann mit einem Brecheisen zur Hilfe und kratzte das Moos aus den Fugen. Er befreite den Rest der Platte vom Efeu. Mit einem scharfen Messer durchtrennte er die Rankenpflanzen. Für die stärkeren Triebe verwendete er eine Astschere. Er reichte seinem Kollegen das zweite Stemmeisen und gemeinsam lockerten sie das schwere Ungetüm, das sich nur stückweise bewegen ließ.

Nach einiger Zeit bewegte sich die Platte und es war ihnen möglich, in das Innere des Grabes zu schauen. Carl nahm die Taschenlampe und leuchtete in die große Öffnung. Es war bis auf ein in den Boden gemeißeltes Templerkreuz leer.

„Äh ... und nun?", fragte Carl leicht verwundert und sah wieder auf den Untergrund des Grabes. Da bemerkte er eine Vertiefung in der Mitte des Kreuzes und zeigte sie Johann. Der holte ein kleines Metallstück aus seinem Rucksack. Es sah aus wie ein verschnörkelter Schlüssel, mit einem T-Stück an der Spitze.

„Wo hast du denn das Teil her?", fragte Carl und zeigte auf den Gegenstand.

„Den habe ich letztes Jahr in der Nähe von Carcassonne bei Grabungen gefunden, im Grab eines Mönches. Es war auch eine alte Landkarte dabei. Nur so konnten wir diesen Friedhof finden."

„Mönche? Hier?"

„Ja, vereinzelt. Der mit dem Schlüssel wurde 1407 beigesetzt. Er war einer der letzten Nachfahren eines überlebenden Tempelritters, der sich während der großen Verfolgung versteckt hatte."

Der Archäologe nahm einen Pinsel und entfernte den feinen Sand aus der Vertiefung. Den Rest pustete er mit einem kräftigen Atemzug davon.

Dann setzte er den Schlüssel ein und drehte ihn zwei Umdrehungen nach rechts.

Knirschende, kratzende und schabende Geräusche von sich gebend senkte sich der Boden wie ein Fahrstuhl um fast zwei Meter ab. An einer der schmäleren Seiten war eine große Öffnung entstanden. Die beiden Männer krabbelten durch sie hindurch und entdeckten Stufen, die sie vorsichtig herunter schritten.

Sie schalteten ihre Taschenlampen ein und leuchteten den vor ihnen liegenden Weg aus. Spinnenweben hingen wie zerfetzte Tücher von Wänden und Decke. Sie folgten den Stufen zehn Meter in die Tiefe. Am Ende der Treppe war eine kleine runde Halle und von ihr führten drei Gänge weiter. Sie entschieden sich für den mittleren und folgten ihm bis zu einer halb eingefallen Mauer. Johann beseitigte die Spinnweben und leuchtete durch das Loch im Gemäuer, aber außer einer Steinsäule in Sichtweite war nichts zu erkennen. Die Männer entfernten die restlichen Mauersteine, um die Kammer dahinter zu erkunden. Sie betraten den Raum und Carl fand an der rechten Seite eine Fackel, die er anzündete. Das alte Gemäuer wurde nur spärlich ausgeleuchtet. Er sah sich um und entdeckte eine Pechrinne, die er mit der Fackel entzündete.

Obwohl seit Jahrhunderten niemand in diesen Kammern war, flammte das Pech sofort auf. Das Feuer zog sich wie ein Fluss durch den ganzen Raum, entlang der Wände und in regelmäßigen Abständen in Pechschalen, wie man sie aus alten Tempeln der Antike kannte. Schnell war die Kapelle komplett ausgeleuchtet. Die beiden Männer sahen sich um und entdeckten acht Säulen, an denen angekettete Skelette in Kettenhemden hingen. Die Kleidungsstücke waren nur noch verwitterte Fetzen. An einem der Überreste war ein Templerkreuz zu erkennen. Ein kalter Schauer lief den beiden Archäologen über den Rücken.

„Die armen Kerle, das war bestimmt ein langer qualvoller Tod ... ", sagte Johann leise.

Aus Respekt vor den verstorbenen Rittern schwiegen sie eine Weile.

Sie schlichen langsam weiter und entdeckten auf der linken Seite einen steinernen Sarkophag. Sie befreiten das Behältnis von Sand, Staub und Spinnweben. In die Flanken waren religiöse Szenen gemeißelt und an Kopf- und Fußende waren Templerkreuze in den Stein gehauen. Im Deckel war eine Vertiefung, in der ein Name eingemeißelt war.

„Das Grab des Pierre de Bretagne.", flüsterte Johann, mit den Fingern über das Relief streichend.

„Hilf mir mal den Deckel zu bewegen.", sagte er zu Carl. Das große Steingebilde schien tonnenschwer. In kleinen Abständen bewegte sich die schwere Abdeckung. Nachdem sich langsam eine Öffnung bildete, entwich mit einem leisen Fauchen eine neblige Wolke. Ohne Pause mühten sich die beiden Männer weiter ab, bis das Oberteil des Sarkophags mit einem Poltern von der Ruhestätte rutschte und mit einem lauten Krachen auf dem Boden zerbrach. Sie nahmen ihre Taschenlampen und leuchteten in den steinernen Sarg. Im inneren lag ein Holzsarg, abgedeckt mit der Flagge der Templer. Der einstmals weiße Stoff war vergilbt, fast braun. Das Templerkreuz war nicht mehr strahlend rot, sondern dunkelbraun. Vorsichtig schob Johann die große Fahne beiseite und der reichverzierte Holzsarg kam zum Vorschein. An den Seiten waren vier Messingringe angebracht, die durch die lange Zeit Grünspan angesetzt hatten. Auf dem Deckel war ein geschnitztes Wappen, welches sich in vier Abschnitte aufteilte. Auf zweien prangte das Templerkreuz, auf einem ein Pentakel. Das letzte Symbol wurde scheinbar mutwillig zerstört.

Die beiden Männer hoben den Deckel ab und legten ihn neben den Sarkophag. In der Holzkiste lag ein hochgewachsener Ritter, oder eher das, was von ihm übrig war. Ein großer Templerschild lag auf dem Leichnam. Sie entfernten den Schild vorsichtig und legten ihn bei Seite. Darunter kam ein Schwert zum Vorschein, welches der Ritter mit seinen knochigen Händen festhielt. Es war in einem tadellosen Zustand und wies keinen Rost auf. Auf der Parierstange stand eine Inschrift. ‚in hoc signo vinces', in diesem Zeichen wirst du siegen. Ein Leitspruch der Kreuzritter im Heiligen Land. Aus der Kettenhaube starrte sie ein bärtiger Totenschädel mit weit geöffnetem Mund an. Dort, wo mal die Schulter war, ragte der Schaft eines Armbrustbolzens aus der Kettenpanzerung. Unter dem von den Skeletthänden umklammerten Schwertgriff war ein Buch verborgen, welches in brüchigem Leder eingewickelt war.

Für die beiden Archäologen war es fast wie Weihnachten. Johann nahm das Schwert und das Buch an sich. Dabei entdeckte er an dem rechten Ringfinger einen Siegelring. Er zog ihn vorsichtig von den dünnen Knochen und steckte ihn ein, sowie ein verwittertes Amulett. Um das Skelett nicht zu zerstören, zerriss er die brüchige Kette, an dem das Schmuckstück hing.

Carl schaute zur Stirnseite der Kapelle und sah eine große, doppelflügelige Tür. Er fragte sich, warum sie ihnen vorher nicht aufgefallen war. Zumal sie sich deutlich vom Mauerwerk abhob. Er stupste Johann an und zeigte auf die massive Holztür. Beide begaben sie sich dahin und öffneten sie. Es herrschte eine Totenstille in dem Gewölbe, bis zu dem Augenblick in dem sie die schwere Tür aufstießen. Ein nicht enden wollendes Knarren erklang. Die Männer betraten eine Gruft.

Obwohl das Feuer hier ebenfalls in der Pechrinne und den Schalen loderte, reichte das Licht nicht für jedes Detail aus. Mit ihren Taschenlampen leuchteten sie die riesige Krypta aus. Genau wie im Raum zuvor lag hier gleichfalls der Staub der Vergangenheit auf einem alten, steinernen Altar. Eine große Steinplatte mit eingemeißelten Symbolen lag darauf. Die einstmals roten Vorhänge an der Wand hinter dem Gebilde waren verwittert und rissig. Ein kunstvoll geschnitztes, riesiges Kruzifix hing an Ketten von der Gewölbedecke.

„Sei vorsichtig Carl, wir könnten etwas übersehen.", sagte Johann.

„Jaja, ich bin nicht zum ersten Mal bei sowas dabei.", gab der leicht genervt zurück.

Der ältere Archäologe leuchtete sorgfältig mit seiner Taschenlampe den Boden ab. Carl sah Johann eine Weile dabei zu, dann fragte er ihn, nach was er suchte. Der reagierte nicht auf die Frage und beleuchtete den Gottestisch. Er hatte etwas entdeckt.

„Carl, hilf mir mal. Das ist kein Altar.", sagte er.

Das Feuer in den großen Schalen wurde mit einem Schlag doppelt so hell. Erst jetzt fiel den beiden Männern auf, dass in jeder Ecke des Raums riesige Engelstatuen mit ausgebreiteten Flügeln standen, die große Feuerschalen in ihren Händen hielten, in denen Flammen loderten. Die Flügelspitzen der Statuen berührten die Decke des Gewölbes.

Johann zog sich einen Schritt zurück und bemerkte, dass der vermeintliche Altar mit der steinernen Platte im Zentrum eines großen Pentakels, welches in den Boden eingearbeitet war, stand. Die Archäologen schritten wieder zur Mitte und drückten die schwere Steinplatte beiseite. Nur konzentrierten sie sich dieses Mal darauf, sie nicht zu zerstören, und schoben nur am Kopfende. Langsam bewegte sich die Platte. Nachdem die Öffnung groß genug war, um etwas zu erkennen, nahm Johann seine Taschenlampe und leuchtete hinein.

Seine Vermutung hatte sich bestätigt, es war ein Sarkophag. Er erkannte ein blutrotes Tuch, das etwas darunter komplett abdeckte. Auf dem brüchigen Lumpen war ebenfalls ein Pentakel zu erkennen. Vorsichtig hob er das Tuch an, welches sofort in etliche Teile zerfiel. Er sah, was in dem Steingebilde lag und war entsetzt. Er zuckte forsch zurück und verletzte sich an der Hand. Blut tropfte aus der kleinen Risswunde herunter, direkt in den aufgerissenen Mund des Skeletts. Johann kramte ein Tuch aus der Jackentasche und verband seine Hand notdürftig.

„Was siehst du?", fragte Carl.

„Komm her und schaue es dir selbst an.", antwortete der ältere Professor mit zitternder Stimme.

Irgendetwas irritierte ihn. Er kam sich beobachtet vor. Er sah in jede Ecke des Raumes, entdecke aber niemanden. Der Archäologe überreichte seinem Kollegen die Taschenlampe und der guckte in den Sarkophag. Ungläubig schaute er Johann an und dann wieder hinein. Er sah ein verbranntes, verkrümmtes Skelett. Verkohlte Brocken, welche sich im Laufe der Zeit von dem Knochengerüst gelöst hatten, lagen im Torso und an den Gebeinen. Die einen oder anderen Knochen waren zu Staub zerfallen. Der Brustkorb wurde früher mal gewaltsam geöffnet, denn die Öffnung war nicht auf den Verfall zurückzuführen. Darunter lag etwas in vergilbte Leinentücher eingewickeltes. Ein Knirschen am Boden unterbrach die Stille. Die beiden Männer entfernten sich ein paar Schritte und sahen am Sockel des Steinsarges ein kleines, schwarzes Tuch, welches ebenfalls beim Berühren auseinanderfiel. Darunter lag ein kleinformatiger goldener Wolfsschädel, von dem zu den Seiten eine feine Goldkette abging. Die beiden Männer sahen sich verwundert an. Sie vernahmen ein Knistern aus dem Sarkophag und sahen sich an.

„Komm, wir nehmen die Sachen mit und verschwinden von hier. Irgendwas stimmt nicht mit diesem Ort.", flüsterte Johann.

Carl nickte bestätigend, öffnete den mitgebrachten Rucksack, verstaute die Sachen und dann schoben sie die vermeintliche Altarplatte wieder in ihre ursprüngliche Position. Eilig verließen die beiden die alte Krypta. Kaum hatten sie den Übergang zur Kapelle erreicht, ertönte ein lauter Knall. Die Archäologen warfen sich auf den Boden und legten die Hände schützend über ihre Köpfe. Steintrümmer und kleinere Bröckchen flogen den Männern wie Geschosse um die Ohren, trafen sie aber zum Glück nicht. Die beiden setzten sich aufrecht hin. Der Schmutz und Staub legte sich allmählich.

Dort wo der Sarkophag vorher war, stand das verbrannte Skelett im Raum. Es richtete sich auf und nahm eine normale Haltung an. Wie im Zeitraffer wuchsen fehlende Knochen nach. Muskeln, Gewebe sowie Adern bildeten sich um die bestehenden Überreste herum. Es entstand ein kompletter Frauenkörper. Kurz vor seiner Vervollständigung breitete die Gestalt die Arme aus und legte den Kopf in den Nacken. Das Wesen stieß einen gellenden, langgezogenen Schrei aus. Es war ein Schrei der Befreiung. Ein grelles Licht erhellte kurz die gesamte unterirdische Kapelle. Eine Druckwelle traf die beiden Männer, die sie an eine der

Säulen schleuderte. Sie waren einen Moment lang benommen und geblendet, aber nach ein paar Sekunden waren sie wieder in der Lage zu sehen.

Vor ihnen stand eine junge Frau mit schwarzen, fast hüftlangen, Haaren welche einen auffälligen Kontrast zu ihrer blassen Haut erzeugten. Ihre Augen glühten rot. In ihrem Antlitz zeichnete sich ein eiskaltes Lächeln ab. Die Archäologen wagten es nicht, sich zu bewegen. Schweiß perlte ihnen über die Gesichter. Mit dem Zeigefinger strich sie langsam die salzige Körperflüssigkeit von Johanns Stirn. Die Berührung beängstigte ihn noch mehr. Der Finger des Wesens war eiskalt wie der einer ... er traute sich nicht den Gedanken zu Ende zu führen. Sie öffnete ihren Mund und Fangzähne waren zu sehen.

‚Oh nein, ein Vampir!', schoss es ihm durch den Kopf. Passend zu der kalten Haut. Genüsslich leckte sie den Schweiß von ihrem Finger, die langen Vampirzähne zogen sich in den Oberkiefer zurück. Für einen kurzen Augenblick erlosch das rote Licht in ihren Augen und eisblaue Pupillen kamen zum Vorschein. Ein Lächeln umspielte erneut ihre Lippen. Nur diesmal nicht kalt, eher schelmisch, spitzbübisch. Langsam wuchsen ihr riesige Flügel aus dem Rücken, die sie demonstrativ ausbreitete. Die schwarzen Federn schimmerten im Feuerschein. Ihre Spannweite betrug an die vier Meter.

An ihren Oberarmen entstanden goldene Armreifen.

Das nackte Wesen schritt an ihnen vorbei, entfernte sich, ohne die Männer eines weiteren Blickes zu würdigen, und verließ das Gewölbe durch den Gang, durch den die Archäologen zuvor hinein gekommen waren.

„Sieh nur. Die Tür ... sie ist weg.", bemerkte Carl.

Johann drehte sich um und erschauerte. Dort befand sich stattdessen eine Mauer. Von der Krypta war nichts mehr zu sehen. In der Mitte des Gesteins sahen sie einen Handabdruck. Er wirkte wie in den Stein eingebrannt, so als wäre die Wand an der Stelle geschmolzen.

„Komm Carl, wir sollten hier endlich verschwinden!", murmelte er. Eilig packten sie alles zusammen und rannten Richtung Ausgang, da wurde das Feuer in der Pechrinne erneut deutlich heller. Es loderte regelrecht auf, dann hörten sie ein Klappern und metallisches Schleifen aus dem Sarkophag des Ritters. Das war zu viel für die beiden und sie rannten, so schnell aus der unterirdischen Kapelle, wie es ihnen möglich war.

Dass sich eine knöcherne Hand auf den Rand der Ruhestätte legte, bekamen sie nicht mehr mit.

‚Die Kette ist wieder frei.', schoss es dem Höllenfürsten durch den Kopf.

Er spürte, dass das Schmuckstück die Krypta verließ. Asmodeus schnippte mit den Fingern und eine Feuerwolke entstand vor ihm. Alenya fiel schreiend heraus. Sie lag qualmend und sich vor Schmerzen krümmend zu seinen Füßen. Verbrannte Haut zog sich über ihren gesamten Körper.

„Hör auf mit deinem Gewinsel. Die 717 Jahre waren doch nichts. Ich erweise mich als gnädig und gebe dir noch eine Chance deine Mission zu beenden. Enttäusche mich nicht wieder!", sagte er kalt und sah verachtend auf Alenya herab. Diese schaute ihrerseits enttäuscht und zugleich verbittert zu Asmodeus auf.

‚Eines Tages wirst du da unten schmoren!', sagte sie in Gedanken zu sich selbst.

Ohne Vorwarnung schickte er sie zurück in die Welt der Menschen. Der Höllenfürst grübelte.

„Wir werden uns bestimmt bald wieder sehen…", flüsterte er seinem Geschöpf hinterher. Denn was sie nicht ahnte, aber Asmodeus wusste, eine gefährliche Gegnerin war erwacht. Dieser Gedanke besorgte dem Fürsten Unbehagen.

Erneut schnippte er mit den Fingern und zwei weitere qualmende sich vor Schmerzen windende Körper erschienen vor seinem Thron. Der Gestank von verbranntem Fleisch und Haaren stieg Asmodeus in die Nase. Ein Genuss für seinen Geruchssinn. Sie nahmen gesunde Formen an. Vor ihm standen eine zierliche Schwarzhaarige mit kleinen Hörnchen an der Stirn und großen schwarzen Augen sowie eine schlanke Blondine mit Ziegenhörnern. Beide waren hübsche Geschöpfe, die Asmodeus erst vor kurzem ausgebildet hatte, obwohl die kleine mit den Hörnchen schon länger in seiner Dimension war. Am Ende hatte er ihre Widerspenstigkeit gebrochen.

„Calandra, Delia, ihr seid auserwählt Alenya zu unterstützen. Und versagt ihr…ihr kennt das ja mit dem Barbecue: Ich vor und ihr auf dem Grill.", sagte er gehässig. Mit einem Fingerschnippen schickte er sie Alenya hinterher zu den Menschen.

3. UNHEIMLICHE BEGEGNUNG

Deutschland, drei Monate später.

Es herrschte reges Treiben auf dem Bahnhof von Itzehoe, einer Stadt im südlichen Teil von Schleswig-Holstein.

Mark Thomson, ein Student Anfang zwanzig, wartete hier auf die Ankunft des Zuges aus Hamburg. Er erwartete eine alte Schulfreundin, mit der er das Wochenende verbringen wollte. Vor Monaten hatten sie es schon geplant. Sie kannten sich von der gemeinsamen Studienzeit in der Hansestadt. In der Ferne sah er den Zug auf den Bahnhof zusteuern. Die Bremsen des Zuges quietschten laut, als er am Bahnsteig hielt.

Die Fahrgäste verließen das Beförderungsmittel, andere stiegen ein. Aufmerksam achtete er auf die Menschen, doch von Katja keine Spur. Hatte sie den Zug verpasst und kam mit einem späteren? Mark wartete einige Minuten. Als der Zug weiterfuhr, holte er sein Smartphone aus der Manteltasche. Er hatte vor die Nummer seiner Freundin zu wählen, als er die junge rothaarige Frau entdeckte. Sie kam vom anderen Ende des Bahnsteigs. Sie trug ein dunkelgrünes Mittelalterkleid und hatte eine dazu passende Tasche geschultert. Er kannte diesen Kleidungsstil von den Gothic- und Mittelalterfestivals auf denen er sich gerne herumtrieb. Ein Windstoß ließ die gelockten Haare des Mädchens aufwehen. Sie waren deutlich länger, als es vorher den Anschein hatte. Sie reichten ihr bis zum Bauchnabel. Mark war fasziniert von ihr.

Ohne es bewusst wahrzunehmen, schoss er ein Foto von ihr. Auf seiner Höhe angekommen schritt sie an ihm vorbei und schaute ihn kurz an. Sie verzog keine Miene, sah ihn mit ihren grünen Augen genau in seine und dann war sie verschwunden. Einfach so. Er war so dermaßen abgelenkt, dass er den alten Mann mit dem Koffer nicht bemerkte und ihn versehentlich anrempelte.

Das gestreckte Lederbehältnis fiel runter und öffnete sich. Etwas Langes schaute hervor. Es sah aus wie der Griff eines Schwertes. Er beugte sich herunter, um dem Mann zu helfen, aber der schob den Gegenstand hastig in den länglichen Koffer zurück und verschloss ihn eilig.

„Entschuldigen Sie junger Mann.", sagte der Alte erkennbar nervös. Er sah sich panisch um, lächelte kurz und verschwand.

Mark steckte sich eine Zigarette an und verließ den Bahnhof. Am Parkplatz angekommen rief er bei seiner Freundin an, aber es ertönte nur die Mailbox.

„Katja, wo bleibst du? Der Zug ist durch und du warst nicht drin. Melde dich bitte.", sprach er nach dem Signalton. Irritiert legte er auf.

So kannte er sie nicht. Sie war sonst immer zuverlässig. Das kam ihm komisch vor. Er stieg in seinen alten VW Golf und fuhr nach Hause.

Der Sonnenuntergang läutete das Ende des Tages ein. Häuser, Bäume, alles warf lange Schatten. Der Himmel leuchtete in einem kräftigen Rot, durchzogen von weißen und hellgrauen Wolken.

Der Friedhof war zugleich eine Art Park. Üppige Grünflächen und viele Bäume gab es hier. Trotz der Lage an einer Hauptstraße war dieser Ort der Stille abgetrennt vom normalen Leben.

An einem alten Grab, welches schon viele Jahre nicht mehr gepflegt wurde, stand Johann Konrad mit seinem langen Koffer. Er schaute sich um, aber es war niemand zu sehen. Leichter Wind ließ die Bäume rauschen. Ein paar Krähen gaben ihre Laute von sich, ansonsten war alles still. Selbst der Straßenlärm, den man sonst hörte, wurde verschluckt. Der alte Mann schaute sich um, aber niemand war zu sehen. Er sah nervös auf seine Uhr. Es war schon nach acht und von dem Kontaktmann, mit dem er sich hier verabredet hatte, war nichts zu entdecken. Er schritt langsam weiter zu einem der Gräber. Er bemerkte einen schmalen Weg aus Marmorplatten, der an einer Gruft endete. Das Gemäuer sah aus wie ein kleiner Tempel. Es war mindestens zweihundert Jahre alt. Ein rostiger Zaun umgab die Ruhestätte. Die Grabstätte war ringsherum mit Efeu fast zugewachsen. Fasziniert sah er sich die Inschrift am Kopfstück an. In altem Latein stand dort etwas geschrieben, welches er aber nicht zu übersetzen vermochte, da einige Buchstaben nicht mehr lesbar waren. Die Faszination wich wachsendem Unbehagen. Er wandte sich ab und schaute, ob sein Kontakt auftauchte, aber niemand kam. Johann fiel auf, dass es total windstill war. Er hörte weder das Rauschen der Bäume noch einen Vogel. Absolut nichts, nur Stille ... Totenstille.

Es wurde dunkler. Er fing an zu frösteln. Innerhalb der letzten Minuten erschien es ihm immer kälter. Er hatte vor den Gottesacker zu verlassen. Sofort setzte er diesen Gedanken in die Tat um. Seit einer Stunde wartete er schon, und der Kontakt würde sicher nicht mehr kommen. Er verließ den Friedhof, diesen unheimlichen Ort. Eiligen Schrittes näherte er sich dem Ausgang.

Johann vernahm ein Knacken unter seinem Fuß. Er bückte sich und pfriemelte im Sand, bis er etwas entdeckte. Es war eine Kette mit einem Medaillon. Genaueres war nicht zu erkennen. Verwittert und verschmutzt lag es in seiner Hand. Er steckte seinen Fund in die Manteltasche. Endlich erreichte er den Ausgang und ihm war wohler. Er atmete tief ein und fragte sich, wie er sich auf die Schnapsidee einlassen konnte, sich mit einem ihm völlig Fremden hier zu treffen.

Auf einmal wurde es warm am Oberschenkel. Er stutzte und sah an sich herunter. Leichter Rauch kam aus der Manteltasche und es roch verbrannt.

Abrupt blieb er stehen und griff vorsichtig hinein. Zu seinem Erstaunen war das Medaillon nicht heiß, dafür aber sauber und blank. Es schien wie neu.

Er sah sich den Kettenanhänger genauer an. Es zeigte dem älteren Mann ein ihm bekanntes Symbol. Eine keltische Triskele, umgeben von einem Flammenrad. In der Mitte war ein filigranes Pentagramm eingraviert. Am Rand war das Medaillon fein gezackt wie der Kranz einer Sonne. Er erkannte es als das Gleiche wieder, welches er vor kurzem in der Bretagne an dem Skelett des Kreuzritters fand.

Beim Verlassen des Friedhofs sah er sich nochmal um. In diesem Moment leuchtete das Medaillon leicht. Er hatte den Eindruck, dass es ihm etwas sagen wollte. Er entschloss sich, in die Stadt zurückzugehen. Die dunkle Gestalt in einer Mönchskutte zwischen den Bäumen bemerkte er nicht. Diese sah Johann hinterher, bis er fast verschwunden war, und folgte ihm dann.

Am Rande des Stadtzentrums angekommen verspürte er ein Gefühl der Sicherheit, aber er meinte Blicke auf sich zu spüren. So als würde er beobachtet werden. Er drehte sich um und sah außer einem Schatten, der zwischen zwei Häusern verschwand, niemanden. Er wurde neugierig und ging ein paar Schritte zurück zu der Stelle, wo die schemenhafte Gestalt verschwunden ist. Es war niemand in dem schmalen Durchgang zu sehen, keine Menschenseele. Am anderen Ende des Ganges kam er in einer Sackgasse an. Es war weit und breit kein Mensch zu erblicken. Johann begab sich zurück auf den Weg, den er gekommen ist, und setzte seinen Weg in die Stadtmitte fort. Dann sah er den Schatten erneut, diesmal vor ihm. Er trug eine Mönchskutte. Beide blieben stehen und sahen sich aus sicherer Entfernung an. Der Mönch wich einen Schritt zurück und verschmolz mit der Dunkelheit. Johann setzte seinen Heimweg fort. In einigen der Häuser brannte Licht und an einem der beleuchteten Fenster stand ein junger Mann, der ihm bekannt vorkam.

Nach wie vor hatte Mark das Bild des Mädchens im Kopf. Er legte das Smartphone bei Seite und sah aus dem offenen Fenster seiner Wohnung zum Himmel. Die Nacht hatte ihr dunkles Kleid über die Stadt gelegt. Auf der Straße spazierte ein alter Mann, der ihm bekannt vorkam. Er drehte sich um, schloss das Fenster, zog sich seinen Mantel an und verließ das Haus. Mark beschloss frische Luft zu schnappen, sich Zigaretten zu kaufen, und da kam ihm die Idee es mit einem Spaziergang zu verbinden.

Selbst nach einer Stunde ziellosem umherirren, drehten sich seine Gedanken nur um dieses Mädchen. Er nahm sich eine Zigarette aus der Packung und zündete sie an. Blauer Rauch quoll aus seiner Nase. Er war an einer kleinen Parkanlage angekommen. Dort entdeckte er eine Bank und setzte sich. Seine Blicke wanderten nach oben. Schattenhaft waren die Baumkronen zu sehen, dahinter der schwarze, sternenklare Himmel. Er bemerkte, dass es nahezu totenstill war. Keinerlei Geräusche waren zu hören, nicht einmal das Rascheln irgendwelcher nachtaktiven Tiere, absolut nichts. Hinzu kam das Gefühl, von eisiger Kälte, die sich unaufhaltsam breitmachte. Er entdeckte flachen Bodennebel, der sich auf ihn zu bewegte. Das war unheimlich. Er beabsichtigte zu verschwinden, doch irgendetwas stimmte nicht. Er sah einen Schatten an der Baumgruppe ihm gegenüber.

„Hallo, ist da jemand?", rief er, aber er erhielt keine Antwort.

Langsam überkam ihn die Angst. Er sah sich um und bemerkte, dass der Nebel näher kam. Zügig schritt er Richtung Straße, dann blieb er stehen und sah zurück zu der Baumgruppe. Der Schatten war weg.

Etwas Kaltes streifte seine Wange.

Eiskalte Finger schienen ihn zu streicheln. Erschrocken blieb er stehen und erstarrte. Er bemerkte sowas wie einen warmen Hauch. Und gleichzeitig dieses Eisige etwas, welches ihn traf.

Dann hörte er ein flüstern, wie aus weiter Ferne kommen:

Sei bereit!

Es war eine weibliche Stimme. Sie schien von überall her zu kommen. Ihm rutschte das Herz in die Hose, er wurde bleich und ihm zitterten die Knie.

„Bereit? W ... w ... wofür?", stammelte er.

Sei bereit, dein Schicksal zu anzunehmen., flüsterte die Stimme wieder.

Etwas berührte ihn an der Schulter. Er nahm all seinen Mut zusammen und drehte sich ruckartig um, aber da war niemand. Der Nebel war verschwunden. Der Schatten aus der Baumgruppe war ebenfalls nicht mehr da.

Neben ihm raschelte es. Ein Igel kreuzte seinen Weg. Dann entdeckte er etwas. An einem Busch hing ein Stofffetzen. Er nahm das Textilstück, und da er in der Dunkelheit nichts erkannte, steckte es er erst mal ein.

Auf dem Weg zur Straße hörte er erneut die Stimme nur klang sie diesmal weiter entfernt.

Sei bereit ...

Die ganze Nacht bekam Mark kein Auge mehr zu. Er setzte sich an seinen Schreibtisch und kramte den dunkelgrünen und porösen Stofffetzen hervor, den er im Park gefunden hatte. Das Stück Leinenstoff war uralt und brüchig.

Mark nahm wieder sein Smartphone in die Hand und sah sich das Bild wie schon so oft an dem Tag an.

"Wer verdammt, bist du?", sprach er das Foto an, in der Hoffnung eine Antwort zu erhalten, aber das war ja unmöglich. Er stand auf und entschloss sich, einen weiteren Versuch zu wagen, es mit schlafen zu probieren. Mark wollte den Blick von dem Bild abwenden, da geschah etwas, mit dem er nicht gerechnet hatte. Das Mädchen auf dem Display lächelte ihn an und blinzelte ihm zu.

"Hä? Das gibt's doch nicht ...", flüsterte er und rieb sich die Augen. Das Foto erschien wieder normal, so als wäre nichts geschehen.

"Alter, geh zu Bett.", sagte er zu sich selbst. Dann schaltete er das Smartphone und die Schreibtischlampe aus.

Er sah zum Fenster und erschrak. Schemenhaft wie ein Geist sah ihn das Mädchen erneut lächelnd an. Rote, lange, gelockte Haare umrahmten ein blasses, sanftes und schlankes Gesicht mit grünen Augen. Als wäre das noch nicht genug veränderte sich das Antlitz kurz. Es waren zwei verschiedene. Er vermutete eine Spiegelung und drehte sich forsch um, aber außer ihm war niemand in dem Raum. Dann sah er wieder zum Fenster, und die Erscheinung war weg.

Völlig verwirrt legte er sich auf sein Sofa und schlief wider Erwarten sofort ein.

Gegen Mittag wachte Mark schweißgebadet auf. Er hatte einen merkwürdigen Traum, in dem er von einer geflügelten Frau mit Hörnern gejagt wurde. Er war nicht in der Lage sich an ihr Gesicht zu erinnern, nur an rotglühende Augen. Sie beabsichtigte, ihn zu töten aber kurz bevor sie ihn erwischte, wurde sie von einem wuchtigen Blitz getroffen. Dann war er auf einer Insel mit einer Burg. Er erinnerte sich nur bruchstückhaft an Einzelheiten, an eines aber genau. Die Stimme war wieder da.

Sei bereit!

Mark trottete in die Küche und kochte sich einen Kaffee. Den brauchte er jetzt. Nach dem ersten Schluck der schwarzen Brühe beschloss er, herauszufinden, wer das Mädchen auf seinem Smartphone war. Aber vorher spazierte er zu dem Antiquitätenladen in der Stadt. Er war sich sicher, den alten Mann dort schon mal gesehen zu haben.

4. BESUCH AUS DER VERGANGEN-HEIT

Am späten Nachmittag erreichte Mark das Antikgeschäft. Bevor er den Laden betrat, sah er in die Schaufenster.

Er öffnete die alte Eingangstür und trat ein. Beim Bewegen der Tür ertönten die oben am Rahmen angebrachten zwei Glöckchen. Es roch leicht muffig in dem Laden. Ein alter Thron zog Mark förmlich an. Der junge Mann betrachtete den großen Stuhl ausgiebig.

„Schönes Stück, nicht wahr?“, sagte der alte Ladenbesitzer und deutete auf den Thron.

Mark nickte und kam langsam zu der Verkaufstheke. Der Professor kratzte sich an der Stirn und fragte den Jungen:

„Sagen Sie mal, sind wir uns nicht erst vor kurzem begegnet?“

Mark antwortete:

„Ja, am Bahnhof. Sie hatten doch so einen langen Koffer dabei, der sich geöffnet hatte, als er Ihnen runter fiel.“ Er kam zum Tresen.

„Richtig. Was kann ich für Sie tun?“, fragte Johann.

„War das ein Schwert in Ihrem Koffer?“

Der Professor schaute Mark skeptisch an.

„Warum willst du das wissen?“

„Nur so. Es sah aus, wie der Griff eines mittelalterlichen Schwertes, wie es unter anderem zur Zeit der Kreuzzüge im elften bis vierzehnten Jahrhundert verwendet wurde. Aber ok, es geht mich nichts an. Eigentlich bin ich wegen etwas anderem hier.“

Der Alte kratzte sich am Kinn und überlegte einen Moment. Der Junge kam ihm vertrauenswürdig vor. Er schien sich für das Mittelalter zu interessieren und wirkte sympathisch auf ihn.

„Ja. Ich war vor drei Monaten in der Bretagne“, entgegnete Johann.

„Da habe ich etwas entdeckt und natürlich mitgebracht. Carl, mein Kollege, und ich waren in einer unterirdischen Kapelle, die wir schon lange gesucht hatten und …"

Weiter kam Johann nicht, denn die Eingangstür wurde geöffnet und neun Männer in schwarzen Mönchskutten betraten den Laden.

„… und Ihr habt mich bestohlen!", beendete eine sanfte Stimme den Satz. Johann und Mark schauten verunsichert zu den Männern, die sich inzwischen in dem Geschäft verteilt hatten.

Johann hatte als Erster die Fassung wieder erlangt und fragte höflich:
„Und mit wem habe ich das Vergnügen, mein Herr?"

Der Mann kam langsam auf das Duo zu. Er zog seine Kapuze zurück und streifte die Kutte ab. Darunter kam der weiße Waffenrock mit dem roten Tatzenkreuz der Templer zum Vorschein. Das Gesicht des Mannes sah gepflegt aus. Ein sorgfältig gestutzter Vollbart umrandete den Mund und dunkelblonde Haare wuchsen etwas über die Schultern hinweg. Mit dunkelbraunen Augen sah er den Professor an.

Mit sanfter Stimme richtete er seine Worte an Johann:
„Ich bin Pierre de Bretagne und möchte mein Eigentum zurück, welches Ihr mir gestohlen habt. Es liegt bei euch, ob wir es friedlich oder weniger friedlich klären können." Johann erschrak. Konnte dass wahr sein? War es wirklich der, der der Ritter behauptete zu sein?

Einer der Männer verriegelte die Eingangstür. Er drehte das „Geöffnet"-Schild um auf „Geschlossen".

Die acht anderen Männer kamen dichter und zogen ihrerseits die Mönchskutten aus. Auch sie trugen die Rüstungen der Templer. Im Gegensatz zu Pierre de Bretagne hatten sie ihre Schwerter bei sich. Johann war kurz davor den Verstand zu verlieren. Er erinnerte sich an die Skelette in der unterirdischen Kapelle. Zaghaft fragte er:
„Monsieur de Bretagne, ich verstehe nicht ganz. Wie kann es sein, dass …", seine Stimme versagte ihren Dienst.

Der Templer sah den Professor durchdringend an.
„In dem Moment, indem Ihr meinen Leichnam geplündert habt, begann etwas uns zurück zu holen. Und nachdem Ihr den Sarkophag in der Krypta geöffnet habt, erwachten wir vollends.", antwortete de Bretagne.

„Und nun möchte ich mein Eigentum zurück … bitte.", fügte er hinzu. Der Professor schluckte hart.

„Darf ich euch etwas fragen, mein Herr?", fragte Johann den Templer. Dieser sah ihn streng an und nickte.

„Gewiss, was möchtet Ihr Wissen?"

„Ihr wart über 700 Jahre tot. Wie kommt es, dass Ihr und eure Brüder unsere Sprache versteht?"

„Da ich in Euch keine Feinde oder böse Menschen sehe, werde ich Euch gerne antworten.", sagte der Templer mit ruhiger Stimme und fuhr fort.

„Als Ihr die Gruft verlassen hattet, kam die Frau zurück, die Ihr ebenfalls erweckt habt. Durch ihre Magie und …", er stockte und Johann sah, wie die ernste Miene des Ritters sich in einen traurigen Gesichtsausdruck verwandelte. Er meinte eine Träne zu erkennen.

„… diese Frau gab uns die Fähigkeit, die Auffassungsgabe und alles Wissen eurer Zeit. Wir beherrschen dank ihr viele Sprachen dieses Kontinents. Nachdem sie uns zwei Monate unterrichtet hatte zog sie davon und übertrug uns eine Aufgabe."

„Was für eine Aufgabe? Und war die Frau ein Dämon oder gar ein Vampir? Ich meine wegen der Flügel, der roten Augen und den Fangzähnen."

„Darauf, mein Herr, möchte ich nicht antworten. Und nein, sie ist kein Dämon oder Vampir. Sie ist … ihr werdet es eines Tages sehen." Damit beendete der Ritter seine Ausführungen.

Johann nickte und akzeptierte die Antwort. Ohne eine weitere Frage zu stellen ging er schweigend ins Hinterzimmer und holte die Gegenstände, die er mit Carl aus der Kapelle entwendet hatte, in den Verkaufsraum und legte diese auf den Tresen. Zuerst nahm der Ritter seine Waffe, sah sie sich von allen Seiten genau an.

„Ihr habt es geschliffen und poliert. Ich danke euch."

Er küsste die gravierte Parierstange und steckte das Schwert in die Scheide am Gürtel.

Die Kette ignorierte er. Dieses fiel Johann auf, sagte aber nichts. Der Ritter steckte sich den Ring auf, das in Leder eingewickelte Buch und eines der Amulette ließ er liegen. Er drehte sich um und sagte zu Mark:

„Diese beiden Dinge sollt Ihr bekommen, denn es ist Eure Aufgabe sie ihrer Bestimmung zuzuführen."

Er legte seine rechte Hand auf das Buch und das Amulett. Der junge Mann schaute irritiert und fragte:

„Welche Aufgabe? Ich verstehe nicht ganz."

„Ihr werdet es bald wissen, mein Freund. Seid bereit!", entgegnete ihm der Ritter mit sanfter Stimme. Er legte seine Hand auf Marks Schulter, sah ihm tief in die Augen und wiederholte:

„Seid bereit!"

,Schon wieder diese Worte!', dachte Mark und es durchzuckte ihn wie ein Stromschlag. Ein kalter Schauer lief ihm über den Rücken. Er erinnerte sich an die Stimme aus dem Park. De Bretagne verneigte sich vor dem Studenten und dem Professor, begab sich zu seinen Ordensbrüdern und gemeinsam verließen die Krieger, nachdem sie ihre Mönchskutten wieder übergestreift hatten, das Geschäft. Einer von ihnen hastete zurück, wendete das Schild auf „Geöffnet", grinste verlegen und schloss die Tür leise von außen.

Johann holte aus dem Hinterzimmer zwei Becher und schenkte Mark und sich einen Kaffee ein. Der bedankte sich.

„Wer sind Sie eigentlich und wieso waren Sie gezielt im Focus dieses Mannes?"

Der Junge ließ Revue passieren, was soeben geschah und antwortete dann.

„Mein Name ist Mark Thomson, ich bin Student und habe absolut keine Ahnung was hier läuft. Aber vielleicht hängt das ja hiermit zusammen."

Er zog sein Smartphone aus seiner Manteltasche und zeigte dem Professor das Foto mit dem Mädchen.

Johann sah auf das Bild, deutete mit dem Finger darauf und sah Mark an.

„Die kenne ich.", sagte er.

„Woher?", fragte der Student aufgeregt.

„Wo kann ich sie finden?", fuhr er fort.

Der Professor sah ihn an und antwortete mit einer Gegenfrage.

„Warum wollen Sie das wissen?"

„Äh ... wenn ich Ihnen das erzähle werden Sie mir eh nicht glauben.", gab der junge Student zurück.

„Na dann fangen Sie mal an.", erwiderte Johann.

„Ich bin ganz Ohr. Heute erschüttert mich nichts mehr."

Dann erzählte Mark von seinen Erlebnissen der letzten Tage.

Nach den Ausführungen des Studenten sagte Johann:

„Na das passt ja gut zu dem, was ich schon erlebt habe. Das Mädchen ist übrigens meine Enkelin Mia und sie ist ... sehr speziell."

„Was meinen Sie mit ‚speziell'?", fragte der Junge.

„Sie ist eine Hexe."

Nach dieser Antwort war Mark für einen Moment still.

„Ich studiere zwar *Alte Welt*, aber wir sind im 21. Jahrhundert, da gibt es sowas antiquiertes nicht mehr.", sagte der junge Mann.

„Ach nee. Und Kreuzritter, die einen siebenhundert Jahre langen Mittagsschlaf gehalten haben und dann mal eben herumspazieren gibt es ja demnach auch nicht, oder?", gab Johann forsch zurück.

„Naja, manche tanzen halt aus der Reihe."

„Sie machen es sich ja sehr einfach. Übrigens, was ist *Alte Welt* eigentlich?"

„Mythologie und Okkultismus.", antwortete Mark abwesend.

Der Student schaute sich das Buch genauer an. Er öffnete das brüchige Leder und wickelte das historische Blätterwerk aus. Der Einband war für sein Alter perfekt erhalten. Auf dem Deckel war eine Art Schloss zu sehen. An den Seiten waren Klammern aus Metall, die sich von Hand nicht öffnen ließen. Die Männer überlegten, wie das Buch zu entriegeln sei, kamen aber zu keinerlei Lösung. Mark sah sich das Amulett genauer an und legte es mit dem Symbol nach oben in die kleine Mulde des Buchdeckels. Keine Reaktion.

„Hm ... hätte ja klappen können.", meinte er. Er nahm den Kettenanhänger heraus, drehte ihn um und legte das Schmuckstück erneut in die Vertiefung. Sie hörten ein leises Klickgeräusch. Das kleine Teil fing an sich wie von Geisterhand zu drehen und eine der Klammern löste sich. Mehr geschah nicht.

Die Männer sahen sich ratlos an.

„Es könnte aber auch daran liegen, dass du noch nicht reif für das Buch bist.", erklang eine junge, weibliche Stimme aus dem Hintergrund.

Die beiden schauten in die Richtung, aus der die Mädchenstimme kam. Nichts war zu sehen. Neben Johann flirrte die Luft und leichter Nebel stieg auf, der sich zu einer Säule verfestigte. Darin erschien eine junge rothaarige Frau in einem grünen Mittelalterkleid.

„Hallo Großvater.", begrüßte sie den Professor. Sie umarmten sich. Johann war erfreut seine Enkelin endlich wieder zu sehen, denn sie war sechzehn, als sie vor drei Jahren spurlos verschwand.

„Du bist so erwachsen und ... so hübsch geworden. Du kommst immer mehr nach deiner Mutter.", schmeichelte er ihr.

„Aber nur äußerlich.", gab sie zurück.

„Wo warst du die letzten drei Jahre? Ich habe mir Sorgen um dich gemacht."

„Das ist eine lange Geschichte, Großvater. Zu gegebener Zeit wirst du alles erfahren."

Sie wandte sich dem Studenten zu, der den Mund gar nicht mehr zu bekam. Er rieb sich die Augen. Endlich sah er das Mädchen vom Bahnhof und aus seinen Visionen wieder.

„Vergiss das Atmen nicht und mach den Mund zu. Du kleckerst sonst alles voll hier.", sagte sie mit einem spitzbübischen Lächeln.

Er schaute verlegen nach unten und gewann langsam seine Fassung zurück. Er stellte sich der jungen Frau vor.

„Hallo, ich heiße Mark und bin ...", weiter kam er nicht, da ihm das Mädchen das Wort abschnitt.

„Ich weiß. Ich beobachte dich schon einige Zeit, mein Lieber. Weit vor unserer Begegnung am Bahnhof. Und? Bist du bereit?"

„Ich ... weiß nicht ... wofür. Ich verstehe das alles nicht.", stammelte er.

„Auch Pierre hatte dir geraten, bereit zu sein. Dann wirst du dich schneller deinen Aufgaben stellen müssen, als wir alle dachten.", sagte sie orakelhaft. Mark sah den Professor hilfesuchend an und der zuckte nur mit den Schultern.

„Das ist dein Ding mein Junge, da musst du dich schon selbst raus manövrieren."

„Und du wirst jetzt lernen, was du wissen musst.", sagte Mia, nahm ihn bei der Hand und verschwand mit ihm, wie sie erschienen war, in einer Nebelwolke.

„Alles Gute, kleiner.", flüsterte Johann, dann griff er zum Telefon und rief seinen Freund Jonas Drake an.

Leise plätscherten die Wellen der Stör an die Mauer der Anlegestelle. An dieser Stelle stand einst das Alsen-Zementwerk, bis zu seinem Abriss Anfang der 2000er Jahre. Nur wenig erinnerte noch an die alte Anlage.

Ein bärtiger Mann mit Kutschermantel und schwarzer Kleidung stand an der Kaimauer und schnippte seine Zigarette in den Fluss. Er drehte sich um und marschierte zu seinem Auto, welches er in geringer Entfernung geparkt hatte. Ein Pärchen mit einem Kinderwagen und einem brav nebenher trottenden Golden Retriever kam ihm grüßend entgegen. Er kannte sie aus der Nachbarschaft vom Sehen her. Das Klingeln seines Smartphones holte ihn schlagartig aus seiner Gedankenwelt zurück. Er nahm das Gespräch an.

„Hallo Johann, altes Haus. Wie geht es dir?", begrüßte er den Archäologieprofessor.

„Hallo Jonas. Kannst du mal bitte zu mir in den Laden kommen? Ich brauche mal deinen Expertenrat."

„Den als Polizist, als Detektiv, als Jäger merkwürdiger Leute oder als Sohn?"

„Hm ... ein bisschen von allem, würde ich sagen."

„Okay, ich bin in circa zwanzig Minuten bei dir."

„Danke.", dann legten beide gleichzeitig auf. Der ehemalige Polizist und jetzige Detektiv rieb sich die Hände.

„Klingt nach Abwechslung.", sagte er zu sich selbst. Er erreichte seinen alten VW Passat und stieg ein. Jonas startete den Motor und suchte auf dem USB-Stick in seinem Radio nach der für ihn gerade passenden Musik. Seine Auswahl fiel auf ein altes Evanescence Live-

Album. Dann lenkte er den Wagen in die Innenstadt. Nach fünfzehn Minuten hatte er sein Ziel erreicht. Die letzten zweihundert Meter in die Fußgängerzone legte er zu Fuß zurück.

Kurz vor Johanns Antiquitätenladen kam ihm eine schwarzhaarige junge Frau entgegen, die ihn von oben bis unten musterte. Er meinte für einen Moment ein rotes Leuchten in ihren Augen zu sehen. Er drehte sich nach dem Mädel um, aber es war spurlos verschwunden. Jonas zuckte mit den Schultern und betrat das Geschäft seines Freundes. Johann erwartete ihn schon mit einem frisch eingeschenkten Kaffee. Nach einer kurzen Begrüßung erzählte der alte Mann, was in der letzten Stunde vorgefallen war.

„Das ist harter Tobak.", sagte Jonas nachdenklich.

„Und was denkst du, sind diese ... Templer gefährlich?"

„Für uns wohl nicht. Sie hätten den Jungen und mich ja ohne dass es jemand mitbekommt töten können. Nein, die waren friedlich und obwohl ich sie beklaut habe sehr freundlich." Nach einer kurzen Pause fragte Johann:

„Und nun alter Monsterjäger? Ist das interessant für dich?"

„Der war gut. Nur wegen der Geschichte mit Mors Angelus in Ginderburg? Habe die ganze Zeit versucht das zu verdrängen."

„Jonas, denke zurück an deine Jahre bei der Polizei. Du warst schon mehrmals in solchen Situationen."

„Ja, aber auch daran wollte ich mich nicht erinnern. Der Tod von Hubert Merius steckt mir immer noch in den Knochen."

„Stelle dich deinem Schicksal, mein Junge. Du kannst ihm nicht ewig entfliehen."

„Genau das macht mir Angst ... und noch mehr, was da noch kommen könnte.", erwiderte der Privatdetektiv nachdenklich.

5. ... FÜR DIE ANDEREN DER TOD!

Die drei zwielichtigen Gestalten verfolgten das Pärchen, welches die Abkürzung durch den Park nahm. Es war dunkel und diese Gelegenheit nutzten die Kleinkriminellen aus. Sie teilten sich auf, um das Paar zu umzingeln. Wie Hyänen umkreisten sie ihre Opfer und lachten. Sie zogen ihre Klapp- und Springmesser.

„Hey ihr beiden. Wie wär es mit einer kleinen Spende für drei arme Männer?"; sagte der älteste von ihnen. Er fuchtelte mit seinem Messer vor dem Gesicht der Frau herum.

„Ob dein Stecher dich auch noch so toll findet, wenn ich dich hiermit ein bisschen bearbeite? Aber ... das können wir auch überspringen, indem ihr eure Kohle rüberwachsen lasst."

„Hört auf damit, wir haben doch nichts.", antwortete die blonde mit zitternder Stimme. Ihr Mann stand nur regungslos da, obwohl seine Frau bedroht wurde. Der Anführer packte die Blondine, drehte sie blitzschnell herum und hielt ihr das Messer an die Kehle. Er stank nach Alkohol und kaltem Schweiß.

„Tony, tu doch was.", flehte die Frau weinend ihren Mann an.

„Ja genau, Tony. Tu was! Gib uns dein Geld.", sagte der Gauner und lachte dreckig. Er drückte das Messer fest gegen ihren Hals. Die Frau sah hilfesuchend zu ihrem Göttergatten, der da stand und nichts unternahm, um ihr zu helfen. Einer der jüngeren Kerle schubste den Mann ein Stück, der diesen Moment zur Flucht ausnutzte. Zwei der Ganoven liefen dem Flüchtenden hinterher, wurden aber von ihrem Anführer zurückgepfiffen.

„Lasst den Feigling laufen, dann haben wir eben halt ein bisschen mehr Spaß mit der hier.", rief er und fing an, die Frau unsittlich anzufassen. Sie wollte schreien, aber der Freak hielt ihr blitzschnell den Mund zu und zerrte sie zu der nahestehenden Parkbank. Die Laterne daneben leuchtete. Er warf sie auf die Sitzgelegenheit und zerriss ihre Bluse. Dann zerschnitt er ihren BH und entblößte ihren Oberkörper komplett.

„Oh, schöne Hupen.", sagte der fiese Kerl und grabschte ihr an die Brüste. Sie wehrte sich, soweit es ihr möglich war. Die Frau versuchte wegzulaufen, aber der Ganove packte sie brutal an den Haaren.

„Wohin so eilig? Wir wollten doch Spaß haben.", gab er kichernd von sich. Er schob der Frau den Rock nach oben und riss ihr den Schlüpfer vom Leib. Er fummelte an seiner Hose herum und ließ sie runterrutschen. Mit grober Gewalt drückte er ihre Beine auseinander. Die Frau schrie in Todesangst.

Ein Rauschen unterbrach die Stille. Keine der beteiligten Personen hörte, woher das Geräusch kam. Schlagartig tauchte ein großer Schatten auf und die Frau bekam einen unsanften Stoß in den Rücken. Sie fiel auf ihre Knie. Der Mann ließ von ihr ab. Sie rechnete mit dem Schlimmsten. Grauenhafte Geräusche, wie brechendes morsches Holz, zwischendurch entsetzliche Schreie und etwas, das sich anhörte als würde eine Milchtüte platzen und plätschernd auslaufen. Nach ein paar Minuten war es totenstill.

Ein kleines Rinnsal aus Blut bahnte sich seinen Weg zwischen ihren Beinen entlang und ein abgerissener Kopf mit weit aufgerissenem Mund und Augen rollte vor ihre Knie. Es war der des Mannes, der versucht hatte, sie zu vergewaltigen. Die blonde Frau schrie entsetzt auf, drehte sich um und sah eine weibliche Person mit schwarzen Flügeln. Sie trug ein dunkelrotes, alt wirkendes Kleid mit einem goldenen Gürtel. Es war zwar bodenlang, verdeckte aber nur das Notwendigste. An Vorder- und Rückseite war das Bekleidungsstück tief eingeschnitten, an den Seiten bis über die Hüften geschlitzt. Ihre Augen leuchteten rot und sie kam langsam auf das blonde Opfer zu. In ihrer rechten hielt sie einen weiteren Kopf von einem der anderen Ganoven. Blutbesudelt stand sie vor ihr und lächelte. Sie rammte den Schädel auf einen der metallenen Pfähle und reichte der Blondine ihre Hand, um ihr aufzuhelfen. Das war zu viel für die Frau und sie brach ohnmächtig zusammen. Das Wesen schaute ungläubig zu der Bewusstlosen hinunter und runzelte die Stirn. Sie ging in die Hocke und tippte der Blondine an die Schulter und rüttelte sie dann sanft. Keine Reaktion.

„Komisch. Wie zerbrechlich Menschen doch sind. Da rettet man deren Leben und die gehen trotzdem kaputt …", sprach sie leise vor sich hin, zuckte mit den Schultern und flog davon.

Tony hetzte aus dem Park und rannte, ohne darauf zu achten, wo er hinläuft. An seine Frau verschwendete er keinen Gedanken. Er war nur froh, den Ganoven entkommen zu sein. Das kreischende Quietschen von Reifen ließ ihn herum rucken. Ein Taxi legte eine Vollbremsung hin und rutschte trotzdem auf ihn zu. Es fing an, sich quer zu stellen. Seine Augen weiteten sich und er verabschiedete sich innerlich von seinem

Leben, denn der Wagen war immer noch zu schnell. Tony schloss die Augen und war zu keiner Bewegung fähig. Etwas packte ihn an den Achseln und hob ihn hoch. Er sah nach oben und erkannte eine geflügelte Frau mit rotglühenden Augen, die ihn aus der Gefahrenzone hob. Dann blickte er nach unten und sah, wie das Taxi unter ihm weiter rutschte. Der Taxifahrer schaute seinerseits dem Spektakel zu und dann krachte es. Die Airbags platzen auf und dämpften seinen Aufprall. Der Geruch von verbranntem Gummi und Öl stieg in seine Nase.

Die geflügelte Frau setzte ihn ab. Er sah die zierliche Schwarzhaarige verblüfft an.

„Danke.", sagte er zaghaft.

„Bist du Tony?", fragte sie.

„Ja."

Da traf ihn ohne Vorwarnung ein rechter Haken des Mädchens und schickte ihn zu Boden.

„Erbärmlicher Feigling. Der war dafür, dass du deine Frau im Stich gelassen hast!", zischte sie und hob wieder ab. Er spuckte Blut und zwei Zähne aus und rieb sich sein Kinn.

„Ich glaub die mag mich …"

Jonas Drake saß am Schreibtisch in seinem Büro in Itzehoe und wartete auf seinen Freund und Kollegen Yakup Melek. Der beabsichtigte schon längst dort zu sein, aber er steckte in einem Stau auf der A23. Jonas dachte über das Gespräch mit Johann nach. Das Klingeln des Telefons riss ihn aus seinen Gedanken. Er nahm den Hörer auf und hörte die Stimme von Nick Hübner, einem befreundeten Polizisten von der Polizeidirektion Itzehoe.

„Gutern Morgen Jonas. Hast du Zeit?"

„Joa, ich denke schon.", antwortete er. Im selben Augenblick betrat seine Sekretärin Vanessa Klamp mit einem frischen Kaffee und der aktuellen Tageszeitung sein Büro.

„Ist ja richtig was los hier in dem Kaff.", sagte sie zu ihrem Chef und reichte ihm das Tageblatt. Sie grinste und verließ den Raum wieder.

„Um was geht es denn genau, Nick?"

„Da liegt ein wenig Gulasch im Park. Habe dir eine Mail geschickt.", sagte der Polizist.

Jonas öffnete sein Postfach und las die Überschrift: ‚Vorläufiger Bericht: Täter nach Überfall zerfetzt!'

„Klingt ja sehr reißerisch.", äußerte er sich.

„Tolles Wortspiel. Wäre das nicht ein Fall für dich, Jonas? Du stehst doch so auf Mysteriöses."

„Klingt nach einer genervten Ehefrau."

„Nein, eher weniger. Glaub mir. Ich bin am Tatort. Da muss jemand ziemlich sauer gewesen sein. Drei Kleinkriminelle haben ein Ehepaar überfallen. Der Mann ist geflohen und hat seine Holde Dame im Stich gelassen. Die Kerle wollten sie vergewaltigen, aber dann hat ein großes Flatterdings die drei Ganoven regelrecht in Stücke gerissen. Die Frau ist die einzige Zeugin und faselt ständig etwas von einer Frau mit Flügeln. Das ist mir ein wenig zu hoch. Kümmert ihr euch drum?"

„Solange mir deine Jungs nicht ständig in die Quere kommen, könnten wir ja mal schauen, ob wir was herausfinden. Da wir ja nicht so die atemberaubende Befugnis haben müssen wir etwas kürzer treten. Außerdem

157

warte ich noch auf Yakup. Der ruht sich irgendwo im Stau aus.", erwiderte Jonas.

„Ich warte hier auf euch. Das kann hier eh noch dauern.", sagte Nick.

„Ok, bis dann.", antwortete der Detektiv und legte auf.

Jonas las sich die ganze Mail durch und ihm lief ein kalter Schauer über den Rücken. Er nahm sich vor, den Tatort zu besichtigen. Eine Stunde später erschien Yakup im Büro. Er staubte bei Vanessa einen Kaffee ab. Wie üblich schaute er der schlanken Sekretärin zu. Er war fasziniert von ihrer Erscheinung. Lange schwarze Haare, blasse Haut, sportliche Figur. Sie drehte sich um und reichte dem großen, glatzköpfigen Türken seinen Kaffee. Er lächelte und bedankte sich für das heiße Getränk.

„Ist Jonas schon hier?", fragte er die junge Frau und starrte auf ihren Ausschnitt. Sie zupfte ihr schwarzes Oberteil so zurecht, dass nichts mehr zu sehen war. Sie sah ihn mit ihren silbergrauen Augen an und antwortete:

„Ja, er wartet schon auf dich. Nur so viel vorweg: er hat sich diesmal einen Fall aufschwatzen lassen, der euren Verstand überfordern dürfte.". Sie lächelte schelmisch und dachte sich:

Wobei ihr ja schon mit dem bedienen einer Kaffeemaschine überfordert seid.

Die Tür des Büros wurde geöffnet und Jonas kam heraus.

„Na sowas aber auch, der Herr Kollege ist ja auch schon da.", frotzelte er.

„Was liegt an?", fragte der große Türke und reagierte gar nicht weiter auf den Spruch seines Freundes.

„Ein neuer Fall. Wir fahren jetzt zum Tatort.", erwiderte er und reichte Yakup einen Ausdruck der E-Mail von Nick mit dem Vorabbericht der Vorkommnisse. Die beiden verließen das Büro und begaben sich zu Jonas Auto, seinem alten VW-Passat.

„Echt jetzt? Schon wieder mit deinem Wrack fahren?", fragte Yakup.

„Nenne meinen Wagen nicht immer Wrack. Das ist ein Klassiker.", gab Jonas genervt zurück und schloss das Auto auf.

„Ja, ein klassischer Fall für die Presse.", erwiderte Yakup.

Die Beifahrertür hakte mal wieder und ließ sich nur von innen öffnen. Jonas startete den Motor. Automatisch schaltete sich das Radio ein und fing an, Heavy-Metal abzuspielen.

Yakup rollte mit den Augen.

Schon wieder Metal, dachte er. Er las den Vorabbericht und schüttelte den Kopf.

„Diese Jugend von heute. Jetzt wissen die zumindest ganz genau, dass es immer einen stärkeren gibt.", sagte der große Türke.

Nach etwa fünfzehn Minuten hatten die beiden ihr Ziel erreicht. Jonas parkte den Passat am Straßenrand und zog den Zündschlüssel ab. Der Wagen dieselte einige Zeit nach, dann erstarb der Motor endlich mit einem Ruckeln.

„Dein Klassiker stinkt wie eine Tankstelle. Glaubst du ernsthaft, dass wir mit dem Ding noch heil zurückkommen?", lästerte Yakup. Die beiden gingen in den alten Stadtpark. Sie sahen eine Absperrung, an der sich zwei uniformierte Polizisten aufhielten.

„Betreten verboten!", sagte einer der beiden.

„Kommissar Hübner hat uns herbestellt."

„Und wer sind Sie bitte?"

„Hubert und Staller."

Der Polizist starrte die beiden ungläubig an und Jonas grinste den Beamten frech an.

„Nun traben Sie mal los und sagen Sie Ihrem Chef Bescheid, dass wir da sind, oder soll ich Ihnen ein Fax schicken?"

Der Polizist sah seinen Kollegen hilfesuchend an. Der kam aus dem schmunzeln nicht raus.

„Kevin, du musst noch eine Menge lernen, wenn du auf unserem Revier etwas werden willst. Und nun geh besser los und sag dem Chef Bescheid."

Nach einigen Minuten kam der junge Polizist zurück und winkte auf halber Strecke die Privatermittler zu sich. Sie wurden zu ein paar weißen Pavillons geleitet, die von Rechtsmedizinern besetzt waren. Jonas und Yakup zogen sich Schutzanzüge an, um die Spuren am Tatort nicht zu verunreinigen. Nick Hübner betrat die Überdachung.

„Hubert und Staller? Warum müsst ihr beiden eigentlich immer die Neulinge verarschen?", gab er lachend von sich.

„Es ist so verlockend.", feixte Jonas breit grinsend.

Schlagartig wurde Nicks Gesichtsausdruck ernst.

„Glaubt mir, das, was ihr gleich sehen werdet, ist kein schöner Anblick. Ich hoffe, ihr habt stabile Mägen."

„Uns haut so schnell nichts um. Wir waren sogar schon mal verheiratet.", erwähnte Yakup.

„Erinnere mich nicht daran!", warf Jonas ein.

„Ok, das ist hart.", unkte Nick und erinnerte sich an seine gescheiterte Ehe.

Sie verließen den Pavillon und betraten eine abgesperrte Fläche, der durch Sichtschutzzäune abgegrenzt war. Es sah aus wie auf einem Schlachtfeld. Überall lagen Leichenteile und Eingeweide. Blutlachen verteilten sich ringsherum auf dem Gelände. Auf einem Metallpfahl steckte ein Kopf mit verdrehten Augen, weit aufgerissenem Mund und heraushängender Zunge. Sein Darm war wie ein Turban auf dem Schädel drapiert. Ein übler Geruch verteilte sich. Der Gestank drang durch den Mund-Nasen-Schutz.

„Der hatte es vorher nicht mehr zum Klo geschafft, daher dieser zarte Duft.", gab Nick von sich, als er Jonas Stirnrunzeln bemerkte. Er deutete mit dem Daumen hinter sich.

„Aber das beste habt ihr noch nicht gesehen. Da hinten steckt auch ein Kopf auf einem Pfahl, dem das eigene Gehänge aus dem Mund schaut, komplett mit Glocken."

Die Privatermittler wurden blass um die Nase. Sie hatten schon vieles gesehen, aber das hier war für die beiden entschieden zu hart. Jonas Drake drehte sich um und verließ den Ort des Grauens. Er hörte Würgelaute und sah dann den sich übergebenen Yakup Melek. Jonas war der Meinung, ihn könne heute nichts mehr erschüttern. Da wurde er sofort eines Besseren belehrt. Er betrat den Pavillon, in dem sie die Schutzanzüge angezogen hatten, da entstand direkt vor ihm eine Feuerwand. Sie war drei Meter hoch und einen breit. Die Flammen schlugen sofort durch das Dach.

Heraus schritt eine Frau mit langen, roten, gewellten Haaren und fledermausartigen Schwingen, die in ihrem Rücken verschwanden. Ihre

Augen glühten rot und an der Stirn hatte sie Hörner, die gebogen waren wie die eines Widders. Dazwischen hing ein kleiner goldener Wolfsschädel, von dem zu beiden Seiten ein Kettchen abging. Die Frau trug ein weißes Kleid, welches bis zu den Hüften geschlitzt war und mit einem breiten goldfarbenen Gürtel zusammengehalten wurde.

Das Feuer sank in sich zusammen und erlosch. Das Wesen lächelte kalt und musterte Jonas von oben bis unten. Sein Bauchgefühl verriet ihm, dass von dieser Gestalt nichts Gutes ausging. Sie schaute amüsiert an ihm vorbei durch die Zeltöffnung auf die Leichenteile. Er verstand die Welt nicht mehr.

„Wer sind Sie?", fragte er das Wesen.

„Das brauchst du nicht zu wissen, Jonas Drake. Es sei denn, du hast bereits jetzt vor zu sterben.", entgegnete die gehörnte Frau und schritt auf ihn zu. Jonas gewann seine Fassung zurück.

„Nee nee, meine hübsche. Hier ist Sperrgebiet. Hier dürfen Sie nicht rein.", sagte er.

„Wer will mich denn daran hindern? Du vielleicht?", fragte sie mit einem eiskalten Lächeln.

„Äh…ja!?", gab Jonas verunsichert zurück. Die Rothaarige berührte seinen Hals, umarmte und küsste ihn heiß und innig. Er war erregt und erschrocken zugleich. Der Körper der Frau war kalt. Es kam ihm vor, als hätte er eine Leiche in den Armen. Ihre Zunge wühlte in seinem Mund. Dann ließ sie von ihm ab und flüsterte leise in sein Ohr:

„Beim nächsten Mal werde ich dich nicht so liebevoll begrüßen." Sie löste sich von ihm und er zog seine Pistole.

„Keine Bewegung! Bleiben Sie einfach da stehen!", brüllte Jonas. Er war sich nicht sicher, was er machen sollte. Zum ersten Mal seit seiner Polizeiausbildung war er verunsichert. Das merkte auch die rothaarige Schönheit und kam trotzdem langsam auf ihn zu. Er feuerte das ganze Magazin auf sie ab. Die Frau stoppte abrupt, lachte und sah kurz an sich herab. Die Wunden spuckten die Projektile wieder aus und die Einschusslöcher verheilten innerhalb von Sekunden. Er zählte die Löcher in ihrem Kleid und sagte:

„Der Fummel ist wohl hin."

„Betrachte dieses als eine Gratisvorstellung, Jonas Drake. Beim nächsten Mal werde ich nicht so nett zu dir sein!"

Mit diesen Worten verschwand das Wesen so, wie es erschienen war. Nick und paar seiner Kollegen kamen in den Pavillon gestürmt.

„Was ist hier los? Warum hast du hier herumgeballert?", fragte er. Erst jetzt sah er die apathischen Blicke von Jonas und Yakup, der stocksteif im Eingang des Zeltes stand. Da war vorerst keine Antwort zu bekommen. Vorsichtig nahm er Jonas die Pistole aus den zitternden Händen. Der schaute auf einen verbrannten Flecken Erde und ein paar verdutzte Menschen.

6. AUF SAMTPFOTEN

Jonas Drake beschloss, sich nach diesem merkwürdigen Tag ins Bett zu legen und mal wieder auszuschlafen. Daraus wurde aber vorerst nichts. Vor dem Haus lief ihm eine schwarze Katze über den Weg. Sie schmuste schon fast aufdringlich um seine Beine herum.

„Hey, hast du kein zu Hause?", sprach er sie an. Sie schaute Jonas mit ihren großen, grünen Augen an und schnurrte laut. Er hatte das Tier hier noch nie gesehen und brachte es nicht übers Herz, es draußen in der Kälte zu lassen. So nahm er die kleine Katze auf den Arm und mit in seine Wohnung. Er hatte bis vor kurzem einen Kater und somit noch alles da, was er für die Haltung eines Stubentigers benötigte, sogar etwas Futter. Das würde bis zum nächsten Tag reichen. Nachdem Jonas die Utensilien aus dem Keller gekramt hatte und alles aufgebaut hatte, stellte er der kleinen Katze Futter hin und zog sich selber in seinen Fernsehsessel zurück.

Er schaltete den Fernseher ein und zappte durch die Programme. An einem Sender für Dokumentationen blieb er hängen. Es lief eine Doku über das alte Ägypten.

Ihm ließ der Vorfall im Park mit dem geflügelten Wesen keine Ruhe.

Unversehens und ohne dass er es bemerkte, schlich die Katze zu ihm. Erst als sie dem Detektiv auf den Schoß sprang, ihn mit ihren Pfötchen knetete, und dabei schnurrend ansah, fiel ihm wieder ein, dass er einen Gast hatte.

„Na süße, satt?", fragte er sie. Sie antwortete mit einem zufriedenen Maunzen. Nach einer kurzen Kuscheleinlage rollte sie sich auf und schlief ein. Ein wenig später überfiel Jonas die Müdigkeit ebenfalls. Zu vorgerückter Stunde wachte er von wirren Träumen geplagt auf. Erst beim dritten Versuch schaffte er es, seine Augen offen zu halten. Die Katze lag bis jetzt schlafend auf seinem Schoß. Er strich ihr sanft über das Fell und sie fing an, sich zu recken und zu schnurren.

Auf einmal stand sie auf seinen Oberschenkeln, machte einen Buckel und fauchte in Richtung Wohnzimmertür. Dort war wieder dieses Wesen mit den Hörnern und Schwingen, in den Händen ein flammendes Schwert haltend. Es lächelte kalt und die Augen glühten tiefrot.

„Bis bald, Jonas Drake!", sagte sie nur.

Er blinzelte und der Spuk war schon wieder vorbei. Er schaute die Katze an, die ihn mit einem fragenden Blick ansah. Da wurde ihm klar, dass die Kleine das ebenfalls gesehen hatte, und er nicht verrückt war. Der Vorfall im Park war demnach keine Einbildung. Sie drehte sich um und stupste ihn mit der Nase ins Gesicht. Jonas beschlich das Gefühl, dass da etwas Furchtbares im Anmarsch war…

Ein nerviges Summen riss Jonas aus dem Schlaf. Nach längerer Zeit registrierte er, dass es der Wecker war. Er vermochte sich nicht daran zu erinnern, sich ins Bett gelegt zu haben. Ein leichter Druck traf seinen Rücken. Er merkte die Bewegungen und sah sich um. Langsam schälte sich das Köpfchen der Katze unter der Decke hervor. Schnurrend robbte sie zu ihm.

„Na du? Gut geschlafen?", fragte er sie. Sie quittierte seine Frage mit einem freudigen Maunzen.

Sie kuschelte sich an Jonas ran und ließ sich von ihm kraulen. Nach ein paar Minuten erhob er sich und schlurfte zur Küche. Beim Gang am Wohnzimmer vorbei, stellte er fest, dass der Fernseher noch lief. Er schaltete ihn aus und ging weiter zur Küche.

„Mist. Kann der Kaffee nicht zum Bett kommen?", murmelte er vor sich hin.

Er gab seinem vierbeinigen Gast Futter und kochte sich die schwarze Brühe. In der Zeit, in der der Kaffee durchlief, verschwand Jonas unter der Dusche. Anschließend zog er sich an und trank sein geliebtes Heißgetränk. Die Katze schaute ihn mit ihren Kulleraugen groß und flehend an. „Jetzt sag nicht du magst Kaffee.", fragte er die kleine Katze. Sie blinzelte. Da das Getränk im Becher nicht mehr heiß war, hielt er ihn ihr zum Schnuppern hin. Ehe er sich versah, verschwand ihr Köpfchen im Trinkbehälter und er hörte sie schlabbern. Jonas runzelte die Stirn und hob eine Augenbraue. Eine Katze, die Kaffee säuft. Vorsichtig und langsam nahm er ihr den Becher weg. Sie sah ihn vorwurfsvoll an, da klingelte es an der Tür.

Der Detektiv stellte den Kaffee auf den Stubentisch, verließ das Wohnzimmer und schlurfte zur Tür, die er öffnete. Sein Freund und Kollege war gekommen, um ihn abzuholen, und gemeinsam hatten sie vor, dem Professor einen Besuch abzustatten.

Yakup grinste ihn schon frech an und das vorm Wachwerden.

„Guten Morgen alter Mann.", sagte er zur Begrüßung.

„Komm rein, aber Vorsicht wo du hinläufst, ich habe nämlich seit gestern Abend einen Gast."

Der Türke nahm seine Sonnenbrille ab und stand mit offenem Mund da.

„Das sehe ich auch. Wie bist du denn an den geilen Schlitten gekommen?", fragte er Jonas.

„Yakup, deine Gags waren auch schon mal besser.", konterte er.

Er drehte sich um und gedachte ins Wohnzimmer zurückzugehen, da sah er die Frau.

Schlank, gut einen Meter sechzig groß, hüftlange nachtschwarze Haare und orientalisches Aussehen… sagenhaft. Sie trug nur ein schwarzes T-Shirt mit Motiv und der Schrift von Arch Enemy, einer Metal-Band aus Schweden.

Sie lächelte schelmisch, hielt Jonas' Kaffeebecher hoch und sagte: „Du kochst einen hervorragenden Kaffee, mein Lieber."

Sie sah den verdutzten Ermittler mit ihren dunkelbraunen, Augen an und für einen kurzen Augenblick meinte er, in grüne Katzenaugen zu schauen…

Jonas versuchte, sich nichts anmerken zu lassen, und tat so, als wäre es völlig normal, dass die Schönheit in seinem T-Shirt sich in seiner Wohnung aufhielt.

Nachdem Yakup sich gefasst hatte, nahm er sich einen Kaffee und fragte: „Wie habt ihr euch denn kennengelernt?"

Jonas wollte antworten, aber die hübsche Frau kam ihm zuvor.

„Er lief mir so über den Weg und ich habe ihn versehentlich angerempelt. Und weil es so kalt war, hatten wir keinen Bock uns draußen zu unterhalten, da er mich zu sich eingeladen. Er hat mir was zu essen gemacht und mir dann einen Schlafplatz gegeben."

Im Verlauf ihrer Erzählung legte sie dem verdutzten Privatermittler den Arm um die Schulter.

Er war echt irritiert, aber es stimmte, was sie da sagte. Es war nur … ein wenig anders.

Im selben Moment klingelte das Handy seines Freundes. Es war ein kurzes Gespräch.

„Das war Nick. Wir sollen aufs Revier kommen.", sagte er.

Jonas schnappte sich seine Pistole, seinen Mantel und folgte Yakup zum Ausgang.

Im Flur fiel dem Türken der Futternapf auf.

„Du hast wieder eine Katze? Ist mir gar nicht aufgefallen."

„Öhm…die ist draußen und macht ihren Rundgang.", erwiderte Jonas hastig.

Er drehte sich um. Da stand die junge Frau unmittelbar vor ihm und küsste ihn auf den Mund.

„Bis später, süßer.", flüsterte sie ihm ins Ohr und zwinkerte ihm zu.

Er zog die Wohnungstür von außen zu und die beiden Freunde schritten zum Parkplatz.

7. DAS DUELL

Auf dem Weg zum Polizeirevier unterhielten sie sich über die Vorkommnisse am Tag zuvor. Beiden war nicht wohl bei dem Gedanken, dass diese Kreatur erneut ihren Weg kreuzen würde.

„Konnte sie denn wenigstens gut küssen? Deinem Blick nach hatte sie dir ja schön eingeheizt.", äußerte Yakup.

„Naja, stell dir vor wie es ist, wenn dir jemand mit einem Eis am Stiel im Mund herum stochert."

„Wie jetzt? Verstehe ich nicht."

„Warum wundert mich das jetzt nicht? Egal. Ihre Zunge, ihre Lippen, ihr Körper, alles war kalt und es war unangenehm. Es kam mir vor, als hätte mich eine Tote geküsst."

Yakup strich mit der Hand über sein Kinn.

„Stelle ich mir interessant vor.", antwortete er. Jonas sah ihn an und schüttelte mit dem Kopf.

„Alter! Bist du pervers, nekrophil, oder willst du es werden? Dann ran an die Braut. Aber jammer nicht rum, wenn dein kleiner Prinz einen Frostschock bekommt.", sagte Jonas und lachte.

Er parkte seinen Passat vor der Polizeistation und erneut lief der Motor nach dem Abstellen weiter. Yakup schaute den silbernen Kombi mitleidig an und sagte:

„Pferde werden erschossen, bevor sie elendig verenden."

Die Detektive erreichten Nick Hübners Büro und der erwartete die beiden längst sehnlichst.

„Na endlich. Ich warte hier schon eine gefühlte Ewigkeit."

„Danke, dir auch einen Guten Morgen.", gab Jonas zurück.

„Naja, von gut kann da keine Rede sein. Die Zeugin ist verschwunden.", sagte der Kommissar.

„Sie hat einen Abschiedsbrief hinterlassen, indem sie unter anderem das geflügelte Ding nochmals beschrieb und ist aus bisher ungeklärten Gründen abgehauen. Nur so viel: Es war nicht das Monstrum, welches du gestern im Park getroffen hast.", fuhr er fort.

„Die Frau beschrieb das Wesen als schwarzhaarig mit schwarzen Flügeln, also keine ledrigen Schwingen, wie die gehörnte gestern."

„Soll das heißen, es treiben sich zwei Monster in der Stadt herum?", fragte Yakup.

„Leider Gottes ja. Aber das ist noch nicht alles. Wisst ihr von einem Kloster in der Nähe?", gab der Kommissar zurück.

„Es wurden nämlich seit ein paar Tagen öfter neun Mönche in der Stadt gesehen.", fuhr Nick fort.

„Mönche in Itzehoe? Willst du uns auf'n Arm nehmen?", antwortete Jonas und überlegte.

„Ist schon komisch. Frauen mit Flügeln, mit Hörnern, seltsame Mönche ... das alles in so kurzer Zeit."

„Und mit ohne Hörnern.", warf Yakup ein.

„Ja von mir aus auch die. Seltsam ist es dennoch.", erwiderte Jonas. Dann fragte er Nick:

„Kannst du dir vorstellen, warum die Frau abgehauen ist? Ich meine, das erlebte muss für die Frau zwar schlimm gewesen sein, aber das ist doch kein Grund zu verschwinden."

„Nicht wirklich. Aber wir ermitteln bereits. Das kam mir auch komisch vor."

„Aber irgendwie verständlich, wenn sie mit einem Feigling verheiratet ist, der seine Frau im Stich lässt.", äußerte sich Yakup.

Die beiden Privatermittler erhoben sich von den Stühlen und schritten zur Bürotür, da gab Nick ihnen einen Rat mit auf den Weg.

„Seht zu, dass ihr euch noch mit passenden Waffen oder so ausrüstet. Ich denke mal, eure Pistolen werden da nicht wirklich helfen. Ich habe hier eine Adresse für euch." Mit diesen Worten gab er den beiden einen Zettel mit der Anschrift eines Priesters.

„Bei dem gehörnten Püppchen brachten die Patronen jedenfalls nichts. Normalerweise hätte sie nach fünfzehn Kugeln wenigstens Bauchschmerzen haben müssen, aber nööö. Die hatte nicht mal Blähungen.", sagte Jonas.

„Ja, ich weiß. War hart im Nehmen die gute.", warf Yakup ein.

Auf dem Rückweg fuhren sie zu der auf dem Notizzettel angegebene Adresse. Sie gehörte einem katholischen Priester, der sich mit Okkultismus, Magie und Mythen auskannte.

„Da vorne rechts müsste es sein, Nummer sechsundsechzig.", sagte Yakup und zeigte auf ein kleines Einfamilienhaus mit gepflegtem Vorgarten. Jonas fuhr auf die Auffahrt des Grundstücks und parkte hinter einem silbernen Opel Omega.

Sie verließen das Fahrzeug und folgten dem schmalen gefliesten Weg zur Haustür. Der glatzköpfige Türke drückte den Klingelknopf neben der Tür. Das Big-Ben Geläut erklang. Kurze Zeit später öffnete ein älterer dünner Mann mit weißem Haar und Schnauzbart.

„Ja bitte?", fragte er höflich.

„Sind Sie Herr Pistorius?"

„Ja, der bin ich. Sie müssen die Herren Drake und Melek sein. Kommissar Hübner hat sie bereits angekündigt."

„Jap, die sind wir."

„So schnell habe ich mit Ihnen gar nicht gerechnet. Aber, kommen Sie doch herein.", bat der alte Mann und öffnete die Tür weiter, so dass sie eintreten konnten. Er leitete die beiden in ein geräumiges Wohnzimmer, welches eher einem Museum für Reliquien und Religiöse Altertümer glich. An einer Wand hing eine Templerflagge. Der Färbung des Stoffes nach, war sie schon uralt. Im Hintergrund lief leise Heavy Metal Musik. Jonas fiel es sofort auf.

„Sie hören Therion? Ich bin erstaunt. Verträgt sich das eigentlich mit Ihrem Beruf?", fragte er.

„Ich bin im Ruhestand, aber wenn meine Haushälterin nicht im Hause ist, höre ich auch mal die härtere Gangart. Dimmu Borgir, Arch Enemy und wie die alle heißen.", sagte er grinsend.

„Das macht Sie schon sympathisch, Herr Pistorius. Sie sind bestimmt ein Wacken-Gänger? Aber kommen wir am besten gleich zur Sache.", holte Jonas aus, ohne eine Antwort auf seine Frage abzuwarten.

„Kennen Sie sich mit der Bekämpfung von Dämonen und anderen Höllengeschöpfen aus? Kann man denen mit konventionellen Waffen entgegen treten?"

Der alte Mann stützte sein Kinn auf Zeigefinger und Daumen.

„Jein. Mit Schusswaffen ist ihnen zum Beispiel nicht beizukommen. Es sei denn, die Patronen sind aus geweihtem Silber. Was sie auch nicht mögen ist Eisen. Es ist sehr komplex um es jetzt alles aufzuzählen. Aber ich stelle Ihnen da gerne eine Liste zusammen. Welches Kaliber haben Ihre Waffen, wenn ich fragen darf?"

„Neun Millimeter. Wir haben Berettas."

„Da könnte ich Ihnen schnell Silberpatronen herstellen lassen, wenn Sie möchten. Die hätte ich übermorgen hier.", bot der alte Mann an.

Jonas und Yakup bedankten sich bei Benedict Pistorius und verabredeten sich für zwei Tage später mit ihm.

„Ein Priester der Metal hört. Zu geil.", sagte Jonas zu seinem türkischen Freund, als sie wieder im Auto saßen.

„Na da haben sich ja zwei gefunden. Und diese Mucke die er da an hatte klang irgendwie okkult.", erwiderte Yakup.

„Das, mein Freund, könnte daran liegen, dass es Okkult-Metal war. Siehste Alter, wieder etwas dazu gelernt.", gab Jonas zurück.

Sie fuhren zu Johann ins Geschäft, welcher sie freudig begrüßte und ihnen Kaffee brachte.

„Hast du noch das Kettchen, das du mir neulich gezeigt hast?", fragte Jonas den Professor.

„Ja natürlich.", antwortete er und öffnete eine Schublade unter dem Tresen. Geschockt sah er die beiden Freunde an, zog die Lade raus und packte sie auf die Ladentheke. Sie war innen komplett verbrannt und leer.

„Das verstehe ich nicht. Vorgestern war es noch da.", gab der alte Mann von sich.

„Das habe ich mir gedacht.", murmelte Jonas.

Bevor jemand zum antworten kam, überschlugen sich die Ereignisse. Ohne Vorwarnung tauchte die gehörnte Kreatur erneut auf. Abermals der theatralische Auftritt mit der Feuersäule. Ein Schrank, der in unmittelbarer Nähe stand, fing sofort Feuer.

„Nicht schon wieder du.", gab Jonas genervt von sich und rollte mit den Augen.

„Danke. Ich freue mich auch dich zu sehen, Drake!", sagte sie.

„Nach unserem Kuss habe ich aber eine liebevollere Begrüßung erwartet, außerdem schuldest du mir noch ein Kleid, süßer.", fügte sie hinzu.

Zielstrebig kam sie mit ihrem Flammenschwert in der Hand auf ihn zu. Sie hob die Waffe und holte zu einem Schlag gegen ihn aus. Die

Klinge sauste auf seine Schädeldecke zu. Der schloss seine Augen und erwartete sein Ende. Er hörte ein metallisches Klirren und ein heftiger Schlag gegen seine Brust schleuderte ihn zwei Meter weg, in einen Schrank, der sich in seine Einzelteile zerlegte. Jonas öffnete wieder die Augen. Wie aus dem Nichts war ein Templer aufgetaucht, als hätte er hier nur gewartet und fing mit seinem Schwert die flammende Klinge der Höllenkreatur ab. Funken stoben, als die Schwertklingen zusammen trafen. Die gehörnte Frau fauchte und schrie vor Wut. Zwischen ihr und dem Ritter entstand ein gnadenloser Kampf. Die Kontrahenten schlugen verbissen aufeinander ein und ein Gegenstand nach dem anderen in dem Geschäft wurde zerstört. De Bretagne kam ins straucheln und verlor das Gleichgewicht. Zwei weitere Schläge parierte er, dann flog sein Schwert in hohem Bogen davon und blieb ein paar Zentimeter neben Yakups Kopf in einem anderen, antikem Möbelstück stecken. Der vollzog eine Rolle rückwärts und versteckte sich hinter einem der Schränke.

„De Bretagne, du bist zurück?", fragte die gehörnte Schönheit erstaunt und berührte mit der Spitze ihres Schwertes die Kehle des Kreuzritters. Die Flammen zuckten und dem Ritter wurde es heiß am Hals. Sie erinnerte sich an ihre Begegnung mit seiner Schwester vor über siebenhundert Jahren. Ihr verdankte sie den Feuertod auf dem Scheiterhaufen und die lange Zeit im Fegefeuer.

„Wo ist deine Schwester?", zischte sie.

„Unbekannt verzogen ohne einen Nachsendeantrag zu hinterlassen. Echt gemein, sage ich dir."

„Dann wirst du eben jetzt mit Drake gemeinsam sterben.", keifte sie.

Ein Feuerball durchschlug die geschlossene Eingangstür, kam auf das Höllenweib zugeschossen und schleuderte jenes zurück. Eine Druckwelle entstand und ließ sämtliche Scheiben in dem Geschäftsraum bersten. Das Kleid der Rothaarigen fing Feuer und verbrannte blitzschnell. Sie stand nackt da, verdeckte mit den Armen ihren Schritt und ihre Brüste. Sie wurde rot im Gesicht. Ein überraschtes *Oops* verließ ihre Lippen. Panisch schaute sie sich um und schrie vor Wut.

„Da wird der Kleiderschrank wohl langsam leerer.", stichelte Jonas.

„Wir sehen uns wieder!", mit diesen Worten verschwand sie genau so, wie sie gekommen war.

Jonas und der Templer sahen sich an und dann guckten sie zur Eingangstür. Dort stand eine schwarzhaarige Frau mit schwarzen Flügeln und einem blutroten Kleid. Ihre blasse Haut wurde durch das Gewand und die Haare betont. Sie lächelte und ihre roten Augen flackerten kurz. Wie bei einer Glühlampe, die bald den Geist aufgibt. Das Lächeln wich einem verunsicherten Blick. Im selben Augenblick löste sich die Frau in nichts auf.

Jonas erhob sich, reichte dem Templer die Hand und half ihm auf. Er klopfte dem Ritter auf die Schulter.

„Danke für die Rettung.", sagte er. Der Tempelritter nickte benommen. Sie stellten sich einander vor und schauten sich in dem Geschäft um. Es war ein einziges Trümmerfeld. Einige Möbelstücke qualmten und glimmten vor sich her. Überall lagen Glassplitter und Scherben herum. Die Schaufenster existierten nicht mehr. Hinter einem der Schränke kam ein zaghaftes Husten hervor.

„Ist sie weg?Ist es vorbei?", fragte Yakup kleinlaut.

„Für den Augenblick ja.", erwiderte der Ritter.

„Habt ihr das gesehen? Die ist rasiert.", merkte der große Türke grinsend an.

„Geiler Bock!", murmelte der Templer und schüttelte den Kopf.

„Der kam schon so zur Welt. Gewöhnen Sie sich dran.", erwiderte Jonas.

Hinter dem Tresen raschelte und klapperte es. Johann wühlte sich unter Trümmern hervor und schaute sich um. Wortlos schlich er zum Eingang, schloss die praktisch nicht mehr vorhandene Tür ab und drehte das ‚geöffnet'-Schild auf ‚geschlossen' um.

„Warum immer mein Laden?", brummelte er.

Er dachte dabei an einen zehn Jahre zurückliegenden Vorfall.

„Johann, du solltest mal Aufräumen.", sagte Jonas.

„... und auf dem Weg vielleicht mal Staub wischen.", ergänzte der Templer und strich mit seinem Zeigefinger über ein Trümmerstück.

„Sonst noch Wünsche die Herren?", fragte der Ladenbesitzer entnervt und begab sich wie in Trance in das Hinterzimmer. Er kam mit Scotch wieder nach vorn.

„Dies ist echt der falsche Augenblick, um mit dem Saufen aufzuhören!", sagte er und nahm einen ordentlichen Schluck aus der Flasche.

„Hau wech die Scheiße!", kam es synchron aus Jonas und Pierres Richtung mit Gelächter.

„Ihr kennt euch kaum fünf Minuten und versteht euch für meinen Geschmack schon zu gut.", meuterte der Archäologe.

Nachdem sich alle ein wenig von dem erlebten erholt hatten, fragte Yakup den Ritter:

„War das deine Ex, oder was ist hier los?"

„Gott bewahre, nein. Sie ist eine Gegnerin aus vergangenen Tagen. Sie wollte damals meine Schwester töten, aber die hatte den Spieß umgedreht und sie landete auf dem Scheiterhaufen."

„Und das Geflügel das uns gerettet hat, wer war das?", fragte Jonas.

„Nun, dazu muss ich weiter ausholen. Und nur nebenbei, nenne sie nicht Geflügel. Darauf reagiert sie allergisch.", gab er grimmig zurück.

„Naja, egal. Sie sind also der Templer, der hier neulich im Laden war?", fragte Jonas den Ritter.

„Ja. Ich habe mir mein Eigentum zurückgeholt.", erwiderte Pierre. Er gab Jonas die Hand.

„Ich bin Pierre de Bretagne."

„Jonas Drake.", antwortete der Detektiv knapp.

Er fing an Trümmer aus dem Weg zu räumen.

„Helft mir mal bitte.", sagte er. Gemeinsam schufen sie eine freie Fläche in dem zerstörten Ladenlokal. Pierre malte mit Kreide ein großes Pentagramm auf den Boden. Im äußeren Kreis waren seltsame Symbole.

„Und ... was wird das jetzt?", fragte Jonas.

„Ich werde euch jetzt zeigen, was damals geschah. Das ist einfacher als es zu erzählen.", antwortete der Ritter.

Er forderte die beiden Detektive und Johann auf, sich in die Mitte des Pentakels zu setzen. An die fünf Spitzen stellte er jeweils eine große Kerze, wie man sie aus Kirchen kannte und entzündete sie.

„Nun verbindet euch und ihr werdet alles erfahren.", sagte Pierre. Sie gaben sich die Hände und bildeten einen Kreis.

Dann murmelte der Ordensritter in einer, den anderen unbekannten Sprache eine lange Formel.

Auf übersinnliche Art erlebten sie eine Reise in die Erinnerungen des Tempelritters.

8. TOD EINES ENGELS

Frankreich, Sommer 1280

Langsam stieg die Sonne empor und verscheuchte den leichten Nebel, der über den Boden kroch. Die ersten Sonnenstrahlen fingen an, den Untergrund zu erwärmen, da kamen zwei Kinder aus dem Wald. Sie waren auf dem Weg zum Brunnen. Der Boden war durchtränkt vom Regen der letzten Nacht, in der ein furchtbares Gewitter tobte. Sie nahmen den Wassereimer um mit kleinen Holzschalen etwas von dem kühlen Nass zu trinken.

Sie hörten ein wimmern und hielten inne. Sie sahen in die Richtung, aus der das weinen kam, und folgten den Lauten. Nach fünf Minuten erreichten sie die Stelle und schauten erstaunt und gleichermaßen angstvoll auf das Bild, welches sich ihnen bot.

An einen Baumstumpf vornübergebeugt kauerte eine Kreatur mit großen weißen Flügeln. Einer der Flügel stand nahezu abstrakt vom Körper ab, und der andere war angelegt. Das Wesen drehte sich zu ihnen um, beide erschraken sie und wichen einen Schritt zurück. Aber ihre Furcht legte sich schnell. Sie sahen in ein zartes, trauriges Gesicht mit gütig dreinblickenden Augen. Das Wesen schien mehr Angst vor den beiden zu haben als die Kinder vor ihm.

Sie traten dichter heran und sprachen das Geschöpf an, aber außer einen fragenden Blick gab es keine Reaktion.

Langes goldglänzendes, lockiges Haar umgab das Gesicht der Kreatur. Sie richtete sich langsam auf und es schien ihm große Schmerzen zu bereiten.

Als sich das Wesen vollends aufgerichtet hatte erkannten die Kinder, um was es sich handelte, es konnte nur ein Geschöpf des Himmels sein. Die langen gelockten Haare verdeckten einiges vom Oberkörper, aber der Rest der Gestalt war zu erkennen. Ein weiblicher Engel.

Sie schien die Gedanken der Kinder verstanden zu haben und lächelte sanft.

Ihr linker Flügel hing schlapp herunter. Er war gebrochen. Ein Blitz hatte sie getroffen, denn das Gefieder war an der Bruchstelle verschmort und blutete.

Endlich hatten die Geschwister sich gefasst und forderten den Engel auf mitzukommen. Anfangs sträubte sie sich, folgte ihnen aber doch, als die Kinder ihr erklärten, dass sie hier in Gefahr sei. Sie führten sie zu der Höhle im Wald, in der sie lebten.

Einige Wochen später war der Engel wieder gesund. Die Geschwister hatten sich mit ihr angefreundet und sie gesundgepflegt. Das Band der Freundschaft wurde immer stärker in dem Zeitraum. Die beiden Kinder erfuhren, dass ihr Name Ariel war und wie es zu dem Absturz kam. Der Engel erzählte ihnen, dass sie jetzt, da sie auf der Erde war und eine feste Gestalt angenommen hat, für alle sichtbar sei. Sie wäre hier, um Gutes zu tun und den Menschen zu helfen.

Der Junge meinte: „Es ist aber gefährlich wenn du dich draußen zeigst. Dieses ist eine grausame Zeit, in der das göttliche nichts wert ist.

Die Bewohner hören nur auf das was der Papst und seine Untergebenen sagen. Sie haben sich selbst zum Sprachrohr Gottes ernannt." Seine Stimme zitterte dabei.

„Pierre, du brauchst keine Angst zu haben. Wenn die Menschen mich sehen, wissen sie das ich ein Wesen des Lichts bin.", antwortete der Engel mit sanfter Stimme.

Pierres Schwester meldete sich zu Wort:

„Nein Ariel, du musst uns Glauben. Die Menschen hier sind böse. Sie folgen dem Ruf des Papstes und verwüsten das Heilige Land. Sie töten Sarazenen, Mauren und alles was ihnen in den Weg kommt im Namen des Herrn. Dort wo du her kommst mag es paradiesisch und friedlich sein, aber hier ist es die Hölle. Ein Tempelritter der aus dem Heiligen Land zurückkehrte hat uns von den Taten dort berichtet. Es geht nur noch um Macht, Blut, Elend und Tod. Noch heute erwacht er schweißgebadet aus Albträumen. Er kann den erlebten Schrecken nicht verkraften und betet immerzu, aber niemand erhört ihn."

Ariel sah die beiden mit traurigem Blick an.

„Ist das wirklich wahr? Die Menschen sind zu so etwas fähig?"

„Ja...", antwortete Pierre.

„Und noch viel Grausameres bringen sie fertig. Es ist besser, du gehst ihnen aus dem Weg."

Draußen wurde es dunkel. Pierre stand auf und verließ die Höhle.

„Ich werde noch etwas zu essen besorgen. Celine, bleib du bei ihr bis ich zurück bin", mit diesen Worten verschwand er.

Solange Celine und Ariel auf Pierres Rückkehr warteten, begaben sie sich vor die Höhle. Es war dunkel. Der Engel sah sich um und breitete seine Flügel aus. Ariel genoss die klare Abendluft. Tief atmete sie ein und schloss die Augen. Dann vernahm sie ein knacken.

„Pierre? Bist du das?", fragte sie leise.

Überall um sie herum bewegte sich alles. Eine Fackel nach der anderen leuchtete auf.

„Nein Dämon, dein Ende ist gekommen!", knurrte eine raue Männerstimme ...

Als Pierre bei der Höhle ankam, sah er schon von weitem den Fackelschein. Er ahnte Schlimmes.

Er hörte keifende Stimmen, Schreie und kreischen.

Er rannte, so schnell es ihm möglich war zur Höhle. Er prügelte sich durch die Menschenmenge.

Sie hatten Ariel umzingelt. Celine klammerte sich weinend an ihr fest. Pierre rannte zu den beiden und versuchte, sie zu beschützen. Aber für die Männer war es ein leichtes einen fünfzehnjährigen Jungen bei Seite zu stoßen.

„Was macht ihr denn? Warum tut ihr das? Sie ist ein Engel, seht ihr das denn nicht?", schrie er.

„Sie ist eine Ausgeburt der Hölle, Bastard. Und nun verschwinde!", knurrte einer der zerlumpten Männer und zog sein Schwert.

Er riss die weinende Celine von Ariel weg. Sie versuchte, sich krampfhaft an dem Engel festzuhalten, aber ihre Kraft reichte nicht.

Erschrocken sah Ariel auf das blitzende Schwert, ihr schwante übles. Jetzt wurde ihr bewusst, dass die Kinder Recht hatten.

Die Menschen waren Bestien.

Drei Männer kamen auf sie zu und packten sie. Es gelang ihr, den ersten Angreifer abzuwehren und zu überwältigen. Beim Zweiten hatte sie es schwerer, aber den konnte sie dennoch abwehren. Der dritte griff sie mit einem Dolch an. Er stach zu, doch seine Klinge zerbrach. Erschrocken wich er einige Schritte zurück.

„Geht fort und lasst uns in Frieden!", sagte Ariel mit sanfter, aber bestimmender Stimme.

Diesem kamen einige nach. Sie vermisste den Mann mit der Waffe. Zu spät bemerkte sie ihn und diesen Augenblick nutzten die anderen drei, um den Engel zu packen. Der Bastard mit dem Schwert tauchte seitwärts von ihr auf und schlug ihr mit einem gewaltigen Hieb die Flügel ab.

Ariel gab einen, ohrenbetäubenden und grellen Schrei von sich. Sie riss sich los und sank auf die Knie. Blut lief aus den Stumpen an ihrem Rücken herab. Sie zitterte am ganzen Leib. Ihre Kräfte, ihre Unverwundbarkeit, waren mit dem Verlust der Flügel davon. Ihre Macht war gebrochen und sie wurde dadurch menschlich.

Hilflos und mit Schrecken erlebten Pierre und Celine dieses grausame Spektakel mit. Der Mann mit dem Schwert riss dem entkräfteten und Qualen leidenden Engel das Kleid vom Leib und demütigte das einst so imposante, sagenhafte Wesen.

Er packte Ariel an den Haaren und zog sie daran in die Höhe. Jeder sah, dass sie weinte. Blutige Tränen rannen ihr über das Gesicht. Einige ihrer Peiniger bekamen Angst und flüchteten.

Einer verband ihr die Augen, damit er den Blick des Engels nicht ertragen musste.

Pierre rannte los und schnappte sich den zerbrochenen Dolch. Er lief weiter und sprang einen der Peiniger von hinten an und rammte ihm aus Wut, Hass und Verzweiflung die gebrochene Stichwaffe seitwärts in den Hals. Die Klinge war lang genug, um am anderen Ende wieder auszutreten. Das Blut spritzte im hohen Bogen stoßweise mit jedem Herzschlag aus der Wunde, als er den Dolch herauszog.

Das Gesicht des Jungen verzog sich zu einer verzerrten Grimasse. Unbändige Wut und Hass verwandelten das Kind in eine rasende Bestie. Pierre rannte dem nächsten Peiniger hinterher, um diesen ebenfalls zu töten. Der Mann bekam das volle Gewicht des Jungen in den Rücken und fiel zu Boden. Pierre packte den Kerl an den Haaren und zog dessen Kopf hoch. Er überdehnte seinen Hals, setzte den Dolch an der Kehle des hilflosen Schufts an und zog ihn mit einem Ruck von links nach rechts durch. Der röchelte und und versuchte, mit seiner Hand die klaffende Wunde zuzudrücken. Es war vergebens. Sein Kopf sank ins Gras und die Blutlache auf dem Boden wurde immer größer.

Der Rest des Pöbels rannte in Panik davon. Der Junge sprang auf und hetzte ihnen hinterher.

„Nein Pierre!", schrie Ariel mit weinerlicher Stimme.

„Lass sie, sie wissen nicht was sie tun. Du musst Celine in Sicherheit bringen."

Wie ferngesteuert blieb der Junge stehen. Er drehte sich um und sah nach unten. In seiner blutverschmierten Hand hielt er den Dolch, dann sah er wieder auf. Der Mann mit dem Schwert sah erschrocken zu dem Jungen. Nie zuvor sah er einen so eiskalten, feindseligen Blick wie in dem Moment von diesem Kind.

Ohne von Ariel abzulassen schliff er sie an den Haaren hinter sich her und zog mit dem Wesen Richtung Stadt. Die getürmten Menschen tauchten wieder auf und bildeten einen lebenden Schutzring um ihren Anführer und ihr Opfer.

Zurück blieben zwei Kinder, denen man den einzigen Halt nahm, den sie je hatten.

Ein paar Tage später.

Der Pöbel tobte vor Begeisterung, als die königlichen Soldaten den Karren mit der jungen Frau zum Scheiterhaufen fuhren. Weinend und zusammengekauert saß sie in dem Gefährt in der kleinsten Ecke. Ihre langen blonden, gelockten Haare verdeckten das Gesicht. Man hatte ihr ein schlichtes Leinenkleid welches eher an ein Laken erinnerte zum Anziehen gegeben.

Zwei große blutige Flecken waren auf dem hellen Stoff zu sehen, darunter knochige Beulen, die das Kleid anhoben.

Sie verstand die Welt nicht mehr, waren die Engel doch da, um die Menschen zu beschützen.

Sie wusste, dass ihr Ende nahte, ihre Furcht und ihre Angst schlugen um in Hass und Wut.

Aber sie war nicht in der Lage sich aus eigener Kraft zu erheben. Die eisernen Ketten hinderten sie daran.

Sie roch schon förmlich den Tod an dem Platz, zu dem man sie brachte.

Erst ein paar Tage zuvor brannten hier vermeintliche Hexen auf dem Scheiterhaufen. Der Geruch von verbranntem Fleisch hing noch immer in der Luft.

Für die Menschen nicht mehr wahrnehmbar, aber für Ariels Nase sehr intensiv. Eine ohnmächtige Wut breitete sich in ihr aus, in ihr kochte das Blut. Die Augenbinde verrutschte und sie war in der Lage zu sehen.

Die meisten Menschen pochten darauf, dass sie brennt. Sie sah aber auch in Augen, aus denen Trauer, Mitleid und Tränen kamen.

Der Wagen stoppte und die Pferde waren nervös. Eine Wache hielt die Reittiere fest, sie wurden immer hektischer. Zwei bewaffnete Soldaten öffnete den Karren und holten Ariel mit grober Gewalt raus.

Die kalten, metallenen Kettenhandschuhe der Wachen drückten sich fest um ihre Handgelenke. Einer der beiden nahm ihr die verrutschte Augenbinde ab.

Verstört sah sie sich um, voller Panik wanderte ihr Blick umher. Dann erblickte sie den großen Scheiterhaufen. Ihre Augen glimmten kurz rot auf.

Sie erkannte drei Gestalten mit dunklen Kapuzenumhängen. Bei der größten sah sie kurz gelb leuchtende Augen.
Dessen trauriger Blick traf sie.

Die Menschenmenge brüllte vor Begeisterung. Äußerungen wie „*Die Hexe soll brennen!*", und „*Tötet die Satansbrut!*", drangen an ihre Ohren.

Dann sah sie die beiden Kinder, die sie in ihr Herz geschlossen hatte. Sie standen da und weinten. Ariel riss sich los und bekam einen Arm frei. Die schweren Ketten rasselten.

Sie kam dicht genug an die Kinder heran und sie nahmen ihre Hand. Die Frau lächelte und sagte mit bibbernder Stimme:

171

„Ihr wisst was zu tun ist. Erfüllt mein Schicksal."

Die Soldaten rissen sie gewaltsam fort und drängten sie weiter zum Scheiterhaufen. Sie drehte ihren Kopf und rief: „Ich werde euch nie vergessen und auch nicht was ihr für mich getan habt."

Dann weinte sie und aus ihren Augen liefen blutige Tränen.

Die beiden Geschwister schauten Ariel hinterher und sahen, wie sie brutal an den dicken Eichenpfahl in der Mitte des Holzstoßes gekettet wurde.

Beide senkten sie weinend den Kopf als die Schergen des Königs den Scheiterhaufen anzündeten.

Noch aus den Flammen heraus rief sie unter Qualen:

„Die Krypta ... Rückkehr ..."

Der Junge sah seine Schwester an:

„Sag mal, spürst du es auch?"

Sie sah ihn verwundert an. Dann empfand sie es ebenfalls, es kam von innen.

Sie schauten an sich herunter, begutachteten sich gegenseitig und dem Mädchen fiel es sofort auf. Beide hatten sie ein Medaillon um. Es leuchtete. Eine Art Sonne mit einer Triskele in deren Mitte ein Pentagramm zu sehen war. Dann sahen sie wieder zum Scheiterhaufen und hörten den langanhaltenden, gellenden Schrei, der von dort kam.

Ariel stand lichterloh in Flammen, sie zappelte und schrie vor Schmerz. Die Kinder sahen, wie der Körper der Frau immer dünner wurde. Das Feuer hatte ihr Opfer aufgefressen und es wurde kleiner.

Die Menschenmenge löste sich auf. Nach einer Stunde war der grausame Spuk vorbei.

Am Ende standen nur die beiden Geschwister und ein paar Wachen da.

Die nahmen den verkohlten Leichnam vom Pfahl. Der Gestank an diesem Platz war so grässlich, dass die Männer sich Tücher vor das Gesicht gebunden hatten, um einigermaßen atmen zu können. Eine der Wachen zog seinen Dolch und schnitt der Leiche das Herz heraus. Es hätte nur ein kleiner Klumpen sein dürfen, dennoch war es nahezu unversehrt. Es qualmte leicht und schlug noch. Der Soldat sah das Herz verwundert an und verstaute es schnell in einer Tasche, die er am Gürtel trug.

Die Wachen kamen mit der Leiche auf die Kinder zu.

„Hier habt ihr eure Freundin zurück.", sagte einer. Die Soldaten lachten, als sie den verkohlten, qualmenden Leichnam, der mal ein gütiges Wesen war, vor die Füße der Kinder warfen und sich entfernten.

„Eine Ausgeburt der Hölle weniger!", brummte einer vor sich hin.

Der Junge drehte sich um und sah mit einem eiskalten Blick zu den Soldaten.

„Nein! Ihr habt ein göttliches Wesen getötet und dafür werdet ihr bezahlen! Noch bevor die Sonne untergeht werdet ihr nur noch totes Fleisch sein."

Erschrocken sahen die Wachen zu den Kindern. Nicht der Blick aus den fast weiß leuchtenden Augen hatte sie erschreckt, sondern die dunkle, finstere und tödlich kalte Stimme. Sie rannten wie vom Teufel gehetzt davon. Der Junge sah auf sein Medaillon, das Symbol leuchtete nicht mehr. Er wandte sich seiner Schwester zu und gemeinsam trugen sie die Leiche fort.

Die drei Männer mit den Kapuzenumhängen, die alles beobachtet hatten, halfen den Geschwistern. Es waren zwei Templer und ein unheimliches, aber gutmütiges Wesen. Sie brachten den Leichnam in eine unterirdische Kapelle. In der angrenzenden Krypta errichteten sie einen Sarkophag als letzte Ruhestätte für Ariel und bestatteten sie würdevoll. Sie bedeckten sie mit einem blutroten Tuch, auf das ein goldenes Pentakel gestickt war, bevor sie den steinernen Sarg mit der schweren Deckplatte verschlossen.

Die drei versprachen den Kindern, das Herz des Engels zu finden, es zu schützen und in Sicherheit zu bringen. Ein paar Tage später erfuhren sie, dass der königliche Soldat, der die Leiche des überirdischen Wesens verstümmelte, kopfüber angekettet und enthauptet an dem Pfahl des Scheiterhaufens entdeckt wurde, auf dem man Ariel verbrannte. Am Boden lagen die anderen beteiligten Soldaten sowie der verantwortliche Bischof, welche ausgeweidet waren. Dieses soll noch am Abend der Hinrichtung geschehen sein.

Man verfolgte die beiden Templer und diese flohen mit dem Herz des Engels.

Einer Legende nach halfen ihnen ein Dämon und eine orientalische Frau bei der Flucht.

Gegenwart

Langsam erwachten die vier Männer aus ihrem tranceähnlichen Zustand.

Jonas sah sich um. Die Kerzen waren zur Hälfte runter gebrannt. Er schaute aus dem zerborstenen Schaufenster und stellte fest, dass es schon dunkel war.

Sie alle waren von der traurigen Geschichte mitgenommen. Pierre war nicht in der Lage seine Gefühle zurückzuhalten. Tränen rannen stumm über sein Gesicht.

Jonas legte seine linke Hand auf Pierres Schulter und fragte ihn leise:

„So schrecklich wie das auch alles war, aber was hat das mit der schwarzhaarigen zu tun?"

Der Templer guckte kurz hoch und senkte wieder den Blick. Nach einigen Augenblicken erzählte er:

„Das war Ariel. Als sie erwachte, wurden auch wir widererweckt. Also meine Brüder und ich. Sie ist aber nicht mehr die Ariel, die meine Schwester und ich kannten. Ihre Güte, ihre Liebe, davon ist kaum noch etwas vorhanden. Ihre Mordlust beschränkt sich zwar auf böse Menschen und Wesen, aber Empfindungen wie früher hat sie nicht mehr. Sie wird weiter eiskalt töten. Ihre dunkle Seite hat die Oberhand gewonnen. Und daran sind nur der Mob von damals und der verfluchte Soldat, der ihr das Herz herausschnitt schuld."

Er pausierte kurz, dann fuhr er fort.

„Nur wenn Ariel ihr Herz zurückbekommt, wird sie wieder so werden wie früher."

„Ohje, und ich bin schuld dass sie zurück ist.", warf Johann ein.

„Ihr könnt nichts dafür. Wenn Ihr uns nicht erweckt hättet, dann irgendwann wer anders. Außerdem hat sie uns vorhin gerettet. Ohne sie wären wir jetzt alle nicht mehr.", erwiderte Pierre.

„Demnach hat sie immerhin noch ihren Gerechtigkeitssinn, oder zumindest einen Funken Loyalität behalten.", meinte Jonas.

„Vielleicht kann man daran anknüpfen und sie etwas ... bändigen?", fuhr er fort.

„Um sie zu bändigen musst du eine unzertrennliche Bindung zu ihr haben, die weit über Freundschaft hinaus geht. Davon bist du noch sehr sehr weit entfernt.", murmelte Pierre.

„Nur bedingungslose Liebe zu ihr wird sie zähmen."

„Dann wäre ja nur noch zu klären, wer dieses Höllenweib ist, das uns hier abgeledert hat.", ergänzte Yakup.

„Höllenweib trifft es.", sagte der Ritter.

„Wo sie ihren genauen Ursprung hat, ist mir nicht bekannt. Nur dass sie vor über siebenhundert Jahren von meiner Schwester getötet wurde. Im Jahre des Herrn 1300 wurde meine Schwester von diesem Ding in eine Falle gelockt. Celine durchschaute aber im letzten Moment den Plan und belegte dieses Weib mit einem Bann, der ihre Kräfte unterband. Sie konnte sich nicht zurück verwandeln oder türmen. Diesen Moment nutzte meine Schwester und verschwand mit Hilfe ihrer Magie. Tags darauf wurde das Wesen auf dem Scheiterhaufen verbrannt. Außer dem Kettchen, ein paar Knochen und ihrem Schädel blieb nichts von ihr übrig. Kurz darauf wurden meine Männer und ich in den Wirren der großen Verfolgung von den königlichen Schergen in der Kapelle lebendig begraben. Ich wurde von einem vergifteten Pfeil getroffen, der mich dazu verdammte, alles bei vollem Bewusstsein mit zu erleben. Ich konnte mich nicht rühren und wir starben alle grausam.", erzählte der französische Ritter.

„Das Kettchen befand sich in der Krypta, in der Ariel bestattet war.", äußerte sich Johann.

„Übrigens Pierre, wir müssen uns mal über eure Klamotten unterhalten.", merkte Jonas an.

Der Templer sah an sich herunter und schaute den Privatermittler an.

„Wieso? Was stimmt denn damit nicht? Verstehe ich nicht."

„Nun ja, leicht aus der Mode, würde ich sagen. Aber das bekommen wir schon hin."

Die vier Männer saßen noch einige Zeit in dem Trümmerfeld, welches mal ein Antik-Geschäft war und überlegten gemeinsam, was sie gegen die dunkle Bedrohung zu unternehmen vermochten.

„Könnte ich noch einen Becher von dem Gesöff haben, das ihr Kaffee nennt?", fragte der Templer bescheiden.

Auf dem Weg nach Hause hielt Jonas an einem Fast Food-Restaurant. Er kaufte verschiedene Burger und Menüs für seinen Gast und sich. Jetzt, da er allmählich zur Ruhe kam, dachte er über die Katze, die junge Frau und die Vorkommnisse der letzten Tage nach. Hätte ihm vor zwei Wochen jemand erzählt, was da alles auf ihn zukommt, er hätte die Person für verrückt erklärt. Er parkte sein Auto vor dem Haus, schnappte sich das Essen und ging in seine Wohnung. Im Flur kam ihm die hübsche Frau schon entgegen, erblickte die Tüten mit den Speisen.

„Oh, lecker. Burger.", sagte sie grinsend und nahm ihm die Beutel ab. Einer fiel runter und sie bückte sich, um ihn aufzuheben, wobei das T-Shirt hochrutschte. Sie trug keinen Schlüpfer. Jonas fielen fast die Augen aus dem Kopf beim Anblick ihres nackten Hinterns. Er betete innerlich, dass sie nicht bemerkte, wie Leben in die Bude unterhalb seiner Gürtellinie kam.

Heißer Arsch., dachte er.

Danke. Das habe ich gehört., hörte er in seinem Kopf ihre Antwort.

Sie drehte sich um und grinste ihn frech an. Etwas verwirrt folgte er ihr ins Wohnzimmer. Dann fragte er sie, was das eben war und sie offenbarte ihm, dass sie eine mentale Verbindung zu ihm hat. Sie aßen die Burger und Beilagen. Die Frau nahm einen Becher Cola, trank ihn in einem Zug leer und rülpste wie ein Kampftrinker. Ihre Augen wurden groß.

„Elche? Hier? Um diese Jahreszeit?", fragte er grinsend.

„Oops, war ein Bäuerchen.", sagte sie verlegen.

„Klang eher nach einer Landwirtsgroßfamilie.", erwiderte er.

Sie setzte sich neben Jonas. Sie schaute ihn mit ihren großen braunen Augen an. Keiner sagte ein Wort, dann berührten sich ihre Lippen. Während sie ihn heiß und leidenschaftlich küsste, ging ihre Hand an ihm auf Wanderschaft. Im Schritt verharrte sie und drückte sanft zu.

„Hey ... kannst du damit auch etwas anfangen?", flüsterte sie und sah ihm lächelnd in die Augen.

„Versuche doch, es herauszufinden.", konterte er.

Sie zog ihn langsam aus, was er sich gerne gefallen ließ. Dann erhob sie sich und zog sie sich das T-Shirt aus. Sie hob die Hand, schnippte mit den Fingern, das Licht erlosch und die Kerzen, die sie kurz zuvor aufgestellt hatte, flammten auf. Ihre langen Haare fielen wie ein Teppich über ihre Schultern und endeten an ihrem nackten knackigen Gesäß. In dem schummrigen Kerzenschein schimmerte ihr Körper bronzefarben. Er bewunderte ihre makellose Figur. Ihre festen Brüste, ihr flacher Bauch, alles an ihr faszinierte ihn. Ihre Nippel standen frech vor, wie eine Einladung. Jonas packte sie sanft an den Hüften und zog sie näher zu sich ran.

Sie ließ sich von ihm führen, setzte sich langsam auf seinen Schoß, begann sich allmählich auf und ab zu bewegen und umarmte ihn. Sie drückte ihre Wange an seine. Ihr heißer Atem streifte seinen Hals und ihre Bewegungen wurden hektischer. Als er an ihrem Ohrläppchen knabberte, war es mit ihrer Beherrschung vorbei. Sie drückte ihn ganz fest an sich und er genoss es, sie zu spüren, ihren Anblick und ihre Nähe.

„Du bist jetzt meins!", hauchte sie ihm stöhnend ins Ohr.

Ein paar Stunden später lagen beide völlig erschöpft und verschwitzt auf dem Teppich im Wohnzimmer.

„Ich heiße übrigens Yasmina.", sagte sie mit zittriger Stimme und schaute ihm dabei in die Augen. Er lächelte, küsste sie und antwortete:

„Ich glaube, ich heiße Jonas."

„Wieso glaubst du das?", fragte sie ihn verwirrt.

„Weil du mir gerade den Verstand rausgevögelt hast.", gab er zurück und beide lachten.

Am nächsten Tag fuhren Jonas und Yakup zu Benedict Pistorius. Dieser empfing die beiden erfreut.

„Kommen Sie herein meine Herren."

Er bat sie wie schon beim letzten Mal im Wohnzimmer Platz zu nehmen. Seine Haushälterin betrat den Raum mit einem Tablett. Sie servierte Kaffee und Kuchen. Die beiden Privatermittler bedankten sich bei der älteren Dame und diese verließ lächelnd das Wohnzimmer.

„Herr Drake, Herr Melek, Sie sind mir sehr sympathisch und da ich davon ausgehe, dass wir noch öfter miteinander zu tun haben werden möchte ich Ihnen das Du anbieten.", eröffnete er das Gespräch.

„Wir fühlen uns sehr geehrt.", antwortete Jonas auch im Namen seines Freundes. Sie reichten sich gegenseitig die Hand und stellten sich jeweils mit Vornamen vor.

„Ich habe euch hier einiges zusammengestellt, was ihr wissen müsst und was ihr benötigt für den Kampf gegen die Finsternis." Mit diesen Worten gab er den beiden je eine dickere Mappe.

„Und ich habe das für euch."

Er überreichte ihnen je ein Holzkästchen. Auf dem Deckel war ein filigranes Kruzifix aus Silber eingearbeitet. Jonas öffnete seine Schatulle und sah einhundert Patronen mit Silberkopf in zwei Lagen. An den abgeflachten Spitzen waren Pentagramme eingraviert.

„Die Munition ist aus purem Silber, geweiht und gesegnet. Sie sind mächtig genug, um Höllenkreaturen zu vernichten.", führte der alte Mann aus.

„Allerdings werden sie bei großen oder sonstigen höher angeordneten Dämonen möglicherweise nicht viel ausrichten. Und seid vorsichtig, denn es gibt auch abtrünnige Dämonen, die die Seiten gewechselt haben. Diese müsst ihr versuchen auf eure Seite zu ziehen, denn genau die können mächtige Verbündete sein."

„Oh ja, das können wir bestätigen.", äußerte Jonas sich und dachte dabei an Yasmina und an Ariel, falls es stimmte, was Pierre sagte.

„Eine Frage habe ich da noch. Was kannst du uns über eine rothaarige Frau mit Hörnern und Flügeln sagen, weißt du da etwas?"

„Hm...attraktiv, hübsch und trägt einen Wolfsschädel an der Stirn?", stellte Benedict als Gegenfrage.

„Ja, genau."

„Sehr gefährliche Kreatur. Das ist Alenya, eine Schöpfung des Asmodeus. Es heißt, wenn sie erscheint, ist das Ende der Welt, wie wir sie kennen nah. Schwer zu vernichten. Laut einer Legende gibt es sieben Dolche, wovon einer aus den Nägeln vom Kreuz Jesu gefertigt wurde. Angeblich soll man sie damit vernichten können. Aber es ist leider nur eine mystische Geschichte. Der Legende nach war sie eine Keltenkönigin, die sich kurz vor ihrem Tode mit Satan verbündet hat. Ihr Grab wurde aber nie gefunden. Jedenfalls nicht dass ich wüsste."

„Wir sind ihr schon begegnet."

„Und ihr habt das überlebt? Ich bin erstaunt, denn die meisten, die ihr begegneten, konnten darüber nicht mehr berichten."

„Naja, wir hatten Hilfe. Aber sie hat mich auf ihre Abschussliste gesetzt und mir gedroht mich zu töten."

„Und geknutscht hat sie ihn auch.", warf Yakup ein.

„Dann braucht ihr wirklich mächtige Verbündete.", gab Benedict unmissverständlich zu verstehen. Jonas und Yakup verabschiedeten sich von dem alten Priester und verließen sein Haus. Der weißhaarige Mann schloss die Haustür ab und betrat sein Wohnzimmer. Er sah rotglühende Augen in der dunkelsten Ecke des Zimmers.

„Und Eure Meinung, Pater?", fragte die Gestalt leise. Er sah in die dunkle Stelle in dem Raum, wo sie sich aufhielt.

„Ich denke, du kannst ihnen Vertrauen.", antwortete er. Der Schatten trat langsam hervor. Der Priester sah zum ersten Mal die komplette Gestalt. Eine schwarzhaarige Frau mit Flügeln und rotglühenden Augen.

„Mein Gefühl sagt mir, ihr werdet euch brauchen, Ariel."

9. REQUIEM

Die nächsten Monate gab es keine weiteren Morde oder unheimlichen Vorkommnisse. Es blieb friedlich. Scheinbar brauchte auch die andere Seite mal eine Auszeit. Dennoch war einiges passiert. Yakup und Vanessa waren mittlerweile verlobt und hatten eine gemeinsame Wohnung bezogen. Jonas und Yasmina waren inzwischen verheiratet. An diesem Abend kam er früher von der Arbeit nach Hause. Er betrat sein Zuhause und roch den Duft von gegrilltem Hühnchen.

„Hi Schatz, ich bin wieder da.", rief er.

Yasmina kam ihm lächelnd im Flur entgegen, stellte sich auf die Zehenspitzen und küsste ihn.

Er bemerkte, dass ihr Bauch täglich an Umfang zunahm.

„Ich sehe schon, dass ich es nicht mehr verheimlichen kann.", sagte sie leise und fuhr fort.

„Ich bin schwanger. Und mach dich auf eines gefasst, es geht bei mir etwas schneller als bei Menschen."

Dass Yasmina kein normaler Mensch war, war ihm bewusst. Sie besaß die Fähigkeit, sich in eine Katze zu verwandeln. Er sah sie fragend an.

„Ja, ok. Du wirst in circa vier Wochen Papa.", sagte sie grinsend. Jonas schaute überrascht, erfreut und verwirrt zugleich.

„Äh…kannst du mir das bitte mal erklären? Ich steig da nicht ganz durch." Die junge Frau sah ihn groß an.

„Wo soll ich anfangen?"

„Am besten am Anfang."

„Zuerst war das Uni…" Jonas unterbrach sie.

„Soooo weit am Anfang nun bitte auch nicht.", sagte er lachend und zwickte sie in die Seiten. Yasmina bekam einen Lachkrampf.

„Das ist nicht fair.", bemerkte sie kichernd, umarmte und küsste ihn. Dann fuhr sie fort.

„Also die Bienchen und Blümchen…"

„Nee nee, wir waren schon lange beim Bären und Honigtöpfchen.", erwiderte er frech grinsend.

„Moment." Sie ließ ihn wortlos stehen und entfernte sich in die Küche. Sie hantierte dort kurz mit Geschirr, deckte den Tisch im Wohnzimmer und servierte das Essen. Nachdem sich beide gesetzt hatten, erzählte sie.

„Zur Zeit Ramses II, also vor über dreitausend Jahren, habe ich im alten Ägypten Mist gebaut und dafür wurde ich verflucht. Seit meiner Geburt kann ich mich in eine Katze verwandeln, altere nicht und bin unsterblich. Ich bin ein Schutzgeist. Nun bin ich deiner. Und die Schwangerschaft läuft bei mir wie bei einer Katze ab. Nach zwei bis zweieinhalb Monaten ungefähr kommt unser Baby. Ein Jahr später ist es ein Teenie und mit drei Jahren wird es erwachsen sein."

„Äh...es wird aber nicht an der Gardine hochklettern, an den Wänden kratzen und in den Flur kacken, oder?"

Sie stocherte lieblos mit der Gabel im Essen herum. Jonas nahm ihre Hand und sah sie an.

„Es ist mir egal was immer du auch bist, ich liebe dich und daran wird sich nichts ändern.", flüsterte er. Freudentränen kullerten über ihre Wangen. Ihm die Wahrheit zu sagen kam bis jetzt für sie nicht in Frage, da sie Angst vor seiner Abweisung hatte. Umso erfreuter war sie über seine Reaktion.

Sie erhob sich und lief um den Tisch herum zu Jonas und setzte sich seitwärts auf seinen Schoß. Sie küssten sich heiß und innig. Das Essen war jetzt nebensächlich und sie verschwanden im Schlafzimmer.

Vier Wochen später war es dann so weit. Yasmina bekam ihr Baby. Da sie und Jonas es für erforderlich hielten, dass ihr Geheimnis nicht durch Blutuntersuchungen oder Tests gelüftet wird, hatten sie eine Hexe - die gleichzeitig als Hebamme arbeitete - dazu geholt. Die Frauen kannten sich von früher, aus einer anderen Epoche. Die Geburtshelferin, Yasmina und Jonas erwarteten im Schlafzimmer das Baby. Yakup, Vanessa, Ariel und Pierre warteten nervös im Wohnzimmer und tranken einen Kaffee nach dem anderen. Aus dem Zimmer erklang ein lauter Schrei. Der ehemalige Engel sprang auf und rannte sofort hin. Sie kam aber wenige Augenblicke später zurück. Es bestand keine Gefahr, es waren nur die Wehen.

Ariel hatte in der letzten Zeit mit der Hilfe von Pierre, Yakup sowie Jonas positive Fortschritte erzielt und sich in den Griff bekommen. Mit Yasmina und ihrem Mann war sie eng befreundet. Die beiden Frauen waren mittlerweile wie Schwestern.

Ariel schaute in ihren Kaffeebecher und wirkte völlig abwesend.

„Es ist ein Mädchen und wir nennen es Sarah.", flüsterte sie leise.

„Was?", fragte Yakup. Im selben Augenblick wurde die Tür des Schlafzimmers geöffnet und Jonas trat heraus mit dem Baby auf dem Arm. Er kam ins Wohnzimmer und strahlte überaus glücklich.

„Es ist ein Mädchen und wir nennen es Sarah.", sagte er.

Ariel, Yakup und Pierre erhoben sich synchron vom Sofa und kamen zu dem frisch gebackenen Vater. Sie begutachteten das kleine Lebewesen und gratulierten Jonas. Yakup zupfte an Ariels Lederjackenärmel und fragte:

„Woher wusstest du das?"

„Ich kann Jonas Gedanken lesen und seine Emotionen spüren. Wir sind mental miteinander verbunden.", gab sie zurück. Sie nahm dem glücklichen Vater vorsichtig das Baby ab und schlich damit zu Yasmina ins Schlafzimmer.

„Hallo Mama.", sagte sie lächelnd zu der erschöpften Mutter und übergab dieser ihr Kind.

„Hallo Ariel. Schön das du hier bist.", gab sie zurück und fuhr fort.

„Wie geht es dir? Du hast ja richtig Fortschritte gemacht."

„Ja, ich habe gelernt beim töten nicht mehr so'ne Sauereien zu hinterlassen und bringe nur noch böse Wesen um. Böse Menschen verprügel ich nur noch bis sie lachen und dann weil sie lachen.", erwiderte der ehemalige Engel schelmisch.

Das Baby fing an zu quengeln.

„Sarah hat Hunger und will an die Hausbar.", sagte Ariel grinsend.

„Du, ich möchte so ein Ding sein für Sarah, was immer für sie da ist. Wie nennen die Menschen das noch, wenn man nicht verwandt, aber doch so verbunden ist?", fuhr sie fort.

„Du meinst eine Patentante? Ja, das würde uns gefallen.", erwiderte Yasmina.

Ariel umarmte die frisch gebackene Mutter liebevoll.

„Ich gehe dann mal zu den Männern rüber." Mit diesen Worten verließ sie Mutter und Kind.

Sie betrat das Wohnzimmer und irgendetwas stimmte nicht. Ihre Sinne schlugen Alarm. Sie versuchte zu erfassen, woher die Bedrohung kam, hatte aber keinen Erfolg. Was immer es war, es schirmte sich ab.

„Pierre, ich spüre Gefahr.", flüsterte sie. Ihre Augen glühten rot, aus ihrem Oberkiefer wuchsen Fangzähne, die Hände verwandelten sich in Pranken mit langen, messerscharfen Krallen und die Flügel brachen aus ihrem Rücken hervor.

Wenn Ariel so reagierte, stand wirklich Unerfreuliches bevor. Das kannten Pierre und Jonas schon. Der Templer zog sein Schwert unter dem Mantel hervor, Yakup und sein Freund zogen ihre Pistolen und luden sie mit Silberkugeln, die sie von Pater Benedict bekommen hatten. Mit einem enormen Knall zerbarst die Toilettentür und Vanessa kam heraus. Ihr Verlobter Yakup war geschockt und trat ihr entgegen.

„Schatz, was ist..." Er wurde mit einem heftigen Schlag Vanessas quer durchs Zimmer geschleudert. Bei der Landung riss er das Sofa mit und landete in der Anbauwand.

„Schon wieder ein Schrank.", murmelte er und wurde bewusstlos.

Dann bewegte Vanessa sich auf Jonas zu und verwandelte sich. Ihre schwarzen Haare nahmen eine gelockte Form an und eine rote Farbe an. Ihr wuchsen zwei gedrehte Hörner aus der Stirn, wie die eines Widders. Sie wurde etwas größer und ihre Brüste nahmen an Volumen zu. Zeitgleich traten Schwingen auf dem Rücken hervor. Die Augen glühten. Alenya war wieder da. Sie und Vanessa waren ein und dieselbe Person. Sie lächelte kalt, als sie Jonas die auf sie gerichtete Waffe aus der Hand schlug. Sie packte den Detektiv am Hals und warf ihn in die gleiche Ecke wie Yakup kurz zuvor.

„Jämmerliche Made!", zischte sie verächtlich. Pierre wurde ebenfalls mit einem Schlag von ihr außer Gefecht gesetzt.

Nun stand ihr nur noch Ariel im Weg. Diese stürzte sich wie eine Furie auf das Höllenweib. Alenya griff hinter ihren Kopf und zog ihr flammendes Schwert. Blitzschnell schlug sie damit auf die angreifende Ariel ein und verletzte sie schwer. Der einstige Engel hatte eine klaffende Wunde von der linken Schulter bis hinunter zum Bauchnabel. Sie brach stöhnend zusammen. Ihr Gesicht fiel ein, die Augen lagen tief und ihre Haare ergrauten. Sie verfärbten sich in ein silbergrau. Ihr Körper alterte in Sekundenschnelle.

Yakup und Jonas erwachten gleichzeitig aus ihrer Bewusstlosigkeit. Der große Türke schaute seinen Freund an:

„Nee, jetzt wird nicht gekuschelt Alter."

Er schob ihn von sich runter. Nachdem er sich aufgerafft hatte, half er seinem Freund auf die Beine.

Alenya packte Ariel an den Haaren und hob ihr Schwert, um den einstigen Engel zu enthaupten. In diesem Moment stürmte Yasmina in den Raum, verwandelte sich im Sprung in einen übergroßen Panter mit grün leuchtenden Augen und griff fauchend die Teufelstochter an. Diese reagierte schnell und rammte der angreifenden Großkatze das Flammenschwert durch den Unterleib, ohne sich dabei umzudrehen. Yasmina krachte zu Boden und nahm wieder ihre menschliche Gestalt an. Sie saß kniend im Wohnzimmer und hielt sich die qualmende Bauchwunde. Sie schaute mit geweiteten Augen zu Jonas. Das grüne Leuchten erlosch und sie guckte Alenya ungläubig an. Sie spuckte Blut, welches schwallartig aus ihrem Mund austrat. Aus einer blitzschnellen drehenden Bewegung heraus schlug sie Yasmina den Kopf ab, der davon rollte. Der Körper hielt sich noch ein paar Sekunden in dieser Haltung und kippte dann nach vorn über. Jonas schrie den Namen seiner Frau und hechtete in ihre Richtung. Die schwer verwundete und gealterte Ariel packte eines seiner Beine und brachte ihn damit zu Fall. Sie rettete ihm somit das Leben. Dennoch hob er seine Pistole auf, lud durch und feuerte das ganze Magazin leer. Yakup schoss ebenfalls, aber es hatte keine Wirkung. Völlig unbekümmert hob Alenya Yasminas Kopf auf und verschwand lachend mit ihm in einer Feuersäule.

Aus weiter Ferne hörten alle eine männliche Stimme schreien. Sie rief einen Namen:

Yas-Minh-Ra!

In diesem Moment löste sich aus Yasminas Körper eine blaue Lichtkugel, die durch das geschlossene Fenster in die Nacht verschwand. Zeitgleich entfernten sich drei Blitze aus dem Körper der toten und rasten ins Schlafzimmer.

„Sarah...", stöhnte Jonas. Er raffte sich auf und humpelte zu seiner Tochter.

Die Kleine lag friedlich auf dem Bett und sah ihren Vater aus grün leuchtenden Augen an und lächelte. Behutsam nahm er sein Baby auf den Arm.

„Ich werde dich niemals im Stich lassen mein kleiner Schatz.", flüsterte er und drückte sie sanft an sich. Erst jetzt wurde ihm sein Verlust richtig bewusst. Er fiel mit dem Baby im Arm auf die Knie und weinte.

Stunden später verließ er mit Sarah auf dem Arm das Schlafzimmer. Mit Entsetzen sah er den toten Körper Yasminas. Er war eine vertrocknete Mumie. Yakup legte eine Wolldecke über die Leiche. Ariel nahm Jonas seine Tochter ab. Er war erstaunt, dass sie schon wieder auf den Beinen war. Ihre riesige Wunde hatte sich auf eine lange Narbe reduziert, die man durch die zerfetzte Kleidung erkannte, die Haare waren bis auf ein paar Strähnen wieder schwarz und sie wirkte nicht mehr so ausgemergelt. Auf die Frage hin, was passiert sei, erhob sich ein alter, weißhaariger Mann, der sich auf ein Schwert stützte. Er war mindestens fünfundachtzig Jahre alt.

„Ich gab ihr von meiner Lebensenergie um sie zu retten.", sagte dieser. Da begriff der Privatermittler, dass Pierre dem einstigen Engel durch sein Blut geholfen hat, welches sie getrunken hat.

„Bist du jetzt nebenberuflich ein Vampir?", fragte Jonas.

„Nein. Sobald ich wieder komplett hergestellt bin, werde ich ihm sein mir geliehenes Leben zurückgeben.", erwiderte sie mit immer noch schwacher Stimme.

Der Templer setzte sich neben Ariel und stützte sein Kinn auf den Knauf seines Schwertes.

Dann geschah das Unglaubliche. Sarah berührte den einstigen Engel und den Ordensritter zeitgleich an der Stirn. Sie schloss die Augen und fing von innen heraus an zu leuchten. Pierre wurde zusehends jünger und Ariel bekam eine ihrer Natur entsprechend gesunde Hautfarbe. Die Narbe verschwand restlos und makellose Haut blitzte durch die zerfetzte blutige Kleidung. Ihr Haar bekam wieder einen kräftigen Schwarzton. Das Baby ließ von den beiden ab und das Strahlen erlosch. Alle sahen erstaunt auf Sarah. Sie wuchs im Zeitraffer und hatte jetzt die Größe eines dreijährigen Kindes.

Jonas wurde klar, dass Yasmina ihrer Tochter ihre Kräfte übertragen hatte, weil sie scheinbar geahnt hatte, dass ihre Zeit gekommen war.

Erneut liefen dem Privatermittler Tränen über die Wangen. Er war mit seinen Kräften am Ende. Ariel kam zu ihm und nahm ihn in die Arme. Sie versuchte ihm etwas von seinem Schmerz zu nehmen, aber das war vergebens. Etwas in ihm starb mit Yasmina ...

Ein paar Tage später wurde Yasmina beerdigt. Nick hatte durch Beziehungen alles arrangiert, ohne dass Fragen gestellt wurden. Die Beisetzung fand im engsten Kreis statt. Johann Konrad, seine Enkelin Mia und Mark Thomson waren ebenfalls gekommen, um der jungen Frau die letzte Ehre zu erweisen. Der Professor hatte den Grabstein in Auftrag gegeben und keine Kosten gescheut. Er hatte mit Jonas abgesprochen, dass dieser zwei Tage später aufgestellt werden sollte.

Der Sarg wurde herabgelassen und alle Anwesenden sprachen ein paar Worte zum Abschied. Ariel ging in die Hocke und sah Sarah in die Augen.

„Du bleibst jetzt kurz bei Papa. Ich bin gleich wieder für dich da.", sagte sie mit Tränen in den Augen zu dem Kind, erhob sich und begab sich zu dem Grab. Sie schaute in das Erdloch und holte unter ihrer Jacke einen Strauß aus dunkelroten und schwarzen Rosen sowie roten Nelken hervor.

Ihre Augen glühten kurz rot, ohne dass die anderen es mitbekamen.

„Ich werde dich vermissen, geliebte Schwester. Und ich verspreche dir, dass ich mich um Sarah und Jonas kümmern werde. Ich werde sie mit meinem Leben beschützen. Das gelobe ich hiermit feierlich!", sagte sie mit Tränen in den Augen. Sie ließ den Blumenstrauß hinunterfallen und streckte ihre geballte Faust aus. Schwarzes Blut lief aus ihr hervor und fiel in kleinen Tropfen auf den Sarg. Sie formten ein Schutzsymbol, ein Pentakel.

„Mögest du in Frieden ruhen.", flüsterte sie und ging wieder zurück zu Jonas und der kleinen Sarah. Der Mann war seit Yasminas Tod kaum ansprechbar. Ariel umarmte ihn und versuchte, ihm Trost zu spenden, aber es klappte nicht. Die Kleine zupfte an der Jacke des einstigen Engels und streckte ihre Arme aus. Sie hatte das Bedürfnis, nah bei ihr zu sein. Ariel hob Sarah hoch und drückte sie an sich. Sie war von sich selber überrascht. Seit sie mit diesen Menschen zusammen war, hatte sie gelernt, Emotionen zu empfinden, jenseits von Hass und Wut. Und sie merkte, dass es sich gut anfühlte.

Drei Tage später holte Johann Ariel und Jonas ab und fuhr mit ihnen zum Friedhof. Am Grab angekommen sahen sie es komplett mit silberfarbenen Stofftüchern abgedeckt. Die Ruhestätte hatte eine Höhe von drei und die Seitenmaße lagen bei jeweils vier Metern. Der Professor sagte zu dem Privatermittler und dem einstigen Engel:
„Ich denke, Yasmina hätte es gefallen."
Mit diesen Worten zog er an einer Kordel, die mittig an dem Tuch angebracht war. Es zerfiel in einige Einzelteile und glitt an allen vier Seiten herunter.
Jonas und Ariel waren sichtbar gerührt. Sie schauten auf ein Grabmal, welches dem einer Königin gleichgekommen wäre. Ringsherum befand sich ein mannshoher Zaun mit einer Pforte. Zu beiden Seiten des Eingangs stand jeweils ein Obelisk mit altägyptischen Hieroglyphen, ein Weg aus Alabaster führte zu einem kleinen Mausoleum. Über der Tür war eine Gedenktafel eingelassen. Ein Ankh zierte die linke Seite und auf der rechten war das Auge des Horus eingemeißelt. Die Inschrift dazwischen lautete:

Hier ruht
Yasmina Drake
liebevolle Ehefrau, Mutter, Schwester und Freundin.
1995-2018.

An den Seiten der Tür war je ein runder Metallhalter für Fackeln angebracht. Auf dem Dach war eine Cherubstatue, die schützend die Flügel nach vorn über den Eingang zum Mausoleum streckte.
„Johann, ich weiß nicht was ich sagen soll.", sagte Jonas mit kratziger Stimme. Er war von dem prunkvollen Grabmal überwältigt.
„Gar nichts. Denn irgendwie fühle ich mich dafür verantwortlich. Hätten Carl und ich damals die Kette nicht aus der Krypta mitgenommen, würde Yasmina heute noch leben. Es war das Mindeste, was ich für deine Frau tun konnte.", antwortete der Archäologe bedrückt.
Erst in diesem Moment wurde ihm bewusst, dass er die junge Frau schon deutlich länger kannte. Er erinnerte sich daran, dass seine Tochter Isabell ihm von ihr erzählt hatte. Bei Mias Geburt lernte er sie kennen und dachte daran, wie die Ägypterin seinem Kind im Angesicht des Todes beistand. Diese Erinnerungen beschämten ihn noch mehr. Er haderte mit sich, ob er seinem Ziehsohn jemals davon erzählen sollte.
So beschloss er, seine Erinnerungen, die fast zwanzig Jahre zurücklagen, zu einem späteren, besseren Zeitpunkt mit Jonas und seiner Enkelin zu teilen.
„Ja, Yasmina hätte es gefallen.", meinte Ariel beeindruckt.
„Das ist aber noch nicht alles.", sagte der Professor. Er schloss die Tür des Mausoleums auf und sie gingen hinein. Am Eingang entzündete er drei Fackeln und jeder nahm sich eine. In der Mitte des Raums führten Stufen nach unten, umsäumt von Säulen getreu altägyptischem Vorbild. Sie schritten die Treppe hinab und betraten einen großen Raum. Die Wände waren mit Motiven aus dem Totenbuch der alten Ägypter ver-

ziert. Am Kopfende des Gewölbes waren Bildnisse von Osiris, Isis, Bastet und Horus abgebildet.

In der Mitte stand ein goldener Sarg, wie ihn einst Tut-Anch-Amun als letzte Ruhestätte hatte. Johann hat die Verstorbene umbetten lassen. Jonas war überwältigt. Er fiel vor der Grabstätte seiner Frau auf die Knie und weinte. Er berührte den Sarkophag und er fühlte sich warm an. Eine Hand legte sich auf seine Schulter und er schaute zur Seite. Ariel kniete sich neben ihn. Johann blieb schweigend hinter den beiden stehen, die Hände zum Gebet gefaltet.

Nach einer Stunde verließen sie das Mausoleum. Draußen angekommen umarmte Jonas den Professor und bedankte sich bei ihm. Ariel steckte ihre Fackel und die ihres trauernden Freundes in die dafür vorgesehenen Halterungen neben der Tür.

„Wie hast du das in drei Tagen geschafft?", fragte er.

„Naja, alles Oberirdische hat eine Spezialfirma errichtet. Bei der Gruft war viel Magie am Werk, das hat Mia bewerkstelligt.", antwortete Johann. Seine Enkelin und Yasmina hatten sich immer gut verstanden, einander respektiert, geachtet und hatten eine gute Freundschaft gepflegt. Die junge Hexe war genau wie die anderen zutiefst betroffen von Yasminas Tod.

Den Moment, in dem die beiden Männer sich unterhielten, nutzte Ariel und teleportierte sich in die Gruft. Sie legte einen Strauss dunkelroter und schwarzer Rosen sowie roter Nelken auf den Sarkophag. Im Anschluss kehrte sie nach oben zurück.

Dann verließen sie den Friedhof. Niemand von ihnen bemerkte den Falken und die Krähe, die auf dem Cherub landeten und je eine rote Rose fallen ließen und wieder davon flogen.

10. ANKUNFT

Drei Jahre später ...

Die Sonne versank langsam hinter dem Horizont und hüllte die Umgebung in ein Zwielicht. Die Schatten wurden länger. Die Temperatur fiel und es wurde spürbar kälter. Julia Braun, eine junge Sekretärin, war mit ihrem Chihuahua Brutus im Wald spazieren.

Es war für sie ein allabendliches Ritual.

Die letzten Sonnenstrahlen durchdrangen die Bäume nur vereinzelt.

Die junge Frau begegnete niemandem. Es war hier wie immer um diese Zeit menschenleer. Die Leute fürchteten sich vor diesem Flecken Land. Angeblich sei es verflucht.

Tempeldorf war über achthundert Jahre alt und lag am Rande vom Schierenwald, einem Naturwaldreservat. Den Grundstein legten im Mittelalter die Tempelritter mit einer Komturei. Von der war bis auf einen kleinen Friedhof nur noch wenig vorhanden. Der letzte Verstorbene wurde hier 1307 beerdigt.

Vor drei Jahren kehrten die Templer zurück und errichteten auf dem alten Gelände eine neue Komturei in Form einer Burg mit vier Türmen.

Ein erholsamer Ort. Obwohl Julia sich hier wohl fühlte, spielte sie mit dem Gedanken bald nach Itzehoe zu ziehen, da ihr der Weg zur Arbeitsstelle auf Dauer zu lang war.

Brutus wurde nervös und zerrte an der Leine. Der kleine Hund sah immer wieder zu seinem Frauchen hoch und fing an zu bellen. Das war untypisch für den Chihuahua und Julia versuchte, ihn zu beruhigen.

Aber Brutus hörte nicht auf sie. Er zerrte an der Leine. Obwohl er klein war, hatte er doch enorme Kraft. Julia beschloss, sich von ihm leiten zu lassen. Wider Erwarten blieb er stehen, zitterte und verharrte dann. Durch die beginnende Dämmerung war die Sicht eingeschränkt und sie nahm die Lampenfunktion ihres Smartphones zur Hilfe. Sie leuchtete die Umgebung ab und erschrak.

Vor Brutus lag eine kopflose Leiche. Sie war mit einem dunkelgrauen Anzug bekleidet.

Der Schreck saß tief. Geistesgegenwärtig wählte sie die Nummer ihres Chefs. Nach dem dritten Klingeln nahm dieser den Hörer ab.

„Hallo Julia, was gibts?"

„Äh...ich habe hier ein kleines Problem. Brutus hat eine Leiche gefunden. Kannst du Nick anrufen? Ich bin im Schierenwald, auf der gegenüberliegenden Seite der Komturei."

„Ja, mache ich. Warte dort auf mich, ich bin gleich da."

Die Sekretärin legte auf. Angst stieg in ihr auf. Was, wenn der Mörder des Mannes sich noch in der näheren Umgebung aufhielt?

Ein Knacken im Gehölz ließ sie aufschrecken. Sie drehte sich um und sah in die Richtung, aus der sie das Geräusch vernahm.

Erst war nichts zu sehen. Dann entstand ein leuchtender, drei Meter hoher Lichtfleck. Nein, eher ein strahlender Riss. Julias Angst steigerte sich und sie war nicht mehr in der Lage sich zu bewegen. Sie erstarrte völlig. Brutus versteckte sich zitternd hinter den Beinen seines Frauchens. Aus dem Riss trat eine über zwei Meter große Gestalt heraus. Sie glänzte silbern und das Licht spiegelte sich in ihr. Als die Kreatur den Spalt verlassen hatte, verschwand der Riss. Das Wesen sah unheimlich aus. Wie ein Krieger aus einer anderen Zeit mit einem Gesicht, welches sie nie vergessen würde. Es war eine Fratze mit gelbleuchtenden Augen.

Julia war weiterhin bewegungsunfähig. Die Kreatur veränderte ihre Gestalt in die eines Mannes. Der silberne Zustand verschwand und vor ihr stand ein großer, dunkelhaariger Kerl. Nur das Leuchten der Augen war auch jetzt noch vorhanden.

Er lächelte sie an, legte seinen Zeigefinger auf ihren Mund. *Schweig!*, verstand sie damit. Wie aus dem nichts entstand auf dem Körper des Wesens Kleidung. Weiterhin lächelnd verschwand der Mann im dunklen Wald. Sobald er weg war, löste sich ihre Starre auf.

Jonas Drake erreichte den Fundort und Julia kam ihm entgegen.

„Gott sei Dank bist du da. Es war schrecklich, und dann dieser komische Mann."

„Welcher Mann?", fragte Jonas.

Seine Sekretärin berichtete ihm ausführlich von ihrem Erlebnis.

„Hast du Nick davon erzählt?", fragte er sie.

„Ja, aber er wollte mir wohl nicht so recht glauben."

„Ok, dann lass uns mal hingehen.", sagte Jonas.

Die beiden bewegten sich zum Fundort, wo Nick Hübner schon auf sie wartete. Er und der Privatdetektiv begrüßten sich. Sie unterhielten sich kurz und wurden dann von einem Mitarbeiter der Rechtsmedizin unterbrochen.

184

„Kommissar Hübner, wir können schon sagen, dass das Opfer mit einer scharfen Klinge enthauptet wurde. Die Wunde ist kauterisiert. Das erklärt auch, weshalb kein Blut bei der Leiche zu finden ist. Es könnte sich hierbei tatsächlich um den Tatort handeln. Nur der Kopf ist nicht aufzufinden.", berichtete der Mann im Schutzanzug.

„Ok, danke.", erwiderte Hübner und wandte sich wieder Jonas zu.

„Man, hat der ein Glück.", sagte Jonas und deutete auf die Leiche.

„Was geht denn bei dir ab?", fragte Nick ungläubig.

„Naja, das Risiko einer Blutvergiftung ist beim Kauterisieren doch eher minimal."

„Du bist zu oft mit Yakup unterwegs, eindeutig!", seufzte der Polizist kopfschüttelnd und fuhr fort:

„Könnte es sein, dass das erneut ein Fall für dich ist?"

„Keine Ahnung. Sag du es mir. Einfach mal abwarten was die weiteren Untersuchungen ergeben. Melde dich bitte, wenn du mehr weißt."

Mit diesen Worten verließen Drake und Julia zusammen den Ort. Auf dem Weg zu seinem Auto, welches er am Waldrand geparkt hatte, sagte der bärtige mit dem langen Kutschermantel:

„Über den komischen Mann, den du gesehen hast, müssen wir noch reden. Lust auf einen Kaffee?"

Julia bejahte und dann fuhren sie zum Dorfcafé.

Die Kreatur mit den gelb leuchtenden Augen beobachtete das Treiben. Sie sah, wie die brünette Frau der er im Wald begegnete, mit einem bärtigen Mann, der einen Kutschermantel trug, den Fundort der Leiche verließ. Das Geschöpf folgte ihnen unbemerkt und sah, wie sie sich kurz unterhielten, bevor sie in den silbernen Kombi stiegen und davon fuhren. Er beschloss, den beiden weiterhin zu folgen. Er verwandelte sich in eine Krähe und flog dem Auto hinterher.

Das Café war klein und gemütlich. Jonas bestellte sich einen Cappuccino und Julia eine Latte macchiato. Die Sekretärin erzählte ausführlich, was sie im Wald erlebt hat. Weiterhin trieben ihr die Erinnerungen kalte Schauer über den Rücken.

„Meinst du dass diese Kreatur eine Gefahr ist?", fragte der Privatdetektiv.

„Keine Ahnung. Wäre er auf töten aus gewesen, dann hätte er mit mir doch leichtes Spiel gehabt. Unheimlich war dieses Ding dennoch."

Jonas Handy klingelte und er schaute auf das Display und nahm den Anruf an.

„Hallo Yakup. Wir sind hier im Dorfcafé in Tempeldorf und wie es aussieht, haben wir wieder Arbeit. Wäre gut, wenn du herkommst."

„Ok, ich bin in etwa dreißig Minuten bei euch.", erwiderte der türkische Freund und Kollege der beiden. Zeitgleich legten sie auf.

Julia war erst seit kurzem dabei. Vanessa Klamp, die vorherige Sekretärin, entpuppte sich als des Teufels Tochter vor drei Jahren. Für zwei Jahre war der Posten der Bürokraft unbesetzt.

Die Tür des Cafés wurde geöffnet und Yakup trat ein. Er sah sich um und entdeckte seinen Freund und dessen Sekretärin. Jonas winkte ihn heran.

Yakup setzte sich und begrüßte Brutus, der schwanzwedelnd zu ihm lief. Er nahm ihn auf den Arm.

185

„Na du kleine Spürnase, hast du uns wieder Arbeit besorgt?", sprach er den Chihuahua an. Nachdem Yakup fertig war mit der Hundebegrüßung, wandte er sich seinen beiden Freunden zu.

„So, nun erzählt mal was passiert ist." Julia erklärte ihm, was vorgefallen war.

„Und ist mit dir alles in Ordnung? Würdest du den Typen wiedererkennen?"

„Ja, mit Sicherheit.", gab sie zurück und nippte an ihrer Latte macchiato.

Die Kellnerin kam an den Tisch und fragte Yakup, ob er ebenfalls etwas trinken wolle. Dieser bestellte sich einen Kaffee. Er schaute zu Jonas und meinte:

„Zeugen für den Mord wird es wohl nicht wirklich geben. Oder kann man das Waldstück direkt von der Komturei einsehen? Vielleicht hat ja Pierre, oder einer der Brüder etwas gesehen."

„Da fahren wir morgen hin. Jetzt sind die eh beim Gebet. Vielleicht wissen wir morgen ja schon mehr von Nick."

Die drei unterhielten sich eine Weile und kümmerten sich um ihre Getränke.

Keiner von ihnen bemerkte die Gestalt mit den gelb leuchtenden Augen am Fenster. Die übrigen Gäste bekamen davon nichts mit. Eine Stunde später verschwand das Trio aus dem Café.

Die Kreatur verwandelte sich wieder in eine Krähe, in dem Moment, als die drei die Location verließen. Sie hatte jedes Wort gehört, das gesprochen wurde. Trotz geschlossener Fenster war es kein Problem für sie. Der Dämon folgte dem silbernen Auto. Er hoffte, mehr zu erfahren.

Die ersten Sonnenstrahlen tauchten die Komturei in einen goldenen Glanz. Das Gebäude wirkte wie eine Burg. Einhundert Meter je Seitenlänge maß der Vier-Seiten-Hof. An den Ecken ragte jeweils ein Rundturm mit Spitzdach hervor. Jeder Tourist oder Anwohner, der an dem riesigen Bauwerk vorbeifuhr, schaute es sich fasziniert an. Aus dem Innenhof ragte der Glockenturm der kleinen Kapelle. Die Glocke wurde täglich morgens, zur Mittagszeit und abends geläutet. Die Templer waren auf dem Weg zum Speisesaal. Das Frühstück war angerichtet. Einer der Mönchskrieger fing Pierre Rolland ab, der früher ‚de Bretagne' hieß. Damit man auf seinen Namen keine historischen Rückschlüsse zu ziehen vermochte, bekam er vor vier Jahren einen Ausweis mit neuem Nachnamen und angepasstem Alter. Er war jetzt ein französischer Abbé, der eine Templerkomturei führte.

Der Ordensbruder berichtete Pierre, dass Besuch am Tor auf ihn wartete. Die Ordensritter spazierten zum Haupttor und öffneten dieses. Erkennbar erfreut über die Gäste kam Pierre auf die beiden Männer zu und umarmte den ersten.

„Jonas mein Freund, schön dich mal wieder zu sehen.", begrüßte er den Privatermittler.

„Yakup, auch du sei gegrüßt.", sagte der Templer und umarmte den Türken ebenfalls.

„Guten Morgen Pierre", grüßten beide einstimmig zurück.

„Kommt doch herein. Möchtet ihr mit uns frühstücken?"

„Ja gerne doch.", erwiderte Jonas.

„Wie geht es Sarah?"

„Die kommt ganz nach ihrer Mutter und das in jeder Hinsicht."

Pierre schmunzelte.

„Ihr habt die Komturei ja noch gar nicht gesehen seit der Fertigstellung, oder?"

„Nein, noch nicht."

Jonas und Yakup sahen sich um. Pierre erklärte ihnen, was die Templer alles gebaut und zwischendurch auch umgebaut hatten.

„Was führt euch her?"

„Julia hat gestern Abend im Wald, etwa zweihundert Meter von hier, eine Leiche gefunden. Wir wollten wissen, ob ihr etwas von dem Mord mitbekommen habt."

Pierre war entsetzt.

Einer der friedlichsten Plätze die er kannte und jetzt sowas?

„Ein Mord? Hier? Wie wurde die Person denn getötet?"

„Der Mann wurde enthauptet und die Wunde war kauterisiert. Der Schlag muss mit einer extrem scharfen, und sehr heißen Klinge ausgeführt worden sein. Äh ... ist Ariel in der Nähe?"

„Ja, aber sie hat die Komturei seit Wochen nicht verlassen, dafür lege ich meine Hand ins Feuer. Außerdem tötet sie keine Menschen mehr, es sei denn, sie oder wir werden bedroht. Das weißt du. Sie hat sich sehr gut im Griff."

„Es war ja auch nur eine Frage. Kann ich sie sprechen?"

„Selbstverständlich, aber nun lass uns erst mal frühstücken. Bruder Raul hat frische Brötchen gebacken."

Die Männer betraten gemeinsam den Speisesaal, in dem sie schon erwartet wurden. Jonas zählte sechzehn Mönchskrieger.

„Nanu, ihr habt Zuwachs bekommen?"

„Ja, acht Brüder haben sich uns angeschlossen. Sie erwachten zur selben Zeit wie Ariel und wir.", sagte Robert und richtete sein Wort an alle anwesenden im Raum.

„Und nun lasst es euch schmecken, Freunde."

Die Krähe landete auf dem Ostturm der Komturei und beobachtete, wie die beiden Männer vom Abend vorher mit einem Mönch über den Innenhof spazierten. Sie verschwanden in einem Gang, der in die Tiefe führte. Die Krähe folgte ihnen unbemerkt.

Jonas, Yakup und Pierre betraten die Treppe, die in die unteren Gewölbe führte.

„Warum ist Ariel hier unten im Kerker?", fragte Yakup.

„Auf eigenen Wunsch. Sie bestand darauf, dass wir die Zelle mit einem Kreuz verschließen, sobald es dunkel wird. Tagsüber könnte sie sich frei bewegen, aber sie tat es bis jetzt nie.", antwortete Pierre. Die drei Männer erreichten das Gewölbe. An den Wänden steckten in regelmäßigen Abständen brennende Fackeln.

Echt unheimlich hier, dachte Jonas.

Der Privatermittler kratzte sich am Kopf und sah sich um, bevor er den Anführer der Templer fragte:

„Das alles hier habt ihr in nur drei Jahren aufgebaut? Mit nur acht Männern?"

„Nein. Diese Gewölbe waren schon vorher da. Wir haben sie nur noch freilegen und restaurieren müssen. Und dank ein wenig Magie ging alles recht schnell."

„Gern geschehen, Pierre.", erklang eine sanfte Frauenstimme. Sie hatten die Behausung des einstigen Engels erreicht.

„Guten Morgen, Ariel.", begrüßte der Templer die Gestalt, die sich in der dunkelsten Ecke der Zelle aufhielt.

„Auch euch einen guten Morgen.", sagte die Frau an die Männer gerichtet.

Pierre entfernte das Kreuz und schloss die schwere, eiserne Gittertür auf. Aus der dunklen Ecke löste sich langsam ein Schatten und schritt auf die offene Tür zu. Je näher sie ins Licht kam, umso besser war sie zu erkennen. Eine junge Frau. Schlank, lange, teerschwarze gelockte Haare, blasse Haut, bekleidet mit einer Jeans, einem Top und darüber trug sie eine Lederjacke. Alle Kleidungsstücke waren in Schwarz gehalten. Sie sah umwerfend aus. Zum Erstaunen der beiden Besucher glühten ihre Augen nicht mehr rot, wie damals. Sie waren rehbraun. Von ihren Flügeln keine Spur.

„Ich freue mich wirklich sehr euch beide zu sehen.", sagte sie an Jonas und Yakup gerichtet. Es war schon lange her, seit dem letzten aufeinandertreffen.

„Ja, wir freuen uns auch, Ariel.", erwiderte Jonas.

„Wie ich sehe, machst du Fortschritte. Gut schaust du aus."

Sie umarmte Jonas und drückte ihn sanft an sich. Er erwiderte die Umarmung. Sie ließ von ihm ab und sah ihm in die Augen.

„Es tut mir so leid, das ich Yasmina damals nicht helfen konnte. Alenya war einfach zu stark für mich."

Sie senkte den Blick und Tränen rannen über ihre blassen Wangen. Sie machte sich trotz allem die schlimmsten Vorwürfe.

Die Erinnerungen überfielen ihn schlagartig. Er sah alles nochmal wie einen Film vor seinem inneren Auge ablaufen. An dem Tag verlor er nicht nur seine geliebte Frau und Mutter ihres Kindes, sondern gleichermaßen einen Teil seines Lebens. Ein Stück von ihm starb damals mit ihr. Ariel wurde bei dem Kampf schwer verletzt und war nicht in der Lage Yasminas Tod zu verhindern.

Er schaute Ariel an und sagte:

„Ich bin dir trotzdem dankbar. Ohne dich würden wir wahrscheinlich alle nicht mehr leben."

Erneut umarmten sie sich.

„Was ... ist das da eigentlich mit dem Kreuz an der Zelle?", fragte Jonas. Ariel grinste.

„Eine Alibi-Nummer, damit die Jungs sich besser fühlen. Es hält mich zwar nicht auf zu gehen, aber es verhindert, dass etwas Böses hinein kann. Außerdem hält es mir immer vor Augen, zu welcher Seite ich gehöre. "

Ihre Augen leuchteten wieder kurz rot und die Fangzähne im Oberkiefer kamen zum Vorschein.

Jonas erschrak, aber Ariel klammerte sich stocksteif an ihm fest.

„Hier ist jemand. Jemand, der hier nicht hergehört.", flüsterte sie.

Genauso schnell, wie die Fangzähne und die roten Augen auftauchten, waren sie wieder verschwunden.

„Was war das jetzt?", fragte Jonas.

„Nichts.", antwortete sie.

„Nichts worüber du beunruhigt sein musst." Sie sah der Krähe genau in die Augen. Eine Gefahr, die von dem Tier ausging, konnte sie nicht wahrnehmen. Dann flog der schwarze Vogel davon.

Verdammt, ich bin aufgeflogen!, vermutete der Dämon in Vogelgestalt und flog durch den langen Gang und über die Treppe zurück ins Freie, direkt in den Wald und setzte sich zwischen die anderen Krähen, die in den Bäumen verstreut saßen. So war sie unauffällig und unsichtbar.

Wieder von den Erinnerungen übermannt, setzte Jonas sich auf den Sessel in Ariels Unterkunft, die wohnlich eingerichtet war. Seine Gedanken drehten sich um seine Tochter Sarah, die jetzt mit drei Jahren ausgewachsen war.

Sie litt genauso wie er unter dem Verlust Yasminas.

Ariel legte ihm ihre Hände auf seine Schultern, setzte sich in die Hocke und sah ihm in die Augen.

„Ich verspreche dir Jonas, ich werde dir helfen Yasmina zu rächen.", flüsterte sie und legte ihre Stirn an seine.

Er weinte. Obwohl es drei Jahre zurücklag, kam es ihm so vor, als wäre es gestern passiert. Ariel drückte ihn sanft an sich. Sie versuchte ihm etwas von seinem Schmerz zu nehmen, aber das war unmöglich. Er saß zu tief.

11. UNHEIL

Am nächsten Morgen besuchte Kommissar Hübner das Büro von Jonas und Yakup. Es regnete und klatschnass betrat er die Detektei.

„Man ist das ein Scheißwetter!", maulte er.

„Echt? Hier drin geht es eigentlich.", gab Julia frech grinsend zurück.

Nick schaute sie mit einer hochgezogenen Augenbraue an und meinte:

„Du bist zu oft mit den Klapskallis zusammen. Die färben ab." Die zwei lachten.

„Das Chaos atmet da drin.", sagte die Sekretärin und deutete auf Yakups Büro.

„Wo auch sonst.", erwiderte Nick, betrat den Raum und nieste laut.

„Gesundheit!"; kam es synchron von den beiden Detektiven.

„Jungs, ich habe hier den Bericht aus der Rechtsmedizin."

„Und, was macht der Tote?"

„Naja, was Tote halt so machen, wenn sie tot sind: tot sein.."

„Echt jetzt?"

Hübner rollte mit den Augen.

Die beiden treiben mich noch in den Wahnsinn., sinnierte er.

„Also wie am Tatort schon bemerkt, die Enthauptungswunde war durch Hitze versiegelt. Aber die DNA-Untersuchung ist interessant."

„Und was hat die ergeben?", fragte Jonas.

„Da kommt ihr nie drauf.", kam die Antwort. Der Kommissar legte eine Pause ein.

„Nun spann uns nicht so auf die Folter. Was ist da so komisch?"
„Erst wenn ich einen Kaffee bekomme.", sagte er breit grinsend.
„Julia, Käffchen für den Nassen Lappen hier! Aber pronto!", rief Yakup.
Nach ein paar Minuten kam die Sekretärin mit dem frischgebrühten Heißgetränk für Nick in das Büro.
„Ihr beiden auch Kaffee?", fragte sie.
Mit einem Einstimmigen ‚ja' wurde ihre Frage beantwortet.
„Gut. Ihr wisst ja wo die Küche ist. Dieses komische Gerät mit der Kanne ist die Kaffeemaschine und Becher findet ihr direkt daneben.", gab sie mit einem spitzbübischen Grinsen zurück und verließ das Büro.
Jonas und Yakup sahen sich entgeistert an und Nick lachte schadenfroh.
„So, jetzt hattest du deinen Spaß. Was war das mit der DNA?", fragte Jonas.
„Ja, das ist tatsächlich sehr interessant. Der Todeszeitpunkt liegt etwa vier Tage zurück und die Todesursache ist tatsächlich die Enthauptung."
Die Privatermittler trommelten nervös mit den Fingern auf der Tischplatte herum.
Nick Hübner hatte deutlich erkennbar Spaß daran die beiden auf die Folter zu spannen.
„Die Leiche hatte eine Tätowierung auf der rechten Brustseite. Vermutlich ein heidnisches Symbol, welches wir noch nicht entziffern konnten. Auf der linken trug er dieses."
Der Kommissar reichte den beiden zwei Fotos mit den Tattoos.
„Wisst ihr, was das sein kann?", fragte er.
Die beiden sahen es sich an und Yakup meinte:
„Sieht keltisch aus."
„Es ist nordisch, aber nichts Ungewöhnliches. Mit sowas rennt heute jeder dritte herum.", äußerte sich Jonas.
„Das ist Ygdrassil, der Baum des Lebens. Er ist ein Bestandteil der nordischen Religion. Und das andere ist ein Templerkreuz."
Der Polizist legte die Untersuchungsberichte auf den Tisch.
„Der Mann war ungefähr achthundert Jahre alt, plus minus einhundert.", erklärte er.
„Ist interessant.", meinte Jonas.
„Aber ist nicht wirklich ungewöhnlich."
„Nicht ungewöhnlich?", fragte Hübner ungläubig. Jonas erhob sich von seinem Stuhl und bewegte sich zum Fenster. Er zündete sich eine Zigarette an.
„Meine Frau war über dreitausenddreihundert Jahre alt, als sie ermordet wurde.", sagte er leise und verließ den Raum.
Yakup verschwand kurz und kam mit zwei Kaffee zurück.
„Hm ... warum war Jonas eben so merkwürdig drauf?", fragte Nick.
„Er hat Yasminas Tod immer noch nicht überwunden. Ohne Ariel und Sarah wäre er nicht hier, sondern bei den Anonymen Alkoholikern."

Die Dämmerung brach an und der Tag neigte sich seinem Ende zu. Die Landstraße von Itzehoe nach Hohenlockstedt war menschenleer. Kai Henrichs und seine Freundin Katja Jürgens waren auf dem Weg zu ihren Eltern. Kai fuhr ihrer Meinung nach viel zu schnell und ermahnte ihn, sein Temperament etwas zu zügeln und langsamer zu fahren. Die Bäume huschten in einem Wahnsinnstempo vorbei. Kai reagierte nicht auf die Einwände seiner Freundin. Zwei rote Punkte tauchten direkt vor ihnen auf. Kai hielt es für Bremslichter und drosselte etwas das Tempo. Aber so war es nicht. Dafür standen sie zu hoch. Im Scheinwerferlicht des Porsches tauchte ein Schatten auf. Der junge Mann bremste forsch, dann traf etwas das Fahrzeug und vor Schreck verriss er die Lenkung. Der Wagen kam ins Schleudern, prallte mit dem Heck gegen einen Baum und überschlug sich mehrmals. Dann endlich kam das Wrack auf den Rädern zum Stillstand. Kai Henrichs schaute sich benommen um. Schmerzen durchzuckten seinen Körper. Das Atmen fiel ihm schwer. Aus dem geplatzten Tank lief Benzin. Der beißende Geruch war unverkennbar. Panik machte sich in ihm breit. Er sah zu Katja rüber, aber sie rührte sich nicht. Unter Schmerzen fasste er ihr an die Schulter.

„Schatz, alles ok? Sag doch was."

Aber sie reagierte nicht. Er schaltete die Innenbeleuchtung an und sah in die starren Augen seiner Freundin. Sie waren trüb und weit aufgerissen. Ihr Kopf lehnte verdreht an der Kopfstütze. Er fasste ihr an den Hals, um den Puls zu fühlen, aber da tat sich nichts mehr. Katja war tot. Er roch wieder das Benzin und geriet vollends in Panik. Er schrie wie wild um Hilfe, doch es war niemand da, der ihn hörte. Sein Sicherheitsgurt war verklemmt und entwickelte sich zu einer tödlichen Falle.

Da ertönte ein Poltern auf dem Wagendach, so als wäre irgendetwas auf das Wrack gefallen. Dann harte kurze Schritte. Da war jemand auf dem Auto. Er schrie erneut um Hilfe. Auf einmal erklang ein lärmendes Geräusch. Funken stoben ins Wageninnere. Eine brennende Schwertspitze kam zum Vorschein. Das Wagendach über ihm teilte sich und die Ränder glühten. Ein breiter Spalt entstand. Kai sah hindurch und erkannte eine Silhouette, die ihn an seinem Verstand zweifeln ließ. Rot glühende Augen sahen in das Wageninnere. Die Gestalt hatte gebogene Hörner und große fledermausartige Flügel. Er schrie wie von Sinnen um Hilfe, doch niemand hörte ihn. Die Kreatur stand regungslos auf dem Wrack. Sie sprang herunter und schlug mit dem Schwert durch den vorderen Dachholm. Die Klinge schnitt hindurch wie durch Butter. Sie kam blitzschnell und traf ihn am Hals. Das war das Letzte, was er merkte. Ein Kurzschluss setzte das ausgelaufene Benzin in Brand. Die Kreatur riss das Dach mit der Hand auf und entnahm den Kopf des Fahrers aus dem brennenden Wrack und verschwand.

Am nächsten Morgen wurde Jonas von seiner Tochter mit Frühstück geweckt. Der Duft von frischem Kaffee und Brötchen ermunterte ihn. Er begab sich aus der liegenden in eine sitzende Position, auf dem Sofa, auf dem er eingeschlafen war. In seinem Kopf drehte sich alles und ihm wurde schwindelig.

„Paps, du solltest weniger saufen, dann bist du auch fit."

„Nicht lustig. Irgendjemand hat die ganze Nacht am Zimmer gedreht. Wenn ich den finde, der dafür verantwortlich ist, den mache ich fertig.", brummte er. Sie stellte die fast leere Rumflasche vor ihn auf den Tisch.

„Schuldigen gefunden!", sagte sie frech grinsend. Die junge Frau setzte sich neben ihren Vater und umarmte ihn.

„Ich vermisse Mom doch auch, aber du darfst dich nicht so gehen lassen. Immer wenn die Erinnerungen in dir hoch kommen, bist du am nächsten Morgen breit. Das darf so nicht weitergehen."

Er drückte seine Tochter liebevoll.

„Ich weiß Sarah, ich weiß."

Er sah sie an und dachte:

Wie ähnlich du doch deiner Mutter bist.

„Ich weiß, Paps.", sagte sie und lächelte ihn an.

Jonas vergaß für einen Augenblick, dass Sarah seine Gedanken lesen konnte. Sie stand auf, schlenderte zur Küche und kam mit Aspirin zurück. Er trank das Gesöff, wie nachts zuvor seinen Cola-Havana. Dann frühstückten sie. Er war froh, dass er und sein Kind sich so problemlos verstanden. Sie gaben sich gegenseitigen Halt. Ohne Sarah wäre er schon lange unter die Räder gekommen. Selbst Ariel hätte ihn nicht mehr auffangen können, obwohl sie eine große Stütze für ihn war. Mental kommunizierten sie öfter miteinander. Der einstige Engel stand ihm und seiner Tochter seit Yasminas Tod unendlich zur Seite.

Das Klingeln des Telefons riss ihn aus seinen Gedanken. Sarah reichte ihm den Apparat.

„Guten Morgen Griesgram.", begrüßte ihn Nick Hübner.

„Moin.", gab Jonas knapp zurück.

„Was gibt es, dass du mich mitten in der Nacht anrufst?"

„Mitten in der Nacht? Na du machst mir Spaß. Die ersten gehen schon wieder ins Bett."

Der ehemalige Polizist sah auf die Uhr und staunte. Dreizehn Uhr war längst durch.

„Äh...lassen wir das. Was liegt an?"

„Heute Morgen um fünf wurde ein verunglückter Sportwagen mit zwei Leichen gefunden."

„Was ist daran so besonders? Unfälle passieren leider häufig."

„Ja, aber das solltest du dir besser selbst anschauen. Die Spurensicherung ist vor Ort und Yakup ist auch hier."

Er schaute Sarah kurz an und antwortete dann.

„Wo genau?"

„Auf halber Strecke zwischen Itzehoe und Hohenlockstedt."

„Na gut, ich komme hin.", gab er widerwillig zurück und legte auf.

„Sorry Schatz, aber ich muss leider los.", erklärte er Sarah. Er duschte und dreißig Minuten später stand er angezogen im Wohnzimmer. Seine Tochter grinste ihn abreisefertig an.

„Ich komme mit.", offenbarte sie ihm.

„Das geht nicht. Dafür bist du noch zu jung."

„Paps, ich bin bald siebenundzwanzig. Also komm mir bitte nicht so."

„Nein, du bist erst drei."

„In Menschenjahren!"

Er rollte mit den Augen, seufzte und gab es auf.

„Wie deine Mutter, immer das letzte Wort.", grummelte er.

„Irgendwer muss ja das Gespräch beenden.", konterte sie frech und siegessicher grinsend. Er schnappte sich den Schlüsselbund, sah seine Tochter seufzend an und verließ mit ihr die Wohnung.

Der Motor des silbernen Passats lief beim Abstellen nach, obwohl er den Schlüssel schon abgezogen und das Fahrzeug abgeschlossen hatte. Dies passierte ständig bei dem Wagen.

„Paps, wann kaufst du dir eigentlich endlich mal ein neues Auto?", nörgelte Sarah.

„Fang du jetzt nicht auch noch an. Das ist ein Klassiker."
„Klassischer Schrott trifft es eher.", erwiderte sie garstig.
„Was habt ihr eigentlich alle gegen mein Schmuckstück?", fragte Jonas vorwurfsvoll.
„Möchtest du eine ehrliche oder eine höfliche Antwort?", gab sie schnippisch zurück.
„Danke! Ich verzichte!", knurrte er.
Der Unfallort war durch Sichtschutzzäune abgesperrt. Auf diversen an der Straße stehenden Einsatzfahrzeugen blinkten die Blaulichter. Polizisten leiteten den Verkehr an der Unfallstelle vorbei. An einem schmalen Zugang stand Yakup und sah die beiden. Er winkte sie zu sich heran. Er begrüßte Jonas und seine Tochter.
„Mahlzeit!"
„Musst du immer so direkt sein?", fragte Jonas.
Der Türke brachte die beiden direkt zu dem Fahrzeugwrack. Das Dach war auf der Fahrerseite wie eine Sardinendose aufgerollt.
„Sarah, ich glaube, dass du dir das besser nicht ansiehst. Es ist kein schöner Anblick.", sagte Yakup zu der jungen Frau.
„Vergiss es mein Freund. Sie ist genauso schwer zu überzeugen wie einst ihre Mutter.", warf Jonas ein.
Unbeirrt schaute die schwarzhaarige Schönheit in den Wagen. Das Fahrzeug war völlig ausgebrannt. Die beiden Insassen waren bis zur Unkenntlichkeit verbrannt und wirkten wie mit den Sitzen verschmolzen. Die männliche Leiche saß verkrampft da und der Kopf fehlte. Der Körper hatte eine abstrakte Haltung. Sarah drehte sich zu ihrem Vater um und gab einen Knurrlaut von sich. Ihre rehbraunen Augen verfärbten sich kurz grün.
„Schatz, nicht hier.", flüsterte Jonas.
„Reiß dich zusammen."
Sie fasste sich und sagte:
„Die Frau hat einen Genickbruch und war wahrscheinlich schon vor dem ersten Überschlag tot. Die Wunde des Mannes ist kauterisiert. Und ich rieche hier das Böse, Paps." Er sah sie verblüfft an:
„Woher weißt du..."
„Bücher, Papa. Bücher. Lesen bildet. Das wäre vielleicht auch für ..." Sein böser Blick ließ sie verstummen. Wegen ihrer Witterung vermutete er, was sie meinte. Obwohl sie damals ein Baby war und von dem eigentlichen Horror nichts mitbekommen hatte, konnte sie sich dennoch an den Geruch der Teufelstochter erinnern und den witterte sie hier.
„Na toll, dann kann ich meinen Job ja quittieren und Bäcker werden!", warf der Rechtsmediziner ein, der die Aussage von Sarah gehört hatte. Die junge Frau sah ihn an und antwortete spöttisch:
„Nur zu. Sie wären bestimmt eine Bereicherung für die Bäckerzunft ..." Er unterbrach sie stinksauer.
„Was wollen Sie mir damit vorwerfen? Etwa dass ich zu langsam arbeite?", brüllte er das Mädchen an. Jonas schlug die Hände vors Gesicht. Er spürte, dass Sarah kurz vorm Überkochen war.
„Schatz, beherrsche dich! Reiß dich zusammen!", ermahnte er seine Tochter. Vergeblich, denn der Rechtsmediziner machte einen dummen und unverzeihlichen Fehler. Er beleidigte Sarahs Mutter.
„Pass mal auf du Ableger einer Wüstenpussi, ich lass mir von dir bestimmt nicht erklären, wie ich meinen Job zu erledigen habe.",

schnauzte er das Mädchen an und nahm eine angriffslustige Körperhaltung an. Eiskalt lächelnd schritt sie auf ihn zu, packte den Mann mit einer Hand am Hals und hievte ihn mit Leichtigkeit hoch. Er hing dreißig Zentimeter über dem Boden in der Luft. Sarahs Augen leuchteten grün und das Brüllen einer großen Raubkatze verließ ihre Kehle. Der Rechtsmediziner fing an zu schwitzen und versuchte sich zu befreien, was ihm aber nicht gelang. Sarahs Griff hatte die Kraft eines gespannten Schraubstocks. Sie sah ihm tief in die Augen und knurrte ihn an:

„Niemand, wirklich niemand beleidigt meine Mutter ungestraft! Und nun geh mir aus der Sonne, du Arsch!"

„Sarah! Es reicht! Lass ihn los!", schrie Jonas seine Tochter an. So aufbrausend hat er sie bisher nie erlebt. Nick hielt ihn vor seinem eingreifen, aber zurück.

„Nee, lass mal. Da muss er durch. Er muss lernen, dass er mit seiner widerlichen Art nicht überall durchkommt." Das Mädchen schmiss den Rechtsmediziner weg und er landete zwei Meter entfernt im Dreck. Sie stiefelte auf ihn zu, stampfte mit dem rechten Fuß unmittelbar neben sein Ohr und sah auf den Mann verachtend herab. Er nässte sich ein und war leichenblass.

„Noch so'n Ding und ich mach dich fertig!", fauchte sie. Sie drehte sich um und spazierte stinksauer zu ihrem Vater, Yakup und Nick zurück. Sie griff Jonas ungeniert in die Manteltasche und zog sich eine Zigarette aus der darin befindlichen Packung und zündete sie sich an. Nach einem intensiven Zug des blauen Dunstes war nur noch der Filter des Glimmstängels übrig. Die drei Männer guckten verblüfft.

„Du rauchst?", fragte Nick das Mädchen.

„Gerade erst angefangen.", gab sie zurück und schnippte den Filter davon. Sie schauten zu dem im Dreck liegenden Rechtsmediziner.

„Na Honk, eine neue Todfeindin dazu gewonnen? Machen Sie Ihre Arbeit! Und über ihre Verfehlung hier reden wir noch.", gab Nick wütend von sich. Der Kommissar drehte sich um und sagte zu Sarah:

„Dem hast du es aber gegeben. Ab und an braucht er das."

„Honk?", fragte Yakup.

„Sein Spitzname. So nennen wir ihn alle. Er bestand damals darauf, dass man ihn mit allen seinen Vornamen anspricht. Und das machen wir seitdem."

„Ahja. Sorry wenn mir das gerade zu hoch erscheint.", sagte Jonas.

„Helmut Otto Norbert Konrad von Altstätten ist sein voller Name.", erklärte Nick.

„Ok, wäre uns auch zu kompliziert.", bemerkte Yakup.

„Aber irgendwie passend. Honk von Altstätten", fügte Sarah hämisch lachend hinzu.

Ohne Vorwarnung gab es einen dumpfen Knall und Glas splitterte. Sie drehten sich um und sahen, wie ein Kleintransporter quer über die Straße rutschte und mit den Reifen quietschend auf der Gegenfahrbahn zum stehen kam. Die beiden Privatermittler, der Kommissar, Sarah und ein paar Polizisten rannten zu dem Fahrzeug. Die Front des Fiat Ducato war zerfetzt, die Windschutzscheibe hing in großen zersplitterten Stücken im Rahmen und hatte einen Spalt, der sich im Dachholm und Türrahmen fortsetzte. Durch das geborstene Seitenfenster war der Innenraum zu sehen.

Sarahs Augen veränderten sich erneut und ein Fauchen verließ ihre Kehle.

Jonas erkannte, warum seine Tochter so reagierte. Der Fahrer hatte keinen Kopf mehr. Der Halsstumpf qualmte leicht und es trat nicht ein Tropfen Blut aus der Wunde.

Alle starrten entsetzt auf die Leiche. Jonas öffnete die Fahrertür mit etwas Kraftaufwand, da sie durch einen vorherigen Aufprall verzogen war und klemmte. Er sah in die Fahrerkabine, griff zum Zündschlüssel und stellte den Motor ab. Dann sah er sich genauer um. Vom Kopf des Fahrers fehlte jede Spur. Einer der Polizisten bemerkte, dass auf der Straße keine Bremsspuren waren, und sagte zu Jonas, dass der Wagen aus dem Nichts kam. Er war im vorangegangenen Verkehr nicht zu sehen. Nick kam zu dem Privatermittler und sagte:

„Ich habe eben einen Anruf aus Itzehoe bekommen. Dort ist ein Kleintransporter in einem Lichtstrudel verschwunden. Die Beschreibung passt zu dem hier. Dort herrscht übrigens totale Panik, weil unmittelbar zuvor etwas großes geflügeltes am Wagen zu sehen war." Die beiden Männer hatten da eine Ahnung.

„Alenya!", knurrte Sarahs Vater zähneknirschend. Seine Tochter schaute ihn an und ihr Blick verfinsterte sich.

Ich habe es geahnt, Paps., teilte sie ihm telepathisch mit. Er nickte.

Yakup tippte seinem Freund auf die Schulter und deutete mit dem Daumen hinter sich.

„Schau dir mal deinen Klassiker an."

Jonas und seine Tochter drehten sich um und sahen den Passat, der mit dem Heck aus dem Graben schaute.

„Ihr Götter, ich danke euch. Papa muss sich endlich ein neues Auto kaufen.", sagte Sarah erleichtert.

Die Lage wurde schnell wieder ernst. Jonas Tochter sah sich den Toten aus der Nähe an.

„Paps, genau wie bei dem im Wald und denen da drüben." Sie zeigte zur Absperrung.

„Da kommt einiges auf uns zu."

„Ja, das befürchte ich auch."

Jonas erinnerte sich an Alenyas Drohung, zurückzukehren, um ihn zu vernichten. Er verstand nur nicht, warum sie so verhasst auf ihn und seine Freunde war, denn Vanessa hatte sich als eine ausgezeichnete Kollegin und Freundin erwiesen. Sie mutierte damals von einem auf den anderen Moment von einem lieben Mädchen zu einer kaltblütigen Bestie. Ist sie echt zurückgekehrt? Und warum tötete sie scheinbar wahllos Menschen? Erst jetzt wurde ihm die Äußerung Sarahs bewusst.

„Woher weißt du eigentlich von der Leiche im Wald?"

„Ist das jetzt wichtig?"

Er überlegte kurz und sah sie an.

„Nicht wirklich, zumindest für den Augenblick nicht." Sie gingen zu Jonas Auto. Da war nichts mehr zu retten. Der Transporter hatte den Kombi mit voller Wucht am Heck getroffen. Jetzt wusste Jonas auch, weshalb der Fiat vorne so stark beschädigt war. Der Passat war bis zu den Vordersitzen zusammengedrückt. Die Vorderachse war unter den Sitzen und der Motor lugte in den Innenraum. Das Wrack war nicht mal mehr die Hälfte. Ihm fröstelte es. Hätten er und seine Tochter drin gesessen, für sie gäbe es keine Chance.

Geknickt drehte er sich um und griff sich einen der Polizisten.

„Glühen Sie schon mal Ihren Trecker vor. Sie dürfen meine Tochter und mich gleich nach Hause fahren."

„Das geht nicht. Sie sind weder ein Notfall, noch liegt ein Einsatz vor."

„Wenn Sie nicht ab nächste Woche Fußstreife aufm Watzmann laufen wollen, sollten Sie sich langsam mal beeilen!"

Der Polizist wurde blass um die Nase, machte auf der Stelle kehrt und lief hastig zu seinem Streifenwagen.

„Paps, kann das nicht Ärger für dich bedeuten?"

„Das ist ein Frischling und er weiß, dass Nick und ich befreundet sind. Und mit seinem Vorgesetzten wird er das bestimmt nicht ausdiskutieren wollen. Der Bursche hat seit dem Vorfall im Park einfach nicht dazu gelernt.", antwortete er mit einem garstigen Grinsen.

„Aber warum hast du Yakup nicht gefragt ob er uns fährt?"

„Das wäre zu einfach gewesen.", entgegnete er knapp. Im selben Moment erschien der Polizeiwagen.

Die Krähe hatte alles von einer Baumkrone aus beobachtet und was gesprochen wurde genau verstanden. Sie folgte dem Streifenwagen. Der Dämon fasste den Gedanken sich an das Mädchen zu heften. Seine Zeit würde kommen.

Wieder in Itzehoe angekommen, ließ Sarah sich am Bahnhof absetzen. Eigentlich gedachte sie, mit dem Bus nach Tempeldorf zu fahren um mit Ariel sprechen. Kaum war der Streifenwagen mit ihrem Vater außer Sichtweite, sah sie sich um, aber es war niemand zu sehen. Sie grinste spitzbübisch und löste sich in einer entstehenden Nebelwolke auf. Nur eine irritierte Krähe sah sie verschwinden.

Abbé Pierre Rolland saß in der kleinen Kapelle, als direkt vor ihm eine Nebelwolke entstand und sich eine Person darin materialisierte. Er erkannte sie sofort wieder. Es war Yasminas Tochter.

„Wegen dir bekomme ich noch mal einen Herzinfarkt.", sagte er lächelnd und umarmte die Besucherin zur Begrüßung.

„Och, das hast du die letzten siebenhundertvierzig Jahre doch auch ohne überstanden Onkel Pierre.", gab sie frech grinsend zurück.

„Da gab es dich Frechdachs auch noch nicht.", sagte er schmunzelnd.

„Was verschafft mir die Ehre deines Besuchs?"

„Ich möchte wissen, was damals passiert ist. Von meinem Vater weiß ich nur, dass du und Ariel plötzlich da wart. Einfach so und das kann ich nicht glauben."

Der Abbé überlegte eine kleine Weile.

„Du musst mir aber versprechen, dass du deinem Vater nichts davon erzählst."

„Ok, ich verspreche es."

Der Templer sah Sarah an und sie spazierten auf den Innenhof der Komturei. Sie begegneten dort zwei Brüdern des Ordens, die sie grüßten. Rolland und das Mädchen kamen zu dem Gang, der in die unteren Gewölbe führte. Sie kannte hier schon alles. Die Anlage war noch nicht fertiggestellt, da hat ihr Vater sie öfter mit her genommen.

Sie erreichten Ariels Zelle. Diese freute sich über Sarahs Besuch. Sie kannten sich von ihrer Geburt an. Der einstige Engel war so etwas wie eine Tante für sie. Die beiden Frauen begrüßten sich mit einer Umarmung. Obwohl Sarah sie wahnsinnig mochte, erschrak sie jedes Mal aufs Neue über die Kälte ihres Körpers.

„Du willst also erfahren, was damals geschah? dann komm herein."

Genau wie bei ihrem Vater bestand auch zwischen ihr und Ariel eine mentale Verbindung. Sie fühlte, was das Mädchen wollte.

Die drei nahmen auf den Sitzmöbeln in der Zelle Platz. Ariel und Pierre erzählten Sarah, was damals in Frankreich geschah.

Sie sah sich um. Sie musste das eben Erfahrene zunächst verdauen. Sie schaute erst Ariel, dann Pierre an.

Die Betroffenheit der jungen Frau war ihr anzumerken. Zögerlich stellte sie Fragen.

„Wurden die beiden Templer jemals gefunden?"

„Nein, leider nicht. Außerdem geschahen noch Dinge, die alles ein wenig erschwerten."

„Und wie kamt ihr zurück? Ihr wart doch tot."

Ariel sah den Abbé und daraufhin Sarah an. Dann erzählte sie der jungen Frau von ihrer Erweckung durch den Professor.

Sarah bekam den Mund gar nicht wieder zu. Obwohl sie geschockt und irritiert zugleich war, brannte ihr eine Frage auf der Zunge.

„Und wie ist meine Mutter gestorben? Paps hat immer gesagt, dass es durch einen Unfall geschah."

Ariels Augen glühten kurz rot auf.

„Das muss dein Vater dir erklären. Jetzt musst du nach Hause, bevor er sich noch Sorgen macht.", antwortete sie sanft.

Das Mädchen schaute auf ihre Uhr und erschrak. Stunden waren vergangen.

„Oops, der wird wohl schon am Rad drehen."

Ariel nahm Sarahs Hand.

„Dann werde ich dir mal Rückendeckung geben.". Mit diesen Worten verschwanden die beiden Frauen in einer kleinen Nebelwolke.

Zurück blieb ein kopfschüttelnder Abbé.

„Das riecht nach Ärger! Nach verdammt viel Ärger.", brummelte er leise vor sich hin und verließ das uralte Kellergewölbe. Die Krähe auf dem Gitter der hohen Zellentür bemerkte er nicht. Nachdem der Abbé das Gewölbe verlassen hatte, hüpfte der Vogel zu Boden und verwandelte sich in seine Urgestalt.

Der Dämon schritt zum Ende des Ganges und begutachtete die Mauer. Er berührte sie mit seiner Hand und murmelte etwas und die Steine leuchteten an der Stelle auf. Er war seinem Ziel ein Stück näher gekommen. Er vernahm ein Geräusch hinter sich. Ruckartig drehte er sich um und erblickte einen der Mönchskrieger. Er sondierte ihn förmlich und seine gelben Augen leuchteten kurz heller. Der Mönch erstarrte. Langsam schlich die Kreatur auf ihn zu. Der Ordensbruder hatte Angst und vermochte sich nicht zu bewegen. Schweiß rann über seine Stirn. Einen Schritt vor dem Mönch blieb der Dämon stehen. Er sah ihm in die Augen und roch förmlich seine Angst.

Er hob seine rechte Hand und berührte den zitternden Mönch mit dem Zeigefinger an der Brust.

„Buuh!", war das Einzige, was er sagte.

Der Mönchsritter zuckte erschrocken zurück.

Der gelbe Schein in den Augen des Dämons erlosch. Er ließ lächelnd den Mönch das Gewölbe verlassen und dieser war froh, dass er noch lebte.

12. AUFERSTEHUNG

Der Abend brach an und die Dunkelheit streckte ihre Finger aus. Abbé Rolland saß in seinem Zimmer und dachte über seine Rückkehr, seine Begegnungen mit den Menschen, die jetzt seine Freunde waren und die Gegenwart nach. Als er gedanklich bei den Vorkommnissen der letzten Tage angelangt war, kam er zu dem Entschluss, dass ein Schema hinter den Morden gab und das galt es zu entschlüsseln. Er hatte erfahren, dass die drei Toten um die siebenhundert Jahre alt waren. Gehörten sie zum Orden? Die Tattoos ließen darauf schließen. Eine Identifizierung war nicht möglich. Er hatte viel gelernt seit seiner Rückkehr. Noch immer war er gerührt über die Hingabe, mit der die Menschen um Jonas Drake ihm und seinen Brüdern in jeder Lebenslage zur Seite standen. Wie sie ihm halfen das Gelände der alten Komturei zu bekommen, den Aufbau gefördert haben bis zur Fertigstellung. Das Näherbringen an die Dorfbewohner. Die Templer lebten in Harmonie mit ihnen. Sie respektierten, akzeptierten und vertrauten einander. Das war mehr, als er erwartet hatte, im Vergleich zum Mittelalter.

Vor vier Jahren verschwand Mark Thomson mit Johanns Enkelin für fast ein Jahr und er kehrte als Hexer zurück. Die beiden waren ein machtvolles Duo, welches man nicht unterschätzen sollte. Derzeit waren sie in Avalon, der mystischen Nebelinsel, soweit es ihm bekannt war. Er hoffte auf ein Wiedersehen.

Es klopfte an der Tür. Pierre erhob sich von seinem Bett und öffnete. Vor ihm stand Bruder Raul.

„Am Tor sind zwei Männer, die dich sprechen möchten.", sagte er und verneigte sich.

Die beiden Mönchsritter begaben sich zum Eingang. Dort standen ein älterer und ein junger Mann, die sofort hinein stürmten.

„Ja, ich freue mich auch euch zu sehen.", sagte Pierre unübersehbar überrascht. Johann fragte:

„Dürfen wir eintreten?"

Den jungen Mann erkannte er als Mark Thomson.

„Nun, da ihr schon drin seid, dürfte ein ‚nein' wohl nicht viel bringen, denke ich."

„Danke. Du musst unbedingt sofort alle zusammentrommeln! Alenya ist zurück!", stammelte Johann aufgeregt. Diese Aussage schockte den Abbé.

„Nun mal ganz langsam und der Reihe nach.", redete er beruhigend auf den Professor ein. Der Templer führte die Besucher in den Speisesaal und wies Bruder Raul an, Kaffee für sich und den Hexer sowie ein Becher Met für Johann zu bringen. In Windeseile erschien der Ordensbruder mit einem Tablett und den Getränken. Der alte Mann war jetzt lockerer und sah Pierre an.

„Was ist denn genau passiert, Johann? Wo war Alenya?", fragte gelassen.

„Sie erschien mit zwei anderen ihrer Art, einer blonden mit Ziegen-hörnern und einer schwarzhaarigen, die nur kleine Hörnchen hatte, in meiner Wohnung." Er zeigte mit Daumen und Zeigefinger die Größe der Kopfzierde.

„Sie kündigten an, Tempeldorf heute zu vernichten, mit allen, die sich dort aufhalten.", sagte Johann. Pierre überlegte kurz.

„Meinst du, dass der Angriff tatsächlich stattfinden wird?"

„Ja, definitiv." Der Abbé drehte sich zu Bruder Raul um.

„Informiere die anderen. Höchste Alarmbereitschaft. Das Gebet fällt heute aus, alle Mann zu den Waffen und beeil dich."

„Ja Abbé.", gab dieser zurück und lief los.

Pierre wandte sich Mark zu, den er völlig vergessen hatte in der Situation.

„Entschuldige, mein Freund. Schön dich zu sehen.", begrüßte er den Hexer.

„Kein Problem.", erwiderte dieser und gab Pierre die Hand. Der Junge war nicht mehr der schlaksige Student in Gothic-Kleidung den der Templer vor drei Jahren kennenlernte. Er war zu einem langhaarigen, bärtigen Mann mit einer Ehrfurcht gebietenden Ausstrahlung herangewachsen. Er hatte sich, genau wie die anderen, dem Kampf gegen das Böse verschrieben. Pierre zog sein Smartphone unter der Kutte hervor.

Nachdem Jonas seiner Tochter eine Standpauke gehalten hatte und sie auf alle Gefahren hingewiesen hatte, die ihr widerfahren könnten, beruhigte er sich wieder ein wenig.

„Bist du jetzt endlich fertig?", fragte Sarah bissig. Er zündete sich eine Zigarette an und nahm einen Zug. Er pustete den Rauch in die Luft und ließ einen Strudel unter der Lampe entstehen. Seine und Ariels Blicke trafen sich.

„Hättest du Sarah schon früher alles erzählt, wäre es nie zu dieser Situation gekommen.", warf der ehemalige Engel ihm vor. Das Mädchen verließ das Zimmer. Sie hasste es, wenn Menschen sich streiten.

„Ach nee. Jetzt bin ich wieder an allem schuld, oder was?", gab er verärgert zurück. Er fragte sie leise, ob sie seiner Tochter von Yasminas Tod erzählt habe.

„Nein. Das ist deine Aufgabe. Und du solltest es tun bevor sie es über andere Wege erfährt. Stelle dich deiner Verantwortung!", antwortete Ariel. Er beabsichtigte zu kontern, daran hinderte ihn aber das Telefon. Das Gerät lag vor ihm auf dem Tisch und er nahm das Gespräch an. Seine Tochter kam lautlos zurück in den Raum.

„Ja, Pierre, was gibt es?"

Im selben Augenblick leuchteten Ariels Augen rot und sie breitete ihre bis eben verborgenen Flügel aus. Ihre Fangzähne wuchsen aus dem Ober-kiefer. Sie fauchte und sah Sarah und ihren Vater an. Das Mädchen erschrak. So hatte sie Ariel nie zuvor gesehen.

„Gefahr!", zischte sie. Mit Anlauf sprang sie durch das geschlossene Fenster und verschwand in der Dunkelheit. Das Knallen der berstenden Scheibe und das Klirren der umherfliegenden Glassplitter dürften sogar die Nachbarn gehört haben.

Jonas senkte den Kopf.

Dass diese Frau nie die Tür benutzt!, dachte er.

„Ok, Pierre, lass hören."

„Was war das da für ein Krach? Alles in Ordnung bei euch?", fragte der Abbé besorgt.

„Och nix, Ariel hat nur mal wieder die Tür mit dem geschlossenen Fenster verwechselt. Nun zieht es hier ein wenig.", antwortete Jonas seufzend.

Der Templer erzählte ihm von Johanns und Marks Erscheinen in der Komturei.

„Ja, ist gut. Wir sind so schnell wie möglich da.", murmelte Jonas und legte auf.

„Und du mein Schatz, kommst mit.", knurrte er.

„Wenn du das in die Hand nimmst, dauert es einfach zu lange.", sagte sie schnippisch.

„Ja, ich habe dich auch lieb, mein Kind."

Ehe er sich versah, nahm Sarah seine Hand und er sah leichten Nebel, dann standen sie schon in der Komturei. Ihm war schwindelig. Er sah seine Tochter etwas verschwommen.

„Wie hast du das gemacht?", fragte er sie erstaunt.

„Betriebsgeheimnis.", antwortete sie knapp und verschwand wieder. Nach einigen Minuten waren sie alle in der Komtureikapelle versammelt. Sarah und Ariel hatten die anderen im Wechsel dorthin teleportiert.

Yakup Melek, Johann Konrad, Mark Thomson, Pierre und seine Templer, Ariel, Sarah, Nick Hübner und Jonas Drake, alle vereint. Nur eine fehlte.

„Wo ist Mia?", fragte der Abbé.

„Sie ist in Avalon.", antwortete der Hexer.

„Johann, nun erzähl mal was du mir erzählt hast.", forderte Pierre den Archäologen auf.

Nick Hübner war geistig bisher nicht angekommen und fragte klein-laut:

„Was war das eben und was geht hier eigentlich ab?"

„Deine Traumfrau ist zurück.", erwiderte Jonas.

„Das geflügelte Monstrum?"

Ariel pikste dem Kommissar mit dem Daumen in die Rippen und sah ihn durchdringend an.

„Äh...anwesende natürlich ausgeschlossen. Außerdem bist du viel zu hübsch, als dass ich dich Monstrum nennen würde.", sagte er zu dem ehemaligen Engel mit einem verlegenen Lächeln und fügte flüsternd hinzu:

„... und ich mag dich." Ariel wurde das erste Mal sichtbar rot.

Johann erzählte den Anwesenden davon, was er dem Abbé kurz zuvor berichtet hatte.

Einer der Templer kam in die Kapelle gerannt. Der Mann trug eine schwarze Panzerung, auf dessen Schulterplatten ein Templerkreuz auflackiert war. Er hatte einen Waffengurt mit zwei Pistolen um die Hüften. Einen Topfhelm, der nur entfernt an den der Kreuzritter erinnerte, hielt er unter dem linken Arm. Die anderen Brüder erschienen ebenfalls und trugen ebensolche Panzerungen. Sechzehn Mann, die zwar erstklassig ausgerüstet waren, sich aber gegen einen Angriff nicht ausreichend behaupten könnten.

„Abbé Rolland, ein Dämon ...", der Mann war aus der Puste und schnappte nach Luft.

„... in den Gewölben. Der Kellermeister ist ihm begegnet.", vollendete er.

„Na toll. Was kommt da noch?", fluchte Pierre.

Jonas und Yakup zogen ihre Berettas, luden sie mit Silberkugeln und rannten in den unteren Komplex der Komturei. Die anderen folgten ihnen. Dort angekommen sahen sie am Ende des Ganges eine hünenhafte Gestalt, die sich mit der Wand beschäftigte. Der gepanzerte Templer ließ seinen Helm fallen, zog seine Pistolen und zielte auf die Kreatur, ebenso wie Jonas und Yakup. Diese hob die Arme und drehte sich langsam um.

„Oh, jetzt ist bestimmt der Moment gekommen, wo ich mir vor Angst ins Höschen machen muss.", sagte das Geschöpf spöttisch und senkte den linken Arm mit ausgestreckter Hand. Mit einem kräftigen Ruck seiner geistigen Fähigkeiten entwaffnete er die Männer. Die Pistolen krachten am Ende des Ganges an die Wand.

Sarah schubste alle vor ihr Stehenden grob zur Seite und hockte sich hin. Langsam hob sie den Kopf. Ihre Augen leuchteten grün und starrten den Dämon an. In dem Moment, als sie sich aufrichtete, verwandelte sie sich in einen riesigen Panter. Ariel baute sich neben ihr auf und zeigte ebenfalls ihr Wahres ich. Ihr wuchsen die Flügel aus dem Rücken, die Fangzähne kamen zum Vorschein. Ihr sonst so sanftes Gesicht wurde zur Fratze eines vampirähnlichen Wesens und ihre Augen glühten hellrot. Beide brüllten bedrohlich den Dämon an. Jonas war überrascht. So hat er seine Tochter bisher nie gesehen. Er erinnerte sich daran, dass Yasmina sich am Abend an dem sie starb, ebenfalls in einen übergroßen Panter verwandelte. Alle hinter den beiden Frauen wichen ein paar Schritte zurück, nur Sarahs Vater nicht. Der Dämon hingegen schaute die Wesen mit weit geöffneten Augen an, die gelb aufblitzten. Er fiel auf die Knie und verneigte sich.

„Endlich meine Göttin. Endlich habe ich euch gefunden.", sprach er demütig.

Blitzschnell erhob er sich, drehte sich um und drosch auf die Mauer ein. Sie zerbrach unter den Schlägen in tausende kleine Bröckchen und Splitter. Der Dämon sprang hindurch. Sarah und Ariel schlichen auf das Loch in der Wand zu, aber sie blieben verdutzt stehen. Aus der Öffnung in dem Gemäuer torkelten sechs Templerskelette heraus, die sich zu beiden Seiten im Spalier aufstellten. Wie im Zeitraffer wuchsen an den Knochen Muskeln, Sehnen, Fleisch und Haut. Selbst die Lumpen und verrosteten halb zerfallenen Kettenhemden regenerierten sich. Nach schätzungsweise drei Minuten war der Spuk vorbei und die Ordensritter waren wieder frisch wie vor über siebenhundert Jahren. Nebel quoll aus der Öffnung in der Wand und ein gelbes Schimmern näherte sich von innen. Aus dem Dunst schritt der Dämon, in den Händen eine uralte Schatulle. Die Templer zogen ihre Schwerter, knieten auf die langen Waffen gestützt nieder und senkten die Häupter. Ihre grauen Barthaare, die unter den Kettenhauben hervor schienen, zogen sich zurück und verjüngten sich. Sie nahmen ihre ursprüngliche Farbe an. Keiner der Ritter sah älter wie dreißig Jahre aus. Die Fackeln in dem Gewölbe entzündeten sich wie von Geisterhand. Der Dämon passierte die zwei Reihen der Ritter und blieb knapp vor den mutierten Frauen stehen, die sich langsam zurückverwandelten. Mit einer beispiellosen Schnelligkeit schnappte er sich Ariel, sah ihr tief in die Augen, zog hinter seinem Rücken einen silbernen Dolch hervor und rammte ihr den in die Brust. Sie schrie auf und sah den Dämon fassungslos an, bis sie schließlich zusammenbrach.

Zur selben Zeit außerhalb der Komturei
Drei Feuerwände entstanden und aus jeder kam eine Dämonin hervor, dicht gefolgt von hunderten Kreaturen der Hölle. Manche sahen aus wie Menschen, andere wie halbverweste muskulöse Wesen, zur Hälfte humanoid, halb Tier. Die meisten von ihnen hatten ledrige Flügel. Die Frauen waren schnell voneinander zu unterscheiden, denn sie hatten Hörner in unterschiedlichen Formen und verschiedene Haarfarben. Alenya mit ihren Widderhörnern und roten Haaren, Calandra war blond und besaß ein Ziegengehörn sowie die schwarzhaarige Delia. Sie war die jüngste in dem teuflischen Trio und hatte kleine Hörnchen, wie die eines Ziegenbabys, die aus ihrer Stirn wuchsen. Die Töchter des Asmodeus waren bereit für den Kampf. Sie brannten darauf, alle in der Komturei zu vernichten.

„Und denkt daran, Drake und der Anführer der Templer gehören mir!", sagte Alenya. In diesem Augenblick entstand erneut eine Feuerwand und weitere Dämonen erschienen in großer Zahl. Ihr Blick hastete in Richtung Tempeldorf. Sie witterte eine Gefahr, die sich außerhalb der Komturei aufhielt, aber auf dem Weg dorthin war.

„Mischt sie auf Schwestern ich muss da etwas erledigen." Mit diesen Worten verschwand Alenya in einem Feuerwirbel. Calandra gab das Signal zum Angriff und setzte sich mit hunderten von Höllenkreaturen in Bewegung. Delia schaute sich verunsichert um und zog sich in einem unbeobachteten Moment zurück.

Alle waren fassungslos. Ariel lag regungslos am Boden. Der Dämon schlitzte ihren Brustkorb auf, öffnete die Schatulle und holte ein blutiges pulsierendes Herz hervor und pflanzte es in den leblosen Körper des einstigen Engels. Sarah drehte durch. Sie verwandelte sich wieder in den überdimensionalen Panter und beabsichtigte den Dämon anzugreifen. Dieser hob seine linke Hand und es entstand eine wabernde Kuppel, die ihn und Ariel von den anderen abschirmte. Sarah prallte dagegen und rutschte benommen auf den steinernen Untergrund. Der Dämon zog seine blutige Hand aus dem Brustkorb der am Boden liegenden Frau. Er hob die Barriere auf und im selben Augenblick leuchtete es blauweiß aus Ariels Wunde, die sich langsam schloss. Ihr Körper bäumte sich auf und aus den Augen sowie Mund schoss bläuliches, helles Licht. Ein kurzer Schrei verließ ihre Lippen. Sie schwebte, richtete sich auf, breitete die Arme aus und sah zu dem Dämon hinunter. Ihre Gesichtsfarbe nahm einen gesunden Rosaton an, ihre schwarzen Haare verfärbten sich in golden glänzendes Blond. Die dunklen Augen glimmten noch einmal kurz blutrot und erstrahlten dann in einem kräftigen eisblau. Sie breitete ihre Flügel aus und die wurden schneeweiß. Wie ein Blitz durchschlug sie die Gewölbedecke und drehte ein paar Runden am Nachthimmel und kehrte zurück in das Gewölbe. Mit einer Handbewegung behob sie den eben angerichteten Schaden an der Decke. Ein verschmitztes *Oops* verließ ihre Lippen.

Ariel war in ihrer alten Pracht zurückgekehrt.

Pierre und seine Templerbrüder fielen auf die Knie und verneigten sich vor dem Engel. Sogar der Dämon kam dem nach. Ariel wandte sich zuerst dem Templer zu. Sie reichte ihm die Hand und gebot ihm, sich zu erheben.

„Mein treuer Freund.", flüsterte sie und umarmte ihn herzlich. Beide standen sie so eine kleine Ewigkeit da. Es war ein herzergreifender Moment, der alle mitnahm. Jonas und Sarah waren überwältigt, denn sie hatten Ariel zwar schon vorher unsagbar in ihr Herz geschlossen, aber dieser Moment festigte die Bindung. Der Engel löste sich von Pierre und schritt auf den Privatermittler und seine Tochter zu. Sie lächelte die beiden an und nahm sie wortlos in ihre Arme. Dieser Moment bedurfte keiner Worte. Er sprach für sich. Sarah weinte vor Freude. Ein paar Augenblicke zuvor hatte sie geglaubt, Ariel verloren zu haben. Sie löste sich von dem Engel und sah den noch immer knienden Dämon an.

„Was meintest du mit ... *meine Göttin*?", fragte sie ihn. Er schaute zu ihr auf und erwiderte:

„Du hast das Erbe meiner Herrin angetreten. Du bist die Enkelin der Bastet, die Tochter von Yas-Minh-Ra und es ist mir eine Ehre dir zu dienen, wie ich einst deiner Mutter und davor deiner Großmutter diente." Er schwieg eine kurze Zeit, bevor er fortfuhr.

„Ich habe lange auf diesen Moment gewartet, auch um dir dieses zu übergeben."

Er reichte ihr den silbernen Dolch. Im Griff und auf der gewellten Klinge waren heidnische, christliche sowie altägyptische Symbole eingraviert.

„Mit dieser Waffe kannst du nicht nur das Böse bekämpfen, es ist auch ein Schlüssel."

„Ein Schlüssel? Wofür?", fragte Sarah.

„Du wirst es erkennen, wenn es soweit ist. Er ist eine sehr mächtige Waffe."

Dann wandte er sich Ariel zu.

„Damals konnte ich dir nicht helfen, aber heute konnte ich ein Versprechen einlösen welches ich vor hunderten von Jahren zwei Kindern gab.", sagte er.

Mit diesen Worten erhob sich die hünenhafte Kreatur. Sie streckte die Nase in die Luft und schnupperte. Die Nasenflügel bewegten sich hektisch.

„Es beginnt!", sagte er und verschwand vor den Augen der Anwesenden. Er hatte sich in Luft aufgelöst.

Pierre schaute auf die Stelle, wo eben noch die Kreatur stand. Sie kam ihm bekannt vor, aber er konnte sich nicht erinnern woher.

Im selben Augenblick ertönte die Glocke der Kapelle. Sie läutete durchgängig und das bedeutete Alarm. Das erste Mal seit Bestehen der Komturei.

13. SIEG ODER NIEDERLAGE

Jana Bollwick wohnte schon lange in Tempeldorf. Es war ein beschauliches Dorf, in dem selten etwas passierte. Sie kochte für ihren Mann Patrick Gulasch mit Nudeln, sein Leibgericht. Sie hörte Motorgeräusch von draußen und meinte, er ist zurück von der Spätschicht auf der Tankstelle.

Obwohl er in Itzehoe arbeitete, war er seit zwanzig Minuten überfällig. Er kam sonst immer pünktlich um halb elf nach Hause. Sie hörte ein Geräusch, welches sie erst nicht einsortieren konnte. Sie erkannte es nun doch. Es war das Hufgeklapper von Pferden. Voller Neugier bewegte sie sich zur Haustür. War es ein Umzug oder so, von dem sie nichts bemerkt hatte? Sie schloss auf und sah nach draußen. Sie glaubte ihren Augen nicht zu trauen. Sie sah Ritter auf Pferden aus einer Art Lichttunnel heraus reiten. Sie trabten zu viert nebeneinander und es wurden immer mehr. Jana schätzte, dass es mindestens einhundert Mann waren und sie bewegten sich langsam in Richtung der Komturei. In der zweiten Reihe trugen zwei Ritter eine schwarz-weiße Flagge mit dem roten Kreuz der Templer. Erst jetzt hörte sie die Glocke der Komtureikapelle. Sie hat es schon immer befürchtet, dass eines Tages etwas passieren wird, welches nicht in diese Gegend passt. Dieser Anblick bestätigte ihre Vermutung. Es war zwar ein imposantes Schauspiel, aber dennoch bekam sie Angst. Selbst wenn die Templer der Komturei stets friedlich, hilfsbereit und nett waren, den Dorfbewohnern halfen, sobald etwas anlag, beschlich Jana ein ungutes Gefühl. In der gesamten Nachbarschaft siegte die Neugier. Die Leute standen an den Fenstern, an offenen Haustüren und in den Gärten und bestaunten das, was da in diesem Moment passierte. Es schien gar kein Ende zu nehmen. Jana hörte das Klingeln ihres Telefons im Haus und lief hin, um es zu holen. Sie schnappte es sich und erkannte die Nummer Patricks im Display. Die Frau nahm das Gespräch an und kam gar nicht zu Wort, denn ihr Mann war schneller.

„Schatz, du glaubst es nicht, was hier gerade los ist. Überall in der Stadt sind Lichtkegel entstanden, aus denen berittene Ritter und Fußtruppen heraus kommen. Die sind alle auf dem Weg nach Tempeldorf." Einen Moment schwieg Patrick.

„Es müssen hunderte, wenn nicht tausende sein."

Jana stand wieder an der Tür und starrte zur Straße.

„Hier auch Schatz, hier auch. Es werden immer mehr. In der Komturei läutet seit mehreren Minuten die Glocke. Aber nach dem Gebetston hört sich das nicht an. Ich habe Angst.", antwortete sie zitternd dann brach die Verbindung ab.

„Endlich Verstärkung.", vernahm Jana eine männliche, sanft klingende Stimme neben ihr. Sie erschrak. Der Mann war wie aus dem Nichts aufgetaucht. Obwohl er nicht bedrohlich wirkte, beschlich sie ein mulmiges Gefühl. Der Fremde lächelte sie an.

„Sie brauchen keine Angst vor mir haben, Frau Bollwick. Ich bin nicht die Gefahr, sondern die da.", sagte er und zeigte hastig auf die Feuersäule, die im Vorgarten des Hauses entstand. Heraus schritt ein Wesen, welches sich Jana in ihren kühnsten Träumen nicht hätte vorstellen können.

Eine leicht bekleidete Frau mit langem roten gewellten Haar und Hörnern an der Stirn. Aus ihrem Rücken wuchsen große Flügel wie die eines Drachen. Ihre Augen glühten rot. Sie erhob die Hand und ein Feuerball entstand in ihr, welchen sie auf die Hausfrau warf. Der Mann neben ihr hatte seine Gestalt verändert. Er war jetzt deutlich größer, muskulöser, glänzte silbern und nur das Gesicht blieb gleich. Das Wesen stellte sich vor die Frau und wehrte den Feuerball ab. Der zerplatzte in einem Funkenregen an der Brust des Geschöpfes. Er drehte sich kurz um und sagte zu ihr:

„Gehen Sie zurück ins Haus!"

Im selben Augenblick stürzte er sich auf die Geflügelte und griff sie an. Sie lösten sich auf einmal in Luft auf und waren fort. Eine weitere Feuersäule entstand und eine schwarzhaarige Frau, ebenfalls mit Drachenflügeln und kleinen Hörnchen an der Stirn, kam heraus. Sie schritt zielstrebig auf Jana Bollwick zu. Diese erwartete jetzt ihr Ende und schloss die Augen. Eine Hand berührte ihre Schulter. Die Kälte kroch durch ihre Kleidung bis auf ihre Haut. Sie öffnete ihre Augen und sah in Pechschwarze hinein. Das Wesen schaute sie ernst an.

„Ich brauche deine Hilfe, Jana Bollwick.", sagte es leise.

Pierre und seine Ordensbrüder bereiteten sich auf den Angriff vor. Außerhalb der Komturei tauchten immer mehr Dämonen auf. Es war eine Invasionsarmee. Ariel gesellte sich zu Pierre, der auf der Plattform des Nordturms stand.

„Sie kommen von überall. Da sehen wir echt alt aus…", sagte er resignierend.

„Och, siehe es optimistisch. Irgendwann geht auch dem Teufel die Puste aus."

„Großartig. Dir ist schon klar, das wir nur gut zwanzig Leute sind?" Ariel zuckte mit den Schultern und löste sich auf.

„Toll! Ganz toll.", murmelte er, senkte den Kopf und schlug mit der Faust auf die steinerne Brüstung.

Im Innenhof landeten zwei der Höllenweiber. Mark Thomson traute seinen Augen nicht. Er erkannte die Blonde mit den Ziegenhörnern als Katja wieder. Seine Studienfreundin, die seit über drei Jahren als vermisst galt. Er war erschüttert. Johann merkte, dass der Hexer abgelenkt war.

„Zum trauern ist jetzt keine Zeit mein Junge. Wir müssen uns auf das schlimmste vorbereiten.", sagte der Professor und zog ihn am Mantelärmel in die Kapelle. Schmerzerfüllt sah er nochmals zu der Kreatur, die einst seine beste Freundin war.

Sie bemerkte es und schaute teilnahmslos zu ihm herüber. Mark meinte, eine Träne in ihrem Auge gesehen zu haben. Er schloss die Kapellentür von innen und rutschte an der Wand herunter. Dann saß er eine Weile nur so da.

Der Kampf hatte begonnen. Die Templer und ihre Freunde kämpften verbissen gegen die Dämonen. Es war eine regelrechte Schlacht, die im Innenhof der Komturei tobte. Sarah hatte sich wieder in den riesigen Panter verwandelt und erledigte genau wie die anderen, weitere der Höllenkreaturen. Aber es schien ein aussichtsloser Kampf zu werden. Es kamen für jeden, den sie vernichtet hatten zehn neue hinzu. Nick schoss auf die Kreaturen ohne sichtbaren Erfolg. Jonas sah das und warf ihm ein Magazin zu.

„Nimm die, die funktionieren wenigstens.", rief er. Ein Dämon sprang Jonas an und drückte ihn zu Boden. Das Monstrum hob die rechte Pranke. Aus ihr wuchsen lange Krallen und es schlug damit zu. Der Privatermittler hatte keine Möglichkeit, sich von dem Gewicht des Dämons zu befreien. Er war nahezu wehrlos. Aber es gelang ihm, dem Schlag knapp auszuweichen.

Ein glänzender Schatten zuckte wie ein Silberstreif von einer zur anderen Seite und der Kopf des Dings flog weg. Der Rest zerfiel zu glühender Asche. Hinter der Wolke erkannte er Pierre, der dem Detektiv den Arm ausstreckte, um ihm aufzuhelfen. Er hob sein Schwert, küsste die Parierstange und sagte:

„Wenn du mich jetzt bitte entschuldigen würdest, mein Freund, ich muss eine Schlacht verlieren." Jonas sah sich um und hob die Maschinenpistole eines gefallenen Templers auf, der unmittelbar neben ihm lag. In seiner Brust klaffte ein faustgroßes Loch, welches qualmte. Die Augen und Mund weit aufgerissen starrte der Tote mit trüben Blick gen Himmel. Jonas lud die Waffe durch und eröffnete das Feuer auf die Wesen der Hölle. Sie zerplatzten und zurück blieb glühende Asche. Völlig unverhofft tauchte vor ihm Calandra auf, die dem Mann einen Kinnhaken verpasste. Für einen kurzen Augenblick war er benommen und sah wild tanzende Sternchen. Er hob die MP und drückte ab, aber außer einem ‚klack' passierte nichts. Das Magazin war leer. Die Situation wurde immer brenzliger. Das Höllenweib stapfte auf Jonas zu und er wich einige Schritte zurück. Die Blonde grinste ihn diabolisch an. Blitzschnell schlug sie zu. Ihre langen Krallen zerfetzten seinen Mantel und hinterließen brennende, tiefe Wunden in seiner Schulter und Brust. Er schrie vor Schmerz auf, zog seine Beretta und schoss auf sie. Die Kugeln verfehlten ihre Wirkung. Jonas wich erneut ein paar Schritte zurück, stolperte und fiel geschwächt auf den Rücken. Calandra setzte einen Fuß auf seine Brust. Brennender, unerträglicher Schmerz durchfuhr ihn.

„Aus dieser Perspektive siehst du gar nicht mal so übel aus, aber deine Flügel finde ich scheiße, du Miststück!", sagte er schwer nach Luft schnappend, hob erneut die Waffe und verschoss verzweifelt den Rest des Magazins.

Ihre Haut heilte nicht. Schwarzes Blut rann aus den Einschusslöchern. *Die Dinger wirken doch!*, durchfuhr es ihn. Ohne Vorwarnung tauchte aus dem Nichts der Dämon aus dem Gewölbe auf. Er materialisierte sich direkt über ihm. Mit den Füßen stand er jeweils zwischen Arm und Brust. Ehe Jonas einen klaren Gedanken fassen konnte, hatte der Dämon Calandra an den Hörnern gepackt, drückte sie daran Richtung Boden und ließ sein Knie hochschnellen, welches mit einem lauten Knacken ihren Kiefer zertrümmerte. Er warf sie weg wie einen gefüllten Sack Kartoffeln. Calandra kroch davon und löste sich kurzerhand auf. Der Dämon kam gar nicht dazu, sich zu verschnaufen, da wurde er von Alenya hinterrücks angegriffen. Er packte den Arm der Teufelstochter und warf sie über sich nach vorn hinweg. Er drehte sich kurz zu dem am Boden liegenden Jonas um und sagte:

„Mach mal'n Päuschen kleiner, um die Kröte kümmere ich mich."

Der Ex-Polizist nickte dankbar und sank bewusstlos zurück. Er bekam nicht mehr mit, dass sich ein neues Portal öffnete und weitere Dämonen diese Welt betraten.

Die restlichen Ordensbrüder der Komturei, Sarah, Yakup und Nick wurden immer weiter zurückgedrängt. Johann und Mark waren abgeschnitten und hatten sich erneut in die Kapelle zurückgezogen. Da dies ein geweihter Ort war, waren sie in Sicherheit. Die Geschöpfe der Finsternis waren ihnen massiv überlegen. Sarah sah ihren Vater blutend am Boden liegen. Er rührte sich nicht. Sie hatte zwar gesehen, dass der

Dämon aus dem Kellergewölbe ihm das Leben rettete, aber sie hatte dennoch Angst um ihn. Ihr fiel auf, dass Ariel zu Beginn der Schlacht verschwand und sie war von ihr enttäuscht. Lange konnten sie nicht mehr durchhalten. Zehn der Höllenkreaturen umzingelten Sarah und zogen den Ring um sie enger. Bevor sie sich eine Verteidigungsstrategie überlegen konnte, durchschlug ein im Kreis fliegender blauer Feuerball die sie umzingelnden Dämonen. Sie zerfielen zu glühender Asche. Sarah schaute zur Kapelle. In der Tür stand Mark und streckte den Daumen nach oben. Trotz seiner Hilfestellung kamen immer mehr von den Bestien hinzu. War dies das Ende? Pierre tauchte neben ihr auf und sah sie an. Die Erschöpfung und Wut merkte man ihm an.

„Wir sind erledigt.", sagte der Abbé mit gesenktem Haupt. Er drehte sich zu den anderen um und fuhr fort.

„Schnappt euch Jonas und verschwindet von hier! Rettet euer Leben, solange ihr noch könnt!"

Sarah fiel auf, dass die schwarzhaarige Teufelin sich teilnahmslos zurückhielt. Sie mischte nicht in der Schlacht mit.

„Die schnappe ich mir.", fauchte das Mädchen. Sie hatte sich bis jetzt nicht zurückverwandelt, deshalb sprintete sie los und vernichtete auf dem Weg zu der Kreatur weitere vier Dämonen. Sarah setzte auf die letzten Meter zu einem Sprung an, warf die Schwarzhaarige um, verwandelte sich zurück und drückte die Gehörnte fest zu Boden. Sie zog den silbernen Dolch und hielt ihn ihr an die Kehle. Sarah war irritiert. Warum wehrte die Kreatur sich nicht? Stattdessen kullerten Tränen über ihr Gesicht. Ein Dämon, der weint? Sie verstand die Welt nicht mehr. Aus den Augenwinkeln bemerkte sie eine Bewegung und hörte in diesem Augenblick ein Rauschen von Flügelschlägen. Alenya war angekommen.

„Töte sie ruhig. Sie ist entbehrlich.", sagte sie kaltherzig.

„Du, dein Vater und dieser Templer werdet den Morgen nicht mehr erleben. Und ich werde mein Vergnügen haben dich genauso zu töten wie einst deine Mutter.", ergänzte sie mit einem hämischen Lachen.

„Das...glaube ich kaum.", sprach eine Stimme aus dem Hintergrund. Eine brennende Faust traf die Teufelstochter mit voller Wucht mitten ins Gesicht und schleuderte die rothaarige Gestalt einige Meter zurück.

„Das war für Vanessa."

Sarah erkannte die lebende Fackel. Es war Ariel. Die stapfte zu Asmodeus Tochter, packte sie an den Haaren und setze mit einen weiteren Schlag nach. Die Höllenkreatur flog erneut einige Meter und landete mit einem Krachen unsanft im Gemäuer.

„Und das für meine arschteure Designerjacke."

Wie ein Stehaufmännchen tauchte das Teufelsweib wieder vor dem Engel auf. Diesmal versetzte Ariel Alenya einen so heftigen Schlag, der ihr den Kiefer zertrümmerte. Sie ging zu Boden, spuckte schwarzes Blut aus und richtete ihren Unterkiefer.

„Und der war für Yasmina, du Miststück!", fauchte der Engel. Ihr Gesicht war in diesem Moment eine von Hass erfüllte Fratze. Alenya zog sich wie ein geprügelter Hund zurück. Ariel setzte ihr nach, packte sie am Fuß und hob sie an.

„Na wohin denn so eilig? Wir waren doch noch gar nicht fertig, Püppchen!", knurrte der Engel. Ariel hob Alenya am Fuß hoch, wirbelte sie wie eine Bola und ließ bei rasendem Tempo los.

„Gute Reise.", säuselte der Engel und beobachtete grinsend, wie die Teufelskreatur wie eine Kanonenkugel durch die Wand des Pferdestalls krachte und der Einschlag den Rest des Gebäudes zum Einsturz brachte.

Die Bewohner der Komturei und ihre Freunde jubelten, obwohl immer noch gekämpft wurde. Sie waren begeistert, wie der Zögling Asmodeus seine Abreibung bekam.

Ariel drehte sich um und rief in den Innenhof:

„Ich habe noch eine Überraschung mitgebracht."

Sie blies kraftvoll in ein Horn und ein dumpfer durchdringender Ton übertönte den Kampflärm. Der Engel hob den rechten Arm und in ihrer Hand entstand ein Flammenschwert.

Alenya, die sich wutschnaubend von den Trümmern befreit hatte, nutzte die Gelegenheit und hechtete zu Sarah, überwältigte sie, hielt sie an den Haaren fest und zog zwischen ihren Schwingen ein Schwert heraus. Kniend und ohne die Chance sich wehren zu können, hockte das Mädchen am Boden. Die Teufelstochter holte mit ihrer Waffe zum finalen Schlag aus.

„Ich habe dir ja versprochen dich genauso zu erledigen wie einst deine Mutter. Zeit, dich vom Leben zu verabschieden ... und grüß Yasmina von mir!", keifte sie. Sie ließ die Klinge herunter sausen und enthauptete das Mädchen. Ihr Körper kippte nach ein paar Sekunden leblos zur Seite. Eine blassblau leuchtende Kugel verließ ihren Leib und sauste davon. Sarah Drake war tot.

Durch alle vier Außenmauern der Komturei marschierten hunderte von Templer-Geistern, die sich im inneren des burgartigen Komplexes manifestierten. Sie fackelten nicht lange und griffen sofort die finstere Macht an. Durch das Haupttor kamen die Reiter und schlugen mit ihren Waffen wie die Barbaren auf die Dämonen ein. Es war ein regelrechtes Gemetzel. Die gefallenen Ritter lösten sich in Nebel auf, die Höllengeister wurden zu glühender Asche. Nach zwei Stunden unerbittlichem Kampf war es vorbei. Die letzten Kreaturen der Finsternis zogen sich zurück und verschwanden in ihre Dimension. Nur Alenya und Delia blieben da.

Die rothaarige Teufelstochter schritt zu dem immer noch bewusstlos am Boden liegenden Jonas Drake. Er war schwer verletzt und hatte viel Blut verloren.

Die Wunden waren tief.

„Du Armer, das sieht aber gar nicht gut aus.", sagte sie hämisch grinsend, kniete sich hin und küsste ihm auf die Stirn.

„Es ist noch nicht vorbei.", flüsterte sie und legte Sarahs Kopf neben Jonas.

„Warum hast du das getan?", schrie Delia entsetzt.

„Weil ich es kann!", antwortete Alenya kalt, erhob sich und verschwand in der für sie typischen Feuersäule.

Der unbekannte Dämon und Ariel trafen kurz nach dem Verschwinden der Teufelstochter bei dem verletzten Ex-Polizisten ein und entdeckten mit Entsetzen den abgetrennten Kopf von Jonas Tochter neben ihm. Die entsetzte, auf die Knie fallende und sich dann auflösende Delia übersahen sie völlig. Der Schock saß bei beiden tief. Sie hatten eine wertvolle Mitstreiterin und Ariel ihre Patentochter verloren. Sie weinte. Stumm legte der Hüne seine Hand auf ihre Schulter.

„Wie erklären wir es ihm, wenn er aufwacht?", fragte er leise. Ariel wusste darauf keine Antwort. Gemeinsam kümmerten sie sich um den Verletzten. Sie bündelten ihre Heilkräfte. Ihre Hände leuchteten und die tiefen Wunden schlossen sich von innen heraus. Für den Engel und den Dämon war es trotz ihrer Macht eine Kraftanstrengung. Jonas atmete wieder regelmäßig. Ariel versetzte ihn in einen künstlichen Schlaf.

„Er ist noch zu schwach um das zu verkraften.", sagte sie weinend. Der Hüne nickte ebenfalls mit den Tränen kämpfend.

Die Geister-Armee der Templer hatte sich wieder zurückgezogen. Einige der Gotteskrieger nutzten die Chance ihres menschlichen Daseins und blieben. Außerhalb der Komturei erinnerte nichts mehr an die Schlacht zwischen Gut und Böse. Im Innenhof lagen vereinzelt Knochenreste und Asche herum, die vom Wind weggeweht wurden, aber ebenso Leichen gefallener Templer. An einigen Stellen war der Rasen verbrannt, Gebäudeteile waren zerstört. Inmitten dieser Umgebung lag Sarahs kopfloser Leichnam.

Pierre und Yakup hoben sie auf eine Trage und brachten sie in die Krypta. Nick kam mit dem Kopf der jungen Frau hinzu und legte ihn wortlos zu dem Körper. Noch nie ging den Männern etwas so nahe wie dieser Moment. Schweigend standen sie eine Weile da und gedachten ihrer Freundin und Gefährtin.

Delia tigerte nervös durch den dichten Wald in Avalon. Sie war völlig verstört von dem, was geschehen war. Sie wusste keinen Ausweg mehr. In die Hölle konnte sie nicht zurück, das wäre ihr sicherer Tod. In der Welt der Menschen würden Sarahs Freunde sie gewiss auch jagen. Sie war verzweifelt. Avalon war der letzte Ort, wo sie sich sicher fühlte. Hier hatten Asmodeus und seine Schergen keinen Zutritt. Sie setzte sich auf einen entwurzelten Baum, der auf dem Boden lag. Das Moos war zentimeterdick. Sie vergrub das Gesicht in ihren Händen und weinte. Sie überlegte fieberhaft, was sie jetzt tun sollte, kam aber zu keiner Lösung.

„Du hast also wieder nach Hause gefunden, mein Kind.", erklang hinter ihr eine sanfte Männerstimme. Sie klang tief und beruhigend. Genau das, was sie jetzt brauchte. Sie drehte ihren Kopf, erblickte den großen Mann mit dem Wanderstab, an dessen Spitze ein blau leuchtender Kristall eingefasst war. Die Person trug einen langen schwarzen Kapuzenumhang, unter dem ein bärtiges Gesicht gutmütig hervorschaute. Neben ihm materialisierte sich eine rothaarige junge Frau in einem dunkelgrünen Mittelalterkleid.

„Es ist schief gelaufen. Ich habe versagt. Sarah Drake ist tot.", sagte die Dämonin weinend und senkte den Kopf. Der Bärtige legte Daumen und Zeigefinger an das Kinn der verzweifelten Frau und hob es an. Mit traurigen tiefschwarzen Augen sah sie ihn an. Er wischte Delia die Tränen aus dem Gesicht.

„Es ist bedauerlich, dass es so kam, wie es gekommen ist. Aber dieser Fehler ... so schmerzlich er auch ist, lässt sich nicht ändern.", antwortete er ruhig. Er drehte sich um und schaute zu der Burg, die über den Wald hinaus zu erkennen war. Er stützte sich auf seinen Stab.

„Gibt es sonst noch etwas, was du mir zu sagen hast, mein Kind?", fragte er lauernd. Delia sah ihn an, legte ihren Kopf in den Nacken und öffnete weit ihren Mund. Zwei blassblau leuchtende Kugeln verließen ihren Körper und flogen zielstrebig in den Kristall an der Spitze des knorrigen hölzernen Gebildes. Für einen Moment wechselte er seinen Farbton in ein grelles Rot. Der Mann übergab den Stab an die rothaarige junge Frau.

„Bring sie zu den anderen, Mia.", sagte er. Dann wandte er sich wieder der Dämonin zu.

„Ich weiß, dass du schon lange leidest, aber das hat bald ein Ende, mein Kind. Ich habe da noch einen wichtigen Auftrag für dich.", sagte er und flüsterte ihr etwas ins Ohr.

Sie schaute ihm lächelnd in die Augen und umarmte ihn liebevoll.

„Danke, Meister.", antwortete sie leise und teleportierte sich davon.

„Meister Myrddin, glaubst du, dass sie es schafft?", fragte Mia ihn, nachdem sie zurückkam und ihm den Stab übergab.

„Gewiss. Sie ist stark. Ihr fehlt lediglich die Erkenntnis.", antwortete er geheimnisvoll.

Asmodeus lobte seine Zöglinge. Alenya hatte das geschafft, was er nicht für möglich gehalten hätte. Sie hatte Sarah Drake getötet. Eine weitere seiner gefährlichsten Gegnerinnen war aus dem Weg geräumt. Erst die Mutter, heute ihre Nachfahrin. Zufrieden grinsend sagte er zu seinen Zöglingen:

„Jetzt, wo Drakes Tochter erledigt ist, wird er nur noch ein Wrack sein, nur noch ein Opfer." Die blonde Dämonin war nicht von dem Erfolg überzeugt und äußerte ihre Bedenken.

„Was ist mit dem Templer, dem Engel und Drakes Freunden?", fragte sie.

„Alles nur Fleisch das atmet, mehr nicht!", gab er verachtend zurück.

„Bevor die sich neu formieren können, geben wir ihnen den Rest. Es gibt niemanden mehr, der ihnen zur Hilfe eilen wird.", fügte er hinzu und lachte irre. Er erhob sich von seinem Thron und schritt auf Alenya zu.

„Und du darfst Ariel vernichten.", sagte er.

„Was ist mit Delia?", fragte Calandra. Asmodeus überlegte kurz.

„Was soll mit ihr sein?"

„Sie wirkte geschockt, so als wäre sie mit Sarah Drake befreundet gewesen und sie kam nicht zurück."

„Belästige mich nicht mit solchen Nebensächlichkeiten. Vernichtet sie und erfüllt eure Aufgaben. Ich muss mich um wichtigeres kümmern!", erwiderte er kalt und drehte sich um. Er schaute auf eine große aus Menschenhaut gefertigte Landkarte, auf der Nordeuropa zu sehen war.

„Heute dieser Flecken Erde, morgen die ganze Welt.", flüsterte er siegessicher und verließ den großen Saal.

14. VERSCHWUNDENES LAND

Eine Woche war seit der Schlacht von Tempeldorf vergangen. Pater Benedict Pistorius war angereist um die Trauerfeier für Sarah abzuhalten. Auf den Türmen der Komturei flatterten schwarze Flaggen der Trauer im Wind. Jonas hatte sich von seinen körperlichen Wunden erholt, die seelischen waren aber nicht zu heilen. Selbst Ariel schaffte es nicht, den trauernden Vater zu stützen. Der Dämon, der den Bewohnern im Kampf zur

Seite gestanden hatte, gab sich zwischenzeitlich als Caldor zu erkennen. Er fand schnell Anschluss bei den Menschen.

Mit Ariels Hilfe fertigte er einen Sarg, der dem von Yasmina bis auf ein paar Kleinigkeiten glich. Die altägyptische Kartusche enthielt Sarahs Namen in Hieroglyphen. Nachdem sie den goldenen Sarg fertig gestellt hatten, betteten sie den Leichnam darin ein. Ariel fügte Kopf und Körper wieder zusammen, so dass nicht einmal eine Narbe am Hals zu sehen war. Sie trug ein weißes Leinenkleid, wie es im alten Ägypten üblich war. Goldene Accessoires und Applikationen rundeten das Gesamtbild ab. Auf dem Kopf trug sie eine Isiskrone. Es schien, als würde Sarah schlafen. Caldor und der Engel schlossen den Sarg und dichteten ihn magisch ab. Der Körper der jungen Frau würde nie altern oder gar verwesen, selbst wenn der Sarkophag erst in tausend Jahren wieder geöffnet würde. Im Anschluss verließen sie die Krypta unter der Komturei. Nach der Trauerzeremonie sollte das Mädchen zu ihrer Mutter in deren Grabmal überführt werden.

Schleswig, knapp 90 Kilometer von Tempeldorf entfernt.

Der Chef der Polizeistation rannte wie ein aufgescheuchter Tiger im Käfig hin und her. Seit Stunden war kein Kontakt zu den Behörden im Kreis Steinburg herzustellen. Auf dem Flur vor seinem Büro begegnete ihm ein Streifenpolizist, den er unmittelbar aufhielt.

„Gehen Sie Sofort zur Telefonzentrale und fragen Sie nach, warum die Telefone nicht funktionieren. Und wenn es wieder Frau Bolognese oder Canneloni ist, die hier alles blockiert schicken Sie sie in ein Callcenter für frustrierte Hausfrauen. Da kann sie dann quatschen, bis der Arzt kommt!"

„Milano, sie heißt Frau Milano.", antwortete der Polizist und fuhr fort:

„Außerdem ist sie verbeamtet und kann nicht gekündigt werden. Die können wir höchstens versetzen lassen."

„Mir egal und nun traben Sie los, bevor ich die Geduld verliere. Ach ja, und überprüfen Sie, ob sie Jonas Drake endlich erreichen.", brummelte der Chef und knallte die Bürotür vor der Nase des Polizisten zu.

„Drake ... oh welch Freude mich doch überkommt.", flüsterte er ironisch und erinnerte sich an seinen Vertretungsdienst in Hohenlockstedt vor kurzem. Wenige Minuten später kam er in der Telefonzentrale an und sah Tara Milano Pizza essend am Pult und irgendwelche Kochrezepte mit einer Freundin besprechend. Er räusperte sich und die Frau sah ihn groß an.

„Du, ich ruf dich gleich zurück. Hier will ein Kollege etwas von mir.", sagte sie eilig und legte auf. Sie biss nochmal von ihrer Pizza ab und fragte mit vollem Mund:

„Waff iff lof? Kang iff hölfföm?"

„Äh, stopfen Sie doch noch ein Häppchen nach, vielleicht verstehe ich Sie dann besser.", antwortete er genervt.

„Wahum ffo geheipft? Fie brauffen Emffammung."

„Der Alte hat mich eben angeranzt, weil die Leitungen wieder blockiert sind." Er schaute auf die Armatur und sah, dass alle Telefonleitungen abgestellt waren, bis auf die, auf der die Frau eben noch telefonierte.

„Was ist denn das? Sind Sie denn jetzt total bescheuert? Warum haben Sie denn alle Leitungen abgeschaltet?", fragte er verärgert.

„Oh...", kam nur ganz kleinlaut zurück. Inzwischen war sie fertig mit kauen.

„Sorry, aber wie soll man sich da in Ruhe unterhalten können wenn es ständig klingelt?"

„Sie sind hier nicht zu Hause auf dem Sofa, sondern auf einer Polizeistation!", brüllte er.

„Nun mal schön locker bleiben, mein Guter. Machen Sie daraus doch nicht so ein Drama.", erwiderte sie.

„Naja, das müssen ja eh Sie ausbaden, nicht ich. Gehen Sie mal am Computer auf die Nummernüberwachung und schauen, ob die Nummern in Itzehoe aktiv sind." Die Telefonistin erledigte es sofort und zeigte auf den Monitor. Es erschien ein aktuelles Satellitenbild.

„Öhm...welches Itzehoe meinen Sie?", fragte sie mit weit geöffneten Augen, die hinter ihrer Brille hervorlugten. Er wollte gerade losmotzen, aber dann sah er es selbst. Die Kreisstadt und die nähere Umgebung waren unauffindbar. Laut der Aufnahme auf dem Monitor gab es nur einen kilometerlangen Krater, aber keine Ortschaften.

„Oh Scheiße...", entfuhr es beiden im selben Augenblick.

Ein Großteil vom Kreis Steinburg existierte nicht mehr.

Der Krater unterdessen wuchs unaufhaltsam weiter.

Vor lauter Aufregung griff Tara instinktiv zum nächsten Pizzastück. Der Polizist sah das und schüttelte mit dem Kopf.

„Frau Milano, sagen sie doch mal bitte Zitronenpuffer." Ohne zu überlegen, kam sie dem nach und der Schreibtisch war mit Pizza und Belag dekoriert.

„So eine Scheiße!", fluchte sie und sah den Polizisten wütend an.

„Ich ... muss weg.", sagte er und verließ schadenfroh grinsend den Raum.

Die Trauerfeier war schon lange vorbei und Jonas lehnte sturzbesoffen an der Zinne des Ostturms der Komturei. Er sah in Richtung Itzehoe. Der Himmel leuchtete orangerot. Es kam ihm komisch vor, denn dieser Zustand war seit der Schlacht unverändert. Von Sonnenauf- bis Untergang nur dieses Licht. Kein Sonnenstrahl erreichte sie, trotzdem war es unnatürlich warm. Er schnippte die Zigarettenkippe nach unten, setzte die Bierflasche an und trank sie in einem Zug leer. Dann ließ er sie auf den Boden des Turms fallen.

„Na da war aber einer fleißig.", sagte Caldor und zählte die leeren Flaschen. Es waren fünfzehn an der Zahl. Jonas schaute sich um, sah den Dämon mit glasigen Augen an.

„Was willst du denn? Verpiss dich und lass mich in Ruhe!", schrie er Caldor lallend an. Unbeeindruckt packte er den Ex-Polizisten an der Schulter.

„Weder Sarah noch Yasmina würden wollen, was du hier gerade abziehst. Reiß dich mal zusammen!", sagte er gelassen. Dann packte er den verzweifelten Mann, teleportierte sich mit ihm in einen kalten Badesee in der Nähe und von dort aus in die Gruft, in der Yasmina und Sarah bestattet waren. Mit einer Handbewegung ließ der Dämon alle Fackeln aufflammen. Er setzte sich neben den tropfnassen und etwas nüchterner gewordenen Mann. Er war nicht mehr er selbst. Über Nacht hatte Jonas schlohweißes Haar bekommen. Seit Sarahs Tod war er um mindestens zwanzig Jahre gealtert. Sein Herz war gebrochen und sein Lebensmut erloschen. Die beiden schauten stumm auf die Sarkophage der Frauen.

„Jonas, ich will dir nicht vorschreiben, wie du zu leben, hast, aber die Mädels würden nicht wollen, dass du dich so gehen lässt. Außerdem machen wir uns alle große Sorgen um dich.", redete Caldor leise auf ihn ein.

„Weißt du, in einer ähnlichen Situation wie du jetzt war ich auch vor langer Zeit. Nur hatte ich keine Freunde, die mir zur Seite standen."

„Seit wann haben Dämonen Gefühle?", fragte Jonas mit einem gehässigen Unterton, den der Hüne ignorierte.

„Du wirst dich wundern, zu was Dämonen in der Lage sind. Wir sind nicht alle gefühlskalt und von Herkunft aus böse. Es gibt sogar welche, die unfreiwillig dazu wurden. Einst war ich ein Mensch wie du. Als Kind wurde ich in eine andere Dimension verschleppt und ... heute würde man sagen, ich wurde gentechnisch verändert. In mir ging eine drastische Wandlung vor. Ich bekam magische Fähigkeiten, mein Körper mutierte und ich wurde zu dem, was ich heute bin. Nur meinen Willen und Verstand konnten sie nicht ändern.", erklärte er Jonas. Dann fuhr er fort.

„Die letzten 5000 Jahre waren hart für mich. Einst war ich mit der Katzengöttin Bastet liiert und beging einen schweren Fehler, der mir und auch Yas-Minh-Ra viele Probleme bereitete. Aus Zorn verbannte Bastet mich aus ihrem Umfeld, nahm mir einen Großteil meiner Kräfte und besiegelte damit auch Yas-Minh-Ras Schicksal. Einen Teil davon kennst du ja bereits."

„Und warum erzählst du mir das alles?"

„Um dir verständlich zu machen, dass du gerade alles, was Yas-Minh-Ra und Sarah getan haben, wofür sie gelebt und gekämpft haben, wofür sie gestorben sind, mit Füßen trittst.", sagte er leise. Er senkte den Kopf und legte Jonas seinen Arm um die Schultern. Er sah ihm tief in die Augen.

„Steh auf und ehre sie. Kämpfe in ihrem Namen weiter. Zeige ihnen, dass ihr Vertrauen in dich nicht vergebens war. Stehe auf und mache sie stolz!" Jonas drehte sich zu Caldor um.

„Eine Frage habe ich da noch. Wieso sagtest du, dass du ähnliches durchgemacht hast?"

„Ich hatte auch ein Kind." Er teleportierte sich und den Ex-Polizisten zum Friedhof neben der Komturei. Jonas sah einen Findling mit geschwärzten Buchstaben. ‚Hier ruht die Tochter des Grafen.', stand auf dem Stein geschrieben.

„Sie war nach Yas-Minh-Ra meine große Liebe. Sie starb vor 600 Jahren durch die Hand ihres barbarischen Vaters mit gerade mal zwanzig Jahren, nachdem sie mir eine Tochter gebar. Und die wurde von diesem Tyrannen kurz nach ihrem sechzehnten Geburtstag ebenfalls getötet. Das habe ich nie verkraftet.", erzählte er mit zitternder Stimme. Jonas sah Caldor an.

„Ich glaube, jetzt verstehe ich dich doch.", sagte er leise und fügte eine Frage hinzu.

„Warum nennst du meine Frau eigentlich immer Yas-Minh-Ra?"

„Das war ihr richtiger Name. Sie hat ihn vor vielen Jahren nur der Zeit angepasst.", antwortete der Hüne. Neben ihnen fing die Luft an zu flimmern, eine Nebelwolke entstand und Mia trat heraus.

„Na Jungs, geht's wieder?", fragte sie. Caldor und Jonas sahen sich an.

„Ich glaube, momentan ist er gerade schlechter dran.", antwortete der Ex-Polizist und deutete mit dem Daumen auf den Hünen. Die junge Hexe teleportierte Jonas in die Komturei und blieb bei dem Dämon mit den gelben Augen. Der sie ansah und fragte:

„Wieso hast du ihn...", weiter kam er nicht, da Mia ihn unterbrach.

„Weil ich dich allein sprechen wollte." Sie holte tief Luft und zeigte auf den Grabstein.

„Wie war sie?"

„Sie war die liebste und einfühlsamste Menschenfrau, die ich kannte. Sie hatte ein Herz aus Gold, half immer, wo sie konnte. Ihre Nächstenliebe wurde ihr zum Verhängnis.", flüsterte er. Eine einsame silberne Träne verließ sein Auge.

Mia streichelte Caldor sanft über die Wange und lächelte. Nach einem Moment des Schweigens sagte sie:

„Ich kann dir deine Liebste zwar nicht wieder geben, aber vielleicht eines Tages die Zuversicht, dass sich auch für dich alles zum guten wendet."

„Ich danke dir für dein Mitgefühl.", krächzte er. Die Hexe stellte sich auf die Zehenspitzen und küsste den Hünen auf die Wange.

„Wofür sind Freunde denn sonst da?"

Schleswig

Es herrschte große Aufregung im Polizeipräsidium. Stündlich wuchs der Krater um Itzehoe und verschlang eine Ortschaft nach der anderen, die vom Satelliten nicht mehr erfasst werden konnten. Die Beamten standen mittlerweile in engem Kontakt mit der Bundeswehr, die einen Leitstand im Stadtzentrum errichtet hatte. Ein Offizier und zwei Soldaten betraten das Präsidium. Das erste, was sie sahen, war eine Pizza essende Frau, die über den Tresen lugte.

„Waff kang iff gögn ffie ptun?", fragte sie mit vollem Mund.

„Hauptmann Kröger.", stellte er sich vor.

„Ich möchte zu Kommissar Jonas Drake."

„Bör abeipöp ffom ffeip wechs Jahrn mücht möhr hier.", antwortete sie kauend. Der Hauptmann rollte mit den Augen.

„Dann möchte ich mit einem kompetenten Zuständigen sprechen.", sagte er sichtlich genervt. Die Frau schluckte ihre Pizza runter und antwortete:

„Also zuständige haben wir jede Menge hier, nur mit der Kompetenz wird es schwierig."

„Das sehe ich. Nun beeilen Sie sich mal, ich habe nicht den ganzen Tag Zeit!", blaffte er die Frau an. Die war so verärgert, dass sie ihn direkt provozierte.

„Ziehen Sie eine Nummer und warten Sie bis Sie aufgerufen werden. Ich habe Mittag!"

„Soll das ein Witz sein? Wissen Sie eigentlich, wen Sie hier vor sich haben?", brüllte er.

„Jap, einen eingebildeten alten Fatzke einer Trachtengruppe, der hier nichts zu melden hat!" Hauptmann Kröger lief rot an vor Wut und wollte kontern, da kam ihm die Frau abermals zuvor.

214

„Nun halten Sie mal schön den Ball flach und atmen entspannt durch den Schlüpper. Auf Genörgel uniformierter Idioten habe ich nämlich keinen Bock! Kam das bei Ihnen an?", gab sie schnippisch von sich.

„Kann ich sonst noch was gegen Sie tun?", setzte sie noch obendrauf.

In diesem Moment kam ein Streifenpolizist durch den Kelleraufgang ins Gebäude und bekam mit, was sich abspielte. Klammheimlich zog er es vor, sich davon zu stehlen, aber das gelang ihm nicht.

„Kevin, ich brauch mal deine Hilfe hier.", rief ihm die Frau in der Zentrale zu.

Scheiße, ich bin im Arsch!, schoss er ihm durch den Kopf und trottete deprimiert nach oben.

„Tara, das kann dich deinen Job kosten.", sagte er ihr für die anderen kaum hörbar ins Ohr. Sie zeigte auf das aktuellste Satellitenbild und antwortete:

„Ich denke mal, das mein Job das geringste Problem ist. Sieh mal da."

Der Polizist schluckte hörbar, wurde blass und sah abwechselnd seine Kollegin und den Offizier an.

„Was ist denn, junger Mann?", fragte Hauptmann Kröger, der sich wieder etwas beruhigt hatte.

„Schauen sie besser selbst.", sagte der Streifenbeamte und deutete auf den Monitor. Der Offizier kam um den Tresen herum, sah geschockt auf das Bild und ihm kam nur ein leises ,*Scheiße*' über die Lippen. Die Ausbreitung des Kraters hatte sich bis auf drei Kilometer vor die Stadt ausgedehnt.

„Was ist das nur?", fragte Kröger leise. Tara Milano verkleinerte die Aufnahme, so dass sie ganz Schleswig-Holstein auf dem Bildschirm hatte. Das Entsetzen war groß. St. Peter-Ording, Brunsbüttel, Neumünster, einfach alles bis runter nach Hamburg war verschwunden. Die Umrisse des Landes waren zwar noch zu erkennen, aber es wirkte wie eine Steinwüste ohne jegliche Vegetation oder Anzeichen von Häusern. Hauptmann Kröger sagte zu Tara Milano und Kevin:

„Packen Sie alles Wichtige zusammen und hauen Sie ab." Er gab einem der Soldaten den Befehl das gesamte Gebäude und die Stadt zu evakuieren.

„Aber ich muss meine Tochter finden.", warf die Telefonistin ein. Kröger sah sie an.

„Wissen Sie denn, wo sie ist?"

„Sie müsste zu Hause sein."

„Klären Sie das. Gefreiter Schlüter, sorgen Sie dafür, dass die Evakuierung zügig vonstattengeht. Kevin, Sie nehmen Frau Milano und suchen ihre Tochter. Danach direkten Kurs nach Fehmarn." Kröger schnappte sich das Telefon, rief den Leitstand an und erteilte die entsprechenden Befehle. Er brachte alles an Hubschraubern in Bewegung, um die Räumung von hier bis zur Ostseeküste in Gang zu setzen. Dann vergewisserte er sich, dass niemand mehr da war, und griff sich ein Stück Pizza.

„Hmm ... müch üböl dü Pipfa.", schwärmte er kauend. Er schaute nochmal auf den Monitor.

Langsam aber unaufhörlich verschwand immer mehr vom Land. Kröger schielte zum letzten Viertel der Pizza und griff zu.

„Was solls, auf einem Bein kann man halt nicht stehen.", murmelte er und genoss das letzte Stück Mafiatorte.

Myrddin schreckte auf und sah sich verwirrt um. Er war eingenickt und ein Geräusch weckte ihn. Die Erscheinung kam wieder.

„Wer bumst da meine Tür?", nuschelte er noch im Halbschlaf.

„Myrddin, die Menschen brauchen dich.", kam eine leise Stimme wie aus weiter Ferne. Er rieb sich die Augen und sah sich um. Nichts. Dann wieder. Jetzt vernahm er das Klopfen deutlich.

„Myrddin, wach endlich auf! Die Menschen brauchen deine Hilfe.", erklang die Stimme wieder. Er meinte die junge Frauenstimme zu erkennen. Konnte es denn sein, dass *sie* es war?

„Warum kommst du nicht rein, mein Kind?", fragte er zögerlich.

„Wäre echt praktisch, wenn du die Tür aufschließen würdest.", antwortete sie. Der Magier konnte sich nicht daran erinnern, sie verriegelt zu haben.

„Mit wem redest du?", fragte Mia mit verschlafener Stimme, die hinter ihm am Tisch saß und sich die Augen rieb. Verwundert drehte er sich um.

„Wo kommst du denn her? Du warst doch eben noch auf dem Flur und kamst nicht rein."

„Nein. Ich war eingeschlafen und du hast mich gerufen." Das kam beiden nicht geheuer vor.

„Wenn das eben nicht du warst, wer dann?" Myrddin überlegte und meinte am Ende:

„Kann es sein, dass jemand in Avalon ist, der hier nichts zu suchen hat?"

„Nun mach endlich die verdammte Tür auf, es ist wichtig!", erklang wieder die Frauenstimme. Diesmal energisch und wütend, begleitet von Schlägen gegen die Tür. Jetzt erkannte er die Stimme ganz genau. Er schaute sich zu Mia um, die ebenfalls fassungslos zu dem verschlossenen Durchgang starrte. Myrddin hastete hin und schloss auf. Die Tür wurde aufgestoßen und eine wütende orientalische Frau betrat den Raum.

„Wirklich entzückend, dass mich überhaupt mal jemand für voll nimmt.", schnaubte die schwarzhaarige Schönheit. Aus ihrem Schatten trat eine weitere Frau heraus, die der Ersten bis aufs Haar glich. Sie schien lediglich ein paar Jahre älter zu sein. Myrddin schätzte sie auf Mitte dreißig. Beide trugen identische Kleidung, ein bodenlanges weißes Leinenkleid. Der Stoff war fast durchsichtig und verhüllte eigentlich nichts. Ein breiter goldener Gürtel hielt das seitlich bis zur Hüfte offene Kleid zusammen. Der vordere Ausschnitt ging bis zum Bauchnabel. Ein ausladender goldfarbener Halsschmuck endete jeweils an den Schultern und an den Oberarmen hatten sie Armreifen in Form einer sich schlängelnden Kobra. Auf dem Kopf trugen sie eine Isiskrone. Myrddin sah Mia ratlos an, welche erst kein Wort herausbrachte. Dann krächzte sie:

„Yasmina? Du?"

Tempeldorf

Pierre schaute durch sein Fernglas in die Richtung, in der mal Itzehoe war. Aus dieser Entfernung sah man kilometerweit die dichten schwarzen Rauchwolken, die sich gen Himmel erhoben. Die Stadt existierte nicht mehr. Den umliegenden Dörfern und Kleinstädten war es nicht anders ergangen. Ein paar Tage zuvor hatte Asmodeus mit seiner Invasion begonnen. Es gelang Pierre Rolland, seinen Templerbrüdern, Ariel und Caldor wenigstens die Bewohner aus Tempeldorf zu retten und in der Komturei unterzubringen. Der Anblick der Gegend war schrecklich. Der Höllenfürst hatte alles vernichtet und zehntausende Menschen abgeschlachtet, versklavt oder verwandelt, um sie in sein Höllenheer aufzunehmen. Kurz zuvor hatten sich knapp fünfhundert Männer dem Orden angeschlossen. Darunter ein paar Schmiede, die Schwerter, Schilde, Pfeilspitzen und andere wichtige Dinge herstellten, damit sie in der Lage waren sich zu verteidigen. Auch die letzten Brüder, die zur selben Zeit auferstanden waren wie Pierre und seine Ordensbrüder hatten den Weg hierher gefunden. Es waren zweihundertfünfzig, die Alenya und ihre Schwestern nicht fanden und töten konnten. Er hatte somit eine kleine Armee von knapp achthundert Mann. Viele kampierten außerhalb der Komturei. Definitiv zu wenig, um Asmodeus die Stirn zu bieten.

Caldor erschien neben ihm auf dem Südturm.

„Dem sind wir nicht gewachsen.", flüsterte Pierre. Er stellte gleich eine Frage hinterher.

„Was ist mit Jonas?" Sie hörten ein lautes, von den Wänden der Komturei widerhallendes Rülpsen und das Scheppern einer zerschellenden Bierflasche.

„Ok, hat sich gerade erübrigt.", gab der Abbé sich selbst die Antwort.

„Die Therapie, die ich ihm verpult habe, wirkte nur bis zum nächsten Bier. Er war einen Tag nüchtern, dann ging es wieder von vorne los.", erklärte Caldor.

„Ein Totalausfall ... und ... wie sieht es mit Nick, Yakup und Ariel aus?", meinte der Templer.

„Nick und Yakup sind hier und bilden gerade mit deinen Brüdern die jüngeren Männer aus und Ariel ist unterwegs. Sie wollte noch etwas besorgen."

„Beten wir mal besser, dass sie zurück ist, bevor Asmodeus hier auftaucht."

„Sieh mal da.", sagte Caldor aufgeregt. Am Himmel schwebte eine mit Drachenflügeln schlagend fliegende schwarzhaarige Frau. Sie spannte ihren Bogen und schoss einen Pfeil ab, der sich vor den Füßen der Männer Funken sprühend in den Steinboden des Turms bohrte. Dann verschwand die Frau in einer Wolke. Der Dämon und der Templer sahen sich an. Pierre entdeckte einen um den Pfeil gewickelten Zettel. Er löste das Papier von dem Geschoss und las die darauf stehende Nachricht.

Sammelt alle Überlebenden und was ihr zu transportieren vermögt und bewegt euch schnellstens nach Fehmarn.
Myrddin.

Die beiden nickten sich zu und bevor sie im Innenhof ankamen, sagte Pierre:

„Das Wesen kam mir irgendwie bekannt vor."

„Nicht nur dir.", antwortete Caldor nachdenklich.

15. HINTER DEM SPIEGEL

Avalon, die Nebelinsel

Mia musterte Yasmina von oben bis unten, dann trafen sich ihre Blicke.

„Bist du jetzt fertig mit gaffen?", fragte die Ägypterin mit frechem Unterton.

„Warum bist du so ... verändert? So kenne ich dich gar nicht. Ich freue mich ja, dass du zurück bist. Aber du bist nicht mehr die, die du einmal warst.", antwortete die junge Frau.

„Das könnte daran liegen, dass ich Hexen hasse!", fauchte die Schwarzhaarige, hob ihre Hand und ließ das Mädchen mit einer Bewegung durch den Raum fliegen. Mia landete unsanft in einem Bücherregal und wäre fast darunter begraben worden, hätte Myrddin nicht eingegriffen. Sie krabbelte unter den schwebenden Büchern hervor, dann krachte alles herunter. Der Magier half der jungen Hexe auf und stellte sich schützend vor sie.

„Genug Yasmina, es reicht!", brüllte er. Diese schreckte darauf hin zurück und fasste sich.

„Was bildest du dir ein, dich einzumischen, alter Mann?"

„Begreife es endlich, du bist hier nicht zu Hause, du bist in Avalon. Hier habe ich das Sagen!" Die ältere der beiden Frauen griff ein und packte die jüngere an der Schulter.

„Es reicht. Er hat Recht.", sagte sie.

„Diese Insel ist seine Welt." Yasmina sah Mia böse an und sprach leise:

„Wir sind noch nicht fertig miteinander." Ihre Augen leuchteten grün auf, dann verschwand sie in einer Nebelwolke.

„Meister, ich verstehe das alles nicht. Was ist mit ihr geschehen?" Myrddin nahm ihre Hand, sah die andere Ägypterin fordernd an.

„Das werden wir jetzt klären. Wir müssen los, bevor etwas schlimmeres passiert.", sagte er und alle drei folgten Yasmina.

Tempeldorf

Es herrschte Aufbruchsstimmung. Caldor und Pierre koordinierten die Evakuierung der Komturei. Ein paar Männer waren vor einigen Stunden losgezogen und kamen mit Bussen, LKW und Autos zurück. Jonas war zwar wieder einmal sturzbesoffen, packte aber dennoch mit an. Inmitten des Innenhofes erschien eine Nebelwolke und vier Personen schritten heraus. Der Ex-Polizist glaubte, seinen Augen nicht zu trauen. Eine davon war eine tote Frau. Beide sahen sich überrascht an.

„Yasmina?"

„Jonas?"

„Du bist doch tot.", sagten beide synchron. Die junge Ägypterin schaute ungläubig zu Mia und war verwirrt. Diese zuckte mit den Schultern. Yasminas Begleiterin stupste sie an und sagte frech grinsend:

„Na los! Ran da, solange er noch zuckt und warm ist."

„Mutter!", erwiderte Yasmina empört. Die schwarzhaarige orientalische Frau und der Ex-Polizist schritten aufeinander zu und fielen sich in die Arme. Sie küssten sich heiß und innig.

Aus einiger Entfernung beobachteten Caldor und Pierre die Szene und verstanden die Welt nicht mehr.

„Was geht denn jetzt ab?", fragte der Templer. Der Formwandler fiel auf die Knie und verbeugte sich vor der zweiten Frau.

„Meine Göttin.", sagte er ehrfurchtsvoll. Er rührte sich nicht. Pierre war inzwischen bei Myrddin angelangt.

„Tschuldigung, aber wer sind Sie und was passiert hier gerade?"

Der alte Mann tippte dem Templer gegen die Brust und antwortete schmunzelnd:

„Ich bin der, der euch die Warnung zukommen ließ. Und das ...", er deutete auf die beiden ägyptischen Frauen.

„... ist nur der Anfang. Sie stammen aus einer anderen Realität. In dieser starb Yasmina durch die Hand Alenyas, in ihrer Ebene wurde Jonas von ihr getötet. Die andere ist Bastet, die mit Caldor ... ach, schaue es dir einfach an.", sagte er amüsiert. Beide sahen sich gespannt an, was jetzt passierte.

Der Dämon lag weiterhin auf dem Boden.

„Irgendwie genieße ich den Anblick, wie du den Rasen küsst, aber vielleicht solltest du langsam mal mich küssen.", frotzelte Bastet. Er sprang auf, sah ihr kurz in die Augen und küsste sie leidenschaftlich. Nach so vielen Jahren stand sie wieder vor ihm. Dennoch kam es ihm vor, als wäre es erst wenige Tage her. Sie ließ von ihm ab.

„Es waren nur fast zwanzig Jahre.", hauchte sie ihm ins Ohr.

Yasmina folgte Mia auf den Südturm der Komturei und senkte vor der misstrauischen Hexe den Kopf.

„Ich wusste ja nicht, dass du eine andere bist. Jonas hat mir alles erklärt. Bitte verzeih mir.", sagte sie und streckte ihr die Hand zur Versöhnung entgegen. Mia nahm die Entschuldigung an und erwiderte die Geste.

„Ich wusste nichts von dieser Realität. Alles ist anders hier.", fuhr Jonas Gefährtin fort. Ihre Neugier war geweckt.

„Es interessiert mich brennend, was hier noch alles anders ist als in meiner Welt." Dabei schaute sie zum Himmel und entdeckte diese orangeroten Wolken und die schwarzen Rauchschwaden überall. Es schien, als würde das Licht den Himmel von unten anstrahlen. Obwohl es relativ düster war, gab es eine unnatürliche Hitze und Luftfeuchtigkeit.

„Ok, euer Himmel ist schon mal anders. Bei uns scheint meistens die Sonne."

„Bei uns normalerweise auch, wenn es nicht gerade regnet, aber dass was du jetzt siehst, hängt mit Asmodeus Angriff zusammen. Es hat sich viel verändert seitdem.", erwiderte Mia traurig. Sie drehte sich um und sah nach Itzehoe, oder besser gesagt, dahin wo die Stadt mal war.

„Ich weiß nicht einmal, ob mein Großvater noch lebt...", flüsterte sie.

Das Knattern eines alten Motorrads holte die junge Hexe aus ihren Gedanken zurück. Es kam aus dem Innenhof. Zwei Tempelritter öffneten das Tor und eine alte BMW R75 mit Beiwagen raste hindurch. Mia und Yasmina erkannten den Fahrer sofort. Wie sich abstrakt bewegende Flügel flatterte der Kutschermantel des Mannes im Wind.

„Das ist Jonas!", sagte Yasmina besorgt. Die beiden Frauen rannten nach unten in den Innenhof. Dort kam ihnen Myrddin entgegen und hielt die Hexe und die Ägypterin auf. Sie versuchten sich, zu teleportieren aber es funktionierte nicht. Sie sahen sich und dann den weisen Mann an.

„Ich wollte es euch schon früher sagen, aber irgendetwas blockiert unsere Kräfte.", sagte er.

„Wir können im Moment nichts tun."

„Was hat er vor?", fragte Yasmina besorgt.

„Ich weiß es nicht.", antwortete Myrddin.

„Er kam plötzlich durch das geschlossene Scheunentor und fuhr davon." Die junge Ägypterin geriet in Panik.

„Habe ich etwas Falsches zu ihm gesagt? Ich will ihn nicht noch einmal verlieren!", sagte sie zitternd.

„Nein, hast du nicht. Er ist zu glücklich, um jetzt etwas Dummes anzustellen. Seit deiner Ankunft ist er wieder fast der Jonas, der er vorher war.", redete er beruhigend auf sie ein.

Pierre kam aufgeregt angerannt und schnappte erst mal nach Luft.

„Atme tief ein, mein Sohn und erzähl."

„Was macht dieser Idiot mit meiner R75? Hat er nicht alle Latten am Zaun? Caldor hat das Teil 1944 am Kehlsteinhaus abgeholt. Na der kann was erleben, wenn er zurück ist!", knurrte der Abbé.

„Abgeholt?", fragte Myrddin und zog eine Augenbraue hoch.

„Ja gut, er hat sie sich langfristig geliehen und vergessen zurückzubringen. Und nach 1945 war kein Besitzer mehr ausfindig zu machen.", erwiderte Pierre verlegen.

„Mach dir keine Sorgen um die Maschine. Jonas liebt Oldtimer."

„Äh ... ich sorge mich eher um ihn.", sagte er.

„Denn die Bremstrommeln sind leer. Die Teile liegen noch in der Scheune. Ich war noch nicht fertig mit der Reparatur." Myrddin sah den Templer, dann Yasmina an.

„Ok, er hat etwas Dummes angestellt.", gab der Magier von sich und senkte seinen Kopf. Die Ägypterin neben ihm ballte die Hände zu Fäusten, ihre Augen flackerten kurz grün und ihr Gesicht nahm Züge an, als säße sie mit Verstopfung pressend auf dem Klo. Sie wurde knallrot durch die Anstrengung. Ein paar Blitze zuckten um ihren Körper herum und eine kleine Nebelwolke in Form eines Atompilzes entstand. Heraus schlich ein zierliches schwarzes Kätzchen, welches Myrddin ratlos ansah. Der Magier lächelte amüsiert.

„Was glotzt du so blöd? Mehr war nicht drin. Eigentlich wollte ich ein Panter werden!", maulte sie ihn an und rannte Jonas nach.

„Wird sie es schaffen?", fragte Mia. Beide schauten sie der Katze hinterher.

„Es wäre nicht Yasmina, wenn sie es nicht schaffen würde. Außerdem ist sie nicht allein.", antwortete er und zeigte zum Himmel. Sie sahen eine schwarzhaarige Frau mit Drachenflügeln hinter der Katze her fliegen.

Fehmarn

Tara Milano und Hauptmann Kröger kamen mittlerweile gut miteinander klar. Er hätte es nicht für möglich gehalten, aber die Situation trug ihren Teil dazu bei. Tara hingegen hatte nicht geglaubt, dass er so ein väterlicher Typ sein konnte. Seine Männer hatten Respekt vor ihm. Er leitete die Koordination auf der Insel. Die Hubschrauber brachten die letzten Überlebenden aus Schleswig und der Umgebung der Stadt.

„Verdammt. Wir konnten nur eintausendfünfhundert Zivilisten retten, haben drei Helikopter verloren und nicht genug Waffen.", knurrte er. Er tigerte mit auf dem Rücken verschränkten Händen im Hauptzelt, dem provisorischen Hauptquartier umher. Tara hielt ihm eine quadratische Pappverpackung entgegen.

„Pipffa?", fragte sie mit vollem Mund.

„Tara, wie können Sie in diesem Moment nur an Pizza essen denken?"

„Wögn Hunga.", antwortete sie mit vollem Mund. Kröger sah sie kopfschüttelnd an.

„Andererseits ... haben Sie Recht." Er schnappte sich ein Stück und ging dann zum Funker. Auf dem Tisch standen außer den Funkgeräten drei Laptops. Auf zweien wurden permanent die Satellitenbilder aktualisiert. Auf dem Letzten war Norddeutschland zu sehen. Der Krater hatte sich bis unterhalb Hamburgs ausgebreitet und von Schleswig-Holstein waren nur noch die Umrisse zu erkennen.. Bis auf sechs Kilometer vor der Fehmarnsundbrücke war das Phänomen herangekommen. Kröger verließ das Zelt und schaute Richtung Festland. Eine schwarzgraue Wolkendecke zog zur Insel. Ab da war der Himmel nur von orangeroten Wolken unterbrochen. Er wusste nicht, ob sie den nächsten Tag erleben würden. Stimmengewirr und laute Geräusche unterbrachen ihn in seinen Gedanken. Er drehte sich um und sah Menschen in Panik in seine Richtung rennen. Dann erkannte er, weshalb. Zwei brennende Hubschrauber setzten zur Landung an. Ein Dritter stürzte ab und explodierte. Es waren die vermissten Helikopter. Wie aus dem Nichts tauchten eine Silber glänzende Kreatur und eine Frau mit weißen Flügeln auf, brachten die beiden Maschinen sicher zu Boden und holten in Windeseile die Menschen aus den brennenden Wracks. Ein Löschzug kümmerte sich um die Brandbekämpfung. Die Piloten und die Passagiere hatten nur leichte Brandverletzungen und Rauchvergiftungen. Kröger ließ alle in den Sanitätsbereich bringen. Dann kamen die Retter auf ihn zu. Viele der Anwesenden bekamen den Mund nicht mehr zu vor Staunen. Tara verschlang nervös das nächste Stück Pizza.

„Baff iff ffo Aba müch oginol.", sagte sie kauend. Ihre Tochter hatte alles mitbekommen und stand sprachlos neben ihr.

„Was ist das?", fragte sie und zeigte auf die silberne Kreatur, die sich in einen Mann verwandelte und die Frau, deren Flügel spurlos in ihrem Rücken verschwanden.

„Wir sind nur die Vorhaut ... äh ... Vorhut. Das ist Ariel und ich bin Caldor.", stellte der Hüne die Frau und sich vor.

„Sowas gibt es doch nur in Science-Fiction Filmen.", stammelte Taras Tochter. Der Hüne sah den Engel an.

„Bei jedem Mal, wo ich diese Äußerung höre, bekomme ich Zweifel ob ich echt bin.", murmelte er.

„Das gibt sich mit der Zeit.", erwiderte die Blondine.

„Nein Bianca, das hier ist echt.", sagte die Telefonistin erstaunt und zupfte an dem Jackenärmel der blonden Frau.

„Und ich erst.", erklang eine Stimme aus dem nichts. Dann erschien eine, von goldenen Blitzen umgebene, Nebelwolke die sich langsam auflöste. Eine schwarzhaarige Frau mit einem weißen Leinenkleid und einer Isiskrone stand auf der Wiese im kniehohen Gras. Fliegen umschwirrten sie. Sie sah an sich herab und ballte ihre Hände zu Fäusten, schaute nach oben und rollte zähneknirschend mit den Augen.

„So eine Scheiße!", fluchte sie. Caldor kam zu ihr und begutachtete den Boden unter ihren Füßen. Er schmunzelte und sagte:

„Goldrichtig mein Schatz." Er konnte es sich nicht verkneifen zu stänkern.

„Gab es in deiner Welt keine Kühe?" Sie sah ihn mit funkelnden Augen an.

„Doch! Auf dem Teller! Das habt bestimmt du und Myrddin ausgeheckt!"

„Meine Liebe, du suchst doch nicht etwa schon wieder einen schuldigen?", legte er nach.

„Männer!", fauchte sie und stapfte beleidigt wie ein Storch im Salat durch das hohe Gras zu dem zwei Meter entfernten Betonboden.

„Und wer ist diese Dame?", fragte Hauptmann Kröger.

„Auch wenn ihr Auftritt nicht gerade götterhaft war, das ist Bastet, die Katzengöttin des alten Ägyptens.", antwortete Caldor. Einige der herumstehenden Menschen lachten, andere fielen auf die Knie und zollten ihr Respekt. Es waren vorwiegend Männer aus dem orientalischen Raum. Bastets Augen leuchten schlagartig grün und ihre Miene verfinsterte sich. Der Hüne griff sie am Arm und sagte mahnend:

„Wo hast du deinen Humor gelassen? Vor zwanzig Jahren warst du deutlich gelassener. Denk mal zurück an Johann, Yanara ... Erinnere dich, wie viel Spaß wir trotz trauriger Momente hatten. Im Übrigen glauben sie hier seit ungefähr zweitausend Jahren nicht mehr an die alten Götter. Aber ... Asmodeus kommt bald. Dann kannst dich an seinen Schergen austoben." Sie schaute ihn mit großen Augen an.

„Echt jetzt?"

Er nickte.

„Dann muss ich das ändern!", sagte sie ernst.

Caldor schüttelte mit dem Kopf.

„Nein! Weder hier, noch heute, noch irgendwann."

„Och menno.", murmelte sie mit gesenktem Kopf und trat einen Kieselstein davon. Nach ein paar Minuten des Schweigens schaute Bastet Caldor in die Augen.

„Darf ich mir hier ein kleines Imperium aufbauen?", fragte sie frech grinsend. Dieses Grinsen erinnerte ihn an Sarah. Jetzt wusste er genau, woher das Mädchen das hatte.

Er war skeptisch und ihre Idee gefiel ihm nicht. Sie zeigte mit Daumen und Zeigefinger circa zwei Zentimeter.

„Nur ein klitzekleines?"

„Warum wollt ihr Götter eigentlich immer eine Machtposition aufbauen? Und ... wofür soll das gut sein?", fragte er misstrauisch.

„Na überleg doch mal. Du hast eben gesagt, dieser Miesepeter aus der Hölle kommt zu Besuch. Dir ist hoffentlich klar, dass Höllenkreaturen Angst vor Katzen haben?", antwortete sie schelmisch.

„Oh man, jetzt weiß ich definitiv das Sarah von dir abstammt."

„Was? Wer ist Sarah?", fragte sie neugierig. Caldor rieb sich am Kinn.

„Sie hatte auch immer total schräge Einfälle. Deine Tochter dieser Realität und Jonas hatten ein Kind, ein Mädchen. Beide wurden von Alenya, Asmodeus Tochter, getötet.", antwortete er geknickt.

„Was?", wollte sie wissen und fuhr fort.

„Hier lebt sie noch? In Terrastone wurde sie von Delia vernichtet."

„Man könnte glauben, sie ist nicht totzukriegen. Die kommt ständig wieder und scheint von mal zu mal stärker zu sein.", sagte er zähneknirschend. In Terrastone hatte ihre Tochter kein Kind. Der Gedanke machte sie traurig, aber auch wissbegierig.

„Wie war Sarah denn so? Erzähl mir von ihr.", sagte sie. Er nahm ihre Hand und sie spazierten über die Wiese. Bastet achtete aufmerksam darauf, wo sie hintrat.

„Sie war wunderschön. Sie glich Yasmina bis aufs Haar. Die beiden wären jederzeit als Zwillinge durchgegangen. Sie war mutig, kämpferisch, frech. Kurz gesagt, wie ihre Mutter. Du hättest sie geliebt.", antwortete er lächelnd.

„Aber du solltest besser Jonas fragen, er zog sie mit Ariels Hilfe groß." Bastet suchte sich eine saubere Stelle, in die sie sich im Schneidersitz setzte. Sie nahm eine meditative Haltung ein. Ihr Körper schwebte in dieser Pose circa einen halben Meter über dem Boden. In einer alten Sprache, die er schon seit Jahrtausenden nicht mehr vernommen hatte, sagte sie Formeln auf. Es war eine altägyptische Beschwörung. Nach ein paar Minuten schlug sie die Augen auf, schwebte etwas höher und klappte dann die Beine auseinander, bis sie wieder auf festem Boden stand.

„So, der Grundstein für mein Imperium ist gesetzt.", sagte sie lächelnd. Sie spazierten zurück zu den Menschen. In der Zwischenzeit hatte sich einiges getan. Eine kleine Zeltstadt war entstanden.

„Eines möchte ich gerne noch wissen. Wie seid ihr eigentlich in unsere Welt gelangt?", fragte Caldor.

„Eine dunkle Macht, angeführt von Ariel, griff die Menschen an und vernichtete alles. Am Ende gab es nur noch wenig bewohnbare Flecken Erde. Bei uns sah Ariel ganz anders aus, als eure blonde da. Von der hier geht gar nichts Bösartiges aus."

„Weil sie nicht bösartig ist. Sie hat vielen Menschen das Leben gerettet.", erwiderte er.

„Naja, jedenfalls sie und Mia wollten die Weltherrschaft an sich reißen und die Menschheit unterdrücken. Als sie damit keinen Erfolg hatten, manipulierten sie die Menschen und lösten damit einen Atomkrieg aus, der nahezu alles vernichtete. Einer Handvoll Widersachern und Menschen gelang es, zu fliehen, aber hier kamen nur Yasmina und ich an. Die anderen sind irgendwo auf dem Weg verloren gegangen.", erklärte sie traurig.

„Myrddin sagte uns, dass alle Realitäten in Avalon zusammen laufen würden. Er schloss daraufhin den Zugang zu dieser Welt für immer. Es ist bedauerlich, dass so viele zurückbleiben mussten oder den Weg nicht mehr rechtzeitig fanden.", fügte sie hinzu.

„Ich habe da eine Idee. Wir müssen nur das passende Portal öffnen.", warf Caldor ein.

„Das könnte ein Problem werden, denn auf unserer Flucht habe ich alle bestehenden Portale zerstört."

16. EINE GEFÄHRLICHE REISE

„Wenn Jonas nicht bald zurückkommt, ist er verloren.", murmelte Pierre, der mit dem Fernglas die Gegend nach seinem Freund absuchte.

„Mach dir keine Sorgen. Er ist in guten Händen.", sagte Myrddin wissend. Er spielte damit auf Delia an, die dem Ex-Polizisten und Yasmina gefolgt ist. Der Magier schaute in den Innenhof der Komturei. Die letzten LKW wurden soeben beladen. Die Busse mit den Menschen waren schon in Richtung der Ostseeinsel unterwegs.

„Wo bleibt er nur?", fragte der Abbé besorgt. Er hatte Angst, dass Jonas mit dem defekten Gespann verunglückt sei. Ihm brannte auch noch eine andere Frage auf der Zunge.

„Wo sind eigentlich Caldor und Bastet abgeblieben? Sind die in irgendeinem Zimmer verschwunden?"

„Nein, mit dem letzten Funken Magie, der uns zur Verfügung stand, haben wir die beiden auf die Insel teleportiert."

„Wer ist wir?"

„Ariel hat von außen nachgeholfen." Dann wechselte der alte Magier das Thema.

„Da!" Myrddin zeige auf eine kleine Staubwolke, die sich aus der Ferne der Komturei näherte. Pierre folgte mit dem Fernglas der angegebenen Richtung. Es kamen ein paar Fahrzeuge und über denen kreiste ein geflügeltes Wesen. Um Genaueres zu erkennen, waren sie aber zu weit entfernt.

„Los mein Junge, wir müssen nach unten, sonst kommen wir hier nicht mehr so einfach weg.", sagte Myrddin. Gemeinsam schritten sie die Wendeltreppe des Turms hinunter. Im Innenhof kam ihnen ein Templer entgegen.

„Abbé, Herr Drake ist zurück.", meldete er freudestrahlend.

„Und er ist nicht allein.", fügte er hinzu. Myrddin und Pierre sahen sich an und folgten dem Templer zum Haupttor. Vor den Ankömmlingen und Fahrzeugen landete eine schwarzhaarige Frau mit Drachenflügeln. Lächelnd kam sie auf den Magier zu.

„Es ist uns geglückt, Meister. Wir haben sie.", meldete sie stolz und zeigte auf den Konvoi. Das erste Fahrzeug war ein alter Dodge Pick-up mit einem angekuppelten Trailer. Darauf stand die BMW R75 von Pierre. Sie war sogar vollständig und heil. Der Abbé schaute verwundert das Gespann an.

„Gott sei Dank ist dir nichts passiert.", sagte er zu Jonas, der aus dem Dodge ausstieg. Er sah den Ex-Kommissar ungläubig an.

„Sag mal, warst du mal schnell beim Frisör, oder was?", fragte er. Jonas hatte zum größten Teil seine normale Haarfarbe zurück. An den Schläfen hatte er ein paar graue Strähnen, ansonsten war wieder alles dunkelblond. Sein Gesicht war ebenfalls verjüngt und er sah zufrieden aus.

„Hättest mir ja wenigstens vorher sagen können, dass der Hobel keine Bremsen hat.", begrüßte er den Templer vorwurfsvoll.

„Weist du einen Plünderer vorher auf Mängel am Diebesgut hin?", antwortete er lachend. Er sah sich seinen Freund genau an.

„Man, du siehst ja echt wieder frisch aus. Wie hast du das gemacht?"

„Du glaubst gar nicht, was poppen alles bewirken kann.", warf Yasmina frech grinsend ein, die hinter dem ehemaligen Polizisten auftauchte. Zwischen den Fahrzeugen tauchten weitere bekannte Gesichter auf, die Pierre durchaus vertraut waren.

„Sieh mal, wenn wir noch so aufgegabelt haben.", sagte Jonas. Mia rannte den Mann fast um und war nicht zu bremsen.

„Großvater.", rief sie und schmiss den Professor um Haaresbreite vor Freude zu Boden. Yakup Melek, Nick Hübner, Julia Braun ein bärtiger Mann mit Gehstock, der einen fast bodenlangen Ledermantel trug und einen Rollstuhl schob, in dem eine ihnen optisch bekannte rothaarige Frau saß, kamen zwischen den Fahrzeugen hervor. Pierre griff zu seiner Pistole, doch Myrddin hielt ihn zurück. Yasmina erklärte dem Ordensritter, was passiert war.

„Das ist Anya. Sie ist eine weiße Hexe. Glaube mir. Sie wird keinem etwas antun." Die Ägypterin holte tief Luft und fuhr dann fort.

„Die Menschen und Wesen unserer und dieser Welt, beziehungsweise dieser Realität könnten nicht entgegengesetzter sein. Entweder sind die Charaktere oder die Schicksale unterschiedlich. Wir müssen uns damit abfinden. Zum Glück können wir sie anhand von Merkmalen unterscheiden."

Myrddin sah sich Anya genau an:

„Und wie bist du hierhergekommen?"

Sie lächelte.

„Das war echt komisch. In meiner Welt hatte ich zu Hause einen riesigen Spiegel, der anfing zu flimmern. Ich streckte die Hand aus und tauchte ein. Dann wurde ich hindurch gerissen und stand in einem leeren Möbelhaus. Nicht mal behindertengerecht der Saftladen. Hab da mit einer Treppe diskutiert und den Kürzeren gezogen. Wären John und die Jungs nicht da gewesen, würde ich da jetzt noch liegen.", erklärte sie und rieb sich ihren Oberarm. Sie sah den Mann mit dem Gehstock dankbar an und lächelte. Sie nahm seine Hand, die auf ihrer Schulter ruhte.

Yasmina hatte die beiden, seitdem sie sie gefunden hatten, genau beobachtet. Obwohl sie sich erst seit kurzem kannten, schien sich da etwas anzubahnen. Die Ägypterin lächelte. Ihrer Meinung nach ergaben die beiden ein tolles Paar.

Nick schaute sich hektisch um und wurde scheinbar nervös.

„Wo ist Ariel? Ist mit ihr alles in Ordnung?", fragte er. Myrddin antwortete:

„Sie ist mit Caldor und Bastet nach Schleswig, um dort die Menschen zu evakuieren. Und wenn wir uns jetzt nicht langsam beeilen, stecken wir tierisch in der Tinte."

„Ist alles verstaut und organisiert?", fragte Jonas.

„Die Busse mit den Flüchtlingen und Templern sind vor drei Stunden abgefahren. Sie haben Soldaten und einige von Pierres bewaffneten Brüdern als Eskorte.", gab der alte Magier zurück.

„Okay, alle zu den Fahrzeugen!", rief der Ex-Kommissar.

„Abfahrt ist in zehn Minuten!" Delia tauchte neben Jonas auf und zupfte ihm an der Jacke.

„Fährst du an der Spitze?"

„Ja. Ich nehme Yasmina, Johann, Mia, Yakup und Nick mit.", die Dämonin nickte.

„Ich übernehme die Vorhut.", sagte sie und breitete ihre Flügel für den Start aus, da sprach Yasminas Mann sie erneut an.

„Danke für die Rettung vorhin. Ohne dich hätte es übel ausgesehen." Sie zwinkerte ihm mit einem Auge zu, lächelte und hob ab.

„Sei vorsichtig.", rief er ihr hinterher.

„Welche Rettung? Was war da los?", fragte Pierre neugierig.

„Erzähl ich dir später. Jetzt müssen wir los.", sagte er und stieg in den Dodge Pick-Up.

Die Fahrt zog sich in die Länge, da es nicht möglich war, schneller als sechzig Stundenkilometer zu fahren. Die Straßen waren mit ausgebrannten Autowracks, Leichen und umgestürzten, verkohlten Bäumen übersät. Den meisten Hindernissen konnten sie ausweichen. Mit Glück würden sie ihr Ziel in vier Stunden erreichen. Jonas bemerkte einen Schatten, der aus einer an die Straße angrenzenden Baumgruppe herauskam und ihm wild winkend vors Auto lief. Er bremste abrupt und stieg aus. Trotz der Gesamtsituation, die alle erlebten, war er wütend.

„Sagen Sie mal, sind Sie lebensmüde? Ich hätte Sie beinahe überfahren!"

Die Frau fauchte und sprang wie eine Furie auf ihn zu. Bevor sie Jonas erreichen konnte, hörte er ein Rauschen, welches sich von oben näherte. Schneller als er es fassen konnte, stand die Frau ohne Kopf da und kippte nach hinten. Delia landete direkt neben dem Körper mit dem abgerissenen Schädel, den sie an den Haaren festhielt. Die Augen und der Mund waren weit geöffnet und lange Fangzähne lugten unter der Oberlippe hervor. Dann ließ die schwarzhaarige Dämonin den Kopf fallen. Mit einem dumpfen Geräusch landete er genau neben der Leiche.

„Sie war ein Vampir.", sagte sie. Jonas konnte es nicht fassen. Ein weiteres Wesen, welches er bis jetzt nur aus Filmen und Romanen kannte. Er sah in Delias schwarze Augen. Sie lächelte ihn an.

„Pass auf süßer, hier kreuchen womöglich mehr von diesen Monstern herum. Wer weiß, was Asmodeus so alles aufgefahren hat." Sie sah sich um, fand aber nichts Auffälliges.

„Na hoffentlich kommen nicht auch noch die Kuschelwauzis mit den Bernsteinaugen.", gab er von sich. Denn auf Werwölfe hatte er keinen Bock. Er rechnete nicht damit, dass die dann so friedlich waren wie Chrissys Rudel, von dem ihm ein Kommissar im Ruhestand berichtet hatte. Er fragte sich, was ihnen noch alles begegnen würde.

„Setz dich wieder rein und fahr weiter. Solltest dir erneut etwas vors Auto laufen, halte drauf, der Wagen kann das ab.", sagte sie und hob ab. Er schaute Delia hinterher. Dank des anhaltenden Dämmerlichts war genug zu erkennen. Er ging zurück zum Dodge und ließ den Motor an. Der schwere V8 brabbelte dumpf vor sich hin.

„Was war das denn für eine Aktion?", fragte Yakup, dem übel war von dem, was er eben gesehen hatte.

„Das war ein Nackenbeissser. Delia hat mich gewarnt. Es ist nicht auszuschließen, dass hier mehr von denen herumstreunen. Also wundert euch nicht, wenn ich bei der nächsten Bewegung einfach nur draufhalte.", sagte er, legte den Wählhebel der Lenkradautomatik auf D und fuhr los.

Einer der Soldaten, die an der Fehmarnsundbrücke Wache schoben, erstattete Hauptmann Kröger Meldung. Auf das streng militärische Protokoll verzichtete der Offizier.

„Herr Hauptmann, der Vorposten am anderen Ende der Brücke hat gemeldet, dass sich mehrere Busse nähern, begleitet von Geländewagen und zwei Polizeifahrzeugen."

„Ziehen Sie die dritte Kompanie zusammen und überprüfen Sie sehr genau." Kröger drehte sich zu Caldor um.

„Würden Sie meinen Männern dabei behilflich sein?" Der Formwandler nickte und schloss sich den Soldaten an. Ariel und Bastet folgten ihnen. Sie ließen die Absperrung hinter sich und marschierten den knappen Kilometer Strecke bis zur Hauptsperre. Caldor sah sich um und war entsetzt, was für Waffen die Menschen zur Auswahl hatten, um sich zu verteidigen. Maschinengewehre, Haubitzen, sogar vier Panzer waren postiert. Er verwandelte sich in den silbernen Hünen und wieder folgten ihm die überraschten Blicke der Soldaten.

Ein Hauptgefreiter stoppte den Konvoi. Einige der Fahrzeuge waren schwer beschädigt. Ein Templer in schwarzer Panzerung verließ einen der Geländewagen und kam auf Caldor und seine Begleiter zu. Er nahm seinen Helm ab.

„Gott sei Dank haben wir euch endlich gefunden.", sagte Bruder Raul erleichtert. Er gab dem Dämon zur Begrüßung die Hand.

„Ein paar von uns hatten weniger Glück. Wir wurden von Vampiren angegriffen und haben zwei Busse verloren.", ergänzte er.

„Was ist mit Abbé Pierre, Myrddin und den anderen?", fragte der silberne Hüne.

„Keine Ahnung. Jonas ist mit dem Motorrad nach Itzehoe gefahren und Yasmina ist ihm gefolgt. Myrddin gab uns die Anweisung loszufahren. Bis zu unserer Abfahrt waren sie noch nicht zurück.", antwortete er. Aus dem ersten Bus stieg ein alter Mann mit weißen Haaren aus. Es war Pater Benedict Pistorius. Er kam sofort auf den Dämon zu und während er voranschritt, verwandelte er sich in einen Mann mit langem grauweißem Bart, gekleidet mit einem schwarzen Kapuzenmantel. In seiner Hand materialisierte sich ein knorriger mannshoher Wanderstab, der an der Spitze einen gelbleuchtenden Kristall beherbergte. Der Mann sah Myrddin äußerst ähnlich.

„Wer seid ihr wirklich, Benedict?", fragte Caldor.

„Mein Name ist Lucius und ich bin wie Myrddin ein Druide und Magier. Er schickte mich voraus, um aus dieser Insel eine Festung zu machen. Aber zuerst müssen wir die Menschen in den Autos in Sicherheit bringen.", antwortete er. Caldor drehte sich zu den Soldaten um und gab das Zeichen für die Öffnung der Sperre. Flankiert von den bewaffneten Männern setzte der Konvoi im Schritttempo die Fahrt über die lange Brücke zur Insel fort.

Lucius inspizierte das Eiland. Auf einem Tisch formte er mit seinen Fähigkeiten aus Sand ein dreidimensionales Abbild, welches Ortschaften und die Straßen beinhaltete. Ein kleines Diorama. Er deutete auf die Stadt Burg.

„Dort werde ich die Festung errichten. Die Menschen aus den umliegenden Behausungen müssen dorthin verbracht werden.", sagte er.
Hauptmann Kröger räusperte sich.

„Die meisten, die sich auf der Insel aufhielten, haben sich mit den Fähren Richtung Dänemark und Schweden abgesetzt. Nur alte und kranke Menschen, die die Strapazen einer Flucht nicht mehr durchhalten würden, sind geblieben.", äußerte er sich.

„Das war ein Fehler von ihnen. Dann sammeln Sie die übrigen Bewohner und die Tiere ein und bringen Sie sie nach Burg."

„Warum? Ist es hier denn dauerhaft sicherer?"

„Ich weiß nicht, ob es von Dauer sein wird. Aber egal weshalb, diese Insel ist nicht mit einer Blockade gegen unsere übernatürlichen Kräfte belegt. Hier ist scheinbar der einzige Flecken Erde, auf dem die Sonne scheint.", antwortete Lucius und fuhr fort.

„Diesen Umstand müssen wir nutzen und dafür sorgen, dass es so bleibt."

Caldor und Bastet hatten den Dialog aufmerksam verfolgt und der Dämon war beunruhigt.

„Heißt das etwa die anderen sind schutzlos auf dem Weg hierher?", fragte er den Magier.

„Leider ja, sonst hätten Myrddin und Yasmina schon dafür gesorgt, dass alle hier sind." Der alte Mann holte tief Luft und schaute traurig in die Runde.

„Möge Gott ihnen helfen.", sagte Kröger leise.

„Da setzen Sie auf das falsche Pferd. Der hilft nur denen, die sich selbst helfen.", erwiderte Lucius zähneknirschend.

„... und das auch nur, wenn er mal Lust dazu hat.", fügte er leise hinzu.

Johann, Mia, Yakup und Nick schliefen auf den hinteren Sitzen und gaben ein Schnarchkonzert. Durch die lauten Geräusche genervt rollten Jonas und Yasmina mit den Augen. Er durchfuhr ein Schlagloch und die drei auf der Rücksitzbank wurden ordentlich durchgeschüttelt, aber keiner von ihnen wachte auf. Sie waren zu erschöpft von den Ereignissen vor der Abfahrt. Nur das Schnarchen wurde kurz unterbrochen.

„Ich habe es versucht.", sagte Jonas leise zu der Ägypterin und schmunzelte. Sie rutschte auf der Sitzbank zu ihm rüber und lehnte ihren Kopf an seine Schulter.

„Wie war mein anderes ich in dieser Welt?", fragte sie und sah zu ihm hoch.

„Lieb, einfühlsam, scharf wie Chili." Sie knuffte ihm in die Rippen und unkte vorwurfsvoll:

„Soll das heißen, ich bin langweilig?"

„Keineswegs." Er überlegte einen Moment.

„Aber es ist ein komisches Gefühl. Es ist einerseits so, als würde ich sie betrügen, andererseits bin ich froh dich *wieder* zu haben."

Gib Gas Jonas, vor euch sind Vampire!, hörte er Delias Stimme in seinem Kopf.

Danke für den Tipp., gab er gedanklich zurück.

„Was ist los?" Yasmina merkte, dass etwas nicht stimmt.

„Vampire! Delia hat mir eine Warnung zukommen lassen.", antwortete er knapp und trat das Gaspedal bis zum Anschlag durch. Der Motor brüllte und der Wagen wurde vorwärts katapultiert. Die Hinterräder drehten durch und hinterließen schwarze Streifen auf dem Asphalt. Zwei Vampire standen auf der Straße. Sie waren sich ihrer Sache zu sicher, hatten aber die Rechnung ohne Jonas Kaltblütigkeit gegenüber Höllenkreaturen gemacht. Er fuhr gnadenlos auf sie zu. Es gab einen dumpfen Knall, als er die Blutsauger erfasste. Der Wagen hob etwas ab, als er die Untoten überrollte. Der Trailer mit dem Motorrad sprang und schlingerte nach dem aufsetzen. Im Außenspiegel sah er, wie die nachfolgenden Fahrzeuge ebenfalls über die beiden Nachtkreaturen fuhren.

„Zwei weniger!", knurrte er. In weiser Voraussicht nahm er nicht den Fuß vom Gaspedal, sondern hielt das Tempo. Es zahlte sich aus, denn einige hundert Meter entfernt lauerten die nächsten Blutsauger. Er fuhr diese ebenfalls über den Haufen. Die Geschwindigkeit haltend raste er weiter. Die anderen Fahrzeuge holten langsam auf. Nach einer langgezogenen, nicht einsehbaren Kurve versperrte ein brennender Bus die Straße. Es war einer von denen, die in der Komturei gestartet waren. Jonas legte eine Vollbremsung hin, der Pick-up stellte sich quer und der Trailer riss sich von der Kupplung. Wie ein Geschoss krachte der Anhänger mit Pierres Motorrad in das brennende Hindernis und schob jenes durch den Aufprall fast vollständig aus dem Weg. Die folgenden Autos fuhren an dem Wrack vorbei, um eine Kollision zu verhindern. Jonas sah im Rückspiegel vier blasse Gesichter mit weit aufgerissenen Augen.

„Na, alle wach?", fragte er frech grinsend. Yasmina schlug ihm auf die Schulter.

„Das war nicht witzig, mein Lieber!", maulte sie ihn an.

„Vielleicht nicht, aber das Schnarchen ist wenigstens vorbei.", antwortete er.

„Aber dank meines perfekten Bremsmanövers sind wir noch am Leben."

„... und Pierre wird es dir bestimmt ewig danken.", knurrte sie und deutete auf das mittlerweile ebenfalls in Flammen stehende Motorrad. Jonas verzog das Gesicht und hatte vor zu den anderen aufzuschließen, aber daraus wurde nichts. Sie waren von Vampiren umzingelt. Sie saßen in der Falle.

Lautlos hatten sie sich an den Pick-up angeschlichen. Keine der Personen in dem Auto hatte es bemerkt. Jetzt war es zu spät für sie. Zwölf dieser Kreaturen hatten das Fahrzeug umzingelt. Die Vampire lechzten nach dem Blut der Menschen.

Das Fenster auf der Fahrerseite senkte sich ein wenig und eine Pistole lugte hervor.

„Was soll das denn werden? Deine primitive Waffe kann uns nichts anhaben. Kommt, Brüder und Schwestern, das Buffet ist eröffnet.", sagte der Anführer kalt lächelnd und trat zwei Schritte auf das Auto zu. Er war Ende vierzig. Zumindest war er zum Zeitpunkt seiner Verwandlung in dem Alter.

„Schon bald werdet ihr zu uns gehören.", fuhr er siegessicher fort.

„Kann ich mir nicht vorstellen.", kam die Antwort aus dem alten Armeelaster.

Ein Knall, ein Mündungsblitz, ein dumpfes Klatschen. Die Kugel traf den Anführer in die Stirn und trat an der Rückseite des Kopfes wieder aus. Dann schlug sie in den Schädel des dahinterstehenden Vampirs ein. Beide wurden durch die Wucht der Einschläge umgeschmissen. Der

Mann zerfiel langsam zu Asche, nur ein Skelett mit Kleidung blieb zurück. Die getroffene Frau war scheinbar ein frisches Opfer, denn sie veränderte sich nicht.

„Das ist geweihtes Silber ihr Parasiten. Nur mal so als Anmerkung! Möchte noch jemand?", erklang die Stimme aus dem Auto erneut. Die Blutsauger wichen daraufhin alle etwas zurück. Sie trauten sich nicht näher an das Fahrzeug heran und blieben dort stehen. Die Gefahr war aber nicht vorbei.

Jonas erkannte einige der Blutsauger wieder. Es waren Flüchtlinge aus den umliegenden Dörfern von Tempeldorf, die in der Komturei Schutz gesucht hatten. Er fragte sich, wie viele von ihnen jetzt ebenfalls zu den Untoten gehörten. Er ließ den Wagen langsam anrollen. Die Vampire rührten sich nicht. Er trat das Gaspedal voll durch. Mit durchdrehenden Rädern brach das Heck aus und erwischte drei der Blutsauger, die durch die Wucht in die nahe gelegene Baumgruppe geschleudert wurden. Jonas lenkte gegen, um den Pick-up zu stabilisieren, und raste an dem brennenden Buswrack vorbei um zum Konvoi aufzuschließen.

„Ich dachte schon, es wäre aus mit uns.", sagte Yasmina erleichtert.

„Naja, noch ist es nicht vorbei.", antwortete der Ex-Polizist.

„Immerhin haben wir noch mindestens hundert Kilometer vor uns. Und ... die Tankanzeige steht kurz vor Reserve.", fügte er hinzu.

„Du sag mal, hat es etwas besonderes zu bedeuten, wenn die rothaarige Kröte auf der Ladefläche sitzt?", fragte Yakup beiläufig.

Jonas schaute in den Rückspiegel und sah die rotglühenden Augen Alenyas.

„Na großartig! Heute bleibt mir aber auch nichts erspart! Haltet euch fest!", antwortete er und warnte seine Freunde. Er trat voll auf die Bremse. Der Motor erstarb. Auf sowas nicht vorbereitet krachte Alenya mit dem Kopf gegen den Dachrahmen der Fahrerkabine. Das Knacken von brechenden Knochen hörte man sogar im Fahrzeuginneren. Das geflügelte Höllenweib wurde über die Kabine hinweggeschleudert und landete sich abrollend auf der Straße. Trotz des Dämmerlichts war es hell genug, um ihr durch den Aufprall deformiertes Gesicht zu erkennen.

„Autsch! Ob das wehgetan hat?", meinte Mia.

„Frag sie doch. Ich warte hier so lange.", antwortete Jonas ironisch.

„Och nöö, lass mal. Sieh lieber zu, dass du die Karre wieder anbekommst.", gab sie zurück. Er versuchte es mehrfach, aber der Wagen sprang nicht an.

„Links unter dem Armaturenbrett sind zwei Kippschalter. Lege sie um und versuch es dann noch mal.", rief Johann hinter ihm. Jonas folgte den Anweisungen des Professors und der mächtige V8 Motor brüllte auf. Der Ex-Polizist sah nach unten auf den Wagenboden und betätigte den kleinen Schalthebel auf der Mittelkonsole. Dann riss er den Wählhebel am Lenkrad auf D und fuhr los.

„Mal sehen wie dir das schmeckt du blöde Kuh!", brüllte er. Er überfuhr Alenya mit Vollgas. Sie wurde durch die Luft gewirbelt und blieb mit komplett gebrochenen Knochen auf der Straße liegen.

„Allrad ist doch was Feines, da wird so manche Bodenwelle zu einem Genuss.", sagte Jonas zufrieden grinsend.

„Was sind das eigentlich für Schalter?", fragte er Johann. Der lehnte sich nach vorn, schlug mit der flachen Hand auf das Armaturenbrett und eine weitere Tankanzeige leuchtete auf.

„Für die zweite Pumpe im Zusatztank.", grinste der alte Mann.

„Ich hoffe mal, dass die hundertzwanzig Liter bis zur Insel reichen.", fügte er hinzu.

„Bei seinem Fahrstil könnte es knapp werden.", merkte Yakup an.

„Ruhe da auf den billigen Plätzen!", meuterte Jonas.

„Wie ich euer Gezanke vermisst habe.", sagte Yasmina lächelnd.

„Waren wir in deiner Welt auch so?"

„Schlimmer mein Lieber, viel schlimmer."

„Ha! Meine Teuerste, nur mal so am Rande: Die beiden haben noch nicht einmal vorgeglüht.", äußerte sich Johann.

Alenya erhob sich und sah dem davonfahrenden Pick-up hinterher. Sie richtete ihre Gliedmaßen neu aus. Sie streckte ihre gebrochenen Arme und Beine aus. Es knackte und knirschte, als sich ihre Knochen neu sortierten. Ihre Körperhaltung wirkte abstrakt. Nach ein paar Minuten stand sie wieder da, als wäre ihr nichts passiert. Ihre Augen leuchteten rot.

„Erst heiß machen und dann stehen lassen? So nicht mein Süßer, so nicht.", flüsterte sie und erhob sich in die Lüfte.

Nach einer Stunde hatte Jonas den Konvoi eingeholt. Er überholte die Fahrzeugschlange und wollte vor dem Leitfahrzeug einscheren, da versperrte Alenya ihnen erneut den Weg. Mit über hundertzwanzig Stundenkilometern prallte er ungebremst gegen die Höllentochter, die abermals weggeschleudert wurde. Diesmal kam der Wagen aber nicht schadlos davon. Die Achse war gebrochen und die gesamte Front um die Hälfte kürzer. Der Pick-Up rollte noch ein paar Meter, bis der Motor mit einem Knall den Dienst quittierte. Dampf und Rauch stieg unter der hochstehenden Motorhaube auf.

„Man könnte echt denken, dass du was gegen die Frau hast.", sagte Yakup.

„Äh ... ist das so offensichtlich?", stellte er seinem Freund die Gegenfrage. Er sah sich um.

„Alles okay bei euch?", fragte er in die Runde.

„Ein bisschen durchgeschüttelt, aber sonst geht's.", bemerkte Mia für sich und ihren Großvater.

„Wenigstens nicht gerührt...", murmelte der Professor.

„Tja Johann. Tut mir leid um deinen Dodge, aber der fährt keinen Meter mehr." Jonas guckte durch die geborstene Windschutzscheibe auf die qualmende Front des Pick-ups. Sie stiegen aus dem Wrack und gingen zu den anderen Fahrzeugen, die gestoppt hatten. Der Ex-Kommissar erblickte einen neueren Dodge mit wuchtigen Reifen. Ein Monstrum aus Metall. Im Gegensatz zu dem alten Armeelaster hatte dieser allerdings keine Doppelkabine. Jonas grinste. Er forderte den Fahrer und seine Beifahrer auf das Auto zu verlassen. Dann verteilte er sie, Nick, Johann und Mia auf die anderen Fahrzeuge.

„Yasmina, Yakup, kommt. Wir müssen weiter." Er deutete in ihre Fahrtrichtung. Dort wurde der Himmel heller. Sie kamen ihrem Ziel näher. Er schaute auf seine Begleiterin und bemerkte ein Flimmern, das sie umgab. Sie sah daraufhin an sich herunter und war erstaunt. Ihre Kräfte kamen langsam zurück. Jetzt leuchtete es den beiden ein. Alenya hatte vor, sie an der Weiterfahrt zu hindern, um zu unterbinden, dass sie,

Mia und Myrddin ihre Kräfte zurückbekamen. Der alte Mann stieg aus einem der Geländewagen und spazierte zu Jonas und seinen Freunden, Mia schloss sich ihm an. Der Magier und die Hexe entdeckten, dass sie ihre Fähigkeiten ebenfalls wiedererlangten. Sie gingen zu Yasmina, bündelten ihre Macht und errichteten gemeinsam einen Schutzschild um die Fahrzeuge und die Überlebenden. Wie sich herausstellte im letzten Augenblick, denn überall öffneten sich brennende Portale, durch die Dämonen kamen. Der Anblick war grauenhaft. Halbverweste muskulöse Monster mit Flügeln, geifernden Mäulern und rotglühenden Augen sowie Zombies aus verschiedenen Epochen und weitere Schreckensgestalten traten aus den Portalen hervor. Alenya hatte Verstärkung erhalten. Sie schritt zwischen ihrer Armee raus und lachte siegessicher.

„Es gibt kein entkommen. Hier kommt ihr nicht mehr weg.", kündigte sie an. Dann fiel ihr Blick auf Yasmina und sie wirkte verunsichert.

„Wie oft muss ich dich denn noch vernichten, damit du endlich tot bleibst? Ich habe es genossen, deinen Ableger zu töten, und das wird bei dir genau so sein.", sagte sie verachtend.

Yasmina sah Jonas an und der schäumte vor Wut. Sie wusste von seinem Leiden der letzten Jahre durch den Tod derer, die er über alles liebte. Doch sie durften sich nicht verausgaben, denn ihre und die Kräfte ihrer Begleiter waren derzeit begrenzt. Alenya holte ihr Flammenschwert hervor und kam problemlos durch den Schutzschild, während ihre Untergebenen daran verbrannten und sich auflösten. Sie steuerte zielstrebig Yasmina an und hob ihr Schwert, um ihren Kopf zu spalten. Diese stand wehr- und reglos da und starrte auf die herab sausende Klinge. Wie aus dem Nichts tauchten knapp über dem Kopf der Ägypterin zwei gekreuzte Schwertklingen auf und blockten den Hieb der Höllentochter ab. Funken flogen. Ein wuchtiger Schlag gegen Alenyas Kopf ließ sie taumeln.

„Wenn sie du willst, musst du erst mal an uns vorbei!", brüllte Pierre und attackierte die geflügelte Rothaarige. Sie wich vor seinen Schwerthieben zurück, aber dann konterte sie.

„Geh zu den anderen und verschwindet von hier!", rief er Delia zu. Jetzt erkannte Alenya die zweite Person, die eingegriffen hatte und die von ihr so gehasste Ägypterin schützte.

„Verräterin!", schrie sie ihr nach. Myrddin, Mia, Yasmina, Jonas und Yakup verschwanden in einem Lichtkegel. Delia sprang hinterher, doch er schloss sich, bevor sie ihn erreichte.

„Meister!", rief sie, aber die Gefährten hörten den Ruf der schwarzhaarigen Dämonin nicht mehr. Alenya war unachtsam und irritiert.

„Meister?", fragte sie staunend. Pierre nutzte die Gelegenheit, schlug ihr das Schwert aus der Hand und hielt sie mit seiner Waffe in Schach. Sie wagte es nicht, sich zu rühren. Delia drehte sich enttäuscht um und kam auf Pierre zu. Sie richtete ihre Schwertklinge ebenfalls an Alenyas Hals. Kurzzeitig erloschen ihre roten Augen und nahmen eine braune Färbung an. Sie drehte sich langsam um und ging wortlos davon. Einer der Dämonen, die sie begleiteten, fragte sie:

„Was ist mit ihnen, sollen wir sie töten?" Alenya wandte sich in Pierres und Delias Richtung, sah die beiden an und antwortete.

„Nein! Sie sind bedeutungslos." Die rothaarige Teufelin drehte sich ein weiteres Mal um und starrte ihre Gegner an. Die Feuerportale öffneten sich und die Höllenwesen zogen sich zurück.

„Verstehst du das?", fragte der Templer die Dämonin, die ergriffen da stand. War da noch ein Funken Menschlichkeit in Alenya?

„Nein.", antwortete Delia abwesend. Nach einer kurzen Pause wandte sie sich dem Templer zu.

„Wo sind Myrddin und die anderen hin?"

„Keine Ahnung. Äh ... ich stehe gerade auf dem Schlauch. Wer ist dein ... Meister?"

„Myrddin.", antwortete sie traurig und senkte ihren Kopf. Pierres Beschützerinstinkt meldete sich und er nahm Delia tröstend in die Arme. Sie schauten dorthin, wo die Insel lag. In weiter Entfernung ging die Sonne auf.

Alenya kniete vor Asmodeus und erstattete Bericht.

„Der alte Mann, Yasmina Drake und die Hexe haben ihre Kräfte zu früh wieder erlangt. Sie verschwanden mit Yakup Melek und Jonas Drake an einen mir unbekannten Ort, unter Umständen in eine andere Dimension."

„Was? Yasmina Drake lebt? Wie kann das sein?", brüllte er tobend vor Wut.

„Bist du denn nicht einmal dazu fähig, einen Gegner endgültig aus dem Weg zu räumen?"

Asmodeus setzte sich wutschnaubend auf seinen Thron und beruhigte sich langsam. Alenya wagte es sich nicht, sich zu rühren.

„War Ariel bei ihnen?", fragte er sie. Er ließ sich Alenya gegenüber nicht anmerken, dass er sich vor dem Engel fürchtete.

„Nein, Vater. Aber Delia rief den anderen hinterher und nannte einen davon ‚Meister'. Ich ließ sie, den Templer und die übrigen Menschen am Leben. Vielleicht führen sie uns ja zu dem alten Mann und seinen Freunden.", antwortete sie. Die Dämonin rechnete mit dem Schlimmsten. Aber Asmodeus saß nur da und grübelte.

„Der alte Mann ist Myrddin.", sagte er leise. Er sah zu Alenya hinunter.

„Verdammt! Das bringt meinen Plan nun doch ins Wanken.", fluchte er und schlug mit der Faust auf die Lehne des Sitzmöbels.

Wann ist dieser Querulant erwacht?, dachte der Fürst der Finsternis. *Warum ausgerechnet jetzt?*

Er erhob sich von seinem Thron, schritt wortlos an Alenya vorbei und verließ seinen Audienzsaal. Zwei seiner Leibwächter folgten ihm. Er ging hinunter ins Verlies und blieb vor einer Zelle stehen. Er sah durch die große Gittertür. Im hinteren Ende des Kerkers kauerte eine nackte junge Frau mit schwarzen Haaren. Auf ihrer linken Brust hatte sie ein Pentakel-Tattoo und am rechten Unterschenkel ein Ankh. Asmodeus genoss den Anblick der nackten Frau in der Zelle. Und nur der Umstand, dass sie ihm gefiel, sorgte dafür, dass sie noch lebte und völlig unversehrt war.

„Du könntest zurück in deine Welt. Aber du müsstest mir dafür einen gefallen erweisen.", sagte er. Die junge Frau erhob sich und trat an die Zellentür. Sie sah den Höllenfürsten mit ihren silbergrauen Augen an. Er stierte ihren schweißglänzenden Körper lüstern an und fuhr fort.

„Du könntest dieser Hitze entkommen. Du musst nur zusagen."

„Was verlangt Ihr?", fragte sie kalt und emotionslos.

„Töte Delia und ihre Freunde, Vanessa!"

„Wie Ihr wünscht, mein Gebieter."

Myrddin, Mia, Yakup, Yasmina und Jonas waren orientierungslos. Totale Finsternis umgab sie. Keiner wagte, sich zu bewegen.
„Hat einer von euch ein Feuerzeug dabei?", fragte Yasmina leise.
Jonas kramte in seinen Manteltaschen.
„Ja, ich.", antwortete er und benutzte es. Im schwachen Schein der Flamme sah er eine Fackel und zündete sie an. Schnell wurde es etwas heller. Er sah sich um und entdeckte eine Pechrinne, in die er die brennende Fackel hielt. Zügig fanden die Flammen Nahrung und leuchteten einen langen Gang aus. Nach einigen Sekunden kam die Feuerschlange auf der gegenüberliegenden Seite zurück.
„Sind wir etwa wieder in der Komturei?", fragte der Ex-Kommissar in die Runde.
„Nein. Das hier ist etwas anderes, etwas älteres.", antwortete Myrddin geheimnisvoll. Er schritt den Gang entlang und die anderen folgten ihm, bis sie vor einem gut zwei Meter hohen Rundbogen standen. Sie betraten einen umfassend ausgeleuchteten Raum, in dessen Mitte sich ein steinerner Sarkophag befand. An der linken Wand lag ein verkrümmtes Skelett. Silberglänzende Gegenstände lugten unter den vor vielen Jahren verstorbenen Überresten des Menschen hervor. Yakup bückte sich und legte die am Boden liegenden Teile von den Knochen frei. Es waren sechs silberne Dolche mit eingravierten Symbolen. Er zeigte sie Myrddin und der erschrak.
„Das sind die Dolche des Lucius of Londinium, einem Bischof aus dem frühen 11. Jahrhundert.", sagte er leise.
„Und was soll uns das jetzt sagen?", fragte Jonas neugierig.
„Wir befinden uns unter dem ehemaligen Kildaring, dem heutigen Rochester."
Myrddin räusperte sich und flüsterte:
„Wir befinden uns im Grab von Alenya."

17. DUNKLE GEHEIMNISSE

Ostseeinsel Fehmarn

Vereinzelte Wolken schoben sich langsam am Vollmond vorbei und hauchten die Landschaft in fahles Licht. Aus dem Nebel erhob sich ein mit Fackeln und Pechschalen beleuchteter großer Tempel. Der altägyptische Bau wirkte bei diesen Lichtverhältnissen bedrohlich. Eine Allee von liegenden Katzenstatuen säumte den langen Weg von den zehn Meter hohen Obelisken bis hin zum Eingang des wuchtigen Gebäudes. Die Tempelanlage stand einem Original in Ägypten in nichts nach und wurde von einer hohen Mauer umrandet. Sie lag östlich der Bundesstraße 207, zwischen der Fehmarnsundbrücke und der Stadt Burg.
Bastet hatte sich ihr kleines Imperium errichtet. Mit Hilfe der Soldaten und Magie hatte sie die Anlage erbaut. Tausende von Katzen, unter ihnen auch aus Zoos entkommene Großkatzen, folgten ihrem Ruf und fanden sich in wachsender Anzahl in der heiligen Stätte ein. Auch wenn sie anfangs nur belächelt wurde und viele der Menschen dachten, es handle sich alles um einen fantastischen Scherz, wuchs der Respekt ihr gegenüber zunehmend. Ahmed, ein Flüchtling, der an die alten Götter glaubte,

hatte sich ihr angeschlossen und wurde von der Katzengöttin zum Oberpriester ernannt. Obwohl sie es bevorzugte Frauen als Priester einzusetzen und Tempeldienerinnen ihre Dienste verrichten zu lassen, hatte sie sich der Zeit angepasst und ließ ein solches von den Menschen freiwillig geschehen. Dieser Mann war ihr gegenüber äußerst loyal und seine Ergebenheit war unerschütterlich. Die Wachen wurden von Hauptmann Kröger abgestellt, die Bastets Kommando unterstanden.

Sie trug Ahmed auf, ihr einen Earl Grey mit Zitrone zu bringen. Caldor hatte ihr das Getränk vor zwanzig Jahren in Ägypten schmackhaft gemacht.

Sie saß auf ihrem Thron im Herzen des Tempels, als Caldor neben ihr in einer Nebelwolke erschien. Eine bunte Katze huschte über seine Füße und er schaute ihr hinterher.

„Hey du pelziger Rüpel, hier gilt rechts vor links.", rief er dem Vierbeiner nach und schmunzelte. Bastet erhob sich und umarmte ihn.

„Na mein Lieber, was treibt dich zu dieser Zeit zu mir?", fragte sie ihn mit glänzenden Augen. Er küsste seine Geliebte und antwortete.

„Lucius und Ariel brauchen unsere Hilfe bei der Planung und Durchführung der Stadtbefestigung. Er wollte den nördlichen Teil bis zum Morgengrauen gesichert haben."

„Haben wir noch ein bisschen Zeit für uns?"

„Später ja, jetzt müssen wir den beiden helfen. Wir wissen nicht, wann Asmodeus und Alenya angreifen und dann sollten wir vorbereitet sein." Das sah sie ein und nickte.

„Okay, dann lass uns los.", sagte sie, griff seine Hand und teleportierte sich zu Lucius und Ariel. In diesem Moment betrat Ahmed mit dem gewünschten Heißgetränk den Thronsaal der Göttin.

„Euer Tee meine...", sagte er und schaute sich um. Es war nichts zu sehen von seiner Gebieterin. Er zuckte mit den Schultern und trank den Tee alleine. Es war der Erste dieser Sorte, den er jemals genoss.

„Schmeckt gut.", sagte er begeistert. Über einer Feuerschale erschien in den Flammen das Gesicht seiner Herrin. Er erschrak.

„Das habe ich gesehen, mein Freund.", sagte sie und zwinkerte mit einem Auge, dann verschwand sie wieder. Obwohl sie nicht mehr zu sehen war, verneigte er sich und verließ den Thronsaal.

Nördlich von Petersdorf, Galgenberg, Fehmarn
Im Mittelalter war dieser Platz ein Ort des Todes. Ein künstlich aufgeschütteter Berg, auf dem jedoch nie ein Mensch gehängt wurde, sondern enthauptet. Im 15. Jahrhundert ließ der dänische Herrscher Erik VII hier zwei Drittel der Inselbevölkerung hinrichten. Die letzte Vollstreckung fand 1854 statt. Angeblich konnte man in windstillen Nächten das Schreien, Betteln und Flehen der Delinquenten von einst hören. Das fahle Mondlicht sickerte durch die Bäume und berührte den Boden, der aufbrach und schwefelig stinkenden Nebel entweichen ließ. In diesem Dunst materialisierten sich die Silhouetten einer blonden gehörnten Frau und zwei Dämonen. Der Boden schloss sich wieder und das weibliche Wesen ließ einen steinernen Opferaltar entstehen.

„Es wird Zeit, dass wir diesen Ort aufs Neue seiner Bestimmung zuführen.", sagte sie ihren Begleitern, die bestätigend nickten. Die Kreaturen sahen grässlich aus. Halb verweste, lebende Kadaver, die körperlich nur wenig Ähnlichkeit mit Menschen hatten. Tiefliegende, rotglühende Augen und geifernde mit Reißzähnen versehene Löcher, die nur entfernt an einen Mund erinnerten. Sie gingen Richtung Petersdorf, um ihre Aufgabe zu erfüllen, Menschen töten, um ihre Seelen dem Fürsten der Finsternis zuzuführen. Calandra hatte vor, dem Befehl ihres Vaters, wie sie ihn immer nannte, zu folgen. Sie versprach sich reichlich Opfer und keine Gegenwehr, denn es waren ja nur unwissende Menschen.

Im Thronsaal des Höllenfürsten

Den Kopf auf seine Faust gestützt grübelte Asmodeus. Er war beunruhigt, denn er spürte, dass etwas lang Verschollenes wiederentdeckt wurde. Eine Feuerwolke entstand neben seinem Thron und riss ihn aus seinen Gedanken.

„Du hast mich gerufen?", fragte Alenya, die aus der sich auflösenden Wolke schritt. Er sah sie ernst an.

„Ja, mein Kind. Eine Stätte des Todes, die ich schon lange vergessen hatte, wurde wieder entdeckt. Ich hatte geglaubt, dass sie seit Ewigkeiten zerstört und somit ungefährlich ist."

„Wovon redest du, Vater? Was für eine Stätte?"

„Der Platz deines Todes und deiner Wiedergeburt. Ich hatte sie damals zerstört, nachdem wir in Kildaring waren. Aber irgendwie muss es fehlgeschlagen sein. Jedenfalls wurde sie gefunden und somit die sechs silbernen Dolche, die dich damals in diesem Sarkophag hielten." Alenya überlegte und antwortete schließlich.

„Es weiß doch niemand, wofür die Dolche gut sind und selbst wenn, sie können mich nur fesseln, aber nicht vernichten. Wer sollte also mit den Dingern etwas anfangen können?"

„Mir fallen da spontan ein paar ein.", gab er grimmig zurück.

„Wer hat sie gefunden?", fragte sie lauernd.

„Ich habe keine Ahnung. Diese Erkenntnis blieb mir bis jetzt verborgen. Es ist, als läge ein Schleier über der Stätte, der eine klare Sicht verhindert."

„Ich werde mich darum kümmern und für Ordnung sorgen.", antwortete sie kalt.

„Nein, das wirst du nicht. Das ist zu gefährlich. Das verbiete ich dir!", grollte er bestimmend und schlug mit der Faust auf die Lehne seines Throns. Ein Donnern erscholl im Audienzsaal und die anwesenden Dämonen zuckten zusammen.

„Ich werde Calandra damit beauftragen, die Entdecker zu vernichten und die Dolche endgültig zu zerstören!" Asmodeus sah das als sein Schlusswort und erhob sich, um seinen Thronsaal zu verlassen.

Kildaring, unterhalb von Rochester, Schottland

Yakup, Yasmina, Jonas und Mia schauten Myrddin ungläubig an. Die junge Hexe schaute den alten Magier an und fragte:

„Was macht dich da so sicher, dass es Alenyas Grab ist und...wie kommen wir ausgerechnet hier her?" Myrddin überlegte eine Weile und antwortete leise.

„Die Dolche sprechen eine eigene Sprache und sind Beweis genug, dass dies Alenyas Grab ist." Er zeigte auf die Waffen in Yakups Händen.

„Außerdem ... sind sie einmalig.", murmelte er, als wisse er mehr, als er zugab.

Der große Türke schaute sich die antiken Stücke genauestens an. Jonas nahm ihm einen ab und begutachtete ihn.

„Die erinnern mich an die Dolche von Megiddo.", murmelte er.

„Nein, diese sind echt und uralt. Die Dolche von Megiddo sind eine Filmrequisite aus Hollywood.", antwortete Myrddin.

„Irgendeine fremde, nein, höhere Macht hat uns hierher gelenkt. Unsere Kräfte waren nur für einen Sprung ausreichend. Ich hatte uns nach Avalon geleitet, aber wie man sieht, dies ist definitiv nicht die Nebelinsel.", äußerte sich der Magier und fuhr fort.

„Wir sollten hier schleunigst verschwinden. Asmodeus wird mit Sicherheit bemerkt haben, was passiert ist. Wir müssen uns verbinden. Gebt euch die Hände und wir..." Er kam nicht mehr dazu, seinen Satz zu beenden, denn ohne Vorwarnung entstand ein Lichtkegel, der die Fünf verschluckte.

Kurz vor der Insel Fehmarn

Pierre und Delia hatten die Führung des Konvois übernommen. In Heiligenhafen fuhren sie auf die Bundesstraße 207 und folgten ihrem Verlauf. Sie mussten nur noch gut zehn Kilometer durchhalten, dann hatten sie es geschafft. Delia hatte sich in eine normale Frau verwandelt. Nur ihre Augen waren weiterhin tiefschwarz. Nachdenklich sah sie aus dem Fenster des mattschwarzen Dodge Ram, den Pierre fuhr. Je näher sie der Insel kamen, umso heller wurde es. Über den Feldern lag eine wabernde Nebelschicht. Delia erkannte die brennenden Überreste eines Dorfes. Wie ein leuchtender Schatten zog es vorbei. Es berührte sie zutiefst, wenn sie daran dachte, wie viele unschuldige Menschen der Machtgier Asmodeus und Alenya zum Opfer gefallen waren. Pierre riss sie aus ihren Gedanken.

„Du nanntest Myrddin vorhin deinen Meister. Das verwirrt mich. Wie passt das damit zusammen, dass du mit der Dämonenschar und diesen beiden Höllenweibern Tempeldorf angegriffen hast? Außerdem habe ich das Entsetzen in deinem Gesicht gesehen, als Alenya Sarah tötete. Hilf mir das zu verstehen ... bitte.", sagte Pierre mit sanfter Stimme. Delia war von der ruhigen und sanftmütigen Ausstrahlung des Tempelritters beeindruckt. Sie sah ihn an, senkte den Kopf und spielte nervös mit ihren Fingern, dann hob sie den Blick und schaute wieder aus dem Fenster.

„Vor vielen Jahrhunderten war ich eine keltische Kriegerin. In einer verheerenden Schlacht gegen die Römer mischte Asmodeus sich ein und sammelte alle im Kampf gefallenen Seelen ein. Myrddin spaltete meine in zwei Hälften. Den guten Teil rettete er, der böse wurde in die Armee der Finsternis aufgenommen. Asmodeus verhinderte, dass mein Körper vernichtet wurde, pflanzte mein böses ich ein, bildete mich aus und machte mich zu einer seiner Kampfmaschinen. Eines Tages erweckte er Alenya und behandelte mich von da an wie Abfall. Myrddin nutzte die Chance, entführte mich und gab mir meine Seele zurück. Geistig und charakterlich war ich wieder das Mädchen von damals. Er bildete mich aus und schickte mich zurück. Damit der finstere Bastard nichts davon mitbekam, überzog Myrddin meine Seele mit einem Schutzzauber, der mich vor den mentalen Antennen des Höllenfürsten verbarg. Erst vor kurzem fühlte ich mich stark genug, endlich meiner Bestimmung zu folgen und habe haushoch versagt." Sie schluchzte und fing an zu weinen. Pierre legte seine Hand auf ihre Schulter, die sie dankbar ergriff. Er war eine große Stütze für sie. Größer als er offenbar ahnte.

„Und deine Reaktion auf Sarahs Tod? Was ist da mit dir passiert?", fragte er.

„Zu gegebener Zeit wirst du *alles* erfahren.", antwortete sie geheimnisvoll.

Plötzlich durchfuhr ein Kribbeln ihren Körper, so als würden tausende winzige Nadeln ihre Haut durchstechen. Sie sah ängstlich an sich herunter und bemerkte zuerst, wie es anfing, unter ihrer Lederjacke zu leuchten. Sie schaute Pierre mit großen Augen hilfesuchend an, denn sie wusste nicht, was mit ihr geschah. Sie schrie vor Angst und riss sich das T-Shirt, welches sie unter der Jacke trug in Stücke und sah, wie ihr Körper überall zu leuchten begann. Pierre starrte auf den fast nackten Oberkörper der jungen Frau. Wie von Geisterhand entstanden leuchtende keltische Muster und Symbole auf ihrer Brust, dem Bauch, bis hinunter zum Schambein, welches von der Jeans verdeckt war. Das Leuchten drang durch die gesamte Kleidung. Die Motive entstanden am ganzen Körper. Dann erlosch das Licht und zurück blieben kräftige blauschwarze Tätowierungen auf blasser Haut. Delia beruhigte sich langsam wieder und lächelte. Sie hob ihre Hände leicht an und es bildeten sich blassblaue Lichtbälle in ihnen. Pierre verriss das Lenkrad und der Wagen geriet ins Schlingern. Die Lichtkugeln verschwanden und mit einer leichten Handbewegung brachte sie den Pick-Up wieder unter Kontrolle.

„Konzentrier dich besser auf die Straße, mein Lieber.", sagte sie mit einem Lächeln, dass er nie wieder vergessen würde. Es wirkte erleichtert, befreit, nahezu glücklich.

„Äh...und was war das jetzt?", fragte er sie immer noch verwirrt.

„Die nächste Phase meiner Wiedergeburt.", antwortete sie und lächelte ihn auf eine Art an, die er von ihr bis jetzt nicht kannte. Er konzentrierte sich wieder auf die Straße und sie fuhren dem Sonnenlicht entgegen.

Der Konvoi erreichte die Fehmarnsundbrücke. Einige Soldaten sicherten die Zufahrt zur Insel. Schwer bewaffnet standen sie da und erwarteten die Neuankömmlinge. Inmitten der Uniformierten materialisierte sich Caldor und gab das Signal zur Öffnung der Straße. Einer der Templer übernahm den Dodge, mit dem Pierre und Delia ankamen. Die beiden gingen auf den silbernen Dämon zu, der nun als Mensch vor ihnen stand.

„Delia? Bist du es wirklich?", fragte dieser.

„Jahaa.", antwortete sie breit grinsend. Er schaute auf ihren blanken Oberkörper, der aus der offenen Lederjacke hervorschaute.

„Du solltest deine Jacke schließen. Hier sind so einige, die schon lange keine nackten Brüste mehr gesehen haben."

„Och, ich kann mich zur Not auch wehren.", gab sie schnippisch zurück, verschloss aber ihre Jacke mit dem Reißverschluss.

„Pierre, alter Freund. Schön dass ihr endlich hier seid." Er schaute aufmerksam in jedes Fahrzeug welches durchfuhr und wurde immer unruhiger.

„Wo sind Jonas, Yasmina, Myrddin, Mia und Yakup?", fragte er besorgt.

„Die haben sich verkrümelt, nachdem er meine schöne R75 geschrottet hat.", gab der Templer gereizt zurück.

238

„Macht nix, dann klau ich dir halt eine neue.", sagte Caldor. Delia blieb abrupt stehen und flüsterte leise:

„Sie haben etwas Wichtiges entdeckt." Ein Flirren umgab die junge Frau und dann war sie verschwunden. Die Soldaten schauten verblüfft dahin, wo eben noch das Mädchen stand.

„Keine Sorge, sowas macht sie öfter.", beruhigte Pierre die sprachlos dastehenden bewaffneten Männer und marschierte mit Caldor und einigen der anderen über die Brücke dem Konvoi hinterher.

Hauptmann Kröger wurde über die Ankunft der Neuankömmlinge informiert und verließ das Kommandozelt, um sie zu begrüßen. Ein Mann in einer schwarzen Panzerung mit einem blutroten Tatzenkreuz auf der linken Schulter fiel ihm sofort ins Auge. Er erkannte den bärtigen Mann als Templer, wie sie hier schon zu hunderten herumspazierten. Er salutierte vor dem Ritter und reichte ihm die Hand.

„Sie müssen Pierre Rolland sein.", sagte er.

„Ja, gut erkannt.", antwortete dieser. Er deutete auf den Konvoi, aus dem Zivilisten, Templer und Soldaten ausstiegen.

„Das sind die letzten Überlebenden aus Tempeldorf und der Komturei."

Der Hauptmann rief nach einem seiner Untergebenen und gab die Anweisung die Neuankömmlinge zu den Verpflegungszelten zu bringen und sie mit Nahrung und Getränken zu versorgen. In diesem Moment erschien wie aus dem Nichts Bastet mit ihrem Diener. Ahmed trat vor und wollte gerade etwas sagen, da kam ihm seine Herrin zuvor.

„Pierre, wo sind meine Tochter, Jonas und die anderen?", fragte sie besorgt. Er verneigte sich.

„Ich habe keine Ahnung. Sie verschwanden in einem Lichtkegel, als Alenya uns umzingelt hatte."

„Komm mit, wir brauchen dein Wissen.", sagte sie, nahm den Templer an die Hand und verschwand in einer Nebelwolke. Ahmed sah den Hauptmann an.

„Keine Sorge, macht sie öfter.", äußerte er sich.

„Du mich bringen Tempel?", fragte er zaghaft in gebrochenem Deutsch.

„Warum nicht.", grummelte Kröger und zeigte auf einen VW-Iltis.

„Steigen Sie ein."

Lucius Lager, Burg auf Fehmarn

„Na schön, jetzt wo wir fast komplett sind, können wir ja weitermachen.", sagte Lucius. Er schaute in die Runde und vermisste seinen alten Freund Myrddin. Er guckte Anya skeptisch an.

„Was machst du hier? Du und dein Begleiter habt in dieser Runde nichts verloren." Sein Unterton klang bedrohlich. Bastet stellte sich neben die rothaarige Hexe im Rollstuhl.

„Und ob mein Freund. Sie ist für uns von großem Wert. Sie ist nicht das Böse dieser Welt, welches Ihr in ihr seht.", erklärte sie. Der alte Mann sah, wie ein paar Katzen in das Zelt schlichen. Zwei von ihnen sprangen auf den Schoss der rothaarigen Frau und kuschelten sich eng an sie heran und schnurrten.

„Wäre das möglich, wenn sie das Böse in Person wäre? Ihr wisst, dass Katzen feinfühlig sind und das Böse auf große Entfernung spüren können. Sie würden sich Anya nie so nähern, wenn von ihr eine Gefahr ausginge.", führte Bastet näher aus. John Craven legte Anya seine Hand auf ihre Schulter und beugte sich vor.

„Ich bleibe bei dir, hab keine Angst.", flüsterte er. Sie drehte ihren Kopf zu ihm und sah ihn dankbar an. Der noch immer misstrauische Lucius sah die Hexe verhasst an.

„Wir werden sehen, wir werden sehen.", brummte er.

„Warum bist du ihr gegenüber so feindselig?, fragte Ariel den alten Mann.

„Das hat seine Gründe.", antwortete er knapp und beendete damit das Gespräch.

Pierre war nicht wohl in dem Zelt. Ihm lag zu viel Wut und Hass in der Luft. Caldor, Ariel, Bastet und Anya merkten ihm sein Unbehagen an. In diesem Moment kam Delia zurück.

„Hab ich was verpasst ihr süßen?", fragte sie frech grinsend. Alle schauten die zierliche schwarzhaarige Frau mit offenem Mund an. So kannten sie die Dämonin gar nicht. Sie war nicht mehr das schüchterne Wesen, das sich immer zurückzog oder abseits stellte. Sie wirkte völlig verändert. Lag es daran, dass sie ihre Hörnchen und ihre Flügel verbarg?

„Äh...Leute.", versuchte Pierre die Stimmung aufzulockern.

„Was auch immer Delia vorher war, davon ist außer der Optik nichts mehr vorhanden." Er erinnerte sich an die Fahrt hierher und die Wandlung, die die junge Frau durchgemacht hat. Die Dämonin ging zielstrebig auf Anya zu, schnappte sich einen der Klappstühle, um ihr auf Augenhöhe zu begegnen. Die beiden Katzen auf dem Schoß der weißen Hexe schauten die Schwarzhaarige neugierig an und kuschelten nun auch mit ihr. Die Dämonin lächelte und streichelte die schnurrenden Vierbeiner, gab ihnen ein Küsschen auf die Stirn und wandte sich Anya zu. Sie sah ihr tief in die Augen.

„Denke an unsere erste Begegnung. Lass dich nicht entmutigen, egal was kommt. Wir sind zu größerem bestimmt." Anya erstarrte für einen kurzen Augenblick, dann lächelten beide. Ein kleiner Blitz zuckte zwischen ihnen schnell hin und her. Delia erhob sich und sah die anderen mit menschlichen braunen Augen an.

„Wo waren wir stehengeblieben?", fragte sie lächelnd.

Ein nicht enden wollendes Donnern erfüllte die Luft. Auf der Brücke und im Wasser schlugen unentwegt Feuerbälle ein. Die Soldaten auf dem Festland waren von der Insel abgeschnitten. Von überall kamen Dämonen und Höllenwesen. Dieser Abschnitt lag im Ausläufer des Dämmerlichts. Diesen Umstand nutzten die Vampire, um sich an den Menschen zu nähren. Der Gefreite Schlüter informierte den Leitstand über den Angriff. Dann setzte er sich auf eines der stationierten Kampffahrzeuge und schoss mit dem Maschinengewehr auf die angreifenden Monster. Es nützte nichts, sie wurden überrannt. Ein Vampirmädchen zog ihn vom Sitz des Panzerwagens und sah ihn an. Er schätzte sie auf achtzehn Jahre. Sie hatte eine schlanke Figur, wie die eines Models und kurze blonde Haare. Sie lächelte ihn an.

„Wehre dich nicht, dann ist es schnell vorbei.", flüsterte sie. Aus dem Oberkiefer wuchsen lange weiße Fangzähne. Ihre vorher blauen Augen leuchteten nun rot. Er zog seine Pistole und drückte der Vampirin den Lauf in den Bauch. Er schoss das ganze Magazin leer, aber das Mädchen war davon nicht wirklich beeindruckt. Beinahe zärtlich nahm sie ihm die Waffe aus der Hand und schmiss sie weg.

„Du gefällst mir. Du bist so ... entschlossen zu leben." Sie streichelte ihm über die Wange, dann drückte sie seinen Kopf zur Seite. Er fühlte kurz einen stechenden Schmerz an seinem Hals, hörte ihr schmatzen und spürte, wie sein Leben langsam seinen Körper verließ, mit jedem Schluck, den sie von seinem Blut trank. Er wurde schlaff und kraftlos, dann senkte sich ein dunkler Schleier über ihn. Das Mädchen ließ von ihm ab. Sie sah sich um und erkannte, dass der Kampf hier vorbei war. Die Menschen waren fast alle tot. Die Überlebenden wurden von den Dämonen in ihre Dimension verschleppt. Selbst die Vampire hatten sich zurückgezogen. Zurück blieben nur die Leichen und sie. Sie saß noch eine Weile bei ihrem Opfer und verabscheute sich selbst für ihre Tat, aber ihr Drang nach Blut war doch stärker als ihr Wille. Bis vor ein paar Tagen war sie noch ein ganz normales Mädchen, das mit ihren Freundinnen gerne shoppen ging und heute war sie ein blutsaugendes Monster, welches das Sonnenlicht scheute. Sie kam mit diesem Gedanken nicht klar. Sie hasste den Vampir, der sie zu einer Kreatur der Nacht machte dafür. Sie fasste den Plan, ihren Stiefvater zu vernichten. Allerdings nicht nur wegen der aufgezwungenen Verwandlung in einen Blutsauger, sondern auch für die ganzen Misshandlungen der letzten Jahre, die sie und ihre Schwester erleiden mussten.

Hauptmann Kröger und Caldor beobachteten das Gemetzel von der anderen Brückenseite aus. Durch den Feldstecher sah er, wie ein Mädchen über den Gefreiten Schlüter herfiel und ihn nach einer kurzen Weile dann sanft auf den Boden legte. So als hätte sie Respekt vor ihm. Er ließ das Mädchen nicht aus den Augen. Die anderen Bestien waren alle, wie sie da waren verschwunden. Nur die junge Frau blieb eine gefühlte Ewigkeit kniend neben Schlüter.

„Caldor, sagen Sie, gibt es auch gute Monster?", fragte er geschockt von dem, was er soeben gesehen hatte.

„Ja, aber eher selten. Ein starker Wille und eine Abkehr vom Bösen sind Grundvoraussetzungen dafür. Warum fragen Sie?"

„Naja...", Kröger sah betroffen zu Boden und deutete zur anderen Seite der Brücke.

„Der Gefreite Schlüter, ein Junge mit dem Herz am rechten Fleck, wurde eben von einem Vampir angefallen und getötet. Es sah so aus, als hätte das Wesen die Tat bereut." Caldor sah den Hauptmann irritiert an. Er nahm ihm den Feldstecher ab und schaute selbst durch. Er erblickte das Mädchen und erschauerte. So etwas hatte er das letzte Mal vor über eintausend Jahren gesehen. Der Dämon rief Ariel telepathisch herbei. Mit Anya und Delia im Schlepptau tauchte sie auf.

„Was gibt es?", fragte der Engel.

„Sieh selbst.", antwortete er. Die schwarzhaarige Dämonin nahm ihm das Fernglas weg und schaute durch, dann zupfte Anya an Delias Ärmel und sah sie vorwurfsvoll an.

„Und ich?", fragte sie. Sie nahm den Feldstecher in Empfang und sah ebenfalls auf die andere Seite der Brücke. Das Mädchen saß noch immer mit blutverschmiertem Gesicht neben dem jungen Mann, der sich zu bewegen anfing. Anya wurde blass, schloss die Augen und fuhr ihre mentalen Tentakel aus. Sie fühlte die Geistesströme der beiden Wesen auf der anderen Seite und zuckte zurück. Sie riss die Augen weit auf und wurde noch blasser.

„Was ist los mit dir?", fragte Delia besorgt und schüttelte die Hexe leicht.

„Das Mädchen...", stammelte sie.

„Ja was ist damit?", fragte die Dämonin hektisch. Anya sah sie groß an.

„Sie ist ein weißer Vampir!"

Hauptmann Kröger verstand nur Bahnhof und fragte die rothaarige Hexe.

„Äh ... nun mal langsam für die Nicht-Fachmänner zum Mitschreiben. Was ist ein weißer Vampir?"

„Weiße Vampire sind genau wie ihre finsteren Artgenossen von Blut abhängig. Viele von Ihnen haben ihren Blutdurst bereits hinter sich gelassen und ernähren sich ... vegetarisch könnte man sagen. Menschen fallen sie nur an, wenn sie keinen anderen Ausweg sehen. Sie übertragen genauso wie die ursprünglichen Vampire einen Keim, der ihr Opfer, wenn sie es am Leben lassen, zu einem der ihren werden lässt. Wenn sie Menschen anfallen, dann eher selten und auch nur *häppchenweise*."

„Was soll das mit dem *häppchenweise* bedeuten? Fressen die einen auf?" Anya lachte.

„Nein. Sie nehmen sich gerade so viel Blut, wie sie brauchen, um zu überleben. Und selbst das kommt äußerst selten vor. Das Mädchen da drüben ist erst vor kurzem gebissen worden. Sie hat einen sehr starken Überlebenswillen, sonst hätte sie nicht so gehandelt. Sie war scheinbar kurz davor zu verhungern. Außerdem ist sie bei dem Jungen geblieben, bis er erwacht. Das machen die anderen Vampire nicht."

Hauptmann Kröger war fassungslos. Vor einer Woche hatte er noch alles in dieser Richtung für Hirngespinste der Filmindustrie gehalten und jetzt war er mittendrin in einem Albtraum, der drohte seinen Verstand zu übersteigen. Nachdem er sich gefasst hatte, fragte er:

„Und was machen wir nun mit den beiden?"

„Einsammeln und schauen ob wir uns nicht geirrt haben.", sagte Ariel.

„Und wenn doch?", grummelte der Offizier.

„Das wird uns das Sonnenlicht zeigen.", erwiderte der Engel. Sie überlegte kurz.

„Es gibt da nur ein kleines Problem. Unsere Kräfte sind da drüben wahrscheinlich nicht mehr vorhanden. Ich käme da nicht mehr weg mit zweien im Schlepptau."

„Du nicht, ich schon.", warf Delia ein.

„Ja, stimmt. Du bist ja so ein Mittelding."

„Ich bevorzuge Hybrid. Das klingt netter.", sagte die Dämonin und löste sich auf.

Kröger schaute durch den Feldstecher und beobachtete, wie Delia mit dem Mädchen sprach. Es ging friedlich ab und die Blonde nickte. Schlüter stand langsam auf und wurde von den beiden Frauen gestützt, dann lösten die drei sich auf. Gerade noch rechtzeitig, denn im selben Moment tauchten diverse Dämonen an der Stelle auf, an der die drei sich eben noch aufhielten.

Die Luft hinter Hauptmann Kröger flirrte, eine Nebelwolke entstand und Delia erschien mit den beiden Vampiren. Zum Erstaunen aller hatten die zwei nur das Bedürfnis nach einer Sonnenbrille, da ihnen das

Sonnenlicht in den Augen schmerzen bereitete. Ariel zauberte welche herbei und gab sie den Jungvampiren.

„Gefreiter Schlüter, wie geht es Ihnen?", fragte der Offizier besorgt und skeptisch zugleich.

„Außer dass ich mich etwas blutleer fühle, geht es eigentlich.", gab er zitternd zurück. Ariel nahm das Mädchen beiseite.

„Sag mal, du kommst mir bekannt vor. Woher kenne ich dich?" Der blonde Teenager senkte den Blick und spielte nervös mit den Fingern.

„Ich war in Tempeldorf in der Komturei."

„Und wann wurdest du ... gebissen?" Ariel versuchte, so behutsam wie möglich mit dem Mädchen umzugehen.

„Kurz vor meiner Flucht aus Itzehoe. Mein Stiefvater ist über meine Schwester und mich hergefallen. Naja, das Ergebnis steht nun vor Ihnen.", antwortete sie zögernd. Ariel war geschockt. Das Mädchen war schon ein Vampir, während es sich in der Komturei aufgehalten hatte.

„Und wie hast du dich in der Zeit ernährt? Und ... gibt es noch mehr von euch?" Der Teenager schaute zum Meer und wirkte abwesend. Dann wandte sie sich wieder dem Engel zu.

„Gar nicht. Nur vorhin konnte ich es nicht mehr zurückhalten. Er erschien mir würdig, und den Rest erledigte mein unbändiger Hunger, obwohl ich es eigentlich gar nicht wollte." Sie legte eine kurze Pause ein und fuhr dann fort.

„Als Ihre Freundin uns geholt hat, habe ich gehofft, dass ich jetzt erlöst werde, obwohl ich mich an meinem *Erschaffer* rächen wollte. Wie kann es sein, das wir noch existieren?"

„Du bist ein weißer Vampir. Es ist sehr selten, dass einer durch einen normalen Vampir erschaffen wird. Dein Verstand muss das ausgelöst haben, ansonsten fällt mir keine Erklärung ein. Was wurde aus deiner Schwester und nochmals, gibt es mehr von euch?"

„Wir sind getrennt worden. Und ja, es gibt noch mehr, zumindest eine. Sie half uns, zu fliehen. Sie sagte, wir sollen uns nach Jonas Drake durchfragen und ihn finden. Er würde uns vielleicht helfen können."

„Und wer war sie, wie sah sie aus?" Das Mädchen zögerte und gab dann die Antwort.

„Es war eine schwarzhaarige schlanke Frau mit einer Pentakel-Täto-wierung auf der Brust. Sie hat mich bis zur Brücke begleitet und nannte sich Vanessa." Ariel wurde blass und war fassungslos.

In der Innenstadt von Burg hätte man denken können, dass die Ereignisse sich überall abspielten, nur nicht hier. Es herrschte ein nahezu alltägliches Treiben. Vorm Bistro Allegro saßen die Gäste und genossen Pizza, Pasta, Cappuccino und das schöne Wetter. Inmitten dieser Idylle platzte ein Lichtkegel, aus dem fünf Personen heraus stolperten. Die Menschen erschraken teils so heftig, dass einige schreiend davon rannten, andere starrten fasziniert auf das, was sich ihnen da gerade bot.

Ein bärtiger alter Mann mit Kapuzenmantel und einem hohen Wander-stock, der an der Spitze einen Kristall beherbergte, ein rothaariges Mäd-chen in einem dunkelgrünen Mittelalterkleid traten als erstes hervor. Darauf folgten eine junge Frau in einem fast durchsichtigen weißen Leinenkleid langen schwarzen Haaren und altägyptischen Schmuck sowie ein großer Türke und ein dunkelblonder Mann in schwarzer Kleidung und einem Kutschermantel. Ein Gast zückte geistesgegenwärtig sein Smartphone und filmte das Ereignis. Seine Freundin haute ihn an.

„Schatz, was machst du da?", fragte sie ihn.

„Das muss ich unbedingt auf Facebook posten.", gab er aufgeregt zurück. Da drehte sich der Mann im Kutschermantel zu den beiden um und sagte:

„Speicher es lieber ab. Der Empfang ist derzeit ... speicher es einfach ab." Er grinste und ergriff die Hand der Ägypterin.

„Schatz, wir müssen schnell zu den anderen."

„Und wie? Weißt du wo wir hier sind?" Sie sah sich um.

„Hier war ich schon mal. Wir sind in Burg." Er erspähte einen Dodge Pick-Up mit Doppelkabine, grinste über beide Ohren und stapfte zielstrebig auf den Wagen zu. Am Steuer saß ein glatzköpfiger bis zum Hals tätowierter Muskelberg. Jonas Drake hielt dem Fahrer kurz einen Ausweis vor das Gesicht.

„Polizeieinsatz! Ihr Auto ist beschlagnahmt!" Der Muskelberg stieg aus und machte sich vor Jonas breit.

„Was willst du nasses Handtuch von mir?", fragte er und haute dem Ex-Polizisten eine runter und der landete unsanft auf dem Boden.

„Der HVV ist hier nicht gültig du Depp.", maulte der Hüne. Jonas rieb sich sein lädiertes Kinn und in dem Moment tippte Yasmina dem Mann auf die Schulter. Der drehte sich um und ihm fielen fast die Augen aus dem Kopf. Ehe er sich versah, schickte ihn die zierliche Ägypterin mit einem wuchtigen rechten Haken zu Boden.

„Fass meinen Mann nicht an, du Rüpel!", sagte sie bissig. Dann drehte sie sich grinsend zu Jonas um und half ihm wieder auf die Beine.

„Das hat Spaß gemacht und tat nicht mal weh ... jedenfalls mir nicht." Weiter schelmisch grinsend stieg sie auf der Beifahrerseite des Dodge ein.

„Hey, Taxi gefällig?", fragte Jonas seine Begleiter. Sie stiegen ein und brausten davon. Der Muskelberg brüllte ihnen noch hinterher.

„Ey ihr Arschkrampen, das ist mein Wagen!"

„Der HVV-Ausweis? Was Besseres ist dir nicht eingefallen?", fragte Yakup.

„Ja meinst du, mit der ADAC-Karte hätte es besser geklappt?", antwortete Jonas patzig.

„Krankenkarte wäre in dem Moment sinnvoll gewesen.", äußerte sich Mia.

„Mit euch beiden wird es jedenfalls nie langweilig.", sagte Yasmina lachend.

„Falls ich mal was sagen darf...", warf Myrddin ein:

„...wir sollten uns beeilen. Außerdem haben wir Besuch im Lager."

„Besuch? Na hoffentlich nicht das gehörnte Bückstück!", murmelte Jonas.

Die Fahrt zog sich ein wenig hin. Sie hatten die Stadt verlassen und fuhren die Bundesstraße 207 in Richtung Festland, da erblickte Yasmina als Erste die Türme des Nordeingangs der monströsen Tempelanlage. Sie klatschte sich mit der flachen Hand an die Stirn und schüttelte mit dem Kopf.

„Mutter!", grummelte sie. Jonas sah seine Angebetete an.

„Wie meinen?"

244

„Na schau mal nach links. Kennst du noch jemanden, der bescheuert genug ist, einen altägyptischen Tempel auf eine Ostseeinsel im Wikingerland zu bauen? Mir fällt da nur eine ein!", antwortete sie.

„Bastet.", seufzten die drei auf der Rückbank synchron. Trotzdem waren alle beeindruckt von dem kolossalen Bauwerk. Sie fuhren staunend an der Tempelanlage vorbei.

„Na wenigstens steht hier keine Pyramide oder eine riesige Sphinx.", lästerte Jonas.

„Bring sie nicht noch auf dümmere Ideen, die hört immer das am besten, was sie nicht hören soll.", erwiderte Yasmina.

Aber ich finde Jonas Idee toll., vernahmen alle die hallende Stimme im Auto. Die junge Frau rollte mit den Augen.

„Nicht denken Leute, nicht denken.", sagte sie resignierend.

„Fällt mir nicht schwer.", meinte Yakup.

„Als hätten wir das nicht schon vorher gewusst.", frotzelte Jonas.

Ariel sah den olivfarbenen Dodge Ram auf das Lager zufahren. Der mächtige V8 unter der Motorhaube brabbelte düster vor sich hin. Sie lächelte erleichtert, als sie aus der Entfernung schon spürte, dass es ihren Freunden gut ging.

„Delia, sieh mal wer da kommt.", rief sie nach der Dämonin. Sie kam aus einem der Zelte und sah den Pick-Up. Sie rannte los und Myrddin teleportierte sich direkt vor sie, damit sie nicht in das fahrende Auto stürmte. Sie fiel ihm überglücklich in die ausgebreiteten Arme.

„Meister, ich hatte gedacht, Euch verloren zu haben.", sagte sie vor Freude weinend.

„So schnell wirst du mich nicht los, mein Kind.", erwiderte er ebenfalls erfreut. Er sah sie von oben bis unten an.

„Irgendwas an dir ist anders, seit wir uns das letzte Mal sahen.", murmelte der Magier. Delia grinste und ihre Augen pendelten zwischen menschlichem braun und dem ursprünglichen Schwarz.

„Verstehe.", sagte er wissend lächelnd.

Jonas lenkte den Kleinlaster auf die Wiese und parkte neben einem der Transportpanzer. Der Engel lief los und fiel erst dem Ex-Polizisten, dann den anderen zur Begrüßung um den Hals.

„Gott sei Dank seid ihr wohlauf.", sagte Ariel erleichtert.

„Wo wart ihr solange? Pierre hatte uns von eurem Verschwinden erzählt."

„Myrddin hatte sich öfter verpeilt und dann kamen wir endlich hier an. Allerdings haben wir etwas feines entdeckt.", beantwortete Jonas die Frage des blondgelockten Engels. Yakup kam gleich auf sie zu und wickelte ein Tuch ab und enthüllte sechs silberne Dolche. Ariels Augen glänzten. Hinter ihr lugte ein kurzhaariges blondes Mädchen mit Sonnenbrille schüchtern hervor. Yakup bemerkte die Kleine sofort.

„Oh, ein neues Gesicht.", sagte er lächelnd.

„Sind Sie, Jonas Drake?", fragte sie zurückhaltend.

„Ich bin es.", gab sich der Mann mit dem Kutschermantel zu erkennen.

„Kann ich dir irgendwie helfen?"

„Ich ... ich muss mit Ihnen reden, Herr Drake.", sagte sie zaghaft.

„Jonas reicht.", antwortete er und gab ihr die Hand. Das Mädchen erwiderte die Geste. Sie fühlte sich kalt an. Schlagartig wurde er an die

Begegnung mit Alenya erinnert. Auch sie hatte die Körpertemperatur einer toten. Er ließ sich nichts anmerken. Ariel nahm die beiden und sie betraten eines der Zelte neben dem Hauptquartier. Nach einer kurzen Einleitung des Engels erzählte das Mädchen von ihren Erlebnissen und ihren grausamen Erfahrungen der letzten Tage. Jonas hörte gespannt und aufmerksam zu. Er merkte der kleinen an, dass sie unglücklich mit ihrem derzeitigen Dasein war. Yakup, Anya und Delia hatten sich in der Zwischenzeit dazugesellt und hatten das wichtigste der Unterhaltung mitbekommen.

Jonas hatte in den letzten Jahren vieles erlebt, welches er früher nie für möglich gehalten hätte. Von weißen Vampiren hörte er jetzt aber zum ersten Mal. Für Yakup brach eine Welt zusammen, als er erfuhr, dass seine Vanessa eine Vampirin ist. Er verstand den Unterschied zwischen Herkömmlichen und weißen nicht. Ariel erklärte es ihm behutsam. Auch das Vanessa vermutlich keine Gefahr für sie darstellte. Am Ende der Ausführungen des Mädchens fragte Jonas:

„Und wie heißt du? Leben deine Eltern noch?" Der Teenager druckste herum und antwortete offensichtlich erschüttert.

„Meine Mutter wurde von meinem Stiefvater getötet. Er hatte sie erst ausgesaugt, dann zerfetzt." Sie fing an zu weinen und erzählte schluchzend weiter.

„Dann machte er meine Schwester und mich zu dem, was ich jetzt bin. Ich weiß nicht einmal, ob Tanja noch lebt. Meinen Vater kenne ich nicht. Ich habe ihn nie kennenlernen dürfen, da er vor meiner Geburt starb." Jonas sah Yakup an, beide zogen eine Augenbraue hoch, dann sah er wieder das Mädchen an.

„Wie heißt du und kennst du den Namen deines Vaters?"

„Nein. Mutter hatte nie seinen Namen erwähnt. Katharina, aber alle nennen mich Kathi." Nach einer kurzen Pause ergänzte sie.

„Kathi Hübner."

18. REUNION

Ariel betrachtete die auf dem Tisch ausgebreiteten Dolche ausgiebig. Sie war fasziniert von der filigranen Arbeit der Symbole an Griffen und Klingen. Bevor sie fragen konnte, woher sie die hatten erklärte Myrddin es ihr.

„Wir fanden sie in Alenyas Grab in Schottland." Ariel stutzte.

„Wie seid ihr denn da hingekommem?", fragte sie überrascht.

Myrddin erzählte ihr, was auf dem Weg zu dieser Insel passierte. Der Engel hob die Dolche vom Tisch und zog eine Augenbraue hoch.

„Da fehlt einer. Es müssten sieben sein."

„Was? Das kann nicht sein." Der Magier grübelte. Er hatte keine Erklärung. Caldor kam hinzu und begutachtete die Dolche nun ebenfalls.

„Myrddin hat Recht. Es fehlt einer. Damit können wir Alenya nur pisacken, aber nicht vernichten.", sagte er.

„Großartig! Und was machen wir jetzt?", fragte Ariel enttäuscht.

„Keine Ahnung, aber ich weiß, wo er zu finden ist.", antwortete der Formwandler.

„Aber es ist für uns unmöglich daran zu kommen." Der Magier und der Engel schauten Caldor ratlos an.

„Wir haben ihn Sarah mit auf ihre letzte Reise gegeben. Der Dolch ist mit ihr im Sarkophag." Enttäuscht und entmutigt knallte Ariel ihren Kopf auf die Tischplatte.

„Dann haben wir schon verloren. Da kann niemand von uns hin, geschweige denn jemals lebend zurück.", murmelte sie unter ihrer gelockten Mähne hervor. Caldor legte ihr eine Hand auf die Schulter.

„Dann müssen wir einen anderen Weg finden.", sagte er ruhig.

„Und welchen? Dieses Biest kommt jedes Mal wieder, egal wie wir sie erledigen. Pierres Schwester sorgte dafür, dass sie gegrillt wurde, aber sie kam zurück. Jonas hat sie zweimal umgekachelt, sie kam wieder, er hat sie mit Silberkugeln bearbeitet, sie kam wieder. Ich weiß mir da echt keinen Rat mehr."

...unterdessen in der Hölle

Unverrichteter Dinge kehrte Calandra zu ihrem Gebieter zurück. Sie berichtete Asmodeus davon, dass Petersdorf menschenleer war, genau wie die weiteren kleinen Ortschaften auf der Ostseeinsel. Er war alles andere als begeistert. Alenya stand an den Thron des Höllenfürsten gelehnt und lächelte amüsiert.

„Verdammt! Da war dieser Waldschrat schneller. Aber ich habe da eine andere Idee. Du wirst mir den Dolch des Caldor besorgen. Er darf ihnen nicht in die Hände fallen. Wir brauchen ihn, um Ariel und die Götter in ihrer Runde zu vernichten.", befahl Asmodeus.

„Und versau das nicht wieder. Dieser Auftrag sollte für dich ein Kinderspiel sein. Und nun geh."

Calandra kam dem nach und teleportierte sich zurück in die Welt der Menschen. Asmodeus wandte sich Alenya zu.

„Siehst du, sobald Ariel, Bastet und ihre Tochter vernichtet sind, bist du in Sicherheit und wir können die Welt der Menschen endgültig unterjochen.", sagte der Höllenfürst siegessicher. Alenya lächelte kalt.

„So soll es geschehen.", antwortete sie.

Ostseeinsel Fehmarn

Jonas fragte sich im Lager nach seinem Freund Nick Hübner durch. Eine Stunde später fand er ihn endlich.

„Sag mal, warst du mal verheiratet?", fragte er ihn.

„Ja, ist aber schon ungefähr neunzehn Jahre her. Warum fragst du?"

„Hast du Kinder?"

„Nein! Was soll diese Rumfragerei?"

„Komm mal mit.", sagte Jonas und packte seinen Freund am Jackenärmel. Er zerrte ihn zu dem kleinen Zelt neben dem Hauptquartier. Nick sah einen blonden Teenager mit eisblauen Augen. Jonas fragte:

„Wie hieß deine Mutter?" Das Mädchen guckte ungläubig.

„Carola, wieso?" Nick wurde blass und nahm seine Sonnenbrille ab.

„Weil ich deinen Vater gefunden habe." Jonas ließ diese Aussage einen Moment sacken, dann fuhr er fort.

„Ich schätze mal, ihr habt einiges aufzuholen." Kathi und Nick starrten sich eine kleine Ewigkeit stumm an. Keiner von ihnen traute sich ein Wort zu sagen. Der Kommissar wich schließlich ein paar Schritte zurück.

„Das kann nicht sein. Ich habe keine Kinder.", sagte er grantig und wollte das Zelt verlassen, aber daraus wurde nichts. Mit verschränkten

Armen stand Yakup Nick im Weg und hinderte ihn am Hinausgehen. Er hob seine Hand und wedelte mit dem Zeigefinger das „Nein", wie man es kleinen Kindern beibrachte, und schob ihn dann in Kathies Richtung. Jonas packte seinen Freund unerbittlich und drängte ihn zu dem Mädchen zurück. Tränen kullerten über ihr Gesicht. Sie war offensichtlich enttäuscht von Nick.

„Hör zu. Ich hatte eine Tochter und kann sie nie wieder in die Arme nehmen. Begehe jetzt keinen Fehler, den du schon bald bereuen könntest. Sie ist dein Kind! Also behandel sie auch, wie ein Vater sein Kind behandelt!", stauchte der Ex-Polizist ihn wütend zusammen. Nick war verunsichert. Er wusste nicht, was in diesem Moment richtig oder falsch war. Seine Gefühle fuhren gerade Achterbahn. Er erinnerte sich daran, wie Carola damals von einem Tag auf den anderen verschwunden war und kurze Zeit später die Scheidung eingereicht hatte. Er wäre daran fast zerbrochen und griff zur Flasche. Da erinnerte er sich, wie er, Pierre und Caldor versucht hatten, Jonas nach Sarahs Tod wieder aufzubauen. Er schämte sich. Erst jetzt wurde ihm bewusst, was er dem Mädel eben angetan hatte. Er sackte auf einen der Stühle und schaute die Kleine ohnmächtig an.

„Entschuldige, aber ..." Seine Stimme versagte. Das Mädchen spürte seine Unsicherheit, Angst, Verzweiflung und Hilflosigkeit. In Kathies Gefühlswelt sah es gerade nicht anders aus.

Sie kam auf ihn zu und nahm ihn wortlos in die Arme. Beide weinten. Sie hielten sich eine Weile in Schweigen gehüllt fest. Dann fingen sie an, sich miteinander zu unterhalten. Jonas verließ erleichtert das Zelt. Es fühlte sich für ihn gut an.

Ariel, Yasmina und Jonas warteten stundenlang geduldig. Es war schon dunkel, als Kathi und Nick das Zelt verließen. Beide wirkten glücklich und erleichtert. Der Kommissar kam direkt auf Jonas zu und umarmte ihn.

„Danke, mein Freund.", flüsterte er und klopfte ihm auf die Schulter. Dann ging er zu Ariel, sah sie an und nahm sie in die Arme. Er streichelte ihr sanft über den Rücken. Erst weitete sie ihre Augen, dann schloss sie sie und genoss es. Es war eine absolut neue Erfahrung für sie. Berührungen dieser Art waren ihr völlig fremd. Ihr wurde warm, sie empfand überraschend Gefühle, die sie bis zu diesem Augenblick nicht kannte. Das war ihr unangenehm und gleichzeitig wollte sie mehr. Sie war verwirrt. Ariel drückte Nick sanft von sich und sah ihm in die Augen.

„Nein, das geht nicht. Außerdem ... der Altersunterschied.", flüsterte sie.

„Das ist mir egal. Das bisschen ist doch nicht wild. Sieh dir Jonas und Yasmina an, da sind es doch auch nur 3400 Jahre oder so.", erwiderte er. Ariel sah ihn verwirrt an und diese Gelegenheit nutzte er aus. Er küsste sie lang und innig. Ihr wurde heiß und sie war jetzt komplett neben der Spur. Sie verstand nicht, was mit ihr geschah, aber es gefiel ihr und ihr dürstete es nach mehr. Dennoch wies sie ihn ab. Sie drückte Nick von sich weg. Abermals sanft, aber bestimmend.

„Hör bitte auf. Ich ... ich bin nicht die, die du willst. Sie starb damals in Tempeldorf, als ich zurückkehrte."

„Verstehe...", flüsterte Nick resignierend und ging ein paar Schritte zurück. Kathi sah den beiden zu und schlurfte zu Jonas.

„Ich hatte gehofft, sein sehnlichster Wunsch würde in Erfüllung gehen. Aber ... danke für alles.", sagte sie und umarmte ihn dankbar. Yasmina schaute zu Nick und Ariel.

„Sie hätten gut zusammen gepasst. Er hat mir sogar gebeichtet, dass er schon lange in sie verliebt ist, sich aber nicht traute ihr das zu sagen. Sie war da noch anders, hat er mir erzählt. Irgendwie habe ich jetzt ein schlechtes Gewissen, dass ich ihn ermutigt habe.", sagte Kathi. Jonas verriet ihr von Ariels Verwandlung in der Komturei.

Zum ersten Mal seit Jahren fühlte sie sich verstanden und geborgen.

„Wo ist Delia? Ich würde gerne wissen, ob weiße Vampire Kaffee vertragen.", fragte das Mädchen leise in die Runde.

Das Mausoleum von Yasmina und Sarah

Calandra stand vor der Grabstätte der von ihrem Vater so verhassten Kontrahentinnen. Sie war von dem Bauwerk beeindruckt.

„Interessant was die Menschen bauen können.", flüsterte sie. Mit Kraft ihrer mentalen Fähigkeiten stieß sie die verschlossene Flügeltür auf. Die Fackeln entzündeten sich wie von Geisterhand. Die Dämonin betrat das Gemäuer. Sie sah sich im Inneren genau um und schritt dann in die unterirdisch liegende Gruft. Auch hier brannten die Fackeln. An der Stirnseite sah sie ägyptische Gottheiten. Sie konnte sich keinen Reim darauf machen, aber sie erkannte sie genau wieder als Osiris, Isis, Bastet und Horus. Zwei prunkvolle Sarkophage standen in der Mitte des Gemäuers. Auf beiden Särgen lag je ein Strauss dunkelroter und schwarzer Rosen sowie roter Nelken, die nicht verwelkt waren. Sie war fasziniert von dem gesamten Anblick. Dieses Gefühl kam ihr vertraut und doch fremd vor. Die Dämonin konzentrierte sich auf ihre eigentliche Mission, den silbernen Dolch des Caldor zu finden. Sie spürte seine Nähe, konnte ihn aber nicht ausfindig machen. Etwas schien ihn abzuschirmen, zu beschützen. Ein metallisches Krachen ließ sie herumfahren. Ein Fallgitter hatte ihr den Ausweg versperrt. Ihre inneren Alarmglocken schrillten, aber es war zu spät. Kalte Hände packten sie an Schulter, Kopf, und überdehnten ihren Nacken. Dann spürte sie zwei Stiche im Hals. Eiskalte Lippen saugten sich fest und entzogen ihrem Körper den schwarzen Lebenssaft. Das Leben entschwand dem dämonischen Wesen zusehends. Ihre blonden Haare wurden weiß, brüchig und fielen schließlich aus. Die Haut wurde faltig und platzte auf. Im Zeitraffer wurde ihr Körper dünner. Die Augen versanken tief in ihren Höhlen. Kurz vor Calandras Ende ließen die Lippen von ihrem Hals ab. Die dunkle Gestalt verschmolz mit den Schatten an der Wand. Noch aufrecht stehend hörte die Dämonin ein metallisches Schleifen und hauchte innerlich befreit das letzte Wort ihres Daseins.

„Erlösung..."

In diesem Moment halbierte ein riesiges silbernes Fallbeil, das aus der Gewölbedecke kam, ihren Körper der Länge nach. Die Körperhälften fielen links und rechts zur Seite und zerfielen zu glühender Asche, noch bevor sie den Boden erreichte. Der Geist einer jungen blonden Frau schwebte kurz in der Gruft und lächelte dem Schatten zu.

„Danke.", hauchte das feinstoffliche Wesen und verschwand durch die Gewölbedecke.

Es durchfuhr den Fürsten der Finsternis von oben bis unten. Er zuckte auf seinem Thron geschwächt zusammen. Alenya stützte ihn.

„Was hast du?", fragte sie besorgt.

„Calandra. Sie existiert nicht mehr.", erwiderte er erschöpft.

„Irgendetwas hat sie vernichtet.", stammelte er.

„Wer?"

„Keine Ahnung mein Kind, ich weiß es nicht. Da ist jemand darauf aus alles zu verderben, was ich aufgebaut habe und dieser jemand scheint sehr mächtig zu sein."

Alenyas Blick verfinsterte sich. Sie kam auf keine Lösung, wer dafür verantwortlich sein könnte. Auch ihre Sinne fischten im Trüben.

„Ich werde den Mörder von Calandra finden und vernichten.", fauchte sie.

„Nein!", grollte der Höllenfürst.

„Das wirst du nicht! Wir werden dem Ganzen heute gemeinsam ein Ende bereiten. Versammel die Truppen. Jetzt werden wir sie alle vernichten. Diese Maden haben mir zum letzten Mal in die Suppe gespuckt."

Avalon

Mark Thomson, der Hexer, schreckte hoch und wurde blass. Er spürte einen kurzen Schmerz vom Kopf bis in den Schritt. Er bekam einen kurzen Anfall von Atemnot. Dann erschien vor ihm der Geist einer jungen blonden Frau.

„Katja.", entfuhr es ihm. Das feinstoffliche Wesen materialisierte sich vor ihm zu einem menschlichen Körper. Die Frau sah an sich herunter und begriff nicht, was da gerade geschah.

„Mark, was ist das und wie kann es sein?", fragte sie ihn erstaunt. Er wusste es nicht. Er erzählte ihr, dass sie in Avalon sei und nur hier feststofflich existieren und leben könne. Aber wie kam sie hierher? Beide hatten keine Erklärung dafür. Nach einem Moment des Schweigens fand die junge Frau ihre Worte wieder.

„Du musst zurück in unsere Welt. Deine Freunde brauchen dich. Asmodeus will alles und jeden vernichten."

„Wie kommt es, dass du nach so langer Zeit zurück bist?"

„Ich war nie wirklich ganz weg. Erinnerst du dich an Tempeldorf? Ich war dort, konnte mich aber gegen Calandra nicht durchsetzen. Sie hatte mein ich unterdrückt." Jetzt wusste Mark, dass er es sich nicht eingebildet hatte. Es war wirklich Katja, die er in der Dämonin erkannt hatte. Sie schilderte ihm, was in der Gruft passiert ist sowie dass sie dem Wesen darin dankbar für ihre Erlösung war.

„Es ist großes im Anmarsch. Asmodeus hat einen perfiden Plan entwickelt, um euch alle zu vernichten. Nichts ist, wie es zu scheinen mag. Deine Freunde sind so gut wie tot, wenn du jetzt nicht aufbrichst um ihnen zu helfen. Denn ich weiß nicht, ob die andere helfende Hand es geschafft hat. Und nun geh, hilf ihnen, ich werde hier auf dich warten.", sagte sie, umarmte ihn und gab ihm einen Kuss auf die Wange.

Fehmarn

Ahmed kniete vor dem Opferaltar in Bastets Tempel und zündete in einer Schale verschiedene Kräuter an. In der Sprache seiner Ahnen flehte er die alten Götter an, ihnen zur Seite zu stehen. Er wusste, dass sie alle auf dieser Insel in großer Gefahr waren. Er wollte seiner Gebieterin mit der Beschwörung die nötige Hilfe zukommen lassen. Aber so sehr er sich auch bemühte, selbst nach Stunden hatte er keinen Erfolg. Niemand erhörte ihn. Enttäuscht erhob er sich und verließ den Tempel. Die schwarze Wolke die sich zu einem Wirbel formte und eine dunkle Gestalt mit glühenden Augen entließ, bemerkte er nicht. Einige der Katzen, die sich in dem kolossalen Gebäude aufhielten, schon. Neugierig näherten sie sich dem Geschöpf und umschlichen schnurrend seine Beine. Es hob eine der Katzen hoch, nahm sie auf den Arm und streichelte sie. Mit zusammengekniffenen Augen schnurrte sie zufrieden.

Das Einfamilienhaus am nördlichen Stadtrand von Burg lag an einem kleinen See, eher einem etwas größeren Teich. Die Bewohner bereiteten sich auf das Mittagessen vor. Die Kinder deckten den Tisch, während die Mutter die zubereiteten Speisen auftischte. Im Flur des Hauses hing ein mehr als zwei Meter hoher Spiegel an der Wand. Der älteste Sohn schaute ungläubig, als sein Spiegelbild beim Vorbeigehen verschwamm. Vom Zentrum der Fläche aus entstanden Wellen und eine blasse Frauenhand trat hervor. Sie bewegte sich tappend hin und her, als würde sie etwas suchen.

„Mama, Papa, kommt mal. Ich glaube, der Spiegel ... ist kaputt.", sagte der siebzehnjährige Junge. Alle kamen zu ihm und sahen das Unglaubliche. Aus dem Spiegel stolperte eine schlanke hübsche schwarzhaarige Frau mit rotglühenden Augen. Sie trug enganliegende figurbetonte dunkle Kleidung. Der V-förmige Ausschnitt ihres Oberteils endete am Bauchnabel. Auf der blassen Haut stach sofort das an einer Kette baumelnde Pentakel mit Edelsteinen hervor. Aus ihrem Rücken wuchsen schwarze Flügel, die die Frau einmal kurz ausbreitete. Mit einer Spannweite von fast vier Meter füllte sie die Wand nahezu völlig aus. Geschockt und fasziniert zugleich starrte die Familie das Wesen an. Das jüngste Kind, ein fünfjähriges Mädchen, fragte die Gestalt:

„Bist du ein Engel?"

„Melissa, nicht!", ermahnte die Mutter aus Angst ihr Kind.

Die Kreatur zog die Flügel wieder ein, hockte sich hin und sah die Kleine lächelnd an.

„Früher einmal.", antwortete die Frau. Sie streichelte die Wange des Mädchens, erhob sich und richtete ihren Blick auf die fassungslos dastehenden Eltern der Kinder.

„Sind hier in der letzten Zeit ähnliche Personen wie ich aufgetaucht, oder gibt es gleichartige wie mich hier in dieser Welt? Und...wo bin ich hier überhaupt?", fragte sie.

„D...das...ist die Erde.", stammelte die Mutter. Sie hatte Angst und das spürte das Wesen. Ihre rotglühenden Augen sorgten bei der Familie für ein nie gekanntes Angstgefühl. Das Geschöpf schloss einen Moment die Lider, senkte den Kopf und erhob ihn dann wieder mit offenen Augen, die jetzt eisblau strahlten. Abermals war es das kleine Mädchen, welches sich zu Wort meldete. Es zupfte ihr am Ärmel des Oberteils.

„So mag ich dich viel lieber.", sagte das Kind lächelnd. Das Wesen errötete und strich der Kleinen über den Kopf und lächelte zurück.

„Und nun nochmal. Sind andere wie ich hier?", fragte sie die Familie.
Der Vater überwand seine Sprachlosigkeit.

„Ja. Sie haben ein Lager Richtung Festland und einen riesigen Tempel errichtet. Sie kamen vor ein paar Tagen und wollen das Böse bekämpfen, welches von außerhalb der Insel auf uns zukommt."

„Na das ist ja interessant, aber da habe ich leider schlechte Nachrichten für euch. Das Böse ist bereits unter euch!", erwiderte das Wesen kalt und die Augen leuchteten wieder rot.

Nick spazierte mit Kathi am Strand entlang. Sie hatten noch viel aufzuholen.

„Deine Schwester, wie alt ist sie und wo ist sie jetzt?", fragte er sie.

„Ich weiß es nicht. Sie ist achtzehn, genau wie ich.", antwortete sie. Sie scharrte mit dem Fuß im Sand.

„Zwillinge?"

Kathi sah ihren Vater an und nickte bestätigend.

„Ich weiß nicht einmal, ob sie noch lebt oder existiert."

Nicks Gedanken schlugen Salto. Bis vor ein paar Stunden war er noch ein ganz normaler Kripobeamter und nun Vater von Zwillingen. Er mochte das Mädchen, obwohl sie eigentlich etwas war, was er seit Jahren mit seinen Freunden bekämpfte. Mit einem Ausmaß wie dem Derzeitigen hätte er nie gerechnet. Kathi riss ihn aus seinen Gedanken. Stocksteif stand sie da, fletschte die Zähne und fauchte. So eine Reaktion hatte er das letzte Mal bei Sarah gesehen, als sie noch lebte.

„Was ist los?", fragte er besorgt.

„Gefahr! Etwas stimmt nicht. Ich spüre eine Präsenz, eine starke unbändige Wut." Das Mädchen sah ihren Vater groß an, die Augen leuchteten rot.

„Verdrehte Welt ... böse bekämpft böse ... was gut war, will uns vernichten ... Ariel ... Norden ...", stammelte sie orakelhaft und brach dann bewusstlos zusammen. Nick fing seine Tochter auf und trug sie zu seinem Auto. Besorgt um sein Kind raste er zum Lager zurück. Eine große Feuerkugel flog über seinen Wagen hinweg nach Norden. Er legte eine Vollbremsung hin. Der geliehene Audi A6 kam von der Fahrbahn ab, schlitterte wie ein Kreisel und pflügte die Wiese um. Er schaute aus dem Fenster und sah, wie die Feuerkugel in luftiger Höhe von einem schwarzhaarigen weiblichen Wesen mit Flügeln zerstört wurde. Er traute seinen Augen nicht. Er erkannte das Geschöpf als die Frau wieder, in die er sich vor Jahren verliebt hatte.

„Ariel?", hauchte er verwundert.

Kathi wachte auf und rieb sich die Schläfe. Sie hörte in ihrem Kopf eine Stimme, die fluchend rief:

Verdammt! Warum hört mich denn keine Sau? Ist von euch Pfeifen denn niemand mehr auf Empfang?

Das Mädchen begriff schnell, dass es eine mentale Verbindung war. Sie konnte niemanden sehen, antwortete aber.

Wo bist du? Und ... wer bist du?, fragte sie die Stimme.

Hier oben! Ist sehr schön, dass mich doch jemand hört. Wer bist du?

Kathi stieg aus dem Audi aus, stolperte über eine hochstehende Grasnarbe und fiel der Länge nach hin.

Glück gehabt. Ein paar Zentimeter weiter und die Dusche wäre dir sicher gewesen., frotzelte die Stimme. Kathi richtete sich auf, entdeckte neben sich den großen Kuhfladen und sah sich um. Außer ihrem Vater sah sie niemanden. Dann folgte sie seinem Blick und erblickte das Wesen am Himmel. Sie stolperte langsam auf Nick zu.

„Papa, wer ist das?", fragte sie ihn.

„Das ist die andere Ariel. Aber ich verstehe nicht wie das sein kann."

Nimm es ihm nicht übel. Bei ihm, genau wie bei Yakup, dauert alles etwas länger., hörte das Mädchen wieder die Stimme.

Die Frau setzte direkt vor den beiden zur Landung an. Die Flügel verschwanden in ihrem Rücken. Etwa einen halben Meter vor Nick blieb sie stehen. Mit offenem Mund und sie immer wieder von oben bis unten musternd starrte er das Wesen an. Sie packte den Kommissar am Kragen, zog ihn zu sich ran und küsste den Mann heiß und leidenschaftlich.

„Darauf habe ich seit dem Angriff auf Tempeldorf sehnsüchtig gewartet.", hauchte sie ihm entgegen.

„Wie kann das sein? Du bist doch blond, hast mir vorhin eine Abfuhr erteilt und bist mit den anderen im Lager. Das verstehe ich nicht."

„Dir das zu erklären würde jetzt Zeit beanspruchen, die wir nicht haben. Wir müssen Jonas warnen. Das Böse greift in Kürze an. Ich habe in Burg dafür gesorgt, dass die Menschen sich verbarrikadieren. Wo ist das Lager genau?"

„Da hinten. Von hier aus links neben der Tempelanlage.", sagte er, noch immer taumelig von dem Kuss. Das fiel Ariel auf. Sie grinste schelmisch.

„Ok, hier hast du deinen Nachschlag." Sie drückte sich eng an ihn und küsste Nick erneut leidenschaftlich. Sie spürte eine Bewegung südlich seiner Gürtelschnalle.

„Na da freut sich aber einer mich zu sehen.", sagte sie frech grinsend.

„Wie zwei kleine Teenies...", brummelte Kathi. Ariel ließ von dem Polizisten ab und lachte.

„Hallo? Ich habe einige tausend Jahre aufzuholen.", antwortete sie, nahm die beiden an die Hand, breitete ihre Flügel aus und hob ab. Sie drehten eine Ehrenrunde über die Tempelanlage. Ariel sah sich das Bauwerk genau an.

„Na die lässt echt nichts anbrennen.", nörgelte sie, dann setzten sie den Flug zum Lager fort.

Yasmina und Bastet sahen sich an. Sie lächelten, als sie das geflügelte Wesen und ihre Begleiter erblickten.

Ariel setzte Nick und Kathi ein paar Meter vor dem Kommandozelt ab und schwebte auf Jonas, Yakup, die beiden Ägypterinnen, die blonde Ariel, Anya, Myrddin, Lucius und Delia zu. Sie landete, zog ihre Flügel ein und schritt zielstrebig auf Jonas zu.

„Wo ist Sarah?", fragte sie besorgt. Der Ex-Polizist sah traurig zu Boden.

„Sie lebt nicht mehr. Alenya hat sie getötet." Ihm stiegen Tränen in die Augen.

„Diese Schlampe! Ich werde sie vernichten, endgültig!", schrie sie und stampfte mit dem Fuß so heftig auf, dass man das vibrieren im Boden noch in Burg spüren konnte.

„Nun komm mal wieder runter.", äußerte sich Yasmina.

Ariel drehte sich langsam um. So langsam, dass von den Sohlen ihrer Stiefel aufgrund der Reibung auf dem Beton Rauch aufstieg und es nach verbranntem Horn roch. Der Blick des einstigen Engels war so kalt und verhasst, dass jedem der in ihre Augen sah, fast das Blut in den Adern gefror.

„Riechst du das? So riechen die Hörner meiner Feinde, wenn ich sie zermalmt habe!", knurrte sie leise, aber noch laut genug um von den anderen gehört zu werden.

„Sie hat mein Patenkind auf dem Gewissen, in der anderen Dimension hat sie meine Freunde getötet, aber in dieser Welt wird ihr das nicht gelingen!"

Jonas war geschockt. Sein Blick wanderte ständig zwischen der schwarzen Ariel und seiner Yasmina hin und her. Die blonde Ariel hob ab, kreiste über den Köpfen der Freunde und rief:

„Meine Mission ist erfüllt. Lebt wohl meine Freunde." Mit diesen Worten explodierte sie. Asche rieselte zu Boden und eine kleine ping-pongballgroße blassblaue Lichtkugel raste aus der Staubwolke auf die schwarzhaarige Ariel zu und drang über den Mund in sie ein. Ihre Augen strahlten für einen kurzen Augenblick in einem kräftigen grellleuchtenden Blauton, dann fiel sie auf die Knie und sackte in sich zusammen. Nick rannte sofort auf sie zu und nahm sie in die Arme.

„Du kannst doch nicht schon wieder gehen...", flüsterte er ihr zu. Leblos und schlaff lag sie da. Er war den Tränen nahe. Kathi legte ihre Arme um den Hals ihres Vaters und lehnte ihren Kopf an seinen. Minutenlang herrschte eine schmerzhafte Stille.

„Das hatte ich auch nicht vor, süßer. Wo wir schon mal dabei sind. Konnte mein Verklemmtes ich gut küssen?", flüsterte eine ihm vertraute Stimme. Er öffnete seine Augen und sah in das schelmisch grinsende Gesicht der entkräftet daliegenden schwarzhaarigen Schönheit. Beide fielen sich überglücklich in die Arme.

Die Dunkelheit breitete sich weiter über der Insel aus. Das orangerote Dämmerlicht vom Festland überzog die Landschaft. Das Zeichen dafür, dass der Höllenfürst und seine Horden da waren. Myrddin und Lucius sorgten für ausreichend Nachschub an Silbergeschossen für die Kanonen, Gewehre, Pistolen und historischen Waffen der alten Templer.

Die Mönchskrieger bereiteten sich auf den Kampf vor. Sie stellten eine bizarre Truppe dar. Einige trugen die traditionellen mittelalterlichen Gewandungen und Waffen, während die anderen mit den neuen schwarzen Panzerungen und Schusswaffen ausgestattet waren.

Die Vorbereitungen neigten sich dem Ende zu. Die Kämpfer waren bereit für die Schlacht und warteten auf den alles entscheidenden Moment.

Pierre saugte mit einem Handstaubsauger die Überreste Ariels ein und füllte sie in eine Urne um. Im Vorwege hatte er das Gerät geleert und gereinigt. Er verstand nicht, woher die dunkle Ariel kam und warum die Blonde nicht mehr existierte. Eine Welt brach für ihn zusammen. Eine Hand berührte ihn an der Schulter und eine Frauenstimme sprach.

„Sei nicht traurig, alter Freund. Sie lebt in mir weiter, denn ich bin sie und sie ist ich."

Es klang für den Templer verwirrend und einleuchtend zugleich. Der Abbé erhob sich und sah Ariel an.

„Wie kann das sein? Ich war doch dabei als sie ... als du dein Herz wiederbekamst und *die alte* wurdest. Was ist da passiert?", fragte er verunsichert. Die Frau setzte sich auf einen Findling.

„Erinnerst du dich, als Caldor mir den Dolch in die Brust rammte? Das blaue Licht, welches meinen Körper verließ?"

„Ja, sehr genau sogar."

„In dem Moment wurde eine Spaltung vollzogen, die ihr nicht bemerktet. Der dunkle Teil, der ich vorher war, wurde abgespalten und in eine andere Wirklichkeit verschoben. Myrddin war da bereits hier, gab sich nur nicht zu erkennen. Er nahm die Trennung vor, indem er Caldors Hand führte. Der Dolch diente als Transmitter zwischen den Dimensionen. Ich musste dort nur auf den passenden Moment für meine Rückkehr warten."

„Aber Bastet und Yasmina sagten doch, dass du und Mia dort die bösen gewesen seid und die Welt dort vernichtet habt."

„Die blonde Ariel war dort die Böse und Mia ... ist jetzt ziemlich platt."

„Wie, platt?"

„Sagen wir es so, ich habe sie überredet dort zu bleiben und sie klebt förmlich an ihrer Welt. Dank Myrddin, Yasmina, Bastet und Delia bin ich nun hier. Achja, Anya - eine weiße Hexe - stammt auch von dort. Sie muss hier irgendwo gestrandet sein."

„Ja, ist sie auch. Ein Freund von Jonas, John Craven hat sie gerettet. Öhm ... dann hast du dich jetzt quasi nur verwandelt?"

„Nein. ich wurde in die andere Welt geschleudert. Ich bin die, die ihr alle bis dahin kanntet.", sagte sie.

„Ich bin die olle Sau, die die Jahre zuvor immer die Schweinereien angerichtet hat.", fügte sie frech grinsend hinzu.

„Und was war das jetzt mit Ariel? Also der anderen?"

Sie holte tief Luft und seufzte.

„Sie hat ihr physisches ich geopfert damit ich leben kann.", erläuterte sie.

Pierre dachte über alles nach, was Ariel ihm soeben erzählt hatte. Er breitete die Arme aus und umarmte sie.

„Ich bin froh, dass du zurück bist. Aber eines musst du mir noch erklären."

Sie sah ihm in die Augen.

„Was denn?"

„Was war es, was von der anderen Ariel in dich eindrang?"

„Ihre Menschlichkeit und Nächstenliebe."

„Das heißt, du richtest jetzt keine Sauereien mehr an, so mit zerfetzten Leichen und so?"

„Dafür, mein Freund, kann ich nicht garantieren.", gab sie frech grinsend zurück.

19. AM ENDE DER NACHT

Die Horden des Asmodeus fielen vom Norden aus über die Insel her. Sie hinterließen eine Schneise aus Tod und Verwüstung. Der Höllenfürst ließ alles auf die Menschen los, was ihm zur Verfügung stand. Werwölfe, Vampire, Zombies, Ghouls, Dämonen, einfach alles. An dem Schutzschild, den Myrddin und Lucius um Burg errichtet hatten, vergingen viele von ihnen, aber für jeden vernichteten erschienen zehn neue. Dann brach der Schild zusammen und die Monster fielen in die Stadt ein. Die Menschen rannten in Panik kreischend Richtung Festland ... direkt in ihr Verderben.

Delia und Ariel eröffneten mit Hilfe von Hauptmann Kröger und seinen Soldaten einen Gegenangriff. Die silbernen Kugeln und Geschosse zerlegten die teuflische Brut. Mit ihren Flammenschwertern zerschlugen Delia und Ariel weitere Angreifer. Glühende Asche regnete zu Boden, wo die Höllenkreaturen von den Klingen getroffen wurden. Ein Vampir fiel über einen der Soldaten her, schlug ihm seine Fangzähne in den Hals und schlürfte gierig sein Blut. Es war seine letzte Mahlzeit, denn Delia tauchte hinter ihm auf und riss ihm den Kopf ab. An dem Schädel des Blutsaugers hing die Wirbelsäule. Verachtend und mit rotglühenden Augen warf sie die Reste des Vampirs weg. Der Soldat richtete sich auf und fletschte die Zähne. Ein Fauchen verließ zwischen den Hauern seinen Mund. Völlig unbeeindruckt rammte Delia ihm ihr Flammenschwert ins Herz und erlöste ihn. Der Körper ging in Flammen auf und verbrannte zu Asche. Ein harter Tritt traf sie zwischen die Schulterblätter und schleuderte sie auf die Straße. Benommen drehte sie sich auf die Seite und schaute, woher der Stoß kam. Da spürte sie bereits den Druck eines Schuhs gegen ihre linke Schulter. Über ihr stand Alenya siegessicher grinsend.

„Hallo, kleine Verräterin. Ich bin gekommen, um dich und deine Freunde zu vernichten."

„Du laberst zu viel!", erwiderte Delia kalt und verpasste ihr mit dem rechten Fuß einen heftigen Tritt unters Kinn. Unvorbereitet auf diese Aktion taumelte Alenya zurück. Delia hetzte ihr nach, da schlug etwas im Boden ein und explodierte zwischen ihnen. Die Feuerwolke nahm beiden die Sicht und die Druckwelle wirbelte sie durch die Luft. Steine, Schutt und Asphalt spritzten auf und verteilte sich. Wie Geschosse flogen die Trümmer durch die Gegend.

Nachdem Delia die Orientierung zurückgewonnen hatte, sah sie Alenya davon fliegen.

„War das schon alles, du feige Sau?", rief sie ihr zornig hinterher.

Aus einiger Entfernung beobachteten Jonas und Yakup die Konfrontation und sahen sich an.

„Die Braut hats drauf.", sagten beide synchron und eilten zu Delia.

„Bist du okay?", fragte Jonas die Dämonin.

Sie nickte.

„Alles gut. Nur etwas genervt von ihr.", gab sie zurück.

„Sind so ziemlich alle hier.", warf Yakup ein. Ohne ein weiteres Wort hob Delia ab und folgte der Rothaarigen.

Der große Türke griff Jonas am Arm.

„Komm, wir sollten zurück zu deiner Liebsten.", sagte er. Beide rannten wild um sich schießend durch die herumwütende Höllenhorde und vernichteten alles, was sich ihnen in den Weg stellte. Kurz bevor sie das Kommandozelt erreichten, landete Alenya vor den beiden Detektiven.

„Na, wohin so eilig? Kein Küsschen, der alten Zeiten willen?", fragte sie mit einem spöttischen Unterton.

„Das nennt man Stalking, du ... du ... ach, was auch immer.", erwiderte Jonas, hob seine Pistole und schoss zweimal. Die Dämonin wich aus und lachte dreckig. Sie entwaffnete ihn mit ihren geistigen Fähigkeiten und mit einer lockeren Handbewegung schleuderte sie ihn gegen Yakup, der daraufhin das Gleichgewicht verlor und zu Boden ging. Die rothaarige Dämonin sprang auf Jonas zu und setzte sich auf ihn. Sie drückte seine Arme nach oben über seinen Kopf. Wehrlos lag er auf dem harten Asphalt und Alenya beugte sich zu ihm runter. Sie küsste ihn. Angeekelt von ihrer kalten Zunge versuchte er sich zu befreien. Plötzlich zuckte sie, ihre Augen weiteten sich. Sie ließ von ihm ab und schrie. Ein brennender Schmerz durchfuhr sie und sie wurde von dem Ex-Polizisten heruntergezogen.

„An meinem Mann knabbert nur eine und das bin ich!", schnauzte eine ihr wohlbekannte Stimme. Alenya rieb sich die Schulter. Die ihr zugefügte Wunde schloss sich wieder.

„Du?", keifte sie die Angreiferin an.

„Tja, ich habe trainiert.", antwortete Yasmina, half ihrem Mann auf die Beine und sprang auf Alenya zu. Mit einem heftigen Faustschlag beförderte das Mädchen sie zu Boden. Das Knacken, als die Faust den Kiefer der Dämonin zertrümmerte, übertönte sogar den Kampflärm.

„Warum eigentlich immer mein Kiefer?", fragte Alenya.

„Das knackt so schön.", sagten Yasmina und Jonas synchron. Die Dämonin zog sich zurück, kam aber nicht weit, denn Ariel versperrte ihr den Weg. Ohne Vorwarnung schlug sie zu und die Bestie wurde unsanft in den Boden gepresst.

„Unser täglich Haue gib uns heute.", frotzelte Yakup.

„Aller guten Dinge sind drei.", setzte Jonas nach.

„Kiefer oder Arme?", fragte Yakup. Sein Freund kramte einen fünfzig Euroschein aus seiner Geldbörse.

„Ich wette auf Kiefer.", antwortete er mit dem Geldschein wedelnd.

Ariel hob die angeschlagene Alenya aus der Asphaltvertiefung. Die sah aus wie eine Gussform. Mit der einen Hand hielt der Engel das Höllenweib am Hals, die andere ballte sie zur Faust, holte aus und drosch zu.

Yakup und Jonas schauten sich an und nickten.

„Der Kiefer!", sagten beide synchron. Der große Türke holte fünfzig Euro aus seinem Portemonnaie und reichte Jonas knurrend das Geld, der es grinsend einsteckte.

„Echt jetzt?", fragte Yasmina die beiden, die sie wie ertappte Schuljungs ansahen.

„Ihr seid sowas von unverbesserlich. Soeben habt ihr die beiden Chaoten aus meiner Dimension getoppt.", sagte die Ägypterin lachend, packte ihren Mann und gab ihm einen Kuss auf den Mund.

„Ich liebe dich Schatz, aber ich muss mal eben ein paar Monstern den Weg nach Hause zeigen.", flüsterte sie ihm ins Ohr und verschwand im Kampfgetümmel. Sie schlug mit unbändiger Wut und Kampfkraft eine Schneise in die Dämonenphalanx.

„Wow! Sie scheint ja richtig Spaß zu haben.", sagte Yakup.

„Aber sowas von!", erwiderte sein Freund.

Aus dem Augenwinkel heraus sah Jonas, dass Ahmed von fünf Vampiren umzingelt in der Klemme steckte. Auf dem Boden lag ein gefallener Templer, dessen Schwert er an sich nahm.

„Danke Bruder.", flüsterte er andächtig und griff die Blutsauger an. Drei von ihnen enthauptete er mit einem Schlag, die anderen beiden flüchteten. Ahmed stand stocksteif da und sah Jonas dankbar an.

„Du mich bringe Tempel?", fragte der Ägypter mit bibbernder Stimme. In diesem Moment erschien Yasmina bei den beiden. Sie küsste ihren Mann auf den Mund und sagte:

„Das übernehme ich." Sie nahm den Priester an die Hand und teleportierte sich gemeinsam mit ihm zum Tempel.

„Sag mal, eure ewigen Küsschen während diesen Gemetzels, wie nennt ihr das?", fragte Yakup seinen Freund.

„Vorspiel mit Hindernissen!", erwiderte er lachend.

„Ihr seid doch bekloppt!", murmelte Yakup und rollte mit den Augen.

„Nur kein Neid, Alter!", erwiderte Jonas.

Am Tempel angekommen tobte auch hier die Schlacht.

„Geh auf den Turm und bleib da!", befahl sie dem Priester.

„Und was ich da tun?", fragte er.

„Bete, pflücke Blümchen oder mach etwas, was du sonst so am Tag machst."

„Ich beten gehe, Herrin.", antwortete er, verneigte sich und rannte los.

Yasmina sah zwei Soldaten, die entwaffnet mit dem Rücken zur Wand standen, umzingelt von Vampiren. Einer war schwer verwundet und blutete heftig am Oberschenkel. Die Schlagader war offen und das Blut spritzte in kleinen Fontänen mit jedem Herzschlag aus der Wunde. Sie verwandelte sich in den riesigen Panter und zerfetzte die Vampire, nahm ihre menschliche Gestalt wieder an, sammelte die Waffen der beiden Männer ein und gab sie dem unverletzten Soldaten.

„Das kann jetzt ein bissel kitzeln.", sagte sie zu dem Verletzten und steckte zwei Finger in die Wunde. Der Mann schrie vor Schmerz auf. Sie forderte seinen Kameraden auf, den beiden Rückendeckung zu geben, dann konzentrierte sie sich auf das Bein des Verwundeten. Sie schloss die Augen und legte die andere Hand auf die Verletzung. Ihr Unterarm begann von den Fingerspitzen bis zum Ellenbogen zu leuchten. In Zeitlupe zog sie die Finger aus der Wunde und der Soldat wurde ohnmächtig. Als sie damit fertig war, hatte sich der lange Schnitt geschlossen. Er war geheilt, hatte aber viel Blut verloren.

Ein Dämon stapfte auf die Drei zu, um den Soldaten zu köpfen, Yasmina aber war schneller und halbierte ihn mit einem herumliegenden Schwert. Glühender Ascheregen fiel zu Boden. Sie packte beide Männer und teleportierte sich mit ihnen zum Lazarettzelt.

„Warum haben Sie ihn angelogen? Gekitzelt hat das doch bestimmt nicht?", fragte der Kamerad des Bewusstlosen.

„Absolut nicht. Aber warum die Wahrheit in so einer Situation sagen? Dann wäre er nur durch die Panik nicht mehr am Leben." Mit diesen Worten wandte sie sich einem planlos umher irrenden Feldarzt zu und blieb stehen. Sie zeigte hinter sich.

„Er war schwer verletzt. Seine Wunde habe ich geheilt, aber er hat viel Blut verloren.", sagte sie und verschwand wieder.

John Craven und Anya beobachteten das Spektakel vom Kommandozelt aus, als vor ihnen ein Vampir auftauchte und zielstrebig auf die rothaarige Frau im Rollstuhl zusteuerte.

„Na das ist ja fein. Essen auf Rädern!", sagte er lüstern. John stellte sich schützend vor Anya und schlug dem Untoten seinen Gehstock mit voller Wucht ins Gesicht. Die Haut platzte an der gesamten linken Gesichtshälfte auf. Schwarzes Blut quoll hervor. Wirklich beeindruckt war der Vampir nicht, eher wütend. Mit einem harten Hieb seiner flachen Hand fegte er den Mann im Kutschermantel bei Seite, der den Tisch mit den Laptops umriss und inmitten der Geräte bewusstlos liegen blieb. Anya schaute entsetzt zu ihrem Begleiter und drehte langsam ihr Gesicht dem Vampir entgegen. Ihre Augen leuchteten rot auf und sie knurrte ihn mit einem eiskalten Tonfall an:

„Das war ein schlimmer Fehler und auch dein letzter!" Dann hob sie den Arm und aus ihrer Hand schoss eine Feuerlanze, die den Untoten genau in die Brust traf. Von innen heraus breiteten die Flammen sich in seinem Körper aus. Er taumelte rückwärts aus dem Zelt, welches gleichfalls in Brand geriet und explodierte davor. Das Feuer dehnte sich rasend schnell aus. Die Hexe drehte sich um und rollte zu John, kam aber nicht an ihn heran. Der Tisch versperrte ihr den Weg. Mit der Kraft der Verzweiflung packte sie das Möbel und schleuderte es davon. Jetzt kam sie zwar an John ran, war aber nicht in der Lage, ihn aus der Gefahrenzone zu ziehen. Er war für sie zu schwer. In ihrer Panik spielte ihr Verstand verrückt. Sie konnte keinen klaren Gedanken mehr fassen. Dann wuchs sie über sich hinaus. Instinktiv stemmte sie sich auf, fiel aber vor dem Rollstuhl auf die Knie. Sie zog den bewusstlosen Mann zu sich heran und bettete seinen Kopf auf ihre Oberschenkel und fing an zu weinen. Sie streichelte seine Wange und küsste ihn auf den Mund. Ihre langen Haare legten sich wie ein Vorhang vor die Köpfe der beiden.

„Das kann es doch jetzt nicht gewesen sein...", sagte sie schluchzend.

„...ich wollte dir noch so viel sagen."

Ein Stück brennende Zeltplane fiel herunter und landete in kurzer Entfernung neben ihnen. Anya schaute nach oben und sah die Dämmerung durch das große Loch im Zeltdach. In diesem Moment erschien ihr böser Zwilling in dem in Flammen stehenden Hauptquartier.

„Na sieh mal einer an. Zwar nicht der Jackpot, aber auch vernichtenswert.", sagte die Gehörnte. Anya hob den Kopf und beide erschraken bei ihrem gegenseitigen Anblick. Die Magierin wuchs in diesem Augenblick vollends über sich hinaus. Sie schrie, schlug mit der Faust auf den Boden, löste damit eine Druckwelle aus die das Teufelsweib wegkatapultierte und das brennende Zelt auseinandersprengte.

Jonas und Yakup hörten den ohrenbetäubenden Schrei einer Frau. Eine Explosion ließ den Boden beben und das Kommandozelt flog in einem riesigen Feuerball auseinander. Alenya schwirrte wie ein brennender Komet davon und krachte in einiger Entfernung auf die Wiese und rollte sich mehrfach überschlagend ab. Die beiden Männer eilten zu dem, was von dem Zelt übrig war. Alles stand lichterloh in Flammen, weshalb sie nicht näher ran konnten. Für die dort noch befindlichen Menschen kam jede Rettung zu spät. Betroffen senkte Jonas den Kopf. Yakup zupfte seinem Freund am Ärmel.

„Sieh mal da!", rief der große Türke aufgeregt und stürmte los. Jonas traute seinen Augen nicht. Aus der Flammenwand schleppte sich eine junge rothaarige Frau mit einem Mann auf den Armen heraus. Eine Art Blase umschloss das Paar und schützte sie so vor den Flammen. Dann brach sie zusammen. Erst jetzt erkannte er, dass es Anya und John Craven waren. Er eilte zu ihnen und half Yakup dabei, das Pärchen aus dem Gefahrenbereich zu bringen. Der Mann war bewusstlos und die Frau hustete. Der Rauch hatte ihr zugesetzt, aber ansonsten schienen sie unverletzt zu sein.

„Warum hat mir keiner gesagt, dass mein verkorkstes Ebenbild so scheiße ist?", fragte Anya hustend.

„Dann hast du dieses Miststück auf den Acker befördert?", erkundigte sich Jonas. Die Hexe nickte. Sie stemmte sich mit den Armen vom Boden ab und erhob sich langsam. Auf wackeligen Beinen stehend schaute sie die erstaunten Ex-Polizisten an. Yakup stützte sie, während sein Freund John auf half, der gerade aus seiner Bewusstlosigkeit erwachte.

„Wenn ich jetzt auch wieder laufen kann, muss ich der Tante da ja schon fast dankbar sein.", brummelte Anya. Ein Zischen ließ die Vier aufhorchen, dann krachte ein qualmender Gehstock vor ihnen in den Rasen. Bis zur Hälfte steckte er im Erdreich.

„Na das nenne ich mal prompte Bedienung.", meinte John hustend. Er wandte sich Anya zu und konnte es nicht fassen, sie stehend zu sehen und mit Jonas Hilfe ein paar zaghafte Schritte machend. Er bedankte sich bei den beiden Ex-Polizisten für die Rettung.

„Nee, wir haben euch nur aus dem Gefahrenbereich geholt. Deine Rettung verdankst du ihr ganz alleine.", äußerte Jonas sich.

John nahm Anya in die Arme und drückte sie sanft.

„Danke.", sagte er und küsste die Hexe ohne Vorwarnung. Sie genoss es und schloss die Augen.

Aus sicherer Entfernung beobachtete Alenya, wie Anya von Jonas Drake, John Craven und Yakup Melek umsorgt wurde. Der Körper der Gehörnten heilte bereits wieder. Nach ein paar Minuten hatte sie ein gesundes Aussehen. Sie stufte die Frau als gefährlich ein und nahm von der Idee eines weiteren Angriffs Abstand. Sie schaute sich um und sah Delia mit einer Handvoll Dämonen kämpfen. In dem Schlachtgetümmel stand sie ganz alleine da. Ein perfektes Ziel also. Alenya hob ab und flog zu der Dämonin. Sie trat ihr mit voller Wucht in den Rücken, worauf diese bäuchlings auf dem Boden landete. Durch die Gewalt des Trittes wurde Delia in den Asphalt gedrückt, so das sie einen Krater hinterließ. Mühsam erhob sie sich und sah die teuflische Bestie.

„Hallo, kleine Verräterin. Jetzt bist du fällig.", sagte Alenya kalt. In ihrer Hand erschien das Flammenschwert. Blitzschnell schlug sie damit zu und verpasste der Dämonin eine lange tiefe Wunde, die vom linken Schlüsselbein bis zur rechten Hüfte reichte. Eines der Symbole auf ihrem Bauch leuchtete auf und überzog den schwer verletzten Körper mit einer Art Schutzschild. Dennoch war sie zu geschwächt, um sich gegen das hinterhältige Teufelsweib zu wehren.

„Oh, menschliche Augen hast du auch schon, das ist schön. Dann sehe ich deine Angst und den Schmerz besser, wenn ich dich vernichte.", zischte sie. Schlagartig spürte Alenya einen reißenden, tiefen Stich zwischen ihren Schulterblättern. Er durchzog ihren ganzen Körper und schränkte sie in ihren Bewegungen ein. Sie zog ihre Flügel ein und drehte sich mühevoll um und sah eine schwarze Wolke mit rotglühenden Augen vor sich. Ein rauschen ließ sie nach oben schauen, dann knallte die verletzte Delia gegen ihre Brust und flog mit dem Höllenweib an die Tempelmauer, dicht gefolgt von der Wolke. Sie sah etwas Silbernes durch die Luft fliegen, dann ein weiterer stechender Schmerz im rechten Unterarm. Ein Dolch hatte sich hindurch gebohrt und ihn an die Wand genagelt. Sie schrie vor Qual. Der Arm vertrocknete zusehends, bis er aussah wie der einer Mumie. Delia erschien erneut, vollzog eine Schleife und krachte mit den Füßen zuerst auf den Brustkorb der Teufelstochter. Die Klinge, die sie im Rücken getroffen hatte, lugte nun zwischen den Brüsten hervor. Die schwebende Delia warf nacheinander die anderen vier Dolche, die Alenyas Beine und den linken Unterarm an der Tempelmauer festnagelten. Der Letzte traf sie unterhalb der Kehle. Sie schrie wie von Sinnen, während der ganze Körper immer mehr dem einer Mumie ähnelte. Ihre einstige Schönheit verging zusehends. Dennoch fand sie die Kraft, ihre Gegner anzuschreien.

„Ihr einfältigen Kreaturen. Glaubt ihr ernsthaft ihr, könnt mich so erledigen? Ich komme immer wieder. Hört ihr? Immer wieder!"

„Na ich hoffe doch nicht!", antwortete Delia und sah Alenya kalt an. Kleine Blitze züngelten an den Griffen der Dolche und die Höllenkreatur versuchte, sich zu befreien. Bevor es ihr gelang, erschien zwischen ihr und Delia die schwarze Rauchwolke, aus der sie rotglühende Augen anstarrten. Langsam bildete vor sich eine Form heraus. Der Rauch verzog sich und vor ihr schwebte eine schwarzhaarige zierliche Frau. Alenya erkannte sie als das Spielzeug aus dem Kerker ihres Schöpfers, das Mädchen mit dem Pentakel-Tattoo, Vanessa Klamp.

Sie öffnete ihren Mund und spitze Vampirzähne kamen zum Vorschein, die sie der Teufelskreatur in den Hals rammte. Sie saugte etwas von dem schwarzen Blut der Dämonin, dann ließ sie von ihr ab. Kalt lächelnd holte Vanessa langsam, fast wie in Zeitlupe Caldors Dolch hervor.

„Schau mal, was ich dir feines mitgebracht habe.", sagte sie spöttisch und lächelte erbarmungslos.

Panik stieg in Alenya auf. Mit schreckgeweiteten Augen flehte sie um ihr Leben. Doch alles Betteln half nicht. Vanessa setzte die silberne Waffe zwischen den Augenbrauen der Dämonin an.

„Das ist für jahrelange Gefangenschaft in eurem Ofen! Grüß deinen Schöpfer von mir.", sagte sie leise mit einem eiskalten Unterton und trieb den Dolch genüsslich Millimeter für Millimeter durch Alenyas Schädel. Schwarzes Blut quoll hervor. Zähflüssig rann es über Vanessas Hand. Die ehemalige Sekretärin und Delia genossen das Schreien der sterbenden Dämonin. Fast sah es so aus, als wäre Vanessa dem Wahnsinn verfallen, doch das stimmte nicht. Sie genoss bloß ihre Rache. Das Knacken und Bersten des Kopfes ließ Delia erschaudern. Alenyas Körper zerfiel zu Asche. Eine kleine rote Lichtkugel entfernte sich aus den Überresten, die Vanessa einfing und mit ihrer Hand zerquetschte. Roter Staub schwirrte durch die Luft und wurde durch einen Flügelschlag Delias vom Winde verweht.

Alenya existierte nicht mehr. Nur die Stichwaffen in der Wand des Tempels und schwarzer Ruß erinnerten an sie. Der Dolch aus ihrem Rücken fiel klirrend zu Boden.

Alle jubelten und feierten die Vernichtung der Dämonin, doch nur ein Teil der dämonischen Invasionstruppen löste sich mit ihr auf. Noch immer in der Überzahl stoppten sie kurz, führten ihre Angriffe aber dann fort. Mit neuem Mut beseelt wüteten Jonas und seine Freunde weiter.

Unterdessen in der Hölle

Asmodeus schäumte vor Wut, er schrie all seinen Hass und die gleichzeitige Trauer um Alenya hinaus. Ihre Vernichtung setzte ihm schwer zu. Ihre Präsenz war völlig erloschen. Rasend vor Wut und Zerstörungsdrang teleportierte er sich in die Welt der Lebenden.

Erde

Erschöpft kauerte Delia am Boden. Ihre Flügel hingen schlaff herunter. Die Verletzung durch das Flammenschwert war zu schwer. Sie kippte ohnmächtig nach vorn über. Vanessa eilte zu ihr und drehte sie zur Seite. Sie bettete den Kopf der reglosen Dämonin auf ihre Oberschenkel. „Komm schon kleine, jetzt nur nicht schlapp machen.", sagte die Vampirin. Sie biss sich in ihre Hand und legte sie auf die Wunde. Das auslaufende Blut zeigte heilende Wirkung. Die Flügel zuckten, darauffolgend schlug Delia die Augen auf. Sie sah Vanessa dankbar an und lächelte, dann sackte sie wieder bewusstlos zusammen. Jonas und Yasmina hatte den Vorgang mit Sorge beobachtet und eilten zu den beiden. „Ist sie nun auch ein ... Vampir?", fragte der Detektiv. „Nein. Mein Blut hat ihr die Kraft zum überleben gegeben. Den Rest muss sie alleine schaffen.", sagte sie, legte die Dämonin sanft auf den Boden und ging davon, direkt ins Schlachtgetümmel.

Der Boden brach auf, er zerplatzte wie ein Vulkan. Eine Feuersäule entstand und heraus schritt Asmodeus, der sich den ersten Menschen packte, der in Reichweite war. Es traf Hauptmann Kröger, der ihn entsetzt anstarrte. Der Griff des Höllenfürsten war wie ein angezogener Schraubstock, der dem Offizier kaum Luft zum atmen ließ. Zwei Soldaten erhoben ihre Gewehre und schossen auf den gehörnten, allerdings hatten die Geschosse keine Wirkung. Er streckte die andere Hand aus und mit Hilfe seiner geistigen Fähigkeiten zerquetschte er sie wie reife Tomaten. Roter Matsch und Blut spritzte durch die Gegend. Dann riss er den Hauptmann in zwei Hälften und warf die Überreste bei Seite. Während er weiter voranschritt, verwandelte er sich in eine drei Meter große Bestie. Die Hörner wuchsen, der Körper wurde muskulöser und aus den Händen wurden Pranken mit langen messerscharfen Krallen. Der Mund wurde zu einem großen Loch mit spitzen scharfen Zähnen. Er stapfte durch die Toten, die überall herumlagen, und steuerte auf die Tempelanlage zu. Als er sie erreichte, drosch er darauf ein und zerstörte das Gemäuer. Er warf mit den Trümmern auf fliehende Menschen.

Myrddin und Lucius teleportierten sich zum Tempel und griffen den tobenden Asmodeus von zwei Seiten an. Es gelang ihnen, den Höllenfürsten mit ihrer Magie zu bremsen. Aber er war noch kräftig genug, gegen die beiden Zauberer anzukämpfen. Mit einer Handbewegung wischte er Lucius fort, der unsanft in den Trümmern der äußeren Tempelmauer landete.

In diesem Moment tauchte ein mit Blitzen auf den Fürsten der Finsternis schießender Mark Thomson aus dem Nichts auf. Unterstützt wurde er dabei von seiner Gefährtin Mia. Auch Ariel, die wieder erstarkte Delia und Anya griffen in das Geschehen ein. Lucius hatte sich in der Zwischenzeit erholt und schloss sich seinen Gefährten an. Gemeinsam gelang es ihnen Asmodeus in die Knie zu zwingen.

Für alle unerwartet tauchte ein grelles Licht am Himmel auf und eine noch monströsere Gestalt erschien. Aber wider Erwarten griff diese nicht Asmodeus Feinde an, sondern legte ihn in glühende Ketten.

„Noch entscheide ich, wann die Erde zerstört wird, nicht du!", grollte die geflügelte Gestalt, die ihr Gesicht unter einer Kapuze verbarg. Beide verschwanden in einem Feuerball.

Die Wolken verzogen sich und die Sonne ging auf. Der anhaltende Dämmerzustand löste sich auf, ebenso wie die Armee des Asmodeus. Die Kreaturen der Hölle zerfielen zu Asche oder verwandelten sich zurück in das, was sie vorher waren: Menschen, bis auf ein paar Ausnahmen. Dennoch war die Insel übersät von Leichen.

20. EINE ANDERE WELT

Lucius und Myrddin sahen Mark Thomson an und runzelten die Stirn.

„Du hast dir ja ganz schön Zeit gelassen.", maulte sein Mentor.

„Naja, es war auch nicht leicht, Luzifer davon zu überzeugen einzugreifen.", erwiderte der Hexer.

„Du hast was?", fragte Myrddin entsetzt.

„Ich sah keinen anderen Ausweg. Selbst wir alle zusammen hätten gegen Asmodeus keine Chance gehabt. Also fiel mir nur er ein."

„Letztendlich sollten wir ihm dankbar sein.", meinte Lucius und klopfte Mark auf die Schulter.

„Und zu welchem Preis?", fragte Myrddin.

Der Hexer lächelte und ließ den Magier ohne eine Antwort zu geben stehen.

„Dein Schüler hat mehr von dir gelernt, als ihm guttut.", sagte Lucius.

„Das befürchte ich auch.", knurrte Myrddin.

Kurze Zeit später trafen sich alle an der Ruine des Tempels.

„Woher kommst du eigentlich, Lucius?", fragte Pierre den Magier. Etwas beschämt sah er zu Boden.

„Ich bin ein Nachfahre des Lucius of Londinium und war bei der Erweckung Alenyas dabei. Sie ließ mich damals am Leben, um die Botschaft zu verbreiten, die sie in Kildaring hinterließ. Da war ich ein Mönch und schwor der Kirche ab. Myrddin nahm mich unter seine Fittiche und bildete mich aus. Der Rest ist Geschichte."

Yakup war glücklich, Vanessa wiederzusehen, aber ebenso geschockt darüber, was aus ihr geworden ist. Er nahm ihre Hände. Sie fühlten sich an wie zuvor. Sie unterhielten sich eine Weile, dann fasste er den Mut, sie zu fragen, was passiert war. Anfangs druckste sie herum, doch dann erzählte sie es ihm.

„Am Abend, bevor Yasmina getötet wurde, hat mich dieses gehörnte Miststück entführt und in Asmodeus Kerker gesperrt. Dort traf ich im Laufe der Zeit die Seelen von Sarah und ihrer Mutter. Auch Delia lernte ich dort kennen. Sie versorgte mich immer heimlich mit Essen und Trinken. Sie brachte mir sogar Hamburger und Kaffee ins Verlies." Vanessa schmunzelte bei dem Gedanken daran.

„Die haben da unten einen McDonalds?", fragte er überrascht.

„Du Dummerchen, natürlich nicht. Delia war an diesem widerlichen Ort meine einzige Bezugsperson und wir wurden Freunde. Sie ermöglichte, mir zu entkommen, indem sie mir meine Seele nahm. Wie man sieht, hat es geklappt."

„Und...jetzt?"

„Keine Angst. Kurz nach meinem Eintreffen hier, gab Myrddin sie mir zurück. Er hatte sie genau wie die von Yasmina und Sarah beschützt und in seinem Kristall versteckt, nachdem Delia sie aus der Hölle geholt hatte. Aber es war ein Schock für mich die Welt so vorzufinden, wie sie bis vorhin noch war. In der Hölle sah es nicht viel anders aus. Einige Tage irrte ich orientierungslos umher, bis mich eine alte Frau ansprach. Sie gewährte mir Unterschlupf und half mir, mich zurechtzufinden. Dann offenbarte sie sich mir als weißer Vampir und bot mir an, ihr Erbe anzutreten. Sie meinte, dass es an der Zeit sei, dass eine junge kräftige Person ihren Platz einnehmen sollte. Bevor sie mich zu einem der ihren machte, verlangte sie von mir als Gegenleistung, sie zu erlösen. Ich tat es."

Vanessa stocherte mit einem Zweig im Sand herum und fuhr fort.

„Es war nicht, wie man es aus den Filmen kannte. Sie entzog mir zwar mein irdisches Leben, aber gleichzeitig übertrug sie mir all ihr Wissen und ihre Macht. Alles, was sie in den letzten 1000 Jahren gelernt hatte, vererbte sie mir mit diesem Biss. Sie brachte mir alles bei, was ich jetzt weiß. Eines Abends musste ich dann mit ansehen, wie so ein schmieriger Kerl zwei Mädchen und eine Frau zu Vampiren machte. Eines davon konnte ich retten und auf den richtigen Weg führen, das andere verschwand einfach. Die Frau hatte er zerfetzt. Daraufhin habe ich ihm sein Herz rausgerissen und es ihm in sein widerliches Maul gestopft. Dann habe ich ihm den Kopf amputiert."

Yakup und Vanessa hörten einen kurzen erschrockenen Aufschrei. Für einen Augenblick war seine Verlobte verschwunden und tauchte mit dem blonden Mädchen in fast demselben Moment wieder auf. Vanessa erklärte dem Teenager, der unfreiwillig vor dem Zelt gelauscht hatte, warum sie es ihr verschwiegen hatte.

„Kathi, du warst zu labil und zu schwach es in dem Moment zu verstehen. Ich wollte nicht, dass du zu dem wirst, was er war. Die Gefahr war einfach zu groß, da du in eine neue Daseinsebene hineingeboren wurdest. Ich wollte dich nicht an die Finsternis verlieren.", sagte sie ruhig und sah, wie dem Mädchen Tränen über die Wangen liefen. Sie nahm Kathi in die Arme und tröstete sie. Die junge Blondine weinte ...

Yakup war von dem Schicksal der beiden so gerührt, dass ihm ebenfalls die Tränen kamen. Er machte sich Gedanken um die Zukunft. Hatte ihre Liebe überhaupt noch eine Chance? Vanessa hatte seine Bedenken gehört, drehte sich um, schaute ihm in die Augen und sprach leise.

„Yakup, ich muss erst einmal Abstand halten und sehen, wie und ob es mit uns weiter gehen kann. Die Gefahr, dass man ständig Jagd auf uns machen wird, ist zu groß. Ich möchte nicht, dass dir etwas geschieht. Deshalb werde ich mich erstmal mit Kathi zurückziehen. Zum einen, um dich zu schützen, zum anderen um sie auszubilden." Sie senkte den Blick und schaute ihn dann wieder an.

„Da ich nicht weiß, wie lange ich fort sein werde, gebe ich dich frei. Lebe dein Leben.", flüsterte sie. Eine einsame Träne lief über ihre

Wange, dann verschwand sie mit dem Teenager. Zurück blieb ein trauriger Yakup.

An ihrem Ziel angekommen schaute Kathi Vanessa an.

„Warum hast du ihm denn nicht die ganze Wahrheit über dich erzählt?", fragte sie schüchtern, weil sie nicht wusste, wie die Vampirhexe reagieren würde. Vanessa schaute in den Himmel und seufzte.

„Ich vermute, dass er noch nicht so weit ist, sie zu vertragen."

Myrddin und Lucius ließen alle Leichen und Überreste der Schlacht auf der Insel verschwinden. Er nahm den Menschen, außer seinen Freunden und unmittelbar Beteiligten die Erinnerungen an alles, was geschehen war. Jonas schaute auf einen Laptop und rief die aktuellen Satellitenbilder auf. Alles war wieder wie vorher.

Eine alte neue Welt war entstanden und es kam die Zeit des Abschieds.

Myrddin, Lucius, Mark und Mia zogen sich auf die Nebelinsel zurück, Vanessa und Kathi hatten sich schon zuvor auf den Weg zu einem unbekannten Ziel gemacht. Pierre und seine Templer traten die Rückkehr zur Komturei an, um sie neu aufzubauen. Anya und John Craven zogen mit den Ordensrittern, begleitet von Ariel und Delia.

Kurz bevor sie Fehmarn endgültig verließen, kam Nick auf Jonas und Yakup zu. Er winkte mit zwei Plastikkarten.

„Wie wäre es, wenn ihr beiden zurückkommt in den aktiven Dienst? Ich möchte mit euch eine Abteilung für Ungewöhnliche ...na ja ihr wisst schon, gründen."

Yakup und Jonas schauten sich an, zuckten mit den Schultern.

„Warum nicht?", antworteten sie synchron und grinsend nahmen sie ihre Dienstausweise in Empfang.

„Und was denkt ihr? Ist es vorbei?", fragte Nick nachdenklich.

„Hm ... diese Schlacht haben wir zwar gewonnen, aber nicht den Krieg. Das Böse schläft nicht, es leckt nur seine Wunden.", erwiderte Jonas. Ihm entgingen nicht die besorgten Gesichter seiner Freunde.

„Den beiden geht es gut. Ich habe vollstes Vertrauen zu Vanessa, auch wenn sie anders ist als andere. Kathi ist bei ihr in guten Händen.", versuchte er sie zu beruhigen.

Einsam und verlassen stand Ahmed auf der Wiese und schaute geknickt dorthin, wo kurz zuvor der große Tempel war. Unbemerkt hatte Jonas sich angeschlichen und legte ihm eine Hand auf die Schulter. Der Ägypter sah ihn an.

„Was isch jetzt mache?"

„Für den Anfang fände ich es toll, wenn du endlich wieder normal sprichst, Bruder.", antwortete Jonas und hielt ihm grinsend einen deutschen Ausweis vor die Nase.

„Du brauchst dich nicht mehr verstellen. Das syrische Konsulat hat deine Identität bestätigt und Nick hat alles weitere geklärt. Und jetzt komm, Johann erwartet uns zu Hause.", fügte er hinzu.

Ahmed sah ihn groß an und fragte in fließendem Deutsch:

„Woher wusstest du, wer ich bin?"

„Na hör mal, bummelige zwanzig Jahre reichen nicht, um mich so vergesslich zu machen.", erwiderte Jonas grinsend und spielte damit auf ihre kurze gemeinsame Kindheit an. Er umarmte den Ägypter und sagte:

„Lass uns endlich nach Hause."

„Seid ihr endlich mal fertig mit kuscheln? Ich habe Hunger, Schatz.", rief Yasmina von dem geliehenen Mietwagen aus, wo sie ungeduldig wartete. Einen letzten Blick auf die Insel werfend schlenderte Jonas mit seinen Freunden zum Auto. Ein paar Meter neben dem Wagen verschwanden Ariel und Delia zum Abschied winkend in einer Nebelwolke. Die Welt war wieder fast wie früher.

Aber nur fast ...

In der Hölle

Mit schweren eisernen Ketten gefesselt, die in Wand und Boden verankert waren, kauerte Asmodeus in der Ecke einer Zelle. Im Fackelschein entdeckte er etwas in den Stein Geritztes, mit schwarzer Asche Ausgefülltes, damit es besser erkennbar war. Er las die Worte und schäumte vor Wut.

Hey Asmodeus, wenn du dies liest, hast du verloren. Mögest du langsam hier verrotten!
LG, Vanessa.'

Er zerrte an den Ketten, aber es war sinnlos. Resignierend kauerte er sich in die hinterste Ecke seiner Zelle. Sein Blick wanderte umher und blieb an einem Felsen haften.

Sein Gesicht verzog sich zu einem diabolischen Lächeln und er starrte auf einen Behälter, der neben dem großen Stein hing.

„So nicht! So leicht kommt ihr mir nicht davon!", flüsterte er und lachte. Die Wächter drehten sich zu ihm um und schüttelten mit dem Kopf.

Zwei Tage später

Der Mercedes wurde an den Straßenrand gelenkt. Eine fünfköpfige Familie stieg aus. Sie schauten über die Wiesen.

„Ich könnte schwören, dass hier ein alter ägyptischer Tempel stand.", murmelte der Vater.

Seine Frau und die Kinder sahen ihn irritiert an.

„Papa, wo ist der Engel geblieben?", fragte seine jüngste Tochter.

„Ich weiß es nicht, Melissa.", antwortete er.

War wohl nur ein merkwürdiger Traum, dachte er sich und forderte seine Familie auf wieder einzusteigen.

„Kommt, wir fahren nach Hause.", sagte er. Melissa sah aus dem Fenster und entdeckte einen Engel mit schwarzen Flügeln am Himmel. Sie winkte dem Geschöpf zu, welches kurz herunterflog und auf Augenhöhe neben dem Auto herflog. Es sah das Mädchen aus eisblauen Augen an, lächelte, hielt sich einen Zeigefinger vor den Mund und flog davon.

Melissa sah sich im Auto um. Ihre Geschwister und ihre Eltern hatten nichts bemerkt.

Lächelnd lehnte sich das kleine Mädchen zurück.

ENDE